BASTEI
LÜBBE
TASCHENBUCH

Weitere Titel des Autors:

Earthborn: Die brennende Welt

Über den Autor

Nach Jahren des Konsums von SF beschloss Paul Tassi, seine eigenen Geschichten zu verfassen. Zu diesem Zeitpunkt konnte er sich noch nicht vorstellen, jemals ein Buch fertig zu bekommen, geschweige denn einen Verlag dafür zu finden. Inzwischen will er nie wieder mit dem Schreiben aufhören. Er ist zudem als Journalist für Forbes und andere Magazine tätig und lebt mit seiner Frau in New York City.

PAUL TASSI

EARTHBORN

DER EWIGE KRIEG

Roman

Aus dem amerikanischen Englisch
von Thomas Schichtel

BASTEI
LÜBBE
TASCHENBUCH

BASTEI LÜBBE TASCHENBUCH
Band 20860

MIX
Papier aus verantwortungsvollen Quellen
FSC www.fsc.org FSC® C083411

Dieser Titel ist auch als E-Book erschienen

Vollständige Taschenbuchausgabe

Deutsche Erstausgabe

Für die Originalausgabe:

Titel der amerikanischen Originalausgabe:
»The Exiled Earthborn: The Earthborn Trilogy Book 2«
Originalverlag: Talos Press, New York

Für die deutschsprachige Ausgabe:

Textredaktion: Dr. Frank Weinreich, Bochum
Titelillustration: Arndt Drechsler, Regensburg
(nach Vorlagen von Paul Tassi)
Umschlaggestaltung: Guter Punkt, München
Satz: two-up, Düsseldorf
Gesetzt aus der Minion
Druck und Verarbeitung: CPI books GmbH, Leck – Germany
Printed in Germany
ISBN 978-3-404-20860-9

1 3 5 7 6 4 2

Sie finden uns im Internet unter www.luebbe.de
Bitte beachten Sie auch: www.lesejury.de

DER EWIGE KRIEG

1

Der Krieg war nicht vorbei. Noch nicht.

Lucas zitterte. Er konnte es nicht verhindern. Er hatte sich in den zurückliegenden Jahren mit einem Gefecht nach dem anderen konfrontiert gesehen, aber etwas wie das hier war noch nie dabei gewesen. Nichts hatte ihn auf eine solche Szene vorbereitet.

Vor wie vielen dort draußen sollten sie gleich sprechen? Eine Million? Zwei? Und die schwebenden Linsen ringsherum sendeten alles an einhundert Milliarden weitere.

Er saß auf einer gewaltigen Bühne am Ende einer langen Promenade. Man hatte ihm erzählt, dass hier in alter Zeit Könige gekrönt worden waren – damals, als die Monarchie als Herrschaftsform noch akzeptiert wurde. Einige wenige Dutzend Kolossalstatuen von Kriegern aus jener Zeit, so hoch wie Bäume, erstreckten sich etliche Meilen weit vor ihm. In der Ferne ragten die glänzenden, gigantischen Bauten auf, die das Zentrum der weitläufigen Stadt Elyria bildeten, der bei Weitem größten Stadt des Planeten. Es herrschte mildes Wetter, das sich wie ein Juni in Portland anfühlte; natürlich vor dem Ende der Welt.

Man hatte ihnen gesagt, dass es hier immer so war, einer der vielen Gründe, warum man Elyria als Hauptstadt des Planeten gewählt hatte. Weiße Wolken trieben in großer Höhe über den Himmel, aber die Sonne leuchtete hell und war fast doppelt so groß wie ihr Gegenstück über der Erde. Zum Glück war es nur halb so heiß. Es war Nachmittag, aber man sah nach wie vor die Sicheln zweier Monde am Himmel. Die drei übrigen Monde waren schon lange untergegangen.

Lucas blickte zu Boden, wo man ein archaisches Kopfsteinpflaster mit großer Sorgfalt restauriert und für genau diesen Anlass neu verlegt hatte. Seine schwarzen Schuhe wiesen keine Schnürsenkel auf, die dunkle Hose und die Jacke mit dem hohen Kragen keine Knöpfe. Er kratzte sich den Nacken, der Stunden nach einem Haarschnitt immer noch juckte. Seine ursprünglich kurz geschnittenen Haare waren gewachsen, und ein Team von Stylisten hatte eine Ewigkeit lang dafür gebraucht, bis jedes einzelne sandbraune Haar perfekt lag. Und das, nachdem er einen halben Tag in der Ankleide verbracht hatte, wo das Outfit zusammengestellt wurde, in dem man ihn der Welt vorstellen wollte.

Neben ihm saß Asha, die doppelt so viel Zeit mit ihren Ausstattern verbracht hatte, obwohl sie das gar nicht nötig hatte. Die dunklen Haare waren zu einer Reihe kunstvoller Zöpfe geflochten, ineinander verwoben wie kämpfende Schlangen. Dunkles braun-goldenes Make-up brachte den Glanz ihrer grünen Augen noch deutlicher zur Geltung als jemals zuvor. Sie sah für Lucas hinreißender aus denn je, was jedoch nicht allzu viel hieß, wenn man bedachte, dass sie den größten Teil der Zeit, die er sie kannte, mit Blut und Dreck bedeckt gewesen war. Sie trug ein durchgängig weißes Ensemble als Kontrast zu seinem dunklen Anzug. Das Kleid umschlang sie wie ein Puzzle aus Stoff, und man konnte nur schwer durchschauen, wie es genäht war. Als sie bemerkte, wie sein Bein zappelte, legte sie ihm eine Hand aufs Knie, um ihn zu beruhigen. Er fing ihren Blick auf, und sie lächelte.

Hinter ihnen stand Alpha und zog unbehagliche Blicke der Pressevertreter in den ersten paar Reihen auf sich, wie sicher auch von Milliarden weiterer Leute überall auf dem Planeten. Er hatte jeden Versuch abgelehnt, ihn in maßgeschneiderte Sachen zu stecken; solche Körperbedeckungen galten in der xalanischen Kultur als albern, abgesehen von Gefechtspanzerungen. Und ihm eine *solche* anzupassen, hätte auf jeden Fall die falsche Botschaft übermittelt. Die Stylisten hatten sich also damit begnügen müssen, seine natürlichen grauen Panzerplatten so gut wie möglich zu polieren, ehe er sie mit gereiztem Knurren verscheuchte.

Rechts von Lucas saß Admiral Tannon Vale, der Soldat mit dem stählernen Blick, der sie eingefangen hatte, als sie in diesem Sonnensystem aufgetaucht waren. In der Zwischenzeit hatte er sich einen hellen silbernen Bart stehen lassen und trug auf der Brust ein paar neue Auszeichnungen, die er seit ihrer ersten Begegnung erworben hatte. Ein Dutzend weitere Plätze ringsherum waren von militärischen und politischen Würdenträgern besetzt. Lucas hatte gehört, dass sich viele von ihnen seit Monaten um einen Platz auf der Bühne beworben und dabei alle möglichen Zahlungen und Vergünstigungen versprochen hatten, um an vorderster Front am bedeutsamsten Weltereignis ihrer Lebenszeit teilzunehmen.

Hochkanzlerin Talis Vale, die Herrscherin des ganzen Planeten Sora, saß neben ihrem jüngeren Bruder. Sie erhob sich, sobald ihr Staatssekretär damit fertig geworden war, sie den Massen vorzustellen. Ihre blauen Augen funkelten, als sie über Lucas glitten, und sie fasste unterwegs zum Rednerpult kurz an seine und Ashas Schulter. Sie trug ein fließendes Kleid von blasser Smaragdfarbe, das hinter ihr im Wind flatterte, als sie das Zentrum der Bühne erreichte. Stille breitete sich wie eine Meereswoge in der Menge aus, und selbst jene, die meilenweit entfernt waren, wurden tödlich still und schauten zu, wie ihre Anführerin in schwebende Mikrofone sprach.

»Grüße, Volk von Sora«, leitete sie ihre Worte ein. »Der heutige Tag markiert einen Wendepunkt nicht nur im Großen Krieg, sondern in der gesamten Geschichte unserer Zivilisation. Heute erfahren wir, dass wir nicht allein sind in diesem Kampf oder in diesem Universum. Heute werden wir Zeugen des Beginns einer neuen Epoche.«

Sechs Monate. So lange lag die schicksalhafte Schlacht an Bord der Arche zurück. Nun ja, sechs soranische Monate, von denen jeder zwanzig Tage von je siebenunddreißig Stunden Dauer umfasste.

Ungeachtet der ersten Feststellungen von Tannon Vales Wissenschaftlerteam hatte es außergewöhnlich lange gedauert, bis man den Reisenden ihre unmögliche Story abnahm; ein toter Planet, eine ausgestorbene Lebensform und eine Reise von Billionen Meilen wirkten einfach zu weit hergeholt, egal was die anfänglichen Daten aussagen mochten. Am weitesten verbreitet war die Theorie, dass sie eine Art xalanisches Wissenschaftsprojekt darstellten – ein verdecktes Experiment, der Versuch, die ursprünglichen Vorfahren der Kreaturen wiederherzustellen, nämlich die Soraner. Lucas, Asha und Noah wurden jeder auf Monate hinaus in Isolation gehalten und endlosen Tests ihrer Physiologie unterzogen. Man entnahm ihnen Rückenmarksflüssigkeit, Gehirnzellen, Muskelgewebe und alle möglichen anderen Teile, um ihre Behauptungen zu überprüfen. Zum Glück war das ein schmerzloser Vorgang, aber Lucas fürchtete um die Verfassung seiner Reisegefährten, da er für eine Zeitspanne, die ihm wie eine Ewigkeit erschien, keinerlei Informationen über sie erhielt und auch keinen Kontakt mit ihnen aufnehmen durfte.

Man fragte sie nach der Erde, und Lucas sah sich gezwungen, ein so klares Bild vom Planeten und seiner Geschichte zu zeichnen, wie er es aus dem Gedächtnis nur hinbekam. Seine anschauliche Schilderung der xalanischen Invasion passte zur eigenen Kriegsgeschichte der Soraner, aber erst, als die genetischen Testergebnisse zwanzigfach verifiziert waren, wurde ihm allmählich Glauben geschenkt. Alpha lieferte den Soranern die exakten Koordinaten der Erde, und so konnten ihre Wissenschaftler mit Hilfe der eigenen astronomischen Technologie einen Eindruck von Lucas' ehemaliger Welt erhaschen, wenn auch den einer viel brauneren und graueren Welt, als sie in den Unterlagen gespeichert war. Ihnen mangelte es an der Fähigkeit, dorthin zu reisen, da die einzigen weißen Nullkerne auf dem Planeten, die dieser Aufgabe gewachsen gewesen wären, nach wie vor fest in zwei immer noch gefährliche xalanische Schiffe eingebaut waren. Die wissenschaftlichen Erkenntnisse über die beiden Menschen reichten jedoch, dass die Neuankömmlige entspannter behandelt wurden und Lucas im dritten Monat der Gefangenschaft zu erlauben, dass er seine Gefährten besuchte.

Als ersten seiner alten Mannschaftsgefährten sah er Alpha, den man seiner mechanischen Hand beraubt, aber den Translatorkragen gelassen hatte, um ihn befragen zu können. Er empfing Lucas herzlich und machte sich daran, in einem Tempo, dem Lucas nicht folgen konnte, von den drei zurückliegenden Monaten zu erzählen.

Als Nächstes besuchte Lucas Asha, die ihn heftig drückte, als sie ihn erblickte. Vertraute Gefühle meldeten sich zurück. Was sie zu erzählen hatte, sprach von einer nahezu identischen Behandlung durch die Soraner, die entschieden und erschöpfend war, aber ohne Grausamkeiten auskam. Sofort war jedoch zu sehen, dass sie nicht mehr schwanger war wie beim letzten Mal, als sie zusammen gewesen waren. Ehe Lucas den Mund zu einer Frage aufbekam, wurde eine neue Tür geöffnet.

Noah, den sie als Baby aus einem Kannibalenlager im ehemaligen Norwegen gerettet hatten, war für seinen Aufenthalt in der geheimen Einrichtung einem Betreuerteam zugewiesen worden. Lucas reagierte benommen auf den Anblick des Jungen, den eine Pflegerin an der Hand führte. Das inzwischen kräftig gewachsene Kind tapste auf ihn zu und schlang ihm die Ärmchen ums Knie, während im strahlenden Gesicht ein breites Lächeln prangte. Noah, der jetzt älter als ein Jahr war, hatte ohne Asha und Lucas in der Gefangenschaft laufen gelernt.

Später wurden sie alle zu einer weiteren Sicherheitszone im unterirdischen Komplex geführt. Als sich die Schiebetür öffnete und Lucas sah, was darin zu finden war, ging ihm das Herz auf. Asha erkannte die Freude und Erleichterung in seinem Gesicht und lächelte. In einem Tank vor ihnen schwebte ein kleines Kind. Na ja, die Gestalt eines Kindes. Es war ein drei Monate alter Fötus, der in künstlichem Fruchtwasser an Schläuchen und Kabeln hing. Das war sein Kind. Ihr gemeinsames Kind.

Natürliche Geburten waren schon seit Jahrhunderten verboten auf Sora. Befruchtete Eizellen wurden den Müttern kurz nach der Empfängnis entnommen, und die Kinder kamen dann in Geräten wie dem zur Welt, das sie hier vor sich sahen. Die Sterblichkeit von Müttern und Neugeborenen war dadurch fast auf null gesunken. In den Tanks erfolgten genetische Eingriffe an den Kindern, die alle möglichen künftigen Krankheiten und Schwächen verhinderten. Tränen stiegen Lucas in die Augen, während er vor der winzigen Gestalt stand; sie rannen ihm die Wangen hinab, als Asha ihm erklärte, dass es ein Junge war.

Es existierte eine Sekte, die den dreien nicht traute, und allen fiel es schwer zu glauben, dass Alpha der erste Xalaner seit Jahrhunderten war, der wirklich zum Verräter wurde. Aber eine Welle wissenschaftlicher und taktischer Kenntnisse nach der anderen, die er den Soranern vermittelte, ließen sie allmählich ihre Haltung ihm gegenüber überdenken. So beschrieb er ihnen ausführlich das Verfahren, wie man die weißen Nullkerne für Langstrecken herstellte, und obwohl es mindestens zehn Jahre dauern würde, das nötige Element zu synthetisieren, machte sich ein Wissenschaftlerteam unter seiner Leitung fast sofort an die Arbeit, um diese Entwicklung einzuleiten. Die Information, dass die Xalaner Welten wie die Erde erobert hatten und dort ihre Ressourcen auffüllten, schloss zahlreiche Wissenslücken des Militärs. Lange hatte man darüber gerätselt, wie die

Xalaner mit einem an Ressourcen so armen Planeten wie Xala den Krieg über Jahrtausende hinweg hatten in Gang halten können.

Endlich wurde den Soranern klar, dass sie keine weiteren Einwände gegen die wissenschaftlichen Resultate vorbringen konnten: Die unterschwelligen genetischen Unterschiede, das Bild der Erde, die umfangreichen Erkenntnisse über die Kolonialplaneten und Xala selbst ließen keinen Raum für weitere Zweifel an den Erzählungen der Menschen und des Xalaners. Entweder hatten sie es hier mit dem ausgeklügeltsten und intelligentesten Infiltrationsprojekt der xalanischen Geschichte zu tun – einer Historie grausamer Kreaturen, die berühmt waren für ihren brachialen Ansatz in der Kriegsführung –, oder diese seltsamen Besucher sagten die Wahrheit. Ihre Zellen wurden bequemer, die Mahlzeiten genießbarer (es war wunderbar, wieder feste Nahrung einzunehmen, selbst wenn Lucas nichts auf dem Teller wiedererkannte), und eine gefährliche Entscheidung wurde getroffen. Man würde ihren Wunsch erfüllen.

Sie würden Talis Vale begegnen.

Die Hochkanzlerin behielt sie seit Monaten durch zentimeterdickes unzerstörbares Glas im Auge, aber schließlich erteilte sie ihren besorgten Sicherheitsleuten den Befehl, ihr eine Begegnung mit den Reisenden zu ermöglichen. Ohne irgendeine Behinderung. Ohne Wachleute. Die Idee erschien allen außer ihr verrückt, aber Talis erklärte, es wäre die einzige echte Prüfung, um aller Welt die Sorgen ein für allemal zu nehmen.

Lucas, Asha und Alpha verließen endlich ihren unterirdischen Bunker und wurden in Schwebefahrzeugen mit geschwärzten Fenstern in den eigentlichen Palast gebracht, wobei sie selbst innerhalb der Fahrzeuge noch zusätzlich geschwärzte Brillen tragen mussten.

Das Licht erreichte sie schließlich in einem außergewöhnlich prunkvollen Raum wieder, vollgestellt mit seltsam aussehenden Möbeln und Wänden, die von epischen Schlachtengemälden verziert wurden. Die meisten davon wirkten alt und zeigten soranische Krieger, bewaffnet mit Schwertern und Speeren. Schließlich gingen die Kunstwerke zur Darstellung modernerer Kriege über. Zentralstück war ein riesiges dreidimensionales Hologramm mit der Beschriftung »Die Schlacht von Golgath«. Darin lieferten sich Xalaner und Soraner eine Schlacht bis in den tausendfachen Tod. Lucas hatte keinerlei Vorstellung von der Zeitspanne, die nötig gewesen war, um etwas so Detailliertes anzufertigen. Bei näherem Hinsehen entdeckte er sogar individuelle Spuren von Wut und Grauen in den soranischen Gesichtern.

Talis Vale betrat den Raum lautlos, und sobald die drei bemerkten, dass sie eingetroffen war, rissen sie sich von den Gemälden los und wandten sich ihr zu. Die Hochkanzlerin trug ein schlichtes blaues Kleid und hatte die silbernen Haare zu zwei vertikal angeordneten Knoten ganz oben am Schädel hochgesteckt. Sie war eindeutig älter, als sie auf den Bildern wirkte, die sie von ihr gesehen hatten, aber ihre Haut war glatt und das Gesicht von nur wenigen Falten gezeichnet. Da waren keinerlei Wachleute mit ihnen in diesem Raum, und die drei konnten sich völlig ungehindert bewegen. Das war die Prüfung. Wenn sie wirklich Meuchelmörder waren, erhielten sie hier die Chance, die mächtigste Person des Planeten mühelos umzubringen. Das Arrangement verriet, in welchem Ausmaß Talis ihnen und ihrer Geschichte Glauben schenkte.

Offensichtlich kam es zu keinem Blutvergießen, denn die Gruppe hegte keinerlei mörderische Absichten gegenüber einer Frau, die zu finden sie die halbe Galaxis durchquert hatten. Sie plauderten mit ihr über die Erde vor dem Krieg, über die Fürsorge für Noah auf einem Raumschiff und andere nette Dinge.

Als Talis nach einer Weile davon überzeugt war, dass die Außenweltler, die vor ihr saßen, sie nicht umbringen würden, verriet sie ihnen ihre eigentliche Absicht.

»Ihre Geschichte ist unglaublich, und sie wird von überwältigenden Beweisen gestützt. Ihr heutiges Handeln demonstriert, dass Sie keine Gefahr für mich oder mein Volk darstellen. Ich frage Sie: Werden Sie unsere Bundesgenossen in diesem Krieg gegen Xala sein?«

Lucas beugte sich auf dem Plüschsofa vor, auf dem er saß.

»Natürlich. Unser Volk existiert jedoch nicht mehr. Nur wir sind übrig.«

Talis lächelte.

»Ja, aber Sie haben überlebt. Ich streite seit vielen Wochen mit meinen Ratgebern über dieses Thema, aber ich möchte Sie der Welt vorstellen. Ich möchte Milliarden zeigen, dass Soraner, Menschen, überall in der Galaxis verstreut leben und unter der Faust der Xalaner nicht weniger gelitten haben als wir.«

»Eher mehr«, sagte Asha barsch.

Talis fuhr fort: »Sie sind ganz schlicht die größte Entdeckung in der Geschichte unseres Planeten. Seit unzähligen Generationen suchen wir nach Leben in der Galaxis, und endlich kommen Sie zu uns. Und Sie gleichen uns auch noch so sehr. Das ist unglaublich, finden Sie nicht auch?«

»Ich erinnere mich noch, wie mein Volk zum ersten Mal von der Existenz der vielen soranischen Planeten erfuhr«, sagte Alpha, dessen Kragenkommunikator die metallische Stimme projizierte. »Es war unmöglich, außergewöhnlich.«

»Ich überlasse es den Wissenschaftlern zu ergründen, wie es dazu gekommen ist. Bis dahin stehen wir jedoch vor einem dringlicheren Problem. Im Gegensatz zu dem Eindruck, den dieser Raum vielleicht erweckt, finden wir keinen Gefallen am Krieg, und wir tragen schon zu lange einen Kampf gegen die

Xalaner aus, der anscheinend niemals endet. Durch die Inspiration, die Sie für unseren ganzen Planeten verkörpern werden, und auf Grundlage der wissenschaftlichen Erkenntnisse, die wir von Ihnen erhalten können, Alpha, kann dieser Konflikt vielleicht endlich beigelegt werden.«

»Aber auf welche Weise?«, fragte Alpha. »Sie erreichen die Kolonialplaneten noch auf Jahre hinaus nicht. Selbst wenn Sie es könnten, wären Sie mit einer Übermacht konfrontiert.«

Talis schüttelte den Kopf.

»Nein, Gewalt allein funktioniert seit Jahrtausenden nicht, und darin liegt auch nicht die abschließende Lösung, um die wir bemüht sind. Der wichtigste Aspekt der von Ihnen gelieferten Informationen besteht darin, dass die Xalaner ihren tatsächlichen Ursprung nicht kennen und vergessen haben, dass wir ihre Schöpfer sind.«

»Wir haben es nicht vergessen. Wir werden einfach belogen«, sagte Alpha. Talis nickte beifällig.

»Eine monströse Lüge, ganz sicher. Falls Ihre Erkenntnisse über die Instabilität in den planetaren Kolonien zutreffen, können wir die Wahrheit aufdecken, die Ihr Vater herausgefunden hat. Das wird es Ihrem Volk ermöglichen, die eigene grausame Führungsspitze zu stürzen. Ich könnte mir vorstellen, dass diese Offenbarung zu einer derartigen Entwicklung führen würde, oder?«

»Das ist möglich«, sagte Alpha. »Der Rat wahrt das Geheimnis aber schon seit einer Ewigkeit und hat alle zum Schweigen gebracht, die es aufdecken wollten. Welche Hoffnung haben wir, ein anderes Ergebnis zu erzielen?«

Talis beugte sich über den Tisch vor ihnen und steckte sich eine kleine runde blaue Frucht in den Mund.

»Das ist Gesprächsthema für einen späteren Zeitpunkt. Vorläufig muss ich wissen, ob Sie auf meiner Seite stehen. Sind Sie bereit, einhundert Milliarden Soranern Ihre Geschichte zu erzählen?«

Lucas kehrte auf der Bühne ruckartig in die Gegenwart zurück. Talis rühmte schon seit einigen Minuten die Tapferkeit und Kühnheit der drei, und die Menge war unter der erschütternden Erkenntnis verstummt, dass fremde Wesen nicht nur existierten, sondern auch noch genauso aussahen wie sie. Hinter ihnen war eine Riesenschale in den Boden eingelassen, und aus ihr sprangen jetzt zwei riesige holografische Porträts von Lucas und Asha hervor, damit alle Welt sie ansehen konnte.

Talis kam inzwischen zum Abschluss. Es war ohnehin geplant, dass das Hauptaugenmerk auf ihnen beiden ruhte, aber Lucas fuhr doch zusammen, als er seinen Namen hörte und sah, wie Talis den Arm nach ihm und Asha ausstreckte und sie einlud vorzutreten.

»Ich stelle Ihnen die Erdgeborenen vor, Lucas und Asha!«

Er stand auf, Asha ebenso. Sie packte seine Hand mit festem Griff, und er spürte, dass sie ebenso von Schweiß bedeckt war wie seine. Wie es schien, fürchtete die unerschrockene Kriegerin doch das eine oder andere.

Dabei war dieser Empfang so gut, wie sie es sich nur hatten wünschen können. Alpha hatte in jeder Hinsicht recht behalten, was die Reaktion der Soraner auf ihre Ankunft anbetraf. Nachdem das Misstrauen und der Argwohn des ersten Augenblicks vorbei war, begrüßte man sie als Helden. Praktisch als Götter.

Lucas' Beine hörten lange genug auf zu zittern, um es Hand in Hand mit Asha zum Rednerpult zu schaffen. Nichts hier erinnerte an ein Mikrofon, aber Kamerabots wirbelten um sie herum und sendeten jeden möglichen Blickwinkel auf das Paar in sämtliche Ecken des Planeten. Hinter ihnen zeigte das Riesenhologramm jetzt den gigantischen Globus einer blauen und grünen Erde, der fünfzehn Meter hoch aufragte.

Lucas räusperte sich.

»Hallo«, sagte er zu den Massen und erstarrte, als ihm bewusst wurde, dass er das Wort auf Englisch gesprochen hatte. Nach all seinen Lektionen an Bord der Arche und weiterer Schulungen, die er für diesen Tag durch soranische Sprachausbilder erhalten hatte, hatte er sich gleich vom Start weg verhaspelt. Asha mischte sich ein und rettete ihn.

»Grüße«, sagte sie in perfektem Soranisch, wandte sich wieder Lucas zu und schenkte ihm ein listiges Lächeln.

»Ich bin Lucas, und das ist Asha«, fuhr er in der richtigen Sprache fort. »Und wir kommen von einem Planeten namens Erde.«

Er konnte die Augen in den vordersten Reihen sehen, und sie waren vor Staunen weit aufgerissen. Ein paar Menschen waren sogar auf die Knie gesunken – ob in Ehrfurcht oder vor Entsetzen, das war für ihn nicht zu erkennen.

»Wie Sie fühlten wir uns wie betäubt, als wir erfuhren, dass wir Brüder und Schwestern zwischen den Sternen haben. Es ist schade, dass sich unsere beiden Zivilisationen nicht schon in einer friedlichen Zeit begegnet sind, denn wegen der Xalaner ist unser Planet nur noch eine Erinnerung. Geblieben sind lediglich Unterlagen und Geschichten, die Sie über die kommenden Tage, Monate und Jahre hören werden.«

Sämtliche Informationen über die Erde, sowohl aus ihren eigenen Aussagen als auch Alphas Aufzeichnungen, sollten in das freigegeben werden, was die Soraner schlicht den »Strom« nannten. Dieser war ein konstanter Fluss von Informationen, von Kommunikation und Unterhaltung, der so etwas wie eine Kombination aus sämtlichen Medien der Erde darstellte. Nach der Rede sollte das Archiv live zugänglich werden, sodass jeder

Soraner alles kennenlernen konnte, was es vom verlorenen Planeten Erde noch zu erzählen gab.

»Wir haben erfahren, dass unsere Welt nur eine von vielen voller Menschen …« – *Ups!* – »… Soraner war«, korrigierte er sich. »Eine von vielen Welten, die der xalanischen Kriegsmaschine geopfert wurden. Diese anderen Planeten wurden ebenso verwüstet wie die Erde, aber wir waren die einzige Welt, die sich wehren konnte.«

Das Hologramm hinter ihnen zeigte jetzt die verschiedenen Schlachtenszenen der Überfälle auf fremde soranische Welten, die Alpha ihnen an Bord der Arche gezeigt hatte. Die Zivilisationen reichten bezüglich ihrer Entwicklung von Höhlenmenschen bis zu so etwas wie Städten aus der Zeit der industriellen Revolution, wie es sie einst auch auf der Erde gegeben hatte. Keiner dieser Planeten verfügte jedoch über die Fähigkeit, die Angreifer auf die Art und Weise abzuwehren, wie es die Erde getan hatte. Deren Technik war gerade ausreichend weit entwickelt, um die Zerstörung der angehenden Eroberer in die Wege zu leiten, wobei allerdings auch der eigene Planet allen Lebens beraubt worden war.

Die Menge schnappte immer wieder nach Luft, während sich die Verwüstung ausbreitete, und einige wenige Leute schrien sogar. Das Hologramm wechselte zu einer Schlacht auf der Erde, bei der gerade ein xalanisches Mutterschiff von einer Atombombe zerfetzt wurde, die direkt in ihm einschlug.

»Wir haben sie abgewehrt, aber unser Planet war vergiftet und starb. Wir erfuhren wenig später von der fernen Welt ›Sora‹, voller Lebewesen wie wir, und wussten, dass nur dort Rettung zu finden sein würde.«

Lucas drehte sich zu Asha um, deren Haare leicht in der warmen Brise wehten. Sie nickte und übernahm die Ansprache, wie sie es zuvor vereinbart hatten.

»Wir entkamen unserer Welt im letzten einsatzfähigen Raumschiff und mit der Hilfe eines Freundes – eines exilierten Xalaners namens Alpha«, sagte sie.

Das Hologramm zeigte nun Alpha, der hinter ihnen saß und eine stoische Miene an den Tag legte. Zahllose Augenpaare weiteten sich vor ihnen.

»Wir lernten, dass nicht alle Xalaner blutrünstig sind; viele wünschen sich Frieden. Da er sich geweigert hatte, die grausamen Befehle seiner Vorgesetzten auszuführen, brandmarkte man Alpha als Verräter, und Oberkommandant Kurotos jagte ihn persönlich durch die Galaxis.«

Kurotos nannten die Soraner Omikron, der in ihrer Geschichte als Schreckensgestalt präsent war, berüchtigt für seine Brutalität während der Jahrhunderte des galaktischen Krieges.

»Der Schatten brachte Alphas Familie auf Xala wegen dieses sogenannten Verrats um; einen Clan von herausragenden Wissenschaftlern. Alphas herausragende Intelligenz wollte er sich für die Kriegsanstrengungen durch Zwang sichern. Doch Alpha weigerte sich, und wir halfen ihm. Nachdem er uns von der Erde aus verfolgt hatte, enterte Kommandant Kurotos unser Schiff, sobald wir soranischen Raum erreicht hatten. Es war der letzte Fehler, den er jemals machen sollte.«

Das Hologramm zeigte Bilder der Autopsie des blauäugigen, schwarzhäutigen Xalaners, der tot in einer soranischen Zelle lag. Die Menge war zu benommen von dem, was sie gehört hatte, um auch nur zu jubeln. Die Stille einer Million Menschen wirkte verstörend auf Asha und Lucas.

»Wir wurden von Ihren Führungspersonen freundlich empfangen, und es wurde die Entscheidung getroffen, unsere Geschichte der Öffentlichkeit zu erzählen. Sie sollen wissen, dass Sie in diesem Kampf nicht allein sind. In diesem Krieg geht es nicht nur um das Schicksal Ihres Planeten, denn von den Xalanern geht eine Gefahr für jedes Sonnensystem und jeden bevölkerten Planeten aus, den bekannten wie den unbekannten.«

Viele Punkte durften sie in dieser Rede nicht ansprechen. Untersagt war ihnen jeder Hinweis darauf, dass man Omikrons Schiff erbeutet hatte, das inzwischen einige Meilen tief unter der Erde in einem geheimen Labor lag. Man hatte ihnen geraten, nicht von der anfänglichen Skepsis der Regierung gegenüber ihren Behauptungen zu sprechen oder davon, dass die Xalaner den Krieg aufgrund der falschen Annahmen führten, die Alphas Vater aufgedeckt hatte. Bestimmte Einzelheiten der letzten Jahre auf der Erde waren als zu grauenhaft eingestuft worden, um sie zu verbreiten. Ebenso wenig durften sie von den elf anderen Menschen sprechen, die Alpha eingesammelt hatte, ehe er ihnen begegnet war. Diese waren inzwischen aus der Arche geborgen worden und wurden in hirntoter Stasis aufbewahrt. Derlei Dinge »braucht die Öffentlichkeit nicht zu wissen«, und was sie bisher berichtet hatten, reichte als Stoff, den die Welt erst einmal verarbeiten musste, auch vollkommen aus. Lucas konnte sich nicht vorstellen, dass zwei Soraner, die auf der Erde aufgetaucht wären, eine ähnliche Botschaft von der Treppe des Weißen Hauses aus hätten verbreiten dürfen.

»Wir sind nun sicher hier eingetroffen, aber wir sind nicht allein gekommen. Wir haben den letzten Sohn der Erde mitgebracht, Noah …«

Das Hologramm zeigte einen strahlenden Noah, der mit seinem geliebten Holoball spielte. Er tapste gänzlich ohne Grazie durch sein Zimmer. Die blonden Locken waren inzwischen länger und wellig.

»… und bald begrüßen wir auch unseren ersten Sohn auf Sora.«

Das Bild wechselte zu dem Tank, in dem das inzwischen sechs Monate alte Kind heranwuchs. Lucas sah eine ganze Menge Leute in den vordersten Reihen lächeln. Er führte die Ansprache jetzt wieder anstelle Ashas fort.

»Wir danken Ihnen dafür, dass Sie uns auf Ihrer Welt willkommen heißen. So sicher wir hier auch sind und so hart unsere Reise war, werden wir uns nicht damit zufriedengeben auszuruhen, solange die xalanische Gefahr besteht. Daher haben Asha und ich uns der Soranischen Verteidigungsinitiative verpflichtet, wo wir einen Beitrag zur endgültigen Beendigung des Krieges zu leisten hoffen. Mit Hilfe eines der führenden xalanischen Wissenschaftler, der inzwischen auf unserer Seite steht, und Ihrer standhaften Unterstützung werden wir diesen Konflikt für immer beilegen. Danke, dass Sie uns in Ihrer Heimat aufnehmen.«

Stille trat ein, während Lucas und Asha unbehaglich am Rednerpult standen. Summende Generatoren erzeugten vor ihnen ein nahezu unsichtbares Kraftfeld, das sie vor dem Mob abschirmen würde, falls die Lage unerfreulich werden sollte. Lucas' Blick wanderte forschend über die Gesichter der Menge und suchte nach einem Hinweis auf das, was jetzt geschehen würde.

Jemand schrie. Dann noch jemand und eine weitere Person. Wie eine Welle rissen die Menschen nacheinander die rechten Fäuste in die Luft und jubelten. Das war in der soranischen Kultur ein Zeichen des Respekts, und bald ragten vor ihnen eine Million Arme auf, während das Tosen der Menge zu ohrenbetäubender Intensität anstieg. Lucas strahlte, während sich Asha auf die Lippe biss und ein zunächst zögerliches, dann aber strahlendes Lächeln zeigte.

Hatten sie ein neues Zuhause gefunden? In diesem Augenblick fühlte es sich ganz gewiss so an.

2

Die Rede trug Lucas viel freundliches Lächeln und eine Menge Glückwünsche von der Art Notabeln und Offiziere ein, die ihn in den vergangenen sechs Monaten durch Spiegelglas hindurch beobachtet hatten. Der Nachrichten-Stream zeigte Szenen von Jubelfeiern in vielen größeren Städten des Planeten, auch wenn schon hier und da Leute auftraten, die behaupteten, das ganze Ereignis wäre reine Kriegspropaganda. Eine politische Gruppierung, genannt das Vierte Gebot, behauptete, die Neuankömmlinge entstammten keinerlei fremdem Planeten, sondern wären einfach genetisch manipulierte soranische Konstrukte, die für die Unterstützung des Krieges trommeln sollten. Dazu kamen Leute, die von einer xalanischen Verschwörung unter Leitung des Doppelagenten Alpha ausgingen, wobei die genetischen Monstrositäten Lucas und Asha die Aufgabe hatten, das Ende Soras einzuleiten, indem sie die Regierung von innen stürzten. Das Team, das Lucas begleitete, versuchte ihn von den Bildschirmen wegzuführen, wann immer solche Anschuldigungen vorgebracht wurden.

Lucas war jedoch weiter in Hochstimmung, ausgelöst durch den donnernden Jubel von Millionen Soranern, und nichts konnte ihm die Stimmung verderben. Er und Asha wurden voneinander getrennt und einer weiteren Ansammlung von Stylisten zugeführt, die sie für den nächsten großen Auftritt vorbereiten sollten: die Erdgala.

Dabei handelte es sich um eine vor Wochen angekündigte Versammlung, deren zentrales Thema man jedoch geheim gehalten hatte. Der jetzt verkündete Zweck der Feier bestand darin, die

Neuankömmlinge der soranischen Elite persönlich vorzustellen; von Industriekapitänen bis hin zu mächtigen Politikern und Militärs. Talis versicherte den beiden, dass sie sich über die meisten Leute, denen sie dort begegneten, gründlich ärgern würden, dass sie selbst aber keine Ruhe mehr haben würde, wenn sie die beiden Menschen vor ihren eigenen Bundesgenossen überall auf Sora abschirmte – nachdem die Nachricht von ihnen erst einmal an die Öffentlichkeit gelangt war. Würdenträger planten seit Wochen für das Ereignis, ungeachtet aller Geheimhaltung. Diese Leute waren nicht nur aus allen Winkeln der Welt angereist, sondern auch von einigen Kolonien auf den spärlich besiedelten nahen Planeten innerhalb dieses Sonnensystems.

Die Stylisten ließen Lucas' Haare dieses Mal zum Glück in Ruhe, aber sie steckten ihn in einen neuen Anzug, der für ganz besonders förmliche Anlässe gedacht war. Er ähnelte seinem Vorgänger, dunkel mit einem hohen Kragen, zeichnete sich aber durch eingearbeitete Muster aus kobaltblauem Stoff aus, die als Indikatoren hochklassiger Bekleidung galten.

»Sie sollten sich geehrt fühlen«, sagte eine Stylistin. Es war eine ältere Dame, deren Haare zu einer Art Wirbelsturm hochgesteckt und in verschiedenen Rottönen gefärbt waren. »Diesen Anzug hat Jolo Houzan persönlich für Sie genäht. Allein seine Entwürfe kosten mindestens hunderttausend Mark, selbst wenn sie nicht maßgefertigt sind.«

Lucas kannte weder Jolo Houzan, noch wusste er, ob hunderttausend Mark ein großer Betrag waren. Er lächelte einfach, nickte und fragte sich, wie viele Mark wohl gerade nebenan in Ashas Erscheinung gesteckt wurden.

Nach so langer Abgeschiedenheit war es für Lucas ein komisches Gefühl, den ganzen Tag lang wie ein König behandelt zu werden. Während man ihn ausstattete, schneite ein attraktives junges Mädchen mit kurzen rotbraunen Haaren und meergrünen Augen herein, um seine Präparty-Essensbestellung aufzunehmen. Soraner verzehrten gewöhnlich fünf Mahlzeiten am Tag. Das einzige Lebensmittel im Angebot, das er beschreiben konnte, war ein Stück mehr oder weniger orangefarbenes Fleisch, das er schon einmal gekostet hatte; der Rest des holografischen Menüs, das vor ihm in der Luft schwebte, ergab nicht den geringsten Sinn. Das bloße Erlernen der Sprache hatte ihm noch nicht viel über die Besonderheiten des Lebens auf Sora verraten können. Er wusste jedoch, dass das orangene Fleisch köstlich schmeckte, was sich erneut bestätigte, als es ihm wenig später aufgetischt wurde, von dem Mädchen selbst geliefert und von einem anhaltenden Lächeln begleitet. »Versengtes Charo« hieß das Gericht. Er fragte sich, wie wohl das Tier aussah, von dem es stammte. Obwohl Menschen genauso aussahen wie Soraner, unterschied sich die Fauna dieses Planeten deutlich von der auf der Erde.

Endlich verließen ihn all die Dienstboten und Stylisten, sodass er sich friedlich hinsetzen und die letzten Bissen seiner Mahlzeit genießen konnte. Er starrte in den Spiegel und erkannte den Mann kaum, der seinen Blick erwiderte. Er unterschied sich stark von dem abgezehrten Überlebenskünstler, der über eine verwüstete Erde gestreift war, und auch von dem blutbespritzten Soldaten, der allein im vergangenen Jahr mehr Außerirdische und Menschen umgebracht hatte, als er zählen konnte. Vor sich sah er einen Mann von nobler Erscheinung mit Sturmfrisur, durchdringenden grauen Augen und einer gesunden Gesichtsfarbe. Außerdem steckte der Typ in einem Hunderttausend-Mark-Anzug. Lucas war jedoch klar, dass dieser Mann wieder verschwinden würde, sobald er sein Versprechen erfüllt hatte, sich der soranischen Verteidigungsinitiative anzuschließen.

Es hatte Wochen gedauert, Talis dafür zu gewinnen, dass sie dem Militär beitreten durften. Letztlich überzeugte ihr Bruder

Tannon sie, die Neuen offiziell aufzunehmen und als Bannerträger des Krieges zu präsentieren. Die Tapferkeit dieser Neuankömmlinge, die so viel durchgemacht hatten und trotzdem noch immer kampfbereit waren, würde ganz Sora inspirieren, meinte er. Und wenn man nach der bisherigen Reaktion der Öffentlichkeit ging, hatte Tannon damit recht behalten.

Lucas und Asha hatten unter vier Augen darüber diskutiert. Sie entschieden, dass sie nicht mit sich selbst würden leben können, wenn sie einfach gar nichts taten, während ringsherum der Krieg tobte. Die xalanischen Kreaturen hatten ihnen alles genommen, was ihnen lieb war, ihre ganze Welt, und wer konnte schon sagen, ob sie nicht noch einen Planet voller Unschuldiger fanden und mit denen sie das Gleiche anstellten? Selbst wenn der Krieg nicht sofort gewonnen werden konnte, mussten die Erdgeborenen ihren Beitrag leisten. »Erdgeborene« war als Bezeichnung haften geblieben, und wie Lucas dem Stream an der Wand gegenüber entnehmen konnte, wurde sie in Schlagzeilen auf dem ganzen Globus verwendet.

Er blickte zum Fenster hinaus, das die Wand links von ihm bildete, und sah zu, wie die große Sonne hinter die spiegelnden Gebäude von Elyria in wenigen Meilen Entfernung sank. Er hielt sich in einem der obersten Stockwerke des Großen Palastes auf, so hoch oben, dass er die Gärten in der Tiefe kaum erkennen konnte. Dahinter breitete sich die Promenade aus, wo Asha und er sich an die Welt gewandt hatten, und die riesigen steinernen Wächter ragten beiderseits auf und wachten stumm über den Weg in die glitzernde Stadt.

Der Himmel färbte sich orange, dann rot und schließlich dunkelviolett, als die Sonne schließlich ganz unterging. Über der Stelle, wo sie verschwunden war, hingen jetzt drei runde Monde unterschiedlicher Größe am Himmel. Zwei weitere lauerten sicherlich irgendwo hinter Lucas. Sterne schimmerten trotz der hellen Lichter der Stadt allmählich in der Dunkelheit der Nacht. Soras Sonnensystem lag dem Zentrum der Galaxis viel näher als die Erde, und die Milchstraße leuchtete hier mindestens dreimal heller, tanzte als Schnur aus Lichtern diagonal über die Schwärze des Zenits. Hier nannte man sie den »Leuchtenden Fluss«, was als Spitzname passender erschien. Lucas wurde sich darüber klar, dass seine Sonne irgendwo da draußen schien, umkreist von einer toten Erde voller Ruinen einer alten Zivilisation, der er einmal angehört hatte.

Hinter ihm glitt die Tür auf, und jemand klopfte an den Metallrahmen. Lucas wirbelte mit seinem Stuhl herum und sah Asha vor sich stehen.

Bei ihrem Anblick lief ihm ein Schauer über den Rücken. Sie trug ein langes kirschrotes Kleid aus einem schimmernden Stoff, der das Licht zu streuen schien. Die Träger verliefen über die Schultern, und Make-up sowie ein Halsband aus riesigen Edelsteinen verdeckten die Gefechtsnarben an ihrem Schlüsselbein. Als sie auf Lucas zuging, legte ein Schlitz das Bein bis zum Oberschenkel frei, und das Dekolleté war nicht minder gewagt. Sie trug die Haare inzwischen lose, sodass sie ihr über die Schultern flossen. Auf ihren Lippen trug sie ein Lächeln, als sich ihre Blicke begegneten. Das hier war ein weit sanfteres Geschöpf als jenes, in dessen Gesellschaft er im zurückliegenden Jahr gereist war.

»Ich habe dich heute kaum wiedererkannt«, sagte sie und musterte seine neue Garderobe.

»Ich kenne das Gefühl.«

Es war entspannend, Englisch zu sprechen, nachdem sie sich über den größten Teil der vergangenen Monate hinweg nonstop auf Soranisch hatten verständigen müssen. Lucas dachte allmählich sogar in der fremden Sprache.

»Die Leute hier sind netter, als meine Stylisten zu Hause es waren, aber von ihrem Geschmack bin ich nicht so ganz überzeugt.«

Sie blickte an ihrem Kleid hinab und ließ den Stoff wie Wasser durch die Finger gleiten. Lucas hatte vergessen, dass Asha als Schauspielerin früher in relativem Luxus gelebt hatte, aber mit dem hier konnte man es vermutlich nicht vergleichen.

»Du siehst …«, begann Lucas, dem dann aber die Worte ausgingen, seien es die englischen oder soranischen, um ihren Glanz zu beschreiben.

»So schlimm, wie?«

»Nein … ich …«

Da war einfach kein Adjektiv. Asha fingerte an den großen funkelnden Edelsteinen an ihrem Halsband herum.

»Sie haben mir erzählt, das hier hätte einer Königin von einst gehört. Seit Jahrtausenden hätte es niemand mehr getragen.«

»Sind das Diamanten?«, fragte Lucas.

»Wenn das welche sind, dann die größten, die mir jemals untergekommen sind. Auf der Erde wären um einen solchen Schatz Kriege geführt worden.«

»Dann ist es ja eine beachtliche Geste. Ich habe nur diesen Designeranzug von einem Jolo irgendwas bekommen.«

»Okay, aber du siehst blendend aus. Und ich denke nicht, dass Diamanten deinem Outfit in irgendeiner Form helfen würden«, sagte sie schmunzelnd, während sie aufstand und zum Fenster ging.

»Eine tolle Aussicht«, kommentierte er, stand vom Stuhl auf und stellte sich neben sie. Er sah, wie ihre Augen von einem Mond zum nächsten huschten. »Es ist eine Schande, dass wir die einzigen Menschen sind, die das zu sehen kriegen.«

»Ja«, sagte Asha. »Aber wir sind die, die es verdient haben.«

»Trotzdem«, wandte er ein, »halte ich uns nicht für die edelsten Vertreter der Erde. Wenn die Leute hier wüssten, was wir getan haben, um hierherzukommen …«

»Die meisten hätten das Gleiche getan, wären sie an unserer Stelle gewesen, und wer nicht, der wäre tot.« Sie drehte sich zu ihm um. »Wieso, wen hättest du denn ausgewählt, um die menschliche Rasse zu repräsentieren?«

Vielleicht war sie doch nicht weicher geworden. Lucas lehnte sich ans Fenster.

»Jemanden, der eindrucksvoller ist als ich.«

»Du warst toll heute. Hast du den Stream nicht gesehen?« Sie deutete auf die holografischen Bilder an der Wand gegenüber.

Lucas lachte.

»Ja doch, Leute denken, dass wir Lügner oder Spione sind.«

»Die meisten nicht.«

Sie trat ans Display und ging das Navigationssystem der Nachrichtenfeeds durch, bis sie die Story gefunden hatte, nach der sie suchte. Soranisch lesen war ihnen in den zurückliegenden sechs Monaten so zur zweiten Natur geworden wie das Sprechen, und die geometrischen Symbole arrangierten sich in Lucas Gedanken sofort zu Worten. Asha deutete auf den Bildschirm, der ein schreiendes Baby als Begleitbild zum Text zeigte.

»49 054 Kinder, die heute geboren wurden, erhielten den Namen Lucas. 18 324 wurden Noah genannt.«

Er lächelte.

»Was ist mit Asha?«

»… 85 941.«

»Schätze mal, du bist der Liebling der Massen.«

»Na ja, ich bin das einzige Mädchen von der Erde, das es hierher geschafft hat.«

Lucas sah sich die Story an. »Ha, sogar nach Alpha wurden 3200 kleine Soraner benannt.«

»Ich bin sicher, er wird begeistert sein.«

Noch jemand klopfte an den Rahmen der offenen Tür. Es war ein alter Mann, zumindest aus irdischer Sicht. Auf Sora musste er um die 150 oder 160 sein. Die Lebensspanne auf diesem Planeten wirkte im Vergleich zur menschlichen unnatürlich lang, besonders die der Reichen. Er trug ein violettes Gewand, das seine Hände und Füße komplett verdeckte. Die weißen Haare waren kurz geschoren, und er war glattrasiert. Als er lächelte, bildeten sich tausend Fältchen rings um die blauen Augen.

»Verzeihen Sie die Störung, aber die Veranstaltung beginnt jeden Augenblick«, sagte er mit rauer Stimme. »Hochkanzlerin Vale ersucht um Ihre Anwesenheit im Thronsaal.«

»Dem Thronsaal?«, fragte Lucas. »Sie hat einen Thron?«

»Der Saal ist ein Relikt aus der Zeit, als der Palast noch die königliche Familie beherbergte. Innerhalb dieser Mauern hat man aber seit knapp fünftausend Jahren keinen König mehr angetroffen.«

»Also wird der Hochkanzler gewählt?«, fragte Asha.

»Ja, und vor fünf Jahren erhielt die Frau Kanzlerin 83 Prozent der Stimmen, was ihre nächste Amtszeit sicherstellte.«

»Klingt nicht nach einem echten Wettbewerb«, fand Asha.

»Die Vales sind auf Sora eine sehr angesehene Familie. Ihr Vater, Hochkanzler Varrus, gehörte zu den einflussreichsten Führungspersonen in der Geschichte unseres Planeten.«

»Und was ist aus ihm geworden?«, fragte Asha.

Eine Anzeigelampe leuchtete an der Robe des Mannes auf, die anscheinend mit elektrischen Schaltungen durchsetzt war.

»Es tut mir leid, aber wir müssen jetzt wirklich los. Ich gehe gerne zu einem späteren Zeitpunkt auf diese Fragen ein. Man hat mich für die Zeit Ihres Aufenthalts im Palast zu Ihrem persönlichen Betreuer ernannt.«

»Unserem persönlichen Betreuer? Wie heißen Sie?«, fragte Lucas, während er und Asha zur Tür hinausgingen.

»Verzeihung. Mein Name lautet Malorious Auran. Ich bin jetzt seit sehr vielen Jahren der Hüter des Großen Palastes. Ich habe beiden Vales und dreizehn Hochkanzlern vor ihnen gedient.«

»Ich vermute, dann sind Sie der richtige Mann, um über alles zu reden. Wir sind noch dabei, die Geschichte dieser Welt kennenzulernen«, sagte Lucas. »Ich bin Lucas, und das ist Asha.«

»Darüber bin ich schon informiert«, sagte der Alte lächelnd, während er in seinem langen violetten Gewand vor ihnen her schlurfte. »Seit heute habe ich einen neugeborenen Urenkel namens Lucas.«

Asha versetzte Lucas einen Ellbogenstoß, während sie ein kleines Stück hinter ihm einherging. Er grinste.

Lucas hatte bislang erst wenige Bereiche des riesigen Palastes gesehen, aber der Thronsaal war der bei weitem eindrucksvollste Innenraum, den er jemals betreten hatte, sei es auf diesem Planeten oder seinem eigenen. Der Saal verkörperte eine Mischung aus uralter Kunst, fortschrittlicher Technik und nichtmenschlicher Architektur. Mächtige Steinsäulen trugen eine Decke, auf der eine Wiedergabe der gesamten Galaxis wirbelte und dabei den gesamten Raum überspannte. Die Wände waren mit einer Mischung aus großen Ölgemälden, die sicherlich Jahrtausende alt waren, und holografischen Kunstwerken verziert, die durch filigranen Detailreichtum bestachen und aus ihren Rahmen ragten. Ein paar schienen sich sogar zu bewegen.

Üppige grüne Pflanzen wuchsen an den Rändern des Saals auf dem Steinfußboden, und Lucas fragte sich, ob das immer so war oder man sie für diesen Anlass eingesetzt hatte. Im Zentrum all dessen hatte man ein gewaltiges Füllhorn an unvertrauten Speisen ausgeschüttet, an dem sich die Gäste bedienten, während sie durch den Raum schlenderten. Auf einem großen Spieß steckte der gehäutete Körper eines großen Tieres, das Lucas nicht erkannte. Es war schwer zu sagen, ob es mal katzenartig, hundeartig, rinderartig oder etwas ganz anderes gewesen war. Eine ordentliche Reihe blauer Flammen darunter hielt das Essen warm.

Auf dem Parkett plauderten die Gäste miteinander. Viele Männer waren ähnlich wie Lucas in relativ dezente Anzüge gekleidet, während andere seltsamere Ensembles trugen. Als Lucas und Asha in den Saal kamen, sah erst einer der Anwesenden sie an, dann ein weiterer, und in Sekunden trat im ganzen Raum Stille ein. Alle Augen richteten sich auf die beiden Menschen, und sie warfen einander unbehagliche Blicke zu.

Zum Glück kam Talis Vale schnell herbei, wobei sie unterwegs ihren Drink leerte und das Glas einem Dienstboten reichte. Talis legte den beiden je eine Hand auf den Arm, während der alte Mann, der sie hergeführt hatte, nach kurzer Verneigung in den Hintergrund schlurfte. Talis wandte sich an die Versammlung.

»Unsere Ehrengäste sind endlich eingetroffen«, sagte sie, als alle still geworden waren. »Und sehen sie nicht umwerfend aus? Ich möchte Ihnen Lucas und Asha vorstellen, die Erdgeborenen!«

Stürmischer Jubel stieg von der Menge auf. Lucas schätzte, dass es ungefähr dreihundert Gäste sein mussten. Das bot einen scharfen Kontrast zu den Millionen, vor denen er zuvor gesprochen hatte, aber das Erlebnis hier war gleichermaßen intensiv, da alle von ihnen beiden förmlich gebannt waren. Talis hielt jedem der beiden eine Hand an den Rücken, während sie gemeinsam die Treppe zum Hauptparkett hinabstiegen. Lucas fiel ein gigantischer alter Marmorthron zu seiner Linken auf.

»Keine Sorge«, sagte Talis. »Alle sind angewiesen worden, sich um ihren eigenen Kram zu kümmern und Sie beide nicht den ganzen Abend lang zu bedrängen, so sehr es sich die Leute auch wünschen mögen.«

Eine neue Stimme ertönte hinter ihnen.

»Und wenn man Sie doch belästigt, sagen Sie mir Bescheid, und ich befördere die Schuldigen mit ein paar Arschtritten hinaus.«

Es war Tannon Vale in seinem besten militärischen Staat. Auf die Orden hatte er diesmal zugunsten einer einzelnen Anstecknadel mit einem Symbol verzichtet, das Lucas nicht kannte. Nicht ein Staubkorn war auf der ganzen schiefergrauen Uniform zu entdecken. Der Admiral trug allerdings eine Energiepistole an der Hüfte. Lucas blickte sich um und stellte fest, dass an jeder Säule ein bewaffneter Posten mit einem großen Gewehr stand.

»Also sind Sie hier für die Sicherheit zuständig?«, fragte Lucas.

»Ich bin für die Sicherheit des ganzen verdammten Planeten zuständig, also warum sollte für diese Party etwas anderes gelten?«, schnaubte er.

»Wie viele Todesdrohungen gegen uns sind bislang eingegangen?«, erkundigte sich Asha.

»Etwa sechshundert pro Stunde«, antwortete er, »aber nur drei Prozent stammen von Leuten, die tatsächlich eine Gefahr darstellen.«

»Tannon!«, rief Talis. »Du jagst unseren Gästen Angst ein.«

»Sie haben Schlimmeres gesehen, das versichere ich dir. Und außerdem hält sich niemand in fünf Meilen Umkreis um den Palast auf, der nicht zehn Sicherheitsstufen durchlaufen hat, und das gilt auch für alle deine kleinen schicken Freunde hier.« Er deutete auf die Menge. Lucas wusste immer noch nicht so recht, wie weit eine soranische Meile reichte.

Talis wandte sich mit einem beruhigenden Lächeln an sie. »Ich verspreche Ihnen, dass Sie hier vollkommen sicher sind.« Ihr Lächeln schwächte sich ein wenig ab. »Obwohl ich das nicht mehr behaupten kann, wenn Sie davonrennen und sich Tannons Armee anschließen.«

»Es ist deine Armee, ich scheuche sie nur herum«, entgegnete der Admiral. Auf einmal machte er große Augen.

»Oh, das erinnert mich an etwas.« Er drehte sich um und rief einer Gruppe von Gästen hinter ihm zu: »Maston, kommen Sie herüber!«

Ein großer breitschultriger Mann löste sich aus der Gruppe und marschierte heran. Auch er steckte in einer Militäruniform, nur war seine dunkelblau statt grau und zeigte ein volles Ordensspektrum auf der Brust. Schwarze Locken fielen ihm in die Stirn, und er hatte ein auffällig gespaltenes Kinn, wie ein Zeichentrickschurke. Seine braunen Augen waren tief und dunkel und wanderten sofort an Asha auf und ab. Verärgert zog sie eine Braue hoch. Er wandte sich lächelnd von ihr ab.

»Ja, Admiral, womit kann ich dienen?«

»Sie dürfen als Erster die Außenweltler kennenlernen. Lucas und Asha, das ist Mars Maston, ehemals Kommandant der Fünften Flotte und derzeit Erster Wachmann der Garde. Er hilft heute Abend bei der Sicherheit aus.«

Lucas bemerkte eine dünne Linie, die sich parallel zum Kragen an der rechten Seite von Mastons Hals entlangzog. Eine Narbe? Es war der einzige sichtbare Makel an einem ansonsten einwandfreien Bild.

»Es ist mir eine Ehre«, sagte Maston und verneigte sich tief.

»Mars, wie der Planet?«, fragte Lucas.

»Welcher Planet ist das?«, fragte Maston und richtete sich wieder auf.

»Oh, klar, ähm, das ist einer von unseren.« Lucas kam sich töricht vor.

»Nun, ich würde ihn gern eines Tages besuchen«, sagte Maston lächelnd. »Es ist ein Wunder«, fuhr er fort, als er sich Asha zuwandte.

»Nämlich?«, fragte sie, die Augenbraue immer noch hochgezogen.

»Dass wir beim Erstkontakt mit einer anderen Spezies gleich eine Botschafterin erblicken dürfen, die unser ganzes Volk mit ihrer Schönheit überstrahlt.«

Asha verdrehte die Augen.

»Ich musste nicht eine Billion Meilen weit durch die Galaxis fliegen, um von Soldaten angemacht zu werden. Davon hatte ich zu Hause reichlich.«

»Kümmern Sie sich nicht um ihn«, sagte Talis hilfreich. »Er ist ein Charmeur, seit er laufen lernte. Glauben Sie mir, ich war als Babysitter dabei.«

Maston wirkte ein wenig verlegen und lenkte das Gespräch in eine andere Richtung.

»Mich hat beeindruckt, dass Sie beide sich für die SVI verpflichtet haben. Das ist ein beachtlicher Schritt, wo Sie gerade selbst aus einem Krieg kommen.«

»Beachtlicher geht es nicht«, sagte Tannon. »Und das ist, nebenbei, der eigentliche Grund, warum Sie die Ehre haben, heute Abend diese Gala zu besuchen.«

Maston schien verwirrt.

»Ich verstehe nicht.«

»Die Erdgeborenen werden sich Ihrer Garde anschließen.«

Ein Ausdruck der Wut lief für einen kurzen Augenblick über Mastons Gesicht, verschwand aber schnell wieder. Er zwang sich zu einem Lächeln.

»Aber Admiral«, sagte er, und seine Stimme sank um eine Oktave ab, »die Garde ist die absolute Eliteeinheit der ganzen Initiative. Die Gardisten werden von *Geburt* an für die Einheit gezüchtet. Es ist nicht einmal möglich, sich später zu verpflichten.«

»Jetzt schon.«

»Aber Sir, ihre Fähigkeiten entsprechen auf keinen Fall denen der übrigen Gardisten. Die Garde verfügt über das beste genetische Material des Planeten. Meine besten Soldaten kosten in der Herstellung Milliarden Mark.«

Der Charme war verschwunden, und Mastons Stimme klang jetzt eindeutig hohl und kalt.

»Sie stehen auch in einem schlechten Ruf, seit Ihre jüngsten

Einsätze … schiefgingen«, entgegnete Tannon. »Sie benötigen gute Presse, und wenn diese beiden zur Garde stoßen, wird Ihre Truppe sofort wieder als heldenhaft gelten.«

»Es sind Helden, Sir.«

»Nicht in jüngster Zeit.«

Lucas hatte das Bedürfnis, sich einzumischen, auch wenn er gerade zum ersten Mal von der Garde oder seinem bevorstehenden Dienst bei ihr hörte.

»Wir kämpfen schon seit Jahren, und wir haben alle anderen auf unserem Planeten überlebt. Wir haben eine ganze xalanische Raumstation ausgeschaltet und einen Schattengeneral auf seinem eigenen Schiff getötet.«

Maston hob den Blick auf eine Art und Weise, die gefährlich dicht ans Augenrollen reichte, während er ein Seufzen herausließ. Lucas hätte ihm am liebsten eine runtergehauen.

»Ja, ja, ich habe es im Stream gelesen.«

»Dann müssten Sie sich darüber klar sein, dass wir auf alles vorbereitet sind, das Sie auf uns hetzen können«, sagte Asha drohend.

»Das bezweifle ich sehr.«

»Sie haben Ihre Befehle, Commander. Die beiden werden sich in einer Woche bei Ihnen melden«, erklärte Tannon nachdrücklich.

»Ja, Sir«, antwortete Maston, ohne den Blickkontakt mit Lucas zu unterbrechen.

Anscheinend salutierten Soraner nicht, oder Maston war einfach zu sauer dafür, denn er drehte sich um und tauchte in der Menge unter, ohne Lucas oder Asha eines weiteren Blickes zu würdigen.

»Oh Mars«, sagte Talis wehmütig. »Er ist manchmal wirklich schlimm, dabei ist er im Grunde ein guter Soldat und ein feiner Mann. Und er hat so viel durchgemacht …«

»Wenn er Ihnen irgendwelche Schwierigkeiten macht, kann ich ihn nach Thylium versetzen lassen«, sagte Tannon. Beide sahen ihn verständnislos an.

»Der Eismond«, erklärte er.

Tannon warf einen Blick über die Schulter auf einen großen Mann mit Schnurrbart, der ihm von der anderen Seite des riesigen Banketttischs freundlich zuwinkte. Er erwiderte die Geste, indem er leicht nickte.

»Ach, verdammt«, sagte er und wandte sich wieder der Gruppe zu. »Das ist Madric Stoller, und er steht im Begriff, mir für die nächsten zwanzig Minuten die Ohren vollzuschwatzen. Können Sie mir etwas Unterstützung gewähren?«, fragte er und wandte sich an Asha. Der andere traf derweil tatsächlich Anstalten, sich einen Weg um den Tisch herum zu suchen.

»Was ist da für mich drin?«, fragte Asha trocken.

»Er ist der zweitreichste Mann auf dem Planeten. Ist vermutlich keine schlechte Idee, ihn zum Freund zu haben.«

»Er ist auch bei der letzten Wahl zum Hochkanzler gegen mich angetreten«, setzte Talis hinzu.

Asha zuckte die Achseln.

»Also ausreichend interessant, vermute ich.« Sie wandte sich an Lucas. »Kommst du allein klar?«

Ehe Lucas antworten konnte, mischte sich Talis ein: »Ich sorge dafür.«

Diese Versicherung reichte Asha, und sie wandte sich zum Gehen, sodass ihr schimmerndes Kleid wirbelte. Sie begegneten Stoller auf seinem Anmarsch, und seine Miene hellte sich entzückt auf, als er Asha vorgestellt wurde.

»Kommen Sie«, sagte Talis zu Lucas. »Jetzt ist es an Ihnen, den Massen zu begegnen.«

Die nächsten Stunden blieben Lucas nur unscharf im Gedächtnis. Man stellte ihn einer endlosen Folge von Würdenträgern, Notabeln, Provinzvorstehern und planetaren Berühmtheiten vor. Namen und Gesichter gingen ineinander über, und Lucas amüsierte sich damit, sämtliche Lebensmittel auf dem zentralen Tisch wenigstens einmal zu probieren. Während er gerade einen Stapel würfelförmigen roten Fleisches auf einem Kristallteller verspeiste und zugleich mit dem Vize-Botschafter von Irgendwas redete, kam ihm ein Gedanke.

»Wo ist Alpha?«, fragte er Talis, die daraufhin erfreut schien, sich über etwas anderes unterhalten zu können als die Lebensmittelknappheit in der Provinz des besagten Botschafters.

»Er wurde natürlich auch zur Gala eingeladen, hat das Angebot aber ausgeschlagen. Es ist schwer, ihm daraus einen Vorwurf zu machen, da ich garantieren kann, dass sich viele der Anwesenden vor Angst ducken würden, wäre er hier. Nur eine Handvoll Personen in diesem Raum haben jemals einen Xalaner persönlich *gesehen.* Nein, er arbeitet anscheinend lieber mit unseren Wissenschaftlern am Schiff des Schattens.«

Lucas vermutete, dass Alpha wahrscheinlich wirklich lieber dort unten war, aber es wäre trotzdem nett gewesen, einen weiteren Freund dabeizuhaben. Asha war derzeit völlig von einem Schwarm Bewunderer in Beschlag genommen, die an jedem ihrer Worte hingen. Ihre Gesten gaben Hinweis darauf, dass sie sie gerade mit Erzählungen von einer ihrer früheren Schlachten unterhielt.

»Wenn Sie mich entschuldigen wollen«, sagte Lucas zu Talis und dem Botschafter, »ich denke, ich brauche etwas frische Luft.«

»Natürlich, mein Lieber«, sagte Talis, und der Mann neben ihr nickte. »Gesellen Sie sich später wieder zu mir.«

Lucas bahnte sich einen Weg durch die Menge, und aller Augen ruhten auf ihm. Er dachte, dass ihn wohl jeder, an dem er vorbeiging, liebend gern kennengelernt hätte, dass sie alle aber wussten, sie würden sich Talis' Missfallen zuziehen, wenn sie ihn ohne seine Zustimmung belästigten. Es war sehr nett von ihr, dass sie diese Regel aufgestellt hatte.

Er ging zwischen zwei bewaffneten Wachleuten hindurch, die steif an zwei Säulen am Rand des Saals standen. Ein offener Durchgang führte auf einen kleinen Balkon. Es wurde leiser um ihn, als er den großen Saal verließ. Der strahlende Sternenhimmel begrüßte ihn wieder, und er entdeckte zwei kleinere Monde am Himmel, von denen einer voll war, der andere nur eine schmale Sichel. Er vermutete, dass er sich hier auf der anderen Seite des Palasts befand, da die drei Monde von zuvor hier nicht zu sehen waren.

In der Ferne leuchteten die hohen Spitzen von Gebäuden, erhellt von Nullkernen im Taschenformat, ungleich kleiner als jener, der ihr Schiff von der Erde bis nach Sora angetrieben hatte. Lucas fragte sich, wann er wohl die Stadt Elyria selbst besuchen würde, falls überhaupt. Oder sonst eine Gegend. Der Palast war prachtvoll, aber da draußen war ein ganzer neuer Planet zu erkunden. Er würde in einer Woche zur militärischen Ausbildung abreisen, und wer wusste schon, in welchem Teil der Welt die stattfinden würde? Wahrscheinlich nirgendwo, wo es so schön war wie hier. Vielleicht war es eine überstürzte Entscheidung gewesen, sich so schnell für den Militärdienst zu verpflichten, aber zu dem Zeitpunkt schien es ihm die richtige Entscheidung. Sollte er jedoch im Krieg fallen, dann hatte er nur einen Bruchteil dieses erstaunlichen Ortes gesehen, den zu finden er so weit gereist war. Kein Wunder, dass Alpha diesen Planeten ein »Kronjuwel« genannt hatte, das die Xalaner am Ende des Krieges als Beute zu ergattern trachteten.

Auf einmal meldete sich jemand hinter ihm zu Wort.

»Ein toller Anblick, nicht wahr?«

Lucas drehte sich um. Eine junge Frau in saphirfarbenem Kleid kam langsam auf ihn zu. Die blonden Haare trug sie zu einer Reihe verwickelter Stränge hochgesteckt, die zu arrangieren stundenlang gedauert haben musste. An Hals und Handgelenken glitzerte das Licht der Sterne auf Edelsteinen. Als sie näherkam, hob das Mondlicht ihr Gesicht hervor. Ihre Augen funkelten, und es wurde sofort deutlich, dass sie ehrfurchtgebietend schön war, jeder einzelne Gesichtszug perfekt abgemessen und platziert. Und nach der Silhouette ihres Kleids zu urteilen, passte die Figur dazu.

Sie blieb neben Lucas stehen, ohne ihn anzusehen, stützte die Hände auf das steinerne Geländer vor ihr und blickte zum Horizont. Die Wachleute hatten sie nicht daran gehindert, sich ihm zu nähern, was ein Hinweis darauf war, dass sie eine sehr wichtige Person sein musste, sogar in einem Raum, in dem sich die mächtigsten Leute des Planeten drängten. Lucas hatte schon vergessen, dass sie eine Frage gestellt hatte. Sie stellte eine weitere.

»Hatten Sie auf der Erde Städte wie Elyria?«, fragte sie. Ihre Stimme hatte einen melodischen Klang, bei dem Lucas sofort den ganzen Stress der Party da drin vergaß. Er fand die Sprache wieder.

»Nichts in dieser Art. Wir hatten ein paar tolle Städte: New York, Paris, Dubai. Aber nichts war mit dieser zu vergleichen.«

Sie nickte.

»Ja, soweit ich es verstanden habe, war Ihre Welt ein gutes Stück jünger als unsere. Aber Sie wirken sehr … zivilisiert.«

»Na ja, ah, danke.«

»Keine Ursache«, sagte sie mit aufrichtigem Lächeln.

Sie blickte weiterhin in die Ferne und hatte immer noch keinen Blickkontakt mit Lucas hergestellt. Sie stützte einen Ellbogen aufs Geländer und legte das Kinn auf die Hand. Lucas versuchte ihr Alter zu schätzen. Vielleicht fünfundzwanzig Erdjahre? Auf Sora war das jedoch nur schwer erkennbar, da man hier so viele Verfahren an genetischer Rekonstruktion oder Therapie einsetzte, dass einfach jeder jünger aussehen konnte als er war.

»Wer sind Sie?«, fragte er.

Sie wandte sich ihm endlich zu. Eine Lampe in der Nähe hob ihre Augen hervor, die ein aufregendes Spektrum an Flecken in Blau, Grün, Braun und Gold aufwiesen, alles umgeben von einem Ring aus dunklem Violett. Lucas hatte so etwas noch nie gesehen. Die Iriden der jungen Frau waren bezaubernder als die gesamte Galaxie im Hintergrund.

»Ich bin Corinthia, aber die meisten hier nennen mich Cora. So läuft das, wenn man seit der Geburt aller Welt bekannt ist.«

»Seit der Geburt?«, fragte Lucas

»Na ja, wenn man es so nennen kann. Meine Eltern haben Billionen in meine Gene investiert, und ich möchte nicht mal wissen, wo man mich zusammengebastelt hat. Eine Vale muss natürlich perfekt ausfallen. Wie ich höre, ist bei Ihnen selbst etwas unterwegs. Da sind dann wohl Glückwünsche angebracht. Der Erste Sohn von Sora und all so was. Ich bin sicher, dass man ihm die besten Gene verpassen wird, die auf dem Markt sind. Und vermutlich auch einige von außerhalb des Marktes. Vermeiden Sie nur Augen wie diese«, sagte sie und deutete auf die eigenen. »Selbst für einhundert Millionen Mark das Stück sind die Farben die Lichtempfindlichkeit nicht wert.«

»Sie sind eine Vale«, stellte Lucas schließlich fest.

»Ja, ja, ich weiß, die Last, Tochter der Hochkanzlerin zu sein! Ich höre mich bestimmt wie ein vollkommenes Blag an«, sagte sie und verdrehte die Augen.

Talis' Tochter. Er entdeckte jetzt eine vage Ähnlichkeit.

»Ganz und gar nicht«, sagte Lucas höflich, entschlossen, so zu tun, als hätte er schon die ganze Zeit gewusst, wer sie war.

»Ich arbeite hier sogar, egal was von mir behauptet wird. Tatsächlich bin ich seit vergangenem Jahr im Kanzleramt an führender Stelle für die Verbindungen zum Militär zuständig, also werden wir uns recht häufig sehen. Ich habe gehört, dass Sie in einer Woche mit der Garde abreisen.«

»Das wurde mir auch gesagt.«

»Warum haben Sie sich für die Initiative verpflichtet?«, fragte sie. »Sie sind gerade erst eingetroffen, nachdem Sie im Krieg waren, und jetzt stürzen Sie sich gleich in den nächsten?«

»Nun«, sagte Lucas, »ich habe schließlich einen ganzen Planeten zu rächen.«

»Und auch einen zu retten«, sagte sie, und ihr Tonfall wechselte von spielerisch zu ernst. »Sora wird noch zu meinen Lebzeiten überrannt werden, wenn wir nicht bald einen Weg finden, diesen Krieg zu beenden. Täglich brechen Verteidigungslinien überall in den Randsystemen zusammen. Die Xalaner könnten innerhalb von zehn Jahren hier sein. Und um die Wahrheit zu sagen: Wir haben nicht die Kraft, sie erneut aufzuhalten.«

Sie steckte eine lose Haarsträhne in einen Zopf zurück und fuhr fort: »Ich bin den Krieg leid. Das sind wir alle. Die soranische Geschichte ist beherrscht vom Krieg. Wir haben um Land gekämpft, Geld, Rasse, Religion. Wir mussten gegen unsere eigenen Schöpfungen kämpfen, die Maschinen, und jetzt tun wir das Gleiche wieder gegen die Xalaner. Wir lernen anscheinend nie.«

»Auf der Erde war es nicht viel anders«, sagte Lucas. »Nur selten ging ein Jahrhundert vorüber, ohne dass Millionen im Krieg gestorben wären. Es liegt in der menschlichen Natur, vermute ich.«

»Ah ja«, sagte sie. »So nennen Sie sich selbst, nicht wahr? ›Menschen‹?«

»Es wird schwierig werden, diese Gewohnheit abzuschütteln.«

Sie wurde für eine Minute still und nahm einen Schluck aus

dem Glas in ihrer Hand. »Versprechen Sie mir nur eins, ja? Beenden Sie ihn.«

Lucas zog die Brauen hoch.

»Ihren Drink?«, fragte er und deutete auf das blaue Gefäß in ihrer Hand.

»Den Krieg.«

»Das ist viel verlangt.«

»Ich weiß, was sie planen – sie wollen den Xalanern die Wahrheit sagen. Das könnte funktionieren.«

Sie war wirklich gut informiert.

»Die Xalaner davon überzeugen, dass wir in Frieden leben können. Ihre Führung als die Lügner und Mörder bloßstellen, die sie sind. Die Bevölkerung zu gewinnen, das könnte funktionieren. Sie komplett auszurotten aber nicht.«

Einige Billionen Mark an genetischem Material hatten die Frau vor ihm offenkundig mit Selbstsicherheit, Intelligenz und entwaffnender Schönheit ausgestattet. Als sie näher an ihn heranrückte, wurde sich Lucas darüber klar, dass das eine potenziell gefährliche Kombination darstellte.

Ein Schaudern lief durch ihren Körper, und sie wich ein paar Schritte weit zurück.

»Es ist ein wenig kühl hier draußen. Ich kehre zur Party zurück, so lästig sie mir auch fällt. Ich weiß gar nicht mehr, wann man zuletzt so viele Schaumschläger auf einmal in einem Raum angetroffen hat.«

»In Ordnung«, sagte Lucas mit leisem Lachen. Lautes Gelächter drang von innen heraus. »Ich warte noch etwas länger.«

Sie entfernte sich von ihm und sagte, während sie zurück zur Tür ging, die sie zur Gala führte: »Es war mir ein Vergnügen, Erdgeborener. Ich bin froh, dass Sie uns gefunden haben.«

Und dann wurde sie von einem Feuerball verschlungen.

3

Lucas' wölbte sich der Rücken, als der Feuerstoß durch den Zugang zum Balkon platzte und ihn gegen das Steingeländer warf. Er schlug am Boden auf, ohne das Bewusstsein zu verlieren, war aber desorientiert, und eine Schmerzwelle lief durch seinen Körper. Dumpfes Dröhnen klang ihm in den Ohren, und sehen konnte er nichts als riesige rote Flecken.

Er tastete auf dem Boden umher, ertastete mit den Füßen Stein- und Glassplitter, kroch los und versuchte zu begreifen, was da gerade passiert war.

Eine Explosion. Eine Bombe. Ein Angriff. Sofort wandten sich seine Gedanken Asha zu. Er versuchte aufzustehen, aber er brach umgehend wieder zusammen. Als er langsam wieder besser zu sehen vermochte, sah er, dass ihn ein paar glasige prismatische Augen anstarrten. Corinthia Vale lag auf der Seite, Wange und Hals schwarz verfärbt, das zerfetzte Kleid in Flammen. Ihr Blick war starr und reglos.

Lucas zerrte sich auf den Ellbogen zu ihr hinüber, legte ihr zwei zitternde Finger an den Hals und bestätigte, was er schon gewusst hatte. Sie war tot. Er blickte an ihr vorbei und stellte fest, dass der Thronsaal ein Hochofen der Hölle voller Rauch und Feuer war, aus dem Schreie zu ihm auf den Balkon drangen. Wie war das geschehen? Lucas schwanden fast die Sinne, als er sich erneut auf die Beine zu kämpfen versuchte, aber diesmal hatte er mehr Erfolg. Er richtete sich schwankend auf, hielt sich am Geländer fest. Corinthia lag immer noch vor ihm.

Der Boden bebte, als eine gepanzerte Gestalt neben ihm auf dem Balkon landete. Bei der Landung platzten die Bodenfliesen auf. Düsen, die der Ankömmling auf dem Rücken trug, flackerten in blauem Licht, bevor sie ausfielen. Er wandte sich Lucas zu, und der sah eine Sturmwaffe in ihren Händen und nahm vage ein von einem Helm geschütztes Gesicht wahr. Die Gestalt war ein Turm aus schwarzer Panzerung mit vier blutroten Streifen, die sich auf der Brustplatte schnitten. Sie war größer als Lucas, aber nicht groß genug für einen Xalaner. Als sie das Gewehr hob, griff Lucas instinktiv nach einer eigenen Waffe, die er aber nicht trug.

Der Kopf der Gestalt ruckte nach rechts, und Blut spritzte aus der Seite des zerplatzten Helms. Der Panzeranzug fiel so plötzlich um, als wäre die Person darin völlig verdampft. Ein Mann trat aus den Flammen im Thronsaal hervor. Es war Mars Maston; seine Uniform war angesengt, und Blut lief ihm aus den Ohren. Er hielt eine lange silberne Energiepistole in der Hand. Sein Blick begegnete kurz Lucas' Augen, aber dann beanspruchte die Leiche zu seinen Füßen seine gesamte Aufmerksamkeit. Er sank auf die Knie.

»Cora!«, schrie er. »Cora!« Er tastete wie zuvor Lucas nach einem Puls und stellte dieselbe unerträgliche Tatsache fest. Er hämmerte die Faust aufs Gestein und warf Lucas einen wütenden Blick zu.

»Kommen Sie, sofort!«, rief er im Aufstehen, wobei er die immer noch schwelende Corinthia hochhob. Er warf sie sich über die Schulter und hielt die Pistole weiter mit der freien Hand. Lucas stolperte zu dem toten Eindringling hinüber und hob dessen Waffe auf, die seltsam an eine verkürzte Version der xalanischen Gewehre erinnerte, mit denen er so intensiv vertraut geworden war.

Im Innenraum herrschte das reine Chaos. Der ganze Saal stand in Flammen, und der Fußboden war mit Leichen übersät, darunter auch die zwei bewaffneten Wachleute beiderseits der Balkontür. Schreie waren zu hören, aber bei dem Rauch war nicht zu erkennen, woher sie kamen. Lucas stolperte über eine Leiche. Die Ohren klingelten ihm nach wie vor, und er hatte die Lunge voller Rauch.

Ein Stück voraus marschierten zwei weitere gepanzerte Gestalten mit roten Streifen durch das Gemetzel und feuerten auf die, die sich am Boden rührten oder die zu fliehen versuchten. Die beiden entdeckten Maston und Lucas zu spät und erhielten jeder einen Kopfschuss. Lucas' instinktiver Schuss aus dem Energiegewehr verdampfte den Kopf seines Ziels vollständig, was Lucas sehr überraschte.

»Asha!«, schrie er, erhielt aber nur unverständliche Schreie zur Antwort. »Asha!«

»Hier entlang!«, schrie Maston und zerrte ihn auf den mächtigen Thron zu, immer noch mit Corinthias Leiche auf der Schulter, während ihr Kopf über seinen Rücken baumelte. Der zentrale Tisch mit den Speisen war völlig zerstört, und eine strahlenförmig nach außen weisende Spur der Zerstörung auf dem Fußboden gab Hinweis darauf, dass hier der Ursprung der Explosion lag. Im fernen Rauch trampelten weitere gepanzerte Gestalten herum. Lucas feuerte ohne viel Federlesens auf sie, konnte aber nicht feststellen, ob er irgendeinen Treffer landete.

Wie hatten diese Leute Tannons Sicherheitsvorkehrungen überwinden können? Ein weiterer Eindringling trat von dem Balkon, von dem sie gerade kamen, in den Raum. Der Angriff erfolgte eindeutig aus der Luft. Der Neuankömmling steckte zwei Schüsse Mastons ein und ging zu Boden. Lucas sah Palastwachen aus einem Korridor auf der anderen Seite kommen und die gepanzerten Truppen angreifen, während überlebende Zivilisten hinter den Soldaten Schutz suchten.

Maston und er erreichten den Thron, und Maston wedelte mit der Hand und rief damit ein holografisches Interface aus dem antiken, jetzt geschwärzten Marmor auf. Er bewegte verschiedene virtuelle Elemente, und der gewaltige Sitz rutschte auf dem Fußboden ächzend vorwärts. Darunter kam ein eckiges Loch mit einer Metallleiter zum Vorschein.

»Rein da!«, brüllte Maston.

»Nein!«, rief Lucas so laut, wie er mit der brennenden Asche in der Lunge nur konnte. Er drehte sich zum in Flammen stehenden Saal um.

»Asha!«, schrie er heiser, während er sich dem Inferno näherte. Maston versuchte ihn festzuhalten, aber mit Corinthia auf dem Rücken und einer Waffe in der Hand bekam er ihn nicht zu fassen.

Und dann sah Lucas sie.

Zwei gepanzerte Männer schleiften eine Frau weg, der schwarze Locken ins Gesicht hingen und die das unverkennbare rote Kleid und die Juwelenhalskette trug, in der sich die Flammen spiegelten. Sie gingen gerade um eine Ecke und auf der anderen Seite des Saals durch die Balkontür.

Lucas wollte loslaufen, stürzte aber beinahe. Er fing sich an der Wand ab und setzte seinen Weg fort, so gut er konnte. Es fiel ihm schwer zu begreifen, was ihn da überhaupt behinderte. Eine Flut von Adrenalin hatte jeglichen Schmerz bisher wirksam unterdrückt.

Er stieg über einen weiteren toten Wachmann und erreichte die andere Seite. Mit dem Gewehr im Anschlag pirschte er sich um die Ecke und überraschte einen Mann im Kampfanzug, der sich dort postiert hatte. Auf die kurze Distanz pustete ihm Lucas ein sauberes Loch durch den gepanzerten Torso. Der Schuss riss noch einen Steinsplitter aus dem Geländer dahinter. Als der Mann zu Boden sank, sah Lucas, was ihn erwartete. Ihm stockte das Herz.

Eine zweite Gestalt hielt Asha mit einem Arm umklammert

und mit der anderen eine kurzläufige Pistole an den Schädel. Lucas erstarrte. Der Mann gab ihm mit der Pistole wortlos einen Wink. Langsam ließ Lucas den Gewehrlauf zu Boden sinken, während sein Gegenüber die Pistole wieder auf Asha richtete. Asha rührte sich nicht, Haut und Kleid waren eine Schweinerei aus schwarzen Verbrennungen. Lucas sah jedoch, dass sich ihre Brust unter dem Metallarm des Manns im Rhythmus des Atems hob und senkte.

Lucas hatte die Waffe nun für den Eindringling weit genug gesenkt, und innerhalb eines einzigen Augenblicks schaltete der Gepanzerte die blauen Triebwerke auf dem Rücken ein und feuerte die Pistole ab. Lucas riss instinktiv das Gewehr hoch und wehrte damit den ersten Schuss ab, während die beiden nächsten Geschosse an seinem Kopf vorbei in den Boden zischten und der Mann mit unglaublicher Geschwindigkeit zum Himmel hinaufschoss. Lucas ließ die jetzt superheiße Waffe fallen und rannte zum Geländer. Allein das blaue Licht der Düsen war noch zu sehen, während die beiden zum wolkenlosen Nachthimmel aufstiegen. Lucas blickte auf den Toten hinab, aber dessen Triebwerk war von seinem Schuss zerstört worden, und Lucas gelangte rasch zu dem Schluss, dass er dem anderen damit nicht nachsetzen konnte. Als er wieder zum Himmel hinaufblickte, waren die Lichter verschwunden.

Asha war fort.

Lucas' vergessene Schmerzen kehrten alle auf einmal zurück, und er brach bewusstlos zusammen.

Lucas' Blick war verschwommen, als er wieder zu sich kam. Er sah Lichter und Gestalten, konnte aber nicht erkennen, woraus genau sie zusammengesetzt waren. Er drehte den Kopf hin und her, und die Gestalten wechselten, wurden aber nicht deutlicher. Er lag auf dem Rücken, glaubte er zumindest, und versuchte die

Arme zu heben, aber das fühlte sich an, als bewegte er sie durch Teer. Ein undeutlicher Klecks, der seine Hand sein musste, pendelte schwerfällig vor seinen Augen.

»Er ist wach«, sagte jemand.

Hatte man ihn auch entführt?

»Dann senken Sie die Dosis ein Stück weit.«

Schmerzen. Er zuckte zusammen, und seine Muskeln spannten sich.

»Nicht so stark.«

Erleichterung, und die klare Sicht kehrte allmählich zurück. Ein Mann und eine Frau in langen Silbermänteln ragten über ihm auf. Es war die Frau, die sprach.

»Seine Verletzungen sind nicht schwer. Die Wirbelsäule wird heilen. Die Verbrennungen sind geringfügig.«

»Ist trotzdem ein besonderer Fall«, sagte der Mann.

»Ich weiß.«

Während sich seine Sicht weiterhin klärte, stellte Lucas fest, dass die Frau kurze braune Haare hatte, dunkelgrüne Augen und ausgeprägte Wangenknochen. Den Mann konnte er derzeit nicht sehen.

»Helfen Sie ihm auf; sie möchten mit ihm reden. Halten Sie jedoch die Dosierung bei 20 Prozent.«

Lucas spürte, wie sich im Rückgrat wieder Schmerzen bemerkbar machten, aber seine Gedanken wurden ein Stück klarer. Die Frau löste mehrere Kabel von seinem Rumpf. Er konnte sich aufsetzen, auch wenn sein Rücken sich darüber beschwerte.

»Da drüben«, sagte sie. »Sie warten.«

Lucas folgte ihrem Fingerzeig und sah, dass der Raum dunkel war, abgesehen von einem hell erleuchteten Holotisch im Zentrum. Gestalten drängten sich darum und beobachteten diverse Displays, die von der Tischfläche aufstiegen.

Lucas stand von der Trage auf, die sofort von zwei Helfern ins

Dunkel weggeschoben wurde, begleitet von einer ganzen Schar mobiler Apparate.

Das Gehen erwies sich auf den ersten Schritten als schwierig, wurde aber leichter, während die Taubheit in seinen Beinen langsam nachließ und er einen festeren Stand fand. Er näherte sich dem Tisch, und jetzt war auch klar, wo er sich befand. Und wo nicht.

Er war nicht wie Asha entführt worden, wie die Anwesenheit von Tannon, Maston und Alpha bestätigte. Die übrigen Männer und Frauen am Tisch kannte er nicht, aber einige trugen Militäruniformen, andere hingegen die Anzüge ziviler Amtsträger.

Ein weiterer Sanitäter im Silberkittel applizierte etwas auf Tannons Rücken. Die Uniform des Admirals war angesengt, und vom Kinn tropfte Blut auf die schimmernde Tischfläche, aber er schien keine lebensgefährlichen Verletzungen erlitten zu haben. Maston schien ähnlich mitgenommen, aber auch nicht in Gefahr, auch wenn sein einst geschniegeltes und gestriegeltes Äußeres sich in ein zerfleddertes Chaos aus Asche und Blut verwandelt hatte.

Alpha erkannte Lucas als Erster über den Tisch hinweg.

»Lucas«, sagte er, und das blaue Hologramm an seinem Translatorkragen flackerte.

»Schön, dass Sie zu uns stoßen konnten«, sagte Tannon und verscheuchte den Silberkittel von seinem Rücken.

»Wo sind wir?«, fragte Lucas, und die eigene Stimme hatte einen seltsamen Klang für ihn.

»In einem Bunker unter dem Palast. Einem von vielen. Er dient außerdem in Kriegszeiten als Festung.«

»Wie bin ich hergekommen?«

»Dafür dürfen Sie sich bei Maston bedanken«, sagte Tannon und deutete auf den Mann ihm gegenüber.

»Ich konnte nicht zulassen, dass wir zwei Erdgeborene verlieren«, sagte dieser in einem Ton, der Lucas ärgerte. Der Mann hatte ihm jedoch gerade zweimal das Leben gerettet. Und als Maston besser ins Licht trat, erkannte Lucas in seinem Gesicht kaum verhohlenen Schmerz.

»Asha – wo steckt sie?« Seine Gedanken kehrten zur dringlichsten Frage zurück.

»Das versuchen wir herauszufinden. Wir versuchen, aus dieser ganzen verdammten Katastrophe schlau zu werden. Bringt ihn auf den aktuellen Stand.«

Ein kleinerer Mann rechts von Tannon, dessen Uniform Lucas nicht einordnen konnte, meldete sich mit zitternder Stimme zu Wort

»Um 28:05 Uhr detonierte ein Sprengsatz im Thronsaal, versteckt im Serviertisch. Seine außergewöhnlich kleinen Ausmaße und die einzigartige Zusammensetzung haben dafür gesorgt, dass er alle Ebenen der Sicherheit unbemerkt passieren konnte.«

Der Mann winkte, und die dreidimensionale Abbildung von so etwas wie einem Mikrochip schwebte über ihnen.

»Das Ding war kleiner als ein Fingernagel«, sagte Tannon. »Wäre der Sprengsatz auch nur ein klein wenig größer gewesen, hätte er das ganze Stockwerk in Staub verwandelt.«

Der kleine Mann fuhr fort: »Nach der einleitenden Explosion sprang ein Angriffsteam aus einem Schiff unbekannter Herkunft ab. Die Verluste waren hoch, aber alle Mitglieder dieses Angriffsteams wurden getötet oder sind geflohen.«

»Wer war das?«, fragte Lucas.

»Das Vierte Gebot«, stieß Maston mit knirschenden Zähnen hervor. »Ihre Panzerungen waren unübersehbar. Aber diese Waffen …«

»Das Vierte Gebot? Ist das nicht eine politische Partei?«, fragte Lucas und erinnerte sich an Meldungen im Strom, die er zuvor gesehen hatte.

Tannon schnaubte. »Eine politische Partei? Das sind Aufständische. Eine Widerstandsgruppe, die von diesem Narren Hex Tulwar geleitet wird. Sie haben schon früher Anschläge verübt, aber ich hätte nie gedacht, dass sie zu einer solchen Aktion fähig wären. Das Ganze ergibt keinerlei verdammten Sinn.«

»Was meinen Sie damit?«

Ein weiterer Militär meldete sich zu Wort. Seine makellose Uniform verriet, dass er nicht auf der Party gewesen war.

»Das Angriffsteam ist aus dem Nichts aufgetaucht und wieder verschwunden. Wir wissen nicht, wie sie unsere Sicherheitsvorkehrungen überwinden konnten.«

Eine mit Asche bedeckte Frau rief eine Anzeige aus dem Holotisch ab. Sie musste ein paar Mal husten, ehe sie reden konnte.

»Die Scannerergebnisse sind eingetroffen. Keinerlei Ortung von Bewegung, Wärme, Infrarot. Und nichts auf Video. Sie sind einfach … verschwunden.«

Eine Bildfolge zeigte einen Angreifer, der mit blauem Jetpack zum Himmel hinaufflog. Er wurde langsamer und verschwand dann innerhalb eines Sekundenbruchteils komplett in der wolkenlos schwarzen Nacht.

Lucas hatte so etwas schon einmal gesehen.

»Alpha, das ist doch nicht …«, sagte Lucas.

»Das muss es sein«, sagte Alpha, die Klauen auf dem Tisch ausgestreckt. »Die Soraner verfügten bislang nicht über eine solche Technik. Aber es kann nichts anderes sein.«

»Wovon reden Sie da?«, wollte Maston wissen.

»Sie haben ein getarntes xalanisches Kurzstreckenschiff benutzt. Eine Untersuchung ihrer Waffen und des Sprengsatzes wird vermutlich ebenfalls Elemente xalanischer Technik offenlegen.«

»Unmöglich«, sagte Tannon. »Sie sind der erste Xalaner in dreihundert Jahren, der auch nur mit uns spricht. Warum sollten die Xalaner jetzt mit dem Vierten Gebot zusammenarbeiten?«

Alpha zeigte sich unerschüttert in seiner Überzeugung. »Möchten Sie lieber glauben, dass Ihre unterfinanzierte Widerstandsgruppe über Nacht aus eigener Kraft eine Technik entwickelt hat, die Ihrer eigenen um Jahrhunderte voraus ist? Es ist nicht zu bezweifeln, dass die beiden Gruppierungen bei diesem Mordanschlag zusammengearbeitet haben.«

»Wer war das Ziel?«, fragte Lucas. »Asha? Haben sie sie deshalb entführt?«

»Halten Sie sich für so etwas verflucht Besonderes, Erdgeborener?«, fragte ein vor Wut kochender Maston. »Die mächtigsten Personen dieses Planeten waren auf der Party, und ein gutes Viertel von ihnen ist jetzt tot! Die Angreifer hätten das nicht organisiert, um sich ein nutzloses Erdenmädchen zu greifen!«

Die Provokation war zu viel für Lucas. Er drängte sich an zwei Personen vorbei und ging auf Maston los, ehe einige nahe stehende Offiziere sie trennen konnten. Lucas wich zurück; ihm pochte der Schädel vor Wut und was immer er an Medikamenten vermutlich erhalten hatte. Er spuckte eine naheliegende Frage aus.

»Wo ist Talis? Ich meine, die Hochkanzlerin?«

»Sie ist in Sicherheit«, antwortete Tannon schnell. »Aber sie trauert um ihre Tochter.«

Corinthia. In Lucas' Gedanken blitzte das Bild auf, wie sie von Flammen verzehrt wurde.

»Die mit *Ihnen* redete, als ich sie zuletzt sah«, giftete Maston.

»Sie wäre nicht … Ich war … Es blieb keine Zeit«, stotterte Lucas. »Sie war gerade hineingegangen, als die Detonation erfolgte. Als ich sie erreichte … war sie tot.«

»Er hätte nichts tun können, Maston. Beruhigen Sie sich«, sagte Tannon.

»Die ganze verdammte Party wurde für diese Leute veranstaltet! Wären sie gar nicht erst aufgetaucht …«

»Ich hatte keine Ahnung, dass das passieren würde!«, fauchte Lucas zurück. »Wären Ihre Sicherheitsvorkehrungen besser, dann hätten Sie es vielleicht verhindert und sie würde noch leben!«

Jetzt verlor Mars Maston den letzten Rest an Fassung. Er holte und traf Lucas' Kinn, der einfach zu groggy war, um dem Hieb auszuweichen. Lucas landete auf dem Boden, und Maston warf sich auf ihn. Die Würdenträger ringsherum eilten sich, sie voneinander zu trennen, während Tannon um den Tisch kam und die beiden Streithähne anbrüllte.

Der Holotisch leuchtete auf, und angesichts des dargestellten Bildes erstarrten alle. Am oberen Rand stand zu lesen »eingehende Mitteilung«, darunter war Asha zu sehen, ramponiert, voller Brandwunden und blutbefleckt. Sie saß auf einem Stuhl, die Hände hinter dem Rücken, während ihr die nassen schwarzen Haare rings ums Gesicht fielen. Ihre grünen Augen strahlten hell, und Lucas entdeckte darin den vertrauten Ausdruck brennender Wut. Ihren Mund bedeckte ein metallisches Gerät, das nach mehr als einem einfachen Knebel aussah. Nach der Art, wie ihre Muskeln angespannt waren, konnte sie sich keinen Zentimeter weit bewegen; der Mechanismus erzeugte anscheinend eine Art Lähmung. Lucas' Griff löste sich von Mastons Kragen, und sie beide kamen langsam wieder auf die Beine. Die Kamera fuhr im Display zurück, und zwei gepanzerte Männer traten ins Bild, jeder mit einer gezogenen Waffe, die auf Asha zielte. Lucas donnerte der Herzschlag in den Ohren.

Eine weitere Gestalt kam ins Bild, die weder Helm noch Maske trug, um ihr Gesicht zu verbergen. Der Mann war sonnengebräunt, trug die braunen Haare lang und besaß einen dunklen

Teint. Er trug eine schwarze Uniform, deren Brustknöpfe geöffnet und die Ärmel hochgekrempelt waren.

»Dieser Dreckskerl …«, sagte Tannon leise. Lucas sah ihn an. »Das ist Hex Tulwar«, erklärte Tannon.

»Sir, das empfangen nicht nur wir. Es hat alle Ebenen des Streams übernommen«, meldete der kleine Mann neben ihm.

»Was? Wie ist das möglich?«

»Es scheint, dass Ihr Widerstand heute viele unmögliche Dinge vollbringt«, sagte Alpha.

Der Mann im Display ergriff das Wort, während er näher an die Kamera herantrat, die zugleich von Asha wegschwenkte. Der Hintergrund war dunkel und nicht zu erkennen.

»Grüße, meine soranischen Brüder«, sagte er. Seine Stimme hatte einen Akzent, wie Lucas ihm auf diesem Planeten noch nicht begegnet war. »Inzwischen haben Sie Nachricht von dem Richterspruch erhalten, der vom Himmel über Elyria ergangen ist. Die Abtrünnigen unter ihrer Hochkanzlerin mussten für ihre Missetaten bezahlen, und ihre Fassade ist eingestürzt.«

Lucas warf einen Blick auf Maston, dessen brodelnder Zorn inzwischen dem Display galt, nicht mehr ihm.

»Wir wussten nicht, was wir vorfinden würden, als wir heute Abend in die Gala der Eitlen und Mächtigen eindrangen. Nach Wochen der Vorbereitung haben wir erst heute Morgen erfahren, dass die Veranstaltung dazu diente, das Auftauchen der beiden falschen Götzen zu feiern, die man die *Erdgeborenen* nennt.«

Er sprach das Wort mit dem gleichen höhnischen Unterton aus wie Maston.

»Ich hoffe, dass Sie nicht so dumm sind zu glauben, Sie hätten es wirklich mit lange vermissten Verwandten Soras von einer fernen Welt zu tun. Sie sind bloß Instrumente und Propagandarequisiten, dazu geschaffen, um das Feuer des Krieges weiter anzufachen.«

Die Äußerungen des Vierten Gebots, das früher am Tag im Stream die Echtheit der Erdgeborenen bestritten hatte, waren fast identisch mit Tulwars Worten.

»Dieser Krieg läuft schon zu lange, und wir nehmen ihn nicht mehr hin. Für jedes verdampfte Schiff hätten hunderttausend Soraner ein Jahr lang zu essen gehabt. Für den Preis einer Antimaterierakete könnte man vier Millionen Liter toxisches Wasser filtern. Und die Mächtigen erdreisten sich, dieses neue Kapitel des Krieges mit einer verschwenderischen Party zu feiern, wo die Elite der Unterdrücker sich mit feinen Speisen und Getränken vollstopft und zugleich diesen neuen Götzen huldigt.«

Die Kamera schwenkte wieder auf Asha, die nach wie vor in ihren Fesseln gelähmt war.

»Jetzt stellen wir diese Lüge auf die Probe. Wenn diese Erdgeborene so besonders ist, wie behauptet wird, die Letzte ihrer Art, dann wird man für ihre sichere Rückkehr zahlen. Das wird ein Lösegeld sein, das nicht töten, sondern heilen soll. Das Vierte Gebot verlangt bis zum morgigen Mondaufgang eine Zahlung von fünfzig Billionen Mark, oder wir schneiden diesen Götzen auf und sehen nach, ob sie auch *innerlich* so aussieht wie wir.«

Eine der beiden Wachen schwenkte ein langes, gebogenes Messer, das er gefährlich nahe an Ashas Hals heranführte. Lucas hatte die Fäuste so fest geballt, dass schon kein Gefühl mehr in ihnen war.

»Wir verlangen, dass die für den Krieg aufgewendeten Mittel dem Volk von Sora für den Frieden zurückerstattet werden. Wenn die Mächtigen nicht zahlen und diese Erdgeborene stirbt, werden Sie wissen, dass Ihre Regierung Sie angelogen hat und die Erdgeborenen genauso wenig von einer anderen Welt stammen wie Sie oder ich. Sicherlich wäre doch die bedeutendste Entdeckung der soranischen Geschichte ein paar Mark wert, oder?«

Die Kamera schwenkte von Asha weg und richtete sich wieder einzig auf Hex Tulwar.

»Denkt nach, meine Kinder. Vales, ich erwarte Ihre Antwort.«

Die Übertragung endete, und nur eine kurze Reihe von Symbolen blieb zurück.

Im Raum war es still.

»Ortung?«, fragte Tannon, aber die Frau neben ihm schüttelte schon den Kopf.

»Was zum Teufel tun wir jetzt?«, fragte ein ziemlich erschrocken wirkender Militärkommandeur auf der anderen Seite des Tischs.

»Wir vergessen sie«, sagte Mars Maston kalt.

»Was?«, rief Lucas. »Sie machen wohl Witze! Geben Sie ihnen einfach das Geld!«

»Fünfzig Billionen Mark könnten den ganzen nächsten Feldzug finanzieren«, sagte Maston, erneut viel zu dicht an Lucas herangerückt. »Ihr … Gegenstück ist nicht den Bruchteil dessen wert.«

Lucas knirschte mit den Zähnen, verzichtete aber darauf, wieder auf den Mann loszugehen. Er probierte es mit Vernunft.

»Wenn Sie nicht zahlen und man Asha umbringt, werden Ihre Bürger glauben, wir wären einfach eine Erfindung Ihrer Regierung, um für den Krieg zu trommeln.«

»Sie meinen, das sind Sie nicht?«, fragte Maston spöttisch.

Tannon schlug mit der Faust auf den Holotisch, sodass alle Displays wackelten.

»Sie vergessen eine dritte Möglichkeit. Wir treten ihnen die Tür ein, retten das Mädchen und führen Tulwar der Gerechtigkeit zu.«

Maston wandte sich ihm mit verwirrter Miene zu.

»Sie sind mit einem unsichtbaren Schiff hier aufgetaucht; Sie, Tannon, konnten die Quelle der Übertragung nicht aufspüren, und das Vierte Gebot hat ihr schon den Ortungschip herausgeschnitten. Wie genau sollen wir sie finden?«

Ortungschip? Lucas blickte rasch an sich herab. Hatte man ihm etwas implantiert? Und diese anderen hatten das gleiche Ding aus Asha herausgeschnitten? Beide Gedanken waren sehr beunruhigend.

»Ich habe mit unserem neuen Freund hier geplaudert, und er weiß, wie wir sie finden können. Erklären Sie es ihnen«, sagte Tannon und gab Alpha einen Wink.

»Auf der Erde«, berichtete Alpha und blickte dabei Lucas an, »habe ich dich und Asha mit chemischen Aufspürmitteln versehen.«

»Was? Wieso?«, fragte Lucas. *Er auch?*

»Ich musste in der Frühphase unserer Partnerschaft eure jeweiligen Standorte kennen, da ich nicht wusste, ob ich euch trauen konnte. Später diente es dazu, euch aufzuspüren, wenn wir gefährliche Orte aufsuchten und getrennt wurden.«

»In … Ordnung«, sagte Lucas zögernd.

»Du trägst die chemische Spur nach wie vor. Ebenso Asha. Dieses Vierte Gebot kann sie nicht aufspüren, auch wenn sie das leichter auffindbare soranische Gerät entdeckt haben. Solange sie Asha nicht aus dem Sonnensystem fortbringen, kann ich die chemische Kennung verfolgen. Ich benötige jedoch einige Stunden, um das erforderliche Spürgerät neu zu bauen; der Vorgänger wurde im Zuge des letzten Gefechts an Bord der Arche zerstört.«

»Wir könnten nie dorthin vordringen«, unterbrach sie Maston. »Sie würden uns auf Meilen hinaus entdecken und der Frau die Kehle durchschneiden, ehe wir den Unterschlupf stürmen.«

»Das hat etwas für sich«, sagte Tannon schroff. »Wenn man dem Vierten Gebot eines nachsagen kann: Sie sind leicht zu verunsichern. Sie haben in Rhylos nach der Reihe unserer Einsätze dort heute mehr Luftabwehrsensoren als je zuvor.«

»Sie vergessen ein weiteres Geschenk, das man Ihnen gemacht hat«, entgegnete Alpha. »Eine Meile unter uns liegt ein Schiff in einem Hangar, das uns sofortigen und unbemerkten Zugang zu jeder Stelle dieses Planeten gibt.«

Omikrons Flaggschiff, der Tarnkreuzer. Lucas hatte ihn glatt vergessen. Er verfügte über die gleiche Tarnvorrichtung wie das vom Vierten Gebot eingesetzte Schiff, war aber vermutlich viel größer und viel schneller.

»Absolut!«, bestätigte Lucas, durch Alphas Plan frisch motiviert. »Behalten Sie Ihr Geld. Bringen wir sie lieber alle um.«

Maston war still. Er starrte ins Licht des Holotisches. Endlich meldete er sich zu Wort.

»Für Corinthia«, sagte er ernst. »Bringen Sie mich auf dieses Höllenschiff, und Tulwar ist tot, ehe es Morgen wird.«

Tannon schob sich vom Tisch zurück.

»Ich spreche mit der Hochkanzlerin. Sie …« Er deutete auf Alpha. »… fangen damit an, dieses Aufspürgerät zu bauen.«

»Sofort«, sagte Alpha. »Aber ich muss dazu an Bord meines Schiffs gehen.«

»Und ich benötige ebenfalls Zugriff auf bestimmte Sachen«, sagte Lucas.

Bald waren sie tiefer in den Palast vorgedrungen, viele Etagen unterhalb der matt erhellten Kriegszentrale. Mars Maston hatte sich von ihnen getrennt, um die Gardeeinheit zusammenzustellen, die er für diesen Auftrag einsetzen wollte, und so bestand die Gruppe nur noch aus Lucas, Alpha und dem Admiral.

Als die Tür schließlich aufging, sah sich Lucas wieder mit einem Anblick konfrontiert, den er seit der Erde nicht mehr kannte: dem Äußeren des Schiffs, das ihn gerettet hatte, der Arche. Der Transporter wirkte nach dem heftigen Gefecht gegen die Truppen Kommandant Omikrons schlimm zugerichtet, ein großer Teil der bordeigenen Technik war ins All gerissen worden, als das Schiff in den letzten Augenblicken der Schlacht einen Druckverlust erlitt.

Die Einstiegsrampe sank herab, und Alpha wanderte ins Licht und versprach, dass er an Bord genug Material finden werde, um das Aufspürgerät zu bauen. Tannon führte Lucas daraufhin zu einem angrenzenden Raum. Zwei soranische Symbole waren über der lichtundurchlässigen Tür abgebildet: *Erdarchiv.*

Lucas erfuhr, dass er darin finden würde, wonach er suchte. Beim Eintreten gewann er den deutlichen Eindruck, dass er sich im bedeutsamsten Museum Soras aufhielt, auch wenn jeglicher Zugang der Öffentlichkeit verwehrt blieb.

Alles, was sie von der Erde mitgenommen und an Bord der Arche aufbewahrt hatten, wurde hier ausgestellt. Lucas' Schreibtisch, den er aus dem Herrenhaus in Skandinavien geplündert hatte. Ashas abgewetztes schwarzes Tanktop war hinter dickem Glas ausgebreitet, daneben einige Dutzend weitere Kleidungsstücke, einschließlich der von Lucas. Ein weiterer Raum enthielt Bücher in sicheren Behältnissen, die auf aus dem Boden aufragenden Säulen ruhten. Lucas trat auf eines davon zu und sah, dass darin das *Bildnis des Dorian Gray* gelagert wurde, jede einzelne Seite in einem holografischen Display darunter ins Soranische übersetzt.

Lucas ging um eine Ecke und erreichte eine weitere Sektion, die für seinen derzeitigen Bedarf relevanter war. Ein großes Display zog sich an der gesamten Wand entlang, und hier versprach das transparente Energiefeld, das den Inhalt sicherte, jeden zu verflüssigen, der es zu durchqueren versuchte. In jeweils wenigen Fuß Abstand voneinander waren Schusswaffen montiert, jeweils mit *Erdwaffe* und Identifikationsnummer gekennzeichnet. Seine alte Reservepistole glänzte heller als je zuvor, wenn er sie benutzt hatte. Das Sturmgewehr eines Kannibalen, von Blut und Dreck befreit. Aufrecht war eine Panzerfaust aufgestellt, die sie nie im Kampf abgefeuert hatten. Als er nach zwei Dutzend Waffen das Ende erreichte, fand er, was er suchte.

»Öffnen«, sagte er kühl.

Ein kleiner Mann in blauem Laborkittel warf Tannon einen nervösen Blick zu, aber der Admiral nickte. Das Energiefeld löste sich auf, und Lucas nahm seine alte Freundin zur Hand. Natalie war auf Hochglanz poliert, auch wenn die in den Schaft geritzten Buchstaben weiterhin gut zu sehen waren. Als Lucas sie in den Händen drehte, stellte er fest, dass Alphas technischer Hybrid noch immer so einsatzfähig wirkte wie an dem Tag, als man Lucas die Waffe weggenommen hatte. Der Wissenschaftler neben ihm schien entsetzt, als Lucas die verschiedenen Modi durchging, von vollautomatischem Feuer über Schrotflinte bis zur Snipereinstellung und zurück. Diese Waffe hatte ihn im Verlauf der Jahre oft gerettet, und diesmal würde sie ihm helfen, jemand anderen zu retten.

Aber sie konnte es nicht allein schaffen. Lucas hängte sich Natalie über die Schulter und bückte sich, um zwei weitere Waffen an sich zu nehmen, eine langläufige Magnum und ein Schwert mit schwarzer Klinge, die nur wenige Moleküle dick war. Er hängte sich den Revolver an den Gürtel und das Schwert über den Rücken, sodass es zu Natalie überkreuz hing. Das waren Ashas Waffen, und sobald er Asha gefunden hatte, würde sie die brauchen, um sich an denen zu rächen, die sie entführt hatten. Er wandte sich Tannon zu und nickte, und die beiden verließen den Raum und überließen es dem nervösen Laborassistenten, das Energiefeld über der Waffensammlung wieder einzuschalten. Beim Gehen erblickte Lucas eine letzte Tür, die sie nicht durchquert hatten. Sie war schlicht mit dem soranischen Symbol für »11« gekennzeichnet.

Lucas wurde in einen weiteren großen Hangar geführt, diesmal viel größer als jener, in dem die Arche lag. Er brauchte eine Minute, um das schnittige Schiff vor ihm zu erkennen, da er Omikrons Fahrzeug noch nie zuvor voll beleuchtet gesehen hatte. Die früheren Begegnungen hatten in der Schwärze des Weltalls stattgefunden, im gespiegelten Sternenlicht, oder das Schiff war gleich ganz verborgen gewesen durch die selbe Art fortschrittlichen Tarnsystems, das den Angriff auf den Großen Palast ermöglicht hatte.

Vor dem Schiff stand eine Formation stämmiger Soldaten, jeder in grauer Uniform, das Energiegewehr quer vor der Brust. Sie blickten starr geradeaus und wagten nicht, die Blicke schweifen zu lassen, während ihr Kommandant zwischen ihnen hindurchging. Maston hatte die Garde versammelt.

Es war klar zu sehen, dass Maston nicht übertrieben hatte, als er davon sprach, die Garde umfasse die in genetischer Hinsicht besten Vertreter des Planeten, unter Einsatz von Milliarden Mark und durch die Anwendung weiß Gott welcher Verfahren hergestellt und optimiert. Jeder Soldat hier, ob Mann oder Frau, war größer als Lucas, und viele ragten wirklich deutlich höher auf. Sie sahen aus wie eine Legion von Comic-Superhelden inklusive schwellender Muskeln und aus Stein gemeißelter Unterkiefer. Viele schienen eher Tier als Mensch. Lucas fing den Blick eines Riesen zu seiner Rechten auf, als der Soldat den gebannten Blick auf diesen seltsamen Neuankömmling richtete. Wäre er auf der Erde gewesen, hätte Lucas ihn für einen Polynesier gehalten, aber er kannte sich mit den ethnischen Gruppen hier noch immer nicht aus.

Maston trat sofort auf Tannon zu und schenkte Lucas nicht die geringste Beachtung.

»Sie haben ihm Waffen aus dem Archiv überlassen?«

»Möchten Sie dem Vierten Gebot lieber einen rechten Haken verpassen?«, lautete Tannons Gegenfrage.

»Wir hätten ihm ein Gewehr geben können. Dieses … Ding, das er da hat, wurde noch nicht umfassend erprobt. Es könnte gefährlich sein.«

»Das ist ja der Sinn der Sache«, fand Lucas.

»Gefährlich für *uns*«, erklärte Maston. »Ich habe die ersten Ergebnisse gesehen. Wenn man den Kern dieser Waffe überlädt, ist er in der Lage, ein ganzes Schiff in den Himmel zu pusten.«

Das traf zu. Alpha hatte Lucas erklärt, dass Natalies Energiequelle tatsächlich detonieren konnte, wenn sie instabil genug wurde. Umso mehr Grund, gut auf seine alte Freundin achtzugeben.

»Ich habe eine Aufnahme gesehen, wo er mit Hilfe einer solchen Überladung ein Schiff voller xalanischer Paragone mitsamt ihrem kommandierenden Schatten gekillt hat. Wenn wir genug Zeit hätten, würde ich diesem verrückten Wissenschaftler den Befehl geben, so ein Ding für jeden Soldaten Ihrer Einheit anzufertigen«, sagte Tannon.

Maston fiel kein Einwand darauf ein, und er kehrte zu seinen Soldaten zurück.

»Es gibt mehr als einen Weg, einen Schatten umzubringen«, sagte er noch und kratzte sich die Narbe am Hals.

4

Sobald Alphas Spürgerät gebaut war, würde der Flug nur kurze einundvierzig Minuten dauern, obwohl die Distanz zu Rhylos dreieinhalb Erdumkreisungen entsprach. Omikrons Schiff war nicht nur im Weltraum, sondern auch innerhalb einer Atmosphäre schnell. Die neu berufene Gardistenbesatzung war dazu übergegangen, ihm die Bezeichnung »Speer« zu geben, wahrscheinlich inspiriert durch die flache, langgestreckte Form und den messerscharfen Bug.

Lucas wurde in die Mannschaftsunterkunft verbannt und saß dort einem vertraut wirkenden braunhäutigen Riesen gegenüber, dem Soldaten, der ihn schon zuvor gemustert hatte. Der Mann hatte die schwarzen Haare zu einem Irokesenschnitt frisiert, der ihm bis in den Nacken reichte, und trug einen Verband um den riesigen linken Bizeps, unter dem eine Reihe eckiger, an Schaltkreise erinnernder Tätowierungen hervorlugte. Neben dem Riesen saß eine blasse dünne Frau, die roten Haare grob über den Ohren abgeschnitten. Ihre blau-grünen Augen durchbohrten Lucas mit einer Miene, bei der er sich unwohl fühlte, aber er war zu besorgt, um sich einschüchtern zu lassen. Asha beanspruchte alle seine Gedanken.

Seit der anfänglichen Videobotschaft hatten sie von Hex Tulwar oder dem Vierten Gebot nichts weiter empfangen als eine kurze Mitteilung, wie das Lösegeld zu übergeben sei, das niemals gezahlt werden würde. Alpha hatte vielmehr durch die chemische Peilsubstanz herausgefunden, dass man Asha in einer Festung gefangen hielt, die tief in die Klippen von Rhylos gebaut war, eines staubigen Kontinents, der zehntausende Kilometer vom üppig grünen Elyria entfernt lag. Tannon hatte ihm erzählt, dass jene Nation seit Jahren rebellierte. Zivile Todesfälle nach Gegenschlägen der Verteidigungsinitiative hatte die Sache der Revolutionäre nur gestärkt, außerdem waren in der Nähe liegende Regionen inzwischen Bündnisse mit Tulwar und seinem Vierten Gebot eingegangen. Was die verborgene Einrichtung anging, war nur eines mit Sicherheit bekannt: Asha lebte nach wie vor, und nichts anderes war von Belang. Lucas' Gedankengang wurde unterbrochen, als ihn eine barsche Stimme ansprach. Es war der Mann.

»Hast du wirklich Kommandant Kurotos auf seinem Schiff umgebracht, Erdgeborener?«

Kurotos. Lucas brauchte eine Sekunde. Omikron.

»Ja, auf der Brücke.«

»Wie?«, setzte der Mann nach. Es war im Grunde keine Frage, sondern eine Äußerung des Unglaubens. Auf einem silbernen Namensschild am Hemd stand »Silo«.

»Ich hatte Hilfe«, sagte Lucas. »Meine … Freunde. Wir sind bei dem Versuch alle fast umgekommen, aber seine Arroganz ermöglichte uns, die Oberhand zu behalten.«

»Unmöglich«, meldete sich die Frau schließlich zu Wort. Ihr Namensschild lautete auf »Kiati«. Lucas wusste nicht, ob das Vor- oder Nachnamen waren oder einfach Identifikations-Chiffren darstellten. Die Uniform, die man ihm gegeben hatte, trug kein Namensschild. Vermutlich wusste alle Welt ohnehin, wer er war. Kiati fuhr fort: »Du stammst vielleicht von dem Planeten Erde, aber die Geschichten, die man von dir erzählt? Niemand hätte das überleben können. Am wenigsten den Kampf gegen einen Schatten.«

»Maston hat es«, warf Silo ein, aber Kiati warf ihm einen verärgerten Blick zu, und er schwieg wieder.

»Er hat gegen einen Schatten gekämpft?«, fragte Lucas ungläubig.

»Er hat einen Schatten getötet. Es steht uns jedoch nicht zu, Einzelheiten der Geschichte des Kommandanten zu erzählen. Frag ihn doch selbst«, sagte Kiati und funkelte nach wie vor Silo an.

Lucas lehnte sich an die Wand zurück.

»Wir verstehen uns nicht wirklich gut«, sagte er und rieb sich den Kiefer, wo Mastons Hieb ihn getroffen hatte.

»Ich habe gehört, er hätte im Palast dein Leben gerettet«, sagte Silo und kratzte sich am Verband.

»Das stimmt vielleicht.«

»Und Corinthia Vale wäre direkt vor dir umgekommen.«

Lucas seufzte. Auch wenn er keine Schuld trug, plagten ihn doch Schuldgefühle. Die Explosion hatte er nicht vorhersehen können, aber die Party zu seinen Ehren? Sie bot angesichts der vielen wichtigen Gäste das perfekte Anschlagsziel.

»Sie war schon tot, als ich sie erreichte; da war nichts mehr zu machen.«

Er unterbrach sich und formulierte eine eigene Frage, auf die er gern eine Antwort hätte.

»Hatten sie und Maston … eine Beziehung? Ihr Tod scheint ihn ganz schön getroffen zu haben.«

»Wir alle trauern um die Tochter der Hochkanzlerin«, sagte Kiati mit strenger Miene, aber Silo blickte ihm fest in die Augen und nickte wortlos.

Also stimmte es. Lucas empfand eine Spur mehr Mitgefühl mit Maston und war sich darüber klar, dass er eine ähnliche Wut empfunden hätte, wäre es Asha, die man ermordet hätte.

Er vernahm ein Ping an der Brust und tippte an seine Marke, aus der sich eine holografische Anzeige entfaltete. Die Nachricht dort wies ihn an, sich in der Kommunikationszentrale zu melden.

»Weiß einer von euch, wo ich die Komm finde?«, fragte er im Aufstehen hoffnungsvoll.

Kiati starrte ihn nur an, aber Silo deutete mit dem Kopf nach rechts.

»Danke.«

Lucas hatte sich schon verirrt, kaum dass er dem ersten Korridor gefolgt war. Er war erst einmal hier an Bord gewesen, und das auch noch während einer hitzigen Schlacht auf der Brücke, die er nur schwer verwundet überstanden hatte. Auf seinem weiteren Weg wiesen ihm jedoch vorbeikommende Soldaten den Weg. Manche von ihnen legten schon ihre Kampfmonturen an. Wie es aussah, übte die Garde bereits eine ganze Zeit auf diesem Schiff, zumindest lange genug, um sich hier auszukennen. Sie brauchten nur jemanden, der es auch in Gang bringen und steuern konnte, was Alpha inzwischen tat.

Die Kommunikationszentrale war eine weitläufige Einrichtung, in der es von Offizieren summte, und Monitore leuchteten, wohin sich Lucas auch wandte. Sobald man ihn entdeckte, führte ihn ein Mann zur Rückseite des Raums. Ein kleines Display baute sich vor seinem Gesicht auf und vergrößerte dann aufs Dreifache. Zwei vertraute Gestalten tauchten auf. Es waren Talis Vale und Noah, den sie auf dem Schoß hatte.

»Madame Kanzlerin!«, sagte Lucas und konnte seine Überraschung nicht verhehlen. Sie hatte sich umgezogen und trug daher nicht mehr das Kleid von früher am Abend, aber blaue Flecken an Hals und Gesicht gaben Hinweis darauf, dass sie dem Anschlag nicht gänzlich unversehrt entronnen war. Getrocknete Tränen standen in zwei Rinnsalen auf ihren Wangen, aber als sie Lucas sah, lächelte sie. Wie auch Noah; der Junge streckte die Hand nach dem Display aus und versuchte es anzufassen.

»Ich habe Ihnen schon ein Dutzend Mal gesagt, Sie sollen mich Talis nennen, Lucas«, sagte sie und lächelte matt. »Schön zu sehen, dass Sie wohlauf sind. Ich habe mich sehr gefreut zu hören, dass Sie zu den Überlebenden gehören.«

»Ich freue mich, auch Sie in Sicherheit zu sehen, Talis. Ich muss Ihnen jedoch sagen, dass mir der Tod Ihrer Tochter leidtut.«

Ihr Lächeln schwand.

»Danke. Ich hoffe, es macht Ihnen nichts aus, dass ich Ihr Kind in Beschlag genommen habe, um mir durch diese schwierige Zeit zu helfen. Er ist ein ständiger Quell der Freude, selbst in dieser Dunkelheit.«

Sie ließ Noah auf ihrem Knie hüpfen, und er kicherte.

»Ich kann mir keinen besseren Beschützer für ihn vorstellen.«

Talis blickte zur Seite aus dem Bild, und ihr Ton wurde weicher, als sie fortfuhr.

»Ich hätte nie gedacht, dass ich sie mal verliere. Meine Söhne, meinen Mann, meinen Vater. Mir war im Innersten klar, dass es eines Tages geschehen würde, da sie Millionen Meilen entfernt gegen einen unüberwindlichen Feind kämpften. Aber Cora? Sie sollte hier in Sicherheit sein. Ich kann es immer noch nicht glauben.«

Lucas wusste nicht, was er sagen sollte.

»Es tut mir leid.«

Er hatte jedoch nicht das Gefühl, dass diese Worte auch nur annähernd ausreichten.

Sie wandte den Blick erneut Lucas zu.

»Der Grund, warum ich Sie anrufe, ist nicht die Trauer um die Gefallenen. Ich möchte Ihnen einen Befehl erteilen, von dem ich hoffe, dass Sie ihn befolgen werden, selbst wenn sie Bürger eines anderen Planeten sind.«

»Was Sie möchten.«

»Wenn Sie Hex Tulwar in all diesem Schlamassel finden, nachdem Sie Ihre Gefährtin gerettet haben, sorgen Sie dafür, dass er lebend dingfest gemacht wird.«

Lucas war verblüfft.

»Lebend? Nach allem, was er angerichtet hat? Nach seiner Verschwörung mit den Xalanern? Nachdem er Ihre … nachdem er so viele umgebracht hat?«

Sie schüttelte den Kopf.

»Wenn Sie mit seinem Kopf zurückkehren, wird es nach einem heimlichen Attentat aussehen und nicht nach einem Rettungseinsatz. Selbst wenn er den Tod verdient hat, würde es die ganze Region in Brand setzen. Dann haben wir es mit zwei ausgewachsenen Kriegen zu tun, nicht nur mit einem.«

Ihre rechte Hand zitterte, während sie mit der anderen Noah hielt.

»So sehr ich mir Rache für meine Tochter wünsche, werde ich nicht im Interesse der eigenen Vendetta weitere Leben in Gefahr bringen. Was das angeht, kann ich aber für Mars nicht die Hand ins Feuer halten.«

Lucas nickte.

»Ich habe gehört, dass er und Corinthia sich … nahestanden.«

»Sie hatten es geheim gehalten. Aber es endete vor einiger Zeit aus Gründen, die meine Tochter nicht verraten wollte. Er hat jedoch nie aufgehört, sich um Cora zu sorgen. Ich fürchte, er wird Tulwar langsam in Stücke reißen, wenn ihn niemand aufhält.«

Lucas stützte sich mit den Armen auf die Konsole vor ihm.

»Warum geben Sie ihm nicht diesen Befehl? Oder Admiral Vale?«

»Das habe ich, aber wenn Tannon nicht persönlich anwesend ist, können Sie sicher sein, dass kein Gardist etwas unternehmen wird, um Mars aufzuhalten. Mars würde sogar einen direkten Befehl verweigern und lieber Cora rächen, selbst wenn er dann den Rest seines Lebens in einer Zelle verbringen muss.«

»Ich möchte nicht lügen – auch ich möchte diesen Mistkerl tot sehen, selbst wenn ich seinen Namen erst vor wenigen Stunden erfahren habe. Er hat Asha entführt, Unschuldige umgebracht …«

Talis nickte.

»Das verstehe ich, aber er muss auf zivile Art und Weise für seine Verbrechen zur Rechenschaft gezogen werden. Wenn wir ihn wie Barbaren auf der Stelle exekutieren, sind wir in den Augen der Welt nicht besser als das Gebot.«

Lucas seufzte.

»Ich tue mein Bestes, aber Tulwars Tod erweist sich vielleicht als unvermeidbar. Es wird beim Angriff vermutlich hitzig zugehen.«

»Ich bitte Sie um nicht mehr, als dass Sie es versuchen, Lucas. Es wäre die beste Möglichkeit, meine Tochter zu ehren. Hoffentlich begreift das auch Mars. Cora wünschte sich den Frieden mehr als alles andere. Frieden mit Rhylos, Frieden mit Xala. Sie möchte sicher nicht auf eine solche Art ›gerächt‹ werden.«

Noah wand sich in den Armen von Talis.

»Ich weiß, was Sie getan haben, um es hierher zu schaffen. Sie haben uns erstaunliche, grauenvolle Geschichten von Ihrem Überlebenswillen erzählt. Es ist jetzt nicht mehr nötig, dass Sie dieser Mann sind. Sie sind ein Vater, ob sie sich selbst so nennen oder nicht. Seien Sie ein Mann, den Ihre Kinder bewundern können und nicht zu fürchten brauchen.«

Das traf Lucas wie ein Schuss in die Brust. Er dachte an seinen verlorenen Sohn Nathan auf der Erde, den er schon vor dem Krieg nur selten gesehen hatte, da Lucas sich bei jeder Gelegenheit seinen Elternpflichten entzogen hatte. Es fiel ihm immer schwerer, sich überhaupt an Nathans Gesicht zu erinnern.

»Kümmern Sie sich für mich um ihn«, sagte er und deutete auf Noah. Talis nickte angespannt lächelnd, und die Bildübertragung endete.

Obwohl man Lucas angewiesen hatte, für die Dauer des Fluges in der Mannschaftsunterkunft zu bleiben, verspürte er kaum den Wunsch, dorthin zurückzukehren und sich an dem ihm zugewiesenen Platz einem Frage-und-Antwort-Spiel mit Kiati und Silo zu widmen. Also nahm er Kurs auf die Brücke, und nach einem recht langen Weg öffnete sich die zentrale Tür für ihn, und er sah den Ort vor sich, an dem seine Reise vor sechs Monaten beinahe geendet hätte.

Die Gefechtsinformationszentrale war weitgehend repariert worden, aber einige wenige der Konsolen, die Omikron aus dem Boden gerissen hatte, hatte man noch nicht ersetzt. Eckige Krater kennzeichneten ihre ehemaligen Standorte. Lucas sah Maston und den Admiral am großen zentralen Holotisch stehend Schlachtpläne entwerfen. Er hatte den Holotisch zuletzt eingeschaltet gesehen, als Alphas von Omikron ermordeter Vater ihnen seine schicksalhafte Nachricht übermittelte.

Maston entdeckte ihn sofort und erhob erwartungsgemäß Protest.

»Was macht der denn hier?«, fragte er niemanden speziell. »Ich dachte, ich hätte Sie angewiesen, in der Unterkunft zu bleiben.«

»Ich nehme keine Befehle von Ihnen entgegen«, erwiderte Lucas kalt. »Ich gehöre nicht der Garde an.«

»Sie würden nicht mal die Ausbildung überleben«, fauchte Maston.

Erneut hingen sie sich gegenseitig an der Gurgel, und jemand stand kurz davor, Schläge zu kassieren. Tannon trat kühl an sie heran und legte jedem eine Hand auf die Schulter.

»Wir erreichen unser Ziel in acht Minuten und haben keine Zeit für diesen Scheiß«, sagte er gereizt. »Lucas, während des Einsatzes werden Sie Kommandant Maston im Interesse der eigenen Sicherheit und der Sicherheit der übrigen Gardisten gehorchen.

Wir arbeiten hier nicht mit einsamen Streitern. Und Sie …« Er wandte sich an Maston. »Dieser Mann hat den Untergang seines Planeten überlebt und hat genau an der Stelle, wo Sie stehen, einen Schatten getötet. Bringen Sie ihm einen Vertrauensbonus entgegen.«

Maston wandte sich einfach ab und widmete sich wieder dem Holotisch. Lucas hatte nicht den Wunsch, ihn erneut zu provozieren, indem er Talis' Nachricht weitergab, also näherte er sich der Gestalt auf dem Pilotensitz.

»Alpha.«

Die graue Kreatur wandte sich ihm zu, mitsamt den Kabeln an ihren Schläfen. Sie nickte.

»Lucas.«

Das Bild auf dem frisch ausgetauschten Zentralschirm zeigte den gebogenen Rand des blauen Planeten, der recht schnell vor ihnen rotierte. Sie bewegten sich in der äußeren Atmosphäre, was den schnellsten Weg zu ihrem Ziel darstellte, wenn sie nicht entdeckt werden wollten. Sie waren getarnt, aber ein Flug auf zu geringer Höhe mit zu hoher Geschwindigkeit hätte möglicherweise Bauten oder Luftfahrzeuge beschädigt und sie verraten. Das Schiff war nicht für Flüge von einem Ende eines Planeten zum anderen konstruiert. Normalerweise lagen seine Bestimmungsorte Billionen Meilen weit voneinander entfernt.

»Wie fliegt sich diese Mühle?«, fragte Lucas.

»Es ist … angenehm. Der Unterschied zwischen den Fähigkeiten dieses Schiffs und denen der Arche entspricht dem zwischen einem [Kauderwelsch] und einem [Kauderwelsch].«

Alphas Translator streckte jeweils alle viere von sich, wenn er die für eine Analogie erforderlichen Worte nicht wusste.

»Das glaube ich dir aufs Wort«, sagte Lucas.

»Wenn Asha sicher zurückgekehrt ist, kannst du das Schiff vielleicht mal steuern. Du warst mit der Arche recht geschickt im

Kampf, und die ist nur ein Transportschiff. Dies hier ist eine viel feiner austarierte Waffe.«

»Du musst es wissen, du hast sie ja gebaut.«

»Sie ist vorrangig eine Schöpfung meines Vaters, obwohl ich einige Arbeit an den Triebwerken geleistet habe, als ich noch jünger war. Dieses Schiff hat Kommandant Omikron zu vielen Siegen verholfen, obwohl seine Feinde oft nicht einmal wussten, dass es am Kampfschauplatz war.«

Lucas trat an den Sichtschirm heran. Die Aussicht auf den Planeten war atemberaubend. Er wünschte sich, Asha könnte das sehen.

»Was denkst du über das Tarnschiff, das vom Vierten Gebot eingesetzt wurde?«, fragte er.

»Schwer zu sagen«, antwortete Alpha. »Ich gehe jedoch davon aus, dass es viel, viel kleiner ist, aber von jemandem konstruiert wurde, der in den erforderlichen wissenschaftlichen Kenntnissen sehr versiert ist.«

Alpha schwieg eine Zeitlang.

»Ich möchte mich im Voraus entschuldigen.«

Lucas riss sich von der Aussicht los und drehte sich zu Alpha um.

»Wofür?«

»Dass ich dich auf dem Einsatz am Boden nicht begleiten kann. Ich muss hierbleiben, da nur ich dieses Schiff zu steuern vermag.«

»Natürlich. Ich hätte nie erwartet, dass du ebenfalls aussteigst. Warum solltest du dich dafür entschuldigen?«

Alpha seufzte.

»Asha ist meine … Freundin«, sagte er, als wäre das ein Fremdwort für ihn. »Wir haben gemeinsam viele Schlachten überstanden, wir drei, und ich möchte sie nach der Reise, die uns hierhergeführt hat, nicht verlieren.«

»Ich auch nicht«, sagte Lucas entschieden. »Wir holen sie zurück. Hast du schon diese Typen gesehen?«, fragte er und deutete auf die massigen Soldaten in der Umgebung. »Wir haben diesmal eine Armee von Monstern hinter uns.«

»Aber wer steckt hinter denen, die wir suchen?«, grübelte Alpha.

»Ich schätze, das werden wir herausfinden.«

Der blaue Rand des Planeten wurde rot, als Land am Horizont auftauchte. Lucas blickte auf Alphas Monitor und sah die berühmten Klippen von Rhylos unter ihnen.

»Alle bereitmachen!«, rief Tannon hinter ihnen.

5

Es dämmerte beinahe, als sie von Bord des Speers gingen. Alle fünf Monde standen noch am Nachthimmel, während die Sonne schon unterm Horizont lauerte.

Die Klippen von Rhylos boten wirklich einen beeindruckenden Anblick. Mehr als dreihundert Meter aus jäh abfallendem roten Gestein zogen sich in Form einer kurvenreichen Küste so weit in die Ferne, wie Lucas blicken konnte. Die Landung war auf dem schlammigen Strand erfolgt, wo trübe Flüsse braunen Wassers aus ein paar kärglichen Wasserfällen an den Felswänden einander speisten. Hier hatte einmal ein gewaltiger Strom seinen Weg in die Landschaft geschnitten, war aber wohl schon vor Äonen zu dem heutigen Rinnsal verödet.

Vorab erfolgte Aufklärungsmaßnahmen hatten zahlreiche Zugänge zu dem unterirdischen Stützpunkt innerhalb der Felswand offenbart, wo Asha festgehalten wurde. Jetzt suchten sich die Angreifer den Weg zu einem Eingang auf Bodenhöhe. Die Dunkelheit schützte sie vor Blicken auf gleicher Höhe, aber das würde nicht mehr lange so bleiben, und hätten sie bei Tageslicht den Aufstieg an der gewaltigen Klippe gewagt, wären sie viel auffälliger gewesen.

Lucas folgte einer langen Reihe von Gardisten, die zur Klippe rannten. Anstatt schwerer Gefechtspanzerungen trugen sie alle leichte Maschenanzüge aus robusten Fasern, die einen oder zwei Schüsse aufzuhalten versprachen, aber nicht mehr. Ihr Anmarsch verlief jedoch leise und unbemerkt, da diese Tarnanzüge die biologischen Wärmesignaturen und Herzschläge gegen alle Sensoren der näheren Umgebung abschirmten.

Lucas konnte Maston nicht erkennen, der ein paar Dutzend Soldaten weiter vorn den Angriff führte. Die Zeit hatte nicht gereicht, um den Erdgeborenen in die Formation und die Taktik der Einheit einzuführen, also wies man ihn zu seiner Bestürzung einfach an, »sich zurückzuhalten«. Und da Alpha an der Schiffssteuerung saß und Tannon von der Brücke aus das Kommando führte, hatte Lucas hier draußen keine Bundesgenossen. Er erkannte jedoch einen verbundenen Arm und ein paar Büschel roter Haare wenige Meter vor ihm.

Lucas hörte ein paar dumpfe hammerartige Schläge voraus, die er nicht einordnen konnte.

»Drei erledigt«, meldete Maston über Komm. Schüsse. *So also hören sich schallgedämpfte Energiestöße an.* Lucas schaltete auch Natalies Schalldämpfer ein, eine Einstellung, zu der er in den zurückliegenden frenetischen Gefechten nie Gelegenheit gefunden hatte. Dort war es nicht so auf das Überraschungsmoment angekommen wie diesmal. Lucas war überzeugt, dass er nach dem massenhaften Schusswaffengebrauch der zurückliegenden paar Jahre, vieles davon auf kürzeste Distanz, einen Teil seiner Gehörleistung eingebüßt hatte.

Die Nachhut der Gruppe holte die Spitze ein, wo Maston die Gardisten rasch durch den Eingang schickte, während er über Funk mit Tannon sprach. Sobald Lucas und zwei weitere Soldaten hinter ihm den Eingang passiert hatten, folgte ihnen Maston, und die große Metalltür fiel ins Schloss. Im Inneren wurden gerade die drei toten Wachleute des Vierten Gebots ihrer schwarzen Panzerung beraubt, und drei der Gardisten zogen sich diese an, um sie auf diesem Posten abzulösen. Einer von ihnen sprach schon in den Kragenfunk eines toten Wachmanns und benutzte dabei eine Sprache, die Lucas nicht kannte.

Maston betrachtete eine dreidimensionale Karte des Komplexes. Dieser bestand aus einem Irrgarten gewundener Korridore ohne erkennbares Muster. An manchen Stellen wurden große offene Räume angezeigt. Ashas Peilsignal war als schwacher Fleck am hintersten Ende des Labyrinths in einem der großen Hohlräume zu sehen.

»Ist sie dort?«, fragte Lucas und steckte den Finger in die holografische Karte, was Maston sehr ärgerte.

»Es hat ganz den Anschein«, antwortete dieser kalt. »Leider scheint kein direkter Weg dorthin zu führen. Das hier sind alte Lochni-Tunnel. Wir müssen uns aufteilen, um nicht das Risiko einzugehen, dass die ganze Einheit in diesen schmalen Korridoren irgendwo in eine Falle tappt und niedergemacht wird.«

Lucas wollte gar nicht wissen, was ein Lochni war, falls es sich um etwas so Großes handelte, dass es in einer dreihundert Meter hohen Klippenwand ein Nest baute.

Die Gardisten kontrollierten in dem nur matt beleuchteten Korridor ihre Ausrüstung. Lucas dämmerte zum ersten Mal, dass diese Männer und Frauen ihr Leben riskierten, um Asha zu retten; selbst der Mann vor ihm, den er so wenig leiden konnte. Als Maston jedoch fortfuhr, wurde sein eigenes Hauptziel deutlich.

»Hex Tulwar hält sich wahrscheinlich in unmittelbarer Nähe der Erdgeborenen auf. Sie wird anscheinend in der größten Kammer der Einrichtung festgehalten, die auch den stärksten Energiefluss aufweist.«

Eine Gardistin und zwei ihrer männlichen Kameraden hatten inzwischen die schwarzen Panzerungen vollständig angelegt, und Lucas entdeckte die vertrauten vier blutroten Linien auf den Brustplatten. Sie sahen denen der Angreifer im Palast ähnlich, nur ohne die Triebwerke am Rücken. Die große Metalltür ging auf, und die drei spazierten in die Schlucht hinaus, wobei einer weiter in der fremden Sprache ins Mikro plauderte. Lucas spürte eine Hand, die am Schulterstück seiner Panzerung ruckte.

»Sie«, sagte Maston, als er sich zu diesem umdrehte, »Sie kommen mit mir und Splitter vier. Ich möchte keine andere Einheit dadurch gefährden, dass ich Sie dort unterbringe.«

Lucas schnitt ein finsteres Gesicht, folgte ihm aber. Es hatte keinen Sinn, sich weiter mit Maston zu streiten, solange Ashas Leben auf dem Spiel stand.

Splitter vier erwies sich als eine von insgesamt acht Einheiten aus jeweils sechs Soldaten, in die sich die angreifenden Gardisten aufteilten und die verschiedenen schmalen Durchgängen der Klippenfestung folgen sollten. Neben Maston fand sich Lucas erneut in Gesellschaft von Kiati und Silo wieder. Kiati nahm ihn nicht zur Kenntnis, aber Silo nickte ihm kurz zu. Die beiden anderen waren ein kräftiger bärtiger blonder Mann, der Lucas an einen alten Bekannten auf der Erde erinnerte, und eine dunkelhäutige Frau mit rasiertem Schädel, die ihn um mehr als zehn Zentimeter überragte und wie eine olympische Sportlerin gebaut war.

Der Tunnel hatte einen Metallfußboden, aber die Wände bestanden aus glattem Gestein. Lichtquellen waren alle paar hundert Fuß weit in die Decke eingelassen, aber es war trotzdem recht dunkel. Lucas sah auf der eigenen Mikroversion der Tunnelkarte über seinem Handgelenk nach und stellte fest, dass sie sich einem der offenen Räume näherten. Er bildete die Nachhut, schwenkte Natalie konstant hin und her und achtete mithilfe ihrer Infrarotzielerfassung darauf, dass ihnen niemand folgte.

Unvermittelt riss Maston den Arm hoch. Zu jeweils drei Personen drückten sie sich an die gegenüberliegenden Wände. Sie verhielten sich mucksmäuschenstill und zielten mit den Gewehren nach vorn. Lucas folgte dem Beispiel der anderen und blieb so reglos, wie er nur konnte.

Maston streckte zwei Finger aus, den Zeige- und Mittelfinger, und deutete nach unten. Dann wechselte er zu Ring- und kleinem Finger und deutete damit aufwärts. Lucas wusste nicht recht, was er damit signalisierte, aber niemand wollte die Funkstille brechen und es ihm erklären. Vier Feinde voraus?

Ehe er weiter spekulieren konnte, ballte Maston die Faust, und die übrigen vier Gardisten stürmten mit ihm um die Ecke. Lucas stieß sich von der Wand ab und folgte ihnen. Er bog gerade rechtzeitig um die Tunnelbiegung, um zu sehen, wie die Gardisten weiter vorn das Feuer eröffneten. Zwei von schallgedämpften Plasmastößen durchsiebte Wachtposten lagen am Boden. Über ihnen hatten Kiati und Silo auf zwei Stellen geschossen, von denen Lucas nicht erkennen konnte, was sich dahinter verbarg. Aber Trümmerstücke regneten von der Decke, und er hatte eine Vermutung, was hier gerade zerstört worden war. *Kameras.*

Er brauchte selbst gar keinen Schuss abzugeben; die Gardeeinheit schaltete alle Ziele mit extremer Effizienz innerhalb von Sekunden aus. Silo gab ihm mit einem Wink zu verstehen, er solle eine der toten Wachen an den Armen packen, und sie schafften die Leiche auf eine Seite des Tunnels, außerhalb des Lichtscheins der Deckenleuchten. Vor ihnen ragte eine massive Tür auf, und Maston kontrollierte Anzeigen an seinem Handgelenk.

»Was ist los?«, fragte ihn Kiati unter Bruch ihres üblichen stoischen Schweigens.

»Ich bin mir nicht sicher«, antwortete Maston aufrichtig. »Es sieht nach einem Hangar aus, aber ich entdecke keine Lebenszeichen darin.«

»Sir«, meldete sich die dunkelhäutige Frau zu Wort, während sie ein Display auf einem kleinen Tablet sichtete. »Ich empfange dort einige bizarre Energiesignaturen.«

Maston betrachtete drei geschlängelte Linien über ihrer Handfläche. Er schüttelte den Kopf.

»Das ergibt keinen Sinn. Bist du sicher, dass das richtig ist?«

Die Frau nickte.

Silo hielt eine kleine Chipkarte hoch; er hatte sie dem toten

Wachtposten abgenommen, den sie gerade zur Seite geschleift hatten.

»Gehen wir hinein?«, fragte er und reichte Maston die Karte.

»Es ist der einzige Weg hindurch, und wir verlieren zu viel Zeit, wenn wir ein Stück zurückgehen. Bleibt einfach wachsam.«

Maston ging zur Seite der Tür und steckte den Chip in eine blinkende Konsole. Die mächtige Metalltür erzeugte ein Ächzen, das im ganzen Korridor Echos warf, und öffnete sich langsam in der Mitte. Maston führte die Gardisten hindurch, jeweils zwei nebeneinander, wobei Lucas neben Silo den nächsten Raum betrat. Silos Augen und Waffe zuckten zu jedem Ächzen und Knarren hinüber, das aus dem Inneren ertönte.

Der Raum, in dem sie sich wiederfanden, war kreisförmig und überraschend leer. Mehrere kleine Haufen Metallschrott lagen herum, aber ansonsten gab es hier nichts. Lucas blickte auf und sah, dass die Wände des Zylinders sich einem mächtigen runden Oberlicht entgegen krümmten, das locker zehn Meter durchmaß und den Raum mit beinahe angenehmem Mondlicht füllte. Alle sechs fächerten nun aus und durchsuchten Höhle, die verlassen schien.

Warum aber wird sie dann bewacht?

Lucas wurde auf einen besonders großen Haufen Schrott aufmerksam und näherte sich ihm, Natalie im Anschlag. Er hörte elektrisches Summen, und als er um den Haufen herumging, sah er vor sich eine Sammlung Konsolen mit holografischer Steuerung, die unter einer Kaskade aus Monitoren ruhten. So etwas wie eine Workstation? Er trat näher heran und erkannte Symbole überall auf den Bildschirmen. Xalanische Symbole.

»Leute«, flüsterte er in die Komm. »Ich denke, ich habe hier was gefunden.«

Maston und die anderen fünf trafen Anstalten, sich seiner Position zu nähern, aber auf einmal steckten alle Finger in die Ohren. Der Lärm in Lucas' Kopf war zunächst eine Kakofonie, löste sich aber bald in leichter bestimmbare Geräusche auf: Schreie und Schüsse.

»Alle Einheiten, hier Splitter sieben«, meldete sich eine panische Stimme am anderen Ende. »Wir sind aufgeflogen. Ich weiß nicht wie, aber wir sind entdeckt worden. Sie haben uns im Nordosttunnel gestellt. Gattio und Horva sind tot, ich wurde getroffen. Rechnet mit Widerstand, wo immer ihr gerade seid! Der Einsatz ist erledigt.«

»Scheiße!«, schrie Maston und durchsuchte die Kanäle seines Empfängers. Er schaltete sich in die feindliche Funkübertragung ein, die in den Raum gesendet wurde. Dort brüllte jemand in gebrochenem Soranisch: »Sie sind in den Tunneln zwei, fünf, neun, zehn und fünfzehn. Wartet, auch in sechs.«

»Wie haben sie die Anlage gefunden? Wieso haben wir sie beim Anflug nicht gesehen?«, fragte eine andere Stimme. Lucas erkannte sie wieder. *Tulwar.*

»Wir wissen es nicht. Ich sehe mal …«

Tulwar unterbrach den anderen.

»Egal. Wir können uns später mit unseren Fehlern befassen. Ich muss sofort verschwinden. Tötet das Mädchen. Sie werden nichts dadurch gewinnen, dass sie hier aufgetaucht sind.«

»Sag dem Xalaner, er soll mich am Schiff treffen. Und du hast doch unseren Funkverkehr verschlüsselt?«

»Ah, natürlich«, antwortete die andere Stimme nervös. Ein paar Töne virtueller Tasten wurden vernehmbar, auf die jemand tippte, und im Funk trat erst ein Pfeifen auf, ehe er völlig ausfiel.

Maston brüllte in sein Brustmikrofon.

»Empfangen Sie das, Admiral? Der Einsatz ist gescheitert, Tulwar ergreift die Flucht.«

»Wir fangen ihn ab«, ertönte Tannons Stimme im Lautsprecher. »Ziehen Sie alle ab.«

Nein, das können sie nicht! Asha!

Lucas stürmte zu der Traube aus Monitoren und wirbelte durch die xalanischen Menüs. Es lag eine Weile zurück, dass er diese Sprache zuletzt hatte lesen müssen, aber er fand sich im System ganz gut zurecht. Er fand das Symbol für »Festhalten«, und bei dem Anblick, den ihm das eintrug, gefror ihm fast das Blut in den Adern. Es war Asha, die zusammengesunken in einer Zelle saß, deren Ausgang durch einen Lichtschirm versperrt war. Die Barriere flackerte erst und erlosch dann. Vier gepanzerte Männer traten ein und bildeten einen Halbkreis um die an einen Stuhl gefesselte Frau, deren Kopf zwischen ihren Knien hing, während Blut rings um sie auf dem Fußboden antrocknete. Einer der Männer schwenkte ein langes krummes Messer, das Lucas aus dem Lösegeldvideo wiedererkannte.

Die Displays tauchten Lucas' Gesicht in weißes Licht, als überall die Bilder ausfielen. Er tastete sich panisch durch die Steuerung, aber alle Elemente waren gesperrt. Die Station war abgeschaltet worden, und er konnte Asha nicht mehr sehen. Er musste zu ihr vordringen. Er rannte in die Mitte des Raums und zur Tür an der Wand gegenüber.

Als er sich unter dem riesigen Oberlicht wiederfand, bebte der Boden, und er verlor das Gleichgewicht.

»Anzeige am Anschlag!«, schrie eine Frau rechts von ihm. Alle packten ihre Gewehre fester und drehten sich auf der Suche nach der Störung im Kreis.

Die tauchte neben Lucas auf. Ein sieben Meter großer Koloss aus Metall mit glattem rundem Gesicht und messerbewehrten Armen. Schwere goldene Panzerplatten bedeckten Brust und Schultern, und die Beine bestanden aus Riesenkanistern, die aussahen, als könnten sie ein Auto zermalmen. Als Lucas Natalie endlich hochgerissen hatte, schleuderte ihn ein donnernder Eisentritt auch schon durch den Raum, bis er an einen Schutthaufen krachte.

»Ein *Killbot*!«, brüllte Maston, und Splitter vier eröffnete das Feuer. Plasmageschosse prasselten auf den Metallbehemoth ein, während sich Lucas aus dem Schrott befreite. Eine offizielle Diagnose lag nicht vor, aber er hatte sich früher schon die Rippen gebrochen, und eine vertraute Schmerzwoge brandete aufs Neue durch seine Innereien. Der Anzug jagte ihm einen Strom Schmerzmittel in den Körper, und ihm verschwamm die Sicht, als hätte er gerade abends in der Kneipe ein fünfzehntes Schnapsglas gekippt.

Zum Glück ging die Wirkung schnell vorüber. Als er sich die Augen wischte, war die Killermaschine verschwunden. Das restliche Team suchte danach, aber sie hatte vermutlich ein Versteck hinter einem Schrotthaufen oder unter einer anderen Bodenplatte gefunden. Das Ding war schnell. Lucas fragte sich, ob es ein autonomer Roboter war oder jemand darin die Fäden zog. Waren fortschrittliche Maschinen nicht nach dem letzten Krieg seit Zeitaltern verboten? Wie auch immer, dieses Ding war eindeutig mörderisch.

Lucas ignorierte die verbliebenen Schmerzen und schaltete Natalies Zielerfassung auf Wärmebilder. Dieses Ding strahlte doch bestimmt Wärme ab, oder? Er suchte den Raum ab, entdeckte aber nur die gelb-roten Gestalten seiner Teammitglieder vor dem kalten blauen Hintergrund, als der Killbot sie auf einmal seinerseits fand.

Der blonde Gardist fand nicht mal die Zeit für einen Schrei, als die messerscharfe Klinge die Maschenpanzerung an seinem Rücken durchstieß und an der Brust wieder austrat. Der Killbot, wie Maston ihn nannte, war hinter einem Metallhaufen hervorgetreten, mit dem er zuvor perfekt verschmolzen war. Er peitschte mit dem tropfenden Messerarm nach rechts, und die Leiche des Soldaten flog von der Klinge rutschend an die Wand, gefolgt von einem Blutstrom. Als er gegen das Gestein klatschte, tat er das mit einem Geräusch, das nur schwer wieder zu vergessen sein würde.

Allerdings blieb keine Zeit, den Verlust eines Menschenlebens zu betrauern, da die Maschine nun den klingenbewehrten Arm hob und etwas freilegte, was Lucas zuvor nicht aufgefallen war. Einen Geschützlauf.

Die erschütternde Detonation hallte im Raum wider, als wäre eine Bombe eingeschlagen, und ein Krater entstand in der Wand, wo Kiati noch Augenblicke zuvor gestanden hatte. Lucas glaubte schon, dass sie ausgelöscht worden war, da sah er einen kurzen Blitz roter Haare hinter einen weiteren Schrotthaufen springen.

Lucas nutzte die Gelegenheit, Natalie endlich aufs Ziel anzulegen. Er verzichtete auf jede Schalldämpfung und jagte einen Sprühregen aus superheißem Plasma auf den Rumpf der Maschine. Als er damit nicht mehr erzeugte als ein paar schwarze Brandflecken, wechselte er die Taktik. Der Lauf wurde länger, und er jagte einen Schuss auf das, was er für den Kopf der Maschine hielt. Die blanke Kugel blieb ausdruckslos und stumm, als sie unter einem Einschlag zurückprallte, der normalerweise ein Ziel mühelos enthauptete. Rasch wurde deutlich, dass kein Schaden entstanden war. Ein weiterer Schuss auf Lucas' Position zwang ihn zu fliehen, statt selbst weiter zu feuern. Die sich anschließende Explosion raubte ihm fast das Gehör, und die Ohren klingelten schmerzhaft, während er in Deckung hastete.

Maston und Silo deckten die Maschine mit einem Geschosshagel ein, aber trotz ihrer Größe war sie erstaunlich behände und tanzte den meisten Geschossen fast elegant aus dem Weg. Was im Ziel einschlug, durchdrang eindeutig nicht die schwere Panzerung. Der Roboter erinnerte Lucas an Alphas Mech im letzten Kampf gegen Omikron, aber dieser hier war viel manövrierfähiger als der klobige Exopanzer damals. Das Ding bewegte sich fast wie ein Schatten, wie es Omikron getan hatte, als er die drei auf der Brücke seines Schiffs beinahe niedergemacht hätte.

»Rana, lass ihn durchschmoren!«, schrie Maston und gab der dunkelhäutigen Gardesoldatin ein Signal, die gerade hinter der Konsolentraube in Deckung ging, wo Lucas zuvor gestanden hatte. Sie nickte und warf eine blaue Kugel, die sie im Gürtel getragen hatte; das Ding hüpfte, als bestünde es aus Gummi. Sobald es nur noch wenige Fuß von der Maschine entfernt war, detonierte es, und ein sichtbarer Energieimpuls füllte eine zehn Meter durchmessende Sphäre rings um den Killbot. Die Maschine zitterte eine Sekunde lang, während elektrische Schläge durch ihre Panzerung liefen, aber was immer an Wirkung eintrat, es reichte nicht aus. Der Killbot hob einen messerbewehrten Geschützarm, und Rana wich nicht schnell genug aus. Die Konsolentraube explodierte und nahm die Gardistin dabei mit. Noch in mehr als fünfzehn Metern Entfernung spritzten Bluttropfen auf Lucas.

Ein Blick in die Runde zeigte Lucas nur Steinwände und geschlossene Türen. Sie waren wahrscheinlich verschlossen, und wer jetzt losrannte und eine zu öffnen versuchte, der forderte den Metallbehemoth regelrecht auf, ihn zu vernichten. Lucas duckte sich, als ein weiterer Schuss über seinen Kopf jagte.

Maston arbeitete derweil an einem Plan. Sein Energiegewehr war fast völlig entleert, aber er ballerte jetzt aus seiner langen Silberpistole los. Nicht jedoch aufs Geratewohl; er zielte auf etwas. Während die Maschine herumtanzte, nahmen die Geschosse Kurs auf ihre rückwärts geknickten Kniegelenke, und Lucas erkannte, dass Maston die dortigen Spalten in den Panzerplatten zu erwischen versuchte. Das war ein fast unmögliches Ziel, wenn man bedachte, wie schnell das Ding im Raum umherschwirrte, aber ein plötzlicher Funkenregen verriet, dass Maston getroffen hatte.

Der Schuss musste einen Mechanismus erwischt haben, mit der Folge, dass die Maschine ihren jüngsten Sprung verbockte und krachend auf den Knien landete. Mit zitterndem linken Bein stand sie auf, blieb dann jedoch lange genug reglos stehen, dass Maston auch das andere Gelenk erwischte. So getroffen neigte sich der Killbot in einem ungünstigen Winkel nach hinten. Silo und Kiati gaben kurze Feuerstöße auf den Rumpf ab und zielten dabei ebenfalls auf Spalten in der Panzerung. Ein weiterer Funkenblitz leuchtete auf, und der Roboter konnte den rechten Arm nicht mehr heben.

Lucas trat in den Rücken der Maschine, während diese mit der verbliebenen heilen Kanone eine Reihe von Feuerstößen abgab. Ungeachtet ihrer Beschädigung versuchte sie weiter auf die Beine zu kommen. Als Lucas näherkam, wurde deutlich, dass etwas … auf der Maschine herumkrabbelte. Kleine Roboter strömten aus den Gelenken hervor und versuchten, die beschädigten Gliedmaßen zu reparieren. Und es klappte. Der andere Arm schwenkte hoch, erneut voll einsatzfähig, und riss Silo mit einem donnernden Schuss beinahe den Kopf herunter. An den Beinen der Maschine entstand ein Gehaspel, als sich die Mikrobots als Nächstes dort an die Arbeit machten.

»Er repariert sich selbst!«, schrie Maston und versuchte, die Minimaschinen mit seiner Pistole zu erledigen, aber für jeden, den er zerschoss, machten sich zwei neue an die Arbeit.

Lucas hängte sich Natalie über die Schulter und griff nach dem schwarzen Schwert auf seinem Rücken. Innerhalb der nächsten paar Sekunden wurde er entweder in Fetzen geschossen oder er kam Asha einen Schritt näher. Während die Maschine auf die übrigen Gardesoldaten feuerte, sprintete Lucas in ihrem Rücken so schnell heran, wie es die Nanoverstärker seiner Montur erlaubten. Er stieß sich mit den Füßen von einem abgeworfenen Geschützsockel ab und landete auf den breiten Schulterblättern des Killbots. Nur noch Zentimeter vom kugelförmigen Kopf entfernt, erkannte er jetzt, worauf er zuvor geschossen hatte. Die ganze Kugel war eine Traube winziger Linsen, die sich unter einer Schutzschicht immer wieder neu fokussierten, eintausend Augen, die alles gleichzeitig sahen. Einen Augenblick später war der Roboter blind. Sein allsehendes Auge rollte nach einem raschen Hieb mit dem Schwert über den Fußboden.

Leider gab ein fehlendes Teil der Maschine nicht den Rest. Ohne Zielerfassung fuchtelte sie wild mit den Armen, pustete riesige Löcher überall in den Raum und jagte dabei auch eine Metalldoppeltür ihnen gegenüber aus den Angeln. Lucas hockte auf dem bockenden Torso, schaffte es aber, seine Klinge tief in einen Spalt der goldenen Panzerung zu rammen. Er drückte mit dem Daumen einen Schalter am Griff, und elektrischer Strom schmolz die Schaltkreise der Maschine durch, sodass Rauch aus allen ihren Ritzen quoll. Lucas' Montur isolierte ihn dabei vor dem tödlichen Stromstoß. Der Killbot erzitterte ein letztes Mal, ehe er völlig erstarrte, und Stille kehrte ein.

Lucas sprang von den riesigen Metallschultern und brach sofort zusammen, als die gebrochenen Rippen wieder schmerzten. Jemand streckte ihm eine Hand hin. Silo.

»Du bist also ein echter Kerl.« Erneut eine Feststellung, keine Frage. Lucas ergriff die Hand und kam wankend auf die Beine. Zwischen hektischen Atemzügen fragte er: »Was war das für ein Ding?«

Maston näherte sich dem auf den Knien liegenden Metallmonster und hob einen qualmenden Mikrobot vom Boden auf. Die spinnenartige Maschine war etwa so groß wie seine Handfläche und zu knusprigem Schwarz verschmort.

»Etwas, das eigentlich nicht mehr existieren dürfte«, sagte er und warf einen argwöhnischen Blick auf das geschundene Metallmonster. Er warf den kleineren Bot wieder auf den Boden.

»Im Maschinenkrieg nannte man sie einfach Killbots. Sie waren die tödlichste Kampfeinheit, die die KI produzieren konnte, aber dieser hier ist weiter entwickelt als irgendeiner, von dem ich je gehört habe. Morenthische Panzerung, Dunkelmateriekanonen, Mikrobotreparatur. Und diese Dinger haben sich früher definitiv nie so bewegt. Modernste Technik in einer zehntausend Jahre alten Maschine.«

»Ich denke, die Xalaner haben sie für das Vierte Gebot gebaut«, sagte Lucas und deutete auf die inzwischen glimmende Station hinter ihm. Er sah einen dunkelhäutigen Arm daneben auf dem Boden liegen. »Diese Traube war gänzlich mit xalanischen Symbolen kodiert.«

»Fantastisch«, brummte Maston und fuhr sich mit der Hand durch die schweißnassen Haare. »Okay, wir ziehen uns zurück.«

»Was?«, rief Lucas, dessen Gedanken sich schlagartig wieder dem Einsatz zuwandten. »Wir müssen Asha finden!«

»Sie haben Tulwar gehört. Sie ist tot. Wir müssen uns im Speer neu gruppieren und versuchen, Tulwar abzufangen.«

Sie war nicht tot, das konnte sie nicht sein. Nicht auf diese Art. Lucas setzte ihm zu.

»Und wohin, denken Sie, ist er wohl unterwegs? Nur eine Höhle in dieser Anlage ist groß genug für ein Schiff.«

Maston sann darüber nach.

»In Ordnung«, sagte er. »Ihr beide nehmt Ranas und Chirons Finals und helft Splitter drei im angrenzenden Tunnel. Sobald die Kameraden in Sicherheit sind, lauft ihr zum Speer.«

»Was ist ein Final?«, fragte Lucas, während er sich das Schwert wieder auf den Rücken hängte.

»Ein Chip mit den letzten Gedanken eines Soldaten für seine Familie und seine Lieben«, sagte Maston und lud im Laufen die Pistole nach. »Wir allen zeichnen sie für den wahrscheinlichen Fall unseres Ablebens auf.«

»Und wem soll ich Ihren geben, falls Sie in den nächsten Minuten fallen?«, fragte Lucas.

»Geht Sie einen Dreck an«, entgegnete Maston barsch.

Die Schmerzen in Lucas' Flanken steigerten sich erneut, und ein weiterer Strom flüssiger Heilung wurde in seinen Blutstrom injiziert. Es waren jedoch seine Gedanken an Asha und nicht die Schmerzmittel, die ihn weitertrieben.

Die Zeit verschwamm, und ein Tunnel glich dem anderen, während Lucas dem winzigen Lichtpunkt in seiner holografischen Handgelenkkarte folgte. Sie stießen auf ihrem Weg zur zentralen Halle nur auf minimalen Widerstand durch einige wenige versprengte Soldaten, die eine Stellung zu sichern versuchten, die sie nun mit schwelenden Löchern in den Köpfen niemals mehr erreichen würden. Die Gespräche in der Komm gaben Hinweis darauf, dass sich die meisten Soldaten des Vierten Gebots in Tunnel sechs gesammelt hatten, wo fünf Splittergruppen sie abzuwehren und sich dabei gleichzeitig zum Speer zurückzuziehen versuchten.

Ihr Ziel, die Haupthöhle, lag vor ihnen. Beim Näherkommen herrschte unheimliche Stille im Tunnel. Lucas und Maston liefen einfach auf die mächtige Tür zu, denn es war nirgendwo ein Wachposten zu sehen. Vermutlich waren sie alle auf die Oberfläche geflüchtet oder als Verstärkung zu den anderen belagerten Tunneln gezogen. Maston legte sofort los und sichtete die Steuerungselemente.

»Die Tür ist verschlossen. Ich wusste, dass das hier Zeitverschwendung ist.«

Lucas war verzweifelt.

»Wir kommen hier hindurch. Vielleicht wieder ein Chip?«, fragte er hoffnungsvoll.

Maston wich zurück und breitete die Arme aus.

»Sehen Sie hier irgendwelche Wachleute?«

Frustriert legte Lucas Natalie an und jagte ein Geschoss direkt in die Türkonsole. Das Echo pflanzte sich entlang der gebogenen Wände fort. Maston funkelte ihn an.

»Öffnet man so Sicherheitstüren auf der Erde?«

Auf einmal setzte sich ein runder Schlossmechanismus auf halber Höhe der Tür in rotierende Bewegung. Sie stand im Begriff, sich zu öffnen.

»Das waren nicht Sie, glauben Sie mir«, sagte Maston. »Halten Sie sich bereit.«

Das Türschloss stoppte, und die beiden Türhälften glitten langsam auf. Maston und Lucas zielten mit ihren Waffen auf eine Gestalt, die dort stand. Es war eine Frau, deren Kleid inzwischen ein viel dunkleres Rot aufwies. Sie hielt eine gebogene Klinge in einer Hand und zielte mit einer Energiepistole in der anderen auf Mastons Kopf.

»Asha!«, rief Lucas, und sie schüttelte ihre Benommenheit ab und erkannte ihn.

Er senkte den Gewehrlauf und umarmte sie. Sie war glitschig von Blut. Lucas wich rasch wieder zurück.

»Bist du verletzt?«, fragte er und musterte sie forschend.

Sie schüttelte den Kopf.

»Nicht in jüngster Zeit«, sagte sie heiser. »Das Gleiche kann ich aber für niemanden sonst hier sagen.«

Durch den Raum hinter ihr zog sich eine Spur aus Leichen. Manche waren gepanzert, andere steckten in schlichten schwarzen Uniformen. Nicht einer rührte sich mehr. Lucas hätte wissen müssen, dass man Asha nicht zu retten brauchte.

»So toll es ist, dass Sie noch leben, haben wir doch dringlichere Sorgen. War Tulwar hier? Wohin hat er sich gewandt?«, fragte Maston.

»Ist das sein Name?«, fragte Asha.

»Wir müssen dich hier herausbringen«, sagte Lucas.

»Na ja, der schnellste Weg hinaus ist dort hinauf.« Sie deutete hinter sich zu einer kreisförmigen Hangartür an der Decke. »Euer Freund konnte ein Schiff betreten, ehe ich Gelegenheit zum Schuss fand. Er ist weggeflogen.«

Maston brauchte nicht mehr zu hören und lief schon Richtung Hangartor. Asha traf Anstalten, ihm zu folgen.

»Warte!«, rief Lucas. »Du brauchst noch die hier.«

Er reichte Asha die Magnum und dann das Schwert mit der schwarzen Klinge.

»Was für ein Romantiker«, sagte sie, packte ihn am Kragen seiner Panzerung und küsste ihn nachdrücklich. Lucas scherte sich nicht darum, wessen Blut er dabei schmeckte.

Maston hatte die Steuerung gefunden, und zu dritt standen sie auf der Plattform, die zuvor das Schiff getragen hatte. Einige Tastendrücke später stieg der Boden unter ihren Füßen an, und das Hangartor an der Decke öffnete sich. Bei der Fahrt hinauf konnte Lucas Ashas Arbeit von oben betrachten. Das Blut und die Leichen waren wie ein albtraumhaftes Ölgemälde auf dem Metallboden verstreut.

Das Tageslicht empfing sie, sobald sie an der Oberfläche eintrafen, und was sie dort sahen, rief ein krankes Lächeln auf Mastons Gesicht. Tulwars xalanisches Schiff oder dessen Überreste lagen halb versunken in der Erde. Trümmerstücke lagen überall verstreut, und Rauch quoll aus dem Wrack. Eine Gruppe Gardesoldaten hatte etliche Kämpfer des Vierten Gebots niedergemacht und stand nun im Kreis um zwei kniende Gestalten: den zerschlagenen und blutigen Hex Tulwar und einen dürren grauen Xalaner mit grünen Ringen in den schwarzen Augen.

Darüber schwebte der Speer, dessen Schimmer auf diese Distanz seine Position verriet, obwohl er getarnt war. Alpha meldete sich in Lucas' Ohr.

»Es war ein einfacher Schuss.«

Lucas grinste.

»Da wette ich. Ich habe Asha gefunden.«

»Das sehe ich; eine wunderbare Nachricht. Ich freue mich darauf, sie an Bord zu begrüßen.«

Als Maston auf Tulwar losstürmte, sah sich Lucas in die Gegenwart zurückgerissen. Das versprach hässlich zu werden.

Ehe Lucas auch nur die Nähe Tulwars erreichte, versetzte Maston ihm einen rechten Cross. Und einen weiteren. Und noch einen. Tulwar war schon vom Absturz verletzt; die aufgerissene Uniform offenbarte vier dunkle Narben, die sich diagonal über seine Brust zogen, das gleiche Muster, das die Panzerung seiner Soldaten schmückte. Die Gardesoldaten verfolgten beifällig, wie Maston auf Tulwar einschlug. Recht seltsam jedoch war, dass der trotz all dieser Schläge … lächelte. Der Xalaner neben ihm zuckte bei jedem neuen Schlag zusammen.

Lucas lief auf Maston zu, packte ihn am Ellbogen und verzögerte den nächsten Hieb. Maston fuhr mit rasendem Blick auf, das Gesicht mit Tulwars Blut vollgespritzt.

»Sie drehen sich lieber um und verschwinden auf der Stelle, sofern Sie nicht wollen, dass das auch Ihnen passiert!«

»Das geht nicht«, sagte Lucas. »Ich habe Talis ein Versprechen gegeben. Er muss lebend zurückgebracht werden.«

Maston knurrte.

»Ich habe die Befehle gehört«, sagte er, unterbrach sich und dachte nach. »Aber wir konnten nichts mehr tun. Tulwar starb beim Absturz, als er zu fliehen versuchte.«

Er wandte sich den Gardesoldaten zu, die ringsherum im Kreis standen.

»Nicht wahr?«, brüllte er, und alle nickten wortlos.

Tulwar hatte sich wieder auf die Knie erhoben.

»Ich bin schon vor vielen Jahren gestorben, Kommandant«, sagte er, und Blut quoll ihm aus dem Mund. »Sie müssten das besser wissen als sonst jemand.«

Maston drehte sich um und schlug erneut zu.

»Wenn Sie das tun«, sagte Lucas streng, »provozieren Sie einen Krieg mit der gesamten Region. Und Sie verlieren sämtliche Erkenntnisse, die Sie von ihm erhalten könnten.«

Maston atmete schwer, erschöpft von den Schlägen. Er rieb sich die aufgeplatzten Fingerknöchel.

»Das hätte Cora nicht gewollt«, sagte Lucas leiser, damit nur Maston es hörte.

Maston schritt auf und ab und ballte erneut die Fäuste.

»Nun, zu schade, dass sie nicht hier ist, um mich aufzuhalten.«

Maston zog die Pistole und zielte auf Tulwar, der immer noch lächelte.

»Meine Lieben erwarten mich! Kyneth und Zurana selbst werden meine Ankunft feiern!«

Er hob Arme und Augen zum Himmel. Die Pistole zitterte jetzt in Mastons Hand.

»Noch nicht«, sagte er kalt.

Er jagte einen einzelnen Schuss los. Tulwars rechter Arm löste sich am Ellbogen, und Tulwar brach zusammen und schrie vor Schmerzen.

Maston rempelte Lucas aus dem Weg zum Speer und schrie seinen Soldaten Befehle zu.

»Schafft ihn an Bord und stabilisiert ihn. Und sichert dieses Ding, damit es sich nicht selbst den Hals aufschlitzt, ehe wir es zum Reden bringen konnten«, sagte er und deutete auf den Xalaner.

»Was zum Teufel hatte das zu bedeuten?«, fragte Asha, als Lucas sich ihr zuwandte. Hinter ihnen drängten sich Gardisten rings um den Xalaner und den immer noch vor Schmerzen schreienden Tulwar.

»Ein persönlicher Gefallen für Talis. Glaub mir, ich hätte es auch lieber gesehen, wenn er ihm in den Kopf geschossen hätte.«

»Ich wünschte, *ich* hätte es getan», sagte sie. «Aber vermutlich hat Talis ihre Gründe.»

Der Speer landete auf der Klippe, und die Soldaten marschierten an Bord. Die Sonne stieg gerade über den Horizont, und sicherlich würde bald ganz Rhylos von ihrer Anwesenheit erfahren, wenn sie nicht schnell abflogen. Lucas nahm Asha an der Hand, und gemeinsam gingen sie auf das Schiff zu.

»Wer ist Cora?«, fragte Asha.

Als Lucas Asha durch die Mannschaftsquartiere zur Krankenstation begleitete, war der Speer schon wieder über dem gewaltigen westlichen Ozean unterwegs. Obwohl sie im Zuge ihrer Entführung und Flucht keine schweren Verletzungen erlitten hatte, wirkte sie doch ganz schön mitgenommen. Sie wischte sich auf dem Weg Blut von Gesicht und Körper, und Lucas sah Spuren von Verbrennungen, die auf die Explosion zurückgingen, sowie blaue Flecken, die sie in der Gefangenschaft eingesteckt hatte.

Zahlreiche Gardesoldaten musterten die beiden neugierig, sobald sie vorbeikamen. Silo und Kiati flüsterten mit Soldaten beiderseits von ihnen und deuteten dabei auf Lucas. Silo führte eine Hackbewegung mit dem Arm aus, und es schien, als erzählte er von ihrer Begegnung mit dem Killbot.

Lucas kam an einem großen dunklen Mann mit Tränen in den Augen vorbei. Über dessen Handfläche schwebte das Hologramm einer Frau, die Lucas wiedererkannte: Rana, die Spezialistin aus seinem Splitterteam, die der Killbot massakriert hatte. Es war ihr Final. Das Bild ging von dem Chip aus, den sie von den Überresten ihres Körpers geborgen hatten. Sie sprach leise, und Lucas verstand ihre Worte inmitten des Umgebungslärms nicht, aber der Gardesoldat, der das Bild hielt, trauerte ganz offensichtlich. Freund? Ehemann? Im Vorbeigehen erkannte Lucas die Ähnlichkeit. Ein Bruder. Der Mann blickte nicht auf.

Weiter voraus drängte sich eine Gruppe vor einem schwebenden Monitor. Darauf lief dieselbe Perspektive der Überwachungskamera, die Lucas von dem xalanischen Terminal aus gesehen hatte. Nur fiel das Bild diesmal nicht aus.

Vier Bewaffnete näherten sich der reglosen Asha, die auf dem Boden ihrer Zelle kauerte. Als einer sich zu ihr hinabbeugte, wurde sie unvermittelt lebendig, und die Köpfe der zuschauenden Gardisten ruckten vor Überraschung rückwärts. In der Aufnahme packte Asha das krumme Messer und schlitzte zwei der Wachen die Hälse auf, ehe diese überhaupt wussten, was geschah. Mit einem hohen Tritt attackierte sie einen weiteren Wächter und entriss ihm die Seitenwaffe, als er zurück an die Wand stolperte. Das Messer landete im selben Augenblick in seinem Schädel, in dem auch schon ein Energiegeschoss dem verbliebenen Wächter das Gesicht wegriss. Nach kurzem Zögern zog Asha das Messer wieder aus dem Schädel und lief zum Hauptraum. Das Bild wechselte zu einer breiteren Perspektive der Zentralkammer, und ein verschwommener Eindruck von Asha bewegte sich von einer dunklen Gestalt zur nächsten. Viele dieser Gestalten versuchten hektisch, ihr auszuweichen. Vergeblich. Hinter ihr stieg ein Schiff zum Deckentor auf.

Die Gardisten wandten sich allesamt vom Monitor ab und sahen sie an, als sie vorbeiging. Sie nickten ihr zu, und sie erwiderte diese Respektsbezeugung, indem sie ihnen zublinzelte.

6

Obwohl Asha darauf beharrte, es ginge ihr prima, nachdem man sie entführt und während des gestrigen Tags gefoltert hatte, führte man sie zur Krankenstation des Palastes, sobald das Schiff wieder in Elyria eintraf. Jeder andere, der eine solche Prüfung durchgemacht hätte, wäre vermutlich fürs Leben gezeichnet gewesen, aber Asha hatte auf der Erde viel Schlimmeres durchgemacht und schien erpicht darauf, den ganzen Vorfall einfach abzuschütteln. Die Männer hatten nicht versucht, sie zu vergewaltigen, solange sie ihre Gefangene war, angeblich aus religiösen Gründen. Wie es schien, sagte ihr Glaube etwas anderes über Entführung, Misshandlung und Hinrichtung.

Sobald sich Lucas davon überzeugt hatte, dass man sich um Asha kümmerte, begleitete er Maston zweihundert Etagen weit nach unten in den tiefsten, dunkelsten Winkel der Verliese unterhalb des Großen Palastes, wo Tulwar bis zum Prozess festgehalten wurde. Der grünäugige Xalaner war im angrenzenden Verwahrzimmer untergebracht, und Lucas traf Alpha dabei an, wie er ihn durch das Einwegglas musterte. Es war schwierig, xalanische Mienen zu lesen, aber Lucas glaubte, dass Alpha diesen Xalaner kannte.

»Weißt du, wer das ist?«

Alpha fuhr hoch und war überrascht, Lucas neben sich zu sehen.

»Ja. Er war ein Robotiker auf Xala, der dann zum Gentechniker wurde. Er arbeitete viele Jahre lang mit meinem Vater und mir zusammen, ehe man ihn für ein Projekt rekrutierte, das den Gesprächsfaden zwischen ihnen zerschnitt.«

»Die Schatten«, sagte Lucas, und unwillkürlich lief ihm ein kalter Schauer über den Rücken.

»Richtig. Er wurde später eine führende Persönlichkeit in der Genetischen Wissenschaftsenklave. Was ihn hierher verschlagen hat, weiß ich jedoch nicht.«

Der Xalaner saß an einem Metalltisch, auf dem man seine Klauen mit Bolzen befestigt hatte. Lucas hatte erfahren, dass sich Xalaner, die in Gefangenschaft gerieten, oft selbst umbrachten, um keine Fragen zu beantworten, und die Soraner wollten mit diesem hier ganz sicher kein Risiko eingehen.

»Warum ist er hier? Warum arbeitet er mit dem Vierten Gebot zusammen?«

Alpha schüttelte den Kopf.

»Jede Konspiration mit Soranern, aus welchem Grund auch immer, galt lange Zeit als Blasphemie, aber offensichtlich haben wir es hier mit einer neuen Taktik zu tun, um den Planeten zu destabilisieren.«

Lucas klingelten nach dem Gefecht noch immer die Ohren. Er fragte sich, ob sich das diesmal je wieder legen würde.

»Wir haben dort unten gegen eine Maschine gekämpft, eine unglaublich tödliche Maschine, die uralte soranische Technik mit neuen Waffen und Systemen verband. Sie hat sich fast wie ein Schatten bewegt.«

Alpha nickte. „Dieser Killerbot war fast mit Sicherheit sein Werk, ebenso wie der Mikrosprengsatz, der für den Anschlag benutzt wurde, oder auch das getarnte Transportschiff. Er hat mit meinem Vater zusammen am Tarntriebwerk gearbeitet und konnte es offensichtlich in kleinerem Maßstab nachbauen.«

Ein sommersprossiger junger Offizier näherte sich ihnen.

»Wir sind bereit für Sie, äh, Sir«, sagte er und blickte zu der fast zweieinhalb Meter großen Kreatur vor ihm auf.

»Du wirst mit ihm reden?«, fragte Lucas erstaunt.

»Ich versuche es. Er wird eher sterben, als mit den Soranern zu reden, aber in meiner Jugend vor vielen Jahren war er mein Mentor.«

Er hielt einen weiteren Translatorkragen wie den hoch, den er selbst trug.

»So könnt ihr alle zuhören.«

Eine Menge versammelte sich hier, und Lucas sah Tannon näherkommen.

»Lassen Sie ihn eintreten«, sagte dieser und nickte der Wache zu.

Die Tür glitt auf, und Alpha marschierte hindurch, wobei er sich durch den Türrahmen ducken musste. Der verdrossene, zornige Ausdruck des grünäugigen Xalaners wechselte sofort zu einer erkennbaren Miene des Erschreckens. Alpha trat an den Tisch heran, an dem der andere festgemacht war, legte ihm den Translatorkragen um den Hals und ging dann wieder zur anderen Seite des Tisches.

»Ich habe es nicht geglaubt, als ich es hörte«, sagte der Gefangene. Er hatte eine höhere Stimmlage als Alpha. «Die leuchtendste Hoffnung der xalanischen Wissenschaft in einem Jahrtausend wird zum Verräter. Metzelt seine Artgenossen nieder, tollt mit Soranern herum und baut jetzt Spielsachen für sie.»

Er ruckte mit dem Kopf und meinte damit offensichtlich den Translatorkragen.

»Es steht dir nicht zu, so etwas zu sagen, [Kauderwelsch].«

Wie auch immer der Name der Kreatur lautete, Alphas Translator konnte ihn nicht aussprechen, wie es bei Xalanern stets der Fall zu sein schien.

»Unaufspürbarer Sprengstoff, Tarnkappentransporter, Energiewaffen, Kampfmaschinen. Alles für deinen angeblichen Feind angefertigt«, sagte Alpha und setzte sich ihm gegenüber.

Der grünäugige Xalaner erzeugte einen barschen Kehllaut.

»Der Rat hat vor wenigen Jahren, als dieses Projekt entwickelt wurde, eine Entscheidung gefällt. Der Feind unseres Feindes ist ein Bundesgenosse. Auf diesem Planeten herrscht dank meiner Arbeit das Chaos. Ich habe etwas erreicht, was eintausend Schlachtschiffe nicht geschafft haben. Ich habe das eigentliche *Herz* dieser Zivilisation getroffen!«, stellte er mit Nachdruck fest.

Alpha wedelte abschätzig mit der Klaue.

»Du hast geschossen, aber danebengetroffen. Die Hochkanzlerin lebt. Deine soranische Marionette wurde dingfest gemacht. Du wirst nie wieder das Sonnenlicht erblicken, und sie werden dich auf Jahre hinaus foltern, um Informationen zu erhalten.«

»Ich verrate ihnen gar nichts«, erklärte der andere. »Und ich bin überzeugt, dass du ihnen schon freiwillig genug Informationen gegeben hast, von denen kein wahrer Xalaner jemals sprechen würde, nicht einmal unter Androhung von Schmerzen und Tod. So etwas ist ohne Beispiel. Du bist vielleicht wirklich der größte Feigling in der Geschichte unserer Lebensform.«

»Und was ist mit dir?«, fragte Alpha verärgert. »Du sprichst jetzt offen, obwohl du sicher weißt, dass Soraner zuhören.«

»Ich hatte vor, nichts zu sagen, aber deine Anwesenheit … verunsichert mich. Es ist abstoßend, wenn jemand so Vielversprechendes vom Weg abgekommen ist.«

Der Gefangene fuhr jetzt leiser fort, um Alpha zu verhöhnen.

»Hast du eine Ahnung, wen man jetzt auf dich hetzen wird, nachdem du den Oberkommandanten umgebracht hast? Der Rat ist wütend.«

»Es ist nicht von Belang.«

»Du fühlst vielleicht nicht mehr so, wenn erst einmal der Schatten des Schänders auf deine Türschwelle fällt.«

Alpha erstarrte bei diesen Worten.

»Du drohst mir mit einer Kindergeschichte?«, fragte er.

»Das tue ich nicht, aber das wirst du schon sehr bald selbst erfahren. Er wird dich lehren, welche Strafe ein Xalaner erleiden muss, wenn er der eigenen Lebensform den Rücken zukehrt.«

Alpha war inzwischen sauer und hämmerte mit der Klaue auf den Tisch.

»Du beschuldigst mich, mein Volk verraten zu haben? Ich habe die Nachricht meines Vaters empfangen. Ich weiß, was du und der Rat uns, uns allen, seit Jahrtausenden verheimlichen. Diese Lüge hat unsere Zivilisation an den Rand des Untergangs geführt!«

Der grünäugige Xalaner nickte.

»Also stimmt es: Du weißt davon. Es war ein Rätsel, warum Kommandant [Kauderwelsch] dich persönlich gejagt hat, aber jetzt ist es klar. Ich habe sie angefleht, dich zu verschonen. Ich sagte ihnen, ich könnte dich zurückholen, und du könntest wie in alter Zeit unter meiner Anleitung arbeiten. Jetzt erkenne ich jedoch, wie weit du dich tatsächlich von uns entfernt hast. Sie hatten recht; du müsstest tot sein, wie der Rest deines Clans.«

Alpha schäumte, während er die gefesselte Kreatur vor ihm betrachtete. Die grünen Augen des Gefangenen glitzerten, als er fortfuhr und sich die Lippen über den fleckigen Zähnen kräuselten, was wie die pervertierte Form eines Lächelns wirkte.

»Hat Kommandant [Kauderwelsch] dir erzählt, *wie* dein Vater starb?«

Lucas warf Tannon einen nervösen Blick zu. Tannon blickte starr geradeaus und verfolgte das Gespräch wie ein Dutzend weiterer hochrangiger Amtsträger ringsherum.

Die Kreatur fuhr unterdes fort: »Ich weiß, sie haben der Öffentlichkeit erzählt, es wäre ein gezielter soranischer Luftangriff gewesen, aber das diente nur als barmherzige Ausrede, um seinen Verrat geheim zu halten.«

Alphas Klauen klapperten auf dem Tisch, während er hektisch darauf trommelte. Lucas fühlte sich immer unbehaglicher.

»Sie haben ihn in den Räumen des Rats gefesselt und einen deiner Brüder nach dem anderen hereingeführt.«

»Tannon«, sagte Lucas schließlich, »holen Sie ihn dort heraus.«

Der Gefangene erzählte weiter. »Nachdem jeweils die Anklage verlesen worden war, hat man ihn vor den Augen des Vaters geköpft. Und er schrie, dein Vater, oh, wie er schrie.«

»Tannon!«, rief Lucas, und ein Dutzend Köpfe wandten sich ihm zu, abgesehen von denen der beiden Kreaturen im schalldichten Raum. Alpha kochte vor Wut, und Lucas sah, wie sich die Muskeln des Wissenschaftlers anspannten. Alpha berührte etwas an seiner Metallhand, und irgendwo im Zimmer gab es einen Klick. Tannon nickte dem Wachmann zu, der daraufhin die Tür zu öffnen versuchte.

»Sir, sie ist verschlossen. Er hat irgendwas damit gemacht.«

»Macht es rückgängig, verdammt!«, brüllte Tannon.

»Als man schließlich deine Schwester hineinführte, weinte er. Es war erbärmlich. Ich konnte nicht glauben, dass das der brillante Verstand war, den ich einst verehrt hatte.«

Eine Schwester? Alpha hatte in ihrer ganzen gemeinsamen Zeit nichts von ihr erwähnt. Lucas hämmerte ans Fenster, ohne etwas zu erreichen. *Tu es nicht, Alpha! Er ködert dich.*

»Für die letzte, giftigste Anklage des Hochverrats zerschnitten sie sie Stück für Stück, während sie noch lebte und schrie. Es war das Letzte, was er sah, ehe er …«

Alpha sprang über den Tisch hinweg und trieb die Krallen in den Hals der Kreatur. Soldaten schrien und feuerten auf das Türschloss, um es aufzubekommen.

Blut spritzte auf den Tisch, während sich die Blicke der beiden Xalaner ineinanderbohrten. Der Translator übermittelte weiterhin die Worte der sterbenden Kreatur.

»Wir hätten … diesen Krieg gewinnen können … du und ich.«

»Ich werde ihn gewinnen«, sagte Alpha kalt, mit gebleckten Zähnen. »Ich werde unser Volk von Monstern wie dir reinigen.«

Er riss der Kreatur die Kehle auf, und der gefangene Xalaner kippte auf den Tisch. Alpha zitterte erkennbar, während er die blutigen Klauen auf die Metallfläche presste.

Die Tür ging endlich auf, und Soldaten stürmten hinein und zielten mit den Sturmgewehren auf Alpha. Tannon marschierte ihnen nach, rasch gefolgt von Lucas. Blut sammelte sich um den Kopf der toten Kreatur und tropfte leise auf den Fußboden.

»Unautorisierte Hinrichtung eines gefesselten Gefangenen?«, fragte Tannon. »Ich sollte Ihnen das gleiche Schicksal zuerkennen, hier an Ort und Stelle.«

»Ich war … Ich habe nicht …«, stotterte Alpha, versuchte die passenden Worte zu finden. Lucas hatte ihn schon kämpfen gesehen, wenn es nötig wurde, aber eine solche Brutalität hätte er von seinem Freund nie erwartet.

Alpha sah Lucas an, Schmerz in den Augen.

»Ich wusste nicht, wie genau meine Clanangehörigen zu Tode gekommen sind. Ich habe geglaubt, wenigstens meine Schwester wäre verschont geblieben. Sie … war so jung. Sie hatte nichts mit irgendetwas davon zu tun.«

»Es tut mir leid, Alpha«, sagte Lucas.

»Mir auch«, sagte Tannon. »Aber wie steht es um die Erkenntnisse, die wir gerade verloren haben? Sie haben ihm nicht mehr entlockt als das, was wir schon wussten.«

Alpha schüttelte unverzüglich den Schock ab.

»Ich habe seiner Workstation auf der Rhylos-Basis eine Menge verschlüsselter Daten entnommen. Er hätte mir oder Ihnen nichts weiter verraten, aber ich gewinne vielleicht nützliche Informationen aus dem Erbeuteten. Ich werde mich sofort an die Arbeit machen und die Daten entschlüsseln … Vorausgesetzt, ich werde nicht exekutiert oder eingekerkert.«

Tannon seufzte und rieb sich die Augen.

»Verschwinden Sie, und waschen Sie sich. Die anderen hier: Äschern Sie dieses Stück Scheiße ein, und sorgen Sie dafür, dass Maston nicht nebenan mit Tulwar das Gleiche macht.«

Alpha ging zur Tür, und die Soldaten gaben ihm den Weg frei. Lucas folgte ihm zum Fahrstuhl und bemerkte dabei, dass Alpha immer noch zitterte.

»Dieser Krieg«, sagte er mit unsicherer Stimme, »hat mich verändert, tiefgreifend verändert.«

»Nicht mehr viele von uns erkennen sich noch selbst wieder«, sagte Lucas. »Ich ganz sicher nicht.«

»Ich muss … ich muss diese Daten entschlüsseln. Es tut mir leid, dass du das miterlebt hast.«

Er betrat den Fahrstuhl, begleitet von vier bewaffneten Wachen. Anscheinend wollte Tannon nach diesem Zwischenfall nicht mehr, dass Alpha ohne Überwachung herumspazierte.

»Ich hätte das Gleiche getan«, sagte Lucas. In Alphas Augen las er qualvolle Trauer.

»Alpha, was ist der Schänder?«

Alpha blickte zu ihm auf.

»Eine Erzählung. Nicht mehr.«

Der Ausdruck von Angst in seinem Gesicht war jedoch nicht zu übersehen, als sich die Tür schloss.

Lucas kehrte zum Arrestblock zurück und fand Mars Maston an der Wand lümmelnd vor, die einer weiteren Scheibe Einwegglas gegenüberlag. Dahinter war Hex Tulwar zu sehen, der verbliebene Arm fixiert, der Stumpf in einen blutigen Druckverband gehüllt und mit einer in der Nähe stehenden Maschine verbunden. Die Beine waren mit Metallfesseln am Boden befestigt; das zerrissene Hemd zeigte seine vier Narben. Das Gesicht war vom Absturz und Mastons anschließenden Hieben zerschlagen. Niemand verhörte Tulwar, und er schien kaum bei Bewusstsein. Lucas dachte sich, dass er wegen der kürzlichen Amputation einem konstanten Strom von Schmerzmitteln ausgesetzt sein musste.

Maston wirkte zerzaust, die Uniform aufgeknöpft, die schwarzen Locken hingen ihm in die Augen. Er rieb sich die wunden Fingerknöchel, die beim zurückliegenden Kontakt mit Tulwars Gesicht aufgeplatzt waren. Er redete, ohne Lucas anzublicken.

»Wenn Sie hier sind, um mich daran zu hindern, dass ich die Arbeit zu Ende bringe, dann keine Sorge: Jeder auf dieser Etage hat den strikten Befehl, mir dort keinen Zutritt zu erlauben.«

Er wandte sich Lucas zu.

»Obwohl ich gehört habe, dass niemand Ihrem Freund weiter unten am Gang solche Einschränkungen auferlegt hat. Ich hätte nicht gedacht, dass er das in sich hat.«

Lucas starrte durch die Scheibe Tulwar an, dessen Kopf sich leicht auf und ab bewegte.

»Er wurde provoziert.«

Maston stieß ein kurzes Lachen hervor. Lucas glaubte, den allzu vertrauten Geruch von Alkohol zu wittern oder von was immer hier die gleiche Funktion haben mochte.

»Provoziert? Sie erzählen mir was von Provokation, nachdem Sie mich daran gehindert haben, den Mann zu töten, der Cora kaltblütig ermordete?«

Lucas seufzte.

»Niemand hier schert sich um einen weiteren toten Xalaner. Aber sie scheren sich um ihn.«

Er deutete mit dem Kopf auf Tulwar.

»Nicht mehr lange«, sagte Maston düster. »Wir speisen schon Beweise über seine Verschwörung mit den Xalanern in den Stream ein. Wir haben bei dem Angriff eine Menge erbeutet, und selbst seine Bundesgenossen werden das unentschuldbar finden. Der Flächenbrand des Vierten Gebots steht im Begriff, gelöscht zu werden, und wenn es so weit ist, ihn endgültig niederzuwerfen, werde ich es sein, der das macht.«

Lucas drehte sich zu Maston um.

»Als er dort auf den Knien lag, sagte er, Kyneth und Zurana würden ihn begrüßen. Wer sind die?«

Maston schnaubte.

»Heidnischer Unsinn, obwohl in alter Zeit der halbe Planet diesen Glauben teilte.«

Er kratzte sich am Kopf und starrte weiter geradeaus.

»Kyneth und Zurana waren die beiden ersten Soraner. Sie erhoben sich vor einigen Millionen Jahren aus dem Geheiligten Wald und gebaren die ganze Lebensform. Letztlich verehrte man sie als Götter, und ihre Anhänger glauben, dass sie auf Eichenthronen sitzen und über die Toten urteilen, sobald sie ins Nachleben eintreten.«

»Sie sind kein Gläubiger, wenn ich das richtig verstehe?«

Maston schüttelte den Kopf.

»Das ist heute fast niemand mehr. Na ja, niemand außer diesen Fanatikern, die es zu ihrem eigennützigen Dogma verdreht haben.« Er deutete auf Tulwar. »Als wir ins wissenschaftliche Zeitalter eintraten, schien es nicht möglich, dass noch irgendjemand wirklich an diese abergläubischen volkstümlichen Erzählungen glaubte. Und doch gibt es Soraner, die hartnäckig daran festhalten. Vor einigen Epochen wurde Religion auf Sora dann sogar für illegal erklärt, aber das erwies sich als Katastrophe. Nach den Geheiligten Kriegen überließen wir es den Leuten zu denken, was sie wollten.»

»Der Geheiligte Wald, wie? Wir hatten eine ähnliche Geschichte auf der Erde, aber bei uns war es ein Garten, und dabei spielten eine sprechende Schlange und wirklich übles Obst mit. Eine Menge Leute haben daran geglaubt.«

»Legenden sind interessanter als Fakten, schätze ich.«

Maston sprach inzwischen merklich undeutlicher. Er unterbrach sich einen Augenblick lang und starrte an Lucas vorbei.

»Cora hat geglaubt«, sagte er leise. »Nicht an den ganzen Quatsch in den Büchern des Waldes. Sie glaubte jedoch an eine höhere Macht – daran, dass jemand über sie wachte, über uns wachte. Ich habe sie dafür verspottet, aber an manchen Tagen wünschte ich mir, ich könnte ihren Glauben teilen. Er machte sie so … friedvoll. Sogar den Tod ihres Vaters und ihrer Brüder verkraftete sie mit mehr Würde, als möglich sein dürfte. Ich habe diese Art von Kraft nie verstanden. Wahrscheinlich werde ich sie nie verstehen.«

Er blickte Lucas offen an.

»Ich … ich kann gar nicht *umhin,* Tulwar dafür zu töten. Was Sie sagten hat mich kurzfristig aufgehalten, aber ich werde ihm nie vergeben. Nicht so, wie Cora es getan hätte. Ich kann es nicht. Und er wird mir nie vergeben.«

»Ihnen vergeben? Was?«

Maston winkte nur ab. Er griff unter seine Jacke und zog eine kleine Flasche mit einer braunen Flüssigkeit hervor. Er warf den Kopf in den Nacken und inhalierte das ganze Zeug. Weitere Fläschchen klirrten in der Jacke.

»Warum zum Teufel rede ich überhaupt mit Ihnen? Ich hatte schon zu viele von diesen hier. Lassen Sie mich einfach in Ruhe.«

Lucas schüttelte den Kopf und wandte sich zum Gehen. Wenn Maston dieses Tempo durchhielt, würden ihm seine Fläschchen alsbald das Bewusstsein rauben. Aber wer konnte ihm daraus einen Vorwurf machen? Es war ein Scheißtag gewesen. Und auch ein Scheißjahr.

Lucas überließ Maston dem Trübsalblasen, drei unüberwindliche Meter von einem Mann entfernt, den umzubringen er sich verzweifelt wünschte. Es war eine tragische Szene, die Lucas nur schwer abschütteln konnte, und sie hatte ihm einen Eindruck von dem vermittelt, was in Mastons Kopf vorging. Es war etwas, das über das pompöse Arschloch von der Party oder den rachsüchtigen Soldaten hinausging, den Lucas bis hierher kennengelernt hatte. Der Mann war von Coras Tod schwer getroffen worden, und nachdem Lucas etwas von ihrer gemeinsamen Geschichte erfahren hatte, fiel es ihm schwer, kein Mitgefühl zu hegen. Er fragte sich, ob es für ihn selbst nicht besser gewesen wäre, hätte er zugelassen, dass Maston Tulwar auf Rhylos totprügelte. Was scherte sich Lucas ohnehin um die Politik auf diesem seltsamen Planeten?

Aber er schuldete Talis sein Eingreifen. Sie hatte an ihn geglaubt, als vermutlich ein Dutzend Offiziere seine Hinrichtung verlangt hatten, während er damals inhaftiert war, und sie war ihm auch später immer mit Freundlichkeit begegnet. Wenn sie wollte, dass der Mörder ihrer Tochter lebend der Gerechtigkeit zugeführt wurde, dann sollte es so sein.

Die Tür des Fahrstuhls ging auf, und Lucas fand sich auf einer Etage des Palasts wieder, die er noch nie aufgesucht hatte. Er sah noch einmal auf der virtuellen Karte am Handgelenk nach und stellte fest, dass er tatsächlich die richtige Stelle erreicht hatte, einen Ort, der glücklicherweise nicht mehr tief unter der Planetenoberfläche lag. Überall eilten Personen umher, und Lucas erkannte unter ihnen erleichtert ein vertrautes Gesicht. *Wie hieß der Mann noch gleich?*

»Hüter Auran!«, rief er und winkte dem alten Mann zu. Dieser lächelte, vervielfältigte dadurch die Unzahl an Runzeln in seinem Gesicht und schlenderte zu Lucas herüber. Sein langes Gewand war heute von sattem Grün, in das goldene Schnüre eingewebt waren.

»Schön, Sie wohlauf zu sehen«, sagte er herzlich. »Nachdem ich den Thronsaal verlassen hatte und die Explosion hörte, fürchtete ich das Schlimmste.«

»Schön zu sehen, dass Sie nicht mehr dort waren«, sagte Lucas.

»Wahrhaftig. Ich habe gehört, dass sich die Dame nach ihrem kürzlichen Zusammenstoß mit dem Vierten Gebot wieder erholt?«

»Das tut sie«, sagte Lucas, während sie beide dem Verlauf des Flurs folgten.

»Ich muss im Namen meines Planeten um Entschuldigung bitten, dass Sie nach Ihrer gefährlichen Reise auf diese Weise begrüßt wurden.«

Lucas winkte ab.

»Glauben Sie mir: wenn Sie die Erde besucht hätten, hätten Sie mehr Krieg und Schlechtigkeit vorgefunden, als man bei Ihrem Aufstand erlebt.«

Auran seufzte.

»Wir hatten schon viele Konflikte, die viel schlimmer verlaufen sind als die kürzlich aufgeflackerten Feindseligkeiten. Wie es scheint, können Soraner dem nicht entfliehen, weder hier noch sonst wo.«

»Darf ich Sie etwas fragen?«, erkundigte sich Lucas, während er zwei ältere Damen dabei ertappte, wie sie ihn im Vorbeigehen anstarrten. Er hörte sie miteinander flüstern, sobald er ihnen den Rücken zuwandte.

»Sicher«, antwortete Auran, der seinem Weg mit bedächtigen und methodischen Schritten folgte.

»Warum hasst das Vierte Gebot die Vales so sehr? Oder gilt es eher der Regierung generell?«

»Ah«, sagte Auran und nickte. »Jemand muss sich mal mit Ihnen zusammensetzen und Ihnen eine Lektion in soranischer Geschichte erteilen.«

»Ich hatte bislang nicht allzu viel Zeit dafür«, sagte Lucas.

»Nun, das wird wohl stimmen; Sie waren zu sehr damit beschäftigt, sie zu machen.«

»Was machen?«

»Geschichte natürlich.«

Lucas lachte leise. Er vergaß manchmal, welche Bedeutung sein Erscheinen auf Sora hatte. Warum die Menschen ihn von rechts und links anstarrten, während er dem Flur folgte. Der Stream sendete sein Gesicht in jedes Heim. Der Fremde. Der Außersoranische. Der Erdgeborene.

»Was Ihre Frage angeht, so hat sie eine Antwort verdient, aber es ist keine, die ich Ihnen hier geben kann.«

Lucas war verwirrt.

»Was? Warum nicht?«

»Obwohl Talis Vale eine wohlwollendere Kanzlerin ist, als wir in Jahrzehnten hatten, hat sie doch ihre heiklen Punkte. Von jenem Tag zu sprechen, ist im Palast streng verboten.«

»Von welchem Tag?«

»Ich darf nicht mehr sagen, damit mein Stimmmuster nicht markiert und an die Sicherheit gesendet wird. Selbst als Hüter des Palastes würde ich bestraft.«

Das klang viel zu drakonisch für die Talis Vale, die Lucas kannte.

»In Ordnung. Tut mir leid. Ich möchte Sie nicht in Schwierigkeiten bringen.«

Auran schüttelte den Kopf.

»Es ist nicht wichtig. Ich kann ihr kaum einen Vorwurf machen. Das war schließlich der Tag, an dem sie ihren Vater verloren hat.«

Lucas ging schweigend weiter, während er darüber nachdachte. Wenn ihr Vater zuvor Hochkanzler gewesen war, musste dieser Tag, den niemand erwähnen durfte, ihre Machtübernahme markiert haben. Nur was hatte das mit dem Zorn des Vierten Gebots zu tun?

»Jedenfalls haben wir Ihr Ziel erreicht, Lucas.«

Lucas gefiel es, dass Auran ihn mit dem Namen ansprach; er wurde es langsam leid, ständig der »Erdgeborene« genannt zu werden. Sie beide blieben vor einer großen undurchsichtigen Tür stehen.

»Woher wussten Sie, wohin ich unterwegs bin?«

Auran lächelte.

»Warum sonst sollten Sie auf dieser Etage erscheinen?«

Die Tür ging auf, und Chaos empfing die beiden. Kinder rannten überall umher, verfolgt von soranischen Teenagern, die sie zu hüten versuchten. Der Raum war voller Spielzeug, sowohl holografischem wie physischem, und die Wände waren mit hellen Landschaften blauer Berge und roter Bäume bemalt. Auran begleitete Lucas in den Raum und musste dabei achtgeben, nicht über ein Stofftier unbekannter Spezies zu stolpern. Lucas sah sich um und fand, was er suchte.

»Ha!«, rief Auran. »Wie ich sehe, hat Ihr Sohn schon meine Enkelin kennen gelernt. Hallo, Kyra und Noah!«

Als Noah seinen Namen hörte, wandte er sich um. In einen hellblauen Einteiler voller siebenzackiger Sterne gekleidet kniete er neben einem jungen Mädchen am Boden. Als er Lucas erblickte, sprang er auf, lief herbei und umklammerte Lucas' Bein mit festem Griff.

»Uu-kas!«, quietschte er.

»He, kleiner Mann«, sagte Lucas und nahm ihn auf die Arme. »Hast du Spaß?«

Noah nickte energisch.

Das kleine Mädchen, mit dem er gespielt hatte, hatte flaumartige blonde Haare, funkelnde blaue Augen und zwei tiefe Grübchen in den Wangen. Auran griff nach ihrer Hand, als sie angetapst kam.

»Das ist meine Enkelin Kyra«, sagte er.

»Hallo«, sagte Lucas und lächelte sie an. Sie grinste schelmisch, versteckte sich aber schnell hinter Aurans Gewändern.

»Ihre Mutter arbeitet im Konsularbüro einige Etagen über uns.«

Die Kindertagesstätte des Palasts war für den Nachwuchs der Mitarbeiter von Vales Regierung eingerichtet worden. Man hatte Lucas erzählt, dass Noah hier untergebracht war, um den Umgang mit anderen Kindern zu lernen. Er war jetzt über ein Jahr alt und hatte monatelang niemanden um sich gehabt, der einigermaßen in seinem Alter gewesen wäre, und auch vorher nur in einem Kannibalen-Waisenhaus unter weiß Gott welchen Bedingungen. Jetzt hatte es hingegen den Anschein, dass er sich prima anpasste. Lucas musterte die Brandnarben, die über die Ärmel des winzigen Anzugs hinausreichten. Dies Kind war ganz gewiss widerstandsfähig.

»Wie alt ist sie?«, fragte Lucas.

»Etwa im Alter des kleinen Noah hier, aber ich bedaure sagen zu müssen, dass mir die Übersetzung in Erdenjahre nicht geläufig ist. Arithmetik war nie meine starke Seite.«

Noah fuchtelte mit den Armen und zeigte an, dass er abgesetzt werden wollte. Er lief sofort zu dem kleinen Mädchen, packte sie am Ärmel, und die beiden tapsten zu einer hell erleuchteten Konsole hinüber, die animierte Wiedergaben naher Planeten projizierte. Noah war ein bisschen zu erpicht, dort hinzugelangen, und plumpste auf den Po, worauf Kyra kicherte.

»Eine Billion Meilen voneinander entfernt geboren, und schon kommen sie prima miteinander zurecht«, sagte Auran und blinzelte.

»Ich bin froh, dass er eine Freundin gefunden hat«, sagte Lucas, während er zusah, wie die beiden miteinander schwatzten. »Der Himmel weiß, dass er jemanden gebrauchen kann.«

Wenige Stunden später hatte Lucas Noah in einem üppig ausgestatteten Kinderzimmer nahe der obersten Palastetage zu Bett gebracht. Dem Kind standen dort oben jedes Spielzeug und alle Annehmlichkeiten der Welt zur Verfügung, aber es schlief trotzdem weiter jeden Abend mit dem Holoball in den Armen ein, den Alpha an Bord der Arche für ihn angefertigt hatte.

Jetzt saß Lucas im abgedunkelten Krankenflügel des Palasts, nur wenige Fuß von der schlafenden Asha entfernt. Sie hatte im Verlauf des Tages mehrere kleine Eingriffe überstanden, um Muskelfaserrisse und Haarbrüche zu beheben, und schlief jetzt seit einigen Stunden. Lucas konnte nicht schlafen.

Er hatte in jüngster Zeit seltsame, verstörende Träume. Wenn er einnickte, führte das vermutlich zu irgendeiner erschreckenden neuen Vision, und so hielt er die Erschöpfung so lange auf Distanz, wie er konnte. Er las auf einer Rolle, einem kleinen dünnen Metallzylinder, der seitlich ein virtuelles Blatt Papier projizierte. Man konnte darauf schreiben und lesen, aber hauptsächlich diente es dazu, den Stream zu sichten. Er ging die verschiedenen Neuigkeiten des Tages durch, die sich mehrheitlich um ihn, Asha, Alpha und Tulwars Angriff auf den Palast drehten. Lucas hatte den Ton auf eine Frequenz eingestellt, die nur er hören konnte, denn er wollte Asha nicht stören. Eine Nachrichtensprecherin, gekleidet in ein scheinbar aus Silberschuppen bestehendes Hemd, kommentierte Bilder von dem Angriff am frühen Morgen. Lucas sah den vertrauten Anblick Tulwars direkt neben dem xalanischen Wissenschaftler, nachdem man sie festgenommen hatte. Die Aufnahme brach ab, ehe Maston auftauchte und Tulwar in den Staub prügelte.

Lucas sah sich ein paar weitere Seiten an, bis er die Suchfunktion entdeckte. Sie war auf die Palastarchive eingestellt, wo man Aurans Angaben zufolge vielleicht die Antworten zu Fragen nach dem Vierten Gebot und den Vales fand, die Lucas suchte.

Er fand nichts. Keinerlei Ergebnisse außer einer schlichten Seite, wo die diversen Gräueltaten des Vierten Gebots über die Jahre verzeichnet standen. Und das waren viele. Wie es schien, war der Angriff auf den Palast nicht der erste Bombenanschlag gewesen; vielmehr hatte das Gebot Dutzende staatlicher Gebäude auf einer Vielzahl von Kontinenten attackiert. Rätselhafterweise fehlte jede Erklärung, warum das Gebot überhaupt entstanden war oder zu welchen Zielsetzungen sich diese Leute bekannten. Der soranische Begriff für »Anarchisten« hingegen tauchte häufig auf.

Lucas hatte eine neue Idee. Er schlug nach, wann Talis Vale an die Macht gekommen war. Das Archiv zeigte ihm, dass dies am achten Torsis im Jahr 24 440 CT geschehen war. Er hatte keine Idee, was diese CT-Bezeichnung der Jahreszählung ausdrücken sollte, aber er wusste, dass Torsis einer der fünfzehn Monate des soranischen Jahrs war. Er gab das Datum in die Suchmaschine ein. Ein einzelnes Ergebnis sprang ihm entgegen: »Der Sturz von Vitalla.«

Er versuchte, die Informationsseite zu erreichen, erhielt aber nur eine blinkende rote Fehlermeldung quer über die ganze Rolle: ZUGRIFF EINGESCHRÄNKT: VERSTOSS EINGELOGGT.

Verstoß? Es stimmte also, Talis wollte wirklich nicht, dass man über die Ereignisse jenes Tages sprach, und anscheinend nicht einmal, dass jemand nur etwas darüber nachschlug. Er fragte sich, ob man ihn verhaften würde, aber einige Minuten vergingen, und im Krankenflügel blieb es ruhig. Die Rolle zeigte sich wieder im Normalzustand.

Er versuchte, sein Glück herauszufordern und aktivierte eine Reihe von Links zu »ähnlichen Geschichten« über Vitalla. Das trug ihm jedes Mal einen neuen Verstoß in Form der gleichen, Unheil verkündenden Bekanntgabe ein.

Auf halbem Weg durch die Liste seiner Begriffe stieß er auf den

Eintrag »Abschied«. Er klickte ihn zerstreut an und vermutete schon, sich damit einen weiteren Verstoß einzuhandeln, stellte aber überrascht fest, dass tatsächlich ein Video startete. Noch benommener reagierte er, als er sah, wer dort sprach.

Es war Corinthia Vale, so hinreißend, wie er sie auf der Party erlebt hatte, wenn nicht sogar mehr. Sie stand auf einem Podium, das fast so aussah, als bestünde es aus Kristall. Eine Reihe Würdenträger hatte hinter ihr Aufstellung bezogen, darunter Talis, Tannon und … Hex Tulwar? Das konnte nicht sein. Der Anblick hinter ihnen war Lucas jedoch vertraut: Die steilen roten Klippen von Rhylos waren unverkennbar. Eine Flotte anscheinend riesiger Schiffe hing am Himmel über der Gruppe. Das warme Licht der Rolle erhellte Lucas' Gesicht, als Corinthia Vale zu sprechen anhob: »Seien Sie gegrüßt, Bürger von Rhylos und die Milliarden Soraner, die Zeugen dieses bedeutsamen Tages werden.«

Der starke Wind tat sein Bestes, um ihre blonden Haare aus den Zöpfen zu rupfen, aber sie blieben an Ort und Stelle, wenngleich der Saum des langen Kleides umhertanzte.

»Ich hatte das Privileg und die Ehre, im zurückliegenden Jahrzehnt am Vitalla-Projekt zu arbeiten, einer Idee, die viele Jahre vor meine Geburt zurückreicht. Es steht für den größten Einzelfortschritt in unserer Geschichte und kann denen unter uns helfen, die am wenigsten vom Glück begünstigt wurden.«

Sie sprach gut verständlich und mit erkennbarem Selbstvertrauen. Eine geborene Führungskraft. Oder nach den Worten zu urteilen, mit denen sie sich selbst beschrieben hatte: eine gezüchtete Führungskraft.

»Rhylos hat im Verlauf der Geschichte immer wieder unter natürlichen und unnatürlichen Katastrophen gelitten. Viele Soraner hier leben in Armut und müssen Tag für Tag ums Überleben ringen, um Dinge kämpfen, die für die meisten von uns selbstverständlich sind. Wir wussten von Anfang an, nachdem das Vitalla-Projekt geschaffen worden war, dass es jenen nützen sollte, die es am meisten brauchten. Es war eine erhellende Erfahrung, mit Großpriester Tulwar zusammenzuarbeiten, einem Mann, der sich nichts mehr wünscht, als sein Heimatland wieder auferstehen zu sehen.«

Tulwar lächelte. Er verschränkte die Hände ineinander und verbeugte sich leicht vor Corinthia. Seine Haare waren damals kürzer, das Gesicht frei von Wahnsinn.

»Das Land ist vielleicht nicht mehr zu retten, aber seine Menschen sind es. Vitalla wird sich als ihre Rettung erweisen, und die Rhylosi werden einen Lohn erhalten, den sie sich schon lange verdient haben.«

Sie deutete hinter sich. Lucas erblickte eine riesige Metallkonstruktion, die auf der Klippe im Hintergrund hockte.

»In wenigen Stunden wird der größte Schiffskonvoi, der jemals von unserer Welt gestartet ist, sich auf den Weg nach Vitalla machen, einem Planeten außerhalb unseres Sonnensystems, den zu soraformen wir schon über den größten Teil eines Jahrhunderts bestrebt sind. Er ist vor den Xalanern versteckt und verfügt inzwischen über alle Ressourcen und Annehmlichkeiten, die sich ein Soraner nur wünschen kann. Städte wurden errichtet und warten auf ihre Bewohner. Millionen Heime wurden gefertigt und werden den Menschen von Rhylos eine lang ersehnte Atempause nach dem sorgenvollen Leben auf Sora ermöglichen. Für alle bieten sich dort viele Möglichkeiten. Manche werden Schulen besuchen und dort von den größten Geistern unterrichtet werden, die unsere Welt zu bieten hat. Andere werden reichlich Arbeit in Landwirtschaft und Bergbau finden.«

Das Live-Publikum jubelte, und Corinthia konnte sich ein strahlendes Lächeln nicht verkneifen.

»Da dies die größte jemals angelegte Kolonie sein wird und die erste außerhalb unseres Sonnensystems, werden sich natürlich Herausforderungen stellen. Die Reise nach Vitalla, die heute beginnt, wird etwas über ein Jahr dauern. Einhundert Millionen Bürger von Rhylos werden Tausende unserer größten Schiffe besteigen, die sie dorthin bringen. Der Konvoi wird von meinem Großvater, Hochkanzler Vale, persönlich begleitet, und er wirft dabei die Macht des soranischen Militärs in die Waagschale, um sicherzustellen, dass der Weg und das Ziel sicher sind.«

Ein unwirsch wirkender Mann hinter ihr nickte knapp. Es war Talis' Vater, der ursprüngliche Hochkanzler Vale. *Varrus, oder?* Er sah nach einer älteren Version Tannons aus und trug einen perfekt gebügelten Anzug mit einer unglaublichen Zahl von Auszeichnungen daran. Sowohl Tannon als auch Talis musterten diesen größeren Mann voller Ehrfurcht, und die Menge jubelte, als sein Name fiel.

»Meine Mutter wird als Kanzlerin dienen, solange mein Großvater unterwegs ist. Unsere Heimatwelt genießt heute mehr Sicherheit als je zuvor. Da Xala in der Schlacht von Golgath so gründlich geschlagen wurde, musste sich der Feind zurückziehen und neu gruppieren, und wir haben für einige Zeit wenig von ihm zu befürchten. Die Soranische Verteidigungsinitiative wird weiterhin unsere Grenzen schützen, während sie zur gleichen Zeit Truppen abstellt, um die Reise nach Vitalla zu sichern.«

Der Wind wurde stärker, und Corinthia musste das Gesicht gegen stechenden Sand abschirmen.

»Ich bitte nun Großpriester Tulwar, einige Worte im Namen seines Volkes zu sprechen.«

Tulwar verbeugte sich ein weiteres Mal knapp und näherte sich dem Podium, wo er Corinthia freundschaftlich umarmte. In seinem kurzen roten Mantel, den kniehohen Stiefeln und einer goldenen Brustplatte sah er ganz anders aus als jede religiöse Gestalt, die Lucas jemals gesehen hatte.

»Zurana segne uns!«, sagte er, als er auf dem Podium stand, und seine Stimme hallte durch die Schlucht.

»Kyneth segne uns!«, erfolgte die einstimmige Antwort der Menge.

Ein Alarm heulte plötzlich auf dem Flur draußen auf und riss Lucas aus seiner Vertiefung in die Rolle. Er warf einen panischen Blick auf Asha, die sich nicht gerührt hatte, und sah dann, wie eine ganze Anzahl Silberkittel an der Tür vorbei und in das angrenzende Zimmer stürmte. Der Alarm verstummte, und Ashas Kopf rollte nach links. Lucas beugte sich über ihr Bett und strich ihr die Haare aus dem Gesicht hinters Ohr. Als er sich wieder der Rolle zuwandte, um das Video weiter abzuspielen, empfing ihn eine vertraute Mitteilung: ZUGRIFF EINGESCHRÄNKT: VERSTOSS EINGELOGGT.

Wiederholte Versuche führten jeweils zum gleichen Ergebnis, und schließlich schaltete die Rolle sich selbständig ab und ließ sich nicht wieder einschalten. Vielleicht hatte er gegen ein Protokoll zu viel verstoßen. Er warf das Gerät ans Fußende von Ashas Bett und rieb sich die Augen, während er sich auf dem Stuhl zurücklehnte.

Was war auf Vitalla geschehen? Das Video, das er gerade angesehen hatte, zeigte die Vales und Tulwar als Verbündete, als Freunde sogar. Was für eine Form von Verrat konnte eine ganze Widerstandsbewegung ins Leben rufen und den Planeten an die Grenze zum Bürgerkrieg treiben? Und wie war Maston in die Sache verwickelt? Diese Gedanken setzten Lucas zu, während er schließlich in der Düsternis des Krankenflügels einschlief.

7

Lucas erwachte durch einen Stiefeltritt. Er fuhr hoch und sah Asha vor sich aufragen, gekleidet in eine frische Garnitur eng sitzender soranischer Kleidungsstücke aus einem grünen und blauen Stoff, den er nicht identifizieren konnte.

»Hopp und auf die Beine, Soldat.«

Lucas sah sich groggy um. Asha trug einen weißen Verband um den sonnengebräunten Unterarm und schonte das rechte Bein.

»Sie entlassen dich?«

»Ich entlasse mich selbst. Ich brauchte ohnehin keinen Aufenthalt hier.«

Lucas verdrehte die Augen.

»Du wurdest von einer Explosion erwischt, entführt und gefoltert, und das alles innerhalb des vergangenen Tages.«

Asha schnaubte abschätzig und machte sich daran, ihr Gepäck zu sichten.

»Und ich habe gehört, du hättest einen Roboter von den Ausmaßen eines Sattelschleppers abgewehrt, und ich habe nicht gesehen, wie dich irgendjemand gegen deinen Willen hier hereingeschleift hätte.«

Lucas rieb sich die Flanken, die immer noch schmerzten.

»Weißt du, ein paar angeknackste Rippen, das Übliche.«

»Was auch immer, ich verschwinde jedenfalls von hier.« Sie suchte weiter in ihren Sachen herum. Ihre Verbrennungen und blauen Flecke sahen merklich besser aus. »Wo zum Teufel ist meine Magnum? Und mein Schwert?«

»Natalie gibt in der Waffenkammer auf sie acht, keine Sorge.«

Sie schüttelte den Kopf.

»Du und dieses Gewehr, ich schwöre es: Es ist wie eine Tochter für dich.«

»Sagt das Mädchen, das panisch nach den eigenen Waffen sucht. Obwohl ich vermute, dass dein Revolver hier ein unbezahlbares Artefakt darstellt.«

Asha erstarrte, und ein Ausdruck des Entsetzens breitete sich in ihrem Gesicht aus.

»Oh Scheiße!«

»Was ist?«

»Wo wir von unbezahlbaren Artefakten sprechen: Ich bin ziemlich sicher, dass ich diese uralte Halskette voller faustgroßer Diamanten verloren habe, die ich gestern Abend anhatte.«

Lucas lachte.

»Ha, vielleicht erhält das Vierte Gebot also doch sein Lösegeld.«

»Unwahrscheinlich«, sagte eine Stimme von der Tür her. Es war Talis Vale in einem langen violetten Kleid, das ihr über die Füße floss. »Es war eine Fälschung.«

Asha zuckte angesichts des plötzlichen Auftauchens der Hochkanzlerin nicht einmal mit der Wimper. Kastenförmige Palastwachen ragten hinter Vale auf.

»Was, Sie haben mir nicht genug vertraut, um mir das Original zu geben?«, fragte Asha.

Talis kam ins Zimmer, während die Wachleute zurückblieben.

»Nein, das war nicht der Grund, meine Liebe. Das Original ist vor hundert Jahren aus dem Palasttresor gestohlen worden, aber das erzählen wir den Leuten nicht gern«, sagte sie mit einem schiefen Lächeln.

Die Wachleute musterten Lucas, und er fragte sich, ob das die üblichen Blicke waren, die ihm als Erdgeborenem galten, oder ob sie im Begriff standen, ihn aufgrund seiner anscheinend illegalen

Anfragen nach Vitalla von der Nacht zuvor festzunehmen. Sie trafen allerdings keinerlei Anstalten, sich ihm zu nähern.

»Ich freue mich zu sehen, dass Sie wieder gesund und munter sind, Asha«, fuhr Talis fort. »Ich möchte mich persönlich bei Ihnen für die Behandlung entschuldigen, die Sie unter den Händen meiner … Landsleute erlitten haben.«

Asha winkte ab.

»Wie ich ihm gerade schon sagte, das war nichts.«

»Wenn das nichts war, kann ich mir nicht vorstellen, wie es auf der Erde zugegangen ist.«

»Na ja, die letzten Jahre waren ganz gewiss nicht toll, wie Sie gehört haben.«

Asha unterbrach sich, und ihre Stimme klang danach gedämpfter.

»Tut mir leid, das von Ihrer Tochter zu hören.«

Talis nickte.

»Danke, obwohl ich schätze: Wenn irgendjemand meinen Schmerz nachempfinden kann, dann Sie beide. Wir drei scheinen in den zurückliegenden Jahren alle unsere Lieben verloren zu haben. Das ist ein sehr einsamer Ort, und Sie sollten dankbar dafür sein, dass Sie einander haben, um sich gegenseitig hindurchzuhelfen.«

Lucas und Asha sahen sich an. Hätte jemand Lucas vor Jahren erzählt, er würde sich mal in die Frau verlieben, die ihn niedergeschossen und bei fast vierzig Grad Hitze liegengelassen hatte, dann hätte er ihm ins Gesicht gelacht. Was für eine seltsame Reise hinter ihm lag!

»Außerdem«, fuhr Talis fort, »möchte ich Ihnen beiden eine bescheidene Bitte vortragen.«

Talis' jüngste Bitte hatte Lucas fast das Leben gekostet, als er Maston daran zu hindern versuchte, Hex Tulwar umzubringen. Was wollte sie diesmal?

»Wenn Sie sich beide nach Ihrer jüngsten Prüfung gut genug fühlen, möchte ich, dass Sie eine erfreulichere Seite Soras kennenlernen. Eine, die weder mit Gefangennahme noch mit Krieg oder Blutvergießen irgendeiner Art zu tun hat. Ich möchte, dass Sie das Beste unserer Welt erleben, nicht nur das Schlimmste.«

Sie beide waren erstaunt.

»Ah, was schwebt Ihnen da vor?«, fragte Lucas.

Wenige Stunden später brausten sie in einem Luxushovercraft durch die Luft, einem viel größeren Fahrzeug als alle anderen, die Lucas sehen konnte. Es hatte die Ausmaße eines Zimmers und bot eine umfassende Auswahl von Getränken auf einem zentralen Tisch, umgeben von üppigen Sitzgelegenheiten rings um die Kabine. Die Fenster waren diesmal nur gegen Einblick von außen gefärbt, während die Fahrgäste eine erstaunliche Aussicht auf die umgebende Landschaft genossen.

Diese zeigte sich in Form lebenssprühender Wälder aus verdrehten Bäumen und klaren blauen Bergen, die die schimmernde Stadtlandschaft von Elyria einrahmten. Fortlaufende Bilder aus dem Stream liefen an der Rückwand des Fahrzeugs, die im Augenblick auf eine örtliche Sportveranstaltung eingestellt war anstatt auf die Nachrichtensendungen, die sich gewöhnlich auf den Krieg konzentrierten oder in jüngerer Vergangenheit auf Asha und Lucas.

Lucas verstand die Regeln des Spiels nicht, das da gezeigt wurde. Zwei Mannschaften düsten in bunten gepanzerten Jetanzügen durch die Luft, elektrische Schlagstöcke in den Händen, die sie häufig einsetzten, um sich gegenseitig außer Gefecht zu prügeln. Ansonsten schlugen sie einen leuchtenden Flugball zwischen sich hin und her, und es schien darum zu gehen, diesen in eine von vier Lichtkugeln zu befördern, die an den Rändern der Arena schwebten.

»Hey, Silo, wie nennt man das noch gleich?«, rief er nach vorn.

»Sakala«, antwortete der große Mann vom Fahrersitz aus. »Ich habe es auf der Erstschule gelernt, vor der SVI. Wir haben die Provinzmeisterschaft drei Jahre hintereinander gewonnen.«

Silo hatte sich freiwillig gemeldet, um Lucas' und Ashas Sicherheitsgruppe für den von Talis arrangierten Ausflug nach Elyria zu leiten. An allen vier Ecken begleiteten kleinere Panzerfahrzeuge ihr Hovercraft, an Bord Palastwachen, die nicht der Garde angehörten und die eine sichere Fahrt zur vor ihnen liegenden Metropole und wieder zurück sicherstellen sollten. Die bedrohlichen Geschützläufe, die von diesen Fahrzeugen aus in alle Richtungen wiesen, sorgten dafür, dass auf hunderte Meter Umkreis kein konkurrierender Verkehr unterwegs war.

»Probier mal«, sagte Asha und warf Lucas eine Traube orangefarbenen Obstes zu. Die Früchte hingen wie Trauben an einem zentralen Stiel und waren völlig rund und fast durchscheinend. Lucas steckte sich eine davon in den Mund.

»Nicht schlecht. So ähnlich wie Mangos … oder Kirschen?«

»Ich habe hier noch nichts gekostet, das ich unterbringen könnte«, sagte Asha, riss ein Stück Brot von einem ovalen Laib und tauchte es in eine Schüssel mit blauem Sirup. »Aber es schmeckt alles fantastisch.«

Vielleicht hatten sie auch einfach über zu viele Jahre Kakerlaken und tote Xalaner essen müssen, aber die vor ihnen ausgebreiteten Speisen waren unbestreitbar spektakulär.

»Esst nicht zu viel«, mahnte Silo vom Bug aus. »Auf euch wartet später noch ein Dinner im Goldenen Blatt.«

»Taugt das was?«, fragte Lucas, den Mund voll mit orangefarbenem Fruchtfleisch.

»Die Warteliste erstreckt sich über Jahre, und eine Mahlzeit dort kostet mehr, als ich in einem Monat verdiene. Also ja, es ist gut.«

Silo war schon vorher freundlich mit ihm umgegangen, aber außer Dienst gab er sich nochmals deutlich aufgeräumter. Ein weiterer gepanzerter Mann saß neben ihm im Cockpit. Dessen Schulterstücke wiesen das Palast-Sicherheitsemblem auf. Er drehte sich zu keiner Zeit um und sprach nicht ein Wort.

»Na ja, vielleicht kannst du mal mit Kiati dorthin«, sagte Lucas. Silo musste laut lachen.

»Das möchte ich mal erleben! Verstößt gegen die Vorschriften.«

»Offiziell?«, fragte Lucas mit hochgezogener Braue.

»Offiziell«, sagte Silo, wobei er breit lächelte und kurz zwinkerte.

Asha blickte von ihrem siruptropfenden Brot auf.

»Wer ist Kiati?«, fragte sie.

»Du hast eine Menge versäumt, während du damit beschäftigt warst, entführt zu sein«, neckte Lucas sie. Sie ignorierte ihn und nippte an einem Kelch mit Sprudel. Lucas tat das Gleiche und stellte fest, dass es sich gar nicht um Wasser handelte. Er zwang sich, den Kelch wieder abzusetzen, und blickte hinaus auf die sie umgebende prachtvolle Metropole.

Elyria war aus der Nähe noch eindrucksvoller als aus der Ferne. Das Hovercraft folgte lässig seiner Bahn zwischen Gebäuden, die vom Grund der Stadt aus hunderte Meter weit aufragten. Jedes war vermutlich doppelt so groß und breit wie die größten Bauwerke der Erde. Neben der Sicherheit diente ihnen Silo auch als Fremdenführer und erklärte jeweils, welches Gebäude Wohnungen beherbergte, welche kommerziell oder vom Staat genutzt wurden. Andere Hovercraft zischten an ihnen vorbei, die meisten ohne Pilot. Vorprogrammierte Routen über den Himmel brachten die Einwohner der Stadt zu ihren verschiedenen Zielorten, aber den Erdgeborenen hatte man erklärt, dass nach dem Maschinenkrieg dies alles an KI-gesteuerter Technik war, das noch geduldet wurde.

»Sieh mal dort.«

Lucas forderte Asha mit einem Wink auf, an sein Fenster zu treten, und deutete auf eine besonders stark genutzte Flugbahn, die von einem Luftverkehrsstau blockiert schien. Ashas Blick wanderte durch die Aussicht, bis sie sah, was Lucas meinte. Es war schwer zu übersehen.

Zu ihrer Linken ragte eine dreißig Stockwerke hohe digitale Reklametafel auf und zeigte Asha in ihrem gewebten weißen Kleid, das sie anlässlich der Bekanntmachungszeremonie vor Tagen getragen hatte. Neben ihr war Lucas in dem dunklen Anzug mit dem hohen Kragen abgebildet. Das Foto hatte man wohl aufgenommen, als sie zum Podium auf der Promenadenbühne schritten. Soranische Glyphen drückten einen Slogan aus:

Die Erdgeborenen – von Jolo Houzan. Eine Reise durch die Galaxis wert.

Asha seufzte.

»Wieder im Model-Geschäft«, sagte sie verärgert.

Lucas rief Silo zu: »Müssten wir dafür nicht Tantiemen bekommen?«

Silo blickte kurz auf die Plakatwand.

»Nicht mein Gebiet«, sagte er und kramte an seinem Anzug herum. »Das erinnert mich aber an etwas. Hier, ist von der Hochkanzlerin.«

Er warf ihnen zwei Chips zu, die Lucas mit dem Schoß auffing. »Spesenmark.«

Lucas tippte auf einen Chip, und eine winzige Anzeige wurde daraus projiziert:

Verfügbarer Saldo – 50 000 Mark.

Asha fand auf ihrem das Gleiche.

»Ist das viel?«, fragte sie.

»Wie viel ist drauf?«, lautete Silos Gegenfrage.

»Jeweils fünfzigtausend.«

Silo stieß einen leisen Pfiff aus.

»Verdammt, ich wünschte, ich wäre ein Außersoranischer!«

Zu oft in den zurückliegenden Jahren hatten grauenhafte Ereignisse auf der Erde oder im All Lucas' lebhafteste Erinnerungen geprägt. Zu viele davon suchten ihn täglich heim: von der xalanischen Invasion über das Ödland Amerikas und die Grauen von Kvaløya bis zu Omikrons Angriff. Der heutige Tag brachte jedoch ein einzigartiges Erlebnis mit sich: Das hier würde er nie vergessen, und zwar aus all den richtigen Gründen.

Der Lunch wurde in einem Lokal innerhalb eines riesigen Aquariums aufgetragen. Das Menü enthielt die Fische, die ringsherum schwammen, ein jeder davon gänzlich verschieden von denen, die er von der Erde kannte. Alle waren holografisch markiert, und wenn man darauf deutete, erhielt man Informationen über die Spezies und die verfügbaren Zubereitungsoptionen. Lucas wählte die Empfehlung des Kochs: »gebratener Rostin«, ein haiähnlicher Gigant mit acht Flossen und vier Zahnreihen. Nachdem die Mahlzeit serviert worden war, stibitzte Asha von seinem Teller, wenn er jeweils nicht hinsah. Anscheinend schmeckte ihr der »gegrillte Vorkal« nicht ganz so sehr.

Anschließend verfrachtete man sie auf schnellstem Weg in eine Privatvorstellung der heißesten Theateraufführung der Stadt, *Sora D'lorata Mus'tovi,* frei übersetzt »die verlorenen Liebenden von Sora«. Die Bühne war ein Ring aus verziertem Holz und Metall, der sich rings um das Publikum zog, und holografische Kulissen erweckten fast den Eindruck, einen dreidimensionalen Film zu sehen. Die Story drehte sich um einen Soldaten, der in den Krieg ziehen und seine junge Liebe zurücklassen musste. Nach seiner Rückkehr stellte er fest, dass man sie gezwungen hatte, einen grausamen Provinztyrannen zu heiraten, der dem Soldaten einen Mord anhängte, als dieser die Frau zurückzugewinnen versuchte. Die Kostüme deuteten an, dass dies in einer Zeit vor der Entwicklung der Raumfahrt spielte, und Lucas hätte schwören können, eine Träne im Auge der immer so stoischen Asha glitzern zu sehen, als der Soldat in den letzten Augenblicken der Aufführung sterbend in den Armen der Geliebten lag. Und obwohl die Schauspieler zu den populärsten des Kontinents gehörten, waren sie es anschließend, die zusammen mit den berühmten Erdgeborenen fotografiert werden wollten, und nicht andersherum.

Das Abendessen im Goldenen Blatt war atemberaubend, vor allem, weil das Restaurant die krönende Spitze des höchsten Superkratzers der Stadt bildete, des Stoller-Turms. Man sah hunderte Meilen weit in alle Richtungen, und ein strahlender Baldachin aus Sternen schien auf sie herab, während ein unsichtbares Energiefeld den Wind abwehrte. Dutzende Personen bedienten sie von vorne bis hinten, und Lucas verlor den Überblick darüber, wie viele Gänge aufgetischt wurden, während die übrigen Kunden voller Staunen und Neid zusahen. Lucas bestand darauf, dass man das stets gegenwärtige Sicherheitspersonal aus dem Palast ebenfalls bewirtete, und obwohl die Leute das ursprünglich ablehnten, schlangen sie zum Ausklang des Abends an einem Tisch nebenan Tausend-Mark-Teller voller seltenen Fleisches hinunter. Silo konnte sich nicht verkneifen, von einem Ohr zum anderen zu grinsen, nachdem er mit seinem enormen Stapel Yutta-Rippen fertiggeworden war. Der über deren Größe staunende Lucas fragte sich, welcher Art von Tier sie wohl entstammten.

Der abschließende Programmpunkt des erschöpfenden, erfreulichen Tages war die Rückkehr zum Großen Palast selbst. Silo erläuterte ihnen, dass die gigantische Konstruktion im Laufe der

Zivilisationsgeschichte Soras ein halbes Dutzend Mal zerstört und wiederaufgebaut worden war. Heute präsentierte sie sich als Mischung aus antiker Architektur und modernster Verteidigungstechnik. Der Turm war eine unbezwingbare Festung, die jedem Versuch trotzte, sie noch einmal zu zerstören. Na ja, nahezu unbezwingbar, wie man angesichts jüngster Ereignisse nun wohl sagen musste.

Während die Dämmerung hereinbrach, verließ Silo seine Schützlinge im Hovercraft-Hangar und wünschte ihnen einen guten Abend. Er bemerkte den Markchip nicht, den ihm Lucas beim Abschied in eine der Außentaschen seiner Panzerung steckte. Trotz des Prunks all der Örtlichkeiten, die sie besucht hatten, hatte man sich dort die größte Mühe gegeben, ihnen alles umsonst angedeihen zu lassen. Da kaum eine Mark ausgegeben worden war, dachte Lucas, dass Silo das Geld besser gebrauchen konnte.

Malorious Auran begrüßte sie, als sie eintraten, und begleitete sie zu den obersten Etagen des Palasts. Er erklärte ihnen, dass man von Anfang an geplant hatte, sie dort unterzubringen – noch vor der »unglücklichen Geschichte mit dem Gebot«, wie er es ausdrückte.

Als sich die Fahrstuhltür öffnete, sahen sie sich einer riesigen zweiflügeligen Tür aus Mattglas gegenüber. Beim Näherkommen zeigten sich kunstvolle Gravuren im Material. Faltige Gesichter von Männern, die eine Krone trugen, Frauen mit langem fließendem Haar und listigem Lächeln. Porträts aus Imperien, vor langer Zeit aufgeblüht und wieder untergegangen. Auran bestätigte das, was die Tür andeutete.

»Der Ewigkeitsraum wurde von einigen der bedeutendsten Gestalten der soranischen Geschichte bewohnt, wenn sie die königliche Familie oder in jüngerer Vergangenheit die Hochkanzler besuchten. Fürsten, Könige, Kaiser, Generale, Helden, manchmal auch Schurken haben allesamt komfortable Unterkunft gefunden, hier oder in einer der vielen Versionen dieser Suite im Lauf der Zeitalter.«

Er mühte sich mit der schweren Tür ab, doch erst mit Lucas' Beistand gelang es ihm, sie aufzustoßen.

»Sie haben ganz gewiss einen Platz unter solchen Legenden verdient, doch ich ersuche Sie dringendst, nichts kaputt zu machen«, sagte er mit flehendem Blick.

Das Zimmer vor ihnen war erstaunlicher als alles, was sie in Elyria erlebt hatten. Die Decke lag locker drei Stockwerke über ihnen und war komplett mit einem kunstvollen Gemälde verziert. Gestalten, die vielleicht Könige oder Götter waren, sahen sich dort in ein episches Ringen verstrickt und befehligten dabei himmlische Heerscharen über die Wirbel gemalter Sterne und Planeten hinweg.

Den Fußboden bildete ein schimmerndes Gestein, das fast nass wirkte, sich aber bei Berührung als völlig trocken erwies. Die Möbel waren mit Sicherheit aus uraltem Holz geschnitzt und mit Intarsien aus kostbaren Metallen und Stoffen verziert. Eine Küchenzone bot ihnen erneut ein Füllhorn an Lebensmitteln, obwohl Lucas viel zu satt war, um auch nur an einen weiteren Bissen zu denken. Alle paar Fuß hing ein weiteres Gemälde an der Wand. Keines davon gehörte zur modernen holografischen Kunst, die Lucas schon im Palast gesehen hatte. Er strich mit der Hand über ein juwelenverkrustetes Langschwert auf einem nahen Tisch. Der Bezeichnung zufolge war die Waffe fast vierzigtausend Jahre alt, obwohl die Klinge glänzte, als wäre sie gestern erst geschmiedet worden. Alles in diesem Raum war zugleich alt und brandneu; eine Wissenschaft, die Lucas verschlossen blieb, bewahrte die Artefakte in exakt ihrem ursprünglichen Zustand. Während er und Asha hineinschlenderten, verzückt von dieser Umgebung, blieb Auran in der Tür stehen.

»Ich möchte Sie nicht mit weiteren Geschichtslektionen langweilen«, sagte er. »Obwohl ich zu fast jedem Objekt in diesem Raum einen Roman schreiben könnte. Ich wünsche Ihnen beiden eine gute Nacht. Zögern Sie nicht zu rufen, wenn Sie irgendwas brauchen.«

Er tippte auf die Kommunikatorplakette an seinem Gewand, zog sich würdevoll zurück und schloss dabei die turmhohe Tür. Allein in der Stille hatte Lucas trotz der unschätzbaren Kostbarkeiten, die das Zimmer zierten, nur Augen für eins.

Sie.

Asha stand ihm gegenüber und trug ein über einer Schulter gehaltenes bronzefarbenes Kleid, das eine ihrer vielen Stylistinnen als für den Tag in der Stadt geeignet befunden hatte. Die Beleuchtung war seit Aurans Fortgang matter geworden, eine Reaktion auf die späte Stunde, lange nach der üblichen Zeit, sich zur Ruhe zu begeben. Mondlicht füllte den Raum durch die Fensterwand ihnen beiden gegenüber. Asha sah strahlend aus. Ätherisch.

Die Stille sprach deutlicher, als es Worte vermocht hätten. Nach sechs Monaten der Gefangenschaft und der Trennung waren sie jetzt zum ersten Mal seit jenen schlaflosen Nächten an Bord der Arche wirklich allein und ungestört.

Lucas' knopffreie Jacke landete quer über einem Sessel aus dem sechsundzwanzigsten Jahrhundert, nicht viel später gefolgt vom Hemd. Ashas geöffnetes Kleid fiel zu Boden und bildete fast einen Teich um ihre Füße. Als sie Lucas küsste, ergriff eine alte Leidenschaft mit solcher Wucht von ihm Besitz, dass es ihm den Atem raubte. Asha fuhr mit den Händen über seine Brust und zeichnete die lange krumme Narbe nach, die bis hinab zur Hüfte verlief. Ashas eigene Haut war eine vertraute Landkarte aus alten, lange verheilten Kampfnarben, und er hatte sie allein durch Berührung schon längst auswendig gelernt. Hier und jetzt war es jedoch, als entdecke er Asha ganz aufs Neue, wie damals in der ersten unwirklichen Nacht im Wasserspeicher. Es war so lange her.

Eine Stunde verging, ehe sie sich auch nur die Mühe machten, das Bett zu finden, das in einer weiteren kunstvoll verzierten Sektion des Zimmers stand. Es dauerte weitere zwei Stunden, bis der Schlaf sie überfiel, und danach lagen sie ineinander verschlungen in den fließenden Laken, das letzte Königspaar eines toten Planeten.

Trotz der völligen Erschöpfung nach den Ereignissen des Tages und der nächtlichen Aktivität wurde Lucas wach, als ihn ein Luftzug streifte. Er tastete im Bett herum und wurde, sobald sich seine Augen angepasst hatten, eines allzu vertrauten Anblicks gewahr. Asha war verschwunden. Sie fühlte sich noch immer nicht wohl dabei, eine ganze Nacht lang an seiner Seite zu schlafen. Nach allem, was ihr widerfahren war, konnte man ihr daraus kaum einen Vorwurf machen, aber trotzdem enttäuschte es Lucas auf die gleiche Art wie zuvor an Bord der Arche.

Hier jedoch gab ihr Verschwinden zu größerer Besorgnis Anlass. Die Arche war ein Schuhkarton, verglichen mit dem Palast, und eine Durchsuchung des ganzen Zimmers zeigte, dass sie sich nicht einfach in einen anderen Winkel verzogen hatte. Lucas spürte Panik in sich aufsteigen und überlegte, die Palastsicherheit zu informieren.

Er hielt inne und sammelte sich und entschied sich dagegen. Sie war nicht erneut entführt worden. Nicht hier, nicht in aller Stille. Er hatte eine Ahnung, wo er sie vielleicht fand.

Die Fahrstuhlfahrt dauerte, führte sie doch von einer der obersten Etagen des Palastes zu einer der untersten, etliche tausend Fuß unter der Erde. Als Lucas auf der Zieletage eintraf, erkannte ihn der diensttuende Aufseher sofort und winkte ihn durch. Als

Lucas ihn fragte, ob er ein halb bekleidetes Erdenmädchen gesehen hatte, reagierte er mit einem verlegenen Lächeln und deutete mit dem Kopf zum holografischen Text über dem angrenzenden Durchgang:

Erdarchiv.

Die Türflügel fuhren auseinander, und Lucas fand sich erneut zwischen den Vitrinen wieder, die seine alten Habseligkeiten aus der Arche enthielten. Er hörte Schritte auf der anderen Seite des Raums und näherte sich der Sektion, von der er wusste, dass er Asha dort finden würde.

Aber sie war nicht dort. Das Waffenarsenal lag verlassen da und zeigte all die beschlagnahmten Waffen und deren aktuelle Munition. Natalie ruhte neben Ashas Magnum und Schwert. Asha war also nicht deshalb hier. *Was macht sie dann?*

Es war so totenstill im Raum, dass er sie in der angrenzenden Reihe atmen hörte. Als er um die Ecke ging und sie erblickte, verstand er.

Es war die Büchersektion mit den gesammelten Werken der Erde, von Milton bis Rowling. Aber Asha las nicht. Vielmehr enthielt der Schaukasten, den sie betrachtete, zwei Stücke Papier. Fotos.

Das erste war an den Rändern angesengt, zeigte aber nach wie vor deutlich die abgebildeten Personen. Dort lächelte Asha friedlich und trug einen glitzernden Ring am Finger, war umschlungen von den Armen eines gutaussehenden jungen Mannes mit blauen Augen. Darunter zeigte der Schaukasten ein weiteres Bild, das viel stärker ramponiert war. Eine Frau und ihr Kind waren nur noch ansatzweise zu erkennen. Lucas' Ehefrau. Sein Sohn.

Als er dieses Bild erblickte, das er vor langer Zeit verloren geglaubt hatte, regten sich in ihm die gleichen Gefühle, die sicherlich auch in Asha tobten: Schmerz, Trauer, Liebe, seit Jahren vergrabene Dinge. Sie galten einem Leben, das so lange zurücklag, dass es sich meist wie eine Erzählung anfühlte. Nicht jetzt jedoch, nicht in einem Augenblick, in dem er wieder in die Augen seiner Lieben blicken konnte.

»Ich weiß nicht, ob es je aufhören wird«, sagte sie ernst, ohne ihn anzusehen, während er neben ihr stand.

»Das wird es nicht«, sagte er und strich mit den Fingern über das Glas, das ihn von seiner Familie trennte.

»Es ist nicht einfach nur Christian, es sind alle. Alle, die ich verloren habe. Unterwegs konnte ich nicht darüber nachdenken. Jeden Tag ging es nur um den nächsten Schluck Wasser, die nächste Mahlzeit, die nächste Beinahe-Begegnung mit dem Tod. Man hatte keinen Platz im Kopf für sie. Aber hier?«

»Es ist ruhiger«, führte Lucas ihren Gedanken zu Ende. »Man kann sie ständig hören.«

Sie sah ihn endlich an, und ein alter Zorn brannte in ihren Augen, durch den Anblick des Bildes vor ihr frisch entfacht. In den Zorn mischte sich aber auch Trauer über einen Verlust, von dem sie sich wahrscheinlich nie erholen würde.

»Die Wut ist immer da. Sie ist nur unter der Oberfläche. Als würde sie mich bei lebendigem Leib verbrennen, wenn sie keine Gelegenheit findet, Dampf abzulassen«, sagte sie, und er spürte beinahe die Hitze, die von ihr ausstrahlte.

»Ich weiß«, sagte Lucas und erinnerte sich an den ständigen Zorn, der ihn in den zurückliegenden Jahren angetrieben hatte. Ein Zorn, der nach wie vor den ganzen Tag lang in ihm kochte. Wie Asha war ihm Trauer tief ins Herz eingeschnitten. Ein dauerhaftes Mal, das seine Seele für immer beflecken würde.

»Das Leben hier ist nicht für mich«, fuhr sie fort. »Ich bin keine Prinzessin. Ich brauche nicht gerettet zu werden. Ich brauche nicht verwöhnt zu werden. Ich möchte hier nicht als politische Marionette oder gefeiertes Idol herhalten. Ich möchte wirklich etwas bewirken.«

»Das tust du«, sagte Lucas und schluckte die eigenen Gefühle herunter.

»Nein, noch nicht. Ich habe hier nichts weiter bewirkt, als von einem idiotischen Separatisten entführt zu werden. Was bringt dich auf die Idee, wir könnten in irgendeiner Weise dazu beitragen, einen zehntausend Jahre alten Krieg zu beenden?«

Lucas zögerte und dachte über die Frage nach, und er schob die Gedanken an seine Familie ins Gefängnis der Erinnerung, wo sie auch sonst normalerweise zu Hause waren.

»Alpha.«

»Was, die Botschaft? Denkst du wirklich, dass das funktionieren wird?«, fragte sie, die Arme verschränkt und erkennbar skeptisch.

»Die höchste Kunst des Krieges besteht darin, den Feind ohne einen Kampf zu bezwingen.«

»Okay, Konfuzius.«

»Tatsächlich Sun Tsu. Ich denke, sie haben sein Buch hier drüben stehen.« Lucas deutete zu einer Säule, ein paar Meter entfernt.

»Kein Ausmaß an Feuerkraft wird so, wie die Dinge laufen, diesen Krieg ein für allemal beenden«, fuhr er fort. »Erst wenn das Volk den Glauben an seine Führer verliert, wird Xala schwach genug sein, dass wir einen Schlag ausführen können, der sie im Herzen trifft.«

»Seit wann bist du Militärstratege?«, fragte Asha.

Lucas zuckte die Achseln. »Ich interessiere mich für Geschichte. Kein Grund, die Fehler der Erde hier zu wiederholen.«

»Dennoch hat man manchmal den Eindruck, alles wäre ohne Bedeutung.«

Asha lehnte sich an den Glasbehälter und spielte zerstreut mit dem Saum ihres kurzen dünnen Nachthemds.

»Ich möchte dir etwas zeigen«, sagte Lucas. »Komm mit.«

Sie waren nach wie vor unter der Erde, aber nur noch etwa zwanzig Etagen. Diesmal empfingen zwei lächelnde weibliche Silberkittel sie und führten sie in ein Zimmer, das durch eine fünfzig Zentimeter dicke Metalltür gesichert war. Die beiden Bediensteten kehrten in den angrenzenden Raum zurück, während Asha und Lucas auf das zugingen, was hier in der Mitte ruhte.

»Du bist von Bedeutung«, sagte Lucas. »Du bist für ihn von Bedeutung.«

Mit sechs Monaten war ihr ungeborener Sohn inzwischen von entschieden menschlicher Form, obwohl er nach wie vor wohl beiden auf je eine Handfläche gepasst hätte. Asha strich über das Glas des Tanks, sobald sie davor stand. Das Kind schwebte in einer viskosen türkisfarbenen Flüssigkeit. Winzige Schläuche hingen an ihm, darunter eine künstliche Nabelschnur. Sie führten zu surrenden Maschinen neben der Einfassung.

»Du bist für mich von Bedeutung«, sagte Lucas, trat von hinten an sie heran und legte ihr die Hand in den Nacken.

»Ich wäre hier ohne dich verloren. Noah wäre es auch. Und er«, sagte er und deutete auf das zerbrechliche Kind vor ihnen.

Sie blieb eine Zeit lang still.

»Verdammt noch mal!«, sagte sie. »Du bist wirklich gut. Die Karte mit dem ungeborenen Kind auszuspielen. Du Mistkerl!«

Sie lächelte, aber es verblasste schnell wieder.

»Weißt du, es ist schon seltsam. Obwohl ich so weit von dem Kind entfernt bin, von dieser ›Schwangerschaft‹, spüre ich ihn an manchen Tagen trotzdem. Ich schwöre, dass ich gestern gespürt habe, wie er getreten hat …«

Sie verstummte, aber bald kehrte sie zu dem Argument zurück, das Lucas vorgebracht hatte.

»Ja, natürlich bleibe ich, um diese schräge Familie zu vervollständigen. Jemand muss sicherstellen, dass aus diesen Kindern normale Leute werden.«

Lucas lachte.

»Das eine aus den Trümmern eines glimmenden Kannibalendorfs gezogen, das andere in einem Tank herangezüchtet und das niemals einen Fuß auf seinen Heimatplaneten setzen wird? Da haben wir alle Hände voll zu tun.«

Sie nickte.

»Ich denke, es muss also um mehr gehen als Rache. Wir sollten dafür sorgen, dass sie in Frieden aufwachsen können«, sagte sie und blickte dabei das winzige Geschöpf im Tank an. »Sie sollten niemals die Dinge erleben müssen, die wir durchgemacht haben.«

»Das werden sie nicht«, sagte Lucas entschieden, auch wenn er selbst von dieser Feststellung nicht ganz überzeugt war.

Als sie das Inkubationszimmer verließen, fiel Lucas eine vertraut wirkende Tür auf. Sie zeigte das gleiche Symbol, das auch über einem Raum nahe dem Erdarchiv hing, und er hatte es vor wenigen Minuten dort unten erneut gesehen. *Kann nicht schaden, mal einen kurzen Blick zu riskieren.* Er zog Asha darauf zu, und sie blickte zu der soranischen Glyphe auf, die über der Tür schwebte.

»Elf?«, fragte sie und übersetzte es damit. »Was wird dort aufbewahrt?«

»Ich denke, ich weiß es«, sagte Lucas, reagierte aber überrascht, als ihn eine ziemlich unhöfliche Meldung des Inhalts »nicht autorisiert« aus den Steuerungselementen heraus anblinkte, als er die Tür zu öffnen versuchte. Asha konnte es sich ausrechnen.

»Denkst du, es ist unsere alte Crew?«, fragte sie und sprach damit die elf hirntoten Menschen an, die Alpha überall auf dem Globus eingesammelt hatte, ehe er ihnen beiden begegnete. Ursprünglich sollten sie als »Forschungsexemplare« auf seinen Heimatplaneten gebracht werden. Lucas kratzte sich instinktiv an seiner größten Narbe. Es waren mal ein Dutzend Menschen gewesen, aber nach einer fürchterlichen Verletzung am falschen Ende eines Plasmagewehrs hatte einer der Hirntoten seine halbe Sammlung an inneren Organen gespendet, damit Lucas überleben konnte.

»Das tue ich«, sagte Lucas. »Aber ich weiß nicht, warum sie uns hier aussperren.« Die Steuerung blieb unnachgiebig, und nach einem dritten Versuch, sie zu navigieren, schaltete die holografische Traube sich komplett ab.

»Man lässt uns unbehindert durch die Waffenkammer spazieren, aber nicht unsere alten Freunde besuchen? Was haben sie vor?« Lucas tippte auf den Stahl, während er den ausgeklügelten Schlossmechanismus studierte, der in die ganze Tür hineingewoben war.

»Ich weiß nicht; als wir zuletzt ein solches Schloss geöffnet haben, stellte sich heraus, dass ich direkt neben einer Atombombe geschlafen hatte. Manchmal sollte man einen Stein auch nicht umdrehen«, fand Asha und ging zum Ausgang. Lucas runzelte die Stirn und hämmerte noch einmal an die verschlossene Tür, ehe er sich abwandte und Asha folgte.

8

In der folgenden Woche lebten sie behaglich im Schoß des Luxus, und jeder Tag brachte einen neuen, von Talis organisierten Ausflug in die schönsten Gebiete der Hauptstadt und des Kontinents mit sich, um den Stress zu kompensieren, der aus dem Angriff des Vierten Gebots resultierte. Jede Nacht war ein Zirkus des Vergnügens, der die Abende auf dem Fußboden des Wasserspeichers an Bord der Arche weit in den Schatten stellte. Manche Tage fühlten sich wie Klarträume an, während andere für Lucas von Albträumen unterbrochen wurden, die ihn mit Erinnerungen an das heimsuchten, was er hatte tun müssen, um es hierher zu schaffen.

Die Wirklichkeit klopfte an, als Lucas an dem Morgen wach wurde, ehe ihre Garde-Ausbildung beginnen sollte. Er starrte aus verschlafenen Augen auf die Bilder des Streams, die an der Wand gegenüber liefen. Sobald sich der Raum deutlicher abzeichnete, sah er Asha schon angekleidet und ganz wach auf der Bettkante sitzen.

»Steh auf«, sagte sie, als sie sah, dass er wach war. »Hier wird bald ernsthaft was los sein.«

Der Stream zeigte sich völlig chaotisch; Live-Bilder und Aufzeichnungen waren wild ineinandergefügt, begleitet von ringsherum flatternden Textmeldungen, jede mit einer neuen Meldung über die aktuellen Ereignisse. Nachdem Lucas die Katastrophenberichterstattung einige Minuten lang verfolgt hatte, konnte er sich die wichtigsten Punkte zusammenreimen.

Ein Planet namens Kollux war Standort einer bedeutenden

soranischen Militärbasis – oder war es zumindest bislang gewesen. Vor vier Stunden hatte eine überwältigende xalanische Streitmacht den Planeten angegriffen und fast jede militärische Einrichtung auf der felsigen Oberfläche ausgelöscht. Dreihunderttausend Soldaten waren beinahe augenblicklich vernichtet worden, überrumpelt von einer Flotte, von der man gedacht hatte, sie lecke nach dem gescheiterten Feldzug gegen die Erde noch ihre Wunden. Nachdem die Xalaner die Stützpunkte auf dem Planeten aus der Luft überfallen hatten, waren Bodentruppen abgesetzt worden, um mit den restlichen Verteidigern von Angesicht zu Angesicht aufzuräumen. Das erinnerte Lucas an den Krieg, den sein eigener Planet in jüngerer Vergangenheit erduldet hatte.

Eine Frau mit orangefarbenen Haaren und offenkundig ausgefranstem Nervenkostüm, die auf einem der größeren Kanäle im Stream moderierte, versicherte den Zuschauern, soranische Streitkräfte wären schon auf dem Weg, um den restlichen Truppen auf Kollux beizustehen (vorausgesetzt, dort existierten noch welche) und sicherzustellen, dass die xalanische Flotte nicht weiter vordrang. Kollux lag in einem Lichtjahre entfernten Sonnensystem, aber dem Stream zufolge waren die Xalaner seit den Heimatweltangriffen des vorangegangenen Jahrtausends nicht mehr so weit vorgedrungen.

In Fenstern rings um das horizontale Videoband liefen Aufnahmen von heftigen Gefechten auf dem Boden, in der Luft und im Orbit des Planeten. Mehrere dieser Aufnahmen fielen nach besonders lauten Explosionen aus, aber sie alle ließen keinen Zweifel daran, wer dort auf der Siegerstraße marschierte. Nicht die Soraner.

Lucas zog sich Hemd und Hose aus einem überdimensionierten Kleiderschrank an, in dem man eine Unzahl Outfits deponiert hatte, die ihm und Asha passten.

»Hast du schon etwas von irgendjemandem gehört?«, fragte er sie. Sie saß auf dem Bett und hing noch immer gebannt an den Übertragungen.

»Ich wurde angepingt. Wir müssen bald mit Befehlen rechnen«, antwortete sie.

»Heißt das, dass es für uns losgeht?«

»Hoffentlich«, stieß sie zwischen knirschenden Zähnen hervor, während sie die allzu vertrauten Szenen der Verwüstung vor sich ablaufen sah.

Eine Mischung aus Angst und Aufregung stieg in Lucas auf. So reizvoll die zurückliegende Woche aus reichhaltigem Komfort gewesen war, stellte er doch fest, dass ihn das Verlangen nach Vergeltung bewegte und sich dieser Wunsch anfühlte, als würde er nie wieder aus ihm weichen. Sie beide hatten der Garde ein Versprechen gegeben, entweder ihr beizutreten oder ihr wenigstens zu helfen, wenn Maston zu stur war, um sie offiziell aufzunehmen. Sie hatten sich im Kampf gegen das Vierte Gebot bewiesen und sich den Respekt zumindest einiger Soldaten verdient, wenn auch wahrscheinlich nicht den Mastons. Der Krieg entwickelte sich zu rasch für eine Ausbildungszeit.

Auf einem der Monitore wurde ein brüllender Soraner von zwei gepanzerten Xalanern mit riesigen Klingenwaffen zerhackt. Die vermutlich am Helm eines benachbarten Soldaten befestigte Kamera, die das Geschehen übertrug, flog alsbald, nachdem sich die Xalaner ihrem Träger zugewandt hatten, durch die Luft und rollte dann einige Fuß weit über die Erde.

»Jesus!«, sagte Lucas. »Das zeigen sie der Öffentlichkeit?«

»Die beste Möglichkeit, Unterstützung für die Kriegsanstrengungen zu gewinnen, vermute ich«, sagte Asha. »Wie könnte jemand nicht nach der völligen Zerstörung Xalas rufen, nachdem er das gesehen hat?« Es stimmte. Lucas spürte die Wut in sich aufsteigen, während die Bilder auf dem Schirm den Krieg auf seinem Heimatplaneten spiegelten, den sie beide nur knapp überlebt hatten.

Das Display flackerte kurz und wich dann der Aufnahme eines einzelnen Mannes, Tannon Vale. Asha stand vom Bett auf, und Lucas trat an ihre Seite. Vale wirkte erschöpft und zerzaust. Als er sich zu Wort meldete, wandte er sich direkt an sie beide. Das hier war keine an die ganze Nation gesendete Ansprache mehr.

»Guten Morgen, Erdgeborene, falls man davon sprechen kann.«

»Was können wir tun?«, fragte Lucas eilig.

»Dieser Zwischenfall gibt Anlass zu größter Sorge, auch wenn sie sich das schon selbst ausgerechnet haben dürften«, erklärte Tannon schlicht. »Er bedeutet, dass uns der Krieg näher gerückt ist als seit Jahrhunderten, und ich fürchte, dass wir einen weiteren Vorstoß wie den vor tausendzweihundert Jahren nicht überleben. Die Technik des Feindes hat sich zu schnell entwickelt, während innerer Zwist uns zunehmend in Anspruch genommen hat.«

Sein Ton wurde schwächer.

»Sie könnten Sora einnehmen«, sagte er leise. »Sie könnten es letztlich schaffen. Wir haben sie noch nie so stark erlebt, trotz ihrer vermuteten Verluste auf der Erde.«

Asha wiederholte Lucas' Gedanken.

»Wie können wir helfen? Fahren wir nach Kollux?«

Tannon schüttelte den Kopf.

»Kollux ist gefallen, ungeachtet dessen, was sie in den Nachrichten sagen. Die Truppen dort wurden völlig ausgelöscht. Die xalanische Flotte ist schon drei Sonnensysteme weitergezogen, seitdem sie ihren Einsatz abgeschlossen hat. Es war ein Präzisionsangriff auf eine vorgeschobene Basis, und sie wissen, dass es uns Jahrzehnte kosten wird, die neu aufzubauen. Sie werden darauf jedoch gar nicht warten. Sie werden jetzt schnell und hart zuschlagen. Wir benötigen ein Ablenkungsmanöver.«

»Was für ein Ablenkungsmanöver?«, fragte Lucas.

»Ich habe mit Ihrem Wissenschaftler gesprochen. Er konnte endlich etwas aus dem Datenkern des Xalaners vom Vierten Gebot ziehen. Etwas, das uns helfen wird.«

»Was ist es?«, fragte Asha.

»Ich überlasse es ihm, das zu erklären. Er wartet unten auf Sie. Ich bin unterwegs nach Kollux, um zu sehen, ob wir noch irgendetwas aus diesem verfluchten Schlamassel retten können. Ich habe Maston und die Garde angewiesen, Sie zu Ihrem Zielort zu geleiten. Halten Sie mich über den Fortgang Ihres Einsatzes auf dem Laufenden. Ich werde zurück auf Sora sein, ehe Sie dort eintreffen.«

»Tannon«, unterbrach ihn Lucas, ohne sich um Rang oder Titel zu scheren. »Wohin zum Teufel fahren wir?«

Tannon betrachtete kurz etwas außerhalb des Blickfelds der Kamera, ehe er sich dieser erneut zuwandte.

»Zu einem Ort, wo Sie Wellen schlagen können.«

Obwohl sich soranische Wissenschaftler vom ganzen Kontinent förmlich auf die Hinterbeine stellten, um Alpha bei seinen Forschungen zu unterstützen, hatte er die ungewöhnliche Bitte vorgebracht, allein in seinem alten Labor an Bord der Arche arbeiten zu dürfen. Anfänglich hatte er sich mit der Synthese des weißen Nullkerns befasst, war aber jüngst ganz davon in Anspruch genommen worden, die vom Vierten Gebot geplünderten Daten zu entschlüsseln.

Lucas und Asha erreichten die Hangar-Etage und betraten ihr altes Schiff, das so zerschunden und ramponiert war wie eh und je. Es war fast gespenstisch, wieder diesen Korridoren zu folgen, in denen sie so viel Zeit verbracht hatten. Sie blickten kurz in die verwüstete Gefechtszentrale, und Lucas wurde von Erinnerungen an das heftige Feuergefecht überschwemmt, das sich dort zugetragen hatte. Der Sichtschirm war noch immer zertrümmert, und nur ein schartiges Loch war zu sehen, wo der zentrale Holotisch gestanden hatte. Lagerkisten, die einst als Deckung gedient hatten, zeigten sich mit Brandflecken und Löchern übersät.

Während sie weiter zum Labor gingen, wurde deutlich, dass zwar die Toten schon lange weggeschafft worden waren, aber nach wie vor schwarzes Blut auf Wänden und Böden klebte. Eine dicke Schicht Staub lag überall, wo sie vorbeigingen, und dreizehige Fußabdrücke zogen sich durch die Korridore. Das Schiff war tot. Warum verkroch sich Alpha immer noch hier?

Als sie schließlich ihr Ziel erreichten, sahen sie, dass Alpha trotz seiner Ablehnung soranischer Arbeitskraft ihre Technik akzeptiert hatte, um ihn bei seinen Vorhaben zu unterstützen. Der Raum gegenüber dem Labor, wo einst die Menschen in Stasis aufbewahrt worden waren, steckte nun voller Apparaturen, die eigenständig Prozesse durchführten, während Alpha in der angrenzenden Sektion arbeitete. Das Labor war vollständig leergeräumt und mit glänzenden neuen Geräten angefüllt worden, die schwirrten und summten und den Eindruck vermittelten, der ganze Raum sei lebendig. Inmitten all dessen saß Alpha und sichtete Daten auf einem virtuellen Monitor, der auf seinem Arbeitstisch aufragte.

»Eigener Herd ist Goldes wert, wie?«, fragte Lucas. Alpha zuckte erschrocken zusammen, als er ihn hörte. Anscheinend hatte er nicht bemerkt, wie sie hereingekommen waren. Er hatte wirklich die Neigung, ganz in seiner Arbeit aufzugehen.

»›Eigener Herd‹ ist ein Begriff, der für mich keine besondere Relevanz mehr hat«, sagte Alpha. »Hat Admiral Vale euch geschickt?«

»Ja, hat er«, sagte Asha und stocherte an einem nahen Gerät

herum, das an der Decke hing. »Was genau geht hier vor? Was hast du mit Kollux zu tun?«

»Nichts«, antwortete Alpha. »Unser Einsatz führt uns sogar weit von jenem Ort weg.«

»Und was für ein Einsatz ist das? Tannon sagte, du hättest etwas aus dem Kern von, ah, ich habe seinen Namen nie verstanden …«, sagte Lucas unbehaglich.

»Ich möchte seinem Andenken nicht dadurch unverdiente Ehre zuteil werden lassen, dass ich ihn ausspreche!«, fauchte Alpha durch den Translator, das Gesicht von der gleichen Verachtung erfüllt, die Lucas im Verhörzimmer bei ihm gesehen hatte. »Aber seine Arbeit hat sich als nützlich erwiesen. Die meisten Informationen waren schon von einem Zerfallsalgorithmus zerstört worden, als ich sie fand, boten aber immer noch sehr wertvolle Erkenntnisse. Eine im Besonderen.«

Alpha strahlte jetzt eine fast greifbare Aufregung aus, eine Energie, die Lucas bei ihm noch nie erlebt hatte. Alpha forderte sie mit einem Wink auf, an seine Seite des Arbeitstisches zu kommen. Er streckte die Klauen seitlich aus, und der Bildschirm, an dem er arbeitete, wurde größer. Vor sich sahen sie Bilder eines Dutzends Xalaner, jeder in einer anderen Grauschattierung. Lucas konnte wenigstens ein Wort in der Kopfzeile entziffern: GEFÄHRLICH. Alpha erklärte es ihnen.

»Das sind die Führungspersonen des xalanischen Widerstands, der Gruppierung, die den ewigen soranischen Krieg beenden, den Rat stürzen und durch echte Anführer ersetzen möchte, denen tatsächlich das Wohlergehen Xalas am Herzen liegt. Sollten wir eine oder mehrere dieser Rebellen erreichen können, wären sie unschätzbar hilfreich dafür, die Botschaft meines Vaters unter unserem Volk zu verbreiten.«

Lucas suchte den Text unter den Bildern nach Worten ab, die für ihn entzifferbar waren. Er fand Begriffe wie BOMBENAN-

SCHLAG, ÜBERFALL, AUFRUHR und VERRAT häufig wiederholt. Alpha deutete auf eines der Porträts und vergrößerte es, bis es den ganzen Bildschirm ausfüllte. Es war ein fast ganz weißer Xalaner. Er hatte größere Augen als Alpha mit himmelblauen Ringen darin; nicht das eiskalte Starren der Schatten, sondern ein weicherer Ausdruck.

»Das ist [Kauderwelsch]«, sagte Alpha, und der Translator weigerte sich erneut, einen xalanischen Namen in irgendetwas Verständliches zu übertragen.

»Ah«, sagte er, stoppte sich selbst. »Nennt sie doch … Zeta, schlage ich vor.«

Wieder ein griechischer Buchstabe. Falls ihnen jemals mehr als vierundzwanzig Xalaner begegnen sollten, würde Alpha andere Bezeichnungen für sie finden müssen.

»Sie ist eine alte Freundin und eine, die auf dieser Liste zu finden ebenso erschreckend wie faszinierend für mich war, wie ich gestehen muss. Wir haben vor hundert Jahren gemeinsam am Institut für [Kauderwelsch] studiert und stammen beide aus wissenschaftlich orientierten Familien, eine Gemeinsamkeit, auf deren Grundlage eine Verbindung zwischen uns entstand. Wir kamen uns … nahe.«

Sein Blick wanderte zu einem fernen Ort, ehe er sich wieder Asha und Lucas zuwandte.

»Als man mich für die Arbeit meines Vaters bei der Herstellung von Waffensystemen einzog, beauftragte man sie mit der Konstruktion von interplanetaren Kommunikationsrelais, um Befehle ohne Zeitverlust von Xala an die Kolonien zu übermitteln und umgekehrt.«

Er sichtete etliche Dateneinträge unter Zetas Bild. »Obwohl wir Billionen Meilen weit voneinander entfernt eingesetzt waren, blieben wir über Jahre hinweg in Verbindung, bis sie eines Tages verschwand. Ich fürchtete, sie sei tot, und hatte keinen Anlass, von etwas anderem auszugehen. Während jedes Urlaubs von meinen Forschungen suchte ich trotzdem in den Kolonien und auf Xala überall nach ihr, aber vergebens. Sie war fort, und niemand konnte mir sagen, was mit ihr geschehen war. Bis ich das hier entdeckte.«

Er deutete auf den Monitor.

»Dieser entschlüsselten Datei zufolge wurde sie vor dreiundzwanzig Jahren verhaftet, weil sie geheime Kanäle eingerichtet hatte, mittels derer der Widerstand über Planeten hinweg kommunizieren konnte. Das Datum ihrer Verhaftung stimmt mit dem Zeitpunkt, zu dem sie verschwunden war, genau überein. Sie wurde zur Exterminierung verurteilt, entkam jedoch während des Transports und lenkte das Gefängnisschiff nach [Kauderwelsch]. Zu einem nahe gelegenen Kolonialplaneten. Seitdem hat man nichts mehr von ihr gehört, aber das Kommunikationsnetz des Widerstands ist die ganze Zeit online geblieben. Die Codierung der Backchannels ist dermaßen komplex, dass der Rat glaubt, Zeta würde das nach wie vor aus der Ferne steuern. Deshalb steht ihr Name noch auf dieser Liste.«

Lucas las den Text. Er entzifferte Wendungen in der Datei, die Alpha übergangen hatte. »Hat hochstufigen Verhörtechniken standgehalten« war eine davon. Derweil dachte Asha schon voraus.

»Das klingt toll, aber wie genau finden wir deine Freundin, wenn man sie auf dem Planeten dort seit zwanzig Jahren nicht mehr gesehen hat?«

Alpha reagierte betroffen.

»Freundin? Dieser Erdbegriff ist hier ohne Relevanz. Wenn du andeuten möchtest, wir hätten … Wir hatten nur die gleichen Interessen …«, stotterte er.

»Alpha!«, forderte Lucas eine Kurskorrektur. »Wie finden wir sie?«

Alpha nickte und kehrte zum Thema zurück.

»Vor langer Zeit haben wir heimlich über den Widerstand gesprochen und darüber, wie man ihm helfen könnte. Ein Verstand wie unserer vermag keinen Zweck in einem Krieg zu entdecken. Der Wunsch nach Wandel war ein Saatkorn, das uns schon in der Jugend eingepflanzt wurde, als wir die Gräueltaten des Krieges und die Auswirkungen erlebten, die sie auf unser Volk hatten. Zeta löste ihr Versprechen ein, als sie heranwuchs, wohingegen ich das nicht tat.«

Er schlug den Blick nieder.

»Aber jetzt tust du es«, sagte Lucas, »und das ist entscheidend.«

Alpha ignorierte ihn und fuhr fort: »Wir haben ein Kommunikationssystem für den Fall entwickelt, dass einer von uns erwischt würde. Es handelt sich um eine stark codierte Frequenz, zu der nur wir beide Zugang haben.«

Er unterbrach sich und seufzte.

»Nach ihrem Verschwinden habe ich die Frequenz jeden Tag abgesucht, aber vergebens. Entweder war sie entdeckt und abgeschaltet worden, oder man blockierte das Signal dort, wo Zeta festgehalten wurde. Ich habe die Frequenz auch geprüft, als ich auf der Erde eintraf. Ich tat es, als ich euch begegnete. Ich hörte nicht damit auf bis zu dem Tag, an dem mein Signalempfänger im Kampf gegen Omikron zerstört wurde.«

»Davon hast du noch nie gesprochen«, sagte Lucas.

»Es war für euch ohne Belang; warum also sollte ich es erwähnen?«, fragte Alpha, aber Lucas erinnerte sich, wie er ihn über die Überwachungskameras der Arche an manchen Tagen bis spät abends hatte arbeiten sehen; in seinem Labor konzentriert auf einen Schirm blickend, einen resignierten Ausdruck in seinem Blick.

»Als ich ihren Namen auf der Liste entdeckte, habe ich gleich als Erstes ein Gerät neu gebaut, um das Signal zu lokalisieren.«

Er rief einen Kauderwelsch aus Zeilen aufs Display, die regelmäßig pulsierten.

»Ich habe nachgesehen, und die Frequenz wurde reaktiviert.«

Lucas riss erstaunt die Augen auf.

»Du hast nach all dieser Zeit wieder mit ihr gesprochen?«

Alpha schüttelte den Kopf.

»Obwohl das Signal aktiv ist, wird es zu sehr zerhackt, um auch nur annähernd so etwas wie eine Gesprächs- oder Sichtverbindung herzustellen.«

»Inwieweit hilft uns das dann?«, fragte Asha, immun gegen etwas, das für Lucas eine bewegende Geschichte gewesen war.

»Obwohl wir nicht miteinander sprechen konnten, habe ich das Signal zu seinem Ursprung verfolgt. Und habe sie gefunden.«

Er rief einen neuen Satz Steuerungselemente auf und brachte das Bild eines Planeten auf den Schirm, durchzogen von Grün und Braun mit nur geringen Spuren von Blau und von unentzifferbaren xalanischen Symbolen gekennzeichnet. Ein Lichtpunkt pulsierte in einer der grüneren Regionen.

»Das ist der Kolonialplanet [Kauderwelsch]. Ich überlasse es euch, einen soranischen oder englischen Namen dafür zu bestimmen. Er ist weniger als halb so groß wie eure Erde und war einst von einem üppigen Dschungel bedeckt, aber nachdem die Wasservorräte abgesaugt wurden, starben 92,4 Prozent aller Wälder ab. Nur wenige sind übrig, und Zeta befindet sich in einem davon.«

Das blinkende Licht schien die genaue Stelle anzugeben, wo sie zu finden war. Lucas vermutete, dass man sich in einem Dschungel leichter verstecken konnte als in einer Wüste.

»[Kauderwelsch] ist der letzte Planet, der vor der Erde entdeckt und geplündert wurde. Seine soranische Bevölkerung – oder *Menschenbevölkerung,* wenn euch dieser Begriff lieber ist – war recht primitiv und wurde ausgerottet. Die xalanische Kolonie dort hat die kleinste Bevölkerung von allen außerweltlichen Kolonien, aber täglich treffen mehr Flüchtlinge von der kontinuierlich weniger erträglichen Heimatwelt Xala ein. Gerüchten zufolge ist der Widerstand auf dem Boden des Planeten sehr aktiv, obwohl mir das ganze Ausmaß seiner dortigen Aktivität unbekannt ist.«

»Fantastisch!«, befand Asha mit jetzt echter Begeisterung. »Also fahren wir dorthin, finden dein Mädchen und teilen ihr die Botschaft deines Vaters mit. Damit verbreiten wir die Nachricht so unter dem Widerstand, dass die Bevölkerung mobilisiert wird?«

»Sie ist nicht mein …«, setzte ein nervöser Alpha ein. »Aber ja, das ähnelt dem Plan, den ich ausgearbeitet habe. Wenn es uns gelingt, auf [Kauderwelsch] einen offenen Aufstand zu entfachen – was mit dieser Botschaft möglich wäre -, würde damit Zeit für Sora erkauft, solange sich der Rat mit dem Aufstand herumschlagen muss. Mit etwas Glück wird sich die Botschaft kurz darauf in allen Kolonien verbreiten. Ein Massenaufstand in der ganzen Bevölkerung könnte schon reichen, um den Krieg ein für allemal zu beenden, obwohl ich eine rasche und blutige Vergeltung des Rats befürchte.«

»Jedenfalls«, sagte Lucas, »klingt das nach unserer besten Option. Im Grunde unserer einzigen Option.«

»Das ist sie tatsächlich, da direkte militärische Schläge gegen xalanische Streitkräfte nur zu weiterer Stagnation und Erschöpfung von Ressourcen führen, was beide Seiten inzwischen eigentlich gelernt haben müssten.«

»Worauf warten wir dann?«, fragte Asha. »Gehen wir an Bord des Speers und fahren los.«

Alpha wurde still, und das Bild verschwand vom Monitor.

»So sehr mich freut, [Kauderwelsch] entdeckt und erfahren zu haben, dass Zeta noch lebt, habe ich in diesem Kern nicht nur gute Nachrichten gefunden.«

»Was meinst du damit?«, fragte Lucas behutsam.

Alpha rief ein weiteres Dokument ab. Lucas übersetzte den Titel schnell, *Befehl zur Exterminierung.* Während er weiterlas, bildete sich ein Spannungsknoten in seinem Bauch.

»Alpha, was ist das?«, fragte er atemlos.

»Wie es scheint, waren die Drohungen meines alten Mentors nicht unbegründet. Der Rat hat tatsächlich eine neue Partei ins Spiel gebracht, um mich für meine angeblichen Verbrechen zur Rechenschaft zu ziehen. Den Schänder.«

Ein Bild war dem Text angehängt, aber es war so verschwommen, dass man nichts erkannte. Als hätte jemand einen Schnappschuss von einem Auto gemacht, das mit über hundertfünfzig Kilometern pro Stunde vorbeiraste.

»Der Schänder?«, fragte Asha skeptisch. »Wer oder was zum Teufel soll das sein?«

»Ich kenne nur die Geschichten, die mir als Kind erzählt wurden. Der Schänder war ein Monster von angeblich soranischem Ursprung. Es heißt, mit Hilfe ihrer alten, zornigen Götter hätten die Soraner ein Wesen erschaffen, um die Bevölkerung Xalas erbarmungslos zu terrorisieren. Um unsere Heimatwelt bis auf ihren Kern zu schänden. Die Soraner hätten ihn so gezüchtet, dass er aussah wie wir, aber über unheilige Kräfte verfügte, die jeden Feind in Stücke reißen können. Wenn deine Treue zu Xala nicht absolut standhaft war, würde der Schänder diese Schwäche ausnutzen und deine Seele verschlingen.«

»Das klingt vertraut«, fand Lucas.

»Das tut es wirklich, obwohl diese Legende der Psi-Mutation der Erwählten Schatten vorausgeht. Womöglich ist der Schänder etwas gänzlich Anderes, etwas Neues. Oder eher etwas Altes.«

»Stärker als Omikron?«, fragte Lucas beinahe flüsternd.

»Unbekannt«, antwortete Alpha. »Hier werden keine genaueren Angaben zum Schänder gemacht. Seine Existenz wird dermaßen geheim gehalten, dass selbst diejenigen, die mit seinem Einsatz betraut sind, seinen Ursprung oder das volle Ausmaß seiner Fähigkeiten vielleicht gar nicht kennen.«

»Was bedeutet das für unseren Einsatz?«, fragte Asha, selbst angesichts dieser neuen Gefahr gänzlich unbeirrt.

»Was immer er genau darstellt, vermutlich könnte uns selbst der Schänder hier auf Sora nicht erreichen. Aber auf anderen Welten? Sollte der Rat von unserem Plan Wind bekommen, wird er ihn vermutlich losschicken, zusammen mit den zusätzlichen Truppen, die nötig sind, um uns alle dingfest zu machen. Der Befehl, den ihr hier seht, ist unmissverständlich. Nicht nur ich bin zum Tode verurteilt worden, ihr beide ebenso.«

Ein unerwünschter kalter Schauer schüttelte Lucas, während er auf das verschwommene Abbild des Schänders starrte. Der Rat musste umfassende Kenntnis von ihrer Rolle beim Mord an Omikron erhalten haben und wollte nun Blut sehen. Und er entsandte … was genau? Lucas war überzeugt, dass er es gar nicht herausfinden wollte.

»Woher wissen wir, dass uns hier keine Falle gestellt wird?«, fragte Asha.

»Das wissen wir nicht«, stellte Alpha fest. »Wenn jedoch eine Chance besteht, dass Zeta am Leben ist, muss ich dorthin fahren. Und wenn eine Chance besteht, dass sie uns helfen kann, müssen wir alle dorthin fahren.«

Nach einem schmerzlichen Abschied vom untröstlichen Noah und einem weiteren Besuch im Inkubationsraum kehrten Lucas und Asha unter die Erdoberfläche zurück. Unten im Hangar wurde gerade der Speer eilig für eine weitere Fahrt ausgerüstet, und die kleine Gardeeinheit, die am Einsatz zur Rettung Ashas und der Gefangennahme Tulwars teilgenommen hatte, war für die Dimensionen des bevorstehenden Einsatzes verdoppelt worden. Die Existenz der xalanischen Subkolonien war eine erst wenige Monate alte Erkenntnis, und mit Hilfe des außergewöhnlich hochentwickelten weißen Nullkerns im Triebwerk des Speers würde dies die weiteste Fahrt werden, die jemals ein Soraner in die Galaxis hinaus unternommen hatte. Ein historischer Anlass. Trotzdem herrschte Unzufriedenheit bei den Soldaten.

»Was ist mit denen los?«, wandte sich Lucas an Silo, als er ihn wie üblich an Kiatis Seite antraf. Beide trugen keine Panzerungen, ragten aber trotzdem über ihm auf. Kiati meldete sich zu Wort, ehe Silo dazu Gelegenheit fand.

»Viele Gardesoldaten sind aufgebracht darüber, dass sie den Kameraden auf Kollux nicht helfen dürfen, sondern einer Information nachgehen sollen, die aus dem Datenkern eines Verräters gezogen wurde«, sagte sie, und ihre Stimme triefte von Verachtung.

»Es ist eine Information, die das gesamte Kriegsglück wenden könnte«, entgegnete Lucas verärgert. Er brachte keine Toleranz für Kiatis Haltung mehr auf. Sie hörte sich allmählich wie Maston an. *Und wenn man vom Teufel spricht …*

Maston näherte sich ihnen in voller Uniform. Er war tadellos aufgemacht, ein krasser Gegensatz zu dem gebrochenen Mann, den Lucas vor dem Verhörraum angetroffen hatte.

»An Bord mit euch«, sagte er zu allen vieren. »Wir haben keine Zeit, um über diese Befehle zu diskutieren. Sie sind schlicht, was sie sind: Befehle.«

Lucas war überrascht, weil Maston nicht wie Kiati Theater machte. Sie und Silo nickten, drehten sich um und stiegen mit Dutzenden weiterer Gardisten die Einstiegsrampe hinauf.

Asha wollte etwas sagen, aber Maston schnitt ihr das Wort ab.

»Ihre persönlichen Waffen sind schon in der Waffenkammer. Ziehen Sie an Bord in den nächsten beiden Minuten Ihre Kampfuniformen an, oder ich schwöre bei Kyneth, dass ich Sie zurücklasse, egal was Vale befohlen hat.«

Er machte kehrt und ließ sie stehen, wie sie sich dort gegenseitig anblickten und keine Gelegenheit zu einer Antwort fanden. Lucas fragte sich, wie viele derer, die auf Kollux gefallen waren, Maston gekannt hatte.

Lucas und Asha standen in der ersten Reihe von über hundert Gardesoldaten, die sich in der Gefechtszentrale des Speers – wo immer noch Reparaturarbeiten stattfanden – versammelt hatten. Maston hielt sich am Fußende des Holotischs auf und erteilte Anweisungen für die bevorstehende Fahrt.

»Ihr habt die Zusammenfassung gelesen und wisst, wohin es geht. Man hat den Planeten ›Makari‹ genannt, was, das sei denen unter euch gesagt, die kein Ba'siri sprechen, in der alten Sprache ›Wendepunkt‹ bedeutet. Ich weiß nicht, ob dieser Planet die Rettung bringen wird, wie es unsere neu ernannten Helden behaupten«, sagte er und warf den beiden Erdgeborenen einen harten Blick zu. »Es ist jedoch unser Job, es herauszufinden und dabei die Erinnerung an die Gefallenen von Kollux zu ehren.«

»Jawohl, Wachmann!«, ertönte ringsherum der Ruf mit Mastons offiziellem Titel als Kommandant der Garde.

»Mit Hilfe dieses neuen xalanischen Hyperkerns wird die Reise nur achtundsechzig Tage dauern. Die meisten von euch verbringen diese Zeit im Kälteschlaf und werden erfrischt und einsatzbereit aufwachen. Wer anders eingeteilt wurde, soll mich im Anschluss an diese Einführung ansprechen.«

Lucas war nicht überrascht, als er sich in die Reihen jener eingeteilt sah, die mit Maston sprechen sollten. Asha hatte dieselbe Order auf ihrem Display stehen.

Achtundsechzig Tage? Das hieß: Wenn sie zurückkehrten, falls sie denn zurückkehrten, würde ihr Kind bereit sein, »geboren« zu werden – vorausgesetzt, dieser Begriff war überhaupt noch angemessen. Zwar war es auf Sora üblich, zusätzliche Zeit im Geburtstank zu verbringen, die über die neun Monate einer menschlichen Schwangerschaft hinausging, doch auch die war dann abgelaufen. Und Noah würde erneut ohne Kontakt zu seiner Ersatzfamilie ein Stück älter werden und niemand außer Malorious Auran haben, der sich um ihn kümmerte. Das war ein weiterer Grund, dafür zu sorgen, dass dieser Einsatz ein Erfolg wurde.

Lucas hörte Mastons abschließenden Äußerungen nicht zu, von denen eine den Soldaten ringsherum einen Jubelschrei entlockte. Als sie alle das Wort »entlassen« hörten, blieben er und Asha, wo sie waren. Die meisten Soldaten gingen von der Brücke zur Kälteschlafsektion. Man hatte dort die xalanischen Kapseln weggeräumt und sie durch solche ersetzt, die sich für die soranische Biologie eigneten und keine traumatisierenden Rückblenden oder ausgewachsenem Irrsinn als Nebenwirkung mit sich brachten.

Eine Handvoll Gardisten rückte allerdings näher an Maston, darunter Kiati und Silo. Lucas zählte insgesamt zwanzig. Als alle versammelt waren, startete Maston mit einer neuen Folge von Instruktionen.

»Glückwünsche. Ihr wenigen Glücklichen seid ausgewählt worden, den Kälteschlaf auszulassen und stattdessen unseren jüngsten Rekruten zu helfen, dass sie weder sich selbst noch uns um Kopf und Kragen bringen, sobald wir Makari erreicht haben.«

Lucas konnte sich eine überraschte Miene nicht verkneifen, als alle zwanzig massigen Soldaten sich umdrehten und ihnen beiden finstere Blicke zuwarfen. Asha unterbrach Maston.

»Wirklich, wir kommen klar«, sagte sie. »Hat der Überfall auf das Vierte Gebot nicht zulänglich bewiesen, dass wir wissen, was wir tun?«

»Wie kann jemand, der so entzückend ist, so begriffsstutzig sein?«, fragte sich Maston laut, worauf die Gardisten kicherten. Flammen loderten aus Ashas Augen, aber Lucas legte ihr die Hand auf den Arm, um zu verhindern, dass sie Maston den Kopf abriss.

»Es geht hier nicht um Sie und Ihre unerklärliche Fähigkeit, am Leben zu bleiben. Die Garde ist eine geschlossene Einheit und immer nur so stark wie ihr schwächstes Glied. Ungeachtet der zugegebenermaßen adäquaten Kampffertigkeiten, über die Sie beide verfügen, wissen Sie nichts von der Taktik, den Techniken und der Ausbildung in der Garde.«

Asha schäumte immer noch über die Beleidigung und hatte vermutlich keines dieser Worte gehört.

»Jeder Mann und jede Frau hier wurde schon als Krieger erzogen, ehe er oder sie auf die Welt kam. Sie verfügen über eine Körperkraft und Intelligenz, mit der eine natürliche Biologie wie die Ihre nicht konkurrieren kann. Sie sind schwächer.«

Das reichte. Asha stürzte sich auf Maston, aber der wich gewandt zur Seite aus und erwischte sie mit einem Schwinger, der sie in den Holotisch rammte. Lucas sprang ihr zu Hilfe, wurde aber von einem Kampftritt Mastons unmittelbar unters Kinn niedergestreckt. Maston ließ Asha los und stieß sie auf Lucas zu, der sich gerade wieder auf die Beine kämpfte.

»Sie wissen gar nichts, Erdgeborene«, sagte er süffisant und verhielt sich jetzt wieder weitgehend so wie bei ihrer ersten Begegnung. Er hatte Corinthia eindeutig in irgendeinem dunklen Winkel seines Verstands eingesperrt.

»Wir werden Ihnen jedoch die Ehre erweisen, Ihnen so viel beizubringen, wie Sie in der Lage sind zu lernen.«

Adrenalin strömte wie Lava durch Lucas, aber er hielt sich vor einem weiteren Angriff zurück, wie es Asha erstaunlicherweise auch tat. Ein Rinnsal Blut lief ihr aus der aufgeplatzten Lippe. Lucas konnte inzwischen einen Backenzahn mit der Zunge bewegen. Maston sprach weiter, als wäre nichts geschehen.

»Ihr zwanzig seid als die bestmöglichen Unterweiser für diese neuen *Rekruten* ausgewählt worden«, sprach er das Wort voller Verachtung aus, »und werdet die Fahrt damit zubringen, aus ihnen etwas zu formen, was halbwegs einem echten Gardesoldaten entspricht.«

Mehr zurückhaltendes Lachen.

»Platz und Ausrüstung sind an Bord nur begrenzt vorhanden, aber die meisten Lektionen erfordern nur Körper und Verstand«, sagte er und wandte ihnen den Rücken zu.

»Entlassen.«

Asha stürmte aus der Gefechtszentrale, ohne ein Wort zu sagen, und die meisten Gardisten folgten ihr. Maston blieb am Holotisch und sichtete Daten über Makari, ohne auf Lucas zu achten.

»Ich verstehe Sie nicht, Maston«, sagte Lucas zu ihm. Maston blickte nicht auf.

»So ist es wahrscheinlich am besten.«

»Wir wollen nur helfen.«

»Und ich will nur diesen Einsatz hinter mich bringen«, entgegnete der Kommandant und nahm eine dreidimensionale Geländekarte in Augenschein. »Tulwars Prozess beginnt in der Woche, in der wir zurückkehren.«

»Ist Ihnen eigentlich klar, dass dieser Einsatz den gesamten Kriegsverlauf ändern könnte?«, fragte Lucas mit Nachdruck.

Maston wandte sich ihm zu und funkelte ihn an.

»Was wissen Sie schon von unserem Krieg? Was Sie auf Rollen gelesen haben? Was Sie sich im Stream angesehen haben? Haben

Sie die Luft nach Golgath gerochen? Sind Sie durch die Ruinen von Bedlam spaziert? Haben Sie die Schreie auf Vitalla gehört? Sie sind im günstigsten Fall ein Tourist, im schlechtesten Fall eine gefährliche Ablenkung.«

»Reicht es nicht, dass ich meinen ganzen Planeten habe brennen sehen, zusammen mit allen, die ich liebte?«, knurrte Lucas.

»Nicht allen«, sagte Maston.

Lucas bemerkte, dass sich das Gespräch in einer Endlosschleife verfangen hatte, und traf Anstalten zu gehen. Ein Gedanke stoppte ihn.

»Was ist auf Vitalla geschehen?«

Maston warf ihm einen weiteren zornigen Blick zu, aber während er sich wieder dem Monitor vor ihm zuwandte, entdeckte Lucas überrascht einen kurzen Wechsel des Gesichtsausdrucks. Da war so etwas wie Seelenqual zu erkennen, wenn auch nur für einen kurzen Augenblick. Sein Schweigen machte Lucas deutlich, dass es besser war nicht nachzuhaken, aber er war es ohnehin leid, sich mit dem Mann herumzuschlagen. Er rieb sich den angeschlagenen Kiefer und zuckte zusammen.

Er näherte sich Alpha auf dem zentralen Kommandositz. Der Xalaner ging so etwas wie eine Checkliste zur Startvorbereitung durch, und grüne Anzeigen schienen einen Hinweis zu geben, dass der Speer für eine erneute Reise durch die Galaxis bereit war.

»Sie trauen mir nicht«, sagte Alpha mit einer Spur Trauer im Ton, sobald Lucas neben ihm stand.

»Sie sind hier, oder nicht? Das reicht doch.«

»Ich begreife nicht, warum sie die Bedeutung dieses Einsatzes nicht erkennen. Sie denken, ich hätte sie auf – wie nennen sie das? – eine vergebliche Jagd geschickt.«

Lucas schüttelte den Kopf.

»Das ist es nicht. Sie haben heute viele Freunde verloren und wünschen sich, sie könnten helfen. Einen Planeten zu erforschen, der Lichtjahre weit in der anderen Richtung liegt, ist da im Augenblick nur schwer als wichtige Aufgabe zu verkaufen. Sie denken vermutlich, wir sollten diese Kolonie angreifen und nicht infiltrieren.«

Alpha drehte die Maschinen hoch, und das ganze Schiff rumorte. »Das wäre eine taktisch unkluge Entscheidung.«

»Nun, die Vales glauben an dich, andernfalls hätten sie diesem Einsatz kein grünes Licht gegeben. Und du weißt, dass Asha und ich dich stets unterstützen.«

»Dafür danke ich euch«, sagte Alpha. Seine sechsfingrige mechanische Hand bewegte sich flink durch eine Traube von Steuerungselementen. Der Sichtschirm vor ihnen leuchtete auf und zeigte das Hangartor.

»Außerdem erhältst du Gelegenheit, Zeta wiederzusehen.«

Alphas Miene erhellte sich instinktiv.

»Ich hoffe, dass es wirklich dazu kommt.«

»Erzähl mal«, sagte Lucas trocken. »Als du sagtest, du wärst ... ihr nahegekommen. Wart ihr ...«

Alpha seufzte.

»Du und die romantischen Vorstellungen deiner Lebensform! Dergleichen existiert in der xalanischen Kultur nicht. Die meisten Paarbildungen werden bei der Geburt vereinbart. Zeta war schon die ganze Zeit, die ich sie kannte, einem Armeekommandeur versprochen.«

»Und wem warst du vor all dem hier versprochen?«, erkundigte sich Lucas.

»Einer Person, die ich für keine passende Wahl halte. Als man mich auf den Erdfeldzug entsandte, konnte ich meinen Verpflichtungen fürs Erste entgehen. Mein Verrat befreite mich dann ganz davon. Ich bin sicher, dass meine versprochene Partnerin begeistert reagierte.«

»Aber Zeta?«, fragte Lucas. »Wäre sie eine ›passende Wahl‹ gewesen?«

»Wir hatten viele gemeinsame Interessen und Ziele, ja. Auch körperlich hätten wir ein besseres Paar ergeben als die uns zugeteilten Partner. Helle Farben geben bei weiblichen Xalanern einen zuverlässigen Hinweis auf Fruchtbarkeit und gute Gene. Und ich habe noch nie jemanden mit einer so reinen Haut gesehen wie ihre.«

»Also fandest du sie hübsch.«

»Du hast eine Art, Dinge zu simplifizieren, die ans Ärgerliche grenzt.«

Das Hangartor begann sich zu öffnen.

»Na ja, weißt du«, sagte Lucas, »ihr Verrat hat sie vermutlich auch von ihren Verpflichtungen befreit.«

Der Gedanke traf Alpha wie ein lautloser Blitz, aber nach kurzer Unterbrechung widmete er sich wieder seinen Pflichten an der Steuerung.

»Nur etwas, worüber du unterwegs nachdenken kannst«, sagte Lucas mit verschleiertem Lächeln.

»Du solltest dir vielleicht einen Sitzplatz suchen«, meinte Alpha und deutete auf einen der beiden kleineren Sitze rechts und links von ihm. Lucas sah, dass Maston sich schon hingesetzt hatte. Sein Stuhl wirkte witzig überdimensioniert für ihn, war er doch für einen nahezu zweieinhalb Meter großen Xalaner gedacht. Lucas ging zum rechten Platz.

»Er ist nicht autorisiert, hier …«, legte Maston los. Alpha hob die Metallklaue und schnitt ihm so das Wort ab.

»Ich benötige ihn hier an Deck. Schnallen Sie sich an und beenden Sie die verbale Kommunikation.«

Alpha unterstand niemandem. Es war sein Schiff, ob Maston das gefiel oder nicht. Als diesem das klar wurde, tat er mit finsterer Miene wie geheißen.

Vibrationen.
Tunnel.
Tageslicht.
Elyria.
Blauer Himmel.
Schwarzer Himmel.
Sterne.
Planeten.
Rand des Sonnensystems.
Der blau-grüne Schleier eines Raumzeit-Wurmlochs.

Egal wie oft Lucas eine solche Reise noch unternahm, sie würde ihm immer wieder den Atem rauben.

9

Lucas starrte auf die Kotze, die er gerade auf dem Boden des dürftig beleuchteten Lagerraums losgeworden war. Er würgte erneut, aber diesmal musste er nur husten und spucken, anstatt sich zu entleeren.

Maston hatte nicht gescherzt, als er die Gardesoldaten als körperlich perfekte Exemplare bezeichnete, und der Versuch, auf ihrem Niveau Kraft und Vitalität zu entfalten, würde Lucas vielleicht noch umbringen, ehe sie überhaupt ihr Ziel erreicht hatten. Die zehn Pfund, die er mithilfe Soras feinster Delikatessen zugelegt hatte, ehe sie zu der Mission aufbrachen, waren ganz gewiss keine Hilfe gewesen, aber in den zurückliegenden Wochen hatte er sie ohnehin wieder verloren und noch einiges mehr dazu.

Er hatte in der Wildnis der verwüsteten Erde Hunger, Durst, Erschöpfung und Schmerzen ertragen, aber das, was man ihm hier zumutete, weckte ihn ihm fast Sehnsucht nach dem Ödland.

»Noch mal«, sagte der Ausbilder, der sich vor ihm aufgebaut hatte, ein dunkler, riesiger Mann von den ungefähren Ausmaßen eines Volvo. Heute war Kampftag, und das lief genauso ab, wie es sich anhörte.

»Gib mir nur eine …«

Seine Bitte wurden von einem wuchtigen Schlag ins Gesicht abgeschnitten, der ihn an die Wand des Fiberkäfigs trieb.

So ging es an jedem Kampftag zu. Lucas wurde in eine Behelfsarena getrieben und bekam von einem Gardisten nach dem anderen die Fresse poliert. Er hatte inzwischen einige Male gegen Axon gekämpft, den Mann vor ihm, und es war immer ungefähr in diesem Stil abgelaufen.

Erneut ein blitzartiger Schlag, diesmal in die schon zweimal gebrochenen Rippen. Schmerzen waren Lucas inzwischen so vertraut wie das Atmen, was einer der Zwecke dieser Übung war, wie man ihm erklärt hatte. Er wurde mit Hilfe einer Technik zusammengeflickt, die Verletzungen zehnmal schneller heilte, als mit medizinischer Versorgung auf der Erde möglich gewesen wäre, aber damit wurde er jeweils nur wieder fit genug, damit man ihn aufs Neue niedermachen konnte.

Obwohl seine Ausbilder sowohl männliche als auch weibliche Gardisten waren, trennte man ihn für fast den ganzen Tag von Asha. Als Grund dafür gab man an, dass sie nicht voneinander abhängig werden sollten; jeder von ihnen sollte aus eigener Kraft das solide Mitglied eines eisernen Teams wie der Garde werden.

»Sieh zu, dass du deine Scheißdeckung wieder hochkriegst!«, brüllte Axon ihn an.

Lucas hob die Unterarme gerade rechtzeitig, um einen baumstammdicken Arm abzuwehren, der auf ihn zuschoss, aber er reagierte nicht schnell genug, um den sich anschließenden Überraschungsangriff eines Knies in die Niere abzufangen.

Sie hatten auch Überlebenstage, und Lucas hatte geglaubt, nach den zurückliegenden Jahren auf der Erde müsste er darin außergewöhnlich gut abschneiden. Diese Tage erwiesen sich jedoch auch als entmutigend; mehr, als er erwartet hatte. Einmal hatte er in einem ungefilterten Tank stundenlang Wasser treten müssen, bis er bewusstlos wurde. Da fand er sich wieder, wie ihn ein Gardist aus dem Tank zerrte und ihm mit einem heftigen Schlag auf die Brust das Wasser aus dem Leib hämmerte. Sie stellten auch seinen Verstand auf die Probe, indem sie ihn für Zeitspannen, die sich wie ganze Epochen anfühlten, in eine Lagerkiste sperrten, allein mit seinen Gedanken und ohne sich bewegen, sehen oder hören zu können.

Lucas' Favoriten waren die Schützentage, denn nur an diesen

blieben körperliche Misshandlungen aus. Na ja, das traf nicht ganz zu. Mit Hilfe einer Vielzahl von Energiewaffen, einschließlich Natalies, die man ihm zugestand, schoss er stundenlang in der Kombüse auf improvisierte bewegliche Ziele. Jeder Fehlschuss wurde notiert und führte zu diversen zusätzlichen Härten an Kampf- oder Überlebenstagen. Ein paar Stunden mehr im Kasten. Ein zusätzlicher Gegner im Ring.

Heute hatte er es nur mit Axon zu tun, aber das reichte. Der Mann hätte genauso gut zwei Leute sein können.

Lucas wich einem Kinnhaken aus, der ihm vermutlich den Kopf abgerissen hätte, und konterte mit einem hohen Kampftritt aus der Körperdrehung, der Axon an der Wange erwischte. Als sich dieser unerschüttert zeigte, wuselte Lucas hinter ihn und versuchte seine rechte Kniekehle zu treffen. Diesmal bekam Axon Lucas' Bein zu fassen und rammte ihm den Ellbogen in die Oberschenkelmuskulatur. Lucas war zu heiser, um noch zu schreien, aber unterhalb der getroffenen Stelle spürte er gar nichts mehr, nachdem die überlasteten Nerven dort abgeschaltet hatten.

Er erlebte fast nie mehr eine Tageszeit frei von Agonie. Die Grenze zwischen Ausbildung und Folter war dünn, aber Lucas war entschlossen, sich nicht bei Maston zu beschweren und so Schwäche zu zeigen. Er würde überleben. Er würde selbst zu einem Monster werden, selbst wenn es ihn umbrachte.

Was durchaus passieren konnte.

Axon hob beide Fäuste, zu einem Axtstiel verschränkt, und versuchte, Lucas den Kopf in den Rumpf zu hämmern. Der wälzte sich aber rechtzeitig aus dem Weg und traf Axon mit einem harten Cross, unter dem der Gardesoldat tatsächlich taumelte. Lucas nutzte die selten erlebte Öffnung, sprang mit dem heilen Bein los und schleuderte Axon auf die Seile des Käfigs zu. Axon stolperte kurz rückwärts, pflanzte dann aber plötzlich den Fuß fest auf und stoppte so das eigene Momentum, nicht jedoch das von Lucas. Der flog über die Schulter des Gegners hinweg und krachte außerhalb des Rings zu Boden. Mit einem Klatscher schlug er auf dem Metallboden auf. Er widerstand dem Impuls, erneut zu kotzen.

»Genug für heute«, sagte Axon. »Verbinde ihn.«

Ein vertrauter Schopf roter Haare hüpfte rings um den Käfig. Eine vertraute finstere Miene folgte ihm. Kiati war damit beauftragt, Lucas durch das Training hindurch am Leben zu halten, und er hatte herausgefunden, dass sie tatsächlich ein praktizierender Silberkittel war, zusätzlich zu ihren regulären Pflichten des Austeilens von Tod und Verwüstung. Silo war Ashas Ausbildungseinheit zugeteilt worden, denn Maston schätzte ihn aufgrund der Vorgeschichte der beiden als zu »freundlich« Lucas gegenüber ein. Kiati hatte keinen solchen Interessenkonflikt.

»Halt still«, sagte sie und zerrte seinen Arm zu sich. Sie dichtete einen Schnitt mit einer heißen Flüssigkeit ab, die in Sekunden fest wurde. Ohne um Erlaubnis zu fragen, zog sie sein Hemd hoch und sprühte ihm einen stechenden Nebel auf die Haut, der die blauen Flecken am Unterleib beträchtlich reduziert haben würde, sobald sich Lucas für die Nacht in den Kälteschlaf legte. Schlaf. Das war der einzige Gedanke, der ihn an den meisten Tagen auf den Beinen hielt. Er verbrachte jede Nacht zwölf Stunden in der frostigen Kältetruhe, und die folgenden fünfundzwanzig Stunden waren fast durchgängig der mörderischen Ausbildung gewidmet.

Noch mehr Flüssigkeit landete auf seinen ausgefransten Fingerknöcheln, die trotz ihrer nur begrenzten Wechselwirkung mit Axons Gesicht am meisten eingesteckt hatten. Kiati strahlte Lucas ein durchdringendes blaues Licht in die Augen; es linderte irgendwie die fast ständigen Kopfschmerzen in der Folge wiederholter Schädeltreffer. Inzwischen war auch Gefühl ins abgestorbene Bein zurückgekehrt, aber dieses Gefühl entsprach dem von tausend Feuerameisen, die sich in sein Knochenmark zu graben versuchten.

Kiati wickelte diese Routine stets so schnell ab, wie sie konnte, und war ihm gegenüber in den vergangenen Wochen kein bisschen aufgetaut. Im Zuge dieser kleinen Behandlungssitzungen hatte er ihr exakt drei Informationen entlocken können: den Geburtsort (Gahren vor der Leuchtenden Küste), ihre Dienstjahre (bislang zwölf) und den Preis ihres »Bausatzes«, des Pools aus maßgeschneiderten Genen, aus dem nahezu alle Gardisten aufgebaut waren. Kiati schlug mit coolen 42,8 Milliarden Mark zu Buche, da die für eine medizinische Ausbildung nötige Intelligenz zusätzlich kostete. All das war in die Nützlichkeit gesteckt worden und nur wenig in eher belanglose Dinge wie die äußere Erscheinung. Ihre strengen Züge und die blasse Haut erinnerten Lucas an die einschüchternden Statuen, welche auf Sora die Promenade des Großen Palastes bewachten. Sie war nicht unattraktiv, aber ganz sicher keine Asha oder Corinthia Vale. Hätte sie diese Art Gedanken hören können, dann hätte sie Lucas vermutlich so schlimm verprügelt, dass nicht mal sie selbst ihn wieder zusammengeflickt bekam.

»Fertig«, erklärte sie kategorisch, als sie ihm einen betäubenden Verband um den Unterarm gewickelt hatte.

»Hey!«, sagte Lucas, als sie sich zum Gehen wandte, denn er wollte ihr gern wenigstens eine weitere Information entlocken. »Wie lange kennst du Silo schon?«

Sie blieb stehen und überlegte, ob sie antwortete oder doch lieber weiterging. Gewöhnlich entschied sie sich für Letzteres, wann immer er sie etwas fragte.

»Wir waren auf der Akademie in derselben Abschlussklasse. Wir haben die Zelle gemeinsam absolviert.«

Die Zelle war die Einrichtung, wo die Gardisten normalerweise ausgebildet wurden; sie lag auf dem Mond eines anderen

Planeten. Teile des dortigen Programms liefen jetzt an Bord des Speers ab, nämlich genau das, was Lucas gerade durchmachte.

»War es dort auch so schlimm? Ehrlich?«

Sie schnaubte abschätzig.

»Schlimmer. Die Schwerkraft beträgt dort 1,1. Stell dir alles vor, was du hier machst, nur mit zwanzig Pfund Allium an jedem deiner Glieder.«

Lucas wusste nicht, was Allium war, aber er verstand, was sie damit sagen wollte. Als ihm der Gedanke kam, dass sich Kiati ungewöhnlich gesprächig zeigte, verließ sie gerade den Raum.

Er versuchte, auf die Beine zu kommen. Die schmerzlindernden Aspekte der Behandlung würden sich erst in ein oder zwei Stunden richtig einstellen.

Nach all den Kämpfen, die er in den zurückliegenden Monaten und Jahren gewonnen hatte, war es leicht gewesen, sich fast unbesiegbar zu fühlen. Als gäbe es nichts, was er nicht mit genug Feuerkraft, Glück oder Geschicklichkeit überwinden konnte.

Jetzt fühlte er nicht mehr so. Auch wenn man ihn auf Sora wie einen Gott behandelt hatte, wusste er nun wieder, wie sterblich er in Wirklichkeit war.

Nach dem Vergleich der blauen Flecken und der Kriegsgeschichten des Tages mit Asha beim Abendessen – ein amorpher, proteinreicher Glibber, der die Muskelregeneration unterstützen sollte – suchte Lucas nach einem stillen Platz an Bord, um in den kostbaren zwei Stunden vor dem Kälteschlaf seine Hausaufgaben zu machen. Diese ihm für die Abende aufgetragene Arbeit drehte sich primär um technische Fragen, zum Beispiel, wie man ein virtuelles Schloss hackte oder die diversen Anzeigen einer Energierüstung ablas.

In jüngster Zeit hatte er das Schiff oft durchsucht; er interessierte sich dafür, welche Sektionen man ausgeräumt und für Soraner neu eingerichtet hatte und welche im ursprünglichen xalanischen Zustand verblieben waren. Das Schiff war viel größer als die Arche. Letztere war ihnen ein zuverlässiges Vehikel gewesen, aber ein Schrotthaufen von Transporter im Vergleich zu dieser feinsten Waffe im xalanischen Arsenal. Der Unterschied wurde sowohl in der Qualität der Werkstoffe als auch in der Konstruktion sehr deutlich, und wenn Lucas Gelegenheit dazu fand, sprach er mit Alpha, der ihm gern sämtliche Einzelheiten erläuterte, die sein Vater in dieses Schiff gepackt hatte. Lucas verstand meist nicht einmal die Hälfte, aber es war deutlich, dass er hier mit der Krönung xalanischer Innovationsfähigkeit durchs All raste. Das Schiff war schockierend hoch entwickelt für eine gerade mal zehntausend Jahre alte Lebensform.

Der Raum, vor dem Lucas heute stand, lag auf dem obersten Deck, und die Holosteuerung teilte ihm mit, dass der Zutritt verboten war. Die Soraner hatten jeden Zoll des Schiffs durchsucht, und so ging dieses Schloss nicht auf die Xalaner zurück, sondern war von den Soranern angefertigt worden. Lucas zog seine Hausaufgaben vor, indem er dieses Schloss mit Hilfe einer Schaltkreisüberlastungstechnik in wenigen Minuten knackte. Das metallene Hindernis öffnete sich mit sanftem Schnurren.

Wie viele andere Bereiche des Schiffs war der Raum nahezu leer. Alles, von fremder Technik bis hin zu harmloser Dekoration, war herausgerissen worden und befand sich derzeit vermutlich entweder in einem Museum oder einem Labor. Genauso war man mit der Arche nach ihrer Ankunft verfahren. Zurückgeblieben waren hier nur ein großer, mit dem Boden verschweißter Metalltisch samt dazugehörigem Stuhl, eine wandmontierte xalanische Schlafkapsel und ein Wandgemälde, das nicht entfernt werden konnte, weil es in die Oberfläche der gegenüberliegenden Wand geritzt worden war.

Lucas wusste, wen es darstellte.

Die Gestalt war unverkennbar. Es handelte sich um Kommandant Omikron in seiner dünnen Panzerung, einen Arm zum Himmel erhoben, in der anderen etwas, das nach einem toten Soraner aussah. Strahlen aus Licht oder sonst einer Energieform gingen von der Triumphatorgestalt aus, und die Inschrift darüber entsprach dem Dargestellten.

EHRE. MUT. MACHT.

Ein echter Narzisst, dachte Lucas, während er mit den Fingern an den Rillen des Gemäldes entlangfuhr, die, wie er jetzt spürte, einen Zoll tief ins umgebende Metall einschnitten. Er vermutete, dass Omikron eine permanente Spur auf seinem Flaggschiff hinterlassen wollte, und welcher Ort wäre dafür passender gewesen als seine persönliche Unterkunft?

Lucas fuhr damit fort, die Finger an den Windungen entlangzuziehen, da spürte er eines der eigenständigen Stücke unweit einer Kniescheibe Omikrons klicken. Es war eine unterschwellige, kurzfristige Empfindung, aber wenn Lucas das Gesicht an die Wand drückte, konnte er erkennen, dass dieses Stück ein klein wenig tiefer in die Oberfläche geritzt war. Er versuchte, es tiefer einzudrücken und wieder herausschnalzen zu lassen, aber es gelang nicht. Es hatte sich jedoch bewegt, dessen war er sicher.

Er suchte das Wandgemälde jetzt nach weiteren Einzelteilen ab, die auch beweglich waren. Details gab es jede Menge, da es sich bei dem Bild um eine außergewöhnlich komplexe Gravur handelte. Manche Linien waren einige Zoll dick, andere nur Millimeter.

Er brauchte eine halbe Stunde, um das nächste bewegliche Teil zu finden, vergraben in einer Ballung nahe der Schulter des toten Soraners. Weitere zwanzig Minuten später fand er eine Taste im Schotter zu Omikrons Füßen, und erneut war ein vertrautes Klicken zu spüren. Schließlich musste er auf einen nahen Lagerkubus steigen, um die Oberkante des Bildes zu erreichen. Eine weitere bewegliche Stelle war in einem Energiepartikel zu finden und eine andere in der Brustplatte der Kreatur. Lucas fand die abschließende Taste in der scheinbar offensichtlichen Stelle eines Auges Omikrons. Er drückte darauf und vernahm mehrere simultane Klicklaute. Er sah sich um und stellte fest, dass alle Tasten zurückgesetzt waren.

Scheiße!

Jedes einzelne Stück war wieder hochgeschnappt, und er hatte fast schon den Überblick darüber verloren, wo er die ersten beiden gefunden hatte. Er brach ab und überlegte.

Das erfordert eine bestimmte Reihenfolge.

Sechs Schalter, die zu drücken waren. Er rief das Handgelenk-Display auf und kalkulierte flink, dass Hunderte mögliche Kombinationen existierten. Es war seltsam, ein manuelles Schloss in einer Welt anzutreffen, in der fast alles elektronisch gesichert wurde, aber Lucas vermutete, dass das andererseits viel sicherer war. Und was zum Teufel wurde hier geschützt? Sicherlich hatten die Suchmannschaften diese Schalter übersehen, als sie das Schiff ausräumten. Lucas ignorierte die Schmerzen aus den Ausbildungseinheiten und machte sich an die Arbeit.

Schotter. Knie. Brustplatte. Auge. Partikel. Schulter.

Klick klick.

Schotter. Knie. Brustplatte. Auge. Schulter. Partikel.

Klick klick.

Schotter. Knie. Brustplatte. Schulter. Auge. Partikel.

Klick klick.

Lucas notierte sich jede Sequenz auf einer Rolle, damit er sie nicht wiederholte. Was sich aber jetzt schon klar abzeichnete: Das hier würde sehr lange dauern.

Lucas verzichtete schließlich darauf, weiter aufs Handgelenk zu starren; er wollte nicht einmal wissen, wie spät es war. Ihn graute davor, ohne Schlaf in einen Überlebenstag gehen zu müssen, aber er war inzwischen von dem Rätsel besessen, das ihm gestellt wurde.

Partikel. Auge. Knie. Schotter. Schulter. Brustplatte.

Klick klick.

Partikel. Auge. Knie. Schotter. Brustplatte. Schulter.

Klick klick.

Der Rolle zufolge war das Versuch Nummer 435. Er hatte die Bewegungen in den vergangenen Stunden zu einer Wissenschaft entwickelt und sprang mal auf die Kiste, mal von ihr herunter, während er an den diversen Stellen des gewaltigen Wandbilds herumturnte. Es war inzwischen ein sowohl mentales wie körperliches Training, und die konstante Pumptätigkeit des Herzens hatte seinen Blutdruck so erhöht, dass aus einigen Verletzungen des Tages wieder Blut sickerte.

Und dann …

Partikel. Knie. Brustplatte. Schulter. Schotter. Auge.

Klick. Krawumm!

Lucas fiel beinahe rücklings von der Kiste, als die ganze Wand mehrere Zoll weit einsank. Jede Stelle, die er gedrückt hatte, blieb in ihrer Position stehen.

Das war's!

Er stieg von der Kiste und steckte die Finger in die Rillen von Omikrons Beinpanzerung. Er zog heftig nach links, und die Metallplatten ächzten, während sie langsam zur Seite glitten.

Vor ihm breitete sich eine Reihe von Glaskuben aus. Sie ragten aus einer Metallwand einen oder zwei Fuß hinter dem Wandbild hervor. Es war kein Tresor, sondern eher eine Art Ausstellung. In jeder Glasbox schwebte ein Gegenstand, und eine xalanische Zahl über der Box diente als Kennzeichnung. Unter der »1« erblickte Lucas eine kunstvoll bemalte goldene und schwarze Vorderladerpistole, die sich von allem unterschied, was er jemals in irdischen Geschichtsbüchern gesehen hatte. »2« stellte eine scharfe Steinaxt aus, zusammengehalten von dünnen Lederriemen, an deren Griff lange rote Federn hingen. »3« bezeichnete eine Handsichel mit einer – zumindest sah es so aus – massiven Diamantklinge, während es sich bei »4« um den abgebrochenen Kopf eines gezahnten Bronzespeers handelte. Unter »5« lief ein Zeremonienmesser aus Obsidian mit einem Menschenschädel als Knauf. »6« hingegen stand über einem leeren Behälter. Lucas tippte auf die Boxen, aber falls eine Möglichkeit bestand, sie zu öffnen, fand er sie nicht. Die Waffen schienen auf Dauer darin eingefasst.

Nach einer Minute des Deliriums, ausgelöst durch Schlafmangel ungeachtet völliger Erschöpfung, begriff er unvermittelt, was er hier vor sich hatte.

Trophäen.

Die fünf Gegenstände mussten von den Kolonialplaneten stammen, die Xala im Verlauf der Jahre erobert und besetzt hatte. Nach der ausgezeichneten Verarbeitung jedes der Stücke zu urteilen, mussten sie alle irgendwann von mächtigen Kriegern eingesetzt worden sein, die ihre Planeten gegen die xalanische Horde verteidigt hatten. Entweder hatte Omikron sie persönlich errungen oder später eingesammelt. Sicherlich war er nicht alt genug, um jeden dieser Planeten persönlich aufgesucht zu haben.

Die 6er-Box für die Erde war leer, aber Lucas hatte so ein Gefühl, dass Natalie darin liegen würde, wäre der Kampf an Bord anders verlaufen. Drei weitere nummerierte Boxen waren unter den ersten sechs montiert. *Kann nie schaden, für die Zukunft zu planen, schätze ich.*

Unterhalb all dessen fand Lucas nahe der eigenen Taille eine weitere Installation an der Wand. Es handelte sich um eine einzelne kleine durchsichtige Glasscheibe, die auf zwei Haken ruhte. Er nahm sie zur Hand und wendete sie. Sie war völlig ohne Markierungen und fühlte sich auf eine unbestimmbare Weise glatter als Glas an. Beinahe weich, zugleich aber auch massiv. Nachdem er die Finger darübergezogen hatte, ohne etwas zu erreichen, wollte er sie sich in die Tasche stecken. Der Schlafmangel wirkte sich nun in den nächtlichen Spukstunden nachdrücklich aus, und die Scheibe rutschte an der Hose hinab und landete klappernd auf dem Boden. Nachdem sich Lucas eine Sekunde lang der Magen umgedreht hatte, erkannte er, dass das Objekt weder gesprungen war noch auch nur einen Kratzer erlitten hatte, obwohl es außergewöhnlich dünn war. Lucas holte vor Erleichterung tief Luft. Er wandte sich wieder den Ausstellungsstücken zu und zog das metallene Wandbild davor, womit er die Trophäen in der Dunkelheit zurückließ, Billionen Meilen von ihren besiegten Eigentümern entfernt.

Nachdem er einige wenige kostbare Stunden Kälteschlaf dazwischengezwängt hatte, musste Lucas bis zum Abendessen des nächsten Tages warten, um Alpha zu finden. Immer noch klatschnass nach einer Marathonsitzung im Wassertank, hinterließ er nasse Fußabdrücke, während er auf Beinen, die ihn kaum noch tragen wollten, zur Gefechtskommandozentrale stapfte. Alpha saß auf dem Hauptsitz und sichtete Sternkarten und Signalmuster. Er machte große Augen, als Lucas ihm die eckige Glasscheibe zeigte.

»Du hast das aus einem Geheimfach in Omikrons Unterkunft?«, wiederholte er und konnte die Skepsis gegenüber Lucas' Ermittlungstalent nicht verhehlen.

»Ja«, bestätigte Lucas. Er fror auf einmal in seinem nassen Körper. »Sonst waren da nur Trophäen aus den Kolonien zu finden. Gut erhaltene historische Waffen der von den Xalanern ausgelöschten soranischen Zivilisationen.«

Alpha nickte.

»Je nach Alter und Vorbesitzer sind das wahrscheinlich unschätzbar wertvolle Artefakte. Kein Wunder, dass er sie sicher aufbewahrt hat. Aber was ist das?«, fragte Lucas und stach mit dem Finger auf die Glasscheibe. Er hinterließ keinen Fingerabdruck.

»Ein [Kauderwelsch]. Erneut bin ich mir der Übersetzung nicht sicher. Ein persönliches … Logbuch vielleicht?«

»Ein Tagebuch?«, war ihm Lucas behilflich.

»Das könnte zutreffen. Obwohl das [Kauderwelsch] keine normale Rolle oder ein simples Buch ist.«

»Was meinst du damit?«

»Es reagiert allein auf die biologische Signatur der Person, auf deren Wunsch es hergestellt wurde, und macht dabei keinerlei Ausnahmen. Ich könnte es weder knacken noch entschlüsseln, egal was ich auch versuche. Bloße Spuren von Omikrons DNA würden auch nicht reichen. Eine beträchtliche Probe würde benötigt.«

»Was heißt …«, sagte Lucas argwöhnisch.

»Dass wir warten müssen, bis wir wieder auf Sora sind und Omikrons Leiche aus dem Lager holen können. Ich muss wahrscheinlich einige seiner Zellen reanimieren, damit das [Kauderwelsch] seine Anwesenheit bestätigt.«

»Na, scheiße«, meinte Lucas, enttäuscht darüber, dass seine Schatzsuche in eine Sackgasse geführt hatte. Wenigstens schien Alpha es für möglich zu halten, das Ding irgendwann einmal aufzuschließen, immer vorausgesetzt, sie überlebten diesen Einsatz.

Auf dem Weg zurück zur behelfsmäßigen Cafeteria sah Lucas eine grün und blau geschlagene Asha auf dem Korridor mit Maston reden. Lucas steckte die Glasscheibe in die Tasche, damit Maston keine Fragen danach stellte. Er wollte sie nicht konfisziert haben, ehe er eine Chance erhielt zu sehen, was darauf zu lesen stand. Also lieber den Fund vor den Soranern verbergen.

Asha lächelte schmerzhaft, als er näher kam; sie hatte blaue Flecken am Kinn. Maston zeigte seine bekannte finstere Miene.

»Wie geht es Alpha?«, fragte sie, als sie sah, woher er kam.

»Prima«, sagte Lucas und nickte ihr zu. Ashas Gesicht sah so aus, wie sich seines anfühlte, und es war klar, dass die Soraner mit ihr nicht zurückhaltender umgingen als mit ihm. »Er kalibriert Dinge. Das Übliche.«

»Die Bindung, die Sie zu dieser Kreatur haben, ist … beunruhigend«, sagte Maston ungewohnt fromm.

»*Diese Kreatur*, wie Sie ihn nennen, hat Ihre taktischen militärischen Kenntnisse von Xala stärker erweitert als irgendjemand sonst in Ihrer Geschichte«, hielt ihm Lucas entgegen. »Was tun Sie hier eigentlich?«

»Maston leitet jetzt meine Ausbildungseinheit«, antwortete Asha.

»Für Sie immer noch Wachmann Maston«, korrigierte er sie.

Asha verdrehte die Augen.

Maston bildete Asha jetzt aus?

»Wieso?«, platzte Lucas heraus.

Maston sann über die Frage nach.

»Ihre … Gefährtin ist vielversprechend«, sagte er. »Ich kann nicht das Gleiche von Ihnen behaupten.«

Psychospielchen. Das war fast zu leicht zu durchschauen. Wollte Maston sie wirklich auf diese Weise gegeneinander in Stellung bringen? Lucas bemühte sich, nicht zu lachen.

»Ja, das wette ich. Sie hat mehr Xalaner umgebracht als Sie, vermute ich.«

Maston schien amüsiert.

»Das bezweifle ich sehr.«

Lucas hakte nach.

»Sie haben also ihre Ausbildung selbst übernommen, hm? Waren Sie das?« Er deutete auf ihre blauroten Flecken.

»Sie hat etliche meiner Angriffe nicht richtig abgeblockt.«

»Oder vielleicht schlagen Sie einfach gern Frauen?«

Maston wurde rot und tat einen Schritt auf Lucas zu, der seinen Blick erwiderte und nicht zurückwich.

»Die Ausbildungseinheiten von heute sind vorbei, Jungs. Immer mit der Ruhe«, sagte Asha und trennte die beiden. Maston wandte sich ab und stürmte wortlos davon. Lucas konnte diese neue Version Mastons, die effektiv der alten entsprach, nicht ausstehen. Der Mann hatte die Trauer um Corinthia völlig abgeschaltet. Zumindest nach außen.

Sobald Maston um die nächste Ecke verschwunden war, wandte sich Lucas zu Asha um.

»Ernsthaft?«

Asha lehnte den Kopf an die Wand.

»Ja, ja. Nun, es war nicht meine Entscheidung. Und außerdem ist er vielleicht ein Arschloch, aber er kennt sich auf seinem Gebiet aus, das ist mal sicher. Nachdem ich ihn kämpfen gesehen habe, bin ich froh, dass er auf unserer Seite steht.«

»Ich bin nicht sicher, dass er das tut«, sagte Lucas. »Ich traue ihm nicht.

Asha legte den Kopf schief. »Weil er versuchen wird, mich umzubringen, oder weil er versuchen wird, mit mir zu schlafen?«

Lucas reagierte überrascht, als sie seine Gedanken so präzise wiedergab.

»Eins davon. Oder beides. Wer kennt ihn denn schon? Er hat eine so dunkle Vergangenheit, dass es verboten ist, auch nur darüber zu reden.«

Lucas berichtete ihr, was er über Vitalla wusste, und sie hörte aufmerksam zu.

»Interessant«, fand sie. »Ich sehe mal, was ich ihm entlocken kann, während er gerade nicht seine Handlanger anbrüllt, sie sollten die Scheiße aus mir herausprügeln. Oder es selbst macht.«

»Du brauchst nur ein Wort zu sagen, und ich putze dieses eingebildete Grinsen von seiner Visage.«

Asha sah ihn streng an.

»Ich kann auf mich selbst aufpassen, vielen Dank auch. Und ich wäre vorsichtig, wie viele seiner Knöpfe ich drücke. Erdgeboren hin oder her, ich kann mir vorstellen, dass er eines baldigen Tages versuchen wird, dir den Kopf abzureißen.«

»Er kann es ja versuchen.«

Lucas konnte nichts klar erkennen, während er zwischen Bewusstsein und Ohnmacht hin und her pendelte. Er wurde irgendwohin getragen und hörte Stimmen rings um sich.

»Was zum Teufel sollte das, Wrev? Du solltest ihn doch nicht umbringen!«

»Er hat uns gesagt, wir sollten so hart rangehen wie möglich.«

»Was ihn ganz *offenkundig umbringen würde*!«

Lucas spürte, wie ihm Flüssigkeit aus dem Ohr tropfte. Er konnte sich nicht bewegen.

»So *lauteten* aber die Befehle«, wurde eine andere Stimme vernehmbar. Axon.

»Euch ist doch klar, dass er nicht im Bottich herangezogen wurde wie wir, ja? Er wird es auf keinen Fall durchhalten, wenn einer von uns mit aller Kraft auf ihn losgeht, ganz zu schweigen von zweien!«

Lucas versuchte sich zu erinnern, was gerade passiert war. Seine Erinnerungen sprangen herum wie eine Nadel auf einer Schallplatte.

»Er ist zäher, als er aussieht«, sagte die erste Stimme.

»Ist mir egal. Ich habe dafür zu sorgen, dass er am Leben bleibt, und das ist ganz schön schwer, wenn ich mit so einer Scheiße zu tun habe. Und ihr könnt dem Wachmann ruhig berichten, dass ich das gesagt habe!«

Das war Kiati, die schrille Stimme auf einer Tonhöhe, die Lucas noch nie gehört hatte. Bilder wirbelten jetzt in seinem Kopf. Der Kampfring. Zwei Gegner, die mit wütender, erschreckender Heftigkeit auf ihn losgingen. Sie waren auf Blut aus, und zwar auf eine Menge.

Lucas wollte etwa sagen, konnte aber kaum die Lippen bewegen.

»Halt die Klappe!«, sagte Kiati scharf, die das bemerkte. »Es ist zu gefährlich für dich, derzeit überhaupt wach zu sein.« Sie drehte einen Schalter, und Lucas verlor gänzlich das Bewusstsein.

Ein Traum fand ihn. Eine bekannte Szene grub sich in sein Bewusstsein. Alles war dunstig von gebrochenen Farben und verschob sich ständig. Das war keine Schlafkapselvision, aber sehr wohl eine Erinnerung.

Er lag auf einem gekachelten Boden, nur in ein Handtuch gekleidet, und er war etliche Zoll kleiner und ein paar Dutzend Pfund leichter. Ihm pochte der Schädel. Als er sich aufsetzte, spürte er, wie das Blut in ihm absackte und Ohnmacht drohte. Als er sich umsah, entdeckte er Spinde, Duschen und sie. Er blinzelte.

»W-was ist gerade passiert?«

Das Mädchen vor ihm zeichnete sich langsam schärfer ab. Sie hatte wellige blonde Haare und hellblaue Augen. Ihre Lippen öffneten sich zu einem Elfenbeinlächeln.

»Du *lebst* also noch. Das ist gut. Die Schulschwester müsste bald hier sein.«

Lucas rieb sich mit einem dünnen Arm die Stirn. Er stellte fest, dass er unter dem Handtuch, das ihn bedeckte, nackt war, und band es am Rücken fest zu.

»Die Schulschwester? Was ist passiert?«, fragte er konfus.

Das Mädchen lachte.

»Ja, das *ist* mal ein Augenblick, den man gern vergisst, denke ich.« Sie strich eine verirrte Haarsträhne hinters Ohr und kniete sich neben ihn. Sie trug die blutrote und weiße Cheerleader-Uniform der Salem Sun Devils und hatte sich ähnlich gefärbte Bänder in die Haare geflochten.

»Was machst du in unserem Umkleideraum?«, fragte er und blickte sich um.

»Nee«, sagte sie und drehte langsam den Kopf hin und her.

Lucas fiel das seltsame Fehlen von Urinalen auf, und er rappelte sich hastig auf.

»Oh Scheiße!«

»Jetzt mal langsam!«, sagte sie und streckte die Hände aus, während sie sich zusammen mit ihm erhob. »Ich denke nicht, dass du schon wieder herumlaufen solltest. Das war ein ganz schöner Schlag.«

Lucas ertastete eine Beule am Schädel. Das Mädchen bemerkte, dass er eine umfassende Erklärung benötigte.

»Die Football-Spieler sind hier reingestürmt und haben dich auf den Boden geschmissen«, erzählte sie. »Du hast versucht wegzurennen, bist aber auf dem nassen Boden ausgerutscht und hast dir den Kopf an diesem Spind gerammt.«

Sie deutete auf einen nahen Spind mit einer großen Beule darin.

»Die übrigen Mädchen sind alle schreiend hinausgerannt, aber ich dachte mir, jemand sollte sich davon überzeugen, dass du nicht tot bist.«

»Äh, danke«, sagte Lucas, unbeherrschbar rot angelaufen vor lauter Verlegenheit. Kaum hatte sie ihm den Vorfall geschildert, fluteten die Erinnerungen wieder zurück. Das Geschrei, das Gerangel und er, wie er nackt in einen Raum voller Cheerleader geschleudert wurde, die gerade zum Training hinausgehen wollten. Das war buchstäblich sein schlimmster Albtraum.

Er blickte sich nach weiteren Kleidungsstücken um, in die er seine knochige Gestalt hüllen konnte, aber da war nichts. Nun, das war ja schließlich auch nicht der richtige Umkleideraum.

»Warum haben sie das überhaupt gemacht?«, fragte sie. »Gehörst du nicht zur Mannschaft?«

»Ja«, sagte Lucas und rührte sich unbehaglich. »Aber ich bin noch im ersten Jahr, also ... Du weißt schon.«

»Und in der Schulauswahl?«, fragte sie betroffen. »*Puh,* man sollte denken, du wärst ihr Held. Keiner ihrer kläglichen Ärsche hat es im ersten Jahr in die Auswahl geschafft. Sie sind nur eifersüchtig.«

»Das bezweifle ich«, sagte Lucas. Er hörte in den Duschräumen hinter ihr Wasser tropfen. Sie legte den Finger auf die Lippen und dachte über etwas nach.

»Wenn du möchtest, kann ich meinen Bruder überreden, ihnen zur Revanche in den Hintern zu treten.«

»Deinen Bruder?«, fragte Lucas.

»Captain der Hockeymannschaft; könnte gegen jeden von denen im Bankdrücken antreten.«

Lucas lächelte verlegen.

»Nee, ist okay. Ich kann meine Schlachten selbst schlagen.«

Sie stellte einen Fuß auf eine nahe Bank und band sich den Schuh neu zu.

»Dann solltest du das machen. Sie hören sonst nicht auf. Nicht, solange du dich nicht wehrst.«

Lucas schnaubte, stellte jedoch fest, dass es ihm erstaunlich leichtfiel, mit diesem Mädchen zu reden, ungeachtet der Umstände.

»Sie sind alle doppelt so groß wie ich; was soll ich da machen?«

»Schlag einfach den Größten so fest, wie du kannst. Das müsste reichen.«

Lucas lächelte und blickte auf das Fliesenmuster hinab.

»In Ordnung, aber falls ich sterbe, gebe ich dir die Schuld.«

Sie blickte zu ihm herüber.

»Weißt du, du solltest dich lieber in deine Kluft werfen, oder du wirst dich verspäten«, sagte sie.

»In Ordnung«, sagte Lucas und vergaß dabei, dass er noch immer einem Tag voller Training mit diesen elenden Arschlöchern entgegensah. Er wandte sich zum Gehen, blieb aber noch mal stehen.

»Danke, dass du, ah, hiergeblieben bist«, sagte er.

»Kein Problem. Wie heißt du überhaupt?«

»Lucas.«

»Sonya.«

Als er die Tür öffnete, sah er nicht den Flur der Salem High vor sich. Er sah einen leeren Abgrund, der ihn kraftvoll von der Tür aus einsaugte wie ein Schwarzes Loch. Er wurde in die Dunkelheit geschleudert, die alsbald heller wurde, bis sie blendend weiß war.

10

Er schauderte, als er zu sich kam. Obwohl er nicht mehr in einer der xalanischen Schlafkapseln übernachtete, schienen diese sein Unterbewusstsein noch lange Zeit später zu beeinflussen.

Er hatte in jüngerer Vergangenheit einige solcher Träume erlebt; Erinnerungen, die wirklich und unwirklich zugleich wirkten, aber fast perfekt dem entsprachen, was er persönlich erlebt hatte, egal wie viele Jahre es zurücklag. Es war seine erste Begegnung mit Sonya gewesen, und als er blinzelte, stellte er fest, dass er Tränen in den Augen hatte. Es war seltsam, sie so jung zu sehen, dieses Mädchen, in das er sich verliebte und das Jahre später seine Frau wurde. Die Jahre später nur noch Staub in einem Krater in Portland sein würde. Er zitterte erneut.

Lucas hörte Geschrei, aber es wirkte, als wären seine Ohren mit Baumwolle verstopft. Als sich der Raum deutlich abzeichnete, sah er, wie Asha Kiati anschrie, die ihrerseits die kläglich aussehenden Männer Wrev und Axon anbrüllte, die noch immer mit ziemlich viel Blut von Lucas bedeckt waren. Lucas sah eine Drei-Klauen-Hand an seinem Gesicht vorbeistreichen; er brachte alle Kraft auf, um den Kopf zu drehen, und erkannte Alpha, der an seinen Wunden arbeitete und dem dabei Schweiß an der zähen grauen Haut herabtropfte.

Maston. Maston hatte das angerichtet. Um Lucas eine Lektion zu erteilen, eine Botschaft zu senden oder eine Kombination aus beidem. Das war Lucas' letzter Gedanke, als er aufs Neue in Schwärze versank. Maston würde dafür bezahlen.

Er würde bezahlen.

Am nächsten Tag lehnte Lucas die narkotisierenden Mittel ab, die ihn in einem ständigen Dämmerzustand hielten. Er war es satt, einen benebelten Kopf zu haben, und wollte sich lieber den nagenden Schmerzen stellen. Er wollte nie vergessen, wie sich dieser Augenblick anfühlte, während er hier in völliger und absoluter Agonie lag. Unter seiner Haut schrie jeder Muskel und jeder Knochen lauthals auf. Durch sorgsames Atmen und eine fast zen-hafte Zentrierung verbannte Lucas die Schreie des eigenen Körpers.

Asha, Alpha und sogar Kiati flehten ihn an, mehr Schmerzmittel zu akzeptieren, aber er weigerte sich. Er spürte das Scharren der winzigen Nanobots, die seine Knochen wieder zusammenfügten und verletztes Gewebe heilten. Er hatte einen dichten Strom heilender Wirkstoffe im Blut, die ihn vom Rand des Todes zurückholten. Im Einklang mit jeder Faser des Körpers und vermittels der ständigen Schmerzen spürte Lucas, wie er langsam heilte. Stunde für Stunde, Tag für Tag.

Nachdem er sich die Wäscheliste seiner Verletzungen angehört hatte, die ihm Alpha mit wissenschaftlicher Präzision vortrug, war Lucas überzeugt, dass er auf der Erde nie wieder seine frühere Verfassung erreicht hätte. Hier jedoch? So etwas wie eine unheilbare Verletzung schien es nicht zu geben. Silo kam eines Tages zu Besuch und erzählte ihm von der Zeit, als ihm eine Protonate den Arm abgerissen hatte. Eine dünne Linie zog sich an seiner Schulter entlang, wo sie ihm den neuen angesetzt hatten, innerhalb von Wochen aus seinen eigenen Zellen herangezüchtet. Im Vergleich dazu wirkte Lucas' Heilung dann schon wieder recht simpel.

Sechs Tage. So lange dauerte es, bis Lucas sich die Kabel herunterreißen, in der Krankenstation aufstehen und verlangen konnte, die Ausbildung fortzusetzen.

Maston hatte ihn in der ganzen Woche nicht einmal besucht, um sein Werk zu betrachten, und Lucas war entschlossen, ihm diesen Sieg nicht zu gönnen. Lucas und seine Ausbildungstruppe, insgesamt elf Mann, marschierten zur Gefechtskommandozentrale, wo Maston stand und auf den Sichtschirm starrte. Er wandte sich ihnen mit demselben kranken Lächeln zu, das er immer zeigte, wenn er Lucas das Leben zur Hölle machte.

»Lassen Sie mich vermuten«, sagte er. »Nach Ihrem kürzlichen … Ausbildungsunfall möchten Sie für den Rest der Fahrt in den Kälteschlaf gehen?«

Lucas musste aufflammende Wut bezähmen, als er den Begriff »Ausbildungsunfall« hörte, schaffte es aber, einen ruhigen Ton anzuschlagen.

»Genau genommen«, sagte er in einem höflichen Ton, der den Mastons widerspiegelte, »freue ich mich darauf, das Programm abzuschließen.«

Man konnte sehen, dass er Maston damit überraschte.

»Auf gar keinen Fall können Sie jetzt noch körperlich in der Lage sein, mit der Ausbildung fortzufahren.«

Alpha meldete sich aus wenigen Fuß Entfernung neben dem Kommandantensitz zu Wort. »Sie unterschätzen sowohl das von mir verordnete Heilungsprogramm als auch die Zähigkeit der betreffenden Person.«

Maston tat so, als hätte er ihn nicht gehört.

»In Ihrer Abwesenheit hat Ihre Begleiterin große Ausbildungsfortschritte gemacht. Sie liegen zurück.«

»Ich hole auf«, sagte Lucas, dem langsam das Blut brodelte.

»Das schaffen Sie nicht«, höhnte Maston. »Axon, zeig es ihm.«

»Entschuldigung, Wachmann?«, fragte Axon verwirrt.

»Zeig dem Erdgeborenen, dass er nicht für Phase 2 bereit ist.«

»Aber Sir, er hat erst vor wenigen Minuten die Krankenstation verlassen!«

»Und er und sein … *Arzt* …« Er ruckte den Kopf Richtung Alpha. »… behaupten, er wäre wiederhergestellt. Jetzt *demonstriere* das, oder ich werfe dich wegen Befehlsverweigerung aus einer Luftschleuse!«

Axon musterte Lucas unbehaglich, während sich die übrige Gruppe rings um sie verteilte. Mit seinem Blick bat er im Voraus um Verzeihung, aber Lucas scherte sich nicht darum. Die Temperatur seines Bluts war um über zwanzig Grad gefallen. Er beugte die Hände, ballte sie zu Fäusten. Winzige Wunden an den Stellen, wo die Schläuche in den Körper gemündet hatten, zeichneten sich noch immer rot zwischen den Sehnen ab. Er hatte schon oft genug gegen Axon gekämpft, um zu wissen, wie dieser angreifen würde: einem unheilvollen Schwinger mit der Rechten würde ein scharfer Kinnhaken mit der Linken folgen. Lucas war nach beiden Angriffen schon häufig am Boden gelandet. Aber nicht heute.

»Hau den Größten so fest, wie du kannst.«

Der Riese ging mit der altbekannten Kombination auf ihn los. Lucas duckte sich unter dem Schwinger hindurch und verlagerte sich sofort nach rechts, um dem anstehenden Kinnhaken auszuweichen. Dann wich er drei blitzschnellen Stößen aus, die in der leeren Luft über seinen Schultern landeten, und dann noch dem Fersenkick ganz am Schluss dieses Angriffsschemas. Als sich Axon auf einen weiteren Schlag vorbereitete, verlagerte Lucas das Gewicht auf den hinteren Fuß. Der Schwinger verfehlte seine Nase um einen Viertelzoll. Axon hatte ihn so heftig ausgeführt, dass er durch den Schwung zwei Schritte nach vorn taumelte. Das war alles, was Lucas brauchte.

Er stieß sich mit den Beinen ab und hämmerte Axon eine rechte Gerade ans Kinn. Dessen Blick war schon leer geworden, ehe es ihn von den Füßen riss und er mit dumpfem Schlag am Boden aufprallte, wobei er mit seinen mehr als dreihundert

Pfund beinahe einen Krater erzeugte. Aller Augen ringsherum weiteten sich, einschließlich Mastons. Axon rührte sich nicht. Lucas' Hand stand in Flammen, und er war ziemlich sicher, dass er sich einen oder zwei Finger frisch gebrochen hatte. Er baute sich vor Axon auf, der jetzt blinzelte und nicht recht wusste, was gerade geschehen war. Lucas streckte ihm die linke Hand hin und half ihm, wieder auf die Beine zu kommen.

Maston klang jetzt nicht mehr so schadenfroh.

»Melden Sie sich morgen im Ausbildungsraum«, sagte er kalt. »Vielleicht nützen Sie dieser Einheit letztlich doch.«

Lucas wandte sich ab, verließ die Gefechtskommandozentrale, und ließ die übrigen Gardisten zurück, um sein Werk zu bestaunen. Ein leises Lächeln stahl sich über seine Lippen.

Phase zwei war eher lehrreich als zerstörerisch. Nachdem zahllose Kampf- und Überlebenstage Lucas' Körper zu Metall geschmiedet hatten, war es nun an der Zeit zu lernen, was genau er damit bewirken sollte. Kampftage brachten nicht mehr nur geistlose Angriffe mit sich. Er lernte eine Vielzahl echter Taktiken aus modernen und alten soranischen Kampfstilen. Kal M'so. Jartanne. Baali-stanno. Worte, die Lucas nicht kannte; aber jedes wurde von einem Satz tödlicher Techniken begleitet, die es ihm ermöglichen würden, einen Widersacher zu beherrschen, egal wie groß er sein mochte. Bei dieser Ausbildung hörte Lucas die Geschichte Sha'lens, des Baali-Mönchs, der sein Bergbaufahrzeug mit nichts weiter als den bloßen Händen gegen ein xalanisches Überfallkommando verteidigt hatte. Sha'len stieg später zu einem Feldgeneral der SVI auf. Diese Kampfsportschulen bargen eine Kraft in sich, die wirklich zu erschließen ein ganzes Leben in Anspruch nahm. Aber schon einzelne Schlaglichter aus ihrem Repertoire formten Lucas zu einer tödlichen Waffe.

Das übliche Werkzeug des Krieges durfte auch nicht vergessen werden. Lucas durchlief Übungen mit Sturmformationen, an denen alle Mitglieder seines Ausbildungskommandos in voller Kampfausrüstung teilnahmen. Er lernte, wie man um Ecken sicherte, Türen durchbrach, in Deckung liegende Feinde stellte und eine Vielzahl weiterer taktischer Verfahren, die ihn zum Bestandteil einer außergewöhnlichen Einheit machten. Obwohl die restlichen Gruppenmitglieder ihn alle in punkto Körpergröße übertrafen, wagte es niemand mehr, ihn als ein schwaches Glied zu betrachten.

Hatte er Asha zuvor schon nur selten gesehen, so wurde es jetzt noch seltener. Phase zwei der Ausbildung ließ beiden praktisch keinerlei Freizeit mehr, und selbst Mahlzeiten wurden auf die Schnelle zwischendurch heruntergeschlungen. Zuzeiten kam Lucas an Ashas Ausbildungsraum vorbei und sah sie dort die gleichen Techniken üben, die er mit seiner eigenen Ausbildungstruppe absolvierte. Er jubelte lautlos, als sie einmal einen Crosskick gegen Maston landete, und ihm krampfte sich der Magen zusammen, als Maston sie bei ihrem nächsten Versuch am Bein packte und wie eine Papierpuppe auf den Boden hämmerte.

Lucas hatte während der Übungen seinen Mitkämpfern einige Informationsfetzen entlocken können. Sie verrieten, dass Maston ungeachtet seiner körperlichen Tüchtigkeit nicht tankgezüchtet war. Er verfügte vielleicht über gute Gene aus einer langen Linie von Militäradel, aber niemand hatte Milliarden in ihn gesteckt, um ihn zielgerichtet zu formen, wie es sonst mit den Gardesoldaten geschah. Seine Fähigkeiten und Kraft hatte er sich erarbeitet, im Großen und Ganzen auf die gleiche Art, wie Lucas es jetzt versuchte. Trotzdem hasste er ihn kein bisschen weniger.

Der Abschlusstag rückte schnell näher, und Lucas blieb im Dunkeln darüber, wie die letzte Prüfung aussehen sollte. Er hatte alle Tests seit der Zeit auf der Krankenstation mit fliegenden Fahnen bestanden und war inzwischen stärker und zäher als jemals zuvor auf der Erde oder an Bord der Arche. Er hatte das Gefühl, für alles bereit zu sein, als er den Aufruf erhielt, sich auf Deck fünf im großen Wasserspeicher einzufinden. Der Raum war riesig und wurde aus drei Stockwerke hohen Tankreihen mit flüssigem Treibstoff in blaues Licht getaucht. Neben den zwanzig Gardesoldaten der Ausbildungstruppe waren Maston und Asha anwesend, auch Alpha, der sich nervös umsah, denn er wollte vermeiden, dass irgendetwas in diesem Raum im Zuge dessen zu Schaden kam, was nun bevorstand.

Der Raum war nur spärlich beleuchtet, denn alles Licht stammte aus den Tanks. Maston meldete sich in ernstem Ton zu Wort, als alle versammelt waren.

»Gute Noten im Zuge der Ausbildungseinheiten sind eine Sache, aber um Gardesoldat zu werden, muss man mehr in die Waagschale werfen als das, was man von einer Rolle ablesen kann. Sie haben bewiesen, dass Sie es verdient haben, in diesem Raum zu erscheinen, aber das ist bislang auch alles, was Sie bewiesen haben. Heute werden wir sehen, wie tief Ihre Verpflichtung unserem Kontinent und unserem Planeten gegenüber reicht. Unnötig zu sagen, dass Sie aufgrund Ihrer … Herkunft mehr zu beweisen haben als jeder Gardesoldat vor Ihnen.«

Lucas wusste nicht recht, worauf das hinauslief, aber es klang ausreichend bedrohlich. Es war eisig kalt im riesigen Raum, und es roch wie nach verbranntem Metall.

»Die Weibliche zuerst«, sagte Maston, als spräche er von Zootieren. »Sichert ihn weiter unten.« Er deutete auf Lucas. Wrev und Axon gaben Lucas mit Handbewegungen zu verstehen, dass er den Raum verlassen sollte.

Er durfte Ashas Prüfung nicht sehen? Er vermutete, dass es in Ordnung ging, wenn man ihm nicht den Vorteil gewähren wollte, vorher zu wissen, was ihn erwartete. Er blickte Asha ein letztes Mal in die Augen, ehe sich die Metalltür hinter ihm schloss. Sie lächelte, aber Lucas entdeckte auch eine Spur von Panik in ihrem Gesicht.

Ein komplettes Deck tiefer in einem kleinen Lagerraum blieb Lucas sich selbst überlassen. Er hatte sich nicht mal die Mühe gemacht, eine der beiden Wachen vor der Tür zu fragen, was geschah, da sie offenkundig darauf eingeschworen waren, den Mund zu halten. Lucas hörte nicht das geringste Geräusch von oben und quälte sich, indem er sich alles Mögliche vorstellte, was ihn vielleicht erwartete. Es wäre sehr unschön gewesen, hätte Maston ihn und Asha gegeneinander aufgestellt, und er hatte das fast erwartet, aber das war eindeutig nicht der Fall. Lucas hoffte insgeheim darauf, dass er Maston selbst in einer Art Duell gegenüberstehen würde, aber nichts gab einen Hinweis darauf, dass das geplant war. Das Knie hüpfte ihm unbeherrschbar auf und ab, wie damals am ersten Tag auf der Promenade vor Millionen Soranern, aber diesmal war Asha nicht da, um es niederzuhalten.

Verloren in den eigenen Gedanken, wusste Lucas nicht so recht, wie viel Zeit vergangen war, als Axon und Wrev erneut eintraten und ihn zur Rückkehr in den Wasserspeicher aufforderten. Als dort die Tür aufging, standen all die Gardisten vor ihnen, aber Asha war nirgendwo zu sehen. Der Metallfußboden unter Lucas' Stiefeln war nass und schien vor wenigen Augenblick gereinigt worden zu sein.

»Wo ist sie?«, wollte Lucas von Maston wissen, der mit verschränkten Armen im Zentrum der Gruppe stand.

»Ist sie verletzt?«

Schweigen.

»Hat sie die Prüfung bestanden?«

Schweigen.

»Antworten Sie mir, verdammt!«

»Sie ist am Leben«, sagte Maston kühl. »Aber noch ein Wort, und Sie fallen automatisch durch.«

Lucas blieb still, gezwungen, sich mit dieser Antwort zufriedenzugeben. Obwohl »am Leben« mit etlichen Vorbehalten verbunden sein konnte. Lucas musterte nervös den feuchten Boden.

»Ihre Abschlussprüfung beginnt jetzt. Ein einzelner Gegner. Besiegen Sie ihn, und wir begrüßen Sie in unseren Reihen. Scheitern Sie, und wir dulden Sie zwar in diesem Einsatz, aber Sie werden niemals zu einem Gardeangehörigen.«

Lucas scherte sich weniger darum, Gardist zu werden, sondern wollte vielmehr Maston beweisen, dass er nicht besiegt werden würde. Er würde siegen.

»Vortreten«, sagte Maston zu niemandem speziell. Der Empfänger des Befehls gehorchte trotzdem.

Silo.

Lucas wurde klar, was hier für ein Spiel gespielt wurde. Maston hatte einen Gardisten ausgesucht, der sein Freund war. Sicherlich würde Silo, von Ausstoßung bedroht, mit voller Kraft gegen Lucas kämpfen, aber es hätte schlimmer kommen können. Lucas hatte schon Axon k. o. geschlagen, einen Mann, der noch größer war als der riesige Silo, und zuzeiten hatte er im Ring zwei Gegnern auf einmal gegenübergestanden. Bestimmt erwies sich Silo als Herausforderung, aber Lucas war zuversichtlich. Er nickte ihm zu, aber Silo weigerte sich überraschenderweise, darauf zu reagieren. Er nahm die neue Rolle als Gegner ernst. Sein Gesicht erzählte jedoch eine andere Geschichte. Er schien … zornig.

So freundlich ihr Umgang gewesen war, Lucas hatte Silo noch nie länger als eine oder zwei Minuten lang kämpfen gesehen, wenn er einmal einen kurzen Blick in Ashas Übungsstunden geworfen hatte. Vermutlich hatte sie hier gegen jemanden aus Lucas' Ausbildungstruppe kämpfen müssen. Er blickte sich um und stellte fest, dass auch Kiati fehlte. Lagen beide auf der Krankenstation? So, wie er die beiden kannte, war es vermutlich ein brutaler Kampf gewesen.

Mastons Stimme riss Lucas aus seinen Gedanken.

»Anfangen!«

Silo ging mit der Wucht eines zehn Tonnen schweren Elefanten und unter entsprechendem Gebrüll auf ihn los. Lucas reagierte kaum schnell genug, aber er konnte sich über ihn hinweg abrollen und so dem menschlichen Rammbock entgehen, ein Manöver, das er gerade eine Woche zuvor bei den Übungen kennengelernt hatte. Er bewegte sich leichtfüßig, wich einem Schwinger Silos nach dem anderen aus und landete selbst einige Treffer in dessen Rippen. Zum Pech für Lucas fühlte sich das an, als würde er auf Metall prügeln.

Silo kämpfte wie ein Besessener, und es wurde deutlich, dass sein Zorn echt war. Eine Gerade direkt aus einer Jartanne-Rolle erwischte Lucas im Solarplexus, und er stolperte ein paar Schritte weit rückwärts und bemühte sich dabei, nicht hinzufallen. Ein paar weitere Schwinger erwischten ihn wenig später, und Lucas drehte sich der Kopf, während er sich verzweifelt bemühte, nicht auf dem Fußboden Trost zu suchen. Er traf Silo mit einem gut platzierten Tritt am Hals und rammte ihm auf der nächsten Umdrehung einen Ellbogen ins Auge. Lucas war ein Fan des Baalistanno, seit er die Geschichte von Sha'len gehört hatte, dem Xalaner tötenden Mönch. Da Silo praktisch so groß wie ein Xalaner war, schien ihm dieses Kampfsystem die passenden Techniken bereitzustellen.

Die Gesichter im Raum blieben allesamt unverändert, während die beiden im fahlen Licht der Treibstofftanks Schläge austauschten. Sogar Alpha sah mit versteinerter Miene zu und beschäftigte sich dieses eine Mal nicht damit, eine Anzeige oder einen Datenknoten auf seinem Handgelenkdisplay zu prüfen.

Lucas steckte eine Schnittwunde ein, und Blut floss ihm in die Augen, sodass er es mit schmutzigen Händen abwischen musste. Silo blutete ebenfalls; rote Flüssigkeit quoll ihm aus dem

Mund, tropfte auf den Fußboden und vermischte sich dort mit dem Wasser, das zur Reinigung des Bodens gedient hatte. Lucas konnte sich vorstellen, dass Ashas Kampf ähnliche Wirkungen gezeitigt hatte.

Aber es war noch lange nicht vorbei. Silo griff mit einem erneuten Hagel von Fausthieben an, die ungeachtet seiner Größe blitzschnell herabprasselten. Lucas wehrte ab, was er konnte, aber die Rippen taten ihm weh und ihm war übel, als der Angriff vorüber war. Er erkaufte sich ein wenig Zeit, indem er eine Folge tiefer Tritte auf Silos Knie zielte, wieder eine Taktik aus dem Baali-stanno. Mit gezielten Angriffen auf einen bestimmten Nervenknoten des vierköpfigen Oberschenkelmuskels konnte er eines von Silos Beinen vorübergehend lähmen. Sein Gegner stolperte ein Stück rückwärts und musste sich den Rost vom tauben Bein schütteln, wobei seine Augen nach wie vor voller Zorn funkelten. Seine konzentrierte Kampfweise ergab im Hinblick auf erhaltene Befehle Sinn, aber woher kam diese unbändige Wut?

Es blieb wenig Zeit, diesem Gedanken weiter nachzugehen, da es Silo mit einer schnellen Drehung und einem Satz gelang, seinen Gegner in einen unglückseligen Schwitzkasten zu nehmen. Lucas hämmerte mit der freien Hand auf Silos Körpermitte ein, aber erst, als er ihm den Schädel ans Kinn rammte, konnte er sich befreien. Nach zwei kurzen Schlägen ans Ohr wich Silo erneut zurück.

Die Erschöpfung setzte ein, und Lucas hatte das Gefühl, dass seine Hände und Füße mit Blei ummantelt waren. Nach jedem neuen Fausthagel waren die Knöchel wunder als zuvor, und man konnte nicht mehr wirklich voraussetzen, dass die beiden Kombattanten jeweils nur mit dem eigenen Blut bedeckt waren.

Ein seine Brust treffender Stiefel erinnerte Lucas an den Tritt, den er vor nur wenigen Wochen von einem turmhohen Metallroboter eingesteckt hatte. Silo legte eine Wucht hinter seine Angriffe, denen Lucas schon körperlich nichts entgegenzusetzen hatte. Er wand sich auf dem Boden und wälzte sich mit knapper Not zur Seite, als Silo sein Knie auf das Metallgitter rammte, das eigentlich Lucas den Schädel hatte eindrücken sollen.

Schnelligkeit war seine einzige Chance. Er sprang auf und landete drei rasche Tritte auf Silos Brust. Er wich selbst einem gestreckten Bein aus und hämmerte Silo dabei auf die exponierte Kniescheibe, sodass sein Gegner unter Schmerzen das Bein wieder aufsetzen musste. Noch zwei Schläge, und es war noch nutzloser als zuvor schon. Eine weitere Kehre mit dem Fuß, und Silo landete auf dem Boden.

Er wollte wieder aufstehen, aber Lucas setzte ihm den Fuß auf die Schulter und drückte ihn wieder hinunter. Silo probierte es erneut, aber Lucas beförderte ihn mit einem Hieb wieder zurück, der ihm den Nasensattel zertrümmerte, sodass Blut überall herumspritzte. Ein letztes Mal versuchte der blutbefleckte Gardist auf die Beine zu kommen, und Lucas hämmerte ihm die verschränkten Arm an den Kopf und raubte ihm völlig das Bewusstsein.

Lucas hatte gesiegt.

Oder?

Lucas sah sich um. Niemand jubelte, niemand feierte. Sogar Alpha blickte grimmig drein. Die Stimmung war angespannt, aber Lucas ging das Herz auf, als sich die Tür öffnete und Asha hereinhumpelte. Sie war ganz offensichtlich verletzt, aber am Leben, wie Maston versprochen hatte. Sie hatte den Kampf versäumt, war aber zur Stelle, um mit anzusehen, wie er die Prüfung bestand. Sie zeigte jedoch die gleiche stoische Miene wie alle anderen.

Maston musterte Asha, als sie eintrat, und ging dann langsam auf Lucas zu.

»Er ist k. o. Ich habe ihn besiegt«, sagte Lucas mit ausgebreiteten Armen. »War es das? Habe ich bestanden? Oder möchten Sie sich auch noch mit mir anlegen, Wachmann?« Lucas' Verstand hoffte geradezu, dass es so war, auch wenn sein Körper das auf keinen Fall verkraften würde.

Beim Näherkommen zog Maston seine silberne Energiepistole. Lucas spannte sich unwillkürlich an, aber Maston hielt die Waffe an der Seite, bis er vor Lucas stand. Als er sie hob, tat er es mit dem Griff voran, sodass die Mündung auf Maston selbst wies.

»Sie haben gewonnen«, stellte er kalt fest. »Jetzt beenden Sie den Kampf ehrenhaft.«

Maston drückte ihm die Waffe der Länge nach an die Brust und gab sie frei, zwang ihn so, sie instinktiv selbst zu packen.

»Was?«, fragte Lucas ungläubig. Das konnte doch nicht bedeuten …

»Töten Sie ihn.«

Lucas blickte auf Silo hinab, der langsam zu sich kam.

»Sie sind wahnsinnig«, sagte Lucas. »Ich soll einen Ihrer besten Männer töten? Wozu?«

»Für sein Versagen«, antwortete Maston, der sich rückwärts von ihm entfernte. »Ein Gardist, der in dieser Arena vor jemandem mit minderwertiger genetischer Ausstattung und begrenzter Ausbildung zu Boden geht, hat es nicht verdient, die Uniform zu tragen. Er ist uns nicht mehr von Nutzen. Die Kombattanten haben dieser Klausel zugestimmt, als sie zustimmten, diesen Kampf zu führen.«

Lucas blickte auf die Waffe hinab, dann zu Asha hinüber. Sie hatte Tränen in den Augen, und Lucas wurde etwas klar. Sie war zurückgekehrt, aber wo blieb Kiati? Sie hatte doch nicht … Das war ein Scherz, richtig? Eine Falle. Aber die Dinge addierten sich in seinem Kopf. Der saubere Fußboden, die Wut in Silos Augen.

Was hatte dieser gerade erlebt, ehe Lucas eintrat? Was hatte ihn dazu bewogen, so grausam zu kämpfen? Asha starrte Lucas in die Augen und formte mit den Lippen zwei Worte.

»*Tu es.*«

Lucas drehte sich der Kopf. Er lag gerade im Kälteschlaf, richtig? In einer Kapsel vielleicht? Das hier war nur ein Albtraum. Asha hatte doch nicht … Doch Lucas musste an die Frau zurückdenken, die ihn einst auf der Erde zum Sterben liegen gelassen hatte, die sich mit List und Mord ihren Weg durch die verwüstete Landschaft gebahnt und auf Kosten anderer überlebt hatte. Er hatte geglaubt, dass jene Person nicht mehr existierte, aber vielleicht war das ein Irrtum. Vielleicht hatte sie sich im Innersten nicht verändert.

»*Tu es*«, flüsterte sie erneut, diesmal eindringlicher.

Lucas blickte auf Silo hinab, der ihn inzwischen unter blau geschlagenen, blutigen Lidern hervor anblinzelte. Lucas hob mit zitternder Hand die Pistole. Silo nickte ihm matt zu, erwiderte endlich das Zeichen des Respekts, das ihm Lucas vor dem Kampf gegeben hatte. Die Wut in Silos Augen hatte sich gelegt.

Lucas' Finger zuckte, näherte sich dem Abzug auf einen Millimeter. Jeder Muskel in seinem Körper hatte sich zu einem Knoten gespannt. Er litt an Übelkeit, Schwindel und Schmerzen, allerdings nicht infolge des gerade überstandenen Kampfes. Man verlangte hier Unmögliches von ihm.

Es war unmöglich.

»Nein!«, sagte er entschieden und warf die Pistole auf den Boden. Sie rutschte klappernd auf Maston zu, der mit seinem altbekannten gehässigen Lächeln aufblickte.

»Glückwunsch«, sagte er. »Sie sind durchgefallen.«

»Interessiert mich nicht«, entgegnete Lucas wütend. »Ich bin kein Barbar. Ich brauche das nicht.« Er wandte sich ab, hielt aber inne, als Maston ihn erneut ansprach.

»Das sollten Sie sich wirklich ansehen«, sagte dieser. »Möchten Sie den Triumph Ihrer Begleiterin nicht miterleben?«

Lucas wandte sich um und sah einen Holoschirm, der in die Mitte des Raums projiziert wurde. Er war so groß, dass die dreidimensionalen Gestalten darin in Lebensgröße auftauchten, dort, wo sich Ashas und Kiatis Kampf zugetragen hatte. Asha verfolgte die Wiedergabe ihres Prüfungskampfes konzentriert und warf Lucas gelegentlich einen nervösen Blick zu. Nach dem Austausch eines Hiebes nach dem anderen, beide Kämpferinnen voller blauer Flecken und Blut, landete Asha schließlich einen K.-o.-Tritt an Kiatis Kinn, der Letztere der Länge lang zu Boden streckte. Auch hier trat Maston mit der Pistole an die Siegerin heran und richtete ähnliche Worte an sie wie später an Lucas.

Lucas wollte sich das eigentlich nicht ansehen, aber er stand wie angewurzelt, konnte sich nicht losreißen. Für eine Zeitspanne, die ihm wie ein Jahr erschien, richtete Asha die Pistole auf Kiati und zitterte dabei wie später Lucas. Ohne Vorwarnung schoss sie. Die Tonaufnahme des Schusses hallte im Raum wider wie zum ursprünglichen Zeitpunkt. Asha stolperte rückwärts, ließ die Pistole fallen. Dann jedoch sah Lucas etwas, was ihn beinahe von den Füßen riss.

Kiati stand langsam auf, unverletzt von einem Schuss, bei dem letztlich gar nichts auf sie abgefeuert worden war. Das Bild verschwand, und Maston ging in die Mitte des Raums.

»Testfeuermodus«, sagte er und deutete auf eine Anzeige an seiner Waffe. »Sieht aus, als wäre sie scharf, bleibt aber ohne Energieabgabe.«

Lucas Übelkeit nahm zu.

»Natürlich würde ich nie auch nur einen Gardisten für einen von Ihnen opfern. Sind Sie verrückt?«

Er lachte inzwischen beinahe.

»Aber es beweist Ihren mangelnden Willen, harte Entscheidungen zu treffen. Da draußen bringt Mitleid Sie um Kopf und Kragen. Uns alle, oder Schlimmeres. Und aus diesem Grund werden Sie *niemals* einer von uns sein.«

»*Tu es!*«, hatte sie gesagt. Sie hatte ihm zu sagen versucht, dass es nur ein Trick war, aber er hatte es nicht verstanden. Wie jedoch hatte sie das fertiggebracht, obwohl sie glaubte, damit die Frau vor ihr zu töten? Es war schwer zu glauben. Und es war scheußlich. Richtig scheußlich.

Wenig später behandelte Alpha auf der Krankenstation Lucas' zahlreiche Verletzungen, auch wenn er diesmal nicht wie vor wenigen Wochen am Rande des Todes schwebte. Drei Betten weiter lag Kiati und schlief die eigenen Wunden aus, die sie bei der Begegnung mit Asha eingesteckt hatte, aber sie war nach wie vor ganz lebendig.

»Diese Soraner«, sagte Alpha, während er kauterisierendes Gel in eine Schnittwunde auf Lucas' Brust strich. »Ihre Grausamkeit reicht fast an die der Xalaner heran. Obwohl der Tod bei der Paragon-Ausbildung keine bloße Illusion gewesen wäre.«

»Ich bin fertig mit ihnen«, sagte Lucas. »Mit ihnen allen.«

»Ihnen allen?«, fragte jemand von der Tür her.

Es war Asha. Sie trug eine frische Uniform mit dem geflügelten Emblem der Garde am Ärmel. Ein Emblem, das ihren beiden Uniformen lange gefehlt hatte.

»Ich lasse euch beide allein, damit ihr die aktuelle Lage besprechen könnt«, sagte Alpha, während er an ihr vorbei aus dem Raum schlurfte.

»Ich sagte dir doch, dass du es tun sollst«, sagte Asha. »Ich durfte eigentlich nicht zurückkommen, aber ich musste es versuchen und dir Bescheid sagen.«

»Und wer hat *dir* gesagt, es zu tun?«, fragte Lucas, und Zorn schwang darin mit. »Du hattest jeden Grund zu glauben, dass du sie wirklich töten würdest«, sagte er und deutete auf die schlafende Kiati ein Stück weiter.

»Und wie oft hast du auf der Erde in einer solchen Lage den Abzug gedrückt?«, feuerte sie zurück.

»Bei dir nicht.«

»Nur weil Alpha dich aufgehalten hat. Ich habe den Ausdruck in deinen Augen gesehen. Du hättest mich ohne zu zögern mit einem Loch im Kopf im Krater liegen gelassen.«

Lucas war nicht überzeugt, dass er das abstreiten konnte, wenn man an die Situation damals dachte, aber er setzte unbeirrt nach.

»Das war etwas anderes. Diesmal ging es nicht ums Überleben. Diesmal ging es darum, Mitglied in ihrem kleinen Mörderclub zu werden.«

»Wollen wir einander ernsthaft Vorlesungen über Mord halten?«, fragte sie verärgert.

»Kiati und Silo waren keine Kannibalen oder Separatisten, die versucht haben, uns umzubringen.«

»Du denkst, sie wären unsere Freunde?« Sie schrie jetzt. »Du denkst, sie hätten gezögert, uns die Hälse zu brechen, wenn Maston es ihnen befohlen hätte?«

»Genau«, sagte Lucas. »Ich habe gesehen, was Mastons Befehle anrichten können.«

»Er hat dich ausgebildet«, sagte Asha. »Du warst nach dieser Feuerprobe stärker als je zuvor.«

»Du verteidigst jetzt Mars Maston?«, fragte Lucas ungläubig. »Einen Mann, der befohlen hat, mich fast totzuprügeln, und der auf Vitalla weiß Gott was angerichtet hat?«

»Vitalla war nicht seine Schuld!«, platzte Asha hervor und erkannte ihren Fehler fast augenblicklich.

Die Pause, die jetzt eintrat, dauerte eine Ewigkeit.

»Hat er dir von Vitalla erzählt?«, fragte Lucas langsam. »Und du hast es mir nicht gesagt? Was hat er aus dir gemacht?«

Asha blieb still.

»Nach meiner Behandlung gehe ich für die letzte Woche der Fahrt in den Kälteschlaf«, sagte er. »Wir sehen uns auf Makari. Bis dahin viel Spaß mit deiner neuen Truppe.«

Als die letzten Worte dieser Äußerung fielen, stürmte Asha schon zur Tür hinaus.

Der Zorn wich nicht aus Lucas, während er aus der Krankenstation flüchtete und die Treppe zum riesigen Kälteschlafraum hinaufstürmte, der die Schlafkapseln für die gesamte Mannschaft enthielt. Die meisten waren belegt. Die hier schlafenden Gardisten lagen schon seit Monaten auf Eis. Die übrigen Kapseln waren leer und warteten auf ihn, Asha und die jeweiligen Ausbildungstrupps. Sie schliefen dort jede Nacht, aber nicht unter »tiefem Eis«, wie es die Soraner nannten; das war für langanhaltende Bewusstlosigkeit über Wochen, Monate oder gar Jahre gedacht. Eine solche Zuflucht suchte er jetzt jedoch.

Wenn er allein in diesem Raum war, fühlte er sich wie auf dem Friedhof. Das einzige Licht stammte aus den geschlossenen Kapseln, in denen Gardesoldaten schliefen. Er scherte sich nicht darum, Asha oder Silo oder irgendeinem von ihnen gute Nacht zu sagen. Er hatte die Nase voll von dem ganzen verdammenswerten Schiff und seiner Mannschaft und wünschte sich nichts weiter, als sämtliche Ereignisse dieses Tages im Tiefschlaf zu vergessen, bis sie endlich auf dem leidigen Planeten eintrafen. Er dachte sich, dass es für ihn wohl besser gewesen wäre, die ganze Fahrt im Kälteschlaf zu verbringen wie so viele der anderen an Bord.

Er zog sich aus, bis er nur noch einen unter Druck stehenden Maschen-Bodysuit anhatte, die Standardkleidung für tiefes Eis, da die Kapsel direkten Zugang zu allen lebenswichtigen Organen benötigte, damit während des gesamten Schlafs alles glattlief. In sein Fach für »persönliche Habseligkeiten« stopfte er Omikrons Glasding, das einzig Wertvolle, das er bei sich hatte. Außerdem hatte er kurz die Waffenkammer aufgesucht und seine vertrauenswürdigste Bundesgenossin an Bord an sich genommen, Natalie. Es verstieß gegen die Bestimmungen, aber er nahm sie mit in die Kapsel. Unmöglich zu wissen, wer sie vielleicht zu stehlen oder zu zerlegen versuchte, während er schlief. Er traute hier niemandem mehr. Die Wut mochte Paranoia in ihm wecken, aber das war ihm egal. Er legte sich ins Fach und tippte an dessen Innenwand die Steuerungssequenz ein, die ihn bei Ankunft automatisch weckte. Natalie ruhte aufrecht und abgeschaltet zu seinen Füßen, wo sie im beengten Fach kostbaren Raum beanspruchte.

Die Maschine lief an, und eine Folge von Halterungen fädelte sich über Lucas hinweg, die ihn sicher an Ort und Stelle festhielten. Die Kapsel diente auch als Rettungsfahrzeug, falls die Ereignisse das erforderlich machten. Als Nächstes schlängelten sich Kabel aus der Umwandung, und Lucas zuckte zusammen, als sie sich ihm an verschiedenen Stellen in die Haut bohrten. All das wurde zur Einleitung eines Nachtschlafs nicht gebraucht, aber es war für den Langzeitschlaf vorgeschrieben. Wären nicht die mit Wahnsinn drohenden Albträume gewesen, hätte er die behagliche Konfiguration der xalanischen Kapseln mit ihrer Geleinfassung und dem schlichten Nimbus vorgezogen. Das hier wirkte im Vergleich geradezu mittelalterlich.

Das letzte Stadium des Prozesses bestand darin, dass sich der Deckel schloss, sich langsam knarrend herabsenkte. Durch das Mattglas wurde die Außenwelt unsichtbar.

Lucas spürte, wie ihm flüssige Entspannung durch die Adern lief. Sein Zorn wurde innerhalb von Minuten weggespült, und er sah träumerisch zu, wie sich eine blaue Substanz in seine Arme und Beine ergoss. Wenig später folgte ihr eine grüne Flüssigkeit, und ihm wurde noch schummriger im Kopf. Er begrüßte die Dunkelheit, in der er für die nächsten zehn Tage bis zur Landung ruhen würde. Wenigstens hatte er etwas Frieden.

Glücklicherweise war der Traum, der nun folgte, viel friedvoller als jene, die er für gewöhnlich ertragen musste.

Er saß auf einer Plattform, einem abgebrochenen Stück Bürgersteig, das ganz für sich im Raum schwebte. Funkelnde Sterne umgaben ihn, aber der Anblick vor ihm war noch herrlicher.

Es war die Erde. Die alte Erde. Wenn er ihr zugewandt war, nahm der Planet fast das gesamte Blickfeld ein und zeichnete sich als spektakuläres Gemälde aus Blau, Grün und Weiß ab, die Farben, für die der Globus einst berühmt gewesen war. Nordamerika lag vor Lucas, und er sah dessen südliches Gegenstück sich zu seinen Füßen bis zur Antarktis erstrecken. Der gesamte Planet drehte sich ganz langsam vor seinen Augen.

Nachdem er, wie es schien, eine Ewigkeit lang auf die Kugel gestarrt hatte, bäumte sich die Plattform unvermittelt auf und schleuderte ihn herunter, sodass er Richtung Erde purzelte. Er hatte diesen Traum schon einmal gehabt und war damals im Krater von Portland gelandet. Er wollte nicht dorthin zurückkehren, aber als er durch die Atmosphäre brauste, stellte er fest, dass sein Ziel dieses Mal ein wenig weiter südlich lag, in Kalifornien.

Als er die Augen öffnete, bot sich ihm ein neuer Anblick: Speck brutzelte in einer Pfanne, die er in der Hand hielt. Er blinzelte und blickte sich um. Die Küche war groß und voller Einbauschränke aus dunklem Holz, mit Glastüren sowie granitenen Tischplatten. Helles Morgenlicht strömte zu den Fenstern herein. Hier war er nie zuvor gewesen.

Ein kleiner Junge spazierte verschlafen aus dem Flur in die Küche und setzte sich an einen Tisch der Anrichte gegenüber.

»Daddy, ist das Frühstück schon fertig?«

Lucas starrte ihn an. Es war Noah, vermutlich um die drei Jahre alt, aber anhand der hellblauen Augen und der charakteristischen blonden Locken mühelos erkennbar. Die Arme wiesen, soweit Lucas das sehen konnte, keinerlei Brandnarben auf.

»Daddy!«

»Ahm, ah, beinahe«, stotterte Lucas und stocherte den Speck in der Pfanne herum. Ein Stapel Pfannkuchen dampfte wenige Fuß entfernt auf der Anrichte. Während sich Lucas weiter umsah, stellte er fest, dass dieses Haus einfach toll war: Es besaß hohe Decken, aufgelockert durch Oberlichter, mächtige Sofas machten sich im Wohnzimmer breit, angeordnet rings um einen gemauerten Kamin, in dem derzeit kein Feuer brannte.

Lucas bemerkte, dass der Speck gleich anbrennen würde, und hebelte ihn schnell aus der Pfanne auf einen Teller. Er trug den Teller und die Pfannkuchen zu dem Tisch, wo Noah sie hungrig ins Auge fasste.

»Ich schwöre, dass wir bei dir noch alle fett werden.«

Die Stimme erkannte er instinktiv. Er drehte sich um und sah Asha eine Wendeltreppe in der Nähe herabsteigen. Sie trug ein eng anliegendes marineblaues Kleid, Stöckelschuhe und eine überdimensionierte Halskette. Sie hatte auch einen gewaltigen Diamantring am Finger. Lucas blickte auf die eigene Hand hinab und erblickte auch dort einen Ehering.

Auf den Armen hielt Asha ein noch kleineres Kind, kaum mehr als ein Säugling. Eines mit flaumigen dunklen Haaren, Ashas Augen und Lucas' Nase. Ihr zweiter Sohn, der noch keinen Namen trug. Sie platzierte ihn Noah gegenüber auf einem Babystuhl, nahm ein paar Orangen aus einer Schüssel und machte sich daran, sie zu schälen. Lucas stand einfach nur erschrocken am Tisch.

»Worauf glotzt du?«, fragte sie. »Fang an zu essen! Sobald ich diese beiden hier abgesetzt habe, muss ich zum Dreh gehen, und du hast in – wann genau, in einer Stunde? – dieses Riesentreffen?« Sie blickte auf die Uhr.

»Äh, ja, klar«, sagte Lucas und wusste nicht recht, wovon er da redete. Er blickte an sich herab und sah, dass er einen grauen Slim-Fit-Anzug mit Saphirkrawatte trug. Er setzte sich langsam und machte sich an sein Frühstück. Die Pfannkuchen schmeckten noch immer genauso gut wie die, die er schon vor Jahren gemacht hatte. Das Baby auf dem Hochsitz fuchtelte mit den Armen und plapperte, bis Asha es mit einem winzigen Stück Orange fütterte. Der Junge grinste glücklich.

Noah zeichnete zwischen einzelnen Happen Speck mit einem Buntstift auf einem Blatt Papier.

»Woran arbeitest du da?«, fragte ihn Lucas.

Noah schob den Bogen zu ihm herüber. Darauf war die simple Zeichnung einer Strichmännchenfamilie zu sehen: seine eigene, nach den Haarfarben zu urteilen, dazu eine größere Gestalt mit leicht verlängerten Armen und einem länglichen Kopf.

»Wer ist das?«

Noah schien entnervt.

»Onkel Alpha!«

Lucas zog überrascht die Brauen hoch, reagierte aber schlagfertig.

»Ah ja, natürlich. Das ist ein richtig gutes Bild von ihm. Ich muss etwas im Auge gehabt haben. Und was ist das?«, fragte Lucas und deutete auf eine schwarze Kritzelei mit neonblauen Kreisen am rechten Rand.

»Sein Raumschiff. Es hat *sooo* viel Spaß gemacht, letzte Woche damit zu fliegen!«

Lucas spielte mit.

»Ja, das hat es, nicht wahr?«

Asha lachte.

»Mich überrascht, dass ich immer noch Arbeit habe«, sagte sie.

»Warum sollte sich irgendjemand noch Filme ansehen wollen, wo sie doch hier sind?«

Zum ersten Mal blickte Lucas zum Wohnzimmerfenster hinaus. Als er sah, was dort war, stieg Panik in ihm auf. Ein Mutterschiff schwebte in der Ferne über dem Zentrum von Los Angeles.

Aber dann sah er genauer hin. Zwei Xalaner spazierten die Straße entlang. Nicht in Energierüstungen, sondern in ihrem natürlichen Grau. Als sie vorbeigegangen waren, kam ein weiterer Xalaner des Weges und unterhielt sich dabei mit einer Frau, die ihren Hund spazieren führte. Was zum *Teufel*?

Lucas' Blick wanderte langsam zum Kamin. Auf dem Sims stand ein gerahmtes Foto, begleitet von einer Gedenktafel. Es zeigte ihn und Alpha beim Händeschütteln. Der eingravierte Text lautete:

»Dieses Zeichen unserer Anerkennung würdigt Ihre herausragende Arbeit nach dem Erstkontakt im Dienst der Interspezies-Initiative. Die Bürger zweier Welten danken Ihnen für Ihre unschätzbare Hilfe.«

»Alles okay?«, rief Asha vom Tisch herüber. Das Baby und Noah hatten sich ebenfalls zu Lucas umgedreht.

»Ja, prima«, sagte er und entdeckte eine ID-Marke auf der Anrichte mit seinem Bild darauf. Unter seinem Namen stand der Titel zu lesen: »Direktor für Interplanetare Beziehungen, Nordamerika.« Ein staatliches US-Siegel war daneben platziert.

»In Ordnung. Nun, das waren genug Pfannkuchen für dich«, sagte Asha.

»Aber ich möchte noch einen!«, stöhnte Noah.

»Nee, wir verspäten uns sonst. Wie wäre es mit ein bisschen Hilfe?«

»Klar.«

Lucas räumte den Tisch ab und hob das Baby von seinem Stuhl. Er reichte es an Asha weiter, die eine große Handtasche aufsammelte und Noah an der anderen Hand nahm. Lucas folgte ihnen auf die Einfahrt hinaus. Nachdem die Jungs in einem silbernen SUV angeschnallt waren, drehte sich Asha zu Lucas um und schlang ihm die Arme um den Hals. Sie küsste ihn und drückte ihre Lippen länger auf seine, als es eine unglückliche Hausfrau getan hätte. Er spürte … Leidenschaft.

»In Ordnung, komm heute Abend nicht zu spät nach Hause«, sagte sie und ließ ihn los. »Und lass dich nicht von diesem Botschafter Omikron schikanieren. Er ist ein Arsch.«

»Er ist …«, sagte Lucas, dem immer noch der Kopf schwamm.

»Tschüss, ich liebe dich.«

Lucas war von den eigenen Worten wie betäubt, die ihm sonst noch nie über die Lippen gegangen waren, wenn er mit Asha geredet hatte.

»Ich liebe dich auch.« Was sie früher ebenfalls nie gesagt hatte.

Das Auto entfernte sich, und Lucas blieb auf der Einfahrt zurück. Er starrte zum Himmel hinauf, an dem xalanische Schiffe wie Leuchtkäfer herumzischten.

Wolken ballten sich über ihm. Sie wurden dunkler, dann rot.

Nein!, dachte Lucas. *Nein, ich möchte hierbleiben!*

Aber es war zu spät. Die Schiffe waren verschwunden. Das Haus war verschwunden. Er stand in einem neuen Krater. Er zwang sich, seine tatsächlichen Augen zu öffnen.

Ihm schwamm der Kopf, und er sah nur Schwarz vor den Augen, aber er wusste, dass er wach war. Das war ein bizarrer Traum gewesen, aber ein angenehmer. Er hatte sich in ruhigen Augenblicken oft gefragt, wie das Leben gewesen wäre, hätte er mit Asha auf einer wiedergeborenen Erde neu anfangen können. Vielleicht verhalf der Medikamentencocktail dem Kälteschläfer zu erfreulichen Einblicken in seine tiefsten Wünsche; eine einprogrammierte Nebenwirkung, damit der Kälteschlaf glatter verlief. Das Szenario von den in Frieden kommenden Xalanern war so weit von den tatsächlichen Ereignissen entfernt wie nur möglich, bot aber eine faszinierende Alternativwirklichkeit.

Jetzt, wo er wach war, wollte Lucas in diese andere Welt zurückkehren. Zu den gemeinsamen Kindern. Zu ihr. Zu einer friedfertigen, liebevollen Asha, die es in der Realität nicht zu geben schien. Ein alter Schmerz tauchte erneut auf, als er an ihre kürzliche Demonstration der Gnadenlosigkeit zurückdachte und die Tatsache, dass sie Maston zu nahe zu kommen schien, auf die eine oder andere Weise.

Lucas' Sehvermögen kehrte allmählich zurück. Die Kabel hatten sich aus seinem Körper zurückgezogen und Tupfer aus Heilungsgel zurückgelassen. Die Halterungen lösten sich von Lucas und glitten in ihre Fächer an der Kapselwand zurück. Er stellte überrascht fest, dass Natalie auf Schulterhöhe hochgerutscht war und nicht mehr am südlichen Ende der Kapsel lag. Er blinzelte und sah etwas, das er nicht verstand. Durch das durchscheinende Glas verliefen lange Risse von unten bis ganz nach oben, und Licht strömte herein.

Zu viel Licht.

Sonnenlicht.

11

Lucas fiel es schwer, sich in der Kapsel zu bewegen. Arme und Beine waren nach langer Zeit ohne Gebrauch steif geworden, obwohl die Muskelstimulanzien des Geräts sie eigentlich in Form halten sollten, während man schlief. Die Steuerungselemente an der Innenwand reagierten nicht, als er mit der Hand wedelte. Eigentlich hätte ein Hologramm daraufhin erscheinen sollen. Er durchsuchte die sargähnliche Umgebung nach einer manuellen Freigabe. Als er sie fand, klemmte der Hebel, egal wie viel Kraft Lucas aufwandte. Der rissige Deckel bewegte sich ein wenig, aber irgendein Mechanismus darin war eindeutig kaputt.

Panik setzte ein, sowohl aufgrund der Klaustrophobie als auch der eindeutigen Schäden an der Kapsel. Warum war es dort draußen so hell? Die schlimmsten Gedanken überfluteten jetzt seinen Verstand, und er hämmerte panisch an den Deckel. Die Risse breiteten sich nicht weiter aus, und es wurde Zeit für den letzten Notbehelf. Er nahm Natalie von der Schulter und zielte in einem Winkel von zwanzig Grad auf das Fußende des Deckels; höher konnte er die Waffe nicht anheben, ohne an das Glas zu stoßen. Er schaltete Natalie auf lautloses Feuer, um in dem engen Raum nicht taub zu werden, und feuerte ein, zwei, drei, vier Schüsse ab. Endlich zersplitterte das geschwächte Glas vollständig.

Oh Gott!

Er war gar nicht mehr im Kälteschlafsaal. Er war nicht mal mehr an Bord des Schiffs. Wie er hier auf dem Rücken lag, füllte ein dichter Baldachin aus riesigen Bäumen mit grünen Blättern sein Blickfeld aus. Sonnenlicht strömte durch die Wipfel und bahnte sich den Weg in seine rasch schrumpfenden Pupillen.

Träume ich noch?

Er stieg aus dem Kasten und kam schwankend auf die Beine. Die Muskeln brannten, als sie nach Tagen der Ruhe wieder Arbeit leisten mussten. Ringsherum ertönten die Laute des Dschungels, das Zwitschern und Kreischen von ungesehenen Kreaturen nah oder fern.

Der Bodysuit war an ein paar Stellen aufgerissen, und Lucas spürte wunde Stellen überall auf der Haut, während er den Wald betrachtete. Nur eine Erklärung war für all das möglich, und er musste sie irgendwie beweisen. Er hielt nach dem höchsten ersteigbaren Baum in der Nähe Ausschau und fand einen nur wenige Meter von der abgestürzten Kälteschlafkapsel entfernt. Er hängte sich Natalie über den Rücken und kletterte unter Schmerzen die Äste hinauf, während sein Körper sich abmühte, die Kernfunktionen erneut anzuwerfen. Sternförmige Blätter peitschten an Lucas' Gesicht vorbei, und die Rinde fühlte sich klebrig an, was ihm zum Glück half, einen festeren Griff zu finden. Der Erdboden fiel immer weiter unter ihm zurück, während das Licht der weißen Sonne irgendwo dort oben stärker wurde.

Endlich durchbrach er das Blätterdach des Waldes kurz vor der Spitze des Baums. Er fand einen Ast, der breit genug war, um darauf zu sitzen, schirmte die Augen mit der Hand ab und blickte zum Horizont.

Rauchfahnen stiegen von mehreren Stellen überall im riesigen Dschungel auf. Eine besonders kräftige Säule stand über einer relativ weit entfernten Stelle. Lucas brauchte die Trümmer gar nicht zu sehen, um zu begreifen, was passiert war. Der Speer war bei seiner Ankunft über Makari zerstört worden und eine unbekannte Zahl seiner Besatzungsmitglieder gleich mit. Sein Herz raste und drohte ihm glatt aus der Brust zu springen. Es fiel ihm zunehmend schwer zu atmen.

Wo steckten die anderen? War es möglich, dass sie noch lebten? Er war schließlich auch nicht gestorben. Er hatte jedoch auch den Schutz einer Kälteschlafkapsel genossen. Wer wusste schon, in welcher Verfassung sie gewesen waren, als das Schiff auseinanderfiel.

Was zum Teufel war geschehen? Ein technischer Fehler, oder hatten die Xalaner sie tatsächlich abgeschossen? Das Tarntriebwerk hatte sie ungefährdet her- und auch wieder fortbringen sollen. Lucas wurde schwindelig beim Versuch sich vorzustellen, was sich zugetragen hatte und welches Schicksal die Personen an Bord erlitten hatten. Dreißig Meter über dem Erdboden befand er sich allerdings an keiner günstigen Stelle, um ohnmächtig zu werden, und er kletterte rasch wieder den Baum hinab, nachdem er sich gemerkt hatte, in welcher Richtung die größte Rauchsäule zu suchen war.

Er brach zusammen, sobald er wieder den Erdboden erreichte. Saft rieselte ihm in die Haare und auf die Schultern, während er versuchte, sich seelisch zusammenzureißen. Es fiel ihm noch immer schwer zu glauben, dass das tatsächlich geschah.

Er beherrschte seinen Atem und überwand allmählich den Impuls zu hyperventilieren. Es wurde Zeit, die Lage zu begutachten. Zunächst die Kälteschlafkapsel.

Er kroch wenige Fuß weit dorthin und suchte darin herum. Als unmittelbar enttäuschend erwies sich die Erkenntnis, dass der Komm-Transponder ebenso wenig funktionierte wie die restliche Elektronik. Er holte Omikrons Glasscheibe aus dem Fach für die persönlichen Habseligkeiten und entdeckte daneben eine erfreuliche Zugabe: er fand ein Fach mit der Aufschrift NOTFALLTASCHE, das er noch nicht gesehen hatte, da es sich praktisch direkt hinter dem Kopf befand. Er riss es auf und durchsuchte den Inhalt.

In der Tasche fand er ein sehr kleines, aber außergewöhnlich scharfes Messer. Einige Päckchen enthielten ein Pulver und waren mit NAHRUNGSERGÄNZUNG beschriftet, auch eine gummierte Feldflasche gehörte dazu, die sich weitete, wenn man sie mit Wasser füllte. Einige winzige Fläschchen mit Heilungsgel boten die Möglichkeit, kleinere Verletzungen zu schließen, und ein schmaler hohler Metallring erzeugte eine blaue Flamme im Zentrum, wenn man mit dem Daumen außen herum rieb. Das war nicht viel, aber es war immerhin etwas. Und natürlich hatte er nach wie vor Natalie.

Ihm fiel noch etwas ein, als er sich die Tasche an die Schulter hängte. Wenn das Schiff entweder abgestürzt oder abgeschossen worden war, würden die Xalaner nach Überlebenden suchen. Er hatte schon gesehen, wie gut sie sich darauf verstanden, lebende Organismen anhand von Körperwärme und Herzschlag aufzuspüren, und er konnte nicht ausschließen, dass sie ihn schon in den nächsten paar Minuten fanden. Ja, dieser Planet war nach Alphas Schilderung eine nur spärlich bevölkerte Kolonie, aber wer wusste schon, wie viele Soldaten in der Nähe stationiert waren und bereitstanden, die Gegend zu durchsuchen? Offensichtlich durfte er nicht an seinem derzeitigen Aufenthaltsort bleiben.

Er durchstöberte die Kapsel ein letztes Mal und brach dann in Richtung auf die große Rauchsäule auf. Dort erwartete er, den größten Teil der Wrackteile zu finden und dazu möglicherweise Überlebende. Wahrscheinlich traf er dort auch Xalaner an, aber dies Risiko musste er eingehen. Wohin sonst sollte er sich wenden? Er kannte die Koordinaten ihrer Kontaktperson Zeta nicht. Seine einzige Hoffnung bestand darin, sich wieder mit denen zusammenzuschließen, die noch übrig waren, ehe die Xalaner sie oder ihn erwischten. Wenn er noch lebte, konnte das auch für andere gelten, oder nicht? Er weigerte sich, irgendetwas anderes zu glauben, und er wusste, dass zumindest Asha und Alpha noch lebten. Er spürte das, so seltsam es klingen mochte, und es erfüllte ihn mit Zielstrebigkeit.

Der Dschungel war unerbittlich. Selbst wenn der größte Teil des Planeten verödet war, nachdem die Xalaner seine Ressourcen ausgebeutet hatten, war der Speer mitten im letzten blühenden Regenwald abgestürzt. Dicke Schlingpflanzen und Äste versperrten Lucas den Weg, und der Waldboden schnitt ihm die bloßen Fußsohlen wund. Die Luft war so feucht, dass er sich wie in eine Thermodecke eingehüllt fühlte, und er musste den Bodysuit bis zu den Knien und Ellbogen aufreißen, um nicht das Bewusstsein zu verlieren.

Bislang hatte er nur kurze Eindrücke des einheimischen Tierlebens gesehen. Eine Kreatur ähnlich einem Tausendfüßler, aber so groß wie Lucas' Unterarm, glitt an einem Baumstamm hinauf. Er wedelte mit den Händen ganze Trauben von etwas weg, das nach winzigen roten Moskitos aussah und sich als ebenso unangenehm erwies. Vermutlich gaben die Viecher auch einen guten Krankheitsüberträger ab – wie ihre fernen Verwandten von der Erde.

Die erste wirklich bizarre Begegnung hatte er mit einem Tier, das nur als albtraumartige Verbindung aus Tintenfisch und Schlange beschrieben werden konnte. Es bewegte sich etwa drei Meter über ihm durchs Geäst und war voll ausgestreckt vermutlich so lang, wie er groß war. Es hatte zwei gelbe Augen mit schwarzen Schlitzen und vier grüne, geschuppte Tentakel, mit deren Hilfe es sich von einem Baum zum nächsten schwang. Als es direkt über Lucas vorbeikam, erblickte er ein Maul voller messerscharfer Zähne an der Körperunterseite. Da Lucas nicht wusste, welche Absichten es verfolgte, zielte er mit dem Gewehr auf das Wesen, bis es sich außer Sichtweite schwang.

Unterwegs sammelte er mit Hilfe der Feldflasche Wasser, das sich auf Blättern gesammelt hatte. Da er sich schwach fühlte, verschlang er eines seiner kostbaren »Nahrungsergänzungs«-Päckchen und fand den kreidigen Geschmack viel abstoßender als den der gasförmigen Nährstoffe, die er auf der Arche monatelang zu sich genommen hatte. Das Zeug weckte aber Energien in ihm, und er setzte entschlossen seinen Weg fort. Gelegentlich kletterte er auf einen Baum, um sicherzugehen, dass er nicht im Kreis lief. Der Rauch war immer noch weit entfernt, obwohl er einer der kleineren Rauchfahnen inzwischen näher kam.

Schließlich konnte er zwischen den Bäumen hindurch erkennen, was da brannte. Er machte Natalie schussbereit. Als er am Wrackteil eintraf, fiel es ihm schwer zu bestimmen, welches Stück des Schiffs er vor sich hatte. Ein über fünfzehn Meter langes Rumpfteil ragte aus dem Erdboden; wie viel von dem Stück in der Erde steckte war nicht zu erkennen. Er schlich vorsichtig im Kreis und entdeckte ihm bekannte Bedienungselemente: es war ein Teil der Funkanlage. Er wedelte mit der Hand über jedem dunklen Terminal, das er erreichen konnte, aber die holografische Steuerung erwachte nicht zum Leben. Das hatte er, wie er befand, auch nicht erwarten können. Getrennt von der zentralen Energiequelle war das ganze Zeug nutzlos. Er stellte fest, dass hier nichts von Wert zu finden war, und lief zurück in den Dschungel, für den Fall, dass der Rauch unerwünschte Aufmerksamkeit gefunden hatte.

Es geschah etwa eine Stunde später, dass er die erste Leiche fand. Die Kälteschlafkapsel war komplett aufgeplatzt, stellte er aus der Nähe fest, und ein kurzes Stück entfernt lagen die zerfleischten Überreste der Gardesoldatin. Sie lag zusammengesunken vor einem Baum; vermutlich hatte der Aufprall auf dem Stamm sie das Leben gekostet, wenn er den geborstenen Halsansatz, den unglücklichen Winkel des Kopfes zum Rumpf und andere erkennbar gebrochene Gliedmaßen betrachtete. Er kannte die Frau nicht. Durch das verkrustete Blut im Gesicht sah er sonnengebräunte Haut und lange dunkelbraune Haare; Letzteres war ungewöhnlich für die auf Kampf getrimmten Gardesoldatinnen.

Sie musste zu denen gehören, die für die ganze Fahrt im Kälteschlaf gelegen hatten, denn er kannte sie weder aus seinem noch aus Ashas Ausbildungskommando. Er plünderte ihre Kapsel im Hinblick auf die Notvorräte und öffnete dann aus Neugier das Fach für persönliche Habseligkeiten. Er fand darin eine winzige Metallscheibe, nicht größer als ein Vierteldollar. Als er sie antippte, baute sich ein dreidimensionales Bild darüber auf. Ein kleiner Junge mit braunen Augen und Lockenhaaren streckte in einem universellen Ausdruck von Albernheit die Zunge heraus. Lucas spürte kurz, wie seine Mundwinkel ein Lächeln formen wollten, das eine gewisse Trauer sofort abwürgte, als er zu der toten Frau hinüberblickte. Er streckte die Leiche auf dem Erdboden aus, legte ihr das Holobild sanft auf die Brust und setzte seinen Weg in den immer dunkleren Dschungel fort.

Er konnte sich des Gefühls nicht erwehren, dass ihn jemand verfolgte. Er hatte es an der abgestürzten Funkstation bemerkt, und es blieb ihm seither treu. Sein Blick zuckte fortwährend durch den düsteren Dschungel, aber er sah nichts, was er als Gefahr hätte ausmachen können. Wenn die Xalaner ihm nachpirschten, wieso griffen sie nicht einfach an? Worauf warteten sie?

Die kleine weiße Sonne näherte sich dem Horizont, und als sie darunter versank, breitete sich eine dunkle Wolkendecke am Himmel aus. Minuten später gaben diese Wolken ihre Last frei, und ein Wolkenbruch durchnässte Lucas bis auf die Haut. Er hoffte, dass er klatschnass und schlammbedeckt wenigstens schwerer zu verfolgen war, aber er musste eine Pause einlegen, bis der Regen nachließ. Es war unmöglich, noch einen Weg durch den sturzbachähnlichen Guss zu finden.

Mit Hilfe des Messers schnitt er von den Pflanzen der Umgebung die größten Blätter ab, von denen manche so groß wie sein Rumpf waren. Er breitete sie über zwei fast parallel verlaufenden Ästen aus und konnte so einen Unterstand improvisieren, der ihn halbwegs vor dem hämmernden Regen schützte. Nachdem er am Tag vor Hitze fast umgekommen war, sickerte ihm nun eine tiefe Kälte bis in die Knochen, und der Wasserspiegel näherte sich bedenklich der Oberseite des kleinen Felsbrockens, auf dem er Zuflucht gesucht hatte. Die Umgebung wurde allmählich ganz ordentlich überflutet, und er sah, wie eine Art amphibisches Lebewesen mit Schwimmhäuten und zwei flachen Schwänzen unbeeindruckt an ihm vorbeipaddelte. Lucas zitterte und schlang auf seinem Stein die Arme um sich. Selbst durch den Regen spürte er im dunklen Dschungel voraus weiterhin auf ihm ruhende Augen.

Nach einigen Stunden ließ der Regen nach, und Lucas konnte sich mit Hilfe der kleinen Flamme aus der Überlebenstasche und einer Reihe von muskeldehnenden Übungen aufwärmen, die er bei den Gardisten gelernt hatte. Die Bewegung half ihm, den Kreislauf in Schwung zu bringen. Die Nacht war inzwischen offiziell angebrochen, und Lucas hielt es für klug, einen weiteren Baum zu ersteigen, um sich zu orientieren, und nach Veränderungen in der Landschaft zu suchen, ehe er die Nacht hindurch weiterwanderte. Schon vom Erdboden aus stellte er erstaunt fest, dass weiterhin Lichtbalken durch die Baumwipfel fielen. Vermutlich stand ein Mond am Himmel. Als er den Wipfel erreicht hatte, sperrte er bei dem sich dort bietenden Anblick den Mund auf.

Da war ein Mond, okay, aber mindestens zwanzig Mal so groß wie die Monde, die man im Orbit um die Erde oder Sora antraf. Er leuchtete hell im gespiegelten Licht des Zwergsterns, den Makari umlief. Die Oberfläche war mit Kratern übersät, deren feine Details auf diese kurze Distanz leicht zu erkennen waren. Lucas sah gebannt zu, wie der Mond langsam über den Horizont stieg. Er verlor sich in dessen Schönheit, und zehn Minuten verstrichen, ehe er überhaupt das erste Mal den Blick abwandte.

Als er dann ein paar Stunden durch den Wald gewandert war, verschwand das Mondlicht und die Sonne ging schnell wieder auf. Lucas war nun schon lange an die siebenunddreißig Tagesstunden von Sora gewöhnt und natürlich auch an die vierundzwanzig der Erde, aber wie lange dauerte hier ein voller Umlauf? Waren es zehn Stunden gewesen? Er musste später Alpha danach fragen.

Alpha. Sicherlich kannte dieser die Koordinaten von Zetas Aufenthaltsort. Lucas war überzeugt: Falls Alpha den Absturz überlebt hatte, hatte er sicherlich inzwischen seinen Weg zu Zeta gefunden und arbeitete vermutlich schon an einem Plan, um die anderen zu retten. Das gehörte zu den Dingen, in denen er überragend war. Vielleicht fand Lucas ihn auf der nächsten Lichtung. Vielleicht der übernächsten.

Oder der danach.

Aber während Lucas weiter seinem Weg folgte, stieß er weder auf Retter noch auf Verfolger. Dafür stolperte er über den vom Speer losgerissenen Sockel einer Plasmakanone und einen weiteren toten Soraner, diesmal von einem Ast in knapp sieben Metern Höhe aufgespießt. Nach kurzem Klettern blickte er in ein weiteres unbekanntes Gesicht. Diesmal war es ein Mann mit rasiertem Schädel und langen Gliedmaßen. Lucas ließ ihn dort oben und wandte sich zum Gehen, denn er fand in der Nähe keine weitere Kälteschlafkapsel, aus der er Vorräte hätte plündern können. Ihm kam ein düsterer Gedanke. War er nach diesem Absturz möglicherweise der einzige Überlebende?

Er blieb stehen, als er ein deutliches Knacken aus dem Wald hörte. Dann ein weiteres. Und noch eines.

Er hatte zuvor schon ähnliche Geräusche aus dem Unterholz vernommen, aber diese unterschieden sich in einem Punkt. Es waren Schritte. Er hastete einen Baum hinauf, dem Baum mit dem Toten gegenüber, und versteckte sich hinter Laub. Er reduzierte den Atem auf ein Minimum und auch den Herzschlag so weit, wie er konnte. Letzteres wurde außergewöhnlich schwierig, als er sah, was unter ihm geschah.

Eine Gruppe von fünf Xalanern kam aus dem Dschungel hervor auf die kleine Lichtung, wo er eben noch gestanden hatte. Alle trugen leichte Panzerungen und führten Energiegewehre mit, aber einer hielt ein von seinem Handgelenk ausgestrahltes Hologramm vor sich. Lucas war zu weit entfernt, um die Symbole zu lesen, aber als er durch Natalies Zielfernrohr blickte, erkannte er es sofort wieder. Ein Herzschlagmonitor, der im Rhythmus seines Herzens pulsierte. Er machte das Gewehr schussbereit, während sich die Kreaturen im Wald umsahen.

Eine von ihnen hob den Kopf und brüllte laut. Der Xalaner deutete auf die Leiche im Baum, und der Rest der Gruppe folgte seinem Fingerzeig. Die Kreatur tippte auf den Herzschlagmonitor und deutete dann wieder auf die Leiche.

Sie denken, er lebt noch.

Die Gruppe fand eine Möglichkeit, ihre Theorie schnell auf die Probe zu stellen. Die Soldaten legten an und feuerten die Zweige, die den Mann hielten, mit drei raschen Feuerstößen weg. Ein Geflatter von ledrigen Flügeln hob an, als sich die entsprechenden Tiere vom Baum entfernten. Die Leiche purzelte von Ast zu Ast herunter und schlug dumpf auf dem Waldboden auf. Die Xalaner liefen mit schussbereiten Waffen schnell darauf zu, aber der Anführer schüttelte knurrend den Kopf, während er neben dem offenkundig toten Körper stand. Er deutete auf den Monitor, auf dem immer noch ein lebendiger Herzschlag pulsierte.

So viel dazu.

Die Gruppe verstand sofort, was ihre Entdeckung bedeutete, dass nämlich ein weiterer Soraner in der Nähe lauern musste, und die fünf fächerten rings um die Lichtung aus. Ein paar blickten auf, suchten die Bäume ab, fummelten dabei an den Zielfernrohren ihrer Gewehre herum.

Wärmebild.

Lucas konnte nur noch für Sekunden unentdeckt bleiben. Er hatte nur einen Versuch.

Die erste Kreatur hörte das Geschoss gar nicht, das ihr den Schädel durchschlug, aber der Rest der Gruppe tat es. Als sie sich zu ihrem gefallenen Kameraden umdrehten, war Lucas schon halb den Baum herunter. Er benutzte die Kreatur sieben Meter unter ihm, um den Sturz abzubremsen. Beide schlugen als wirres Dickicht aus Gliedmaßen am Boden auf. Lucas ignorierte die stechenden Schmerzen im rechten Bein und rammte der Kreatur das Überlebensmesser in beide Augen. Der geblendete Xalaner stieß ein schmerzerfülltes Heulen aus, während sich Lucas von seiner schlaksigen Gestalt löste. Er jagte einen Sprühregen von Schüssen los und traf damit eine dritte Kreatur, die gerade noch im Begriff war, auf seinen ersten Schuss zu reagieren. Bevor die Leiche auch nur am Boden landete, wälzte sich Lucas hinter einen nahen Baumstumpf, der zum Glück sechzig Zentimeter durchmaß und reichlich Deckung bot. Plasmageschosse der beiden noch unverletzten Kreaturen zerfetzten das Holz ringsherum, und er blieb so tief geduckt, wie er nur konnte, und grub sich in den Matsch. Er hörte noch immer die Schreie des verletzten Xalaners, der sich jetzt blind mitten in einem Gefecht wiederfand.

Lucas betrachtete das Wasser, das sich beim Guss der vergangenen Nacht rings um den Baumstumpf gesammelt und noch nicht wieder verflüchtigt hatte. Es bot ihm ein Spiegelbild der beiden Kreaturen, die sich jetzt trennten, um seine Barrikade auf beiden Seiten zu umgehen. Sie knurrten einander leise zu; ein Kontrast zum schrillen Kreischen ihres verletzten Kameraden.

Wie er es bei der Gardeausbildung gelernt hatte, arbeitete er in einem Sekundenbruchteil einen Angriffsplan aus, sprang links hinter dem Stumpf hervor und schnitt die erste Kreatur mit Natalies »Blutbad«-Flächenangriff in zwei Teile. Der andere Xalaner eröffnete das Feuer, und einer der Schüsse streifte Lucas am Arm, verbrannte die Haut schwarz und entlockte ihm einen Schmerzensschrei. Er jagte einen weiteren Feuerstoß aus der Schrotflinte. Auf diese Distanz breiteten sich die Geschosse zu weit aus und bestreuten die Kreatur lediglich. Immerhin reichte das, um sie anzusengen, und sie ruderte mit den Armen, da nun überall in der Brustpanzerung und an den freiliegenden Stellen von Armen und Hals Einschlaglöcher klafften. Anscheinend war es im Dschungel zu heiß für eine Komplettpanzerung.

Die Kreatur stolperte rückwärts, hielt aber ihre Waffe nach wie vor umklammert. Lucas stellte Natalie auf vollautomatischen Modus zurück, rückte vor und jagte dabei einen Geschosshagel los, der seinen Gegner erst auf die Knie und dann flach aufs Gesicht warf. Aus den Austrittswunden trat Rauch, als Lucas ihn erreichte.

In der Nähe hatte der geblendete Xalaner inzwischen sein Gewehr gefunden. Lucas ging zu ihm hinüber und trat ihm die Waffe aus der Hand, und die Kreatur stieß einen verzweifelten Schrei aus. Ihr Handgelenk zeigte noch immer den Herzschlagmonitor. Sein Puls hämmerte unter Einwirkung all des Adrenalins, das Lucas jetzt durchströmte, außergewöhnlich schnell.

Blut strömte aus den Augenlöchern des Xalaners, und das Messer steckte noch immer in einem davon. Der Xalaner schlug blind mit den langen Krallen um sich und überraschte Lucas. Eine Klaue streifte ihn an der Wange, aber als er zurücksprang, verfehlten weitere Angriffe das Ziel um einige Fuß. Lucas überlegte kurz, ob er die knurrende Kreatur befragen sollte, aber ohne Alphas Übersetzerfähigkeiten konnte er nichts Nützliches erfahren. Na ja, beinahe nichts.

Als dann die letzte Kreatur mit einem schwelenden Loch in der Stirn rücklings vor ihm lag, nahm Lucas ihr das Handgelenkdisplay ab. Nachdem er eine Minute lang an der Steuerung hantiert hatte, fand er schließlich eine Einstellung mit der Aufschrift *aktuelle Signatur ignorieren.* Als er sie drückte, gab der Monitor seinen Herzschlag nicht mehr aus. Er legte sich das Gerät um das eigene Handgelenk, obwohl es für eine viel größere Extremität gedacht war und den größten Teil seines Unterarms beanspruchte. Er durchsuchte rasch die übrigen Leichen und fand nichts, was für ihn nützlich gewesen wäre. Ihre Panzerungen waren zu klobig, um eine davon selbst zu tragen, die Gewehre zu schwer, um eines mitzuschleppen. Dieses Holodisplay musste reichen. Er konnte nicht länger verweilen, da Gott allein wusste, welche Aufmerksamkeit das Feuergefecht vielleicht bei anderen Suchtrupps in der Nähe erregt hatte. Das Gefühl, beobachtet zu werden, verließ ihn zu keinem Zeitpunkt, auch nicht in Anbetracht all der Toten ringsherum. Er rannte in den Dschungel und überließ ihm die Leichen.

Der angesengte Arm und das verletzte Bein bereiteten Lucas ziemliche Schwierigkeiten, und so dauerte es ein paar Stunden, ehe er den kleinen Punkt stechender Schmerzen im Hals spürte. Er zuckte zusammen, als er sich dort kratzte, und ertastete mit den Fingern einen winzigen in der Haut steckenden Splitter. Er blieb stehen und zog ihn mit Daumen und Zeigefinger vorsichtig heraus. Ein roter Blutstropfen hing an der Spitze eines zentimeterlangen Dorns. Das Ding war klein und spitz und etwas länger als ein Bienenstachel, und es fühlte sich genau wie ein solcher an.

Lucas war auf seinen Wanderungen schon durch alle Arten fremdartiger Insektenschwärme spaziert, hatte sich aber nie groß Gedanken um die diversen Bisse gemacht, die ihm das eingebracht hatte. Sicher, sie juckten. Na und? Aber jetzt war das anders. Er benutzte die Klinge des Überlebensmessers als Spiegel und stellte fest, dass die Einstichstelle dunkelrot, fast schwarz war. Lucas drückte sachte darauf und entlockte ihr ein paar weitere blutrote Tropfen. Er spürte in sich hinein und versuchte zu erkennen, ob er irgendwelche Symptome spürte, die über ein Unbehagen hinausgingen. Ja, er war erschöpft und schwindelig, aber jeder, der sich den Weg mit wenig Nahrungsmitteln und Wasser durch einen feindseligen Dschungel bahnen musste, hätte sich wahrscheinlich genauso gefühlt. Er verbannte den Gedanken in den Hintergrund. Nur ein weiteres Leiden, das er behandeln lassen musste, wenn er endlich Alpha wiederfand. *Falls* er Alpha wiederfand; es fiel ihm immer schwerer, Hoffnung zu bewahren, die ihn motiviert bleiben ließ.

Der Regen setzte erneut ein, und wenig später wurde es wieder Nacht, und es startete ein neuer zehnstündiger Zyklus. Nach zwei sintflutartigen Regenfällen wurde es schwierig, noch Rauch von Wrackteilen aus dem Dschungel zu erkennen, aber Lucas vertraute nach wie vor darauf, dass ihn seine Instinkte in die richtige Richtung führten. Trotzdem sorgte er sich allmählich, ob er noch irgendeinen Überlebenden des Schiffs finden würde. Die Sorgen wichen der Erschöpfung, während seine innere Uhr rotierte, und er nahm auf einem Ast in zehn Metern Höhe eine prekäre Ruheposition ein.

Die Ahnung, dass jemand ihn mit Blicken verfolgte, hatte sich gelegt, und er fühlte sich ganz allein im lärmenden Dschungel, während er widerstrebend einschlief.

Lucas erwachte zum raschen Aufgang der Zwergsonne, die ihr Licht im Nebel und in den Tropfen an den Blättern ringsherum verbreitete. Hätte es nicht den Anschein gehabt, dass das Gespenst des drohenden Todes vom Wald ausging, wäre das alles tatsächlich ein recht schöner Anblick gewesen. Rauch von den Wrackteilen war inzwischen überhaupt nicht mehr zu sehen, dafür zogen kugelförmige xalanische Sonden Bahnen über den

Himmel und suchten von dort aus nach Überlebenden. Ob sie Lucas entdecken konnten oder nicht, blieb dabei eine offene Frage. Lucas hatte den Herzschlagmonitor am Unterarm auf die Suche nach xalanischen und soranischen Signaturen eingestellt, doch das Display war ruhiggeblieben, seit er die Funktion aktiviert hatte. Er hoffte, dass sie trotz allem noch funktionierte.

Während sich Lucas einen Weg durchs nasse Unterholz bahnte, setzte im Rachen ein trockenes Kratzen ein. Er versuchte es mit einem kräftigen Schluck aus der Feldflasche zu lindern, erreichte aber nicht viel. Er räusperte sich und schleppte sich weiter. Zwei geschuppte Baumtintenfische hangelten sich ein paar Dutzend Fuß über ihm durchs Geäst. Vögel kreischten lautstark in der Nähe, obwohl er sie nicht sehen konnte. Wenigstens stellte er sich vor, dass es Vögel waren.

Lucas kratzte sich an der Beule am Hals. Sie war größer geworden, und die Verfärbung breitete sich inzwischen bis zum Schlüsselbein aus. Das war kein Bienenstich. Er rieb sich einen weiteren Tupfer Wundgel darauf, aber bislang blieb diese Behandlung ohne Wirkung. Zusätzlich zu dem Halssymptom schien ein dumpfes Summen ständig in seinen Ohren zu dröhnen. Er brauchte Hilfe, und das bald.

Ein paar Schritte weiter wurde ein schwacher Puls auf dem Herzschlagsensor erkennbar, aber er konnte nicht erkennen, ob er soranischen oder xalanischen Ursprungs war. Er ging einen Schritt weiter, und das Signal verschwand. Er tat einen Schritt nach links, und es blieb verschwunden. Nur wenn er drei Schritte weit nach rechts ging, kehrten die gezackten Linien in das vor ihm projizierte Hologramm zurück. Lucas packte Natalie fester und beschleunigte seine ohnehin schon forsche Gangart zu einem Trab in diese Richtung, so sehr das auch seine Schmerzen verschlimmerte. Er wischte sich Schweiß von der Stirn, während er den Blick immer wieder vom Dschungel voraus hinunter zum

Monitor wandte. Fünf deutlich unterscheidbare Linien waren inzwischen zu sehen. Ein soranischer und vier xalanische Herzrhythmen, nach wie vor ein gutes Stück entfernt. Er raffte alle verbliebene Kraft auf und rannte jetzt richtig los.

Schüsse. Eine Menge Schüsse. Lucas wurde langsamer, schlich nur noch. Das Geschehen schien unglaublich nahe. Er kroch durch die Ranken und Farne und versuchte zu erkennen, ob irgendetwas auf ihn lauerte. Er durfte nicht einfach blind hinausstürmen, damit er nicht ein Plasmageschoss ins Gesicht bekam, ehe er selbst zum Schuss kam, aber es quälte ihn zu wissen, dass da draußen ein Gardeangehöriger um sein Leben kämpfte wie er selbst vor kurzem auch. Es konnte glatt Asha sein. Er musste helfen.

Bald jedoch wurde deutlich, dass die Person seinen Beistand vielleicht doch nicht brauchte. Ein xalanischer Herzschlag wurde zur flachen Linie im Display, während die anderen weiterrasten. Lucas hörte ein paar weitere Schüsse, und erneut folgte eine Flatline.

Er lief wieder los, entschlossen, dem anderen, wer immer das war, zu Hilfe zu kommen. Er stolperte beinahe über die Leiche des ersten Xalaners, der über einem Stück Holz hing und einen Holzspeer im Hals stecken hatte. Ein paar Fuß weiter lag erneut ein xalanischer Soldat, diesmal mit einer Reihe rauchender Löcher überall am Körper. Lucas sprang über eine eingestürzte Felsformation hinweg und verstreute dabei einen Schwarm winziger Echsen, die darin gehaust hatten. Sein Herzmonitor zeigte eine weitere Flatline, während der Puls des Soraners langsamer wurde. Sehr viel langsamer. Lucas platzte auf eine Lichtung hinaus.

Wenige Fuß vor ihm lag ein weiterer toter Xalaner, dem diesmal der Kopf komplett fehlte. Von dringlicherer Sorge war jedoch ein hochgewachsener xalanischer Soldat, der mit dem Rücken zu Lucas stand und mit dem Gewehr auf eine Gestalt zielte, deren blutige nackte Füße zwischen den Beinen der Kreatur zu sehen waren.

Lucas wurde nicht einmal langsamer, als er einen Plasmafeuerstoß in den Rücken des Xalaners jagte. Die Kreatur wirbelte in Agonie herum, gerade rechtzeitig für Lucas, um ihr einen letzten Schuss in den Kopf zu verpassen. Der Xalaner brach zusammen, und die Luft wurde Lucas aus der Lunge gesaugt, als er sah, was dort am Boden lag.

Es war Silo, förmlich in schwarzes und rotes Blut getaucht; er lehnte an einem kleinen Felsen, neben einem xalanischen Energiegewehr einige Fuß weit außerhalb seiner Griffweite. Er war schwer verletzt; eine Reihe schwarzer Plasmabrandwunden zog sich über Schenkel und Rumpf, und tief eingeschnittene Klauenspuren zeichneten ihn überall am Körper, mit zwei besonders scheußlichen quer überm Gesicht. Sein Puls wurde auf Lucas' Monitor kaum noch registriert.

»Heilige Scheiße!«, stieß Lucas atemlos hervor. Silos Augen leuchteten auf, als er sah, wer jetzt vor ihm stand. Lucas fiel rasch auf die Knie und holte mit zitternden Händen das medizinische Gel hervor, das er aus zwei Überlebenstaschen hatte.

Silo versuchte zu lachen, sodass ihm Blut aus dem Mund quoll, das er zwischen erstickten Atemzügen ausspuckte. Er versuchte zu sprechen, legte aber immer wieder Pausen ein, während er die Worte hervorzwängte.

»Das wird … nichts nützen«, sagte er matt. »Spar es für dich selbst; du … brauchst es vermutlich noch.«

Das stimmte. Das Gel aus den kleinen Fläschchen verschwand einfach in den klaffenden Löchern überall am Körper. Es reichte nicht mal, um eine einzige Schnittwunde zu schließen, geschweige denn sie alle.

»Ist okay … ich … Ich muss einfach jemanden finden, der zu

Hilfe kommen kann«, sagte Lucas panisch, die Hände inzwischen schlüpfrig vor Blut.

Silo schüttelte den Kopf.

»Da ist niemand. Und selbst wenn, könnten sie vermutlich nichts mehr tun.«

Man sah deutlich, dass Silo Arme und Beine nicht mehr bewegen konnte und die Gliedmaßen nutzlos um ihn lagen. Lucas war nicht erpicht darauf, sich den Zustand der Wirbelsäule anzusehen, wenn der Rest von ihm schon so zerfleischt war.

»Sie flicken dich wieder zusammen. Euer Volk kann alles heilen.«

»Nicht die Toten«, sagte Silo und lachte leise und unter Schmerzen. »Selbst wir … haben das noch nicht ausgetüftelt.«

Lucas leerte eine weitere Gelflasche in eine Wunde.

»Hör auf«, sagte Silo gelassen.

»Hör auf!«

Lucas gehorchte schließlich und warf vier inzwischen leere Fläschchen auf den Boden. Sein Schädel pochte, und er hatte das Gefühl zu brennen.

»Dir bleibt nicht viel Zeit, du musst … von hier verschwinden. Sie kommen.«

Jetzt war Lucas an der Reihe, den Kopf zu schütteln.

»Nein, ich lasse dich nicht einfach hier zurück.« Ein Gedanke ging ihm durch den Kopf. »Weißt du, was mit dem Schiff passiert ist? Wurde es abgeschossen?«

Silo zuckte zusammen, ehe er antwortete. Der Boden unter ihm war klatschnass.

»Sieht so aus, aber ich kann es nicht mit Bestimmtheit sagen. Ich war im Kälteschlaf, bin … hier draußen aufgewacht. Bin einige Tage lang herumgelaufen. Mit nur einem Behelfsspeer in der Hand bin ich auf diese Typen gestoßen, aber ich denke, ich habe … mich ganz gut geschlagen.«

Er versuchte zu grinsen. Lucas krümmte sich, wenn er die Schnittwunden in Silos Gesicht nur ansah.

»Weißt du, ich bin nie dazu gekommen, dir … für dieses Geld zu danken«, sagte Silo.

»Welches Geld?«, fragte Lucas, der dem Themenwechsel nicht folgen konnte.

»Diese … 50.000 Mark, die du mir in Elyria gegeben hast. War vielleicht für euch Erdgeborene nur Wechselgeld, aber dort … wo ich herkomme … bedeutet es eine Menge. Hat meinem kleinen Bruder … auf die Pilotenschule geholfen.«

»Oh«, sagte Lucas verlegen. »Das war doch gar nichts.«

»Vielleicht, aber der Junge wird eines Tages ein Fliegerass … dank dir.«

»Es wird mehr an dir liegen, da bin ich sicher«, sagte Lucas.

Silo setzte nach.

»Und dieser Kampf auf dem Speer tut mir leid. Sie … haben mir dafür Zeug verabreicht. Hat mich so stinkig gemacht, als hättest du mit meiner Schwester geschlafen oder so was.«

Er unterbrach sich, holte mit der verletzten Lunge pfeifend Luft und fuhr fort: »Ich hätte dich umgebracht, ohne einen Gedanken darauf zu verschwenden. Selbst ohne die Drogen hätte ich es tun müssen … aufgrund der Befehle. Aber du hast es nicht getan.«

Lucas stützte sich mit den Händen auf die Knie.

»Wo ich herkomme, bringt man seine Freunde nicht um. Egal aus welchem Grund.«

Silo lachte.

»Schätze, deine Lady … hat diese Regel vergessen.«

»Sie hat eine Menge vergessen«, sagte Lucas düster. »Aber komm jetzt, wir müssen dich von hier wegschaffen. Los geht's.«

Er bückte sich, schlang sich Silos Arme über die Schultern und versuchte, dessen dreihundert Pfund anzuheben. Lucas schaffte fünfzehn Zentimeter, ehe seine Knie unter dem schlaffen Gewicht nachgaben. Silo hustete und atmete pfeifend, und mehr Blut drang ihm aus dem Mund.

»Du kapierst es immer noch nicht, wie? Das war es. Ich kann mich nicht mal bewegen, und du … siehst selbst aus, als wärst du gerade noch drei Schritte von den Eichenthronen entfernt. Nimm das und … verdufte … von hier.«

Silo schlug den Blick nieder, und Lucas sah, dass er einen Chip an einer Schnur um den Hals trug.

»Dein Final?«, fragte Lucas, als er die Schnur zerriss und den Chip in die Hand nahm. Silo nickte.

»Wem soll ich es geben?«, fragte Lucas.

»Du wirst es wissen.«

Die Schaltkreistätowierungen, die Silo an Armen und Schultern hatte, waren zerfetzt, der Bodysuit bis zur Taille aufgerissen. Über die von Blut nasse, muskulöse Brust zog sich im Bogen ein Text. Durch das Blut hindurch konnte Lucas den Sinn ausmachen.

»Verloren sind die Starken, die die Schwachen nicht schützen.«

Lucas kamen unwillkürlich die Tränen, und er hatte das Gefühl, er könnte jeden Augenblick ohnmächtig werden. Er hörte jetzt neue Herzschläge von dem Gerät am Handgelenk.

»Geh«, sagte Silo, der die Gefahr erkannte.

Lucas widerstand letztlich seiner Sehnsucht, zu bleiben und zu kämpfen und zu sterben, und wandte sich zum Gehen.

»Warte«, sagte Silo, der über etwas nachdachte. »Noch eins … bevor du gehst.«

Lucas sah ihn an und verstand.

Verlang das nicht von mir!

»Ich … möchte, dass du deine Regel brichst.«

Nein!

»Auf mich wartet nicht der Tod eines Kriegers, wenn sie mich in diesem Zustand finden. Ich würde es selbst tun, aber es geht ja nicht.«

Lucas starrte ihn an. Es war der gleiche Anblick wie an Bord des Speers, derselbe gebrochene Freund, dessen Leben in seiner Hand lag. Aber diesmal ging es um etwas anderes. Es ging um Barmherzigkeit, nicht wahr? Das würde sich Lucas sagen müssen.

»In Ordnung«, sagte Lucas, beinahe im Flüsterton.

»Sorge dich nicht«, sagte Silo mit mattem Lächeln. »So, wie sich die Dinge für dich entwickeln, bin ich sicher, dass ich dich … recht bald wiedersehe.«

»Daran zweifle ich nicht«, sagte Lucas und bemühte sich, die Fassung zu wahren. Er tastete mit zitternden Fingern an Natalies Einstellungen herum.

»Weißt du«, sagte Silo und blickte in den Wald hinaus, während Lucas hinter ihn trat, »es ist hier ziemlich schön.«

Seine Stimme wurde schwächer, wie der Herzschlag. Die übrigen Pulslinien auf dem Display hingegen wurden deutlicher. Lucas konnte es nicht darauf ankommen lassen, dass Silo rechtzeitig von allein starb.

»Das ist es.« Er hob Natalie an, den Schussmodus auf Blutbad eingestellt. Lucas wollte nichts zurücklassen, mit dem die Xalaner experimentieren konnten.

»Bis demnächst, Lucas«, sagte Silo und starrte auf die Lichtung hinaus.

»Sicher«, sagte Lucas, dessen Bauch ein einziger Knoten war.

Das Echo des Schusses würde ihn für alle Ewigkeit verfolgen. Der Dschungel brüllte seine Missbilligung heraus. Lucas stürmte in die Dunkelheit, mit hämmerndem Herzen und verschleiertem Blick.

12

Lucas hatte im Verlauf der Jahre viele Menschen umgebracht, aber nicht eine dieser Taten hatte ihm so zugesetzt wie diese. Nichts hatte ein vergleichbares Gewicht mit sich gebracht, das fortan für immer an seiner Seele hängen würde. Er sagte sich immer wieder, dass es in Anbetracht der Umstände ein Akt der Mitmenschlichkeit gewesen war, aber das löschte die Bilder nicht aus seinem Kopf.

Jetzt stürmte er wie ein Irrer durch den Dschungel, bis die Herzschläge auf dem Monitor schließlich verschwanden. Er hatte die Verfolger fürs Erste abgehängt. Als er stehen blieb, schien sein rasch schwächer werdender Körper das zuerst gar nicht zu registrieren. Seine Gedanken waren zerfahren, und er wusste nach zwei Tagen sorgfältiger Navigation auf einmal nicht mehr, in welche Richtung er gehen sollte. Sein Gesicht war heiß und gerötet, und er roch überall ringsum verdorbene Milch. Seine rechte Rumpfhälfte juckte wie verrückt, und er machte sich wie rasend daran, den Bodysuit aufzuschneiden. Auf der Brust schlängelten sich unter der Haut etliche schwarze und rote Ranken, die der Halswunde entsprangen. Er sah nur noch verschwommen; die Farbe des Dschungels wechselte von Grün zu Blau, dann zu Orange. Und dann sah er ihn.

Eine Halluzination. Einen Geist. Ein und dasselbe.

Lucas stolperte auf ihn zu und versuchte, mit der geschwollenen Zunge Worte zu formen. Er brachte nur eines hervor: »Adam.«

Es war Adam, oder zumindest die Gespenstervision des Mannes, der Sonyas Bruder gewesen war, den Lucas aber als seinen eigenen Bruder betrachtet hatte; Lucas war immer der gewesen, um den sich Adam kümmern musste.

»Hallo, Lucas. Es ist eine ganze Zeit her.«

Das war es ganz gewiss. Lucas hatte ihn seit der Hochzeit nicht gesehen, denn anschließend war Adam in den nächsten Einsatz gegangen. Seinen letzten. Hier stand er nun im Dschungel, genau so, wie Lucas ihn in Erinnerung hatte. Strahlende Augen und blaue Ausgehuniform. Er bildete einen Fixpunkt für Lucas' Sehvermögen, während der übrige Dschungel ringsherum zu vibrieren schien. Lucas wurden allmählich die Finger taub, und das Gewehr wog eine Tonne in seiner Hand. Er hängte es sich über den Rücken.

»Kannst du mir h-helfen?«, flehte Lucas die Vision vor ihm an.

»Warum brauchst du Hilfe?«, fragte Adam kühl.

Lucas beugte die Finger, aber das Gefühl kehrte nicht zurück.

»Ich bin hier draußen a-allein.«

»Du warst immer allein.«

Das Empfinden, ihn hätte jemand im Blick, meldete sich zurück, dringlicher als je zuvor. Lucas spürte die Präsenz irgendwo im Dschungel.

»Wer ist da draußen?«, rief er.

»Sie hören dich nicht, Lucas«, sagte Adam ruhig.

»Doch, das tun sie. Wo seid ihr?«, schrie er erneut und drehte sich so schwungvoll im Kreis, dass er beinahe hinfiel. Ein Schwarm Vögel in leuchtenden Farben zog durch sein Blickfeld und erschreckte ihn. Er wusste nicht mehr, was real war und was nicht.

»Ist er wirklich tot?«, flüsterte Lucas, und das Hirn brannte ihm im Schädel, als sich die Gedanken wieder Silo zuwandten.

»Ja.«

»Du auch?«

Adam blieb still. Lucas wusste sogar im Delirium die Antwort.

»Warum bist du wieder dort hingegangen?«, brüllte Lucas ihn an. »Der K-krieg war vorbei!«

»Kriege sind niemals vorbei. Der Frieden ist eine notwendige Illusion.«

»Wer bist du?«, kreischte Lucas.

Das war nicht Adam, der gutherzige Marine, den Lucas einst kannte. Das war ein Dämon, die perverse Manifestation von Lucas' eigenem Unterbewusstsein, das ihn quälte.

Adam lächelte nur. Die rechte Hälfte seines Gesichts wirkte allmählich zerfleischt. Langsam verwandelte er sich in das Foto von der Autopsie, das Lucas gesehen hatte, nachdem der improvisierte Sprengsatz den Schwager zerfetzt hatte.

»Du weißt es.«

Adam zerfiel vollständig. An seiner Stelle stand eine Kreatur, wie Lucas sie noch nie gesehen hatte. Es war ein riesiges wolfsähnliches Tier, bedeckt mit schwarzen Schuppen, zwischen denen Büschel dunklen blutroten Fells hervorragten. Ein schlangenhafter Schwanz kräuselte sich am anderen Ende. An den Tatzen waren gebogene Krallen zu sehen, die so lang wie Lucas' Hand waren, und wenn es knurrte, schimmerten zahlreiche Reihen weißer Zähne rings um eine gegabelte Zunge auf. Auf allen vieren war es mit ihm auf Augenhöhe, und er konnte den Blick nicht von den durchdringenden gelben Augen abwenden. Diese Augen waren es, die sich auf dem ganzen Marsch durch den Dschungel in ihn hineingebrannt hatten. Sie loderten jetzt durch ihn hindurch, blickten ihm direkt in die Seele. War das der Tod? War der ihm die ganze Zeit hinterhergepirscht und hatte auf den richtigen Augenblick gewartet, um zuzuschlagen?

Lucas konnte nicht einmal die Arme heben, um Natalie wieder vom Rücken zu nehmen. Sein Körper erlaubte es ihm nicht. Er stand starr da, verloren im Blick der Kreatur, während der Rest des Dschungels um ihn rotierte.

»*Naali*«, sagte eine Stimme im Äther. »*Chit-ka'lik.*«

Das Tier unterbrach den Blickkontakt und ging ein paar Schritte weit nach rechts. Als Lucas den Kopf drehte, um ihm nachzusehen, spürte er einen stechenden Schmerz im Hals. Er griff danach und zog eine lange Nadel heraus, die mit einem viskosen grünen Gel überzogen war. Sie fiel ihm aus der Hand, und er brach auf der Stelle zusammen. Das Letzte, was er sah, war das Gesicht eines Kindes mit dunkler Haut und wilden Haaren. Weiße Tätowierungen zogen sich rings ums Gesicht, und die braunen Augen sahen zu, wie Lucas rasch bewusstlos wurde.

Fieberträume in der Dunkelheit. Nur Stimmen. Zu viele Stimmen. Zu viele aus lange vergangenen Tagen.

Michigan.

»Sir, wissen Sie, warum ich Sie angehalten habe?«

»Ich bin vielleicht ein wenig schnell aus der Kurve gekommen.«

»Sir, haben Sie heute Abend getrunken?«

»Nein! Na ja, ich hatte vor einigen Stunden ein paar Drinks, aber das war …«

»Sir, ich möchte, dass Sie aus dem Wagen steigen.«

»Aber ich muss nach Hause! Ich bin …«

»Sir, steigen Sie aus.«

»Ernsthaft, bitte …«

»Sir.«

Oregon.

»Er hat *zwei Stunden* lang dort gesessen!«

»Ich weiß, es tut mir leid, ich …«

»Zwei Stunden! Er hat versucht, allein nach Hause zu gehen. Hätte Jean ihn nicht gefunden …«

»Ich hatte die Uhrzeit im Telefon gespeichert, es hat nur nicht …«

»Du musstest dich erst daran erinnern lassen, dich um die Sicherheit deines Sohns nach dem Baseballtraining zu kümmern? Wo zum Teufel steckst du überhaupt?«

»Bei der Arbeit. Es geht hier einfach verrückt zu, und ich habe das Gefühl für die …«

»Wirklich? Denn als ich Mark angerufen habe, sagte er, du wärst schon vor drei Stunden gegangen.«

»Ich musste …«

»Wo immer du bist, bleib einfach dort. Wir haben etwas Besseres verdient.«

»Ich weiß.«

Florida.

»Tut mir leid, aber ich brauche Ihr Auto.«

»Was? Wer zum Teufel sind Sie? Lassen Sie mich in Ruhe!«

»Es tut mir wirklich leid, aber Sie müssen jetzt aussteigen. Ich muss zu meiner Familie zurückkehren.«

»Sehen Sie, ich weiß ja nicht, was …«

»Diese Dinger haben angefangen zu schießen. Da draußen herrscht Krieg. Meine Familie wartet auf der anderen Seite des Landes, und alle Flughäfen auf der Erde sind geschlossen. Ich brauche Ihr Auto.«

»Das ist ein 90 000-Dollar-Range …«

»Tut mir leid, dass ich das tun muss.«

Louisiana.

»Was tust du da, Greg?«

»Ich bin es leid.«

»Tritt einfach einen Schritt zurück. Lass uns reden.«

»Kein Reden mehr. Kein Gehen mehr. Ich bin es leid.«

»Wir sind fast in Texas.«

»Du weißt nicht, wo wir sind.«

»Wir sind fast in Texas.«

»Ich möchte nicht nach Texas. Ich möchte überhaupt nicht mehr irgendwohin.«

»Greg, geh einen Schritt zurück. Die ganze Gruppe sieht zu.«

»Wenn sie schlau wären, wären sie hier oben bei mir.«

»Greg …«

Colorado.

»Irgendwelche letzten Worte?«

»Friss Scheiße!«

»Also dann.«

»Die anderen werden dich finden.«

»Werden sie nicht. Und Kannibalen zittern so stark, dass sie nicht mal richtig zielen können.«

»Wir können; wir sind Soldaten.«

»Wer ist das heutzutage nicht? Warum bist du in meinem Lager?«

»Mir gefällt diese Knarre. Und mir gefallen diese Dosenpfirsiche. Wären eine tolle Beilage zu deiner Leber gewesen.«

»Du bist wahnsinnig. Das seid ihr alle.«

»Wir überleben.«

»Nein, tust du nicht.«

Lucas öffnete die Augen, aber die Dunkelheit wich nicht von ihm. Er blinzelte, aber da war nichts als eine satte schwarze Leere. Er lag flach und konnte Arme und Beine kaum bewegen. Stimmen flüsterten ein Stück weit entfernt.

»Hallo?«, rief er in die Leere.

Das Flüstern brach ab.

»Sinaa-sti vindala ki'lek«, sagte eine Stimme zu seinen Füßen in einer unbekannten Sprache. Weiteres Geflüster und das schwache Geräusch eiliger Schritte auf dem Erdboden.

»Chun saunto«, warf eine andere Stimme ein, eine viel tiefere.

Lucas konnte nach wie vor nichts sehen. Er spürte, wie ihm Schweiß übers Gesicht lief. Er fasste mit der rechten Hand an den Hals und ertastete einen klebrigen Brei, den jemand dort aufgestrichen hatte. Es juckte nicht mehr so stark, aber seine inneren Organe fühlten sich weiterhin so an, als würden sie gekocht.

»Kala lo'tonti, Rokaan mal'loro ›Soran‹.«

Da tauchte jetzt mal ein Wort auf, das Lucas kannte.

Wo war er? Er tastete auf der Fläche herum, auf der er lag. Es war eine Art Netzgewebe, das aus winzigen Zweigen gewoben schien. Seitlich war es an soliden Holzstücken befestigt. Die fehlende Sicht flößte ihm allmählich Panik ein. War er auf Dauer blind? Das Letzte, woran er sich erinnerte, waren der Wolf und das Kind. Ein Kind? Das war unmöglich. Noch eine Halluzination.

»Lucas!«, ertönte eine dröhnende Metallstimme, die er überall erkannt hätte. Jeder Muskel im Leib seufzte vor Erleichterung.

»Alpha!«, sagte er heiser.

»Wahrhaftig!«

Der Enthusiasmus in der Stimme des Freundes war greifbar, selbst wenn Lucas sein Gesicht nicht sah.

»Ich habe mich gefreut, als ich hörte, dass der *Kal'din* dich nach dem *Moltok*-Stich stabilisiert hatte. Man hat mir berichtet, dass das Gift dieses Insekts zu den tödlichsten im Wald gehört. Glücklicherweise haben die *Oni* im Laufe von Generationen eine Behandlung entwickelt, um die Wirkung aufzuheben.«

Kal'din? Moltok? Oni? Lucas verstand keines dieser Wörter. Aber das Wichtigste zuerst.

»Warum sehe ich nichts?«, fragte Lucas.

»Es ist eine Nebenwirkung entweder des Moltok-Gifts oder der späteren reinigenden Behandlung. Man hat mir versichert, dass sie vorübergehend ist. In den meisten Fällen.«

Den meisten Fällen? Alphas Art, einen zu beruhigen, hatte sich nicht im Mindesten verbessert.

»Was ist mit dem Schiff passiert?«

Alpha schwieg eine Zeit lang, ehe er in düsterem Ton antwortete.

»Beim Eintritt in die Atmosphäre Makaris wurden wir durch konzentrierten Beschuss mit Boden-Luft-Artillerie abgeschossen. Das Schiff zerbrach und wurde im Dschungel verstreut.«

Also stimmte es.

»Wie war das möglich?«, fragte Lucas ungläubig. »Bei unserem Tarnantrieb?«

Er hörte, wie sich Alpha in seiner Nähe bewegte.

»Sie haben wohl eine Möglichkeit improvisiert, das Schiff zu orten, nachdem sie erfahren hatten, dass es sich in unserer Hand befand. Das hat vermutlich [Kauderwelsch] – mein Mentor weitergegeben, ehe er im Stützpunkt des Vierten Gebots gefangen genommen wurde. Sie haben vielleicht erwartet, dass wir einen solchen Einsatz gegen die Kolonien unternehmen; der Sabotage oder anderer Absichten wegen.«

Lucas spürte den medizinischen Brei zwischen den Fingern und bemerkte raue Körner darin. Er war benommen im Kopf.

»Wo ist Asha? Die übrige Besatzung?«

»Viele Gardisten sind trotz der Sicherheitssysteme des Speers beim Absturz umgekommen. Andere sind im Dschungel gelandet. Manche sind noch immer da draußen. Wir können ihre Lebenszeichen von hier aus orten, aber sie zu bergen, das hat sich … aufgrund xalanischer Einmischung als schwierig erwiesen. Die Xalaner durchsuchen die Gegend auf der Jagd nach Überlebenden.«

Lucas wurde allmählich groggy. Jemand schäumte ihm den Hals mit mehr Brei ein. Der leichenähnliche Geruch brannte ihm in der Nase, benebelte ihm aber zugleich das Hirn.

»Yeah … ich weiß, ich bin auf einige von ihnen gestoßen. Aber Asha … wo ..?«

»Wir haben sie entdeckt, und sie ist gerade mit ihrer Oni-Begleitung unterwegs. Ihre Lebenszeichen sind stabil.«

Er schwebte hinauf in die Schwärze, versuchte dabei, die Gedanken auf der Reihe zu halten.

»Wo sind wir … hier?«

»Das erkläre ich dir besser erst, sobald du wieder sehen kannst.«

Lucas hoffte, dass es dazu kommen würde. Er fügte sich dem alles umfassenden Abgrund.

Als er diesmal erwachte, waren an die Stelle der Schwärze ein trübes Licht und amorphe Gestalten getreten. Jedes Mal, wenn er blinzelte, wurde die Sicht etwas klarer, und er rieb sich die Augen, bis sich die Umgebung deutlicher abzeichnete.

Er fand sich in einem von Gestein eingefassten Raum wieder, erhellt von offenen Flammen ringsherum. Niemand sonst hielt sich hier auf, aber auf dem Boden lagen in der Nähe diverse primitiv wirkende Schüsseln und Werkzeug, bedeckt mit der grauen Paste, die auch am größten Teil seiner rechten Körperseite klebte. Als er die Halswunde betastete, stellte er fest, dass die riesige Beule unter dem verfestigten Brei geschrumpft war.

Seine Gedanken liefen nicht mehr konfus, und das Innere schien nicht mehr in Flammen zu stehen. Als er einen Stich an der linken Schulter spürte, blickte er hinab und entdeckte eine kleine, an der Haut pappende Metallscheibe. Er versuchte sie abzulösen, aber sie hatte sich tief eingegraben. Gehörte vielleicht zur Behandlung.

Er rappelte sich auf und war zwar unsicher auf den Beinen, konnte aber gehen. Während er sich der Strohtür näherte, stellte er fest, dass die Wände voller ins Gestein geritzter Bilder waren. In einem der größten davon hing ein großes Objekt am Himmel, und eine Armee aus Strichmännchen-Stammeskriegern warf Speere und feuerte Pfeile in seine Richtung. Das letzte Gefecht eines zum Untergang verdammten Volkes; das war etwas, das er nachfühlen konnte.

Als er die Tür öffnete, wurde sofort augenfällig, dass er voreilig gewesen war. Sie waren ganz und gar kein totes Volk.

Vor ihm breitete sich ein Dorf voller emsigen Treibens aus, und es lag vollständig innerhalb der größten Höhle, die Lucas jemals gesehen hatte. Einzelne Balken Sonnenlicht fielen durch Löcher in der Decke herein, allem Anschein nach in mindestens dreihundert Metern Höhe. Darunter wimmelte es von Menschen zwischen Häusern aus Steinen, Holz und hier und da einem Stück Metall. Erstaunlicherweise hatten diese Menschen die Verheerung ihres Volkes vor unzähligen Jahren irgendwie überlebt.

Die ihm nahe kamen, blieben stehen und musterten ihn, während er vorbeiging. Jeder hier hatte eine dunkle karamellfarbene Haut und braune oder schwarze Haare und dazu einen gehetzten Ausdruck in den Augen. Die meisten trugen weiße Tätowierungen an Teilen ihrer Anatomie zur Schau und waren in eine Kombination aus Tierfellen gekleidet, durchsetzt mit Metallstücken, die aussahen, als wären sie aus xalanischen Energierüstungen gerupft worden. Gruppen Bewaffneter redeten miteinander und musterten Lucas argwöhnisch. Sie waren mit Speeren, Bögen, Äxten und Messern ausgestattet, obwohl einige wenige auch modifizierte xalanische Energiegewehre schwenkten.

Selbst unter der Erde blühte und gedieh die Flora. Lucas ging über moosähnliches Gras, und Bäume wurzelten in der Höhle außerhalb der Siedlung. Das Dorf umfasste wenige Dutzend Häuser, die aber von mehreren hundert dieser Menschen mit ihrer auffälligen Stammeskultur bewohnt waren. Obwohl er bei ihnen besser von Soranern sprach, wie Lucas vermutete.

Lucas gefror das Blut in den Adern, als er nahe einer der Kriegergruppen einen Trupp Xalaner in vollen Energierüstungen und mit Gewehren in den Klauen entdeckte, aber die Xalaner musterten ihn mit der gleichen Miene wie die anderen. Was zum Teufel ging hier vor?

Ein Kind mit zauseligen Haaren rannte an Lucas vorbei und in eine der umstehenden Hütten hinein. Eine Sekunde später tauchte Alpha daraus auf, dicht gefolgt von einer weißhäutigen, blauäugigen Xalanerin.

»Wunderbar!«, rief Alpha auf Soranisch. »Man hat mir ja von den Heilungsfähigkeiten des Kal'din erzählt, aber ich hatte nicht erwartet, dass eine primitive Medizin so schnell Ergebnisse von solcher Bedeutung erzielen könnte.«

»Du musst nicht darauf beharren, von den ›Oni‹ als primitiv zu sprechen«, sagte die Kreatur hinter ihm. »Ihr Volk hat schon deutlich länger überlebt als viele fortschrittlichere Kulturen.«

Die weiße Xalanerin sprach durch einen Translatorkragen ähnlich dem Alphas, und sie hatte ihn sicherlich von ihm, da er diese Technik selbst erfunden hatte. Auch ihre Stimme wies einen metallischen Unterton auf, aber sie klang irgendwie weicher als seine.

»Entschuldigung«, sagte Alpha zu ihr, ehe er sich wieder Lucas zuwandte. »Lucas, das ist Zeta, die zu treffen wir hergekommen sind.«

Lucas nickte knapp, und sie erwiderte den Gruß. Man begrüßte einen Xalaner nicht per Handschlag.

»Natürlich. Ich habe eine Menge von dir gehört.«

»Und ich von dir«, sagte sie. »Obwohl die Geschichten, die ich in den zurückliegenden Tagen vernommen habe, fast nicht zu glauben sind.«

»Was ist das hier für ein Ort?«

Alpha warf Zeta einen Blick zu, und sie erklärte es.

»Vor etwa tausend Jahren haben die Xalaner Makari gebrandschatzt, wie ihr das nennt und wie sie es auch mit eurem Planeten getan haben. Das einheimische Volk hier waren die Oni. Sie stellten eine noch junge Kultur dar, nicht höher entwickelt als das, was du hier siehst. Somit hatten sie keine Mittel zur Hand, um die Gal'krai abzuwehren, die ›Himmelsdämonen‹, für die sie die Invasoren hielten. Eine Bevölkerung von gerade mal einhundert Millionen Soranern wurde von den überlegenen Kräften dezimiert. Heere, die zuvor ganze Kontinente erobert hatten, fielen innerhalb weniger Stunden. Große Städte wurden dem Erdboden gleichgemacht, ebenso die riesigen Wälder, aus denen sie aufragten.«

Die Oni sammelten sich inzwischen um sie und hörten Zeta zu, die auch die Hände bewegte, während sie sprach, und es dadurch für sie in eine Art Zeichensprache übersetzte. Ein großer schlaksiger Onikrieger trat leise an ihre Seite. Seine dunkelgrünen Augen betrachteten Lucas forschend von Kopf bis Fuß. Er war stärker tätowiert als die anderen, und schwarze und weiße Markierungen verwoben sich überall an seinem Körper miteinander. Die Haare waren zu gewundenen Mustern ausrasiert, und eine Narbe zog sich vom Kinn nach oben und erstreckte sich über die Unterlippe. Er trug eine Brustplatte aus schwarzem

Metall, die zweifellos der Leiche eines ›Himmelsdämonen‹ entwendet worden war. Ein langes schmales Energiegewehr hatte er neben einem dunklen Speer mit Metallspitze quer über den Rücken gehängt. Eine Schnur marmorgrauer Klauen hing ihm um den Hals – xalanische Krallen. Zeta fuhr fort: »Die verbliebenen Oni suchten Zuflucht in den unzähligen Höhlensystemen, die man verstreut auf ganz Makari findet, und leben seit der Invasion dort. Viele Nester überlebender Populationen wurden im Lauf der Zeit zur Strecke gebracht, aber einige bestehen bis heute. Wie der *Khas'to*-Stamm, den du hier vor dir siehst.«

Als sie den Namen ihres Stammes hörten, stießen die Oni ringsherum einen forschen Schrei aus.

»Ich habe sie entdeckt, nachdem ich den Gefangenentransporter, den ich übernommen hatte, hier vor etlichen Jahren zum Absturz brachte. Ich war schwer verletzt, aber sie halfen mir und pflegten mich wieder gesund, obwohl sie mich mühelos hätten töten können. Mir wurde gesagt, meine einzigartige Färbung deutete in ihren Augen darauf hin, dass ich kein Himmelsdämon wie die anderen sei, sondern vielmehr eine *Holoi,* ein ›weißer Geist‹. Eine Gegenkraft zum Bösen, um den Oni zu helfen und ihr Volk wieder zu erheben. Diesem Titel gerecht zu werden, das habe ich in den zurückliegenden Jahren versucht. Ich habe jeden Khas'to mit einem Gerät ausgestattet, das ihre biologischen Signaturen vor Entdeckung schützt, und so können sie hier in *S'tasonti,* der ›Zuflucht‹, in relativem Frieden leben. Sie müssen nicht mehr ständig den Standort wechseln, um einer Entdeckung zu entgehen.«

Sie deutete über die Schulter auf den Mann, der neben ihr stand. Er trug eine Metallscheibe, wie sie auch an Lucas' Arm pappte. Lucas sah sich um und stellte fest, dass jeder Oni hier so eine hatte.

»Als Dank für meine Hilfe wurde mir gestattet, hier bei ihnen zu leben und die xalanische Widerstandsbewegung auf diesem Planeten und vielen anderen zu unterstützen. Die übrigen Xalaner, die du hier siehst, sind meine persönliche Eskorte und stehen loyal zu unserer Sache.«

Das Quartett zäh aussehender xalanischer Soldaten funkelte Lucas weiter an.

»Der Mann zu meiner Rechten ist Toruk, Häuptling der Khas'to. Er leitet den Einsatz zur Rettung der Überlebenden deiner Einheit. Er führte die Gruppe persönlich an, die dich hergebracht hat.«

Lucas machte große Augen, als der riesige geschuppte Wolf, den er im Dschungel gesehen hatte, hinter einer Hütte hervortrat. *Es war also keine Halluzination.* Das Tier ignorierte Lucas und zockelte auf Toruk zu, der ihm das Fellbüschel auf dem Kopf kraulte. Der Häuptling wandte den Blick keinen Moment ab. Mit seiner Energierüstung und dem Gewehr, den Stammestätowierungen und dem Trophäenhalsband wirkte er wie eine Art schräger Pirat, der sich in der Zeit verirrt hatte.

»Komm«, sagte Alpha, »wir haben viel zu diskutieren.«

Lucas war überrascht, in der größten Hütte der Siedlung eine Ansammlung von Geräten zu entdecken, die mit der Ausstattung der Gefechtskommandozentralen beider xalanischer Schiffe vergleichbar war, die er aus eigener Anschauung kannte. Die Wände wurden von schwebenden Monitoren gesäumt, und eine zentrale Workstation summte bestimmend in ihrer Mitte. Das wirkte in dieser Umgebung völlig fehl am Platz, aber Lucas rechnete sich aus, dass es sich hier um Zetas Einsatzzentrale handelte.

»In Ordnung«, sagte Lucas. »Ich brauche einige Antworten. Wo ist Asha?«

Alpha projizierte ein schwebendes Display aus der mechanischen Hand. Es zeigte eine topografische Karte der umgebenden

Landschaft, und darin blinkte ein Gestöber aus roten, schwarzen und grünen Punkten.

»Was ist das?«, fragte Lucas. Zeta sichtete derweil Abschnitte eines Videos. Jenes Videos, das Alphas Vater vor seinem Tod gefilmt hatte.

»Jedem Gardeangehörigen wird ein Peilsender implantiert, damit man ihn unter Bedingungen, wie wir sie hier haben, ausfindig machen kann. Der Peilsender übermittelt die Lebenszeichen und einige weitere einschlägige biologische Daten.«

Lucas kniff die Augen zusammen und sah winzige Namen neben den Punkten eingeblendet. Wrev. Danna. Kali. Corvin.

»Die noch lebenden Gardisten sind rot markiert, die toten schwarz.«

Lucas durchsuchte die Litanei der schwarzen Punkte, bis er den fand, den er suchte: Silo. Er hatte insgeheim gehofft, der ganze Vorfall möge eine Art krankheitsbedingter Traum gewesen sein, aber nein. Er trug auch weiterhin Silos Final, wie er feststellte.

»Und die grünen Ballungen?« Lucas deutete auf die gruppierten Punkte.

»Das sind gerettete Gardisten oder Onikrieger. Wir schicken diese seit einiger Zeit in Wellen aus, um die Überlebenden zu bergen. Ihre *vornaa* sind tüchtige Fährtensucher, aber ich habe sie außerdem mit einer Kopie dieser Anzeige ausgestattet.«

»Vornaa?«, fragte Lucas. »Der Wolf?«

Alpha nickte.

»Eine fast ausgestorbene fleischfressende Spezies, die in dieser Gegend heimisch ist und die die Oni mit der Zeit domestizierten. Man hat mir berichtet, dass das nicht einfach war.«

Lucas entdeckte eine Traube grüner Punkte rings um einen roten. Asha. Sie näherten sich dem Indikator des Dorfes, wo eine weitere, größere Gruppe grüner Punkte angezeigt wurde, dazwischen sein eigener.

»Sie ist auf dem Weg hierher?«

»Tatsächlich müsste sie in weniger als einem Tag eintreffen. Meldungen der Suchmannschaft besagen, dass sie keine ernsten Verletzungen erlitten hat und in adäquater gesundheitlicher Verfassung ist. Ganz sicher geht es ihr besser als dir vor ein paar Tagen.«

Lucas betrachtete die komplette Karte.

»Wie lautet die abschließende Zählung? Wie viele haben wir verloren?«

Alpha prüfte die Anzeige.

»Von den 106 Mannschaftsangehörigen an Bord kamen achtundvierzig beim Absturz ums Leben. Dreiundzwanzig weitere sind seit dem Absturz vor drei Tagen im Dschungel gestorben. Fünfundzwanzig wurden gefunden und dann hier ins Dorf gebracht.«

»Wo sind sie?«, fragte Lucas.

»Die meisten werden vom Kal'din behandelt. Er ist der medizinische Aufseher der Gemeinde, verfügt über die Fachkenntnisse von Generationen seines Volkes und hat zudem weiteres Wissen und Werkzeug von Zeta erhalten.«

Zeta hing weiter gebannt an ihrem Display. Es zeigte den Abschnitt des Videos, der die Evolution der Xalaner im Verlauf der Generationen erklärte.

»Die gesündesten Gardesoldaten sind mit den Oni losgezogen, um nach weiteren Überlebenden zu suchen.«

»Wie viele sind noch draußen unterwegs?«

»Zehn. Drei sind auf dem Rückweg. Vier zeigen sich rapide verschlechternde Lebenszeichen. Die Übrigen sind stabil. Teams sind zu fast allen von ihnen unterwegs.«

»Wir haben zwei Drittel der ganzen Mannschaft verloren. Und das Schiff«, sagte Lucas.

»Das ist korrekt.«

Alpha wirkte niedergeschlagen. Er gab sich eindeutig selbst die Schuld an den Toten und dem drohenden Scheitern des Einsatzes.

»Wie hast *du* es hierher geschafft?«, erkundigte sich Lucas.

Alphas Blick ruhte auf der Karte.

»Ich gestehe, dass ich mich schuldig fühle, weil ich den Vorfall so mühelos überlebte. Der Speer war extra so konzipiert, dass er den Piloten im Fall einer Zerstörung des Schiffs besonders schützte. Als es nach dem unerwarteten Angriff zerbrach, wurde ich in eine Hochsicherheitskapsel gezogen, die das ganze Chaos locker überstand. Von dort aus hatte ich noch immer Zugriff auf viele Kernfunktionen des Schiffs. Darunter war auch dieses Aufspürprogramm und Zetas Signal. So schnell ich konnte, habe ich sie hier aufgesucht und versucht, mich den Oni zu erklären. Wäre Zeta nicht aufgetaucht, hätte man mich vermutlich lebendig gehäutet und mir nacheinander die Zähne und Klauen gezogen. Das ist ein Stammesbrauch bei gefangenen Gal'krai.«

Zeta trat auf sie beide zu. Sie war nur wenige Zoll kleiner als Alpha. Auch sie trug keine Kleidung, aber abgesehen von der hellen Farbe und den strahlenden Augen war äußerlich kein biologischer Unterschied zwischen ihnen zu erkennen. Lucas hatte keine Ahnung, wie sich Xalaner fortpflanzten, aber man sah es ihnen ganz gewiss nicht so einfach an.

»Man stelle sich meine Überraschung vor, als [Kauderwelsch] … Verzeihung, als *Alpha* nach all diesen Jahren an meiner Tür auftauchte. Ich hatte ihn für tot gehalten, ebenso wie die übrigen Mitglieder seines Clans, Ich hatte zwar unser Backchannel-Signal in der Hoffnung aktiviert, dass er vielleicht noch am Leben war, hatte aber nicht wirklich damit gerechnet.«

Alpha mischte sich ein.

»Ich habe nach meiner Ankunft zwei Tage gebraucht, um Zeta unsere aktuelle Lage klarzumachen. Warum wir gekommen sind.

Was wir zu erreichen hoffen dürfen. Und natürlich habe ich ihr mitgeteilt, was mein Vater über unser Volk herausgefunden hat.«

Zera wirkte erschüttert. Eine erstarrte Wiedergabe von Alphas Vater schwebte immer noch im Display.

»Das war schwer ... zu verarbeiten«, sagte sie leise. »Sich zu überlegen, dass unsere ganze Existenz auf einer Lüge beruht? Das ist beinahe unfassbar. Das Ausmaß dieser Täuschung ist wirklich verblüffend, selbst für eine Regierung, die so korrupt ist wie unsere. Hunderttausende unseres Volkes müssen umgebracht worden sein, nur um zu verhindern, dass dieses Geheimnis ans Licht kommt. Sollte die Öffentlichkeit erfahren, dass wir von den Soranern aus ihrer eigenen DNA erschaffen wurden, würden die daraus entstehenden Unruhen den Rat wahrlich destabilisieren.«

»Dann denkst du also auch, dass es funktionieren könnte«, sagte Lucas.

Zeta nickte.

»Das tue ich«, sagte sie. »Es wird aber schwierig, diese Nachricht in den Kolonien und auf Xala zu verbreiten, sodass alle sie gleichzeitig zu sehen bekommen. Und dabei ist noch nicht einmal der offenkundige Tatbestand berücksichtigt, dass ihr alle hier ohne ein Schiff gestrandet seid. Man hat mir berichtet, dass du auf Sora zwei Söhne hast, die dich brauchen?«

»Das ist richtig«, antwortete Lucas, dessen Gedanken sich Noah zuwandten. Wie einsam musste der Junge ohne sie beide sein, selbst inmitten des ganzen Palastpersonals! Und die »Geburt« des zweiten Kindes aus dem Tank stand wann auf der Tagesordnung? In einem Monat? Zwei? Er und Asha mussten es bis dahin zurückschaffen.

»Wir müssen einen Weg hier heraus finden.«

»Das wird schwierig«, erklärte Alpha. »Und es gibt viel zu planen, um den Erfolg unseres Einsatzes zu gewährleisten.«

»Den Erfolg unseres Einsatzes?«, rief Lucas. »Der größte Teil der Besatzung ist tot und das Schiff zertrümmert! Wie genau soll unser Einsatz zum Erfolg geführt werden?«

»Wir haben Zeta wie geplant gefunden. Sie arbeitet schon an einem Sendealgorithmus. Mittels dessen wir die Wahrheit verkünden können. Für jeden Bundesgenossen, den wir verloren haben, haben wir in Gestalt der Oni zwei neue gewonnen.«

»Ich möchte niemanden kränken«, sagte Lucas, »aber sie scheinen nicht gerade besonders gut ausgerüstet, verglichen mit der Garde, die wir voll gepanzert und mit hochtechnisierter Bewaffnung hier haben wollten.«

»Du solltest die Oni nicht unterschätzen«, wandte Zeta ein. »Sie überleben hier seit Jahrtausenden, und der Dschungel ist mit den Leichen von Xalanern übersät, die von ihrer Hand fielen. Tatsächlich nennt die örtliche Militärbasis dies hier den [Kauderwelsch]. Das bedeutet ›Schwarzer Wald‹. Ganze Züge von Soldaten sind den Oni zum Opfer gefallen, als sie den Dschungel zu durchqueren versuchten. Die abergläubischeren Xalaner halten sie für die Geister der alten Zivilisation, die sie für das Verbrechen an den Bewohnern des Planeten heimsuchen.«

»Und was denken die Oni über unsere Ankunft hier?«, fragte Lucas.

»Früher, vor sehr vielen Generationen, fand man auf diesem Planeten auch Bewohner mit einer Hautfarbe wie deiner. Ich habe den Oni erklärt, ihr wärt *Rokaan,* Nachfahren der früher einst großen Bergstämme, die jetzt hier erschienen sind, um an der Seite der Oni zu kämpfen. Sie sind neuen Gesichtern gegenüber argwöhnisch, erkennen aber, dass ihr offensichtlich auch Oni seid, was schon mal eine gewisse Vertrauensbasis begründet. Du würdest sie als Soraner bezeichnen. Oder Menschen, wie ihr euch auf der Erde nanntet. Alle diese Wörter bedeuten jetzt ein und dasselbe. Ich werde nie begreifen, wieso man euer Volk in der ganzen Galaxis antrifft. Aber jetzt, da wir wissen, dass die

Xalaner keine eigenständige Spezies sind, sondern nur ein genetisches Experiment der Soraner, scheint es, dass ihr die einzige natürliche Lebensform seid, die die Sterne bevölkert.«

»Und doch«, sagte Lucas, »sind wir auf einem halben Dutzend Planeten praktisch ausgerottet worden. Nur auf einem passierte das nicht.«

»Wir werden versuchen, das mit unserer Arbeit hier zu korrigieren«, sagte Zeta.

»Wie sieht also der Plan jetzt aus?«, wandte sich Lucas wieder an Alpha.

Alpha kratzte sich an einer alten Brustnarbe.

»Zeta arbeitet an ihrem Algorithmus, und ich versuche, einen Weg zu finden, wie wir diesen Planeten wieder verlassen können.«

»Und was kann ich tun?«, fragte Lucas. Er sah Natalie an einer Konsole lehnen, ging sofort hinüber und nahm das Gewehr zur Hand. Alpha hatte es dort vermutlich deponiert, damit es in Sicherheit war. Es handelte sich dabei schließlich um eine seiner besten Schöpfungen.

»Da ist eine Sache, die du erledigen musst. Falls du dich dieser Aufgabe gewachsen fühlst, heißt das«, sagte Alpha.

»Ich war schon in viel schlimmerer Verfassung«, sagte Lucas. Das stimmte; sein Körper hatte sich seit Jahren daran gewöhnt, mit kleinen Unbehaglichkeiten wie Verbrennungen und Knochenbrüchen zu leben. Seit das Gift aus dem Körper war, fühlte er sich wieder viel frischer.

»Ein letzter Gardesoldat bedarf der Rettung.«

Lucas wusste schon, was als Nächstes kam.

»Erster Wachmann Mars Maston.«

Er hatte den Punkt schon auf der Karte gesehen, ein gutes Stück von der Siedlung entfernt. Die Gegend dort war aus irgendeinem Grund mit einer roten Schattierung unterlegt.

»Warum wurde noch kein Team zu ihm losgeschickt?«

»Eines wurde geschickt«, antwortete Zeta traurig. »Es ging jedoch in *Ai Los'ri Vin-taasa* verloren.«

»Was ist das?«, wollte Lucas wissen.

»Die Tote Stadt.«

Lucas' Miene blieb leer. Zeta erklärte es.

»Es ist die zweitausend Jahre alte Hülse einer alten Oni-Metropole. Ihre Ruinen liegen tief im Dschungel, und es ist ein sehr unglücklicher Umstand, dass euer Kamerad dort gelandet ist.«

»Wieso?«

Alpha wurde nervös, während Zeta weitersprach.

»Die Legende berichtet, die Gal'krai – die Xalaner – hätten die Stadt einige Zeit nach ihrer Landung einem mächtigen Untier übergeben, das sie nicht in den eigenen Reihen beherbergen wollten. Es jagt bei Tag im Dschungel und schläft bei Nacht irgendwo in den Mauern der Stadt. Während die Oni im schwarzen Wald Jagd auf Xalaner machten, hat diese Kreatur wiederum Jagd auf Oni gemacht. Sie fanden schnell heraus, dass es den sicheren Tod bedeutete, die Stadt zu betreten. Niemand hat überlebt und konnte berichten, wie dieses Untier aussieht.«

»Fantastisch«, fand Lucas. »Wie kommt es, dass Maston dann überhaupt noch lebt?«

Alpha meldete sich jetzt zu Wort.

»Die Anzeigen verraten, dass sich seine Kälteschlafkapsel noch nicht geöffnet hat, und das Peilsignal stammt von einer Position unter der Erde. Wahrscheinlich wissen weder die Xalaner noch die Kreatur, dass er überhaupt dort ist.«

Also schlief Maston noch? Das war für einen sensationellen Weckruf gut, wenn es ihnen gelang, zu ihm vorzudringen. Lucas kam ein Gedanke.

»Ein Untier, das sie nicht in den eigenen Reihen haben wollten … Alpha, das ist doch nicht …«

»Der Schänder?«, sagte Alpha. »Um unserer aller willen hoffe ich, dass er das nicht ist. Es wäre ein außerordentlicher Unglücksfall, fände man dieses Grauen hier auf Makari.«

»Der Schänder?«, fragte Zeta ungläubig. »Du glaubst, die Kreatur dort würde einer alten Kindergeschichte entstammen?«

»Es scheint, dass es mehr als nur eine Erzählung ist. Ich habe belastbare Hinweise auf die Existenz dieser Kreatur gefunden und darauf, dass sie den Auftrag hat, uns zu vernichten.«

»Nun, vielleicht habt ihr Glück und das Ding hat bei der Suche nach euch jetzt schon den halben Weg nach [Kauderwelsch] zurückgelegt. Dann steht ihm eine lange Rückreise bevor.«

»Vielleicht«, sagte Alpha, aber er klang nicht zuversichtlich.

13

Lucas suchte eine große Hütte am Rand eines kristallklaren Sees innerhalb der Höhle auf. Hier waren mehr als ein Dutzend verletzte Gardesoldaten untergebracht, von denen Lucas manche kannte, andere nicht. Sein alter Sparring-Partner Axon war bewusstlos und litt an Fieber, nachdem ihn wie Lucas eine Dschungelkrankheit befallen hatte. Er wurde vom Kal'din behandelt, einer Art Medizinmann, der eine Kombination aus Kräuterheilmitteln und xalanischer Technologie benutzte. Er schwenkte einen Metallstock mit einem blauen Licht am Ende wie einen Zauberstab über Axon. Das Gesicht des Kal'din war hinter einer kunstvoll geschnitzten Maske verborgen, und die Brust wies zwei Tätowierungen in der Form ausgebreiteter Handabdrücke auf. Lucas wollte sich bei ihm für die Hilfe bei der eigenen Genesung bedanken, aber die Sprachbarriere verhinderte das. Der Kal'din reagierte kaum auf seine Anwesenheit und huschte von einem Patienten zum nächsten. Lucas sah, dass auch etliche Onikrieger auf den Holzpritschen lagen, viele von ihnen mit frischen Verletzungen.

An der Rückwand der Hütte lagen Panzerungen und Waffen der Garde aufgehäuft, die bei der Suche nach Überlebenden im Dschungel aufgefunden worden waren. Insgesamt war das nicht viel, aber immerhin hilfreich, und Lucas schlüpfte in einen Tarnanzug, da eine umfassende Gefechtspanzerung nicht ausreichend belüftet und beweglich für den düsteren Dschungel war. Zusätzlich zu Natalie stattete er sich mit einer Energiepistole aus, und nahm auch zwei Impulsgranaten und ein Kampfmesser mit, das zu einer Machete ausgefahren werden konnte, wenn die Umstände danach verlangten.

Wenig später marschierten er und seine neue Gruppe wieder durch die Gefahren des Dschungels. Aufgrund des Furcht einflößenden Ortes, der ihr Ziel darstellte, dieser »Toten Stadt«, hatten Zeta und die Oni bei der Zusammenstellung des Teams alle Register gezogen. Zeta gab Lucas ihre gesamte persönliche Leibwache mit, und Toruk meldete sich freiwillig und brachte gleich drei seiner besten Krieger ein. Im Schlepp hatten sie auch Toruks Vornaa, was, wie Lucas erfuhr, grob mit »Blutwolf« übersetzt werden konnte. Nur Minuten nach ihrem Aufbruch rannte das Tier voraus in den Dschungel, um zu kundschaften, was anscheinend das übliche Vorgehen einer Blutwolfeskorte darstellte. Das war auch der Grund, warum sich Lucas während seiner Zeit im Wald so oft verfolgt gefühlt hatte.

Obwohl sich die Xalaner und die Oni mit einer Reihe von Gesten verständigen konnten, dic Zeta über die Jahre mit ihnen zusammen entwickelt hatte, verfügte Lucas zunächst über keine Verständigungsmöglichkeit mit der eigenen Gruppe. Um dem abzuhelfen, spendete Zeta ihren Translatorkragen dem Anführer der Gruppe, einem hochgewachsenen xalanischen Korporal, der sich zwei vollautomatische Plasma-Maschinenpistolen an die Hüften gebunden hatte. Er brauchte einige Zeit, um sich an den Translator zu gewöhnen, und sie wanderten in den ersten Stunden überwiegend schweigend dahin. Lucas durchbrach das Schweigen als Erster: »Wie weit ist es bis zu der Stadt?«

»[Kauderwelsch] liegt [Kauderwelsch] weit von unserem derzeitigen Standort entfernt«, antwortete der Korporal und zeigte sich sofort über die Unfähigkeit des Translators frustriert, den Oninamen für die Stadt oder eine vermutliche xalanische Maßeinheit wiederzugeben.

»Wie viele Tage sind das?«, probierte es Lucas.

»Zwei bei dieser Geschwindigkeit«, sagte der Korporal, dankbar für die Neuformulierung.

Unter Toruks Führung kamen sie wunderbar schnell durch den Dschungel voran. Sie nahmen zwar keine sichtbaren Pfade, folgten aber eindeutig weniger dichtem Gestrüpp; Routen, die die Oni sicher benutzten, wenn sie auf die Jagd nach Nahrung oder nach xalanischen Soldaten gingen.

Lucas nahm einen Schluck aus seiner Feldflasche. Das Bein fühlte sich merklich besser an, und unter dem Heilungsgel war fast die gesamt verbrannte Haut am Arm nachgewachsen. Der dunkle Tarnanzug reflektierte mit seinen spiegelnden Mikrofasern das Sonnenlicht und hielt ihn auf diese Weise kühl. Alles in allem verlief der Marsch für ihn viel erfreulicher als beim letzten Mal, als er hier draußen unterwegs war, fast nackt und halb tot. Die acht furchterregenden Krieger vor und hinter ihm beruhigten ihn, ebenso wie das in die Schulter implantierte Gerät zur Maskierung der Biosignatur. Er war jetzt der Jäger, nicht mehr der Gejagte.

Erstaunlicherweise wurde es dunkel, ohne dass Regen einsetzte, und die Gruppe bereitete sich ein kleines Lager auf einer Lichtung, die sie für sicher genug hielten, um anzuhalten und sich ein wenig auszuruhen. Der Korporal holte eine kleine Schale aus seinem Rucksack und stellte sie auf den Boden. Nachdem sie aktiviert war, schoss eine weiße, kaum sichtbare Flamme daraus hervor und erwärmte die Umgebung recht effektiv, ohne allzu viel Licht zu verbreiten. So feuchtheiß es bei Tage auch war, wurde es doch recht kühl, sobald der Riesenmond aufging. Toruk kaute auf einem Stück Obst, das er irgendwo im Dschungel an sich gebracht hatte, während seine Onibrüder auf die Bäume kletterten, um zu kundschaften oder zu schlafen. Die Xalaner setzten sich auf einen am Boden liegenden Baumstamm, putzten ihre Waffen und grunzten sich gelegentlich etwas gegenseitig zu. Lucas versuchte, mit ihnen ins Gespräch zu kommen.

»Warum habt ihr euch dem Widerstand angeschlossen? Ihr scheint alle aus dem Militär zu stammen«, sagte er.

Der Korporal wandte sich ihm zu.

»Stimmt. Unsere Gruppe hat viele Jahre lang auf [Kauderwelsch] gedient. Ich habe mehr Soraner getötet, als ich überhaupt zählen möchte.«

Sein Tonfall klang eher bedrückt als stolz.

»Was hat euch bewogen, die Seiten zu wechseln?«

Der Korporal grunzte den Soldaten neben ihm etwas zu, übersetzte vermutlich für sie. Als er sich wieder Lucas zuwandte, dauerte es trotzdem einige Zeit, ehe er fortfuhr.

»Viele von uns sind zusammen in [Kauderwelsch] aufgewachsen, einem kleinen Dorf auf der Heimatwelt. Wir durften unsere Clans nur selten besuchen, waren oft monatelang im Einsatz, sogar jahrelang.«

Die Gesichter ringsherum waren ernst, wie sein eigenes auch.

»Wir wurden zur Belagerung von [Kauderwelsch] geschickt, wo wir eine extrasolare soranische Basis angriffen. Es war ein langer Kampf, weit von zu Hause entfernt. Als die Schlacht vorüber war, waren wir erschöpft und wünschten uns nichts sehnlicher, als unsere Clans auf Xala wiederzusehen.«

Er lehnte sein Gewehr an den Baumstamm. Der riesige Mond war jetzt durch die Bäume vor ihnen sichtbar.

»Als wir zu Hause eintrafen, brach es uns das Herz. Im Verlauf des Jahres hatte eine Hungersnot unser Dorf dahingerafft. Der Rat hatte eine neue Steuer für ein neues Kriegsschiff eingeführt, zu Lasten von Nahrung und Wasser für eine Reihe Siedlungen entlang der [Kauderwelsch]-Küste. Sogar der Teil des Solds, den wir nach Hause an unsere Clans geschickt hatten, war eingezogen worden. Unseren Familien blieb nichts.«

Er starrte auf die zertrampelten Blätter unter seinen krallenbewehrten Füßen.

»Meine Gefährtin, meine sechs Söhne und vier Töchter lagen schon unter der Erde, als ich eintraf. Das Gleiche galt für viele meiner Männer.«

Das gehörte zu den Dingen, von denen Alpha Lucas erzählt hatte, aber einen Bericht aus erster Hand zu hören, war verstörend.

»Wenn unsere Anführer mehr eigene Bürger als Soraner umbringen, ist die Zeit für den intergalaktischen Krieg vorbei. Ein Bürgerkrieg steht kurz bevor.«

Lucas nickte.

»Daraus kann ich euch keinen Vorwurf machen.«

»Und du?«, fragte der Korporal und verbannte jede Spur von Trauer aus seinem Tonfall. »Stimmt es, dass du und deine Gefährtin die letzten Überlebenden des Erdfeldzugs seid?«

»Mehr oder weniger«, antwortete Lucas. »Wir haben noch ein Kind mitgebracht, und ein weiteres ist unterwegs.«

Seine »Gefährtin«. Er fragte sich, was Asha wohl davon halten würde, wenn sie das hörte. Sie traf vermutlich in wenigen Stunden im Dorf der Oni ein. Er war froh, dass sie noch lebte, aber nach den Vorfällen an Bord des Speers wirkten verletzte Gefühle nach.

»Du verabscheust unser Volk bestimmt für die Vernichtung eurer Welt.«

Lucas lachte leise, was den Korporal überraschte.

»Yeah, im Großen und Ganzen. Aber einige von euch sind gar nicht so übel.«

»Die Oni sind gastfreundlich, aber echte soranische Verbündete zu haben, das ist für unsere Bewegung eine begrüßenswerte Entwicklung. Eure Hochkanzlerin hat das wirklich genehmigt?«

»Es war praktisch ihre Idee«, sagte Lucas und nahm einen weiteren kräftigen Schluck Wasser. »Frieden mit Xala wäre gut für alle. Vorzugsweise ein Frieden, der den Tod eures Rates und seiner korrupten Unterstützer beinhaltet.«

»Dann stimmen wir überein«, sagte der Korporal. Toruk drehte den Kopf in ihre Richtung, als wollte er etwas sagen, fuhr dann aber damit fort, mit einem gezackten Messer den Kern aus einer roten Frucht zu schneiden und sie zu verspeisen.

Während die Nacht ihren Lauf nahm, kam Lucas an die Reihe, auf einem hohen Baum Ausguck zu halten. Er fand einen besonders breiten Ast, der seinen Zwecken gerecht wurde. Der Riesenmond stand erneut am Himmel, obwohl er inzwischen leicht abnahm. Sein Licht überdeckte die meisten Sterne rings um ihn; nur einige wenige waren außerhalb seines Lichtkranzes zu sehen. Der Wald lag reglos und still da, abgesehen von gelegentlichen schrillen Schreien der örtlichen Fauna. Ihr Weg hatte sie um den Fuß eines Berges herum geführt. Es ging exakt in die Gegenrichtung zu jener, der Lucas auf dem Weg zu den Oni gefolgt war. In weiter Ferne entdeckte er die Lichter einer Art Siedlung. Eine xalanische Stadt? Sie schien nicht sehr groß, aber das war schwer festzustellen.

Lucas fuhr zusammen, als er ein Augenpaar entdeckte, das ihn von einem angrenzenden Baum aus anblickte. Es war Toruk, dem es irgendwie gelungen war, den mächtigen Stamm absolut still zu ersteigen. Er mampfte wieder an etwas, diesmal war es ein Stück verkohltes Fleisch, das er sich auf einen zugespitzten Zweig gesteckt hatte. Woher hatte er es? Lucas war noch mehr überrascht, als sich Toruk zu Wort meldete.

»Ich kennen dein Wahrheit.«

Sein Soranisch war stark gebrochen, aber verständlich.

»Was?«, fragte Lucas ungläubig. »Du sprichst Soranisch?«

»Ja«, sagte Toruk. »Klein wenig.«

»Woher?«

Toruk nahm einen weiteren Bissen vom Fleisch.

»Weißer Geist Sitz von großem Wissen. Lerne viele Dinge.«

Sitz von großem Wissen? Lucas brauchte eine Minute, aber dann musste er daran denken, wie er anfänglich Soranisch gelernt hatte, auf dem programmierbaren Kapitänsstuhl der Arche nämlich, der Wissen und Fähigkeiten über neurale Verkabelung vermittelte. Zeta musste irgendwo in der Khas'to-Siedlung über ein ähnliches Modell verfügen.

»Muss lernen Sprache von neuem Bundesgenossen.«

Die Worte waren fast beliebig aufgereiht, oft falsch ausgesprochen und ohne erkennbaren grammatikalischen Bezug, aber Lucas verstand, was Toruk meinte. Das war nicht schlecht dafür, dass der Krieger zwischen den Rettungseinsätzen höchstens ein paar Stunden auf dem Stuhl verbracht haben konnte. Alpha musste das System auf die Schnelle für Toruk programmiert haben. Dieser fuhr fort:

»Ich kennen dein Wahrheit.«

»Meine Wahrheit?«, fragte Lucas. »Was für eine Wahrheit?«

»Weißer Geist sagen, ihr Bergvolk. Ihr nicht Bergvolk. Ihr *Mol'taavi*-Volk.«

Keine Laute der Wildnis drangen mehr aus dem Dschungel; die Nacht war völlig still, während sie beide miteinander redeten.

»Mol'taavi?«, fragte Lucas.

»Mol'taavi«, sagte Toruk und deutete zum Mond am Himmel. »Fallen vom Himmel. Ihr Brüder von Saato. Schwestern von Valli.«

»Saato? Valli? Es tut mir leid, aber ich verstehe nicht.«

»Du vergessen. Alle vergessen. Mol'taavi Heimat alte Oni. Saato, Valli, erster Mann, erste Frau. Herrschen über Großen Dschungel von Ak'tai. Bedecken ganz Mol'taavi. Dschungel brennen. Oni hierher schicken.«

Lucas versuchte, aus alldem schlau zu werden.

»Himmelsdämon machen aus Mol'taavi weiße Asche. Jetzt Himmelsdämon verbrennen Makari-Dschungel. Saato, Valli Geist dich schicken. Du helfen. Du töten Himmelsdämon mit Weißer Geist und Oni. Bringen große Magie. Großen Mut.«

Ein weiterer Schöpfungsmythos, wie es schien. Toruk und die Oni glaubten wohl, dass der Riesenmond Mol'taavi ihre ursprüngliche Heimat war, wo die ersten Oni gelebt hatten, Saato und Valli. Nachdem ihr Wald zerstört worden war, kamen sie hierher nach Makari. Stimmte das? Und wer sollten Lucas und die Gardesoldaten demzufolge sein? So etwas wie auferstandene Geister der alten Heimatwelt? Der Absturz des Speers hatte wahrscheinlich dazu beigetragen, diesen Mythos zu stärken.

Aber was nützte es, diesem Mann jetzt die Erde und Sora zu erklären? Und ihm zu sagen, dass die Xalaner keine Dämonen waren, dass ihre Technologie keine Magie darstellte? Solche Vorstellungen konnten Toruk und sein Volk sicher nicht verstehen. Lucas wusste jetzt, wie sich Alpha gefühlt haben musste, als er ihnen zu erklären versuchte, wie ein mit Wasser betriebener Nullkern einen Riss in der Raumzeit für intergalaktische Reisen öffnete. Also spielte Lucas mit.

»Ja, es stimmt. Wir sind von Mol'taavi, aber das darfst du niemandem verraten. Saatos und Vallis Geister dürfen sich nicht bei den Oni einmischen«, improvisierte er.

Toruk lächelte breit, was eine seltsame Miene für jemanden war, der so bedrohlich wie er wirkte: angetan mit Rüstung und Waffen teils antiker, teils moderner Herstellung und den Krallen von einem Dutzend toter Xalaner an der Halskette.

»Ich weiß, ich weiß«, sagte er und lächelte weiter. Lucas hatte ihm mit dieser Bestätigung augenscheinlich den Tag gerettet.

Die Erinnerung an ein Gespräch mit einem angetrunkenen Maston vor wenigen Monaten ging Lucas durch den Kopf.

»Kyneth und Zurana waren die beiden ersten Soraner. Sie erho-

ben sich vor einigen Millionen Jahren aus dem Geheiligten Wald und gebaren die ganze Lebensform.«

Zwei ursprüngliche Menschen auf einer Welt üppigen Grüns. Wenn man die Schöpfungsgeschichte von der Erde mit dieser neuen Geschichte der Oni verglich, klang das allmählich immer weniger nach Zufall. Hier zeichnete sich eine Verbindung ab, die Lucas inzwischen zu schaffen machte. Warum man in der ganzen Galaxis verstreut Planeten voller Menschen fand, hatte ihn schon immer verblüfft. Je mehr Welten sie kennenlernten, desto mehr schien es ihm, dass irgendwo da draußen eine verbindende Antwort zu finden sein musste, aber Lucas hatte das Gefühl, dass er gerade drei Stücke aus einem Puzzle mit tausend Teilen zusammengesetzt hatte. Alpha würde das besser analysieren können, aber er war gerade damit beschäftigt, die Zivilisation selbst zu retten.

Toruk hatte die Hand ausgestreckt, und Lucas stellte fest, dass er ihm ein Stück gebratenes Fleisch anbot.

»Ah …«, sagte Lucas, während er es musterte.

»Sogar Bruder von Saato brauchen Nahrung. Essen.«

Lucas war ziemlich ausgehungert und nahm ihm das Stück Fleisch aus der Hand. Es knirschte, als er hineinbiss, aber es schmeckte gut, fast wie Schwein.

»Nicht schlecht«, sagte er. »Heutzutage findet man auf Mol'taavi nichts Gutes mehr zu essen.«

Toruk bemühte sich, nicht vor Lachen vom Baum zu fallen.

Erst am nächsten Tag, als sie die Rückseite des Berges umrundet hatten, erhielt Lucas einen ersten Eindruck der Toten Stadt. Dunkle Steintürme ragten über den Baumwipfeln des Dschungels in die Höhe. Toruks Blutwolf war vor wenigen Stunden zur Gruppe zurückgekehrt und hatte auf eine Lucas unverständliche Weise die Information übermittelt, dass Maston tatsächlich in der

Stadt war und sich keinerlei Feinde in der Nähe aufhielten. Wie Toruk und der Blutwolf in solchem Detail miteinander kommunizierten, das war ein Rätsel, aber eines, das erst einmal ungelöst bleiben würde, denn das Tier sprang zurück in den Dschungel, nachdem es von Toruk frische Anweisungen erhalten hatte.

Einige der Oni flüsterten miteinander, als sie die Pfeiler erblickten, und sie packten ihre Waffen ein wenig fester. Sie drangen ohne Zwischenfälle durch den Dschungel vor, unsichtbar für die xalanischen Truppen, aber diese waren nicht mehr das, was sie zu fürchten hatten, wenn man den Gerüchten Glauben schenkte.

Endlich wurde der Baumbestand dünner, und voraus waren kurze Eindrücke einer Mauer erkennbar. Sie war rissig und verfallen, das Gestein, aus der man sie errichtet hatte, dunkel und glatt. Lucas vermutete einen vulkanischen Ursprung, aber jetzt war nicht die Zeit, Toruk um Lektionen in Geschichte zu ersuchen. Während sie in die Stadt vordrangen, gewannen sie einen Eindruck von ihren Ausmaßen, was aus dem Wald heraus nicht möglich gewesen war. Obwohl viele der Bauwerke nur noch Haufen verrottenden Holzes bildeten, waren zahlreichere weitere aus dem gleichen schwarzen Gestein gemeißelt und hielten dem Grünzeug stand, das sie überwuchert hatte. Die Gruppe konnte die Mauer sehen, die sich um die Stadt zog, und die Türme, die sie vom Dschungel aus gesehen hatten, ragten einige hundert Fuß hoch auf. Es waren insgesamt sechs Türme, die sich vor ihnen bis zum Ende der Stadt erstreckten, das recht weit entfernt schien. Nur zwei waren gänzlich intakt, die anderen hingegen an verschiedenen Stellen abgebrochen.

Während die Außenbezirke aus schlichten Wohnhäusern bestanden, erwiesen sich die Bauwerke Richtung Stadtzentrum als kunstvoller gestaltet. Was an Häusern aus schwarzem Gestein nicht zerstört war, das wies eingeschnittene Glyphen und Wandbilder auf. Die Außenwand von etwas, das an eine Art Tempel erinnerte, zeigte eine interessante Szene im Gestein. Ein Dutzend Oni knieten vor zwei Gestalten, die rechte Hand jeweils erhoben. Hinter ihnen zeichnete sich eine große Kugel ab. Mol'taavi.

Die Wandbilder boten keinerlei Hinweise auf die xalanische Invasion, anders als im Höhlendorf der Khas'to. Lucas vermutete, dass die Stadt zu schnell zerstört worden war, um solche Berichte festzuhalten.

Die Handgelenkkarte verriet ihm, dass Maston nach wie vor eine Meile entfernt war. Das war einst wirklich eine gewaltige Metropole gewesen. Lucas sah durch das Labyrinth aus Bauten nicht einmal mehr die Stadtmauer.

Es war still hier. Lucas hatte sich schon lange an die Rufe verschiedener fremdartiger Waldtiere gewöhnt, und die Stille verunsicherte ihn. Als er um die nächste Ecke ging und dabei über ein umgestürztes Standbild stieg, begriff er, warum sich kein Lebewesen hierher vorwagte.

Vor ihnen breitete sich ein freier Platz mit einer steinernen Sphäre im Zentrum aus. Ringsherum lagen die Gebeine unzähliger Kreaturen in verschiedenen Stadien des Verfalls ausgebreitet. Moose oder Rankengewächse hatten manche Knochen förmlich in den Boden gesogen, während andere auf dem Grünzeug lagen.

Nur wenige Skelette waren vollständig erhalten, sodass kaum zu erkennen war, zu welchen Lebewesen die Knochen gehörten. Manche waren winzig, andere riesig. Toruk nahm ein seltsames Stück zur Hand und wandte sich zu Lucas um.

»Vornaa«, sagte er.

Es dauerte nicht lange, bis sie den Brustkorb eines Menschen fanden, dann einen Schädel, dann einen weiteren Schädel und noch einen. Falls das hier den Futterplatz der Kreatur darstellte, dann hatte sie über die Jahre sehr viele Oni erwischt. Es überraschte Lucas, dass er auch einige xalanische Schädel inmitten der Gebeinhaufen fand. Fraß dieses Ding auch die eigenen Leute? War es überhaupt xalanisch? Lucas schauderte unwillkürlich, während er die Kugelstatue umging und ein sauber gepicktes riesiges Skelett entdeckte, das in strahlendem Weiß schimmerte. Der Schädel war größer als Lucas selbst und wies mindestens drei Reihen dreißig Zentimeter langer Zähne auf. Offensichtlich ein Fleischfresser. Er hatte lange Arme, Beine und einen Schwanz, aber hätte Lucas es nicht besser gewusst, dann hätte er die Gestalt als ziemlich … prähistorisch eingestuft, um sich mal den Begriff aus der Chronologie der Erde auszuborgen. Er entdeckte Einzelteile eines ähnlichen Geschöpfs, zusammengesunken an einer umgestürzten Säule. Was zum Teufel war dieser Schänder, dass er rivalisierende Raubtiere solcher Größe zur Strecke brachte?

Lucas behielt die Umgebung scharf im Auge, und das Gleiche taten der Korporal, Toruk und ihre jeweiligen Gefolgsleute. Lucas blickte auf die Karte hinab und stellte fest, dass Mastons Signal aus nur noch geringer Distanz ein Stück voraus kam. Die Gruppe ließ den Friedhofsplatz zurück und erreichte einen Abschnitt aus Häuserruinen, die schwer zu navigieren waren. Lucas hüpfte von einem Stein zum nächsten und wahrte dabei mit Hilfe der Stabilitätssensoren seiner Montur das Gleichgewicht. Die Oni führten ihre Sprünge ohne eine solche Hilfestellung aus und schienen sie auch nicht zu benötigen.

Schließlich hielt er unvermittelt an und stellte fest, dass er keine Stelle mehr fand, auf die er hätte springen können. Vielmehr klaffte ein großes Loch vor ihm, frisch aufgewühlte Erde am Rand, und die Dunkelheit verbarg, was darin lauern mochte. Nach den Angaben seines Positionsmelders wusste Lucas jedoch, worauf er dort unten stoßen musste. Maston.

An der Kante eingetroffen, öffnete er die Handfläche und leuchtete mit einer Lampe aus den Handschuhmaschen in die

Öffnung. Der Boden lag etwa vier Meter tief. Ohne zu zögern, sprang Lucas hinab. Der Anzug fing den Aufprall komplett ab, und die acht Begleiter folgten ihm schnell. Alle wollten nur zu gern aus dem Freien verschwinden, wo unbekannte Gefahren lauerten.

Unterhalb der Toten Stadt erwies sich die Umgebung jedoch als kaum weniger imposant. Der Krater bot Zugang zu einem System von Katakomben, das die ursprünglichen Bewohner der Stadt angelegt hatten. Es roch nach trockenem Schimmel, und alles lag unter einem ganzen Zoll Staub. Steinsarkophage standen hier überall in aufrechter Position, mit den Gesichtern der darin Bestatteten in die Deckel gemeißelt. Aber nur ein einziger Sarg interessierte Lucas, einer, der aus Metall bestand und in wenigen Fuß Entfernung in blauem Licht leuchtete.

Lucas sondierte die Kälteschlafkapsel rasch, und die Ergebnisse entsprachen denen des Positionsmelders. Obwohl ramponiert und rissig, war die Kapsel nach wie vor intakt und Maston darin am Leben. Mit Hilfe des Messers hebelte Lucas den klemmenden Deckel auf.

Darin lag Maston und sah viel zu friedlich aus für die aktuellen Umstände. Er hatte getrocknetes Blut auf Stirn und Hals, eine beim Absturz erlittene Verletzung, aber den Sensoren zufolge nichts allzu Ernstes. Lucas fummelte an der Kapselsteuerung herum, die nach wie vor funktionierte. Das musste der Grund dafür sein, dass Maston noch schlief, während Lucas nach dem Absturz aufgeweckt worden war. Er wirbelte mit der Hand im Hologramm herum, und Mastons Sicherungsgreifer gingen auf. Eine orangefarbene Flüssigkeit wurde durch schmale Schläuche in seine Adern gepumpt.

Lucas fuhr zusammen, als Maston vom Weckcocktail der Kapsel wachgerüttelt wurde und die Augen aufschlug. Die Pupillen schrumpften sofort im Sonnenlicht, das ins Loch fiel, aber es wurde schnell deutlich, dass Maston im Grunde nicht viel erkannte.

»Wer ist da?«, fragte er heiser, und Lucas reichte ihm die Feldflasche.

»Ich bin es, Lucas«, antwortete er.

Maston blinzelte rasch, versuchte den Blick klarzubekommen. Er wollte sich aufsetzen und schob die Flasche zur Seite.

»Warum wecken *Sie* mich? Sind wir schon gelandet?«, lallte er.

Nachdem es ihm gelungen war, sich aufzusetzen, versuchte er als nächstes, ganz auf die Beine zu kommen.

»Vielleicht bleiben Sie lieber erst mal sitzen.«

Maston blieb erstaunlich ruhig, während ihm Lucas kurz die Ereignisse der vergangenen paar Tage erzählte. Er hyperventilierte nicht, wie es Lucas angesichts der kolossal veränderten Umstände getan hatte. Jahre militärischer Erfahrung hatten Mastons Nerven für solche Augenblicke gestählt. Oder er hatte einfach zu viele Katastrophen erlebt, um von dieser noch erschüttert zu werden.

»Und das hier?«, fragte er, als Lucas zum Ende kam. »Was ist das?«

Er blickte sich in der Gruft um und dann zum sonnenhellen Loch an der Decke hinaus.

»Sie nennen es die Tote Stadt. Es war vor der xalanischen Invasion eine Metropole und später eine Ruine. Aber irgendetwas lebt hier jetzt. Etwas sehr Gefährliches, und wir müssen wirklich zusehen, dass wir schnellstens von hier verschwinden.«

»Was ist das für eine Bedrohung?«, fragte Maston und musterte die Oni und die Xalaner argwöhnisch. Beide Gruppen erwiderten seinen finsteren Blick. Der Korporal blickte nervös auf seine Handgelenkanzeige. Das leichte Signal eines Herzrhythmus war dort zu sehen.

»Etwas dermaßen Tödliches, dass zwei verschiedene Zivilisationen Geistergeschichten davon erzählen«, antwortete Lucas. »Können Sie laufen?«

Maston rappelte sich auf und nickte.

»Haben Sie mir etwas mitgebracht?«

Lucas gab dem Korporal einen Wink, und der Xalaner nahm ein soranisches Energiegewehr vom Rücken und übergab es Maston. Eine Panzerung hatten sie nicht mitgeschleppt, sodass Maston mit seinem Bodysuit und zwei Ersatzstiefeln auskommen musste.

»Nutzen Sie es gut, Soraner«, sagte der Korporal kalt. »Ich hoffe, dass Sie sich eines solchen Risikos würdig erweisen, wie wir es auf uns genommen haben.«

»Das werde ich«, entgegnete Maston barsch.

»Müssen gehen«, sagte Toruk ungeduldig. Er hatte Recht; sie hatten hier unten schon zu viel Zeit vergeudet.

Sie halfen einander aus dem Loch und zurück ins Sonnenlicht, das am Ende eines weiteren der außergewöhnlich kurzen Tage schon wieder verblasste.

Sie waren jetzt viel schneller unterwegs, hielten sich geduckt und sprangen rasch und leise von einem Stein zum nächsten. Maston hielt locker mit. Er schien in der Kapsel kaum etwas von seiner Kraft verloren zu haben. Die großen dunklen Obelisken warfen lange Schatten auf die Überreste der Stadt. Die Gruppe rannte am verfallenden Tempel vorbei und erreichte erneut den Friedhofsplatz.

Die Zwergsonne stand inzwischen direkt hinter dem Kugelstandbild in der Mitte, das Lucas als Wiedergabe des Mondes Mol'taavi einstufte. Auf dem Stein hockte jetzt jedoch noch etwas anderes, ins weiße Licht gebadet. Etwas, das sich ganz leicht bewegte.

»Meine Beute kommt zu mir. Seltsam.«

Die Stimme ertönte im Translatorkragen des Korporals und überraschte jeden. Das Gerät fing die Hirnwellen dessen auf, was immer dort lauerte, und übersetzte sie.

Lucas schlich näher heran und hielt dabei Natalie auf die Oberseite der Kugel gerichtet. Die Gestalt dort rührte sich erneut.

»Eine Allianz. Xalaner und Soraner. Sollte das nach all diesen Jahren endlich eine würdige Aufgabe sein?«

Die Stimme der Kreatur war leise und rau, und obgleich ihre Sprachmuster seltsam wirkten, kurz und stockend, schwang in ihr doch eine Gewichtigkeit mit, die der Stimme des Korporals abging.

»Wir haben keinen Streit mit dir!«, rief Lucas, ohne nachzudenken. Es erschreckte ihn, dass die Kreatur sprechen konnte. Nach all den Knochen ringsherum hatte er mit einem knurrenden und wilden Geschöpf gerechnet. Diese Kreatur zeigte beides nicht. Bislang jedenfalls nicht.

»Die Stimme«, sagte sie. »Das Gesicht. Du bist es. Einer der drei.«

Oh Scheiße!

»Ich habe die Sterne nach dir abgesucht. Und hier finde ich dich. Die anderen sind gewiss nicht weit hinter dir.«

Also war er es, der Schänder. Alphas größte Angst. Lucas trat einen gefährlichen Schritt weit vor, und die Sonne versank hinter den Bäumen. Er konnte die Gestalt jetzt richtig erkennen.

Die Kreatur war wirklich eine Art Xalaner. Sie hockte wie eine zusammengerollte Schlange auf der Steinkugel und zeigte sich sprungbereit. Sogar auf diese Entfernung konnte Lucas sehen, wie riesig sie war. Statt einzelner gepanzerter Stellen an Rumpf und Schultern schien sie überall über einen natürlichen Schutz zu verfügen, sogar an Armen und Beinen, und das erstreckte sich bis hinauf an die Seiten des Gesichts. Sie trug keine Spur künstlicher Panzerung; sie brauchte sie vermutlich nicht. Waffen hielt sie weder in den Händen, noch trug sie sie sonst wo am Körper, aber die Krallen waren pechschwarz und an jeder der dreifingrigen Hände und jedem der dreizehigen Füße wenigstens dreißig Zentimeter lang, das Dreifache eines normalen Xalaners. Der geöffnete Mund zeigte ähnlich riesige Zähne. Am auffälligsten war ihre Hautfarbe, eine Schattierung von höllisch dunklem Blutrot, die Lucas noch nie bei einem Xalaner gesehen hatte. Die Augen waren schwarz und wiesen Ringe aus feurigem Orange auf, die im ersterbenden Licht flackerten. Das war kein Schatten. Das war etwas … anderes.

»Roter Dämon«, murmelte Toruk. »Altes Übel. Große Macht.«

»Worauf warten wir?«, knurrte Maston Lucas an und hielt inzwischen das eigene Gewehr im Anschlag. »Erschießen wir ihn.«

»Man kann mit ihm reden, also wäre es eine Verschwendung, es nicht zu versuchen«, flüsterte Lucas heftig zurück.

Der Korporal wollte nichts davon hören und übernahm den Kragen wieder mit der eigenen Stimme.

»Er ist ein Gräuel!«, brüllte er. »Nur eine der erbärmlichen Kreaturen des Rates!«

Die Stimme wechselte erneut.

»Narr! Ich bin eine Schöpfung von Göttern.«

»Von Teufeln!«, schrie der Korporal.

Die Kreatur sprang von der Kugel und landete knirschend auf dem Knochenteppich. Als sie aufrecht stand, bestätigte sich Lucas' Einschätzung ihrer Körpergröße. Sie ragte weit über ihnen allen auf. Während die meisten Xalaner zwischen zwei Meter zehn und zwei Meter vierzig groß waren, erreichte dieser hier locker vier Meter.

»Ich bin die Zukunft!«, schnurrte er. »Mein ist die Gestalt dessen, was kommt.«

»Du bist irre«, sagte der Korporal, der seine beiden Waffen im Anschlag hielt. Seine Hände zitterten leicht.

»Ich weiß, dass du ein Ausgestoßener bist!«, rief Lucas dem Schänder zu. »Dein eigenes Volk möchte nichts mit dir zu schaffen haben. Du brauchst nicht auf ihr Geheiß zu handeln.«

Der Schänder wandte sich an Lucas.

»Ich diene niemandem!«, fauchte er. »Aber dein Tun schreit nach Rache.«

Er streckte die langen Krallen aus, und ein leiser kehliger Laut entfuhr ihm.

»Du hast ihn umgebracht«, sagte er. »Teile nun sein Schicksal.«

So viel zum Thema Einsicht.

Der Schänder beugte sich vor und wölbte die gepanzerten Muskeln. Etwas Langes und fast Durchsichtiges entsprang seinem Rücken.

Flügel.

Er sprang in die Luft, als sich Lucas gerade ausreichend gefasst hatte, um den Abzug zu drücken. Der Rest der Gruppe folgte seinem Beispiel, aber der Schänder wich in der Luft jedem Geschoss mühelos aus.

»Was zum Teufel ist das für ein Ding?«, schrie Maston, während er einen Strom Plasmageschosse gen Himmel jagte. Die Flügel des Schänders waren fast insektenhaft. Weit über der Gruppe am Boden flatterten sie so schnell, dass man kaum ein Schwirren in der Luft sah. Auf einmal hörten sie auf zu vibrieren, und der Schänder ließ sich fallen. Genauer gesagt, ging er in den Sturzflug über.

»Konzentriertes Feuer!«, brüllte Maston, schon wieder im Befehlsmodus. Alle gehorchten, aber selbst im halsbrecherischen Sturzflug konnte der Schänder dem auf ihn einprasselnden Beschuss ausweichen. Ein paar Geschosse trafen ihn, schienen aber harmlos an der Panzerung abzuprallen. Schon einen Augenblick später war es zu spät, um ihn noch abzuwehren.

Er stürzte sich mitten in die Formation seiner Gegner, rammte mit solcher Wucht in den Korporal, dass Lucas dessen Knochen brechen hörte, und riss alle anderen ebenfalls zu Boden. Als sich Lucas wieder aufrappelte, sah er den Schänder die rechte Klaue heben. Darin hielt er den Kopf des Korporals, aus dem Blut auf den ohnehin schon roten Arm tropfte.

Einer der Onikrieger ging mutig auf den Schänder los und schwang eine mächtige Axt von oben nach unten. Er fand eine Lücke in der Panzerung, und Blut trat aus, als sich die Axt ins Schlüsselbein grub. Aber der Schänder konterte schnell mit einem wuchtigen Tritt. Die drei riesigen Klauen gruben sich in Brust und Eingeweide des Oni. Es sah danach aus, dass sie beide Lungen und den Magen durchbohrt hatten. Blut spritzte dem Krieger aus dem Mund; der Schänder drehte den Fuß in den Boden, mit dem Mann darunter. Weitere Knochen brachen, und der Schänder schwang sich erneut in die Luft, als die übrige Gruppe das Feuer eröffnete.

Eine leise Stimme ertönte in dem Kragen, den die jetzt kopflose Gestalt des Korporals noch trug.

»Lästerer!«

Eine blutige Axt stürzte klappernd aus der Luft, nachdem das Monster sie aus der eigenen Panzerung gegraben hatte. Der Schänder schwenkte erneut herum. Er ging diesmal weniger in einen Sturzflug über, zog vielmehr wenige Fuß über dem Erdboden seine Bahn. Als zwei der Xalaner auf ihn schossen, packte er einen mit der rechten Klaue, riss den Xalaner in einem unglücklichen Winkel herum und schleuderte ihn mit einer tiefen Schnittwunde quer über den Hals in einen nahen Knochenhaufen. Der Schänder landete neben ihm und entriss ihm das Energiegewehr. Er legte es rasch an und streckte den zweiten Xalaner mit einem Kopfschuss nieder. Maston versuchte aus dem Weg zu springen, steckte aber einen Treffer an der Schulter ein. Aus dem Liegen erwiderte er das Feuer und streifte die Halspanzerung der

Kreatur, sodass der Schänder hinter einem der Riesenskelette in Deckung sprang.

Lucas erblickte eine Gelegenheit und warf eine Impulsgranate über das Skelett hinweg. Sie hatten keine Sprenggranaten bergen können, aber er hatte gelernt, dass die elektrische Wucht der Impulswaffen ein Nervensystem völlig aus dem Gleichgewicht bringen konnte. Lucas setzte mit einem Schrotschuss nach, der ein riesiges Loch in den Schädel des Skeletts riss. Als die Granate explodierte, schleuderte sie den Schänder ein Stück weit weg. Eine blaue Kugel aus Energie und Licht verschlang ihn, und Lucas spürte selbst auf diese Distanz ein Kribbeln auf der Haut.

Der Schänder war desorientiert, und Toruk nutzte diesen Augenblick der Schwäche. Er rannte los, sprang über den Skelettschädel hinweg und rammte dem Schänder den Metallspeer mit der schwarzen Spitze in die Brust. Das seltene Metall durchdrang die Panzerung und traf das gewünschte Ziel. Die Kreatur stieß ein Gebrüll aus, das der Translatorkragen nicht interpretieren konnte, riss den Arm herum und erwischte Toruk mit einem Rückhandschlag, der den Oni bis zur Statue im Zentrum des Platzes zurückschleuderte. Die Wirkung der Impulsgranate war also nur äußerst kurz, denn die Kreatur breitete schon die Flügel aus und schwebte einige wenige Fuß über dem Erdboden. Sie wich einem gezielten Schuss von Lucas aus und riss sich den Speer aus der Brust. Dann wirbelte sie im Kreis und schleuderte die Waffe auf den letzten Kämpfer des xalanischen Widerstands, der ins Herz getroffen und von der Wucht des Wurfs an den Boden genagelt wurde.

Ehe Lucas auch nur blinzeln konnte, war der Schänder schon über den beiden anderen Onikriegern, die aus den angeeigneten Energiewaffen feuerten und über die meiste Zeit des Kampfes hinweg nur Luft getroffen hatten. Lucas zuckte zusammen, als er sah, wie sie fast sofort von den furchterregenden, messerscharfen Klauen des Monsters zerrissen wurden. Gliedmaßen und Organe purzelten zu Boden. Einer der beiden war schon zerstückelt, während der andere noch auf den Knien lag. Der Schänder hob ihn hoch, indem er mit zwei Klauen unter die Rippen griff, und während Lucas entsetzt zusah, grub er dem Mann die Zähne ins Gesicht. Mit einer Rückwärtsbewegung riss er ihm dann den Kopf vom Rumpf, ehe er den Schädel und die noch daran hängende Wirbelsäule fallen ließ, sodass sie sich zu dem Meer aus Knochen vor seinen Füßen gesellte.

Einem benommenen Toruk stand die Wut in den Augen, als er sah, was der Dämon aus seinen Männern gemacht hatte. Er wandte sich zu einem erneuten Sturmangriff, aber Lucas rief: »Wir müssen von hier weg!«

Es geschah zum ersten Mal seit langem, dass Lucas die Notwendigkeit sah, aus einem Kampf zu fliehen, aber hier wurde deutlich, dass sie diesem Monster nicht ansatzweise gewachsen waren. Lucas wandte sich zu Maston um, der zustimmend nickte und dabei die schwarze Brandwunde an der Schulter umklammert hielt. Er war ein Soldat mit genug Klugheit, um zu erkennen, wann er zurückweichen musste.

Lucas musste sich dem auf den Schänder losstürmenden Toruk entgegenstellen und ihn zur Stadtmauer zerren. Die Kreatur ragte über den massakrierten Gestalten zweier Männer auf und brüllte so laut, dass sie damit eine Wolke aus schwarzen Vögeln von den nahen Bäumen aufschreckte. Der Schänder sprang in die Luft, und seine Flügel summten, während er den Flüchtigen nachsetzte. Es schien, dass sie zwar fliehen wollten, aber nicht konnten.

Verzweifelt warf Lucas seine letzte Impulsgranate auf den heranfegenden Schänder. Dieser versuchte, dem Detonationsradius auszuweichen, aber als die Granate explodierte, verschlang ihn ihr Energiefeld aufs Neue. Seine Flugmanöver wurden fahrig und führten ihn scharf nach links. Maston drehte sich um und feuerte drei Schüsse auf die rechte Schulter des Monsters ab, die es noch weiter aus dem Gleichgewicht brachten. Der Schänder flog inzwischen unsicher, setzte ihnen aber weiter nach.

Zu dritt stürmten sie zwischen den zerstörten Häusern hindurch zur Stadtmauer, aber der Dschungel bot vermutlich keine Rettung; sie standen lediglich im Begriff, aus dem Haus der Kreatur in deren Jagdgründe zu laufen. Lucas hörte ein weiteres Geräusch ein Stück voraus. Knackende Zweige und zermalmte Blätter. Etwas näherte sich.

Eine Gestalt sprang vor ihnen aus dem Gestrüpp. Es war Toruks riesiger Blutwolf, der mit unglaublicher Geschwindigkeit auf sie zurannte. Lucas musste nach rechts ausweichen, um nicht mit dem Tier zusammenzuprallen, und es raste an ihm vorbei, ohne ihn auch nur eines Blickes zu würdigen. Lucas drehte sich um und verfolgte, wie der Wolf auf das Dach eines nahen Hauses sprang und sich anschließend in die Luft warf. Nach wenigen Sekunden Sprung krachte er in den Schänder hinein, umklammerte dessen Hals mit den Kiefern, und die beiden purzelten zur Erde hinab außer Sicht.

»Naali!«, schrie Toruk, blieb stehen und drehte sich um.

»Nein!«, rief Maston. »Das ist unsere Chance! Verschwinden wir!«

Lucas sah den Zorn und die Trauer in Toruks Augen, nickte aber zu Mastons Worten.

»Wir sterben sonst alle«, sagte er ernst.

Toruk wandte sich erneut um und rannte in den Dschungel. Lucas und Maston folgten ihm, als schmerzerfülltes Heulen aus der Stadt hinter ihnen ertönte.

Es war schwer zu sagen, wenn sie aufhörten zu rennen. Die Sonne war untergegangen, und Stunden waren verstrichen, ehe ihnen endlich das Adrenalin ausging. Toruk blickte auf Jahre der Konditionierung im Dschungel zurück; Lucas wurde durch seine Tarnmontur bei der Erholung unterstützt, und Maston schien von reiner Willenskraft angetrieben, ungeachtet der schweren Plasmaverbrennung. Lucas zweifelte fast daran, dass der Kommandant nicht über Gardegenetik aus dem Bruttank verfügen sollte.

Schließlich blieben sie tief im Wald stehen, und Lucas brach beinahe zusammen, als ihn die Erschöpfung einholte. Sie hatten den Schänder nicht mehr gesehen, seit er vom Blutwolf abgefangen wurde, aber wahrscheinlich konnte das Tier, wie tapfer es auch war, das Monster nicht lange aufgehalten haben.

»Müssen stoppen«, sagte Toruk, der letztlich doch zeigte, dass ihm die Luft ausging. »Machen Lager schnell, gehen nach Hause. Erst mal verstecken.«

Er tippte auf die Metallscheibe an seinem Arm. Sie hatten im Laufen Maston auch so eine zugeworfen, sodass er jetzt ebenfalls für traditionelles xalanisches Biotracking nicht mehr aufzuspüren war. Lucas fragte sich allerdings, ob der Schänder nicht über ursprünglichere Mittel verfügte, um seine Mahlzeiten aufzuspüren.

Bald hatten sie ein kleines weißes Feuer in Gang gebracht und Toruk einen in der Nähe hangelnden Baumoktopus, den er *Lobai* nannte, erlegt und seiner Schuppen beraubt. Er reichte seinen Gefährten jetzt Stücke davon. Das Fleisch schmeckte vage nach dem eines Tintenfischs, aber im Feuer gegart war es gar nicht mal schlecht.

»Wie hieß dein Wolf?«, fragte Lucas. Toruk schien verwirrt.

»Dein Vornaa«, erklärte sich Lucas.

»Naali«, antwortete Toruk mit gerunzelter Stirn. »Gehören Vater. Weiser Vornaa. Alter Vornaa. Wilder Vornaa.«

»Furchtloser Vornaa«, sagte Lucas.

»Naali leben. Roter Dämon nicht töten.«

Lucas nickte wortlos und behielt für sich, dass er sehr an dieser Aussage zweifelte.

»Was für ein verdammter Schlamassel!«, fand Maston und rieb sich den Kopf. »Wir hätten wissen müssen, dass sie eine Möglichkeit finden, ihr eigenes Scheißschiff zu entdecken. Dieser Einsatz ist idiotisch.«

»Wir haben die Zielperson erreicht. Jetzt müssen wir nur noch abwarten, bis sie mit der Ausstrahlung ihren Teil erledigt hat, und wir können ganz schnell wieder von hier verschwinden«, sagte Lucas und klammerte sich an die gleiche Überzeugung wie Alpha.

»Von hier verschwinden?«, fragte Maston mit hochgezogenen Brauen. »Unser Schiff ist in eine Million Stücke zersprungen, ebenso der größte Teil der Besatzung. Sora verfügt über kein Raumschiff, das diesen Planeten vor Ablauf mehrerer Lebensspannen erreichen könnte. Wir sind in diesem Höllenloch schiffbrüchig.«

»Saato helfen Brüdern«, erklärte Toruk zuversichtlich.

»Wovon zum Teufel redet er da?«, fragte Maston.

»Das ist eine lange Geschichte«, antwortete Lucas. »Die Oni glauben, dass wir von ihrem Mond Mol'taavi gekommen sind, um ihnen in ihrem Kampf beizustehen.«

Er deutete auf die riesige leuchtende Kugel am Himmel. Maston schüttelte nur den Kopf.

»Ich will's gar nicht wissen.«

Das Feuer flackerte, und Toruk wurde mit einem Lo-bai-Tentakel fertig. Ein großer Striemen zeigte sich auf seiner Brust, wo der Schänder ihn getroffen hatte. Er warf etwas Knorpel ins Feuer und kletterte auf einen nahen Baum, um Wache zu halten.

»Also, wen haben wir nun genau verloren?«, fragte Maston und wurde dabei leiser.

Lucas rief die Geländekarte im Handgelenkdisplay auf. Der Wald war nur noch mit schwarzen Punkten durchsetzt, und eine größere Ansammlung grüner Punkte zeigte sich in der Siedlung. Lucas freute sich, dort auch Ashas Namen vorzufinden. Er drehte die Anzeige Maston zu, der die Liste der Gefallenen sichtete.

»Jano, Yuttori, Moloy, Wrev, Tuya, Corvin.« Er verstummte, während er die Namen weiter las.

»Silo?«, fragte er, nachdem er den Punkt entdeckt hatte.

Lucas nickte.

»Ja, ich war bei ihm. Ich … war es im Grunde.«

»Sie waren was?«

Lucas seufzte.

»Als ich ihn fand, hatte der Bastard einen vollen xalanischen Spähtrupp mit einem Holzspeer erledigt. Aber sie hatten ihn übel verletzt. Gelähmt. Ich bekam ihn nicht vom Fleck und durfte nicht zulassen, dass sie ihn lebendig gefangen nahmen. Ich … habe ihn getötet.«

Lucas versuchte, den Kloß in seinem Hals herunterzuschlucken. Er wollte Maston keinen weiteren Grund liefern, ihn für schwach zu halten.

Maston starrte nur ins Feuer.

»Sie haben die Lektion also verstanden. Warum wir manchmal bereit sein müssen, sogar die zu töten, die … ein solches Schicksal nicht verdient haben.«

Lucas schüttelte den Kopf.

»Es war nicht wie auf dem Schiff.«

»Vielleicht nicht, aber in beiden Fällen erforderte es Stärke, den Abzug zu drücken. Zumindest haben Sie es beim zweiten Mal richtig hinbekommen.«

»Was verstehen Sie von dieser Art Opfer? Ich kann mir nicht vorstellen, dass es auch nur eine lebendige Person gibt, die Sie nicht in einer Sekunde umbringen würden, wenn Sie müssten.«

Zorn flammte in Mastons Augen auf.

»Warum halten Sie sich so beharrlich für fähig, mich zu beurteilen?«, fauchte er Lucas an. »Sie töten einen Freund und halten sich schon des Mitgefühls für würdig? Ich habe Dinge getan, die nicht nur an meiner Seele fressen, sondern mir das Gefühl geben, sie hätten sie völlig aufgezehrt.«

»Was haben Sie getan?«, hakte Lucas nach.

»Das möchten Sie erfahren?«, knurrte Maston im Feuerschein. »Sie möchten wissen, was auf Vitalla passiert ist?«

Er begann zu erzählen. Lucas hörte zu.

14

»Rhylos hatte es von Anfang an schwer. Vor fünfzigtausend Jahren, ehe irgendjemand auch nur so etwas wie einen Lichtschalter erfunden hatte, wurde ihr Land fortwährend von Nachbarn geplündert, die auf die reichhaltigen Bodenschätze dort erpicht waren. Die Bewohner von Rhylos waren einst friedlich, sahen sich aber mit der Zeit gezwungen, Krieger zu werden. Sie schlugen diesen Weg sicher nicht freiwillig ein. Er wurde ihnen durch die Verheerungen der Eroberer aufgezwungen. Aber mit jeder neuen Generation wurden sie stärker.

Sie standen fest zu ihrem Glauben. Sie beharrten stets darauf, dass Kyneth und Zurana die Bücher des Waldes ihren Ahnen persönlich offenbart hatten. Sie hatten immer daran geglaubt, dass dieses Paar sie vor Schaden bewahren würde. Aber nachdem sie so viel gelitten hatten, fiel ihnen das Festhalten an diesem Glauben schwer. Im Zuge der Geheiligten Kriege sahen sie sich dann ein weiteres Mal verheert und mussten erneut von Grund auf neu anfangen. Der Aufstand der Maschinen verschonte sie weitgehend, aber sie erlitten riesige Verluste im nächsten Krieg, als die Xalaner der ersten Generation zu den Waffen griffen. Jahre später brachen die Hammerschläge der ersten Heimatweltangriffe im Großen Krieg über Rhylos herein. Und um all dem die Krone aufzusetzen, wurden sie dann vor hundert Jahren von einem gewaltigen Erdbeben fast ausgelöscht. Sie hatten nichts als Leid und Elend erlebt, während die übrige Welt blühte und gedieh.

Als wir vor fast hundert Jahren Vitalla entdeckten, war dies zum ersten Mal ein Grund zu feiern, während sich der Große

Krieg dahinschleppte. Vitalla war ein viel lebensfreundlicherer Planet als alle anderen, die wir bis dahin entdeckt hatten. Sicher, wir errichteten Stützpunkte auf Monden und außersolaren Planeten, aber es waren fast immer überdachte Kolonien inmitten ungastlicher Umwelten. Vitalla aber war anders.

Es war keine Welt üppigen Grüns, aber sie war reich an seltenen Mineralen und wies genug Wasserflächen auf, um Leben zu gewährleisten. Das Wetter war zu rau, als dass etwas Größeres als Mikroben existiert hätte, aber mit einigen Modifikationen glaubten wir die Temperatur künstlich so weit erhöhen zu können, dass eine Kolonie dort erfolgreich sein würde.

Als wir nach Jahrzehnten so weit waren, eine Besiedlung in Angriff nehmen zu können, zündete das einen Funken in Corinthia. Sie machte es sich zur Lebensaufgabe, dafür zu sorgen, dass Rhylos die Kolonie zugesprochen erhielt. Sie hatte schon praktisch ihr ganzes Leben lang Hilfe auf dem Kontinent geleistet, und sie bat ihren Großvater Varrus darum, den Planeten den Rhylosi zuzugestehen.

Das Argument war nur schwer von der Hand zu weisen. Von Rhylos war kaum mehr als Ödland geblieben, und sein Volk lebte von der Mildtätigkeit anderer Nationen. Es verzehrte Ressourcen, die vom ganzen Planeten aufgebracht werden mussten, und die Idee lautete, das Volk von Rhylos auf Vitalla mit der Gewinnung landwirtschaftlicher und mineralischer Ressourcen zu beauftragen, die im Dienst der Kriegsanstrengungen zurück nach Sora transportiert werden sollten. Hex Tulwar, Großkleriker von Rhylos, willigte gern in das Abkommen mit Varrus ein, und Coras Idee wurde zu ihrer großen Freude angenommen. Obwohl sie noch jung war, stürzte sie sich völlig in dieses Projekt und verwandte fast jede wache Stunde darauf, die Übersiedlung und letztliche Kolonisierung zu planen.

Neue gute Nachrichten trafen ein. Vitalla lag in der Xala abgewandten Richtung der Galaxis, und es schien unwahrscheinlich, dass die Xalaner es überhaupt erreichen konnten. Trotzdem vertraute man die genauen Koordinaten des Planeten nur ausgewählten Personen an. Selbst Cora und ich wussten nicht genau, wo der Planet lag. Nichtsdestoweniger wurde eine Militäreskorte benötigt, um sicherzustellen, dass die Millionen ihr Ziel sicher erreichten. Die Eskorte bestand aus einem großen Teil unserer Streitkräfte, aber zum damaligen Zeitpunkt war die Verteidigung der Heimatwelt stark genug, um einen direkten xalanischen Angriff abzuwehren, zumindest für eine ganze Weile. Wir würden ein Jahr nach Vitalla brauchen und ein weiteres Jahr für den Rückweg, und wir planten, so viel Personal zum Schutz der Kolonie auf Vitalla zurückzulassen, wie wir erübrigen konnten.

Ich war gerade zu Varrus Vales rechter Hand befördert worden. Er wollte selbst beim Einsatz dabei sein und sagte, es würde zur ›Einheit‹ unseres Planeten beitragen, wenn man sah, wie er selbst aufbrach und den zukünftigen Wohlstand der Unglücklichsten unseres Volkes sicherstellte. Seine Ratgeber protestierten dagegen, aber er war immer schon ein sturer alter Narr. Wir gingen an Bord seines Flaggschiffs, der SVI *Nova*, und traten die Reise an, zusammen mit der größten Auswandererflotte, die je zusammengestellt worden war.

Viel kann in einem Jahr geschehen, und vieles geschah. Ich war mit Cora zusammen aufgewachsen, da unsere Familien sich seit Generationen nahestanden, obwohl Cora und ich mehr aus der Distanz miteinander zu tun hatten. Ich hielt sie immer für so etwas wie eine privilegierte Göre, und die Gerüchte von ihrer genetischen Preisklasse im Billionenbereich waren da auch nicht hilfreich. Aber zu sehen, wie leidenschaftlich sie sich gegen die Not von Rhylos engagierte und versuchte, eine Zukunft für die dortigen Bürger sicherzustellen, löschte alle meine Vorurteile über sie. Sie hatte so viel Gutes in sich. Viel mehr als ich selbst.

Solange ich sie kannte, war sie mit den Reichen und Schönen von Sora verbandelt. Einem Baron hier, einem Herzog dort, alles von ihrer Mutter arrangiert. All das langweilte sie schier zu Tode, wie sie mir später erzählte. Die Fahrt nach Vitalla war das Aufregendste, was ihre Familie je erlaubt hatte, und zum Glück für mich war kein Herzog oder Fürst zu sehen.

Ich weiß nicht, was Corinthia in mir sah, aber es war mir auch egal. Auf einem Schiff mit Tausenden an Bord ruhten alle Augen auf ihr, wann immer sie vorbeiging, und irgendwie hatte sie mich ausgesucht. Ich war selbst mit einem ordentlichen Teil der Schönsten von Sora zusammen gewesen, aber Cora stellte eine Klasse für sich dar. Manchmal wirkte sie kaum noch soranisch, mehr wie ein Himmelswesen, das uns mit seiner Präsenz beehrte.

Wir schmiedeten Pläne, große Pläne. Sobald Vitalla besiedelt war, wollten wir nach Sora zurückkehren und ein Haus im Landrift-Tal oder in der Sorvo-Republik kaufen. Cora würde sich um ein neues verarmtes Volk kümmern, und ich würde an ihrer Seite sein, wann immer ich gerade nicht mit der SVI unterwegs war. Ich stellte mir vor: Wenn das auch nur annähernd dem entsprach, wie dieses Jahr verlief, dann konnte ich den Rest meiner Tage als der glücklichste Mann der Welt verbringen.

Wir trafen schließlich auf Vitalla in seiner ganzen grauen und braunen Pracht ein. Es hatte nicht viel zu bieten, aber immer noch mehr als Rhylos, und man konnte daraus etwas machen, was gar nicht so schlecht werden dürfte. Bautrupps waren schon Jahre zuvor eingetroffen, um das Gerüst der Kolonie zu errichten. Städte waren aufgebaut worden und warteten nun auf ihre Bewohner. Man hatte einen Bergbau angeschoben, und die Ausrüstung stand bereit, um sicherzustellen, dass die neue Rhylosi-Wirtschaft sofort anlaufen konnte. Die Bilder, die uns die Bautrupps gesendet hatten, zeigten einen ganz netten Ort.

Ich habe ihn nie zu sehen bekommen. Ich saß einige tausend

Meilen weit draußen im Orbit an Bord der *Nova* fest, um die Lage im Auge zu behalten, während Varrus einen Shuttle zum Planeten hinab nahm. Die Zeremonie der Namensgebung war der ganze Grund, aus dem er mitgekommen war, ein Versuch, sich als wohlwollender Herrscher zu präsentieren, der den Ärmsten unter uns ihren eigenen Planeten übertrug. Cora begleitete ihn nicht; sie blieb bei mir an Bord der *Nova*. Ungeachtet der Arbeit, die sie in das Projekt gesteckt hatte, war sie nicht des Ruhms wegen gekommen. Sie hatte die Abschiedsansprache gehalten und war zufrieden, dass Varrus seinen Auftritt erhielt; ganz zu schweigen davon, dass ihre Mutter es absolut verboten hatte, dass sie einen Fuß auf den Felsbrocken setzte. Schließlich musste noch eine Menge Arbeit geleistet werden, und Cora war ganz mit der einschüchternden Aufgabe beschäftigt, die Bevölkerung in den nächsten Wochen in der Kolonie unterzubringen, ehe wir uns auf die Rückfahrt nach Hause machten.

Sie warteten auf den Augenblick, in dem sie wussten, dass wir alle zusehen würden. Gerade als Varrus mit seiner großmäuligen Ansprache zu Ende kam, tauchten sie hinter der dunklen Seite des Mondes auf. Niemand wusste, wie sie Vitalla entdeckt oder wie sie es dorthin geschafft hatten, aber darauf kam es zu dem Zeitpunkt auch nicht mehr an. Die Xalaner hatten Vitalla gefunden.

Das absolute Chaos setzte ein. Sie teilten ihre Streitkräfte in zwei Hälften und trennten uns voneinander. Sie landeten Bodentruppen auf dem Planeten und überschwemmten die inzwischen bewohnten Städte mit Soldaten. Der Großteil ihrer Flotte wandte sich uns zu, der militärischen Eskorte im Orbit. Es zogen mehr Raketen ihre Bahn über den Himmel als Sterne zu sehen waren, und wir verloren schon in den ersten Minuten einen Besorgnis erregenden Prozentsatz unserer Großkampfschiffe. Die *Nova* wurde beschädigt, blieb aber flugfähig. Ich versuchte, die Befehle zu koordinieren, die Varrus vom Planeten aus brüllte, aber die xalanischen Truppen drangen rasch zu seiner Position vor.

Ich sichtete hastig die Monitore, die die Bilder der Schlacht zeigten, und stellte fest, dass wir geentert worden waren. Die feindlichen Truppen verwüsteten schon die unteren Decks, und wir mussten unsere ganze Aufmerksamkeit vom Krieg draußen ab- und der eigenen unmittelbareren Gefahr zuwenden.

Ich versteckte Cora unter Zwischendeck-Bodenplatten und stürmte zur Waffenkammer, wo am heftigsten gekämpft wurde. Als ich dort eintraf, fand ich Dutzende Leichen vor, sowohl Soraner als auch Xalaner, und der versagende Schwerkraftantrieb des Schiffs sorgte dafür, dass Blutpfützen in Kugeln immer wieder im ganzen Raum hochstiegen. Jedes Mal, wenn sich der Antrieb wieder einschaltete, platschten sie zu Boden und spritzten dort umher. Das war ein Anblick, den ich nie wieder vergessen werde.

Als das Schiff wieder stabiler war, schlich ich um einen Stapel Leichen und entdeckte den einzigen Überlebenden dieses Kampfes. Na ja, ›Überlebender‹ ist nicht das richtige Wort. Er war groß, hatte schwarze Haut und eiskalte stechende Augen. Das war einer der mythischen Schatten, von denen ich schon so viel gehört hatte. Und ich war jetzt nur ein weiterer Soldat, der nicht überleben würde, um von ihm zu berichten.

Und doch überlebte ich. Ich erinnere mich an kaum mehr als wenige Sekunden dessen, was dann geschah. Die Beleuchtung ging mal an, mal wieder aus, und während wir kämpften, stiegen wir aufgrund des stotternden Schwerkraftgenerators immer wieder in die Luft. Der Schatten war keiner von den neueren, psi-begabten, aber er war wirklich ein zäher Scheißkerl. Schnell. Stark. Es war unwirklich. Mehr als einmal rettete mir eine Stromschwankung oder ein zufälliges Rucken der künstlichen Gravitation das Leben, das den Schatten von mir wegschleuderte. Am Ende hatte ich zwei Schussverletzungen und mehr

Fleischwunden, als ich zählen konnte. Aber er endete irgendwie mit einem Messer im Schädel. Später erzählte man mir, mein Körper wäre zu 70 Prozent von Wunden bedeckt gewesen. Man musste mir eine komplett neue Eigenhaut heranzüchten und transplantieren. Ich habe nur eine Narbe zur Erinnerung behalten, einen Schnitt am Hals, der mein Ende gewesen wäre, wäre die Schwerkraft nur eine Millisekunde länger intakt geblieben.

Eine Gruppe Soldaten fand mich, und ein Sanitätsteam flickte mich so gut zusammen, wie sie konnten, ehe sie mich zurück in die Kommandozentrale schleppten. Solange ich bei Bewusstsein war, führte ich nach wie vor das Kommando. Wir hatten die Entermannschaften besiegt, aber als ich wieder auf der Brücke eintraf, wurde deutlich, dass wir uns zurückziehen mussten, wenn wir nicht die ganze Flotte verlieren wollten. Die intakte Hälfte unserer Schiffe folgte der *Nova* in die Sicherheit des nächsten Planeten, während die verbliebenen Schiffe der Xalaner einen Ring um Vitalla bildeten. Sie hatten einhundert Millionen Rhylosi und unseren Hochkanzler in ihren Klauen.

Es dauerte eine Stunde, bis die Hinrichtungen begannen und mit genau der Kommunikationstechnik an unser Schiff übermittelt wurden, die ursprünglich gedacht war, die Zeremonie der Namensgebung zu senden. Die Soldaten, die Varrus hinab zum Planeten begleitet hatten, mussten sich auf die Bühne knien, wo ihnen methodisch die Köpfe durch Energieschüsse zu Asche geblasen wurden. Das waren Menschen, die ich kannte. Menschen, mit denen ich gekämpft hatte. Die meisten begegneten ihrem Schicksal mit harter Miene und stählernem Herzen, aber einige wenige starben auch schreiend.

Es gelang mir schließlich, eine Wurmloch-Funkverbindung zu Talis zu öffnen, die nun, da ihr Vater gefangen genommen worden war, als Kanzerlin amtierte. Ich informierte sie, dass ich der höchstrangige noch lebende Offizier war und die Reste der Flotte meinem Kommando unterstanden. Während wir über Rettungsstrategien und Fluchtpläne diskutierten, gingen die Xalaner dazu über, die Zivilisten in den übrigen Städten der Kolonie zu Hunderten zu töten. Wenig später waren es Tausende. Ihre Absicht war klar, auch wenn sie nicht ausgesprochen wurde.

›Komm sie retten‹, schienen sie zu höhnen. ›Oder sieh zu, wie sie in Agonie sterben.‹

Es war unerträglich. Die Rhylosi starben auf unseren Monitoren. Sie verbrannten, schmolzen oder erstickten an Gas. Nach einer weiteren Stunde zerbombten die Xalaner die erste Stadt aus dem Orbit heraus. Einhunderttausend starben in einem Augenblick. Cora schluchzte, meine Leute schrien mich an, ich sollte angreifen, sollte unsere Leute retten.

Talis sah das anders. Warum sollten uns die Xalaner auf diese Weise anstacheln, wenn nicht, um uns in eine Falle zu locken? Wer konnte wissen, ob sich nicht eine weitere Flotte irgendwo in dem Sonnensystem versteckte und nur darauf wartete, sich auf uns zu stürzen, sobald wir in Reichweite kamen?

Das Risiko war zu groß. Falls wir bei einem fehlgeleiteten Rettungsversuch das verloren, was von der Geleitflotte noch übrig war, bedeutete das nicht nur für Vitalla die Katastrophe; es würde Jahre dauern, neue Schiffe zu bauen und neue Leute auszubilden. Der Große Krieg entglitt uns womöglich, und die Xalaner fanden vielleicht letztlich die Schwachstelle, die sie für einen alles entscheidenden Angriff auf Sora selbst brauchten.

Während Talis mir das auseinandersetzte, sahen wir auf den Monitoren, dass sie Hex Tulwar als Anführer der Zuschauer bei der Zeremonie der Namensgebung identifiziert hatten. Sie zerrten seine Familie aufs Podium. Eine schöne Frau, zwei Söhne, drei Töchter; kein Kind älter als zehn. Ich habe noch nie einen Mann so heftig für etwas kämpfen gesehen. Er tötete die beiden

Xalaner, die ihn bewachten, mit bloßen Händen und stürmte auf seine Frau und seine Kinder zu, aber ein Schattenbefehlshaber riss ihm die Brust auf, ehe Tulwar seine Familie erreichte. Kurz bevor er das Bewusstsein verlor, sah er seine Familie durch einen Hagel Plasmageschosse ausgelöscht.

Cora schrie in einem fort und flehte mich an zu helfen. Ich erkannte jedoch die Wahrheit in dem, was Talis gesagt hatte. Wir konnten alles verlieren. Doch ich musste sichergehen, dass ich sie auch wirklich richtig verstanden hatte.

›Was ist mit Ihrem Vater?‹, fragte ich die neue Kanzlerin und hörte, wie sie Tränen erstickte. Nach langer Unterbrechung flüsterte sie: ›Sora wird überleben.‹

Und so befahl ich auf Geheiß der amtierenden Hochkanzlerin, dass unsere Geleitflotte aufbrach. Während unsere Kerne hochfuhren, um den Sprung aus dem System auszuführen, sah ich, wie sich die Xalaner ausrechneten, was da auf unserer Seite geschah. Sie warfen eine Flut von Antimateriebomben auf die außenliegenden Städte und brachten Millionen innerhalb eines Augenblicks um. Ein letzter Versuch, uns zu provozieren. Wir jedoch setzten unsere Flucht fort.

Dann holten sie Varrus aufs Podium. Er stand trotzig bis zu dem Augenblick, als ihm der Kopf herunterflog. Es war das Letzte, was wir sahen, ehe sich die Kerne einschalteten. Vitalla war gefallen. Wir hatten überlebt.«

Lucas blieb still, als Maston seine Erzählung abschloss. Er war ganz benommen von dem, was er gerade gehört hatte. Das Zirpen der Nacht setzte sich fort, und Toruk hockte immer noch irgendwo über ihnen in den Bäumen. Maston sprach erneut.

»Cora konnte mich danach nicht mehr ansehen. Obwohl ihre Mutter den Befehl erteilte, war ich es, der ihn ausgeführt hatte, und sie machte mich auch in den Folgejahren dafür verantwortlich. Sie gab sich nicht feindselig oder grausam, aber nach unserer vorangegangenen Beziehung war ihre Gleichgültigkeit mir gegenüber furchtbar. Ich wurde zu einem Fremden, dem sie nur noch leicht zuwinkte und höflich zulächelte, wenn die Situation es erforderte.«

»Was wurde aus Hex Tulwar?«, fragte Lucas.

»Was *genau* mit ihm geschehen ist? Ich habe keine Ahnung, aber letztlich entkamen er und eine kleine Gruppe Rhylosi von Vitalla und schafften es in einem halb zerstörten Transportschiff zurück nach Sora. Nach dem, was ich heute weiß, hat er damals vermutlich eine Abmachung mit den Xalanern bezüglich Talis' Kopf getroffen. Er gab den Vales und mir die Schuld an dem Massaker an seinem Volk und seiner Familie. Er brauchte nicht lange, um Unterstützung für eine Revolution zu finden, nachdem er erst zurückgekehrt war und erzählte, wie die Flotte die Rhylosi im Stich gelassen hatte.«

Maston warf ein Blatt ins Feuer, wo es verdampfte.

»In den Büchern des Waldes lautet das Erste Gebot, den Göttern zu dienen. Das zweite, den Planeten zu ehren. Das dritte fordert, dem Bösen zu widerstehen. Das Vierte Gebot lautet, die Schwachen zu beschützen. Ich habe die genaue Formulierung vergessen.«

»Verloren sind die Starken, die die Schwachen nicht schützen«, warf Lucas ein, als er sich an die Tätowierung auf Silos Brust erinnerte. Sein Freund war religiös gewesen, wenn auch anscheinend kein Eiferer. Maston nickte, fragte aber nicht nach, woher Lucas die Wendung kannte.

»Tulwar sorgte dafür, dass die ganze Welt erfuhr, wie wir das Vierte Gebot gebrochen hatten, und so gewann seine Bewegung einen Namen.«

»Und Sie kämpfen seither gegen sie«, sagte Lucas, für den sich jetzt vieles zusammenfügte. »Existierte diese zweite xalanische

Flotte? Wären Sie vernichtet worden, wenn Sie die Rhylosi zu retten versucht hätten?«

Maston starrte in die Flammen.

»Ich frage mich das an jedem einzelnen Tag. Ich kann mir vorstellen, dass auch Talis Vale das tut.«

»Warum haben Sie Asha die Geschichte erzählt?«, hakte Lucas nach.

»Ihre Partnerin ist ein seltenes Geschöpf«, sagte er. »Sie verfügt über viele der Eigenschaften, die auch Cora auszeichneten – eine unglaubliche Schönheit, verbunden mit einem unbezwingbaren Geist. Sie ist das Echo einer Frau, die einst die meine war.«

Lucas spürte, wie sein Blut ein wenig zu brodeln begann, aber Maston fuhr fort: »Halten Sie sie in Ehren«, sagte er streng. »Sie sollten sich klar sein, wie glücklich Sie sich schätzen können, jemanden so Außergewöhnliches an Ihrer Seite zu haben.«

Lucas entspannte sich. Maston konkurrierte also nicht gegen ihn, was Asha anbetraf.

»Auch Sie haben sich als tüchtig erwiesen«, fuhr Maston fort. »Sie haben ein Talent sowohl dafür, Leben zu beenden, als auch dafür, es zu retten. Nicht viele hätten riskiert, diese Stadt zu betreten und sich dieser Kreatur zu stellen, um jemanden zu retten, den sie nicht ausstehen können.«

»Nun, ich hoffe, Sie können uns helfen, von hier zu entkommen«, sagte Lucas.

Maston nickte.

»Vielleicht kann ich das.«

Er stand auf und sagte zu Lucas, ohne ihn anzusehen: »Und Sie haben heute zum letzten Mal in Frage gestellt, ob ich weiß, was es heißt, Opfer zu bringen.«

Als Toruk vom Baum stieg, war Lucas mit einem Versuch an der Reihe, ein wenig zu schlafen. Er setzte sich auf zwei Äste und starrte zu Mol'taavi hinauf, der Schlaf aber wollte sich nicht einstellen. Mastons Geschichte war unglaublich, grauenhaft. Lucas hatte viele schlechte Menschen umgebracht, um am Leben zu bleiben, aber nur wenige gute. Das Erlebnis, Silo zu erschießen, hatte ihn erschüttert, und so konnte er nur ahnen, wie sich Maston damit fühlte, das Leben ungezählter Millionen für den Rest seines Lebens als Bürde zu tragen. Dazu die Umstände, unter denen er Corinthia verloren hatte. Vielleicht hatte Maston es sich verdient, unleidlich und feindselig zu sein, aber gelegentlich wirkte er grenzwertig irre. Der Typ hatte ihn nun mal an Bord des Speers halb zu Tode prügeln lassen. Nur eine weitere seiner »Lektionen«, wie es Asha behauptete? Letztlich schien er doch dazu überzugehen, dass er Lucas als Bundesgenossen und nicht als Widersacher betrachtete. Lucas hatte viel riskiert, um ihn zu retten, und womöglich hatte es Mastons gefrorene Seele ein wenig aufgewärmt, in die brennenden Augen des Schänders zu blicken. Zu schade, dass Silo nicht mehr da war und erleben konnte, wie sein Befehlshaber sich endlich doch überwand, den elenden Erdgeborenen zu akzeptieren.

Silo. Da fiel Lucas etwas ein. Er wühlte in der Tasche seines Tarnanzugs herum, schob Omikrons Viereck zur Seite und fand, wonach er suchte. Silos Final. Lucas legte sich den Chip auf die Handfläche und tippte daran. Sofort tauchte ein Interface mit einer Namensliste auf. »Madi, Rula, Koto, Velia, Kiati.«

Lucas tippte den ersten Namen an. Ein dreidimensionales Brustbild von Silo erschien vor ihm. Die Haare waren länger, und Silo wirkte mindestens einige Jahre jünger. Lucas fragte sich, wie oft die Finals aufgezeichnet oder aktualisiert wurden. Als sich Silo zu Wort meldete, spürte Lucas, wie das Blut in ihm kalt wurde.

»*Sa Madi*«, sagte er mit einem breiten Lächeln. »Ich hatte immer gehofft, dass du dir das hier nie würdest ansehen müssen, aber bei meiner Arbeit steht nun einmal nichts anderes zu erwarten, als dass es früher oder später passiert.«

Der holografische Silo unterbrach sich, um Luft zu holen.

»Es tut mir leid, dass es auf die Art passieren musste wie auch bei *Padi* oder *Brota*. Ich kann mir gar nicht vorstellen, wie sehr dir das Herz nach alldem wehtut. Wisse aber, dass wir uns eines Tages im Wald wiedersehen.«

Lucas unterbrach das Video. Er hatte nicht davon gesprochen, aber es schien, dass Silo religiös genug gewesen war, um zu glauben, dass er zu einem besseren Ort weiterziehen würde. Diesem Gesegneten Wald, von dem Maston ihm erzählt hatte. Lucas fragte sich, ob es vielleicht brisant war, wenn ein Gardesoldat eine Tätowierung des Vierten Gebots trug. Selbst wenn die Idee in ihrem Kern eine gute war, so hatte doch eine blutrünstige, skrupellose Gruppe sie übernommen, die zerstörerischste Kraft auf Sora.

Lucas' Finger schwebte über der Pausetaste, aber er spielte das Video nicht weiter ab. Das war privat. Anscheinend war die Botschaft für Silos *Madi* gedacht, seine Mutter, wie Lucas auch aufgrund der Erwähnung eines »*Padi*« vermutete. Er las die übrigen Namen. Brüder? Schwestern? Freunde? Er stoppte bei dem Namen, den er kannte. Kiati. *Nur ein paar Sekunden können nicht schaden.*

»Kiati«, begann Silo, »wer weiß schon, ob du mich überleben wirst, aber ich wette darauf. Du warst immer die Klügere mit deiner schicken Medizinaufrüstung und diesen Rekord-Testergebnissen.«

Silo lächelte weiter, wirkte jetzt aber voller Schmerz.

»Ich werde nie diese Woche Landurlaub nach Golgath vergessen. Mir ist egal, dass du mir gesagt hast, ich solle sie wieder vergessen. Eines Tages wirst du es dir wieder anders überlegen, aber wenn du das hier siehst, ist es vielleicht zu spät für uns. Du bist das Beste, was mir in diesem dunklen Sturm des Krieges begegnet ist. Ich weiß, dass du später Großes bewirken wirst, und eines Tages sehe ich dich im Wald wieder. Ich reserviere dir einen Platz. Ich weiß, dass du nicht gläubig bist, aber du wirst schon sehen. Du wirst es sehen.«

Silo wandte kurz den Blick von der Kamera und dann wieder zurück.

»Ich hoffe, dass du dies nie siehst. Ich hoffe, dass wir es durchstehen.«

Das war genug für Lucas. Er schaltete den Chip aus und schob ihn in die Tasche zurück. Er rief das Handgelenk-Display auf, das ihm einen pulsierenden grünen Punkt mit der Bezeichnung KIATI im unterirdischen Dorf zeigte. Sie war mittlerweile von einem eigenen Einsatz zurückgekehrt und hatte dabei einen der übrigen gestrandeten Gardisten gerettet. Lucas freute sich nicht darauf, ihr zu berichten, wie Silo gestorben war, und auch nicht darauf, ihr sein Final zu übergeben. Es hatte also tatsächlich vor langer Zeit mal etwas zwischen ihnen bestanden. Der Knoten, der sich in Lucas' Bauch gebildet hatte, während er das Video anschaute, hatte sich noch nicht wieder gelöst. Silo war ein guter Mann gewesen. Lucas hatte zu viele davon in den vergangenen Jahren sterben gesehen.

Der restliche Weg durch den Dschungel verlief ohne Zwischenfälle, und sie legten keine weiteren Pausen ein. Entweder hatte der Schänder ihre Spur verloren, oder er suchte einfach nicht mehr nach ihnen. Toruk stieß häufig einen leisen scharfen Pfiff aus, der sich mit den übrigen Lauten des Waldes vermischte, und Lucas glaubte den Grund dafür zu kennen. Der Oni versuchte, den Blutwolf herbeizurufen, aber das Tier konnte seinen Versuch, den Schänder aufzuhalten, auf keinen Fall überlebt haben. Die Knochen viel größerer Tiere, die dieses Monster getötet hatte, bewiesen das. Jedes Mal, wenn auf den Pfiff nur Stille folgte, schien Toruk etwas mutloser.

Der Zugang zum Dorf bestand aus einem schmalen holografischen Stein in der Erde, der keinen zweiten Blick anzog. Die Illusion war perfekt. Sie durchquerten das Bild und erreichten das Höhlensystem ungesehen, und nach kurzer Wanderung erreichten sie den unterirdischen See und die eigentliche Siedlung.

Sie wurden nicht mit einer Parade empfangen. Eine Menge aus Oni betrachtete sie besorgt und fragte sich, warum nur so wenige zurückkehrten. Lucas sah zu, wie Toruk sein Volk mit Geschichten von der Tapferkeit seiner Krieger unterhielt, die sich dem schrecklichen Monster in der Toten Stadt gestellt hatten. Lucas blieb die unglückliche Aufgabe, Zeta zu berichten, dass ihr gesamtes Team im Einsatz gefallen war.

»Das kann nicht sein!«, rief sie, und ihr blasses Gesicht wurde noch weißer. »Sie alle?«

Lucas nickte.

»Es waren so gute Soldaten! Ich kannte Korporal [Kauderwelsch] schon fast hundert Jahre lang. Der Mann hat mehr Schlachten überlebt, als ich zählen kann.«

Lucas warf einen Blick zu Alpha hinüber.

»Er hatte noch nie einen solchen Gegner, das kann ich dir versichern.«

»Du sagst, er hätte *Flügel* gehabt?«, fragte Alpha, dessen Neugier mehr von der Entdeckung des Schänders angestachelt schien, als dass er Trauer über den Tod jener zum Ausdruck brachte, die gegen das Monster gekämpft hatten.

»Ja«, antwortete Lucas. »Er war vier Meter groß, hatte Krallen wie Krummschwerter und war rot. Blutrot. Ich habe noch nie so etwas gesehen.«

»Ich auch nicht«, sagte Alpha. Er wirkte besorgt.

»Keinerlei Psifähigkeiten, soweit ich feststellen konnte«, fuhr

Lucas fort. »Wenn es sich bei ihm um einen Schatten handelt, dann weiß ich nicht, von welcher Art der sein sollte.«

Alpha ging Daten auf einer Rolle durch.

»Die Transformation zum Schatten ist dazu gedacht, die Evolution unserer Lebensform zu beschleunigen. Vielleicht hat dieser Xalaner durch ein Experiment anderer Art … einen anderen Weg eingeschlagen. Einen, den ich noch nie repliziert gesehen habe.«

»Nun, du kannst ihn ja sezieren, sobald wir ihn umgebracht haben«, ließ sich eine Stimme hinter ihnen vernehmen. Lucas erkannte sie mit dem ersten Wort wieder. Er drehte sich um und lächelte dabei schon.

Asha stand an der Tür zur Hütte, gekleidet in einen rissigen Tarnanzug, das typische Schwert auf dem Rücken. Ihre Frisur war durch die ganze Feuchtigkeit zerzaust, und die Haut im Sonnenlicht so dunkel geworden, dass sie beinahe wie eine Einheimische aussah. In der rechten Hand hielt sie einen vertrauten Gegenstand, den weißen Nullkern, der es ermöglichte, relativ einfach ferne Sternensysteme zu erreichen. Er war ein Stück weit verblasst, erhellte den Raum aber trotzdem. Sie ließ ihn unbekümmert zu Boden fallen, sodass Alpha zusammenzuckte, aber ehe er sie zurechtweisen konnte, hatte sie schon die Hütte durchquert und die Arme um Lucas geschlungen.

Sie packte ihn so fest, dass er glaubte, erneut eine gebrochene Rippe zu haben, aber die Freude darüber, Asha lebendig wiederzusehen, wog schwerer. Der ganze Zorn, den er an Bord des Speers und später noch auf sie empfunden hatte, verflüchtigte sich innerhalb eines Augenblicks. Sie war hier. Er hatte sie nicht verloren. Noch nicht. Sie wich zurück und schenkte ihm ein breites, strahlendes Lächeln. Eines, das er viel zu lange nicht gesehen hatte.

Alpha betonte, dass sie die Angelegenheit noch weiter diskutieren mussten, aber er gestattete Lucas nach dem jüngsten Einsatz etwas Erholung. Lucas und Asha spazierten zum Seeufer und setzten sich auf eine Felsleiste etwa vier Meter über dem kristallklaren Wasser. Schwärme farbenprächtiger Fische zogen darin ihre Bahnen, und Licht fiel durch die Öffnungen in der Höhlendecke herein. Toruk hatte ihm bei ihrer Rückkehr erzählt, dass diese Löcher ebenfalls durch holografische Bilder verdeckt waren, die von außen den Anschein von Waldboden erweckten. Er nannte sie jedoch »Narrenschilde«, der beste Begriff dazu, der ihm einfiel.

Asha versuchte, ihre Haare zu bändigen, während sie Lucas davon erzählte, wie sie im Dschungel zu sich gekommen war. Sie deutete auf einen Verband am Arm und sagte, sie wäre zwar keinem xalanischen Suchtrupp begegnet, hätte aber gegen eine echsenartige Kreatur von nicht gerade furchtbar guter Laune und mit den Ausmaßen eines Kleinlasters kämpfen müssen. Zum Glück hatte sie wie Lucas ihre Waffen mit in die Schlafkapsel genommen, was ihre Überlebenschance auf Anhieb verbessert hatte.

Die Suchmannschaft fand sie endlich, aber Asha war nicht grenzwertig irre wie Lucas nach dem Moltokstich und blieb für den gesamten Rückweg bei Bewusstsein. Sie öffnete den Verband ein Stück weit und zeigte Lucas ein paar fehlende Hautstücke in ungleichmäßigen Mustern, die ganz offenkundig Bissnarben darstellten. Sie hatte den Kopf der Echse als Trophäe mitbringen wollen, aber er war viel zu schwer, um ihn in dieser Hitze mit sich herumzuschleppen.

Auf dem Weg ins Dorf stieß ihre Gruppe aus Gardisten und Oni auf einen großen Teil des Triebwerks des abgestürzten Speers. Nachdem sie einige xalanische Soldaten erledigt hatten, die die Trümmer durchsuchten, entdeckte Asha den weißen Nullkern, der sich aus seinem Gehäuse gelöst hatte und fast unerkennbar im Schlamm lag. Da sie wusste, wie nützlich er war, brachte sie ihn mit; sehr zu Alphas Freude. Das Ding sei gar nicht so schwer, wie es aussah, sagte sie.

Da saßen sie beide dann, ließen die Füße über die Kante baumeln und sahen den Fischen zu, die unter ihnen ihre Kreise zogen.

»Nun, es ist eine verdammte Katastrophe«, wiederholte Asha den zuvor schon von Maston geäußerten Gedanken. Es war eine Erleichterung, mal wieder ein Gespräch auf Englisch zu halten. »Wir haben den größten Teil unserer Eskorte und unser Schiff verloren, und das Monster, das uns jagt, lebt zufällig gleich nebenan. Fantastisch.«

»Ideal ist das nicht«, räumte Lucas ein und starrte an die Höhlenwand gegenüber, einige tausend Meter weit entfernt. »Zumindest leben wir noch.«

»Scheint unser Fluch zu sein«, sagte sie zerstreut.

»Er wird nicht ewig halten.«

»Was zum Teufel hat dich bewegt, Mastons wegen wieder loszuziehen? Besonders nach dem ganzen Scheiß mit Silo und deinem Fieber? Falls irgendjemand eine Pause verdient hatte, dann du.«

»Du hattest recht«, sagte Lucas. »Er ist ein Arschloch, aber ein nützliches. Falls wir einen Plan entwickeln können, der uns hier herausführt, dann wird der mit ihm besser funktionieren als ohne ihn.«

Asha sah ihn an.

»Was Vitalla angeht …«, begann sie, aber Lucas winkte ab.

»Er hat es mir erzählt«, sagte er. »Die ganze Geschichte. Und du hältst das hier für eine Katastrophe! Ich kann nur ahnen, wie es nach Vitalla auf Sora ausgesehen haben muss. Kein Wunder, dass sie sich so gefreut haben, uns zu sehen. Der Himmel weiß, dass sie exakt zu dem Zeitpunkt ein paar gute Nachrichten gebrauchen konnten.«

Asha schnaubte.

»Ja klar, wir waren bislang ja auch so furchtbar nützlich. Unseretwegen ist ihr halber Adel in die Luft geflogen, ich wurde entführt, und jetzt sind die meisten ihrer besten Soldaten unseretwegen unmöglich weit von zu Hause entfernt gestrandet oder umgekommen.«

»Na ja, wir haben Zeta gefunden«, wandte Lucas ein.

»Ah ja, dieser großartige ›Weiße Geist‹, wie? Und was genau tut sie Hilfreiches? Bislang höre ich die Nachricht von Alphas Vater nicht durch die Galaxis gesendet.«

Lucas schüttelte den Kopf.

»Ich weiß gar nicht mehr, wie es um den Plan steht. Irgendwas läuft da wohl schief.«

»Das ist die Untertreibung des Jahres«, fand Asha.

Aus dem Dorf drangen Geräusche eines Tumults herüber, und Lucas stand auf und blickte auf das hinab, was sich auf dem Dorfplatz zutrug. Eine große Gruppe hatte sich dort versammelt und sah zu, wie ein Blutwolf in die Siedlung gehumpelt kam. Er kroch fast nur und zog beide Hinterbeine nach. Lucas war zu weit entfernt, um es richtig zu erkennen, aber er erkannte sogar auf diese Distanz die riesigen Wunden, die das Tier davongetragen hatte. Toruk stürmte aus der Menge hervor und schlang dem Blutwolf die Arme um den Hals, und weitere Oni liefen herbei und schienen medizinisches Material zu bringen. Ein paar weitere, kleinere Blutwölfe tauchten aus nahen Hütten auf und eilten herbei, um den verlorenen Rudelführer zu begrüßen.

»Na sieh mal einer an«, murmelte Lucas vor sich hin. »Zäher alter Bastard.«

Dass das Tier die Begegnung mit dem Schänder überlebt hatte war ein Wunder, aber dass der Wolf das Monster getötet hatte konnte niemand hoffen. Trotzdem war es ein aufmunternder Anblick. Das tapfere Tier hatte sich mit dem vorgeblichen Gipfelpunkt der Evolution angelegt und es überlebt.

»Was ist das?«, fragte Asha und stand ebenfalls auf.

»Hoffnung«, antwortete Lucas.

15

Lucas stand am nächsten Morgen nach glücklicherweise traumlosem Schlaf auf. Er hatte in einer Hütte dicht am Seeufer geschlafen, aber als er sich jetzt aufsetzte, hörte er, dass in der Siedlung draußen schon wieder emsiges Treiben herrschte. Sein Bett bestand aus gestraffter Haut, überzogen mit einem gestreiften Fell, das zweifellos der örtlichen Fauna entnommen war. Licht schlich sich zu schmalen Fenstern in den Holzbalken herein, die die vordere Wand der Einfriedung bildeten.

Er blickte zu Asha hinab, die nackt ans Fell geschmiegt lag. Sie waren die halbe Nacht wach geblieben und hatten über die Ereignisse an Bord des Speers gesprochen. Silo, Kiati, Maston, das alles. Asha räumte ein, dass Maston eine grausame Ader hatte, aber Lucas seinerseits musste eingestehen, dass er auch ein tüchtiger Kommandeur war. Lucas hatte, als er Silo verletzt im Wald fand, die harte Lektion gelernt, die Maston ihm beizubringen versucht hatte. Asha wiederum erkannte an, dass ein Teil von ihr immer noch auf der Erde festsaß, wo ihr instinktives Töten zur zweiten Natur geworden war. Deshalb war sie bereit gewesen, Kiati zu exekutieren, als die Lage es erforderte. Sie hatten einen solch weiten Weg zurückgelegt, und doch hielten sie beide wohl oder übel an Teilen ihres alten Selbst fest. Sie stellten jedoch fest, dass ihre Beziehung keinen Schaden genommen hatte, welche Streitpunkte auch immer zwischen ihnen fortbestanden, und so redeten sie in der zweiten Nachthälfte nicht mehr viel. Letztlich fanden sie dann nicht besonders viel Zeit zu schlafen.

Lucas bemerkte ein pulsierendes Licht, das vom Ärmel seines zerknitterten Tarnanzugs ausging. Er kroch hinüber und stellte fest, dass Alpha ihn anpingte, in Zetas Hütte zu kommen. Zeit, sich darüber zu verständigen, was zum Teufel jetzt zu tun war.

Er setzte sich auf den pelzbelegten Fußboden und versuchte, Asha wachzustubsen. Beim dritten Versuch drehte sie sich um und lächelte ihn schläfrig an. Sie streckte die Arme über den Kopf aus, und das Morgenlicht tauchte ihren Körper in ein Licht, das Lucas vergessen machte, wie müde er war. Alpha konnte ruhig noch ein paar Minuten länger warten.

Sie trafen eine Zeit lang später bei Zeta ein, wo ein verärgerter Alpha seine Verwirrung darüber ausdrückte, dass sie nicht auf seine Rufe geachtet hatten. Zeta schnitt ihm rasch das Wort ab und versuchte, ihn wieder zum anstehenden Thema zu lenken. Lucas stellte verdutzt fest, dass Alpha nass aussah und seine graue Haut glänzte. Außerdem waren Maston und Toruk anwesend – Maston mit einem Druckverband um die Schulter, und Toruk, der müßig mit seinem Krallenhalsband spielte.

»Jetzt haben wir es also alle geschafft, auf meine Einladung zu reagieren«, sagte Alpha mit einem Seitenblick auf Lucas, »und müssen nun über die aktuelle Lage sprechen.«

Zeta meldete sich aus einem weiteren Translatorkragen zu Wort, obwohl dieser stärker improvisiert schien als ihr erster, der jetzt am Hals der kopflosen Leiche des Korporals in der Toten Stadt verloren war.

»Ich bedaure, euch sagen zu müssen, dass euer Vorhaben, nämlich diese Nachricht in allen xalanischen Systemen zu verbreiten, von unserem derzeitigen Standort aus nicht möglich ist.«

»Was? Warum nicht?«, fragte Lucas.

»Seit eurer Ankunft wurde ein Raumschleier über diesen ganzen Planeten gelegt. Keinerlei Kommunikation geht ein oder aus. Oder auch nur von einer Einrichtung am Boden zur nächsten.

Einzig der Militärkanal steht offen und erlaubt Mitteilungen, die direkt an die Truppen gehen. Die Zivilbevölkerung bleibt schlicht im Dunkeln. Der Rat weiß, was ihr vorhabt, und unternimmt drastische Schritte, um euch daran zu hindern. Ich kann die Nachricht noch nicht mal an diesen ganzen Planeten senden, geschweige denn zu Kolonien auf anderen Welten.«

»Ein ›Raumschleier‹?«, fragte Asha. »Wie zum Teufel sollen wir den anheben? Wenn sie ganze Planeten einfach gegen jede Kommunikation abschirmen können, besteht überhaupt keine Möglichkeit zu erreichen, was wir mit dieser Nachricht vorhaben.«

»Was jetzt kommt, werden Sie lieben«, sagte Maston, der mit verschränkten Armen hinter Asha stand.

Zeta fuhr fort: »Der Schleier kann nur durchbrochen werden, wenn man ihn zu seinem Ursprung verfolgt.«

»Xala«, sagte Lucas atemlos.

»Richtig. Das ist auch der einzige Standort, von dem aus ich gewährleisten kann, die Nachricht an alle Kolonien, also an sämtliche Bürger gleichzeitig zu senden. Die Sendung an ausgewählte Gruppen würde diese nur zu Zielen machen, die der Rat beseitigt, um das Geheimnis zu wahren.«

»Eindämmung durch Massenmord«, brummte Alpha. Zeta nickte.

»Unter den aktuellen Umständen bleibt einfach keine andere Möglichkeit der massenhaften Verbreitung, als vom Ursprungsort des Schleiers aus zu senden. Und das ist das Zentralkommando auf der Heimatwelt.«

»Wir müssen Xala selbst aufsuchen?«, fragte Asha ungläubig.

»Ja, aber ihr müsst auch *mich* nach Xala selbst bringen. Ich konnte zwar den nötigen Sendealgorithmus erzeugen, bin aber die Einzige mit den nötigen Kenntnissen, ihn ins xalanische galaktische Netzwerk einzuarbeiten.«

»Kannst du das nicht machen?«, fragte Lucas und drehte sich dabei zu Alpha um.

»Ich könnte es versuchen«, sagte Alpha, »aber Zeta hat eine dramatisch bessere Chance, dieses Ziel zu erreichen, da sie auf jahrzehntelange umfassende Erfahrung mit dem System zurückblickt. Sie hat den größten Teil davon selbst konstruiert. Ich bin kein Ersatz für ihre Talente auf diesem Gebiet.«

Lucas ging zum Metalltisch in der Raummitte und setzte sich auf dessen Kante.

»Wir scheinen etwas überstürzt vorzugehen. Wie sollen wir irgendwas von alldem erreichen, solange wir noch nicht einmal diesen Planeten verlassen können?«

»Da ist … etwas, was ich euch zeigen muss«, sagte Alpha. Lucas blickte Maston an, und dieser zuckte die verbundene Schulter.

Alpha führte sie aus dem Raum. Toruk kam dicht an Lucas vorbei und brummte etwas vor sich hin.

»Was hast du gesagt?«, fragte Lucas.

»Kaputter Wagen«, antwortete der Häuptling.

Lucas folgte ihm auf den Dorfplatz hinaus, und Toruk wandte sich an die umstehenden Oni.

»Holoi ba'to suuta. Ba'to suuta.«

Einige der Oni flüsterten untereinander, während andere zu den nahen Hütten stürmten und die Nachricht weiterverbreiteten, wie auch immer sie lauten mochte. Bald folgte ihnen eine große Gruppe. Sogar einige der geretteten Gardisten kamen mit und verstärkten die wachsende Menge auf dem Weg zum unterirdischen See.

Als sie dort eintrafen, sah sich Lucas um und stellte fest, dass Alpha ganz verschwunden war.

»Wohin zum Teufel hat er sich verzogen?«, fragte er Asha. »Was geht hier vor?«

»Ich habe keine Ahnung«, sagte sie kopfschüttelnd. »Aber wie ich ihn kenne, geht es sicher um etwas Verrücktes.«

Die Oni starrten allesamt auf den gewaltigen See vor ihnen. Die Menge wurde still. Maston und die übrigen Gardesoldaten kratzten sich die Köpfe und sahen sich ratlos um.

Zeta trat an Lucas' Seite.

»Ich hatte nie gedacht, dass dieser Tag kommt.«

»Welcher Tag?«, fragte Lucas, aber ehe sie antworten konnte, spürte er den Erdboden vibrieren. Dunkler Schlick rutschte zur Wasserfläche hinab, und Wellen breiteten sich auf der normalerweise stillen Oberfläche aus.

Aus der Tiefe des Sees leuchtete ein Spektrum weißer und blauer Lichtkugeln auf. Die Oni schnappten kollektiv nach Luft, und Lucas wich erstaunt einen Schritt weit zurück.

Die Lichter wurden immer heller, bis schließlich aus dem Wasser auftauchte, woran sie befestigt waren.

»Was zum …« Asha verstummte wieder.

Es war ein Raumschiff. Ganz gewiss war es xalanischen Ursprungs, aber viel älter und kastenförmiger als die Modelle aus jüngeren Jahren, die Lucas gesehen hatte. Seegras baumelte wie nasse Haare daran, während es aus dem See aufstieg. Hunderte Krebse pappten ringsherum am Schiffsrumpf. Lucas sah doch tatsächlich einen großen Fisch mit Regenbogenschuppen auf der Oberseite eines Triebwerkssockels herumflappen, ehe es ihm gelang, wieder ins Wasser zu springen.

»Möchtest du uns ins Bild setzen?«, fragte Lucas Zeta, während Maston und Asha näher traten.

»Damit bin ich hergekommen«, erklärte Zeta, während das Schiff sich langsam in der Luft drehte. »Es ist ein Gefangenentransporter, der für hochgefährliche Insassen benutzt wird.«

»Wie bist du entkommen?«, wollte Asha wissen.

»Während meines Transports zur Urteilsverkündung habe ich

die Sicherheitsprotokolle überschrieben und damit die Inhaftierten an Bord freigesetzt. Wir haben die Psychopathen losgelassen, die wegen Wahnsinns und Gewaltverbrechen inhaftiert waren, und sie brachten die Wachen um. Dann haben meine Kameraden aus dem Widerstand und ich die überlebenden Kriminellen getötet. Leider ging etwas schief, und das Schiff wurde bei den Kämpfen an Bord beschädigt. Letztlich habe ich als Einzige den Absturz überlebt.«

Sie deutete zum größten Loch in der Höhlendecke, wo das Sonnenlicht hereinfiel. Die Schätzung war schwierig, aber es schien in etwa so groß wie das Schiff vor ihnen. Lucas konnte das Schimmern des holografischen Bildes sehen, das die Öffnung vor Blicken von außen abschirmte.

»Ich fand mich am Grund des Sees wieder, und es dauerte eine volle Woche, bis die Oni mich fanden. Den Rest der Geschichte habt ihr ja schon gehört. Nachdem wir S'tasonti zu einer permanenten Siedlung gemacht hatten, achtete ich darauf, das Schiff funktionsfähig zu halten, nur für den Fall, dass ich es je wieder brauchen sollte. Es ist immun gegen Rost und andere Einflüsse, sogar unter Wasser, aber es war schwierig, die Schäden durch die gewaltsame Übernahme und den nachfolgenden Absturz zu beheben. Aber selbst nachdem alles repariert war, konnte ich nichts mit dem Schiff unternehmen, denn der [Kauderwelsch]-Kern war völlig erschöpft, sodass keine Möglichkeit bestand, dieses Sonnensystem wieder zu verlassen. Zumindest bis jetzt nicht.«

»Der Kern des Speers«, sagte Asha langsam.

Zeta nickte.

»Du bist unser zufälliger Retter, Mensch. Mit Hilfe des Langstrecken-[Kauderwelsch]-Kerns, den du von eurem abgeschossenen Schiff geborgen hast, haben wir jetzt eine Chance, euch nach Hause zurückzubringen und dann nach Xala weiterzufahren, um die Nachricht zu verbreiten.«

Die Oni beeilten sich jetzt, ihre Fischerboote umzuräumen, damit Alpha das hintere Ende des großen Schiffs auf den Strand setzen konnte. Es war größer als die Arche, aber kleiner als der Speer. Als es näher heranschwebte, sah man, dass es wirklich alt war. Lucas schlotterten die Knie, als das Metallungeheuer mit einem dumpfen Schlag ein kurzes Stück entfernt aufsetzte und die Oni in alle Winde verscheuchte.

»Auf keinen Fall kann sich diese Kiste in die Luft erheben, geschweige denn in den Weltraum«, fand Maston.

»Um unser aller willen hoffe ich, dass du dich irrst«, entgegnete Zeta.

»Und wir werden mit diesem Ding von hier abfliegen, völlig unentdeckt von einem ganzen Planeten, der uns jagt? Ich vermute mal, dass ihr in tausend Jahre alten Schiff keine Tarntriebwerke habt«, fuhr Maston fort.

»Sehr clever, obwohl unsere Flucht von hier ein Problem darstellt, das ich hoffe, mit deiner Hilfe zu lösen, Kommandeur.«

Maston verbarrikadierte sich mit Zeta, und sie widmeten sich ihren Schlachtplänen, während Lucas und Asha zur Medizinhütte des Khal'din gingen, wo sie sich mit Material eindecken und für die Abreise bereitmachen sollten. Sie kannten noch keine Details, aber man erklärte ihnen, dass für ihren Fluchtversuch die kombinierte Macht der überlebenden Gardesoldaten und aller Oni nötig war, die eine Waffe tragen konnten.

In der Hütte mischten sich die Verletzten und die Gesunden, während alle durch die geborgenen Ausrüstungsgegenstände wühlten, um Panzerungen und Waffen zu finden, mit denen sie klarkamen. Nach ausreichender Genesungszeit waren fast alle überlebenden Gardesoldaten wieder auf den Beinen; eine Kombination aus ihren resoluten Genen und der heilenden Technomagie ihres Fürsorgers hatte dafür gesorgt. Einigen wenigen jedoch fehlten ganze Gliedmaßen, und das war eine Unpässlichkeit, die nur andernorts behandelt werden konnte, nicht auf diesem Planeten.

Sogar der Khal'din persönlich legte sich eine ramponierte Panzerung an und schwang eine Sense aus Metall und Knochen, die größer war als er selbst. Er sprach nach wie vor kein Wort und setzte niemals die Maske ab, schien aber für einen Kampf ebenso bereit wie für ein paar abschließende medizinische Maßnahmen an den Verwundeten.

Lucas bahnte sich einen Weg durchs Gedränge, bis er einen vertrauten Schopf roter Haare vor sich entdeckte. Er schob sich zwischen Soranern und Oni hindurch und tippte auf Kiatis Schulterstück. Er konnte seine Überraschung nicht verhehlen, als sie sich zu ihm umdrehte.

Kiati trug einen Verband um den Kopf, der das linke Auge bedeckte. Gezackte Schnittwunden ragten unter dem blutigen Stoff hervor.

»Jesus Christus!«, rief Lucas auf Englisch, ohne zu bedenken, dass sie den Ausdruck nicht verstehen würde. »Was ist mit dir passiert?«

»Ein Hinterhalt, als wir vom Rettungseinsatz für Celton zurückkamen«, antwortete sie und deutete mit dem Kopf auf einen silberhaarigen Gardisten, dem einige Finger der linken Hand fehlten. »Hab das Auge durch das Schrapnell einer Protonate verloren. Nun, der Xalaner, der die warf, verlor seinen Kopf.«

»Tut es weh?«, fragte Lucas.

»Nein, es fühlt sich an, als hätte ich den Kopf in einen kühlen Fluss getaucht!«, schnaubte sie.

»Ich meine: Solltest du wirklich mitkämpfen?«

»Auf Sora werden sie mir ein neues züchten. Um es dorthin zu schaffen, muss ich allerdings zuerst kämpfen. Alle Mann an Deck lautet hicr die Devise, wie dir vielleicht aufgefallen ist.«

Lucas fingerte am Chip in seiner Tasche herum.

»Sieh mal, ich wollte dich aufsuchen wegen … Silos.«

Sie nickte forsch.

»Ich weiß es schon. Ich habe die Verlustliste gesehen.«

»Ja. Na ja, ich weiß nicht, ob es dir schon jemand erzählt hat, aber ich war bei ihm, als er starb.«

Sie zog die Brauen hoch. Na ja, die Braue.

»Wirklich?«

Lucas holte das Final hervor und hielt es ihr mit der ausgestreckten Hand hin.

»Ich dachte mir, du könntest es dorthin überbringen, wo es gebraucht wird.«

Kiati nahm den Chip zur Hand und tippte darauf. Die Namensliste tauchte auf, darunter auch der ihre. Sie machte große Augen und schaltete das Gerät schnell wieder ab.

»Hast du es dir angesehen?«, fragte sie in eiskaltem Ton.

»Nein«, log Lucas. Sie schien sich ein wenig zu entspannen. »Ich weiß aber, dass ihr … Freunde wart. Es tut mir leid.«

»Der dumme Mistkerl musste sich ja eines Tages um Kopf und Kragen bringen. Was hat er angestellt? Einen giftigen Pilz gegessen?«

»Hat vier Xalaner mit einem improvisierten Spieß umgebracht, ehe sie ihn niederstreckten«, antwortete Lucas.

Kiati schnaubte.

»Nur vier?«

Ihre Miene blieb streng, aber Lucas bemerkte, dass ihr verbliebenes Auge feucht wurde. Taffe Sprüche reichten nicht aus, um die Trauer wegzuschließen. Lucas hielt es nicht für nötig, Kiati einen vollen Bericht über seine Beteiligung an Silos letzten Augenblicken zu geben, zumindest nicht gerade jetzt.

»Wir hätten nach Golgath aussteigen sollen …«, murmelte sie vor sich hin.

»Golgath?«, hakte Lucas nach, der den Namen in Silos Botschaft an Kiati gehört hatte.

Sie blickte zu ihm auf.

»Vergiss es«, sagte sie. Was immer dort also zwischen ihnen vorgefallen war, Lucas würde ihre Version nicht hier und jetzt erfahren. Er wandte sich zum Gehen.

»Danke«, sagte sie, nachdem er ein paar Schritte weit gegangen war. Lucas drehte sich zu ihr um und nickte, ehe er weiterging. Sie tippte auf den Chip und starrte den eigenen Namen auf der Liste an.

16

Lucas tappte nervös mit dem Fuß, während er in einem der Geschütztürme des Gefangenentransporters saß. Fast einen halben Tag hatte es gedauert, bis Maston und Zeta schließlich ihren Aktionsplan fertig hatten, und Lucas konnte kaum glauben, was ihm anschließend erklärt worden war.

Viele Hindernisse standen einem Versuch im Weg, den Planeten lebendig zu verlassen, aber die unmittelbarste Gefahr ging von einem xalanischen Raumhaufen aus, der ein kurzes Stück entfernt an der Küste lag. Lucas hatte dessen Lichter auf seinem früheren Marsch durch den Dschungel gesehen, und wie die Onis wussten, handelte es sich um eine sehr weitläufige Anlage. Falls die Flucht mit dem Gefangenentransporter bei den Xalanern Alarm auslöste, war dieser Hafen der nächste, von dem Schiffe starteten, um den Transporter abzufangen. Einfach ausgedrückt: der Raumhafen musste komplett zerstört werden, um auch nur die äußeren Schichten der Atmosphäre ungefährdet zu erreichen. Danach hatten sie eine faire Chance, an den Rand des Sonnensystems zu gelangen und den Nullkern zu aktivieren, damit er sie wieder nach Hause brachte. Sobald der Raumhafen zerstört war, würde die restliche Flotte in der Gegend eilig nachsehen wollen, was zum Teufel passiert war, und ihr fiel vermutlich ein schlichtes Schiff wie der Transporter nicht auf, wenn er zwischen so vielen anderen Fahrzeugen seine Bahn zog. Gefangenentransporter fand man überall auf diesem Planeten, da am laufenden Meter Widerstandstruppen und Oni aufgegriffen und zu Verhör, Aburteilung und Hinrichtung abtransportiert wurden. Zeta wies einen ihrer verdeckt arbeitenden Agenten des Widerstands an, den Gefangenentransporter mit der eigenen Biologie zu aktivieren, sodass er nicht mit ihrer oder Alphas verräterischer Signatur ausgewiesen und aufgespürt würde. Ein langwieriges Hacking-Manöver sorgte dann dafür, dass dieser Vorgang irreversibel wurde.

Mastons und Zetas Plan wies viele bewegliche Teile auf, die sich alle zum richtigen Zeitpunkt richtig entwickeln mussten, um zum Erfolg zu führen. Zunächst sollte Zeta am Ruder des Schiffs über die Hangars hinwegstreichen, in denen die größten auf dem Raumhafen stationierten Schiffe untergebracht waren. Lucas, Asha und Alpha sollten dazu in dreien der sechs schweren Geschütztürme des Transporters sitzen. Den Rest sollten einige Gardesoldaten übernehmen, die Beine verloren hatten und sich ihren Kameraden nicht zum offenen Gefecht in Phase zwei anschließen konnten.

Sobald die großen Schiffe außer Gefecht waren, musste der restliche Raumhafen zerstört werden, damit niemand um Hilfe rief. Zeta versicherte, dass sie die Kommunikationsanlagen eine Zeit lang blockieren konnte, aber Ausrüstung und Personal mussten vernichtet werden, damit sich der Ruf nach Verstärkung verzögerte, sobald der Transporter abgeflogen war.

Zetas Undercover-Agenten würden das Haupttor öffnen, damit die Onikrieger vom Dschungel aus hereinströmen und die Basis einnehmen konnten, unterstützt von Gardesoldaten, die vom Gefangenentransporter in den höher gelegenen Etagen abgesetzt werden sollten. Hoffentlich reichte das alles, um den Raumhafen komplett zu überrennen. Wenn ihnen keine Schiffe mehr folgen konnten und niemand mehr am Leben war, der Hilfe anforderte, hatten sie damit womöglich genug erreicht, um gefahrlos zu entkommen.

So verrückt das alles klang, es war den Oni nicht schwer zu verkaufen, denn sie zeigten sich erpicht darauf, ihren neu gefundenen Kriegerbrüdern zu helfen, indem sie eine Einrichtung ausschalteten, die ihnen bislang mit einem konstanten Nachschub an frischen Xalanern zugesetzt hatte. Aus eigener Kraft hätten sie eine so stark befestigte Basis niemals einnehmen können. Die Gardisten waren genauso scharf darauf zu kämpfen, denn sie sehnten sich verzweifelt danach, von Makari zu entkommen und nach Sora zurückzukehren. Dass sie sich dazu durch ein Bataillon Xalaner kämpfen mussten, betrachteten sie als Bonus, denn es galt, sehr viele im Wald verstreute Tote zu rächen.

Lucas' Sitz vibrierte, als die Triebwerke des Gefangenentransporters zündeten. Langsam stieg das Schiff vom Strand in der Höhle auf, und Lucas sah die Reste des Khas'to-Stammes versammelt, um sie zu verabschieden. Nur die sehr alten und sehr jungen Leute blieben zurück. Alle übrigen Bewohner der Siedlung, alle Männer und Frauen, die alt genug waren, um einen Speer zu führen, hatten sich schon bis an die Zähne bewaffnet und rannten durch den Wald in Richtung Raumhafen.

Als das Schiff die Decke der gigantischen Höhle erreichte, wirkten die Gestalten in der Tiefe nur noch wie Insekten. Lucas sah Licht aufflackern, als es durch die Öffnung in der Höhlendecke ging; dann schaltete sich das holografische Hindernis sofort wieder ein und bildete Felsen und Büsche perfekt ab, um die Lücke von außen zu tarnen.

In gemächlichem Tempo zog das Schiff seine Bahn über den Dschungel zum Raumhafen, um keinen Argwohn zu erwecken. Algen und Krebse hatte man vom Rumpf gekratzt, damit es nicht ganz so vergammelt wirkte, aber die meisten Gefangenentransporter waren ohnehin ganz schön ramponiert. Von seinem Platz aus entdeckte Lucas Dutzende Drohnen, die weiter ihre Bahnen durch den Dschungel zogen, während sie nach ihm und seiner Truppe suchten. Vorläufig sah es danach aus, dass niemand bemerkt hatte, wie sie aus der Höhle aufgetaucht waren. Zeta hatte diesen Zeitpunkt nach Analyse der Patrouillenmuster auch besonders sorgfältig gewählt.

Im Dschungel unter ihm entdeckte Lucas mit Hilfe des Fensterdisplays eine Spur aus grünen Flecken. Es waren die Oni, nur für das Schiff elektronisch markiert, damit man an Bord ihren Fortschritt verfolgen konnte. Sie hatten den Raumhafen beinahe erreicht, denn sie waren schon vor einiger Zeit aufgebrochen. Toruk hielt vom Boden aus den Kontakt und gab weiter, dass sie bereits vier xalanische Patrouillen ausgeschaltet hatten und dass dies auch schnell genug geschehen war, sodass die Soldaten keine Gelegenheit gefunden hatten, ihre Position an den Stützpunkt zu übermitteln.

Lucas rief eine Reihe dreidimensionaler Displays auf, die vor ihm rotierten. Eines zeigte ein xalanisches Großkampfschiff, von denen drei im Raumhafen voraus lagen. Alpha hatte die Energieknoten rot hervorgehoben. Wenn man sie zerstörte, war damit das ganze Schiff ausgeschaltet. Einige weitere Bilder zeigten ein paar einsitzige Jäger- und Bombervarianten. Manche davon waren an Bord der großen Schiffe untergebracht, andere im Freien, und diese mussten eliminiert werden. Wenn nicht, konnten diese den Transporter nämlich auch ohne eigene weiße Nullkerne bis an den Rand dieses Sonnensystems verfolgen; eine Hetzjagd, die der Transporter wahrscheinlich nicht überstand.

Lucas' Bein hatte sich noch nicht wieder beruhigt. Egal wie viele Schlachten er überlebt hatte, Angst ließ sich einfach nicht vermeiden, wenn die Gefahr so groß war. Tage wie dieser waren der Grund, warum er in jeder Nacht beim Gedanken an Schatten zusammenfuhr. Nicht zu wissen, ob man den nächsten Tag überlebte, die nächste Stunde, forderte einen Tribut vom Verstand, der sich dabei anfühlte, als würde er sich unter jeder neuen Bedrohung in seine Einzelteile auflösen. Der Luxus und der Komfort auf Sora schienen in diesem Augenblick so weit entfernt, als ob er sie nie wieder genießen werde, und die Erde lag so fern, dass sie ihm nicht einmal mehr real erschien. Er schaltete einen Monitor ein und stellte fest, dass Asha auf ihr eigenes Display starrte.

»Bist du okay?«, fragte er auf einem privaten Kanal. Sie blickte zum Monitor auf, als sie ihn reden hörte.

»Das hier ist nicht Kvaløya«, sagte sie. Das stimmte. Sie griffen eine abgesicherte militärische Einrichtung an, kein heruntergekommenes skandinavisches Fischerdorf. Das Einzige, was zu ihren Gunsten wirkte, waren Zetas Undercover-Agenten in der Anlage und das Überraschungselement. Lucas schaltete auf eine andere Eingabe um, wo Maston in einem Zellenblock saß und zusammen mit den verbliebenen Gardisten Angriffstaktiken und die Baupläne der Anlage durchging. Nur noch so wenige Gardesoldaten waren übrig. Sie hatten 70 Prozent der Truppe durch Absturz und Dschungel verloren. Und die meisten Überlebenden waren verletzt oder krank. Es wurde wohl Zeit, mal zu sehen, was mit einigen Billionen Mark an staatlich geförderter Genetik tatsächlich erkauft worden war.

Das Schiff umrundete den Berg, und voraus wurde der Raumhafen sichtbar. Er war wahrhaft gigantisch, und Lucas betrachtete nervös die Batterien der Abwehrgeschütze, die an verschiedenen Stellen der Umfriedung aufragten. Zeta sagte, ihre Spione wären in der Lage, die automatischen Verteidigungssysteme der Einrichtung auszuschalten, aber das war ein gewagter Einsatz, der Lucas äußerst nervös zurückließ.

Die Zwergsonne ging allmählich unter, und das Licht brach sich im Meer hinter der Anlage. Diese Welt strahlte gelegentlich eine gewisse Schönheit aus, aber solange sie von blutrünstigen Xalanern besiedelt war, bestand keine Chance, sie in ihren früheren ungeminderten Glanz zurückzuversetzen. Sie mussten einfach den Krieg gewinnen und noch einiges mehr leisten, damit Toruk seinen Planeten zurückerhielt.

Der Hauptfunkkanal leuchtete inzwischen von unübersetzten xalanischen Anfragen, während sich das Schiff der Station näherte. Obwohl Lucas das Knurren nicht verstand, fragten die Stimmen eindeutig danach, warum ein nicht angekündigtes Gefängnisschiff auf ihrem Stützpunkt zur Landung ansetzte. Zeta antwortete ihnen auf Xalanisch und rezitierte dabei die einstudierte Geschichte von der Gefangennahme eines Trupps Onikrieger, womit die ganzen soranischen Lebenszeichen an Bord erklärt wurden. Nach längerer Debatte konnte Zeta den Operator überreden, ihnen einen Landeplatz in der Hangarzone zuzuweisen, um die fehlenden Genehmigungen dann persönlich zu besprechen.

Das Schiff glitt langsam auf die Hangarzone zu, wo Lucas die mächtigen Großkampfschiffe aufragen sah. Auf dem Deck darunter stand eine lange Reihe Jagdflugzeuge, um die xalanische Piloten herumliefen. Lucas packte seine Steuerung fest und rutschte in der schweren Panzerung hin und her. Diesmal trug er keinen Tarnanzug; es ging hier um einen Frontalangriff, und es war nötig, dass seine Panzerung ein oder zwei (oder ein Dutzend) Plasmageschosse vertrug. Natalie hing an seinem Sitz, Pistole und Messer an der Brust. Er setzte sich den Helm auf, und eine Litanei von Anzeigen leuchtete in dessen Display auf. Die Angaben koordinierten sich mit den Anzeigen des xalanischen Geschützturms vor ihm. Die Kombination war ein chaotischer Wirrwarr, und er entschied, den Helm erst mal wieder abzusetzen, um die Verwirrung zu vermeiden, die durch die Verbindung zweier unterschiedlicher Technologien erzeugt wurde. Sie hatten nicht genug Zeit gehabt, um die xalanischen Anzeigen des Schiffs auf Soranisch umzustellen, von wenigen Schlüsselbegriffen abgesehen: FILTER schaltete Wärme- und Infrarotbilder an und aus. FOCUS ging die potenziellen Ziele auf dem Sichtschirm durch. FEUER war selbsterklärend.

Alpha meldete sich über die Zentralkomm.

»Es ist so weit«, sagte er ernst. »Feuern auf mein Kommando.«

Der Gefangenentransporter senkte sich jetzt gen Landefläche, aber Lucas wusste, dass er nie am Boden aufsetzen würde. Auf seinem Sichtschirm wurden die Triebwerksabteile der Großkampfschiffe hervorgehoben, und seine Finger schwebten über den beiden Abzugstasten des Geschützturms.

Sie bewegten sich nur noch wenige Dutzend Fuß über dem Erdboden, und Lucas sah, wie ein xalanischer Pilot zu ihm heraufstarrte. War das Glas so undurchsichtig, dass es ihn vor Blicken von draußen verbarg? Der Xalaner legte den Kopf schief, drehte sich dann um und rief den übrigen Piloten in seiner Nähe etwas zu, die sich jetzt um ihn sammelten und ebenfalls zu Lucas' Geschützstellung hinaufblickten.

»Alpha …«, sagte Lucas, als auf dem Boden ein Tumult ausbrach.

»Angriff«, erfolgte die mechanische Antwort.

Lucas schwenkte sein Geschütz auf die Gruppe Piloten herab, die sich auf den Ruf ihres Kameraden versammelt hatten. Seine ersten beiden Schüsse schmolzen den größten Teil der Gruppe, denn die panzerbrechende Artillerie wirkte sich auf organische Körper aus, als entleerte man eine Uzi in eine Schachtel Kräcker. Er feuerte weiter, bis sich in dem rauchenden Loch da unten nichts mehr rührte, und schwenkte die Zielerfassung dann hoch, um einen Feuerstoß in das Cockpit des nächsten Fliegers zu jagen.

Hinter der Reihe der Jagdflugzeuge leuchteten die drei angedockten Großkampfschiffe auf, als die fünf übrigen Geschützstellungen ihr Feuer auf die im Display hervorgehobenen Triebwerksmodule konzentrierten, die für Wartungsarbeiten offenstanden und besonders verwundbar waren. Zwei der Schiffe wurden innerhalb der ersten Sekunden durch präzisen Beschuss außer Gefecht gesetzt, aber das dritte versuchte jetzt, trotz einschlagenden feindlichen Feuers zu starten. Lucas visierte es an und nahm die Triebwerke ins Visier. Das Schiff konnte etwas über hundertfünfzig Meter Höhe gewinnen, ehe eine enorme Explosion im Innern die Triebwerkslichter löschte. Lucas verfolgte, wie das gewaltige Schiff fast in Zeitlupe zurück auf den Hangarboden fiel. Als es den Grund erreichte, war damit nicht das Ende erreicht. Der riesige Schiffsrumpf durchbrach den Metallboden und sank tief in die obersten Etagen der Basis hinein. Begleitet von einem schmerzlichen Ächzen zog es einen großen Teil der Hangars mit, und die auf dem Deck geparkten kleineren Schiffe rutschten die nun schräge Fläche hinab auf das schartige Loch zu, das vom abstürzenden Schiff gerissen worden war. Piloten bemühten sich, auf den Beinen zu bleiben, aber viele wurden von den eigenen Fahrzeugen überrollt, und technische Geräte verschwanden im Schlund. Die beiden übrigen, schon zu Beginn außer Gefecht gesetzten Großkampfschiffe kippten von ihren Plattformen, schlugen mit ohrenbetäubendem Tosen im Dschungel auf und erschütterten die gesamte Anlage. Aus diesem Hangar würde nichts mehr starten, denn die ganze entsprechende Sektion existierte nicht mehr.

Alarme heulten auf dem gesamten Raumhafen. Der Gefangenentransporter stieg über den einstürzenden Hangar auf und wandte sich dem Zentrum der Basis zu, wo inzwischen Soldaten zusammenliefen. Ein Hagel von Artilleriegeschossen regnete auf alle Xalaner hinab, die für die Kanoniere sichtbar waren, und Lucas seufzte erleichtert, als er feststellte, dass die automatischen Abwehrgeschütze untätig blieben. Zetas Spione hatten ihren Job erledigt. Na ja, wenigstens einen ihrer Jobs.

Der ursprüngliche Plan hatte vorgesehen, dass die Gardesoldaten im Hangar abgesetzt wurden, aber dessen Boden war inzwischen zu instabil geworden, und Zeta gab über die Zentralkomm durch, dass sie nach einer neuen Stelle suchte, wo sie sicher landen konnte.

Die Monitore zeigten, dass Alpha und Asha Truppen auf der anderen Seite des Schiffs unter Feuer nahmen, und Lucas schloss sich ihnen an. Die feindlichen Soldaten wurden durch das Artilleriefeuer zerfetzt und die Konstruktionen rings um sie auf Geröll reduziert, als dort fußballgroße Sprenggeschosse einschlugen. Obwohl man sie überrascht hatte, sammelten sich die Truppen jetzt allmählich, um das Feuer zu erwidern, und es waren einfach zu viele, um sie alle effektiv unter Feuer zu nehmen. Wo blieben die Oni?

Lucas zuckte zusammen, als Plasmageschosse auf den Rumpf nahe seines Geschützturms einprasselten. Er schoss zurück, aber das Schiff schwenkte so hart herum, dass er stattdessen einen großen Brocken aus der Konstruktion hinter den Xalanern schoss. Immer mehr feindliche Schüsse trafen, denn der Gefangenentransporter war ein ziemlich großes Ziel mit einem beträchtlichen Mangel an Manövrierfähigkeit. Inzwischen war er auch zu tief in den Stützpunkt eingedrungen, um noch richtig ausweichen zu können, und auf einmal erschütterte eine krachende Explosion von irgendwo unter Lucas das gesamte Schiff.

»Zeta, Alpha, redet mit mir!«, schrie Lucas, während das Schiff hart nach rechts ausscherte.

Alpha antwortete, aber die Funkverbindung wurde undeutlich.

»Der [Geräusche]-Stabilisator hat einen [Geräusche] Treffer eingesteckt.«

Dann Zeta: »Muss [Geräusche]-Reparatur einleiten.«

»Jetzt ist nicht die richtige Zeit für ein Tuning!«, schrie Asha, deren Stimme sich über Störgeräusche und Geschützfeuer hinweg Bahn brach. Lucas verfolgte auf dem Monitor, wie sie einen

Schuss abgab und zwei Xalaner in Fetzen schoss, obwohl das Schiff rotierte.

»Keine [Geräusche] Option«, erwiderte Zeta, und die Phalanx aus blinkenden Warnlampen und Alarmgeräuschen schien ihre Aussage zu bekräftigen. »Vorsicht [Geräusche].«

Nur ein Sekundenbruchteil lag zwischen ihrer Warnung und dem, was als Nächstes geschah. Das Schiff drehte sich, und Lucas sah auf einmal nur noch eine riesige Wand auf seinem Sichtschirm, eine Wand, die wie Porzellan zersplitterte, als sie direkt hindurchpflügten. Lucas wurde fast von seinem Sitz gerissen, kaum ausreichend von schlechtsitzenden Gurten gehalten, die für eine viel größere Kreatur gedacht waren. Sein Magen sackte durch, als das Schiff ein paar Stockwerke weit sank und mit einem enormen Ruck am Boden aufschlug, der Lucas bis ins Mark erschütterte und seine Ohren klingeln ließ.

Die Geschützbedienung reagierte nicht mehr, und nur die Notfallbeleuchtung flackerte noch in der Turmstellung. Auf dem Sichtschirm vor sich sah er nicht mehr als eine Masse wirbelnden Rauchs. Lucas öffnete den Sicherheitsgurt und erhob sich schwankend. Den Helm konnte er nirgendwo entdecken, aber Natalie war an das Glas vor sich geschleudert worden. Er schnappte sich das Gewehr und nahm Kurs auf die Innenbereiche des Schiffs. Die Funkverbindung war tot, und von draußen waren nur sporadisch Schüsse zu hören. Lucas rannte den Korridor entlang und sah eine elektronische Schalttafel in Flammen stehen, die den Flur mit dichtem Qualm erfüllte. Ob das Schiff wieder starten konnte?

»Asha, Asha!«, rief er in den Kommunikator seines Anzugs, wenn er nicht gerade husten musste, aber Schweigen war die einzige Antwort. Er stolperte durch matt beleuchtete Flure und musste ein Display des Schiffs aufrufen, um sich in dem unvertrauten Fahrzeug zu orientieren.

Nachdem er schließlich eine klemmende Tür aufgestemmt hatte, sah er sich einer ganzen Menge Gardesoldaten gegenüber, die sich zusammen mit Asha und Alpha in einem großen Lagerraum versammelt hatten, der an seinem einen Ende ein mächtiges Tor aufwies. Lucas seufzte erleichtert, aber das erzeugte nur einen neuen Hustenanfall, da seine Lunge noch immer voller Rauch war.

»Was geht hier vor?«, stieß er hervor, während sich ihm aller Augen zuwandten.

Alpha trug eine volle xalanische Energiepanzerung, in der er viel bedrohlicher wirkte als sonst. Er antwortete als Erster.

»Ein [Kauderwelsch]-Angriff hat das [Kauderwelsch] getroffen, und wir benötigen einige Zeit für die Reparatur.«

Die Einzelheiten entgingen Lucas durch die Aussetzer des Translators, aber er bekam eine allgemeine Vorstellung.

»Hier? Jetzt?«

Maston rührte sich unbehaglich.

»Wir haben keine Zeit für diese Diskussion. Xalanische Truppen sammeln sich draußen, während wir reden.«

»Verteidigt das Schiff, solange ihr könnt«, sagte Alpha. »Ich bleibe zurück und helfe bei der Reparatur, die hoffentlich zügig erledigt sein wird.«

»Wo bleiben die Oni?«, wollte Asha wisssen.

Alpha wirkte ernst.

»Wir haben die Funkverbindung zu ihnen vor einiger Zeit verloren. Wir müssen davon ausgehen, dass sie auf Widerstand gestoßen sind.«

Die Schüsse wurden lauter, und man hörte Treffer auf dem Schiffsrumpf einschlagen.

»Wir gehen hinaus, auf der Stelle!«, erklärte Maston mit Nachdruck.

»Einverstanden«, sagte Alpha. »Ich informiere euch über unsere Fortschritte, sobald ich die Kommunikationsanlagen wieder in Gang setzen konnte.«

Er lief durch eine Tür an der Rückseite des Raums, und alle Blicke wandten sich jetzt Maston zu.

»Formation einnehmen!«, brüllte dieser. »Position 202!«

Die Formationen, die Lucas an Bord des Speers gelernt hatten, fluteten ins Bewusstsein zurück. Ja, er hatte seine Abschlussprüfung vergeigt, aber darauf kam es jetzt nicht an. Er ging mit einer Reihe Gardesoldaten auf ein Knie, die Waffen auf das Außentor des Lagerraums gerichtet. Eine weitere Schützenreihe stand hinter ihnen und zielte in die gleiche Richtung. Asha war an Lucas' Seite, und Maston stand hinter ihnen beiden. In einer Ecke des Raums fuhr die inzwischen einäugige Kiati mit einer Hand durch ein Display holografischer Steuerungselemente.

Es schien eine Ewigkeit zu dauern, bis das Ladetor aufging: Es verwandelte sich in eine Rampe, die langsam von der Decke herabsank, um auf Bodenhöhe zu stoppen. Während der Zugang sich öffnete, verzog sich der Rauch, und alle konnten sehen, was draußen vorging.

Sie waren auf der untersten Etage der Basis, und Dutzende, nein Hunderte xalanischer Soldaten standen oder hockten dort und hielten Energiewaffen auf die Angreifer gerichtet. Die Überreste des Raumhafens bröckelten oder brannten rings um sie, verheert von dem Luftangriff. Die beiden Gruppen musterten einander, und keine wagte es, als Erste zu schießen, aber es war unverkennbar, wer hier die Oberhand hatte. Die Gardisten waren in die Enge getrieben und stark in Unterzahl. *Das wird jetzt hässlich.*

Ein hochgewachsener Xalaner mit schiefergrauer Haut schritt auf sie zu. Lucas erkannte auf der Brust seiner Panzerung das in Gold geprägte xalanische Symbol für »Kommandeur«. Er deutete auf die Gardisten und knurrte etwas Unverständliches. Eine Aufforderung, sich zu ergeben? Vier weitere bedrohlich aussehende

Xalaner bezogen Stellung an seiner Seite, und die Kennzeichen ihrer Panzerung wiesen sie als Stellvertreter irgendeiner Art aus. Hunderte weiterer Xalaner ringsherum rückten ganz langsam vor. Versuchten sie, die Angreifer gefangen zu nehmen? Lucas konnte sich kaum vorstellen, welches Grauen sie erwartete, wenn sie hier lebendig gefangen genommen und nicht an Ort und Stelle niedergemetzelt wurden. Das würden die Gardisten aber nicht zulassen. Asha ebenso wenig. Und Lucas auch nicht.

Maston hob die Hand, und sobald er sie senkte, würde die Hölle über der Armee vor ihnen entfesselt werden. Er hielt sie fünf Sekunden lang erhoben, dann zehn, dann …

Unter ihnen verlief die sich durch die gesamte Basis ziehende Hauptstraße. Von dort ertönte auf einmal ein lautes Ächzen, das seinen Ursprung auf der anderen Seite des Raumhafens hatte. Das gigantische Tor dort öffnete sich langsam, und ein dumpfes Tosen brandete auf.

Die xalanischen Soldaten blickten sich inzwischen nervös um, wollten sich aber auch nicht von der soranischen Phalanx direkt vor ihnen abwenden. Einer der Stellvertreter unternahm den kühnen Versuch, sich ganz umzudrehen und nachzusehen, was vor sich ging, sodass er den Soranern den Rücken zuwandte. Als er sah, was näher kam, stieß er einen lauten Schrei aus, bei dem sich fast alle umdrehten, der Kommandeur mit eingeschlossen.

Zwei Xalaner in der hintersten Reihe ihrer Formation steckten Plasmatreffer an den Köpfen ein und sackten zusammen. Einem weiteren durchbohrte ein Speer das Herz, während Pfeile auf ein halbes Dutzend seiner Kameraden einprasselten. Durch die Legion Soldaten vor ihm konnte Lucas sehen, wer da durch ihre Reihen pflügte. Die dunkle Haut und weißen Tätowierungen der Oni waren unverkennbar.

Der xalanische Befehlshaber wandte sich wieder den Gardisten zu, streckte die Klaue aus und schrie etwas, was bestimmt »Feuer!« hieß. Während er dies tat, zog der Leutnant, der sich als Erster zu den Oni umgewandt hatte, die Energiepistole, richtete sie auf die Schläfe seines Kommandeurs und drückte ab. Der Kopf der Kreatur explodierte, und die Luft wurde von einem Nebel aus schwarzem Blut verschleiert. Die übrigen drei Leutnants kapierten nicht, was hier geschah, und einer erhielt eine Kralle in den Hals gerammt, während die beiden restlichen durch zwei weitere Kopfschüsse aus der Pistole des xalanischen Verräters niedergestreckt wurden.

Die Gardisten sahen verwirrt zu, während Mastons Arm nach wie vor in der Luft hing. Der xalanische Leutnant zückte ein rotes Stofftuch und stopfte es sich in eine Ritze der Oberarmpanzerung. Das war das Zeichen der Widerstandsbewegung, nach dem Ausschau zu halten Zeta sie angewiesen hatte.

Mastons Arm fiel herab. Ein Tosen erfüllte die Umgebung, als die beiden Armeen Schüsse wechselten. Die Aufmerksamkeit der Xalaner war zwischen den randalierenden Oni und den Gardisten auf der anderen Seite geteilt, und das hob ihren zahlenmäßigen Vorteil weitgehend auf. Der xalanische Spion duckte sich aus dem Kreuzfeuer, schoss dabei weiter und schaltete zwei Soldaten aus, die sich hinter dem Trümmerstück eines nahen Gebäudes versteckt hatten; dann tauchte er komplett ab.

Lucas hatte Natalie auf vollautomatischen Modus eingestellt und jagte einen konstanten Strom Plasma in den Rauch. Er erwischte drei Xalaner, die auf einem nahen Dach hockten, und sie kippten wie tote Vögel herunter, nachdem die Geschosse sie durchschlagen hatten.

»Vorwärts!«, ertönte Mastons Befehl; die ganze Gruppe stand auf, marschierte aus dem Laderaum auf die Straße und feuerte dabei pausenlos weiter. Draußen waren sie jedoch ohne adäquaten Schutz auf kurze Distanz leichte Ziele, und einige Gardisten wurden getroffen und gingen zu Boden. Aufgrund der frisch erhaltenen Ausbildung wusste Lucas, welche Order Maston jetzt geben würde.

»Auseinander!«

Die geschlossene Einheit spaltete sich in über dreißig Einzelteile, und die verbliebenen Xalaner fanden damit in Qualm und Geröll keine Ziele mehr. Die Gardesoldaten strömten in die nahen Gebäude, und Lucas hörte die Schreie der Xalaner, die darin abgeschlachtet wurden. Es wurde Zeit für den Hausputz. Niemand dürfte übriggelassen werden, der dann Nachricht vom Angriff an andere Stützpunkte in der Gegend oder im Orbit weitergab. Die Funkanlagen des Raumhafens wurden derzeit von Zeta blockiert, aber dieser Effekt hörte auf, sobald sie abflogen. *Falls* sie denn abflogen, musste gesagt werden, denn ein Blick hinter sich zeigte Lucas, dass ihr in einem eingestürzten Bauwerk liegendes Schiff nicht unbedingt danach aussah, als würde es sich jemals wieder in die Luft erheben.

Aber größere Aufgaben waren dringlicher.

Lucas sprintete die Straße entlang und achtete darauf, Asha inmitten des Chaos im Blick zu behalten. Natalies Lauf schrumpfte ein Stück weit, als die Waffe in den Schrotmodus für kurze Distanzen wechselte, für immer durch das xalanische Symbol für »Blutbad« gekennzeichnet. Und ein Blutbad war genau das, was sie anrichtete, während sie xalanische Soldaten links und rechts entlang der Straße zerfetzte, Panzerungen und Fleisch und Knochen in gleichem Maße durchschlug.

Asha demonstrierte derweil ihre eigene Art des Nahkampfes. Sie trug die Pistole im Holster und schwang das schwarze Schwert mit beiden Händen. Lucas konnte kaum mit ihr Schritt halten, während sie die Straße entlangrannte und dabei über Krater sprang, die vom eigenen Angriff mit dem Gefangenentransporter herrührten. Sie spaltete die Beine eines Soldaten und riss das

Schwert mit demselben Schwung durch die Körpermitte eines anderen. Sie wich einem Schuss von einem nahen Dach aus und schleuderte das Schwert auf den Übeltäter. Während es diesen in der Brust erwischte, zog Asha die Magnum und jagte zwei Spaltgeschosse in das Gesicht eines Soldaten direkt vor ihr. Eine leichte Beugung des Handgelenks, und das Schwert löste sich aus dem toten Xalaner auf dem Dach und flog so schnell in Ashas Hand zurück, wie es der Elektromagnetismus im Handgelenkband antreiben konnte. Sobald sie mit der Klinge wieder vereint war, hackte Asha den Kopf eines nahen Soldaten herunter, dessen Aufmerksamkeit Lucas gegolten hatte.

Lucas sah den enthaupteten Soldaten zu Boden sinken und jagte den nächsten Schuss durch einen schlaksigen Xalaner vor sich. Durch den ständigen Gebrauch der Blutbad-Einstellung erhitzte sich Natalie inzwischen, was ihm mit der aufgerüsteten Waffe nie zuvor passiert war; allerdings hatte er mit ihr auch noch nie ein so heftiges Gefecht geführt. Er hängte sich das Gewehr über die Schulter, während Dampf aus den Ritzen der Waffe strömte, und zog die Seitenwaffe und das Messer aus dem Brustholster. Dabei zischte ein Geschoss an seinem Ohr vorbei, und als er dorthin fasste, fand er klebriges rotes Blut auf den Fingern des schwarzen Handschuhs. Die Soraner stürmten weiter vor und näherten sich jetzt einer Ansammlung Xalaner, die ihnen den Rücken zuwandten und sich auf die marodierenden Onikrieger konzentrierten. Lucas gab zwei Schüsse aus der Energiepistole ab, womit er zwei ahnungslose Soldaten niederstreckte, und rammte einem dritten das Messer in die Wirbelsäule, der laut heulte, während er gelähmt zu Boden stürzte. Lucas riss das Messer heraus, schaltete es in die verlängerte Machetenform um und schwenkte es im Kreis, sodass es sich einem weiteren Xalaner in den Hals bohrte. Der resultierende Sprühregen tauchte Lucas in schwarzes Blut, obwohl seine Panzerung zu diesem Zeitpunkt ohnehin schon ganz glitschig davon war. Diese letzte Aktion weckte die Aufmerksamkeit eines halben Dutzends weiterer Soldaten, von denen zwei gleich Plasmageschosse einsteckten, während drei weitere durch Ashas Schwert zerhackt wurden, ehe sie auch nur einen Schuss abgeben konnten. Den letzten Soldaten zerrte ein Blutwolf mit sich, die Kiefer um den Kopf des Opfers geschlossen.

Lucas warf sich herum, um erneut einen Xalaner niederzuschießen, aber er stellte fest, dass er eine halbe Sekunde zu spät reagierte und schon eine Waffe auf seinen leider ungepanzerten Kopf zielte. Lucas hatte ein Gefühl im Bauch, als wäre er gerade vom Dach gefallen, aber die Waffe feuerte nicht. Vielmehr nickte ihm der Xalaner knapp zu, und Lucas sah das rote Tuch, das er um den Arm gebunden trug. Ein weiterer Spion. Vielleicht derselbe wie zuvor. Es war schwer zu sagen.

Die Kreatur zuckte jetzt zusammen und feuerte einen Schuss ab, der Lucas fast taub machte, aber er sah rasch, dass sich ein xalanischer Soldat hinter ihm am Boden wand, nachdem ihn der Schuss in den Hals getroffen hatte. Asha rammte ihm das Schwert durch die Brust, sodass er reglos zurückblieb. Sie blickte zu dem Widerstandskämpfer auf. Dieser war aber schon verschwunden, im Rauch untergetaucht, um an anderer Stelle zu kämpfen.

Die verbliebenen Xalaner versuchten jetzt zurückzuweichen, sahen sich aber zwischen den Gardesoldaten auf der einen Seite und den Oni auf der anderen in der Falle. Lucas blickte auf und entdeckte Axon auf einem Dach, wo er eine riesige rotierende Plasmakanone führte und Hölle und Schwefel auf die verwirrten Truppen regnen ließ, die in das Gebäude unter ihm zu fliehen versuchten. Durch den Dunstschleier über der Straße sah Lucas Toruk in voller Kriegsbemalung vorstürmen und einen Xalaner mit dem Speer durchbohren, ehe er zwei weitere Soldaten mit Plasmageschossen aus seinem Gewehr eindeckte. Er riss den

Speer wieder frei und stieß das stumpfe Ende rückwärts in die Körpermitte eines Xalaners, warf sich dann herum und ritzte ihm aus fast zweieinhalb Metern Entfernung mit der messerscharfen Spitze den Hals auf.

Lucas spürte, wie ihn ein Ruck durchfuhr, als ihn jemand am Schulterstück packte, aber als er herumwirbelte und mit der Machete ausholte, sah er, dass es Maston war.

»Sie, Sie und Sie«, sagte dieser und deutete auf Lucas, Asha und Toruk. »Kommen Sie mit.«

Maston wurde von vier Gardesoldaten flankiert, deren Helme verbargen, um wen es sich handelte. Alle waren mit einer dicken Schicht Staub und Blut bedeckt.

»Wohin?«, überschrie Lucas das Schlachtengetöse ringsherum.

»Zentrale Funkstation. Wir sichern uns ab!«, brüllte Maston zurück. Er schien weitgehend unverletzt, aber Blut sickerte aus dem Verband an seiner Schulter, wo die Panzerung weggerissen worden war.

Etwas explodierte in einigen Dutzend Fuß Entfernung, und ein Regen aus Metall- und Steinstücken prasselte auf sie ein, stach sie wie ein Wespenschwarm. Das reichte als Motivation, um Unterschlupf in einem Gebäude zu suchen, und sie folgten Maston in eine brennende Konstruktion, deren Korridor von toten Xalanern gesäumt war.

Maston warf immer wieder prüfende Blicke aufs Handgelenkdisplay, und die Gruppe folgte derweil schmalen Fluren und stieg in überdimensionierten Treppenhäusern auf höhere Etagen. Gelegentlich kamen sie an einem zersprungenen Fenster vorbei, das ihnen Aussicht auf die draußen tobenden Kämpfe gewährte.

Hinter einer Ecke voraus hörten sie die dumpfen Schläge von Plasmatreffern, und als Lucas um die Ecke ging, sah er die Leichen zweier nicht gepanzerter Xalaner, die gerade von Mastons

Gardeeskorte getötet worden waren. Einer regte sich kurz, und Asha widmete ihn kaum eines Blickes, während sie über ihn hinwegstieg und ihm dabei ein Geschoss in den Schädel jagte.

Als sie den oberen Absatz einer weiteren Treppe erreichten, fanden sie sich dort in einem weitläufigen Raum voller blinkender Konsolen und lauter Alarmsirenen wieder. Hier schlugen sich ein halbes Dutzend Xalaner mit der beschädigten Technik herum. Jetzt drehten sie sich zu den Eindringlingen um. Das Entsetzen in den Gesichtern war ungeachtet der Spezies unverkennbar.

Nur drei hatten Waffen in Griffweite liegen, und Maston erschoss die ersten beiden, ehe sie nach ihren Gewehren greifen konnten. Der dritte wurde von einem anderen Gardisten niedergestreckt, und die übrigen drei Xalaner nahmen Reißaus zur hinteren Tür. Lucas jagte zwei Schüsse aus der inzwischen abgekühlten Natalie und traf den nächsten Xalaner im unteren Rücken. Asha erwischte den Arm eines anderen, worauf er das Gleichgewicht verlor und an einen nahen Tisch krachte. Ehe sie weitere Aktionen ergreifen konnten, sprang Toruk über einen Holotisch hinweg. Er landete auf dem Rücken des Xalaners, den Lucas niedergeschossen hatte, und rammte ihm den Speer durch die Brust. Dann sprang er über eine Workstation hinweg, riss den Speer herum und rammte ihn in den Hals des zweiten Xalaners, der sich den verletzten Arm hielt. Als die dritte flüchtende Kreatur die Tür erreichte, drang ihr der Speer schon in den Rücken und heftete sie an das Metall, so heftig hatte Toruk aus vollen fünfzehn Metern Entfernung geworfen.

Nach dieser Demonstration mörderischer Athletik herrschte Stille im Raum. Toruk ignorierte die Blicke der anderen und machte sich daran, jeder der drei Leichen eine Klaue zu entreißen und sie sich aufs Halsband zu fädeln.

Maston ging ebenfalls herum, aber nicht, um Trophäen zu

sammeln, sondern um Sprengladungen an denjenigen Geräten zu befestigen, die am wichtigsten aussahen.

»Das hier ist es also?«, fragte Lucas.

Maston nickte, während er eine weitere Ladung montierte, diesmal am Sockel des Holotisches. »Hier haben wir den Großteil ihrer Fernsendekapazität vor uns. Wenn wir das alles sprengen, dürfte es nichts mehr ausmachen, dass unsere Störsignale verschwinden, sobald wir abgeflogen sind.«

Lucas fuhr zusammen, als eine Gardesoldatin auf einen Xalaner feuerte, der das Pech hatte, in den Raum gestolpert zu kommen. Die Kreatur brach prompt an der Tür zusammen. Die Soldatin steckte die Pistole ins Holster, setzte den Helm ab und fuhr sich mit dem Handschuh durch die nassen roten Haare.

»Wie viele davon bringst du an?«, fragte Kiati, während der Blick ihres verbliebenen Auges scharf durch den Raum schweifte.

»Acht müssten reichen«, antwortete Maston, der gerade den letzten Sprengsatz aktivierte. Die Alarmsirenen heulten weiter, und der ganze Raum war in blinkendes weißes und rotes Licht getaucht. Sobald Maston fertig war, deutete er auf die Hintertür; die Gruppe ging dort hinaus, nicht ohne dass Toruk seinen Speer aus dem Türrahmen zog.

Statt den Weg zurückzugehen, den sie gekommen waren, stiegen sie im Gebäude weiter nach oben, bis sie Tageslicht erblickten. Sie traten aufs Dach hinaus, und angeführt von Maston sprinteten sie darüber hinweg, bis sie gute dreihundert Meter vom Ausgang entfernt waren. Über den Abgrund der Straße sahen sie den Gefangenentransporter in der Flanke eines Gebäudes gegenüber vergraben. Ein Truppe Oni hatte das Schiff umringt und wehrte dort die Angriffe xalanischer Truppen ab. Lichter flackerten jetzt in dem Raumschiff.

Ein Stück voraus sah Lucas, wie auf einem Dach einige Stockwerke unterhalb ihrer Position Axon mit zwei Xalanern kämpfte.

Er hatte die schwere Waffe fallen gelassen und prügelte mit bloßen Fäusten auf sie ein. Er zertrümmerte einem den Unterkiefer so brutal, dass Lucas und seine Gruppe sogar auf diese Entfernung die grauen Zähne durch die Luft fliegen sahen. Der zweite Xalaner schaffte es aber, die Krallen durch eine Ritze in Axons Panzerung zu stoßen, sodass der Gardesoldat wütend aufbrüllte. Er rammte der Kreatur beide Hände auf den Arm, was diesen sauber brechen ließ und ihr ein gequältes Heulen entlockte. Axon griff schließlich nach einer Pistole und schoss dem jammernden Xalaner ins Bein, und als der Xalaner auf Augenhöhe zu ihm gesunken war, jagte er ihm einen Schuss in die Stirn. Zur Sicherheit schoss er noch einmal auf den bewusstlosen Xalaner, der schon am Boden lag.

»Axon!«, schrie ihm Maston zu. »Komm zu uns!«

Axon drehte sich um, als er seinen Namen hörte, und hob die Hand für sie. Er befand sich vielleicht zwei Stockwerke tiefer als sie, aber die Entfernung war mit der Hilfe einer mechanisierten Energierüstung mühelos zu überqueren.

Axon tat einen Schritt nach vorn und wurde augenblicklich in zwei Stücke gerissen.

Eine Millisekunde später warf der laute durchdringende Knall, der den Schuss begleitete, überall in der ummauerten Anlage Echos wie ein Donnerschlag.

Lucas erstarrte und glotzte auf die Überreste des Mannes, während das Blut vom Einschlagspunkt aus in einem weiten Bogen davonspritzte. Ein Loch war unmittelbar links der Leiche ins Dach gepustet worden.

Maston schrie etwas, aber Lucas klingelten die Ohren, und er verstand die Worte nicht. Auf einmal zerplatzten Kopf und Rumpf des Gardisten neben ihm, und mit der Druckwelle wurden sie alle über das Dach geschleudert. Erneut hörte Lucas nichts anderes als ein schrilles Jaulen, als er auf die zerfleischte Gestalt in wenigen Fuß Entfernung blickte, die nur noch aus zwei Beinen, einem Arm und ein wenig Körpergewebe dazwischen bestand.

Lucas drehte den Kopf und suchte nach der Quelle des Gemetzels, während er sich aufrappelte. Asha war ihm einen Schritt voraus und stand im Begriff, hinter einem großen Kühlturm Deckung zu suchen. Ein weiterer ohrenzerreißender Knall fetzte ein gigantisches Loch neben ihnen ins Dach, und erneut wurden sie von den Beinen gerissen. Beide landeten hinter dem Kühlturm und waren unverletzt geblieben; auch Kiati, Toruk und der restliche Gardist waren schon dort. Als sie sich jedoch umdrehten, schnappte Asha nach Luft.

Maston lag neben dem jüngsten rauchenden Loch. Das rechte Bein war ihm abgerissen worden und lag ein paar Meter entfernt. Er rührte sich nicht, und überall hatte sich jede Menge Blut ausgebreitet; es stammte sowohl von ihm als auch dem Gardesoldaten, der ein kurzes Stück entfernt zu Brei zermalmt worden war.

Er kann nicht tot sein!

Kiati war es, die sich als Erstes wieder zu Wort meldete.

»Deckungsfeuer!«, schrie sie, und Asha, Toruk, Lucas und der übriggebliebene Gardist schüttelten die Benommenheit ab und gingen dazu über, in alle Richtungen zu schießen, auf jeden möglichen Standort eines Scharfschützen in ihrem Blickfeld. Das bot Kiati ausreichend Deckung, damit sie zu Maston rennen und ihn zum Kühlturm schleifen konnte. Mit seiner Panzerung musste er locker dreihundert Pfund wiegen, aber Kiatis eigene Panzerung unterstützte sie. Unter der geballten Wirkung des Adrenalins und der Panzermechanik hätte sie notfalls auch ein Auto ziehen können. Lucas stellte das Feuer lange genug ein, um einen Blick durchs Zielfernrohr zu werfen und die Gegend abzusuchen, aus der der Lärm der gegnerischen Schüsse gekommen war. In der Ferne sah er eine Gestalt auf einem der deaktivierten automatischen Geschütztürme am gegenüberliegenden Ende des Raumhafens hocken, aber ehe er das Bild vergrößern konnte, erschütterte ein Treffer die Spitze des Kühlturms und ließ Steinschutt auf alle regnen, die dahinter hockten.

Kiati sah sich Mastons Bein an; es war auf halber Höhe des Oberschenkels abgetrennt. Der drucksichernde Unteranzug war schon über dem Stumpf zugewachsen und hatte ihn mit einer Kombination aus Hitze und Medigel abgedichtet. Der Blutverlust aus der klaffenden Wunde war rechtzeitig gestoppt worden.

Während sie Maston mit dem Handscanner untersuchte, blickte sie prüfend aufs Handgelenkdisplay, worauf sein Kreislaufsystem abgebildet war.

»Er lebt«, sagte sie, allerdings war der Herzrhythmus auf der Anzeige schmerzlich schwach.

Lucas sah jedoch Maston nicht an; er blickte wieder durchs Zielfernrohr und konzentrierte sich auf den Punkt in der Ferne. Er stellte die Vergrößerung auf den Faktor zwanzig und sah die Gestalt jetzt deutlich.

Es war der Schänder, der in mehr als drei Kilometern Entfernung auf dem Geschützturm stand und ein Gewehr hielt, das so lang war wie er selbst. Es handelte sich um eine Art elektromagnetischer Railgun, wenn man nach der angerichteten Verwüstung urteilte. Die Kreatur hatte die Waffe gerade für einen weiteren Schuss angelegt.

Lucas schoss zuerst, das Fadenkreuz auf einen Punkt zwischen den brennenden orangefarbenen Augen des Schänders eingestellt. Nachdem er den Abzug gedrückt hatte, kamen ihm die sich anschließenden Millisekunden wie Stunden vor.

Aber auf diese Entfernung hatte er die eigene Schießkunst überschätzt. Das Geschoss traf die Schienenkanone anstelle der Kreatur, die sie hielt. Der Treffer warf den Schänder aus dem Gleichgewicht, obwohl er sofort zurückzuschießen versuchte.

Durch sein Zielfernrohr sah Lucas, wie Rauch aus dem Lauf der Schienenkanone hervorquoll, aber ein Schuss löste sich nicht. Frustriert warf der Schänder die Waffe weg, begleitet von der Pantomime eines Gebrülls, und er konnte Lucas' nächstem Schuss ausweichen, indem er sich in die Luft warf. Lucas verlor ihn aus der Zielerfassung. Er drehte die Vergrößerung des Zielfernrohrs zurück, aber bald schon sah er die schwirrenden Flügel der Kreatur, als diese eine Rauchsäule durchquerte. Der Schänder kam.

»Wir müssen sofort von hier verschwinden«, sagte Lucas und drehte sich dabei wieder zu der Gruppe um, die hinter dem Kühlturm kauerte.

»Wir müssen ihn zum Schiff zurückbringen«, sagte Kiati. Maston lag nach wie vor bewusstlos zu ihren Füßen. Der andere Gardist hatte inzwischen den Helm abgesetzt und wurde als braunhäutiger Mann mit rasiertem Schädel und blauen Augen erkennbar, dem Blut aus den Ohren strömte. Lucas stellte überrascht fest, dass seine eigenen Ohren ebenfalls bluteten.

»Was war das?«, fragte Asha.

»Das wirst du gleich herausfinden«, sagte Lucas.

Der Schänder konnte rasend schnell fliegen, schon hatte er das Dach erreicht. Er kam rutschend darauf zum Stehen und bremste dabei mit Krallen ab, die sich tief ins Metall bohrten. Die Flügel flatterten und verschwanden dann im gepanzerten Rücken.

»Heiliger Strohsack!«, rief Asha, als sie ihn erblickte.

Der Schänder stieß einen ohrenzerreißenden Schrei aus. Er kratzte sich am Hals, und Lucas sah dort zwei Narben auf der Panzerhaut. Bissnarben von Toruks tapferem Blutwolf, vermutete er. Der Schänder trug jedoch noch etwas am Hals. Einen Kragen mit einem kleinen blauen Licht daran.

»Nützliches Gerät«, wurde eine tiefe kehlige Metallstimme daraus vernehmbar. »Die Lebensformen haben so viele Jahre lang nicht mehr miteinander gesprochen.«

»Ach ja?«, rief Asha. »Und worüber möchtest du reden?«

Die Kreatur schien überrascht.

»Du bist es! Die andere. Etwas so Kleines. So gefährlich. Faszinierend.«

Natalies Lauf schwenkte zu keinem Zeitpunkt vom Kopf der Kreatur weg, und Asha zielte mit der Magnum in die gleiche Richtung. Kiati und der andere Gardist bezogen neben ihnen Stellung und hatten ebenfalls die Waffen gezogen. Mastons Bein lag einige Fuß weit vor ihnen wie ein herabgestürzter Ast.

»Euer Angriff hier war tapfer. Töricht«, knurrte die Kreatur.

»Töricht?«, fragte Lucas. »Wir haben die Schlacht gewonnen. Sieh dich doch um.«

Es stimmte. Auf den Straßen in der Tiefe wurden die letzten Xalaner von den Oni und den verbliebenen Gardesoldaten systematisch abgeschlachtet. Einige Soldaten flohen aus dem Haupttor, verfolgt von einem Rudel Blutwölfe, aber ein Onischarfschütze hatte die Mauer erstiegen und streckte sie nieder, wann immer einer den Durchgang erreichte. Als er sich Lucas' Gruppe zuwandte, sah Lucas, dass der Krieger die vertraute Schnitzmaske des Kal'din trug.

Der Schänder schnaubte.

»Solange ich lebe, habt ihr keine Schlacht gewonnen.«

»Okay«, sagte Lucas. »Darum werden wir uns dann wohl kümmern müssen.«

Er griff nach seinem Gürtel und drückte eine Taste auf dem Zünder, den er dort eingehakt hatte. Er hatte ihn Maston abgenommen, ehe er hinter dem Kühlturm hervortrat.

Die Sprengsätze in der Kommunikationszentrale gingen hoch, und das gesamte Haus bäumte sich unter der Detonation auf. Der Schänder verlor für einen Augenblick das Gleichgewicht, als eine Sektion des Gebäudes vor seinen Füßen einbrach. Der Feuerball löste sich auf, als die Flammen ihn gerade erreichten, aber zu diesem Zeitpunkt jagte bereits ein Plasmahagel von den vieren auf die Kreatur zu. Sie steckte ein paar Treffer an den Panzerplatten ein, ehe sie sich wieder in die Luft schwang. Sie griff hinter sich, brachte zwei riesige Pistolen zum Vorschein und jagte mit wütender Frequenz Geschosse auf die vier. Die wälzten sich aus dem Schusshagel und mussten das Feuer erwidern, während der Schänder in der Luft kehrtmachte und hoch über die Straße hinwegflog.

Er zog jetzt das Feuer nicht nur von ihnen, sondern auch das anderer Kämpfer in der Tiefe auf sich. Er richtete seine Pistolen nach unten und zerfetzte zwei Oni, die mit antik wirkenden Energiegewehren auf ihn schossen. Während er einen Bogen flog, steckte er einen Armtreffer ein, sodass er eine der beiden Pistolen fallen ließ. Mit der zweiten Waffe pustete er jedoch einem Gardesoldaten den Kopf herunter, der auf einem Dach auf zweiter Etage hockte.

Jetzt nahm der Schänder schnurgeraden Kurs auf die Gruppe hinterm Kühlturm. Innerhalb eines Augenblicks war er über ihnen, und Asha rollte sich soeben noch aus dem Weg der krummen Klauen, als er vorbeistrich. Der braunhäutige Gardesoldat neben ihr hatte weniger Glück. Eine Kralle erwischte ihn an der Schulter, und er wurde in die Luft gerissen, als der Schänder im Bogen hochzog. Ein paar Flügelschläge stieg er zu einer Höhe von etlichen hundert Fuß und ließ dann den Soldaten los. Der Rumpf schlug auf dem Dach ein und erzeugte einen tiefen Krater im Metall. Der Kopf folgte eine oder zwei Sekunden später und zerplatzte, wie es wohl auch ein aus ähnlicher Höhe fallen gelassenes Ei getan hätte. Lucas spürte, wie Übelkeit in ihm aufstieg.

Sofort ging der Schänder in den Sturzflug über und schoss erneut auf die Gruppe herab. Diesmal war Asha mit dem Schwert bereit. Die Kreatur entdeckte die Klinge im letzten Augenblick und schwenkte nach rechts, um ihr auszuweichen. Der Schänder krachte in Kiati hinein, die rücklings vom Dach kippte. Als er wieder an Höhe gewann, rannten Lucas und Asha zur Dachkante und hielten atemlos nach Kiati Ausschau. Sie war auf dem angrenzenden, nur wenige Stockwerke niedrigeren Bauwerk gelandet. Sie rührte sich, also hatte die Panzerung einen großen Teil des Aufpralls abgefangen. In Windeseile schwärmten Oni um sie herum und versuchten, ihr auf die Beine zu helfen. Asha drehte sich zu Lucas um. Sie beide waren jetzt die einzigen auf dem Dach.

Der Schänder war vor dem Kühlturm gelandet und hatte sich damit zwischen ihnen und dem auf der anderen Seite liegenden Maston postiert. Sie beide standen mit dem Rücken zur Dachkante, und ein knapp bemessener Sims war das einzige Hindernis zwischen ihnen und einem Sturz, viel schlimmer als der, den Kiati gerade überlebt hatte.

Blitzschnell zog die Kreatur wie ein fremdartiger Revolverheld die verbliebene Pistole. Lucas und Asha hatten ihre Waffen schon im Anschlag und gaben jeder einen Schuss ab. Ashas Revolverkugel durchschlug den Lauf der Waffe des Schänders glatt, und sie explodierte ihm in der Hand. Lucas' Schrotschuss prasselte über kurze Distanz auf seinen Rumpf ein und trieb ihn rückwärts zum langsam zerfallenden Kühlturm. Rauch stieg aus den schwelenden Wunden überall an seinem Körper auf, und die explodierende Pistole hatte ihm einen Finger abgerissen.

»Genug von diesen Spielsachen!«, brüllte er durch den Kragen und schwang mit unglaublicher Wucht die Flügel nach vorn. Ehe einer der beiden noch einen Schuss abfeuern konnte, schleuderte der Windstoß sie rückwärts durch die Luft. Lucas griff nach der vom Dach kippenden Asha und ließ dabei das Gewehr fallen, das von ihm weghüpfte. Sie verschränkten die Hände ineinander, und Asha krachte an die Gebäudeflanke. Dort hing sie über der Kante.

Lucas zog sie wieder hoch, zerrte sie mit der geballten Kraft von Anzug und Muskeln über die Kante zurück aufs Dach. Ein kurzer Blick zeigte ihm, dass ihre Waffen gut anderthalb Meter entfernt lagen. Der Schänder war schon in der Luft und raste auf heftig schlagenden durchscheinenden Flügeln darauf zu.

Aber noch etwas anderes fegte heran. Toruk flog durch die Luft, war aus seinem Versteck innerhalb des zerstörten Kühlturms hervorgesprungen. Er war verschwunden, als die Schienenkanone das Feuer eröffnete, aber Lucas hatte es bis zum jetzigen Augenblick nicht registriert. Ebenso wenig der Schänder. Während der rote Dämon auf sie losging, sprang ihm Toruk auf den Rücken und trieb ihm die schwarze Klinge seines Speers in den Körper, bis sie an der Brust wieder austrat. Blut spritzte zwischen den Panzerplatten hervor, und der Schänder stieß ein durchdringendes Heulen aus. Er stürzte krachend aufs Dach und spannte dabei die Flügel an, was Toruk nach vorn schleuderte. Lucas griff nach ihm, aber der Krieger flog über die Dachkante und verschwand außer Sicht. Ein Schrei blieb Lucas im Hals stecken.

Asha war schon auf den Beinen und rannte auf den Schänder zu, der sich abmühte, wieder auf die Beine zu kommen. Sie ging mit dem Schwert auf ihn los, und er rollte sich ab, um dem Hieb auszuweichen. Als er wieder aufrecht stand, zog er Toruks Speer komplett durch die Brust und schlug so schnell damit zu, dass Asha kaum Zeit fand, ihn mit dem Schwert abzuwehren. Der Schänder stieß erneut zu, und sie führte einen Rückwärtssalto über den Speer aus und hackte der Waffe die Spitze ab. Der Schänder hielt jetzt eine ziemlich nutzlose Metallstange in der Hand. Lucas war ebenfalls auf den Beinen und rannte zur Dachkante, um nach Toruk zu sehen.

Toruk stand auf dem Rumpf des inzwischen wieder einsatzfähigen Gefängnistransporters, der ihn aufgefangen hatte. Das Schiff stieg rasch empor, und als es über der Dachkante war, legte sich sein Schatten über sie alle. Der Schänder blickte überrascht auf.

Der vorderste Geschützturm des Schiffs feuerte und erwischte das Monster voll in der Brust. Der Aufprall schleuderte es über die Dachkante gegenüber und ließ ihn lautlos in den grauen Rauch darunter trudeln.

Asha wurde von der Explosion rückwärtsgeschleudert, kam aber schnell wieder auf die Beine und rannte mit Lucas zur anderen Seite. Die Bauten unter ihnen standen in Flammen, und sie konnten in dem Rauch nichts erkennen.

»Ist er tot?«, schrie Asha durch den Triebwerkslärm des Gefängnisschiffs.

»Ich weiß nicht!«, schrie Lucas zurück. »Wir haben aber keine Zeit, um es herauszufinden.«

Das missfiel Asha, deren Augen weiter forschend die Gegend durchsuchten, ohne jedoch eine Spur des Ungeheuers zu finden.

Alpha meldete sich über ihre Anzugsfunkanlagen.

»Wurde das Problem gelöst?«, fragte er, als wäre er in einer Hotline für technische Beratung.

»Vorläufig«, antwortete Lucas.

»Kommt«, fuhr Alpha fort, »es ist Zeit.«

Lucas und Asha wichen von der Dachkante zurück und liefen zu Maston hinüber, der noch immer bewusstlos hinterm Kühlturm lag. Lucas hakte die Rüstung des Mannes auf dem eigenen Rücken ein und schleppte Maston wie einen Rucksack, während sie zum Schiff gingen, das sich jetzt langsam drehte und die Einstiegsrampe senkte. An Bord waren schon ungefähr ein Dutzend Gardesoldaten, darunter die angeschlagene Kiati. Das waren die wenigen, die den Angriff überlebt hatten.

Während sie an Bord gingen, stieg die Rampe wieder an, und das Schiff gewann allmählich an Höhe. Lucas blickte zu einem Fenster hinaus und sah den zerstörten Raumhafen unter sich.

Der Hangar war vollständig zerstört, die übrigen Gebäude fast alle von Bränden verzehrt. Die Oni schwärmten wie Ameisen über die Straßen und metzelten alle verbliebenen Soldaten nieder, ehe irgendjemand draußen erfuhr, dass sie den Stützpunkt eingenommen hatten. Allerdings würde der Rauch wohl schon bald entdeckt werden.

Verstärkungen waren nicht eingetroffen. Sie hatten es geschafft. Der lautstärkste heimliche Angriff aller Zeiten.

Der Wald verschwand in der Tiefe, und der gebogene Rand Makaris wurde im Sichtschirm erkennbar, während sie weiter an Höhe gewannen. Kiati versorgte Maston, und Asha saß an der Hangartür. Sie war eingeschlafen. Lucas hatte das Gefühl, bald selbst zusammenzubrechen.

An der Rückwand des Raums sah er Alpha an einigen Steuerungselementen herumspielen, neben ihm Toruk, der sich an Bord geschlichen hatte, nachdem er zunächst auf dem Schiffsrumpf gelandet war.

»Was machst du da?«, fragte Lucas.

»Ich schicke unseren Freund nach Hause«, antwortete Alpha und tippte Koordinaten in das Display vor ihm.

»Möchtest du nicht mit uns kommen?«, fragte Lucas, an Toruk gewandt. »Nach Mol'taavi? Du könntest uns helfen.«

Toruk schüttelte den Kopf.

»Khas'to brauchen Toruk. Oni brauchen Toruk. Muss beschützen. Muss beschützen, bis große Mol'taavi-Armee kommen. Alle Himmelsdämonen töten.«

Jemand hatte ihn in ihren Plan eingeweiht. Lucas hatte sich schon gesorgt, die Oni könnten sich von ihnen im Stich gelassen fühlen.

»Wir kehren zurück, Toruk. Danke, dass du uns euren Weißen Geist überlassen hast. Sie wird diejenige sein, die uns hilft, das alles zu beenden. Sie wird euch euren Planeten zurückgeben.«

Lucas brachte es nicht über sich, ihm zu erzählen, dass es ein ganzes Jahrzehnt dauern würde, bis irgendetwas, was einer Armee ähnlich sah, Makari überhaupt erreichen konnte, denn so lange dauerte es, neue weiße Nullkerne zu synthetisieren. Er fragte sich, ob er Toruk jemals wiedersah.

»Du nicht scheitern. Ich kennen dein Geheimnis«, sagte Toruk, als die Tür vor ihm nach oben glitt und er sich in ein enges Cockpit duckte.

»Noch ein Geheimnis?«, fragte Lucas und zog eine Braue hoch. »Was hast du diesmal ausgetüftelt?«

Toruk lächelte.

»Lebwohl, Saato. Valli möge deine Kraft bewahren.« Er deutete mit dem Kopf auf die schlafende Asha an der Wand gegenüber.

Sie waren nicht die Sendboten der Götter, sie waren die Götter selbst?

Lucas wandte sich wieder um und wollte etwas sagen, aber die Tür hatte sich schon geschlossen. Toruk war fort.

Alpha tippte auf ein paar weitere virtuelle Tasten, und ein gedämpftes Rauschen verriet, dass die Rettungskapsel aus dem Schiff gestoßen wurde. Ihre Triebwerke schalteten sich nach wenigen tausend Metern Entfernung ein, und sie beschleunigte Richtung Dschungel.

»Inzwischen ein Held dreier Planeten, scheint es«, sagte Alpha und drehte sich zu ihm um.

Lucas lächelte matt, aber ihm war so schwindlig, dass er fast auf der Stelle umfiel.

»Du solltest dich darum kümmern«, sagte Alpha und deutete abwärts.

Lucas folgte dem Fingerzeig und entdeckte ein qualmendes Loch in der Panzerung des linken Beins. War er angeschossen worden? Er hatte es nicht mal bemerkt. Da die Verletzung nun entdeckt war, zwang ihn das Gehirn, die Schmerzen auch zu spüren, und er sank zu Boden.

Er war müde. So müde.

17

Die Rückfahrt verlief emotional weniger aufgeladen als die Hinreise. Sie mussten ein paar Aufklärungsjäger unweit eines der äußeren Planeten abwehren, wo man ihre Flucht entdeckte, aber echte Verstärkungen schafften es nicht mehr, sie einzuholen, ehe der Nullkern gestartet wurde. Zetas Leute am Boden meldeten, dass der übrige Planet eine volle Stunde gebraucht hatte, um festzustellen, dass der Raumhafen vernichtet worden war. Da waren die Soraner schon lange verschwunden, untergetaucht in einem Tunnel aus Raumzeit und auf dem Rückweg nach Sora.

Als es ihnen endlich gelang, den Fernfunk wieder online zu bringen, informierten sie Tannon Vale über den relativen Erfolg des Einsatzes und über den Umstand, dass sie heimwärts unterwegs waren. Er erzählte ihnen, dass sie seit Wochen für tot gehalten worden waren, obwohl man das geheim gehalten hatte. Der Planet war noch immer vom Angriff der Xalaner auf Kollux erschüttert, und Geheimdienstmeldungen lagen vor, dass die Xalaner begierig waren, bald erneut zuzuschlagen. »Kommen Sie schnell zurück«, sagte Vale. Es war viel zu tun.

An Bord standen nur xalanische Schlafkapseln zur Verfügung. Ihr Gebrauch wurde strikt untersagt, nachdem Asha von den Nebenwirkungen längeren Gebrauchs erzählt hatte, und so gaben sich alle mit Felldecken auf dem Boden zufrieden, die sie von den Oni als Abschiedsgeschenke erhalten hatte.

Letztlich hatten nur achtzehn Gardesoldaten den Einsatz überlebt. Die Einheit hatte noch nie solch verheerende Verluste erlitten, hatte allerdings auch noch nie eine solch monumentale Aufgabe lösen müssen. Lucas und Asha trainierten mit den verbliebenen Soldaten, um in Form zu bleiben, angetrieben durch Mastons gebrüllte Befehle. Der Mann selbst konnte auch mit nur einem Bein immer noch eine eindrucksvolle Anzahl von Übungen ausführen.

Jeden Abend versammelte sich die ganze Gruppe, um Kriegsgeschichten von den gefallenen Kameraden auszutauschen. Lucas lachte, als Kiati erzählte, wie Silo einmal in Vorbereitung eines Attentats durch einen trüben Sumpf gekrochen war, nur um bei Ankunft am Ziel herauszufinden, dass es sich um die Latrinen des Gegners gehandelt hatte. Die Gardisten fanden es urkomisch, als Asha erzählte, wie sie und Lucas sich auf der Erde zum ersten Mal begegnet waren, wobei sie ihm eine Kugel verpasste, nachdem er ihr in Georgia unklugerweise zu helfen versucht hatte. Lucas verstand nicht, was daran so witzig war. Die Schulter tat ihm in manchen Nächten immer noch weh.

Lucas' Bein war weitgehend verheilt, obwohl sich das Plasmageschoss bis zum Knochen vorgearbeitet hatte, als es ihm endlich gelang, die Wunde zu behandeln. Ein abschließendes Souvenir vom Schänder. Lucas wusste, dass das Ungeheuer nicht tot war. Monster dieser Art starben nicht. Er sah die brennenden Augen viel zu oft in seinen Träumen.

Der erhebendste Aspekt der Heimreise bestand in dem Anblick, wie Alpha und Zeta wieder zueinanderfanden. Lucas hatte Alpha noch nie so gesehen, fröhlich, fast unbeschwert. Die beiden verbrachten Stunden damit, Teile des alten Schiffs zu reparieren, als ginge es um den Neubau eines alten getunten Autos. Sie schliefen allerdings in getrennten Unterkünften.

Asha hatte ebenfalls Gefallen an Zeta gefunden. Die beiden brachten viele Nachmittage damit zu, durch die engen Gänge des Schiffs zu spazieren und ausführlich über den Widerstand, das Leben auf Xala und darüber zu diskutieren, wie Alpha in seiner Jugend gewesen war. Lucas bekam nur vereinzelte Happen dieser

Gespräche mit, und Asha wollte ihn nicht einweihen. »Frauensache«, sagte sie tadelnd, als er fragte.

Lucas fand Gelegenheit, selbst mehr mit Alpha zu reden als jemals, seit sie auf Sora eingetroffen waren. Aufgrund der guten Laune durch die Gesellschaft Zetas zeigte sich der Wissenschaftler entgegenkommend.

»Was hast du eigentlich vor, wenn das alles überstanden ist?«, fragte Lucas ihn eines Nachts auf der Brücke, während sie beide mit Schlaflosigkeit zu kämpfen hatten. Sie spielten ein altes xalanisches Spiel am zentralen Holotisch. Alpha konnte den Namen nicht auf Englisch aussprechen, also nannte Lucas es einfach »Felder«. Es ging darum, holografische Würfel zu bewegen und dabei Bewegungen des Gegners zu blockieren und zu parieren. Lucas verlor immer und hatte zum Schluss jeweils keine Würfel mehr, die er herumschieben konnte, aber er wurde besser.

»Selbst unsere aktuellen Aktionen eingerechnet, ist die Wahrscheinlichkeit sehr gering, dass der Krieg zu unseren Lebzeiten endet«, entgegnete Alpha.

Lucas verdrehte die Augen.

»Tu mir einfach den Gefallen. Falls er enden würde, was hättest du dann vor?«

Alpha blickte eine Minute lang zum Sichtschirm hinaus. Das einzige Licht im Raum stammte von dem Tisch vor ihnen. Sie hörten Schritte auf anderen Decks; die Wände und Böden des alten Transporters waren dünner als sie es gewöhnt waren. Lucas vermutete, dass nur noch wenige nach ihren Erlebnissen auf Makari tief und fest schlafen konnten.

»Ich würde gern die Forschung weiterführen, die mein Vater vor vielen Jahren in Angriff genommen hat.«

»Welche Forschung?«, fragte Lucas. Er packte drei seiner Würfel und warf sie auf einen von Alphas Würfeln. Der Spielstein des Xalaners löste sich sofort auf.

»Echte Terraformung«, antwortete Alpha. »Die Verjüngung eines Planeten.«

»Gibt es das nicht schon?«

»Nein«, sagte Alpha. »Die künstliche Anhebung der Temperatur um wenige Grad oder die Ermöglichung von Pflanzenwachstum durch genetische Manipulation – das ist nicht das, was ich meine. Ich rede von einem Vorgang, der einen öden Planeten in so etwas wie Sora verwandeln könnte. Die alte Erde zum Beispiel.«

»Oder Xala.«

Alpha nickte. Er fuhr mit dem Arm durch die holografische Spielsphäre, und eine Welle seiner Würfel drang vor und zermalmte ein halbes Dutzend von Lucas' Spielsteinen.

»Das wäre wirklich die krönende Errungenschaft. Vor Jahrmillionen war Xala eine solche Welt, aber eine außergewöhnliche Anstrengung und ein unbekanntes Maß an wissenschaftlicher Entwicklung wären nötig, um es in diesen Zustand zurückzuversetzen.«

»Na ja«, sagte Lucas, »wenn irgendjemand das schafft, dann bin ich sicher, dass du das bist.«

»Vielleicht«, sagte Alpha leise. »Allerdings bleibt der Krieg für die absehbare Zukunft im Fokus. Vielleicht erleben meine Kinder eines Tages, dass diese Vision Wirklichkeit wird.«

»Überlegst du, eine Familie zu gründen?«

Alpha seufzte.

»Erneut eine hochfliegende Idee, wenn man die aktuellen Umstände bedenkt. Ich betrachte jedoch schon lange dich und Asha und Noah und jetzt auch euer neues Kind und … wünsche mir eine solche Gelegenheit auch für mich. Ich bin schon zu lange allein.«

»Und wer ist die glückliche Dame?«, fragte Lucas und bemühte sich, ein Lächeln zu verbergen.

Alpha gluckste und nutzte die Gelegenheit, um zwei weitere Spielsteine seines Gegners zu zerstören.

»Versuche nicht, dich neckisch zu geben. Du weißt von meinen Neigungen für [Kauderwelsch]. Für Zeta.«

»Wie läuft es?«

»Das ist eine Brücke, die von beiden Seiten aus gebaut werden muss, obwohl das vielleicht einige Zeit dauert. Wir haben beide viel durchgemacht. Die Art, wie Zeta nach ihrer Gefangennahme behandelt wurde, war … um das irdische Wort zu benutzen: unmenschlich. Gewissenlos.«

Er unterbrach sich. Im blassblauen Schein des Holotisches erkannte Lucas eine tiefe Traurigkeit in Alphas Augen.

»Ich sehe diese Frau, die ich einmal kannte, habe aber das Gefühl, dass sie nur noch ein Schatten jenes Wesens ist, das sie einst war. Wahrscheinlich geht es ihr mit mir genauso.«

»Gib der Sache einfach Zeit. Ihr müsst Jahrzehnte aufholen.«

»Und doch scheint es manchmal, dass es einfach nichts zu sagen gibt.« Alpha wirbelte zerstreut einen Würfel mit dem Finger herum und schien über seinen nächsten Zug nachzudenken. »Du und Asha. Was verbindet euch?«

Lucas lehnte sich zurück, um darüber nachzudenken.

»Zunächst war es vielleicht nur – wie hast du es damals auf der Arche ausgedrückt? ›Nähe und Not.‹ Es wurde jedoch mehr daraus. Das ist eine Art Verbindung, die man nicht in Worte fassen kann. Sie … besteht einfach.«

»Das ist äußerst wenig hilfreich.«

Lucas lachte.

»Tut mir leid, aber das ist etwas, was du selbst herausfinden musst. Asha musste mich dreimal fast umbringen, ehe es klick gemacht hat.«

»Ich möchte einen ähnlichen Weg zu einer solchen Erkenntnis vermeiden.«

»Na ja, man kann nur schwerlich behaupten, dass die Beziehung zwischen Asha und mir Modellcharakter hat. Und ich bin kein Experte, was die inneren Mechanismen xalanischer Partnerschaften angeht.«

Lucas ließ die Mehrheit seiner restlichen Spielsteine vorrücken und vernichtete eines von Alphas Bollwerken auf dem kugelförmigen Spielbrett. Der Zug überraschte Alpha sichtlich.

»Gefühle gelten auf meinem Planeten als Schwäche. Außer Zorn natürlich. Das bringt man uns von Geburt an bei. Hier und heute sind Zeta und ich zwei der einzigen wirklich ›freien‹ Xalaner seit Jahrtausenden. Verräter werden inhaftiert oder hingerichtet. Sie entkommen nicht, wie es uns gelungen ist. Sie können nirgendwo Sicherheit finden.«

Alpha rief ein sekundäres Display auf und prüfte den Zustand des Schiffs, ehe er es schnell wieder schloss.

»Die Idee, dass wir niemandem verantwortlich sind, ist befreiend, aber auch beängstigend.«

Alpha schob einige Würfel nach vorn. Sobald sie eine bestimmte Position im Spieldisplay erreicht hatten, verbanden sie sich zu einer einzelnen Pyramide. Lucas war jetzt in Schwierigkeiten. Alpha spann seinen Faden weiter.

»Wenn der Krieg endet, fürchte ich, dass mein Volk die Idee der Freiheit nicht verstehen wird; es lebt schon so lange in untergeordneter Position. Vielleicht entsteht ein Vakuum, das dann von einer weiteren korrupten Körperschaft gefüllt wird. Die Xalaner werden eine starke, aber wohlmeinende Führung brauchen.«

Lucas verschränkte die Arme. »Nun, ich nominiere dich.«

Alpha schnaubte. »Ich verabscheue Politik, und ich bin nun wirklich nicht für eine solche Rolle geeignet. Wäre mein Vater doch noch am Leben …«

Er wedelte mit der Klaue in der Luft.

»Aber genug von diesem Gerede. Du hast mich dazu gebracht,

unsere aktuellen Umstände zu ignorieren und über eine allzu ideale Zukunft zu spekulieren. Solche Fantastereien sind nicht hilfreich.«

Alphas Pyramide rückte vor und zermalmte Lucas' letzte Würfel. Ein weitere Partie verloren.

»Hab Vertrauen in den Plan«, sagte Lucas und trug seine jüngste Niederlage ein, indem er einen weiteren Haken in Alphas Ergebnisspalte setzte. »Du wirst deine Zukunft haben.«

»Wie du so viel ertragen und trotzdem weiterhin eine solche Haltung einnehmen kannst, ist verwirrend.«

Lucas zuckte die Achseln und wischte das Spieldisplay weg, sodass nur noch ein mattblauer Lichtschein zwischen ihnen war. »Wenn es nicht so wäre, wäre alles vergebens gewesen. Jede erlittene Verletzung, jeder verlorene Freund. Ich werde dafür sorgen, dass es mir etwas bedeutet, koste es, was es wolle.«

»Das könnte glatt geschehen«, sagte Alpha müde.

»Ich weiß.«

In dieser Nacht kehrte Lucas in die beengte Zelle zurück, wo er und Asha Unterkunft genommen hatten. Sie schlief in einem Haufen aus blutroten und schwarzen Fellen zusammengerollt. Ein paar davon hatten ursprünglich Gardisten gehört, die es nach dem Angriff auf den Raumhafen nicht wieder zurück an Bord geschafft hatten. Es war in diesem Zellenblock eiskalt, wie fast überall auf dem Schiff. Alles hier war so alt, dass nichts richtig funktionierte, obwohl Alpha fortwährend daran herumbastelte. Zwei Gardisten hatten einmal volle sechs Stunden lang in ihrer Zelle festgesessen, als der Türmechanismus blockierte. Man musste sie schließlich mit dem Plasmaschneidbrenner herausholen. Eine Gardesoldatin hatte eine Fingerspitze an einen defekten Strahlenschild verloren, der eigentlich nur für Notfallabdichtungen gedacht war. Eine halbe Sekunde früher, und sie wäre vermutlich entzweigeschnitten worden. Das Gefängnisschiff war so etwas wie eine Todesfalle, aber solange es sie nach Hause brachte, war es ihnen egal.

Lucas zog die Decken über sich, hörte in dem eiskalten Raum aber trotzdem nicht auf zu zittern. Er sah den eigenen Atem im matten Licht und rollte sich dicht an Asha zusammen, um an ihrer Körperwärme teilzuhaben. Das hier war kein romantischer Ort, aber in manchen Nächten verbannten sie jeden Gedanken an die Umgebung. Lucas gab vor, sie wären im Palast-Penthaus auf Sora, in weiche Decken gewickelt und in einem Zimmer, das mit unbegrenzter Nahrung und Getränken und unbezahlbaren Schätzen angefüllt war. Das war ein schöner Gedanke, der ihm erhalten blieb, bis er schließlich einnickte und die Albträume erneut begannen.

Einen weiteren Monat später war Sora schließlich in Griffweite. Alle an Bord versammelten sich auf der Brücke, als sie aus dem hinteren Ende des Raumzeittunnels auftauchten. Der grüne und blaue Dunstschleier auf dem Sichtschirm verblasste schließlich und wich dem Ozean der Sterne. Innerhalb von Minuten waren sie von einem ansehnlichen Teil der soranischen Flotte umzingelt, was den Gardisten Jubelrufe entlockte. Die Schiffe waren hier, um sicherzustellen, dass sie nicht von Xalanern verfolgt wurden, und sie vorsichtshalber durch das System nach Sora zu eskortieren. In der Schwärze des Alls hinter ihnen tauchte jedoch kein unerwünschtes Gefolge auf, und nach einer Zeitspanne angespannten Wartens legte man einen Kurs zum Heimatplaneten an.

Maston stand auf der Brücke aufrecht neben Lucas, was in Anbetracht seiner Verletzung eindrucksvoll war. Über den ersten Monat hinweg hatte er sich mit einer Krücke beholfen, aber schließlich hatte Alpha ihm ein Roboterbein aus Ersatzteilen gebastelt, die er überall im Schiff zusammengesucht hatte, und das Gleiche tat er anschließend für die übrigen verletzten Gardesoldaten an Bord, die bei den Kämpfen Gliedmaßen verloren hatten. Mastons Bein konnte kaum als Technik auf dem neuesten Stand gelten, da die meisten Einzelteile rostig waren und die Kabel ständig Kurzschlüsse produzierten. Es war jedoch besser als die Alternative, und mit viel Mühe hatte er die Kunst gemeistert, mit dem Ding zu laufen. Lucas hatte ihn wenige Tage zuvor tatsächlich bei einem Sprint gesehen. Bald würde man ihm einen offiziellen robotischen Ersatz für Alphas Behelfsbein implantieren, gefolgt von einer organischen Gliedmaße aus seiner eigenen DNA wenige Wochen später. Die Züchtung des Beins hatte begonnen, sobald Shuttleverkehr mit dem Planeten möglich wurde, wie überhaupt die diversen Arten von Verletzungen sämtlicher Gardesoldaten übermittelt worden waren, die nach ihrer Rückkehr behandelt werden mussten. Über die vergangenen drei Monate hinweg war Lucas' Bein gut verheilt, und obwohl Asha vor einigen Wochen so etwas wie eine Lungenentzündung durchlebt hatte, waren sie beide zur Abwechslung in relativ guter Verfassung.

Mastons Blick ruhte gebannt auf dem Sichtschirm, während die Flotte aus riesigen Schiffen ihre Blechbüchse nach Sora eskortierte. Seit Lucas ihn auf Makari zweimal gerettet hatte – einmal aus der Toten Stadt und erneut nach der Schlacht, die Maston das Bein kostete –, hatte sich zwischen ihnen ein Band entwickelt, das vage an Freundschaft erinnerte. Es war schwer zu glauben, dass es sich bei Maston um den Mann handelte, der auf der Hinreise befohlen hatte, ihn fast totzuprügeln. Andererseits war Lucas in eine Frau verliebt, die ihn mindestens dreimal umzubringen versucht hatte. Alle seine Beziehungen schienen angesichts der aktuellen Lage in der Galaxis so zu beginnen.

»Freust du dich darauf, wieder ganz zu werden?«, fragte Lucas und deutete mit dem Kopf auf Mastons Metallbein.

Maston blickte hinab und sank ein bisschen zusammen, sodass sich die Spulen strafften und ein hydraulischer Kontraktionsmechanismus zischte.

»Dazu wäre mehr nötig als nur ein Bein«, antwortete er niedergeschlagen.

»Es fällt schwer zu glauben, dass das bald vorüber sein könnte«, sagte Lucas.

Maston schnaubte.

»Der Krieg? So naiv kannst du doch nicht sein.«

»Warum sollte das nicht passieren? Wir haben einen soliden Plan.«

Ein großes Schiff zog vor ihnen seine Bahn. Es reckte ihnen zwölf weißglühende Achtertriebwerke entgegen. In ihrem Schein blinkten die umgebenden Sterne rapide.

»Obwohl ich nicht mehr an der Aufrichtigkeit unserer neuen xalanischen Bundesgenossen zweifle, wird das Kommende schwieriger als alles Vorangegangene. Tatsächlich dürfte es unmöglich sein.«

Er löste den Blick vom Sichtschirm und wandte sich Lucas zu.

»Ich habe drei Monate mit Alpha und Zeta daran gearbeitet, einen funktionsfähigen Plan auszuarbeiten, wie wir das xalanische Oberkommando auf ihrer Heimatwelt infiltrieren können. Es gibt keinen.«

»Warum nicht?«, wollte Lucas wissen.

»Das Gebäude ist eine Festung. Die Stadt ist eine Festung. Der Planet ist eine Festung. Bestünde irgendeine Möglichkeit, Xala zu infiltrieren, denkst du nicht, dass wir es längst getan hätten?«

Lucas vermutete, dass das stimmte. Komisch, dass ihm dieser Gedanke nicht gekommen war.

»Vielleicht erweist sich Zeta für uns noch als taktisch wichtig, indem sie die feindliche Funktechnik entschlüsselt, aber diese Idee, wir könnten Alphas Nachricht an ganz Xala senden, ohne dass sie abgefangen oder gestört würde, ist nur eine Fantasievorstellung. Es ist außerhalb ihrer zentralen Sendeanlage nicht möglich, und dort Zutritt zu erhalten, liegt nicht im Bereich des Möglichen.«

»Ich musste meine Definition des ›Unmöglichen‹ in den zurückliegenden paar Jahren mehrfach modifizieren«, wandte Lucas ein.

»Glaub, was du möchtest«, sagte Maston, »aber die Fakten bestimmen einen anderen Kurs.«

Er bemerkte, dass sich Lucas allmählich ärgerte.

»Jedenfalls werde ich in kommenden Schlachten mit Stolz an der Seite der Erdgeborenen kämpfen. Ihr habt euch seit eurer Ankunft als … anpassungsfähig erwiesen. Ob das nun Begabung oder Glück sein mag, ich wähle mir beides als Kampfgefährten.«

Stets der Charmeur.

Vor ihnen wurde eine hellblaue Kugel inmitten der Sterne sichtbar. Zuhause. Oder das, was für Lucas dem am nächsten kam.

18

Lucas stand unbehaglich da, die Hände auf dem Rücken verschränkt. Er trug eine blaue Galauniform der Garde mit einem geflügelten Abzeichen am Kragen, das ihm Maston ungeachtet früherer Differenzen persönlich angeheftet hatte. Der Kommandant stand links von Lucas, Asha rechts von ihm. Neben ihr ragte Alpha auf, und achtzehn weitere Gardisten standen in ähnlicher Haltung ein Stück weiter in der Reihe. Kamerabots umkreisten sie wie Satelliten. Die Veranstaltung fand in einem kleinen, kunstvoll gestalteten Raum auf den oberen Etagen des Palasts statt, wurde aber für Milliarden gesendet.

Lucas blickte in Talis Vales freundliche Augen. Sie hängte ihm ein Medaillon um den Hals. Es war silbern und zeigte als Gravur das Gesicht eines Kriegerkönigs aus alter Zeit.

»Ich verleihe hiermit Lucas dem Erdgeborenen das Zeichen Ayons als Auszeichnung für außergewöhnliche Tapferkeit im Angesicht eines übermächtigen Gegners.«

Lucas verbeugte sich leicht, das Medaillon klimperte an einem der Ringe Talis Vales, als sie die Hand wegnahm. Er erwiderte ihr sanftes Lächeln, und sie fuhr damit fort, Asha eine ähnliche Medaille umzuhängen. Maston trug seine schon.

Das Ereignis wurde auf ganz Sora ausgestrahlt – die Rückkehr der siegreichen Helden von ihrem Einsatz auf einer xalanischen Kolonie, dem ersten, den man jemals unternommen hatte. Talis sagte, damit würde die Moral der ganzen planetaren Bevölkerung gesteigert, die für die Zeit, in der das Kommando unterwegs gewesen war, sehr unter dem Verlust von Kollux gelitten hatte. Von den Einzelheiten wurde nur vage gesprochen, und die Bewohner Soras waren mit der Information zufrieden, dass die Gardisten und die Erdgeborenen eine wertvolle Zielperson gerettet hatten, die für den weiteren Krieg von entscheidender Bedeutung sein würde, und dass sie Kontakt mit einer neuen Form soranischer Krieger hergestellt hatten, den Oni. Die Panzeranzüge der Gardesoldaten verfügten über Kameras, deren Aufzeichnungen man aufbereitet hatte. Die Menge verfolgte jetzt erstaunt diese Bilder, als sie in den Stream eingespeist wurden, und erlebte den Angriff auf den Raumhafen und Teile des Duells mit dem furchterregenden Schänder mit. Lucas schauderte es jedes Mal unwillkürlich, wenn er einen Eindruck von der blutroten Kreatur im Display erwischte.

Die Toten hatten ihre Auszeichnungen schon erhalten, eine Ordensstufe über denen, die die Lebenden jetzt trugen. Man hatte die Medaillen zusammen mit den Finals nach Hause zu ihren Familien geschickt. Die Namen und Gesichter der Gefallenen hingen wie Gespenster hinter ihnen in der Luft. Lucas drehte sich um und warf einen Blick aufs Hologramm.

Jat Corvin.

Elys Sonotro.

Mardok Axon.

Yanna Hollus.

Sol'tanni Silo.

Lucas kannte endlich den Vornamen des Freundes. Er wandte sich wieder den Kameras zu. Der Magen drehte sich ihm um, aber er wahrte die Fassung. Wenn dem Erdgeborenen bei dieser Siegesfeier die Selbstbeherrschung entglitt, würde das keine gute Presse abgeben. Er schluckte den Kloß im Hals herunter und wahrte den steinharten starren Blick nach vorn. Er musste Silo jetzt gehen lassen, auch wenn er ein guter Freund gewesen und unter grauenhaften Umständen gestorben war. Viel zu oft sah Lucas, sobald er die Augen schloss, den roten Nebel im Dschungel und die Hälfte einer Leiche, die darunter lag.

Talis hängte dem letzten Gardisten die Medaille um den Hals, und Zuschauermengen auf dem ganzen Planeten brachen in Jubelrufe aus, die hier nicht zu hören waren.

Nach der jüngsten Reise in eine neue Art von Hölle war es unwirklich, sich auf Sora wiederzufinden. Die Dschungel Makaris hatten sich als noch tückischer erwiesen als die Ödlande der Erde, und sie hatten Lucas eine weitere Prüfung auferlegt, die er nie wieder vergessen würde. Sogar in der Behaglichkeit der Palastunterkunft juckte der Moltok-Stich weiter. Und er sah noch immer die gelben Augen des Blutwolfs. Die roten Augen des Schänders.

Aber eine erfreuliche Abwechslung zu alldem gab es. Einen Hoffnungsstrahl, der wie die Sonne ins Zimmer brach.

»Lucas!«, quietschte Noah und sprach es korrekt aus. »Asha!«

Das Kind war in den Monaten ihrer Abwesenheit kräftig gewachsen. Noah hatte locker fünf Zoll an Körpergröße zugelegt, und das Riesenblut in ihm machte sich langsam bemerkbar, denn er hatte eine für sein Alter außergewöhnliche Größe erreicht. Er watschelte nicht mehr, sondern schritt zielsicher. Lucas und Asha knieten sich hin, um ihn zu umarmen. Hinter ihm lächelten Malorious Auran und zwei Betreuerinnen über diese anrührende Wiedervereinigung. Goldene Locken ergossen sich in Lucas' Hände. Strahlende himmelblaue Augen erwiderten seinen Blick. Man hatte in ihrer Abwesenheit gut für das Kind gesorgt, so viel war klar.

Sie saßen volle zwei Stunden lang zusammen, in denen Noah sie mit ausführlichen Erzählungen seiner Abenteuer in den vergangenen Monaten unterhielt. Wo er früher nur geplappert hatte, sprach er jetzt in zusammenhängenden Sätzen, was eigentlich jenseits der üblichen Fähigkeiten eines noch nicht ganz zwei Jahre alten Kindes lag. Lucas folgerte daraus, dass die soranische

Erziehungsmethode es den Kindern möglicherweise erlaubte, sich kognitiv schneller zu entwickeln als Kinder auf der Erde. Er dachte an Noahs Englisch- und Soranisch-Lektionen auf dem Kapitänsstuhl der Arche zurück. Wie auch immer hier Bildung funktionierte – ihre praktischen Ergebnisse waren bemerkenswert.

Noah schilderte ihnen in Einzelheiten alle seine neuen Freunde aus der Kindertagesstätte des Palastes und erzählte ihnen von diversen Ausflügen der Gruppe in Städte und zu Wildgehegen. Von all den Kindern, die er nannte, tauchte ein bestimmter Name nahezu jedes Mal auf, Kyra. Lucas erinnerte sich an seine Begegnung mit Aurans schüchterner Enkelin in der Kinderkrippe. Es schien eine Ewigkeit her.

Noah sprach Soranisch inzwischen so fließend wie sie beide, auch wenn seine Lehrer dafür sorgten, dass er außerdem sein Englisch pflegte. Sie hatten nicht vor, sich als die Leute zu erweisen, die zuließen, dass die sterbende Sprache einer verlorenen Zivilisation ganz erlosch.

Noah trug immer noch die Brandnarben an Arm und Schulter, die von dem Feuer in der norwegischen Kinderkrippe herrührten. Er wurde als noch zu jung für die umfangreichen Hauttransplantationen eingestuft, die den Schaden behoben hätten, aber es wurde deutlich, dass die alten Verletzungen ihn nicht behinderten.

Alle drei schleppten sie Wunden von der Erde mit. Eine Familientradition.

Schließlich kehrte Auran ins Zimmer zurück und unterbrach Noahs Erzählung von einem besonders aufregenden Wildgehege, das er vorige Woche besucht hatte.

»Wann immer Sie bereit sind«, sagte der Alte. »Man erwartet Sie unten.«

Es wurde Zeit, dass ihre Familie wirklich vollständig wurde.

Geburtstag.

Die Bedeutung entsprach mehr oder weniger der, die der Begriff auf der Erde hatte. »Mehr«, weil tatsächlich ein Kind geboren wurde, »weniger«, weil es aus einem Fötustank kam statt von einer biologischen Mutter entbunden zu werden. Aufgrund der soranischen Geburtsmethode konnte das Ereignis eher im Stil einer freundschaftlichen Zusammenkunft stattfinden als in dem eines hysterischen Krankenhausbesuchs.

Das Kind war bereit, sich der Welt zu stellen.

Die Empfängnis an Bord der Arche lag ein Jahr zurück, ein Akt zweier verdammter Seelen, die verzweifelt Trost suchten, ehe sie dem sicheren Ende begegneten. Heute jedoch war das Band zwischen Lucas und Asha stärker denn je und setzte sich aus mehr zusammen als nur den grauenhaften Ereignissen, die sie als Paar hatten erdulden müssen.

Eine kleine Gruppe hatte sich in einem der vielen luxuriösen Säle des Palasts versammelt; diesmal einer, in dem Porträts junger Prinzen und Prinzessinnen aus vergangenen Jahrhunderten und Jahrtausenden die Wände zierten. Talis wusste, dass die Erdgeborenen, obzwar Gestalten des öffentlichen Lebens, immer noch ein wenig Privatsphäre brauchten. Dementsprechend nahmen nur Personen teil, die man eingeladen hatte. Im Saal hielten sich neben der bislang dreiköpfigen Familie nur Auran, Maston, Kiati, Tannon und Talis selbst auf. Noah zappelte unbehaglich in einer Miniausgabe förmlicher Kleidung. Ein paar Angehörige des Palastpersonals trieben sich in der Nähe herum, medizinisches Personal, Palastwachen und andere Bedienstete. Natürlich hätte die Welt nur zu gern das Ereignis mitverfolgt – die Geburt des Ersten Sohnes, des direkten Nachfahren der berühmten Erdgeborenen –, aber sie musste warten, bis das Kind später öffentlich vorgestellt würde. Es war eine geheiligte Tradition, dass Geburtstage private Anlässe darstellten. Zumindest der allererste.

Maston hatte ein neues Bein, diesmal aus undurchdringlichen Stahlfasern und weit funktioneller als Alphas Provisorium. Kiati fehlte noch ein Auge, aber sie trug inzwischen eine modische Metallplatte anstelle des blutigen Verbandes. Die organischen Gegenstücke beider wuchsen gerade in Labors auf anderen Kontinenten heran. Fast alle hier steckten noch in den Gardegalauniformen der vorangegangenen Zeremonie. Nur Lucas, Asha und Noah hatten sich traditionelle Kleidungsstücke für diesen Anlass anziehen können. Eine Familie trug an einem solchen Tag gewöhnlich Grün, das universal anerkannte Symbol für neues Leben.

Im Zentrum all dessen schwamm das Kind in seinem Tank. Ein kleiner Junge, hilflos und ohne jeden Begriff von dem Chaos, in das er hineingeboren würde. Der Palast bot eine nette Fassade, um ihn vor dem Wahnsinn draußen abzuschirmen, aber früher oder später würde er sich damit auseinandersetzen müssen, dass er wie alle soranischen Kinder in ein Kriegsgebiet hineingeboren worden war. Wie übrigens auch Noah. Lucas wollte nicht, dass die beiden das gleiche Grauen ertragen mussten wie er. Er hatte vor zu kämpfen, damit seine Kinder es nicht tun mussten. *Seine Kinder.*

Zum ersten Mal seit langem dachte er wirklich über die Tragweite nach, erneut eine Familie zu gründen. Er war stets Noahs Betreuer gewesen, jetzt sollte er ein richtiger Vater sein? Das schien ihm ein Teil seiner selbst zu sein, der zu eingerostet und beschädigt war, um wieder in Gang zu kommen. Seine erste Chance, ein guter Vater zu sein, hatte er auf der Erde vor dem Krieg verpfuscht. Wer konnte schon sagen, ob er es diesmal unter viel schlimmeren Bedingungen besser machte?

Lucas hatte das meiste von dem, was Auran erzählte, ausgeblendet. Eine feierliche Ansprache darüber, das Kind wäre ein Geschenk an die Welt und spiegele seine tapferen Eltern wider.

So sehr Lucas Asha bewunderte, er hoffte, dass das Kind nicht ihre scheinbar unstillbare Blutgier erbte. Obwohl er selbst niemand war, der in diesem Glashaus mit Steinen werfen durfte.

»Und welchen Namen soll das Kind tragen?«, fragte Auran und wandte sich ihnen zu. Noah hatte die Arme an die Seite des Tanks gedrückt und blickte erstaunt zu seinem kleinen Bruder auf.

»Erik«, antwortete Lucas und kehrte unvermittelt in die Gegenwart zurück. Über dieses Thema hatten sie während der langen Rückreise an Bord des Gefangenentransporters ausgiebig diskutiert und sich schließlich auf Erik als einen unverkennbaren Erdennamen geeinigt. Es war der Name eines Großvaters von Lucas, und sein Vater hatte ihm einmal erklärt, er bedeute in der alten Sprache seiner Familie »kraftvoll«. Lucas kannte nur Bilder von seinem Großvater, aber der stämmige Mann, der stolz auf dem rauchenden Wrack eines Panzers stand, schien dieser Beschreibung gerecht zu werden. Der neue Erik musste die gleiche Art von Stärke aufbringen, um die Welt zu überleben, die er jetzt betreten würde.

Als Aurans Ausführungen sich dem Ende zuneigten, trat medizinisches Personal an den Tank heran. Nachdem sie ein paar Steuerungselemente bedient hatten, floss die viskose Flüssigkeit langsam ab. Das Kind kam sachte auf einem Gelkissen auf dem Tankboden zur Ruhe. Als der letzte Rest der Substanz ausgespült war, lösten sich die winzigen Schläuche, die an diversen Stellen mit dem Körper verbunden waren, und sanfte Wärmelampen trockneten die nasse Haut. Innerhalb einer Minute war der Vorgang abgeschlossen. Eine winzige Gestalt saß zu einer Kugel zusammengerollt, während die Glaswände des Tanks in dessen Sockel herabsanken.

»Nehmen Sie Ihr Kind in die Arme«, sagte Auran und gab Asha einen Wink. Sie blickte sich nervös um, und um sie herum nickten die Leute und lächelten breit. Sogar auf Kiatis Gesicht breitete sich ein Grinsen aus. Lucas sah Ashas Hände zittern, als sie sich dem Baby in der hochtechnisierten Miniaturkrippe näherte. Er hatte sie in keiner Schlacht so verängstigt gesehen.

Sie hob Erik auf und barg ihn in einem Tuch, das ihr einer der danebenstehenden Silberkittel reichte. Wenige Sekunden später durchdrang ein dünner und doch schriller Schrei den Raum.

»Die Lunge eines kommandierenden Anführers!«, sagte Asha und brachte damit die Anwesenden zum Lachen. Asha deutete mit dem Kopf auf Lucas und gab ihm zu verstehen, dass er hinzutreten solle. Lucas war schwindlig, stellte aber fest, dass er ganz unbeherrschbar lächelte. Als er nach dem Bündel in Ashas Armen griff, blickte er zum ersten Mal ins Gesicht des Kindes. Aller Zorn, alle Pein, aller Schmerz schmolzen augenblicklich dahin.

Erik hatte zarte braune Haare von der gleichen Farbe wie Lucas. Die Gesichtszüge waren in diesem jungen Alter noch keinem der Eltern zuzuordnen, aber die Haut war eine Spur dunkler als die des Vaters und deutete auf Ashas Gene hin. Das Kind hatte blaue Augen wie die meisten Neugeborenen, und man musste abwarten, ob sie später grün oder schiefergrau wurden.

Lucas kam sich auf einmal sehr sterblich vor. Bestand irgendeine Möglichkeit, dass er miterlebte, wie Erik oder Noah aufwuchsen? Der Krieg hatte ihn schon so viel Blut gekostet. Ob er ihn letztlich verschlingen würde, sobald der Plan die abschließenden Stadien erreichte? Lucas blickte sich unter den lächelnden Gesichtern der übrigen anwesenden Soldaten um. *Genieß einfach den Augenblick!,* wies er sich an und weckte so das eigene Lächeln neu, um das Unbehagen zu verhehlen.

In der folgenden Woche kehrte Lucas in ein Leben zurück, von dem er lange geglaubt hatte, es gehöre der Vergangenheit an. Es war 29 Uhr, mitten in der Nacht, und Erik schrie erneut auf dem schwebenden Monitor über dem Bett der Eltern in der Palast-Suite. Das Kind quietschte und zappelte in seiner eckigen, krippenartigen Plüscheinfassung im angrenzenden Zimmer.

»Ich gehe«, sagte Asha, wälzte sich aus dem Bett und stolperte zur Tür. Natürlich stand ihnen rund um die Uhr ein Team aus Dienstboten und Kinderschwestern zur Verfügung, die Erik an ihrer Stelle beruhigen konnten, aber sie beide wollten es auf die altmodische Art und Weise machen. Keiner von ihnen wusste, wann es erneut in einen Einsatz ging, und so wollten sie vorher so viel Zeit mit Noah und Erik verbringen wie nur möglich. Sie wussten nicht, ob sie Tage, Wochen oder Monate Zeit hatten, waren aber entschlossen, jeden Augenblick auszukosten. Aber Ereignisse, die um 29 Uhr eintraten, waren nicht unbedingt die erfreulichsten.

Lucas war jetzt wach und konnte nicht wieder einschlafen. Auf dem Monitor wiegte Asha Erik, sang ihm leise auf Französisch vor.

Un jour nous serons tous partis
Mais les berceuses restent encore et encore …
Elles ne meurent jamais
C'est ainsi que toi
Et moi
Serons
(Eines Tages sind wir alle gegangen, aber die Wiegenlieder bleiben auf immer und ewig. Sie verklingen nicht. Wie du und ich.)

Lucas konnte nicht umhin zu lächeln, so erschöpft er auch war. Asha hatte eine sehr schöne Singstimme, und in der laufenden Woche hatte er sie überhaupt zum ersten Mal gehört. Die zurückliegenden paar Jahre hatten nicht viel Anlass für Gesang gegeben, vermutete er.

Er stand auf, ging zur Kochecke der Suite und setzte sich an den breiten Steintisch. Er schob die Tischfläche auf, griff ins Fach und holte eine blaue Flasche hervor. *Gekühlte Getränke im Innern der Möbel – die Wunder der modernen Technik.* Er kippte sich den Inhalt des Behälters in den Rachen. Innerhalb von Sekunden meldeten sich erste Zeichen, dass sich die Nervosität legte. Sein Blick schweifte durch den Raum, und Mondlicht glitzerte auf dem Edelsteinbesatz naher Kunstgegenstände.

»Ein bisschen spät für einen Absacker«, meldete sich Ashas Stimme hinter ihm. »Oder ein wenig zu früh, vermute ich.« Sie schaffte es fast immer, Erik sofort zu beruhigen. Lucas fiel es viel schwerer.

»Hab Schlafprobleme«, knurrte Lucas und starrte auf die leere Flasche.

»Das Kind?«, fragte sie.

»Der Krieg.«

»Darauf trinke ich«, sagte sie, holte selbst eine Flasche aus dem Tischfach und stürzte den Inhalt herunter.

»Keiner ihrer besseren Drinks«, sagte sie, während sie zusammenzuckte.

»Was für ein Lied war das?«, fragte er.

»Meine Mutter hat es mir oft vorgesungen, als ich klein war. Hab es seit zwanzig Jahren nicht mehr gehört, aber ich habe es auch nicht vergessen.«

»Deine Mutter konnte Französisch? Ich dachte, du hättest es auf der Schule gelernt.«

»Sie war eine erstaunliche Frau«, sagte Asha und lächelte leise. »Ich bin gewissermaßen froh, dass sie gestorben ist, ehe die Welt zum Teufel ging.«

Lucas drehte die leere Flasche mit dem Finger auf dem Tisch herum. Asha fuhr fort: »Was ist mit deiner Familie? Du sprichst nie über deine Eltern.«

»Da ist im Grunde nicht viel zu sagen. Mein Vater war ein Marine, wie sein Vater auch.«

Er trommelte auf den Tisch.

»Aber du nicht. Wieso nicht?«, fragte Asha.

Lucas lachte scharf.

»Ich habe nicht an Gewalt geglaubt«, sagte er, und Asha musste auch darüber lachen.

»Eine Gruppe meiner Freunde hat sich nach 9/11 verpflichtet, aber ich konnte nicht. Ich habe nicht geglaubt, dass noch mehr Tod die Antwort ist. Mein Vater hat mich dafür praktisch verleugnet. Sagte, ich würde mich davor drücken, meine Pflicht dem Land gegenüber zu tun. Der Familie gegenüber.«

Lucas hörte auf, mit den Fingern auf die harte Tischfläche zu trommeln, und hob den Blick.

»Ein paar sind in der Wüste umgekommen. Ein paar starben, als sie nach Hause kamen und mit dem zivilen Leben nicht mehr fertigwurden. Die Übrigen wurden bei der Invasion niedergemacht, vermute ich.«

»Was wurde aus deinen Eltern?«, fragte Asha.

»Sie waren in Chicago«, sagte Lucas, und Ashas Gesicht verriet, dass sie wusste, was das hieß. Die Stadt war als eine der ersten von den Xalanern vollständig vernichtet worden.

»Nun, inzwischen wäre er stolz auf dich«, sagte Asha.

Lucas schüttelte den Kopf.

»Dafür ist es zu spät. Ich war ihm peinlich. Der Bruder meiner Frau war für ihn eher ein Sohn als ich. Nur weil er am Tag, als er starb, die Uniform trug. Weißt du, was mein Vater als Letztes zu mir gesagt hat?«

Asha blieb still.

»Er hätte lieber einen toten Helden zum Sohn als einen lebenden Feigling.«

Lucas dachte an den Augenblick zurück, als er diesen Satz am

Ende einer hitzigen Auseinandersetzung zu hören bekam. Er hatte sofort aufgelegt, statt danach noch ein einziges Wort für seinen Vater in den Hörer zu sprechen. Lucas hatte über die Jahre viele Beleidigungen gehört, aber keine davon hatte ihn so tief getroffen.

»Ich habe nie wieder mit ihm gesprochen.«

»Das klingt, als wäre er ein sadistischer Mistkerl gewesen«, sagte Asha und gab sich keine Mühe, ihren Abscheu zu verbergen.

»Nur an sieben Tagen die Woche«, sagte Lucas schmunzelnd und verbannte die Erinnerung aus seinen Gedanken.

»Du bist vieles, aber Feigling gehört verdammt sicher nicht dazu«, sagte sie.

Lucas schnaubte.

»Und ich musste nur ein paar hundert Menschen und Außerirdische ermorden, um das zu beweisen. Ich sollte meinem Vater vermutlich für die genetische Veranlagung danken. Wie lautet deine Ausrede?«

Asha grinste breit.

»Ich bin eine achtzigprozentige Soziopathin.«

»Nur achtzigprozentig?«, fragte Lucas und zog eine Braue hoch.

»Na ja, ich brauche die übrigen zwanzig Prozent hierfür«, sagte sie, beugte sich über den Tisch und küsste Lucas. Lucas vergaß schreiende Kinder, seinen Vater und den endlosen Krieg. Er hatte sie, und alles andere war in diesem Moment nicht von Belang.

Es geschah einige Tage später, dass Hüter Auran sie ins Erdarchiv rief. Sie wanderten durch die Flure des Palasts und warfen immer wieder Blicke auf die Bilder des Streams, die an den Wänden liefen. Dort sah man Ausschnitte ihrer Ordenszeremonie, und ein gut gekleideter Nachrichtensprecher meldete das Gerücht, der

Erste Sohn von Sora sei tatsächlich geboren worden, würde aber noch vor der Öffentlichkeit abgeschirmt. Lucas interessierte sich mehr für eine andere Story, die sich um Videobilder des ruhigen Hex Tulwar vor einer Art Tribunal drehte. Er zeigte sogar so etwas wie ein listiges Lächeln, auch wenn ihm alle Anwesenden nur hasserfüllte Blicke zuwarfen, darunter Mars Maston, der im Hintergrund saß und vor sich hin kochte. Lucas wedelte die Bilder des Streams auf sein Handgelenkdisplay, um sie weiter verfolgen zu können, während sie ihren Weg fortsetzten. Eine Frauenstimme kommentierte die Bilder.

»Die öffentliche Unterstützung für Hex Tulwars Widerstandsbewegung Viertes Gebot hat einen historischen Tiefstand erreicht, nachdem Beweise auftauchten, dass Kleriker Tulwar mit xalanischen Spionen konspiriert hat, um im laufenden Jahr den Großen Palast anzugreifen. Seine regionalen Bundesgenossen haben die Unterstützung für seine Anliegen zurückgezogen, und selbst in Rhylos gilt er nur noch 41 Prozent der Bevölkerung als legitimer Anführer, während lediglich 19 Prozent seine Kontakte zu den Xalanern billigen. Seit Tulwars Festnahme haben SVI-Kräfte Dutzende von Schläferzellen und versteckten Stützpunkten des Vierten Gebots ausgeschaltet, nachdem ein xalanischer Datenträger entschlüsselt wurde, der bei der Rettung der Erdgeborenen Asha gefunden wurde.«

Asha schnitt ein finsteres Gesicht.

»Rettung, wie? Sie sprechen nicht davon, dass ich die Hälfte der Soldaten dort selbst umgebracht habe.«

»Und Alphas Rolle bei der Entschlüsselung all dieser Daten wird auch nicht erwähnt. Ich schätze, das Leben ist einfach nicht fair.«

Die Sendung lief weiter. Eine stehende Gestalt in weißer Tunika deutete auf Tulwar im Video. Die Kommentatorin fuhr fort: »Kleriker Tulwar wurde des Verrats, der Konspiration, der Entführung und des Mordes schuldig gesprochen und wird in einem Monat hingerichtet. Bis dahin bleibt er in einer Hochsicherheitseinrichtung inhaftiert.«

Lucas blickte nach unten und vermutete, dass es sich bei der »Hochsicherheitseinrichtung« wahrscheinlich um den Palastkerker in etlichen Meilen Tiefe handelte. Maston hatte ihm erklärt, dass es auf dem ganzen Planeten kein besser gesichertes Gefängnis gab und dass nur wenige der gefährlichsten Kriegsverbrecher dort einsaßen. Lucas fragte sich, ob auf Sora öffentliche Hinrichtungen stattfanden oder man für Derartiges zu zivilisiert war. Tulwar war gewiss ein Spezialfall. Lucas stellte sich ein Erschießungskommando mit Energiegewehren auf der Promenade vor, angeführt von Mars Maston. *Tulwar hat es verdient,* dachte Lucas, als er sich daran erinnerte, wie Corinthia Vales prismatische Augen ausgesehen hatten, als das Licht aus ihnen gewichen war.

Endlich erreichten sie das Erdarchiv, und die breiten Türflügel glitten vor ihnen auf. Ein freundlicher Angestellter winkte sie herein, den Lucas inzwischen einige Male gesehen hatte. Alles sah genauso aus wie bei ihrem letzten Besuch. Gerüchte vermeldeten, die Ausstellungsstücke sollten irgendwann in einem öffentlichen Museum gezeigt werden. Den Erdgeborenen erlaubte man natürlich, sich vorher all das anzueignen, was sie selbst behalten wollten.

Sie trafen Auran in der Büchersektion an, wo er durch die virtuellen Seiten von Isaac Asimovs *Foundation* blätterte, die aus dem Sockel heraus projiziert wurden.

»Ihre Kultur hat eine faszinierende Literatur hervorgebracht«, sagte er, als er sie näher kommen sah. »Ich würde eines Tages wirklich mal gern die Erde besuchen und mehr davon finden.«

»Ich bezweifle, dass irgendjemand in naher Zukunft dort die Sehenswürdigkeiten betrachtet«, wandte Lucas ein. »Als ich ihn zuletzt fragte, schätzte Alpha, dass die niedrigste Temperatur derzeit bei etwa 120 Grad Celsius liegen müsste.«

Auran seufzte.

»So sieht nun mal das zerstörerische Wesen der Xalaner aus, vermute ich. Begleiten Sie mich?«

Er gab ihnen mit einem Wink zu verstehen, ihm zu einer Tür an der Wand gegenüber zu folgen, die Lucas schon einmal gesehen hatte. Die Tür mit der Aufschrift »11«.

»Was ist …«, wollte Lucas fragen, aber Auran unterbrach ihn.

»Ich war nicht ganz offen, was meine Rolle in der Vale-Regierung angeht. Es stimmt, dass ich derzeit der Hüter und Ihr Ansprechpartner bin, aber ich war in diesen Mauern früher als Wissenschaftler tätig, war sogar eine Zeit lang der prominenteste Genetiker auf Sora, falls Sie mir diese Prahlerei gestatten. Ich habe das Gardesoldatenprogramm entwickelt, das dazu diente, einen uralten schützenden Orden unseres Volkes mit mehr Körperkraft, Schnelligkeit und Intelligenz anzureichern, um auch die gefährlichsten Einsätze des aktuellen Krieges zu überleben. Die Garde hat über die Jahre zahlreiche Menschenleben gerettet, und Ihre Anwesenheit hier nach Ihrer jüngsten Prüfung zeigt, dass sie bis heute damit fortfährt.«

Lucas sah Asha an, die ihren Kopf schief legte. *Worauf läuft das hinaus?*

»Mein Meisterwerk war ein persönliches Projekt für Talis Vale selbst.«

»Corinthia«, sagte Lucas langsam. Auran nickte.

»Mit unbegrenzten finanziellen Mitteln schuf ich eine Soranerin, die alle anderen überragte. Eine nahezu perfekte Person, ein bemerkenswerte Zurschaustellung der Möglichkeiten der Biologie.«

Aurans Tonfall wurde ernst, und er senkte den Blick.

»Ich habe ihren sinnlosen Tod betrauert wie alle anderen.

Nicht nur weil sie mein unbezahlbares Kunstwerk darstellte, sondern weil sie sich zu einer wunderbaren Person entwickelt hatte und eines Tages eine inspirierende Herrscherin geworden wäre. Ich empfand sie tatsächlich mehr als meine Tochter, als es für einige meiner eigenen Kinder galt. Ihr Hinscheiden wird immer auf meinem Herzen lasten.«

Er wedelte wegwerfend die Hand.

»Aber genug der Geschichte; ich wollte Ihnen einfach eine Probe meiner Referenzen zeigen. Hoffentlich beruhigt Sie das hinsichtlich der Frage, ob ich der anstehenden Aufgabe gewachsen bin.«

»Welcher anstehenden Aufgabe?«, fragte Asha und blickte ihn aus schmalen Augen an.

Als sie die Tür erreichten, tastete ein Scanner Auran ab, und eine grüne Lampe leuchtete über ihnen auf. Die Tür öffnete sich.

»Sie erinnern sich bestimmt an Ihre alten Freunde«, sagte er mit verschmitztem Grinsen. »Die, von denen wir nicht sprechen.«

Im Raum hinter der Tür fanden sie elf vertraute Gestalten vor. Lucas hatte recht gehabt; tatsächlich wurden hier die hirntoten Erdenmenschen tiefgekühlt aufbewahrt. Alle steckten inzwischen in hautengen Druckregulierungsanzügen und schwammen in einer limettengrünen Flüssigkeit. Unter jedem Körper zeigte ein schwebender Erdglobus weiterhin an, aus welchem Land Alpha sie geholt hatte.

»Ihr Freund, der Wissenschaftler, hat mir vom Absturz und Energieverlust erzählt und davon, wie sie alle der Hirntätigkeit verlustig gingen. Wirklich tragisch.«

»Also, was jetzt?«, fragte Asha. »Werden Sie sie per Frankensteintechnik wieder zum Leben erwecken?«

»Aha! Ich habe diese Geschichte gelesen!«, rief Auran. »Eine faszinierende Erzählung über imaginierte Wissenschaft von

Ihrem Planeten. Aber nein. Obwohl unsere Medizin der Ihren überlegen ist, haben wir keine Möglichkeit, diese schlafenden Reisenden zu wecken. Wir könnten komplette neue Gehirne für sie heranzüchten, aber sie wären nicht die Personen von früher, und solche Praktiken sind ohnehin illegal und gefährlich.«

Lucas ging auf ein junges Mädchen aus dem Iran zu. Ihre wallenden dunklen Haare schwebten wie Seetang im Tank. Die Augen waren geschlossen. Lucas durchquerte den Raum und sah sich die Karten an. Sechs Frauen aus China, Iran, Brasilien, den Philippinen, Australien und Dänemark. Fünf Männer aus Japan, Chile, Griechenland, Frankreich und Zimbabwe. Lucas fasste instinktiv an die Narbe auf seinem Unterleib, wo die lebenswichtigen Organe des sechsten Mannes, eines jungen Russen, eingefügt worden waren.

»Unsere Tour ist noch nicht vorbei«, erklärte Auran und ging zur Rückwand des Raums. Eine Tür öffnete sich dort, und er betrat einen kleinen röhrenartigen Fahrstuhl. Asha und Lucas gesellten sich zu ihm. Die Tür ging zu und die Fahrt rasch aufwärts.

»Sie müssen verstehen: Als wir den Kontakt mit dem Speer auf Makari verloren, hielten wir Sie für tot. Wir hatten vor, Ihren Segen für Projekt 11 einzuholen, aber in Ihrer Abwesenheit taten wir alles Nötige, um zu gewährleisten, dass Ihre ›menschliche‹ Rasse überlebt.«

Lucas war verwirrt.

»Was haben Sie getan, Malorious?«

»Oh Gott!«, flüsterte Asha, der eindeutig gerade etwas klar geworden war.

Die Fahrstuhltür öffnete sich, und Lucas verstand.

Der Raum vor ihnen war viel größer als der von eben, und in symmetrischer Anordnung standen hier alle knapp zweieinhalb Meter Tanks wie der, der ihren Sohn Erik kürzlich geboren hatte. In jedem davon schwebte ein winziger Fötus, nicht älter als ein oder zwei Monate. Lucas spazierte atemlos zwischen den Tanks einher, zählte sie rasch ab und stellte fest, dass es sich um insgesamt sechsunddreißig handelte. Weitere Wissenschaftler liefen hier durcheinander und warfen besorgte Blicke auf die Besucher, während sie Anzeigen an den Tanks prüften.

»Sie *züchten* sie?«, rief Asha. »Was zum Teufel …«

»Zunächst müssen Sie etwas begreifen«, sagte Auran, bemüht, beide zu beruhigen. »Wenn wir das nicht täten, ob mit oder ohne Ihre Zustimmung, würde Ihre Subspezies nicht über die derzeitige Generation hinaus überleben.«

Asha machte große Augen, als sie eine weitere Einsicht hatte. »Mal langsam, keines davon ist *unseres,* nicht wahr?«

Lucas hatte ein eiskaltes Gefühl im Magen, als ihm diese Möglichkeit durch den Kopf ging.

Auran schüttelte energisch den Kopf. »Natürlich nicht, wir hätten nie … Nicht ohne Ihre Erlaubnis.«

Lucas seufzte innerlich vor Erleichterung. Asha tat es äußerlich. Auran fuhr fort: »Das sind die Nachfahren der zwölf Passagiere, die Sie auf Ihrer Reise begleitet haben. Eine Paarung für jeden von ihnen.«

»Zwölf?«, fragte Lucas.

»Ich wurde über die Notlage mit dem Vertreter informiert, dessen Leben geopfert wurde, um Ihres zu retten. Ihr Wissenschaftler hat sein genetisches Material jedoch aufbewahrt, und so sind auch seine Nachkommen hier vertreten. Aus irgendeinem Grund sprechen wir jedoch weiter von Projekt 11.«

»Ich verstehe das nicht«, sagte Lucas. »Warum tun Sie das?«

Auran trat an einen der Tanks heran und legte die Hand aufs Glas. Das Objekt darin sah allmählich einem Menschen ähnlich.

»Studien Ihrer genetischen Struktur haben gezeigt, dass Sie uns ähnlich, aber *nicht* gleich sind. Das ist ein komplexes Thema, aber hier soll der Hinweis genügen, dass Ihre DNA Abweichungen von unserer aufweist. Ungeachtet eines gemeinsamen Ursprungs haben wir uns auf unterschwellige Art und Weise unterschiedlich entwickelt.«

»Wo liegt also das Problem?«, fragte Asha, die nach wie vor verdauen musste, was sie hier sah.

»Frühe Experimente mit Geschöpfen, die im Labor aus menschlicher und soranischer DNA geschaffen wurden, haben sich als katastrophale Fehlschläge erwiesen. Die Nachkommen lebten in den künstlichen Gebärmuttern nicht länger als eine Woche, und Daten zeigen, dass auch die Mutter kurz nach der Empfängnis gestorben wäre. Das geschah unabhängig davon, welcher Lebensform die Mutter oder der Vater angehörten, und es geschah in 100 Prozent aller Testfälle.«

»Was folgt daraus?«, wollte Lucas wissen.

»Es scheint, dass Soraner und Menschen nie gemeinsam Nachkommen zeugen können, trotz aller augenfälligen Ähnlichkeiten. Die genauen Gründe dafür bleiben bislang für mich und mein Team ein Geheimnis, aber die Tatsache existiert unabhängig von unseren Wissenslücken. Kurz gesagt, neue Menschen könnten nur von Ihnen beiden gezeugt werden. Man braucht nicht zu betonen, dass dadurch … Probleme entstünden.«

»Inzucht«, sagte Asha angewidert und dachte damit einen Schritt weiter.

»Exakt«, sagte Auran. »Diese Praxis ist mit genetischen, soziologischen und psychologischen Problemen behaftet, die sich für spätere Nachfahren als katastrophal erweisen könnten. Und so haben wir Projekt 11 entwickelt, um zu gewährleisten, dass der Fortbestand der menschlichen Lebensform gesichert ist.«

»Womit haben wir es hier also zu tun?«, fragte Lucas.

»Achtzehn männliche und achtzehn weibliche Föten, sozusagen der erste Produktionsschwung. Die Idee ist nicht, Menschen in Massen zu fertigen, sondern einen anfänglichen Pool zu schaffen, der groß genug ist, um Inzuchtprobleme zu vermeiden. Das hier werden die Gründungsväter und -mütter der menschlichen Lebensform. Ihre Söhne sind natürlich darin eingerechnet, zusammen mit weiteren Kindern, die Sie vielleicht in Zukunft hervorbringen.«

»Was machen Sie mit ihnen?«, fragte Asha. »Sie haben doch nicht vor, aus ihnen Riesenmonster wie die Gardesoldaten zu machen, oder?«

Auran schüttelte den Kopf.

»Nein. Sie entwickeln sich auf natürlichem Weg. Ihr Freund Alpha hat zudem noch auf der Erde sichergestellt, dass seine ›Sammlung‹ aus körperlich hervorragenden Vertretern Ihrer Lebensform bestand. Sämtliche Eltern sind von fantastischer Gesundheit, wie bislang auch die Kinder. Wir führen lediglich Gene zur Prävention von Krankheiten und Behinderungen ein, wie wir es beim kleinen Erik getan haben. Weitere verstärkende Modifikationen werden nicht benötigt, da wir, wie Kwyneth weiß, nicht möchten, dass aus ihnen Soldaten werden. Davon haben wir reichlich.«

»Ich verstehe«, sagte Asha widerstrebend. »Ich habe aber schon genug Probleme mit zwei Kindern. Ich habe nicht vor, ab nächstem Jahr sechsunddreißig davon großzuziehen.«

Auran lachte.

»Natürlich. Das braucht Sie auch nicht zu sorgen. Wir hoffen, dass Sie diese Kinder annehmen und ihnen helfen werden, ihren früheren Planeten und seine Kultur zu verstehen, aber wir erwarten nicht, dass Sie die Verantwortung für sie übernehmen. Nach ihren Geburtstagen erhalten sie für ihr ganzes Leben die beste vorstellbare Fürsorge.«

»Ja, nun, ich würde sie nicht zu sehr verhätscheln«, schnaubte Asha. »Da draußen lauert eine ganz schön harte Welt, falls es Ihnen noch nicht aufgefallen ist.«

Lucas blickte forschend in einen der Behälter, der einen Fötus enthielt, etwa halb so groß wie seine Handfläche. Das Display darunter verkündete »W-Japan/Brasilien« und gab so Geschlecht und Herkunft an. *Ihr* Geschlecht und *ihre* Herkunft, genauer gesagt. Es fiel schwer, diese Gestalt als Person zu betrachten.

»Sie sind nun einmal voller Überraschungen, nicht wahr?«, wandte sich Lucas wieder an den Hüter, der darauf nur mit einem Lächeln antwortete. Wenn dieses Projekt nötig war, damit die Menschheit fortbestand, so konnte Lucas keinen Einwand erheben. Bei all dem, was um sie herum geschah, hatte er über dieses Thema nicht viel nachgedacht, aber wenn zutraf, dass Soraner und Menschen miteinander unfruchtbar waren, dann schien es ein nötiges Unterfangen zu sein. Vage verstörend erschien es ihm trotzdem. Malorious Auran war jedoch stets freundlich gewesen, und Lucas glaubte fest, dass er der richtige Mann war, um so ein Projekt zu überwachen, denn er schien um seine Schöpfungen aufrichtig besorgt, wie er auch ein heimliches Genie war, zufrieden damit, sich als schlichter alter Mann zu tarnen.

»Falls es je an der Zeit war bekanntzugeben, dass ich in den Ruhestand gehe«, sagte Auran, »dann hier und jetzt. Ich werde dafür sorgen, dass Menschen in den kommenden Jahrtausenden wieder gedeihen. Darauf haben Sie mein Wort.«

19

In den nächsten paar Wochen kam es zu einer frustrierenden Folge von Konferenzen mit soranischen Spitzenmilitärs, wobei über Möglichkeiten diskutiert wurde, Zeta auf Xala einzuschmuggeln, damit sie von dort aus die Nachricht verbreitete. Tannon Vale schloss Mastons Vorschlag aus: einen umfassenden Angriff auf den Planeten als Ablenkungsmanöver, um sich mit einem Schiff an der Verteidigung vorbeizumogeln. Das hätte Millionen Soraner das Leben gekostet und zum Verlust von Billionen an militärischer Hardware geführt, wie beim letzten Mal, als man vor Jahrhunderten versucht hatte, ins feindliche Sonnensystem einzudringen. Alpha schlug das theoretische Konzept eines Wurmlochs von Planet zu Planet vor, um einige wenige Personen direkt auf die Oberfläche von Xala zu befördern. Dumm nur, dass es sich dabei um ein durch und durch theoretisches Konzept handelte und so ungeheuer viel Energie dafür nötig war, dass ein technisches Versagen einen ganzen Kontinent auslöschen könnte.

Diese Konferenzen zeigten eine Tendenz, in lautes Geschrei zwischen den hellsten militärischen und wissenschaftlichen Köpfen im Raum auszuarten, und die Fortschritte blieben gering. Die Uhr tickte jedoch unbarmherzig, denn es gingen weiterhin Meldungen ein, dass die xalanischen Streitkräfte mit jeder Woche in neue Randsysteme vordrangen. Mehrere Horchposten waren schon vollständig vernichtet worden. Die Zeit bis zu Xalas nächster Großoffensive lief ab, und die würde sicherlich zahllose Leben fordern. Es war frustrierend, wenn man wusste, wie der gesamte Kriegsverlauf verändert werden konnte, man davon aber keinerlei praktischen Gebrauch machen konnte.

Lucas war froh, als er eine dreizehnstündige Strategiesitzung in einer geheimen Militärbasis im Norden des Kontinents hinter sich gebracht hatte, und rüstete sich für einen Abend in Gesellschaft der soranischen Elite. Es war der einhundertste Geburtstag des Billionärs Madric Stoller, und Lucas und Asha waren damit beauftragt, als Sendboten von Talis Vale aufzutreten; es war wohlbekannt, dass sie den Mann nicht ausstehen konnte. Leider schien, dass sich Lucas nun sogar ganz allein der Gala stellen musste.

»Du steigst wirklich aus?«, fragte Lucas Asha in flehendem Ton. Sie hatte sich mit dunklen Ringen unter den Augen der Länge lang ins Bett geflegelt.

»Ich bin in Gedanken bei dir«, antwortete sie, „aber sehe ich vielleicht aus, als wäre ich in der Verfassung, heute Abend zu einer Party zu gehen?«

Asha lag schon den ganzen Tag lang krank im Bett, nachdem Palastärzte bei ihr eine relativ verbreitete Form von Lebensmittelvergiftung durch einen Bestandteil ihres ersten Frühstücks diagnostiziert hatten. Es nahm fünf Stunden lange Tests in Anspruch, um diese Laborergebnisse zu bestätigen, aber in Anbetracht der Bedeutung Ashas durfte man kein Risiko eingehen. Man hatte ihr etwas gegen die Übelkeit gegeben, aber als unerwünschte Nebenwirkung raubte ihr der Wirkstoff jede Energie. Sogar schweißnass und kränklich sah sie bezaubernd aus, sobald sie ein Lächeln zuwege brachte.

»Na gut, aber das wird für mich allein nicht einfach.«

Asha wedelte träge mit der Hand und sichtete die Storys des Tages im Stream.

»Stoller ist harmlos, und du bist bei unserem Debüt schon der Hälfte seiner Freunde begegnet.«

Lucas schnaubte. »Hoffen wir, dass der heutige Abend besser verläuft als der damals.«

»Nun, ich werde nicht dort sein und kann somit auch nicht entführt werden. Das ist doch schon mal auf der Habenseite zu verbuchen«, sagte Asha, unterbrochen von kurzem Husten.

Lucas zog sich das Jackett an und erwischte dabei einen kurzen Blick auf das Etikett darin. Jolo Houzani schien glücklich damit, sie beide mit unbegrenzt vielen Kleidungsstücken zu versorgen, wenn sie ihm dafür ihre Gesichter für die Werbung zur Verfügung stellten.

»Ich möchte das nicht machen«, sagte er.

»Du musst. Du hast es versprochen«, wandte Asha ein.

Lucas blickte zu ihr hinab; sie bot wirklich einen mitleiderregenden Anblick. Die Silberkittel hatten versprochen, dass es ihr morgen besser gehen würde, und die Krankheit war nicht gefährlich. »Kommst du hier klar?«, fragte er.

»Auran schickt alle zehn Minuten jemanden herauf, um sicherzugehen, dass ich noch lebe. Wenn sie mir grünes Licht geben, lasse ich vielleicht Noah und Erik für eine kleine Schlummerparty bringen, da meine Krankheit nicht ansteckend ist.«

»Das klingt für mich nach einem Abend, der erfreulicher werden dürfte als meiner«, sagte Lucas.

»Du darfst diesen Anzug aber nicht vergeuden«, sagte Asha und blinzelte ihm zu. »Achte darauf, nicht in soranischen Fangirls zu ertrinken.«

Stoller schmiss die Party an Bord seiner Privatjacht, die angeblich so viel gekostet hatte, dass es dem Bruttoinlandsprodukt einiger kleinerer Kontinente auf Sora entsprach. Hier war eine Jacht jedoch kein Seefahrzeug, sondern ein Luftschiff, und Stollers Fahrzeug schwebte hoch über der Stadt Elyria, sodass die Lichter am Erdboden heller funkelten als die zahllosen Sterne am Himmel. Keine schlechte Art, seinen einhundertsten Geburtstag zu verbringen, vermutete Lucas.

Einer der typischen gepanzerten Palastshuttles, wie sie ihn überallhin brachten, flog ihn auch zu den Festlichkeiten. Er warf einen Blick auf den behelmten Fahrer, und ihm wurde ein wenig flau zumute, als er daran zurückdachte, wer ihn früher ständig gefahren hatte.

»Hallo, Silo, wie nennt man das noch gleich?«

»Sakala. Ich habe es auf der Erstschule gelernt, vor der SVI.«

Lucas seufzte und starrte auf das leere Streamdisplay vor ihm.

Das Luftschiff war nicht weit vom Palast entfernt, und sie erreichten es innerhalb von Minuten. Es war kreisförmig und schien mindestens neun oder zehn Stockwerke hoch. Von den Triebwerken an der Unterseite ging ein mattoranger Lichtschein aus. Auf der Oberseite entdeckte Lucas so etwas wie einen aufwendig gestalteten Pool und … Bäume? Der Mann hatte Grünzeug auf seiner Schwebejacht angepflanzt. Lucas bemerkte den matten Schimmer einer fast unsichtbaren Barriere zum Schutz des Oberdecks vor den Winden, die in dieser Höhe herrschten.

Eine ganze Schlange von auf die Jacht herabstoßenden Hovercrafts suchte sich ihren Weg ins Dock, und Lucas nahm einen Schluck von einer vage champagnerartigen Substanz, die er aus der Sitzbankbar neben sich geholt hatte. Gestalten in kunstvollen Kleidern und formellen Anzügen stiegen vor ihm aus ihren Fahrzeugen. Kamerabots wirbelten um diese Personen herum und filmten sie auf ihrem Weg ins Schiff. Hier fand das gesellschaftliche Ereignis der Saison statt, hatte Talis ihm erklärt, als sie ihn bat, es an ihrer Stelle zu besuchen. Es hatte mal eine Zeit gegeben, erzählte sie, als sie Freude an solchen Dingen empfand, aber das lag schon lange zurück.

Da sind wir, dachte Lucas, als er aus dem Shuttle in den Dockhangar stieg. Kameras umkreisten ihn wie Monde, und es waren reichlich Presseleute präsent, die ihm Fragen zuschrien. Er machte sich auf den Weg zur Tür ins Schiffsinnere, begleitet von zwei Leuten, die nach privatem Sicherheitspersonal aussahen und die Medienmeute auf Distanz hielten. Trotzdem prasselten weitere Fragen wie Schrapnellsplitter auf ihn ein.

»Lucas! Lucas! Keine Verabredung heute Abend?«

»Lucas! Wo ist Asha? Ärger im Paradies?«

»Ist das ein Jolo Houzani?«

»Erzählen Sie uns, was auf Makari wirklich passiert ist! Stimmt es, dass Sie fast einhundert Gardesoldaten in den Tod geführt haben?«

Diese Frage traf Lucas wie ein Backstein, und er drehte sich zu dem kleinen unscheinbaren Mann um, der sie gestellt hatte. Doch die Sicherheitsleute schoben den Reporter schon weg. Lucas schluckte seinen Ärger herunter.

»Ich bin nur hier, um eine schöne Zeit zu verbringen. Es heißt, der heutige Abend würde unvergesslich.«

Lucas durchschritt eine doppelflügelige Stahltür; sie schnappte hinter ihm zu und wehrte alle weiteren Fragen ab, die ihm nachgeworfen wurden.

»Lucas, mein Junge!«, brüllte Madric Stoller, als der den inneren Ballsaal des Luftschiffs betrat. »Wie schön, dass Sie zu uns stoßen konnten!«

Der Mann wurde hundert, wirkte aber keinen Tag älter als fünfzig. So sah nun einmal die Jugend aus, die man auf Sora anscheinend für Geld erhielt. Stoller war allerdings eine der ganz wenigen übergewichtigen Personen, die Lucas jemals auf diesem Planeten gesehen hatte. Der Schnurrbart allein schien fünf Pfund schwer.

»Danke, dass Sie mich eingeladen haben«, sagte Lucas mit entschlossener Höflichkeit. »Asha und Talis lassen sich entschuldigen. Meine Partnerin ist krank, die Hochkanzlerin verhindert.«

Stoller brummte missbilligend.

»Scheint furchtbar oft zu geschehen, wenn ich sie einlade. Und was erhalte ich, wenn ich auf einer ihrer Partys auftauche?«

Lucas wartete auf die Antwort.

»Eine Nahtoderfahrung! Sie schuldet mir zwei Hände und eine Leber«, sagte er und lachte dröhnend, während er die Hände zu Lucas ausstreckte. Diesem fielen schwache Linien um beide Handgelenke auf, die auf Transplantationen hindeuteten. Lucas hatte vergessen gehabt, dass Stoller auf der zu Ehren von Lucas und Asha veranstalteten Party verletzt worden war, als die Bombe hochging. Er schien jedoch jovial genug, die Vergangenheit ruhen zu lassen.

Auf einmal tapste ein Kleinkind herbei und packte Stoller am Knie. Es war ein Junge, anscheinend in Noahs Alter; er hatte dunkle bernsteingelbe Haare und blaue Augen. Stoller nahm ihn auf die Arme, und er kam auf dem Bauch des Mannes zur Ruhe wie auf einem Sitzsack.

»Finn, das ist Lucas, unser Freund von einer anderen Welt.«

Der Junge nickte energisch.

»Ich weiß.«

»Lucas, das ist mein Jüngster, Finn. Etwa im Alter Ihres ältesten Jungen, glaube ich. Wir sollten sie irgendwann miteinander bekannt machen.«

Lucas nickte. »Absolut. Schön, dich kennenzulernen, Finn.«

Der Junge bedachte ihn mit einem listigen Lächeln. Er schien viel zu jung, um einer solchen Party auch nur nahe zu kommen. Lucas sah im Hintergrund Frauen tanzen, die schockierend wenig anhatten, wenn man an die angebliche Erlesenheit dieser Veranstaltung dachte. Einige wenige schienen nur in Hologramme gehüllt.

»Ich möchte Sie aber nicht vollquatschen. Kommen Sie! Essen Sie, trinken Sie und versuchen Sie, mich auf meiner eigenen Party nicht in den Schatten zu stellen!«

Stoller deutete mit Schwung in den Partysaal, wo alles noch aufwändiger wirkte als auf der Erdgala im Palast. Die tanzenden Mädchen trugen vielleicht nicht viel, aber jede funkelte vor mindestens zehn Pfund Schmuck, wie auch die meisten reiferen Frauen. Im Zentrum des Saals ragte eine Metallstatue Stollers auf, die ein bisschen schlanker wirkte als Stoller es im richtigen Leben war. Das Standbild deutete in die Ferne, und zu seinen Füßen lag ein Angebot an Speisen und geistigen Getränken ausgebreitet, das aussah, als könnte man damit einen ganzen Kontinent speisen. Vielleicht gab es ja einen Grund, warum Tulwar und seinesgleichen die Elite Soras so sehr hassten. Zum Glück für Lucas und die Partygäste steckte Tulwar derzeit einige Meilen tief unter dem Palast, und seine Heerscharen waren in alle Winde zerstreut.

Es dauerte keine fünfzehn Sekunden, bis Lucas ein Zupfen am Ärmel spürte.

»Entschuldigen Sie, sind Sie Lucas, der Erdgeborene?«

Ehe er sich umdrehte, achtete er darauf, sich ein Lächeln ins Gesicht zu kleben.

Lucas verbrachte die nächste Stunde auf der Flucht vor Bewunderern und arbeitete sich allmählich die Decks des Luftschiffs hinauf. Auf jeder Etage fand er noch mehr Speis und Trank, aber Lucas verzichtete darauf, beidem allzu sehr zuzusprechen. Der Mann, der er auf der Erde gewesen war, hätte das nicht geschafft.

Schließlich gab er sich damit zufrieden, sich auf einen geschnitzten Holzstuhl am Pool zu setzen, voll mit Partygästen, die schlau genug gewesen waren, einen zweiten Satz Kleidung mitzubringen, damit sie schwimmen gehen konnten. Ein paar Leute gingen nackt ins Wasser, aber niemand schien sich daran zu stören. Der Pool war weniger ein Pool als ein Teich, umgeben von echtem Gras und Gebüsch und Bäumen, hier in der Luft von einem Mann angepflanzt, der offenbar mehr Geld hatte, als er auszugeben wusste. Lucas packte eine Bedienungskraft am Arm und bestellte ein Wasser, was ihm einen seltsamen Blick, gefolgt von einem kurzen Nicken eintrug, als der Mann davoneilte.

»... also was halten Sie davon?«

Lucas kehrte schlagartig in die Gegenwart zurück, denn er hatte völlig vergessen, dass er mit jemandem im Gespräch gewesen war. Eine Frau saß aufrecht auf dem Stuhl nebenan. Sie war hinreißend und sah mindestens zehn Jahre jünger aus als er, aber wer konnte das schon mit Gewissheit sagen? Ihre Haare waren fast platinfarben, und sie hatte funkelnde bernsteingelbe Augen und volle Lippen. Der Schlitz in ihrem mattschwarzen Kleid erreichte gefährliche Höhen, und ihr Blick ging vage in die Ferne.

»Absolut«, sagte Lucas ohne jede Erinnerung an die Frage. Trotzdem lächelte die Frau und lehnte sich ein wenig näher an ihn heran. Lucas legte den Kopf an die Lehne und blickte zu den Sternen hinauf, die sich wie Glühwürmchen zu bewegen schienen. Frauen wie diese umschwärmten ihn schon den ganzen Abend lang. Übrigens auch Männer, obwohl die meisten von denen weniger suggestive Blicke zeigten.

Die Sterne verschwammen auf einmal, als das Schiff kräftig erschüttert wurde. Der vertraute Donnerschlag einer Explosion folgte. Eine Frau schrie auf der anderen Seite des Decks.

Nicht schon wieder!, jagte der panische Gedanke Lucas durch den Kopf, während sich sein Herzschlag verdoppelte. Alle rannten an die Reling und blickten durch den Schimmer der Energiebarriere nach unten. Lucas sprang auf, um sich ihnen anzuschließen, und entging nur knapp einem Sturz in den Pool, als das Luftschiff ruckte, um seine Lage zu stabilisieren.

Als er an der Deckskante eintraf, stellte er fest, dass nicht das Schiff angegriffen wurde. Etwas war im Zentrum Elyrias geschehen. Ein Brand loderte in der Nacht hell unter ihnen, und Rauch stieg vom Ort des Geschehens auf. Dann erfolgte eine weitere Explosion, die das Schiff erneut erschütterte, so hoch es auch über der Stadt schwebte. Lucas glaubte, die gedämpften Geräusche von Schüssen und fernen Schreien zu hören.

Niemand hier hatte irgendeine Vorstellung von dem, was da geschah, und alle schnatterten durcheinander wie ein Rudel erschrockener Tiere des Waldes. Lucas rannte zur Tür und zum nächsten Deck hinab.

Dort fand er eine ähnliche Szene vor, wo sich alle Gäste an den östlichen Fenstern drängten und die Party zum Stillstand gekommen war. Stoller war hier und rief mit einer Handbewegung ein riesiges Streamdisplay über etwas auf, das nach einem drei Meter breiten Kamin aussah.

Ein Reporter war vor Ort, und blutüberströmte Bürger tauchten hinter ihm aus dem Rauch auf. Er hustete vom Gesteinsstaub in der Luft und überschrie den Lärm von Schüssen und weiteren Explosionen.

»Die Stadt wird von unbekannten Kräften angegriffen! Die Ereignisse nahmen hier auf dem Tatoniplatz ihren Anfang und haben …«

Etwas tauchte aus dem Rauch hinter ihm auf. Lucas erkannte dieses Etwas wieder.

Der Reporter wurde in die Brust getroffen, aufgespießt und rückwärts geschleudert. Blut spritzte auf die Kameralinse. An Stelle des Reporters füllte jetzt eine riesige Metallmonstrosität den Bildschirm.

»Ein *Killbot*«, flüsterte Lucas vor sich hin.

Die Maschine im Display war das gleiche Modell, gegen das er mit dem Splitterteam in Rhylos gekämpft hatte, nur war dieser Roboter schwarz statt golden. Auf den Panzerplatten der Brust sah man die unmissverständlichen, sich schneidenden roten Kratzspuren des Vierten Gebots.

Wie ist das möglich?

Der Rauch hinter dem Roboter verzog sich allmählich, während die Maschine Impulsgeschosse auf Ziele außerhalb des Kamerabildes feuerte. Hinter ihr tauchten weitere Gestalten auf. Noch mehr Killbots. Zwei, dann drei, dann vier. Der nächststehende musterte die Zuschauer mit den tausend Linsen seines Kugelkopfs. Die Übertragung brach ab.

Madric Stoller versuchte, die panische Menge zu beruhigen.

»Meine Damen und Herren, ich versichere Ihnen, dass wir hier am sichersten Ort der Stadt sind. Ich habe unseren Kapitän aufgefordert, uns bis in die Außenschichten der Atmosphäre zu bringen, weit außer Reichweite jedes möglichen Angriffs.«

Lucas wollte nicht an der sichersten Stelle der Stadt sein. Er wollte helfen; noch wichtiger, er wollte sich davon überzeugen, dass Asha, Noah und Erik im Palast sicher waren. Wenn Elyria angegriffen wurde, dann war der Palast bestimmt ebenfalls in Gefahr.

Während er die Treppen hinab zum Dockhangar rannte, versuchte er Asha mit dem Kommunikator anzuwählen, erhielt aber keine Verbindung. Nach dem fünften Versuch wählte er stattdessen Mars Mastons Nummer. Beim zweiten Versuch antwortete Maston.

»Was?«, ertönte die lautstarke Antwort. Lucas hörte Schüsse im Hintergrund.

»Was meinst du mit ›was‹?«, fragte Lucas ungläubig. »Was zum Teufel geht da unten vor?«

Weitere Schüsse, dann kurzes Störrauschen.

»Das Vierte Gebot hat einen Haufen Killbots aus der Kanalisation hochgeschickt. Zehn, vielleicht elf. Sie richten hier unten Verwüstungen an. Vermutlich haben wir schon einige Hundert Tote. Wo steckst du?«

»In Stollers Luftschiff«, antwortete Lucas. Er hatte den Hangar erreicht, in dem jetzt keine Pressevertreter mehr anzutreffen waren. Weitere Gäste strömten hier zu ihren Hovercraft. Lucas entdeckte keine Spur von seinem Fahrzeug.

»Ich sitze hier oben ohne Waffen fest und weiß nicht, wohin sich meine Beschützer verdrückt haben. Wird der Palast angegriffen?«

»Negativ!«, überschrie Maston eine dröhnende Explosion. »Alles konzentriert sich hier.«

»Brauchst du meine Hilfe?«

»Du könntest nicht viel mehr bewirken, als dich wahrscheinlich um Kopf und Kragen zu bringen. Die SVI und sogar Palastsicherheit sind unterwegs, um das hier klären zu helfen. Es ist schlimm, aber ich habe schon Schlimmeres gesehen.«

Maston verstummte für eine beunruhigend lange Zeitspanne. Als er sich wieder meldete, war sein Ton sehr ernst.

»Du musst sofort in den Palast kommen.«

»Warum? Was ist los?«

Lucas stand in einer Schlange von Partygästen, die darauf warteten, dass ihre Hovercraft vorgefahren wurden. Er sprang besorgt in die Höhe, um die Lage besser überblicken zu können, aber sowohl Gäste als auch Personal waren in Panik, und auf dem ganzen Deck regierte das Chaos. Zum Glück waren die meisten auf Stollers Anweisung hin im Schiff geblieben. Lucas spürte, dass das Luftschiff jetzt an Höhe gewann.

»Der Angriff könnte ein Ablenkungsmanöver sein. Tulwar verfolgt vielleicht Absichten damit, dass er Palastwachen in die Stadt lockt, um die Killbots zu konfrontieren. Im Palast haben wir jetzt nur noch eine Rumpfbesatzung. Sogar Tannon hält sich heute nicht auf diesem Kontinent auf.«

»Okay, ich bin unterwegs«, sagte Lucas und drängelte sich an die Spitze der Schlange.

»Scheiße!«, brüllte Maston, und die Kommverbindung fiel komplett aus, nachdem sie die erste Hälfte einer Explosion übertragen hatte. Lucas hoffte, dass Mars nicht gerade an Ort und Stelle ums Leben gekommen war.

Lucas erreichte die Spitze der Schlange. Er hielt Ausschau nach dem eigenen Panzerfahrzeug und seinem Fahrer, sah jedoch beide nicht. Vor ihm stieg gerade ein gut gekleidetes älteres Paar in ein Luxushovercraft. Er traf in einem Sekundenbruchteil die Entscheidung, ihnen zu folgen.

Er plumpste auf den Rücksitz und sah sich mit den erschrockenen Blicken des Paares konfrontiert.

»Hallo, tut mir leid, aber ich muss sofort den Palast erreichen. Es handelt sich um einen Notfall.«

Der Mann meldete sich endlich zu Wort. Er hatte dünne weiße Haare und einen kurz geschorenen Bart.

»Natürlich ist es das, aber das gilt für uns alle.«

»Nein, Sie verstehen nicht«, sagte Lucas und wandte sich an den Fahrer. »Bitte, bringen Sie mich so schnell wie möglich zum Großen Palast.«

Der Fahrer drehte sich mit verärgerter Miene zu ihm um.

»Sehen Sie, ich weiß, wer Sie sind, aber ich werde nicht dafür bezahlt, dass ich meine Kunden für jeden zufälligen Außersoranischen stehen lasse, der in ihren Wagen steigt.«

Lucas traf in weniger als einer Sekunde eine weitere Entscheidung und zerrte dann den bewusstlosen Fahrer auf den Rücksitz. Die Frau kreischte.

Stollers private Sicherheitsleute zogen ihre Waffen, als Lucas gerade Gas gab, eröffneten aber nicht das Feuer.

»Hören Sie, es tut mir leid, aber Sie werden es später verstehen.«

Das Paar blieb still, und beide zitterten sichtlich. Der Fahrer rührte sich nicht, blutete aber aus der Nase auf die Bodenmatten. Lucas fuhr die Sichtblende hoch.

Lucas legte den Kurs auf die Andockbucht des Palasts an und

hackte schnell den Bordcomputer, um die eingestellte Geschwindigkeitsbegrenzung aufzuheben. Sie würden bald am Ziel sein.

Er tippte auf den Kommunikator und versuchte erneut vergebens, Asha zu erreichen. Dann Maston.

»Was?«, ertönte dessen Stimme in seinem Ohr.

»Du bist also nicht tot«, sagte Lucas und atmete erleichtert aus.

»Bist du noch auf der Party? Ich hatte recht, Tulwar versucht auszubrechen.«

»Was? Wie?«, rief Lucas.

Maston schickte ihm eine Videodatei über die Komm. Sie lief auf dem Sichtschirm des Hovercraft.

Es waren Überwachungsaufnahmen aus dem Palast, die zeigten, wie Tulwar von einem uniformierten Palastwächter aus seiner Zelle geführt wurde. Zwei tote Wachleute lagen ein kurzes Stück entfernt.

»Wie zum Teufel konnte das geschehen?«

»Er hat Leute dort eingeschleust. Ich weiß nicht, wie viele.«

Die Bilder zeigten, wie sich ein weiterer Palastwächter Tulwar anschloss, während sie durch den Irrgarten des Zellentrakts zum Fahrstuhl liefen.

»Das war vor fünf Minuten. Als ich sie zuletzt sah, waren sie auf dem Weg zum Palastarchiv.«

»Wo liegt das?«, fragte Lucas.

»Neben eurem Erdarchiv. Wenige Räume weiter. Wir müssen davon ausgehen, dass Talis sein eigentliches Ziel ist. Sie hat ihre persönliche Leibwache dabei, aber sonst nicht viel. Die meisten Sicherheitsleute sind hier und kämpfen gegen diese Dinger, und der Rest könnte auf Tulwars Seite stehen. Ich möchte versuchen, den Palast zu erreichen, werde aber hier niedergehalten. Du musst ihn aufhalten!«

Scheiße!, dachte Lucas, als der turmhohe Palastbau jetzt deutlich vor ihm aufragte. Die Palastsicherheit funkte ihn an und erklärte ihm, dass er keinen Zutritt erhalte. Er tippte gerade panisch, während Maston sprach, und unternahm den Versuch, ihnen seinen Verifizierungscode zu schicken, damit sie wussten, mit wem sie es zu tun hatten.

»Ich muss …« Maston wurden erneut von einem Schusshagel das Wort abgeschnitten. Lucas probierte es sofort bei Asha.

»Gott sei Dank!«, sagte sie am anderen Ende, und Lucas' Magen entkrampfte sich.

»Bist du okay?«, fragte er atemlos.

»Mir geht es gut. Ich bin mit den Kids in unserem Zimmer. Was zum Teufel geht da vor? Bist du weit genug oben, um all dem aus dem Weg zu gehen?«

»Ja«, sagte Lucas. »Aber ich bin auf dem Weg zu dir. Tulwar ist entkommen. Er ist im Archiv und auf dem Weg zu Talis. Die Palastsicherheit wurde kompromittiert.«

»Was?«, schrie Asha. »Ich halte ihn auf!«

»Nein!«, erklärte Lucas entschieden. »Bleib, wo du bist. Es ist nicht …«

Aber sie hatte die Verbindung schon getrennt.

»Verdammt!«, brüllte Lucas. Er probierte erneut ihre Komm, hatte aber kein Glück. Das ganze Netzwerk schmorte aufgrund des Angriffs allmählich durch. Eine grüne Lampe informierte ihn darüber, dass er vorläufigen Zutritt zum Dock hatte, und er schwenkte mit dem Dreifachen der erlaubten Geschwindigkeit in die Zufahrt. Das Hovercraft rutschte seitwärts übers Deck und durchschlug eine Säule, ehe es gegen einen gepanzerten Transporter krachte und dort zur Ruhe kam. Zwei Wachleute sprinteten schon heran. Gewöhnlich traf man hier ein Dutzend an.

Lucas sprang aus dem Fahrzeug, aus dem jetzt irgendwo Rauch austrat. Die Hintertür wurde geöffnet, und das eingeschüchterte alte Paar tauchte auf. Lucas hatte die beiden schon ganz vergessen.

»Bleiben Sie, wo Sie sind!«, lautete der Befehl des ersten Wachmanns, der ihn erreichte, die Waffe in der Hand.

»Ich muss in den Palast! Die Hochkanzlerin schwebt in Gefahr.«

Die Wachleute rührten sich nicht. Ihre Faustfeuerwaffen blieben auf ihn gerichtet. Lucas rückte ein kleines Stück an sie heran.

»Der Palast ist gesperrt«, erfolgte die barsche Antwort des ersten Wachmanns.

»Ist mir bekannt. Wissen Sie denn nicht, wer ich bin?«, fragte Lucas gereizt. Die beiden Eheleute hielten hinter ihm einander fest und wichen zur Rückwand des Docks zurück, auf Distanz zu der Konfrontation.

»Ich weiß genau, wer Sie sind«, entgegnete der Wachmann und machte schmale Augen.

Waren das echte Wachleute oder von Tulwar eingeschleuste Kämpfer? Lucas hatte nicht genug Zeit, das jetzt herauszufinden.

»Das hier tut mir leid.«

Lucas bewegte sich fließend; das Adrenalin hatte von seinem gesamten Körper Besitz ergriffen. Er entwaffnete den ersten Wachmann, ehe dieser blinzeln konnte, und trat dem anderen die Pistole aus der Hand. Lucas wirbelte im Kreis, riss einem den Helm herunter und rammte diesen dem anderen heftig genug an den Kopf, um ihn umzuwerfen. Er wirbelte weiter und erwischte den ersten mit dem Ellbogen, raubte ihm damit das Bewusstsein, ehe er am Boden landete. Ein weiterer schneller Tritt gegen den behelmten Mann auf dem Pflaster, und keiner von beiden rührte sich mehr. Hoffentlich hatte er sie nicht umgebracht, falls sie wirklich nur versucht hatten, ihre Arbeit zu tun.

Lucas nahm einem den ID-Chip ab, öffnete damit die innere Hangartür und suchte sich den Weg zum Hauptsaal, die frisch errungene Energiepistole fest im Griff.

Seine Komm war jetzt völlig tot, und Lucas erkannte, dass hier wahrscheinlich eine Art Dämpfungsfeld aktiv war, um bei Gefahr jede nicht sicherheitsbezogene Kommunikation im Palast zu unterbinden. Leider hatte das zur Folge, dass er weder Asha noch Maston oder gar Alpha erreichen konnte, der derzeit tausend Meilen entfernt in einem unterirdischen Forschungslabor arbeitete und vermutlich nichts von dem mitbekam, was gerade in Elyria geschah.

In der Großen Halle herrschte gewöhnlich ein dichtes Treiben von Beamten, Touristen und Wachleuten, aber jetzt lag sie in unheimlicher Stille da. Lucas' Schritte auf dem Steinboden warfen an den Wänden Echos. Die Decke lag fünf Stockwerke weit über ihm und war mit einem riesigen Gemälde verziert, das Wolken, Sterne, Monde und andere Himmelskörper zeigte. Lucas pirschte sich zu der mächtigen Treppe an einem Ende des Saals, wo eine Batterie von sechs Fahrstühlen bereitstand. Von dort aus konnte er die Kaiserredoute – wie sie aus von alters her hieß – weiter oben erreichen, wo Talis ihre persönliche Unterkunft hatte.

Als Lucas der Treppe näherkam, entdeckte er zwei tote Wachleute, die man hinter Säulen gezerrt hatte, wo ihr Blut jetzt auf den Marmor sickerte. Noch immer stieg Rauch von den verkohlten Rüstungen auf und gab Hinweis darauf, dass sie gerade erst umgebracht worden waren.

Ein Glockenschlag ertönte von der Fahrstuhlphalanx her und hallte an den Steinmauern der leeren Halle wider. Eine Fahrstuhltür ging auf, und ein Quartett uniformierter Palastwachen stieg aus. Ihre Gruppenzugehörigkeit war leicht zu erraten, als sie das Feuer auf Lucas eröffneten, ohne ein Wort zu sagen.

Lucas duckte sich hinter die antike Statue eines Königs aus alter Zeit, während Plasmageschosse an ihm vorbeizischten und Splitter aus dem Gestein schlugen. Er erwiderte mit der eigenen Pistole das Feuer, traf aber mit der ersten Salve nur Luft.

Ein weiterer Glockenschlag ertönte, und eine andere Fahrstuhltür öffnete sich hinter den Soldaten. Die beiden hinteren von ihnen konnten gar nicht reagieren, ehe Asha sie mit zwei Maschinenpistolen zerfetzte. Die beiden übrigen sahen, wie die Leichen ihrer Kameraden die Treppe herabkullerten, aber ehe sie sich mucksen konnten, jagte Lucas zwei Plasmageschosse in jeden von ihnen. Asha stieg die Stufen hinab und sprühte zur Sicherheit in jeden von ihnen einen weiteren Kugelhagel. *Warte mal – Kugeln?*

Als Asha näher kam, wurde deutlich, dass sie tatsächlich Waffen von der Erde in beiden Händen hielt, obwohl sie außerdem ihre typische Ausstattung mit Magnum und Schwert mitführte. Sie sah immer noch krank aus, hatte aber eindeutig umgeschaltet und scherte sich derzeit nicht um eine solche Trivialität.

»Was ist los?«, fragte Lucas und versuchte, sich zusammenzureißen. »Hast du ihn gefunden?«

Asha schüttelte den Kopf.

»Der Zutritt zur Redoute ist gesperrt, und es besteht keine Überbrückungsmöglichkeit. Ich konnte bis zur Archivetage vordringen. Da habe ich mir die hier geschnappt«, sagte sie und deutete auf ihre Waffen. »Deine Waffe war nicht dort. Ich dachte mir, dass du sie dabeihast.«

»Was hat Tulwar dort gesucht?«

Asha zuckte die Achseln.

»Die Mitarbeiter waren tot, aber den Datenlogs zufolge hat er sich viel Zeit genommen, um in einigen alten Dateien zu graben. Daraus bin ich aber nicht sonderlich schlau geworden.«

»Wir müssen dort hinauf«, sagte Lucas und warf einen Blick auf die Fahrstühle. Die virtuelle Steuerung meldete sich nach einer Handbewegung von ihm, und er wählte die Redoute an.

»Du kannst es ja versuchen, aber …«

Die Lampe sprang auf Grün, und der Fahrstuhl fuhr aufwärts.

»Na, das ist ja komisch.«

Welche Zugangsbeschränkungen auch immer für das Stockwerk mit der Redoute bestanden hatten, sie waren aufgehoben worden. Der Fahrstuhl erkannte Lucas' Bio-ID an und gewährte ihm Zugang zu einem der am stärksten gesicherten Stockwerke im Gebäude. Sie schossen zur Spitze des Palastturms hinauf.

»Erik? Noah?«, fragte Lucas.

»Bei Auran. Tief unter der Erde. In Sicherheit.«

Asha reichte ihm eine Maschinenpistole. Es handelte sich um ein Relikt aus dem Kannibalendorf in Norwegen, aber es funktionierte noch, so viel war gerade in der Halle deutlich geworden. Lucas lud die Waffe nach und prüfte die Anzeige an der Pistole, die er an sich genommen hatte. Der Fahrstuhl stoppte, der Glockenschlag ertönte und die Tür ging auf. Weitere Etagen waren nicht zu erklimmen.

»Oh Gott!«, rief Asha, als sie vorsichtig in den völlig mit Blut verschmierten Flur hinaustrat. Wachleute waren nicht zu sehen, jedenfalls keine kompletten. Von ihnen war nicht mehr übrig als Stücke aus Brei und Knorpel, durchsetzt mit vereinzelten Gliedmaßen und den Trümmerstücken leichter Panzerungen.

»Wir kommen zu spät«, sagte Lucas leise, während er durch die Blutlachen schlich. Das Zeug sickerte ihm in die teuren Schuhe.

»Wer zum Teufel hat das wohl angerichtet?«, fragte Asha und betrachtete erstaunt die Verwüstung.

Lucas wusste es.

Der Flur besaß nur eine einzige Tür, und diese lag ganz am anderen Ende. Sie war zersplittert. Das Metall war zu seltsamen Formen verdreht und komplett aus dem Rahmen gerissen worden. Lucas und Asha durchquerten den Rauch und betraten Talis' Räume.

In dem riesigen Raum stand Hex Tulwar in einer blutverschmierten weißen Panzerung mit einem Kragen, der sein halbes

Gesicht verdeckte. Die langen Haare hatte er zu einem Knoten ähnlich dem eines Samurai zurückgebunden, aber besonders augenfällig war, dass er mit seinem verbliebenen Arm Natalie auf sie beide angelegt hatte.

»Scheiße«, sagte Lucas und zielte mit der Pistole auf Tulwars Kopf. Asha hatte die Magnum auf die gleiche Stelle angelegt. Lucas hatte auf dem Flur die Nachwirkungen von Natalies Blutbadeinstellung für kurze Distanzen sofort erkannt. Allem Anschein nach hatte Tulwar den Umweg über das Archiv genommen, um sich mit der stärksten Waffe auszurüsten, die im Palast zu finden war.

»Wie gerufen«, sagte Tulwar und zeigte erneut dieses kranke Lächeln, das Lucas jedesmal verstörte.

»Wo ist sie?«, fragte Lucas zähneknirschend.

»Sie meinen unsere gute Kanzlerin?«, fragte Tulwar. »Gleich dort.«

Er zog sich ein Stück weit seitlich zurück und gab den Blick auf eine Gestalt frei, die auf dem Boden saß, ans Bett gelehnt.

Es war Talis. Sie war niedergeschossen worden und hatte zwei Plasmaverbrennungen am Rumpf davongetragen. Das jadefarbene Nachthemd war inzwischen eher rot als grün.

»Lucas …«, flüsterte sie und verzog das Gesicht vor Schmerzen. Sie lebte noch. Lucas' Pistole wich keine Sekunde lang von Tulwar.

»Was wollen Sie, Hex?«, knurrte er.

»Was ich will?« Tulwar lachte. »Ich will Gerechtigkeit. Gerechtigkeit für mein Volk. Für meine Familie. Ich weiß, dass Sie neu auf diesem Planeten sind, aber wissen Sie, was Hochkanzlerin Vale hier den Rhylosi angetan hat?«

Lucas nickte.

»Ja. Ich weiß, dass sie die Flotte bei Vitalla angewiesen hat, die Waffen schweigen zu lassen. Ich weiß, Sie geben ihr deshalb die

Verantwortung dafür, dass Sie damals so viele verloren haben. Dass Sie Ihre Familie verloren haben.«

»Aber ihr blieb keine andere Wahl«, ergänzte Asha. »Sie musste sich für den Rückzug entscheiden oder die halbe Flotte opfern. Sora wäre vielleicht gefallen.«

Tulwar lachte erneut.

»Sie sind so blind wie alle anderen. Wäre das alles, dann hätte Kyneth mir vielleicht erlaubt, ihr nach all diesen Jahren zu vergeben. Aber Talis Vales Sünden reichen viel tiefer. In meinem Herzen wusste ich es von Anfang an, aber jetzt habe ich die Beweise.«

Lucas und Asha gingen langsam im Kreis, damit sie Talis richtig sehen konnten. Sie war in schlechter Verfassung. Blut sammelte sich um sie und sickerte in den prunkvollen Läufer unter ihr. Eindeutig brauchte sie dringend medizinische Hilfe, aber Lucas durfte nicht eine Sekunde lang unachtsam werden, solange Tulwar Natalie in den Händen hatte. Auf diese Distanz würde ein Feuerstoß im Blutbadmodus Asha und ihn zerfetzen.

Lucas wurde völlig überrascht, als Tulwar ihm unvermittelt einen Chip zuwarf. Er fing ihn instinktiv auf.

»Was ist das?«, fragte Lucas, drückte den Chip mit dem Daumen und sah ein Hologramm daraus auftauchen. Es zeigte eine Reihe soranischer Zahlen und Buchstaben.

»Das ist eine verschlüsselte Übertragung, die man schon lange aus dem Archiv gelöscht glaubte. Ich habe sie jedoch mit einem gewissen Maß an technischer Magie wiedererweckt.«

»Was für eine Übertragung?«, fragte Asha. Talis musterte den Chip besorgt.

»Termine, Zeiten und vor allem Koordinaten. Sämtliche Einzelheiten der Fahrt nach Vitalla.«

»Und?«, fragte Lucas, den Kopf auf die Seite gelegt.

»Es handelt sich um eine Übertragung an den Regierenden Rat von Xala, abgesendet von unserer Hochkanzlerin Talis Vale.«

»Quatsch!«, erklärte Asha barsch und nahm Tulwar wieder genauer ins Visier.

»Es stimmt«, sagte er und zuckte unter seinen Panzerplatten leicht die Achseln. »Fragen Sie sie selbst.«

Talis atmete mühsam und unter Schmerzen. Sie blieb eine Minute lang still, aber nach einem drohenden Blick Tulwars ergriff sie das Wort.

»Rhylos … war wertlos«, sagte sie. »Ebenso die R-Rhylosi. Eine Belastung für unseren ganzen Planeten. Das, was sie auf Vitalla an Arbeit versprochen hatten, wäre nicht mal für einen Bruchteil dessen aufgekommen … was sie uns über die J-Jahrhunderte gekostet hatten.«

Was redete sie da? Hatte sie die Rhylosi absichtlich verkauft? Die nette Frau, die die Erdgeborenen seit ihrer Ankunft wie ihre eigenen Kinder angenommen hatte? Das ergab keinen Sinn.

»Ich verstehe das nicht. Sie haben alle diese Menschen und den eigenen Vater geopfert? Warum?«, fragte Lucas.

Talis' Gesicht hatte sich in eine richtige Fratze verwandelt. Er hatte sie noch nie so gesehen. Blut sickerte ihr über die Unterlippe, während sie die Worte ausspuckte, als würde ihr jedes davon den Hals verbrennen.

»Varrus … war ein Monster. Seine törichten Feldzüge hatten m-meinen Mann … meine Söhne auf die Schlachtbank gebracht. Ich wusste, dass seine Arroganz ihn zur Zeremonie auf dem Planeten führen würde. Die Flotte sollte verschont werden … das waren die Bedingungen.«

»Das kann nicht sein …«, sagte Lucas langsam. Er hatte das Gefühl, ihm würde übel.

»Und Sie wurden ganz zufällig selbst Hochkanzlerin. Wie bequem für Sie!«, sagte Asha giftig. »Und Ihre Tochter Corinthia. Sie haben sie in Gefahr gebracht?«

»Ich habe sie angefleht, nicht mitzufahren … sie war so stur, wie ihr Vater. Ich wusste aber, dass Mars für ihre Sicherheit sorgen würde.«

»Was haben Sie sonst noch dafür erhalten? Das kann nicht alles gewesen sein«, setzte Lucas nach. »Was haben Sie sich mit diesen Millionen ›wertloser‹ Leben noch erkauft?«

»Einen Waffenstillstand«, antwortete Talis matt. »Ein Jahrzehnt Frieden.«

»Frieden für Sie vielleicht, aber unser Planet wurde daraufhin zerstört«, stellte Lucas wütend fest.

Ihm drehte sich der Kopf. Hatte Talis wirklich den Mord an einem ganzen Volk in die Wege geleitet und im Grunde auch den am eigenen Vater befohlen? Das schien jenseits jeder Möglichkeit zu stehen, aber sie hatte es gerade gestanden. Jetzt wunderte ihn nicht mehr, dass sie seitdem niemandem mehr erlaubt hatte, von Vitalla zu sprechen. Tulwar meldete sich wieder zu Wort.

»Diese Daten«, sagte er und deutete auf den Chip, »wurden schon an jeden Nachrichtenkanal auf dem Planeten gesendet, die seinen Inhalt verifizieren werden. Ich konnte auch einige verschlüsselte persönliche Logs ans Licht fördern, aus denen die reizende Hintergrundgeschichte hervorgeht, die Ihnen die Hochkanzlerin gerade erzählt hat. Nichts wird jemals endgültig gelöscht. Nicht wirklich. Ich brauchte nur Zugriff, um alles zutage zu fördern.«

Talis weinte jetzt. Der Blutstrom aus ihren Wunden ließ nicht nach, eine Nebenwirkung der speziellen Plasmaformel des Gewehrs.

»Es tut mir leid«, sagte sie heiser. »Ich wollte … von Rhylos befreit werden, von meinem Vater. I-ich dachte wirklich … das wäre der beste Weg für Sora. Sagen Sie ihnen das.«

Lucas wusste nicht, was er sagen sollte; er stand noch immer unter Schock. Talis verstummte. Ihre Augen glitten zu. Sie atmete noch, aber nur ganz schwach.

»Was jetzt?«, wandte sich Lucas wieder an Tulwar. »Bringen Sie uns auch um und sterben dann bei der Festnahme?«

»Oder er stirbt gleich hier«, sagte Asha, deren Finger am Abzug zitterte.

Lucas war wie betäubt, als Tulwar grinste und ihm Natalie zuwarf. Lucas fing das Gewehr mit der freien Hand auf.

»Was zum Teufel machen Sie da?«, wollte er wissen. Tulwar schien jetzt völlig unbewaffnet. Er hob die gesunde Hand zu einer Geste der Kapitulation, während der Rest des anderen Arms nutzlos an seiner Seite baumelte, das Gespenst einer Gliedmaße innerhalb der Panzerplatten.

»Noch ist ein letzter Akt zu spielen«, sagte Tulwar lauernd.

»Ich werde ihn umbringen«, sagte Asha und tat einen weiteren Schritt in seine Richtung.

»Warte!«, sagte Lucas und hob eine Hand. »Wovon reden Sie?«

»Ein tolles Gewehr haben Sie da. Eine wahrhaft einzigartige Waffe«, sagte Tulwar und deutete mit dem Kopf auf Natalie. »Und sie schlägt wirklich einzigartige Wunden.«

Lucas blickte zu Talis hinab. Ihr Kopf hing schlaff, und die Brust hob und senkte sich nicht mehr. Die nicht enden wollenden Blutungen waren zu viel für sie gewesen. Sie war tot. Tulwar schenkte ihr keinerlei Beachtung. Er hatte gewusst, dass sie diese Verletzungen nicht überleben würde.

»Sie haben hier heute Abend ganz schön was angerichtet.«

Tulwar hob die Hand, worauf Asha zusammenzuckte und ihm beinahe den Kopf herunterschoss. Ein Display des Streams erschien zwischen ihnen in der Luft. Eine Reporterstimme kommentierte Überwachungsaufnahmen aus dem Palast.

»Wir haben gerade diese Bilder erhalten, die zeigen, dass die Erdgeborenen Lucas und Asha allem Anschein nach einen Angriff auf den Großen Palast ausführen.«

Die Aufnahme zeigte, wie Lucas die beiden Wachleute im Andockhangar entwaffnete und niederschlug. Dann wechselten die Bilder zum Großen Saal, wo er und Asha Mastons Palastwachen mit Schüssen zerfetzten.

»Wir haben keine Informationen darüber, wie es der Hochkanzlerin geht, obwohl SVI-Kräfte zum Palast unterwegs sind, nachdem sie auf das vermutliche Ablenkungsmanöver der Maschinen auf dem Tatoniplatz reagiert haben.«

Das war ein abgekartetes Spiel!

»Auf keinen Fall«, sagte Lucas. Ashas Miene verriet, dass sie es auch verstanden hatte. »Aber Sie sind entkommen, Sie sind hier. Es gibt noch andere Bilder.«

»Aufnahmen, die allesamt gelöscht wurden. Und wir dürfen nicht vergessen, mit welchem Vorbedacht Sie dieses verabscheuungswürdige Attentat verübt haben!«

Tulwar drückte eine Taste auf der weißen Panzerung, und ein anderes Video tauchte in der Luft vor ihnen auf. Es war eine von oben gefilmte Aufnahme ihres gemeinsamen Zimmers; die Zeitangabe verriet, dass sie früher an diesem Tag aufgenommen worden war.

»Du steigst wirklich aus?«

»Ich bin in Gedanken bei dir.«

Es war sein und Ashas Gespräch über Stollers Party. Aber es hörte sich an wie …

»Das wird für mich allein nicht einfach.«

Ein kurzer Schnitt.

»Ich möchte das nicht machen.«

»Du musst. Du hast es versprochen.«

Tulwar beendete das Video und sagte: »Wie schön, dass Ihre reizende Partnerin letztlich doch entschieden hat, Ihnen zur Seite zu stehen.«

Asha kochte.

»Das sind nur billige Tricks. Wir zeigen allen Ihre Leiche …«

»Das werden Sie nicht«, entgegnete Tulwar streng. Die Aufnahme aus dem Stream tauchte neu auf und zeigten jetzt Bilder von Lucas und Asha unter der Schlagzeile: *Erdgeborene stürmen Palast.*

»Ich danke Ihnen allerdings für ihre unschätzbare Hilfe, indem Sie mich hergebracht und mir zur Flucht verholfen haben. Wozu hat man Mitverschwörer? Man wird mich nie finden.«

»Was reden Sie da?«, fragte Lucas. »Ihnen bleibt kein Weg hier heraus.«

»Mich überrascht, dass Sie noch nichts zu meiner Panzerung gesagt haben. Kennen Sie ihre Geschichte?«

Lucas und Asha blieben stumm.

»Natürlich nicht, Sie sind ja neu hier. Das ist eine Rüstung aus den Geheiligten Kriegen. Ich hatte meine Leute angewiesen, sie für den heutigen Abend herzubringen. Alle Rhylosi-Elitekrieger haben so etwas in der Schlacht getragen. Sie diente zu mehr als nur Schutz. Sie brachte unseren Leuten *Ehre.*«

Lucas hörte Sirenengeheul von draußen.

»Im einen, wahren Glauben heißt es: Wenn ein Krieger, nachdem er in der Schlacht gefallen ist, nicht verbrannt wird, gewinnt er keinen Zutritt zum Geheiligten Wald. Nur wenn er als Asche eintritt, wird er zu einer neuen Gestalt geformt, die in Ewigkeit lebt. Dieser Anzug ermöglicht einen solchen Übergang.«

Tulwar drückte einen Schalter, und ein Helm schoss vom Nacken aus hoch und umhüllte den gesamten Kopf.

»So werde ich heute Abend den Wald betreten, nachdem ich Soras niederträchtige Herrscherin bloßgestellt und ihre beiden falschen Götzen korrumpiert habe. Ich bin am Ziel meiner Reise.«

Er unterbrach sich und streckte Lucas und Asha die Faust entgegen.

»Ich gehe zu meiner Familie; mögen Sie beide mit den Göttern gehen.«

»Nein!«, schrie Lucas und sprang auf Tulwar zu. Durch das Helmvisier sah man einen Hochofen innerhalb des Panzeranzugs ausbrechen und in den Ritzen der Panzerung glühen. Lucas zuckte zusammen und riss die verbrannten Hände vom Metall zurück. Während Asha entsetzt zusah, wurde Tulwar innerhalb eines Augenblicks eingeäschert, von einer Verpuffung in Staub verwandelt, die noch weiterbrannte, während die Rüstung zusammensackte. Innerhalb von Sekunden waren auch die Panzerplatten zu Staub geworden, und nichts weiter blieb übrig als ein Haufen graue Materie, die nun Anstalten traf, wie Sägemehl Talis' Blut aufzusaugen.

Die beiden waren sprachlos.

»Heilige Scheiße!«, sagte Asha schließlich. »Ist das wirklich gerade passiert?«

»Wir haben nichts in der Hand!«, sagte Lucas verzweifelt, während er die Ereignisse der letzten Minuten in Gedanken durchging. »Er hat sie mit meiner Waffe umgebracht, hat die Bilder und die Story an die Nachrichtensender weitergegeben. Wir haben nicht mal seine Leiche. Hast du irgendeine Ahnung, wie übel das aussieht?«

Nach ihrer entsetzten Miene zu urteilen, wusste Asha das nur zu gut. Hatte man sie wirklich so gut über den Tisch gezogen? Wie lange hatte Tulwar das geplant? Seit seiner Festnahme? Seit Rhylos? Seit der Erdgala?

»Wir müssen hier raus«, sagte Asha und rannte zur Tür. Lucas warf einen Blick auf sein Handgelenkdisplay.

»Sie sind schon auf dem Weg herauf. Wir müssen uns ergeben. Sie bringen uns sofort um, wenn sie uns hier mit Waffen sehen.«

»Ich ergebe mich nicht«, knurrte Asha. Lucas suchte im Kopf nach Perspektiven, aber ihm fiel nichts ein.

Auf einmal fiel blendendes Licht durch die großen Fenster an der Wand gegenüber. Das vertraute Surren von Hovercrafttriebwerken war draußen zu hören.

Ein Fenster zersplitterte, als eine gepanzerte Gestalt hindurchsprang, die Flammen eines Raketentornisters im Rücken. Sie stolperte in den Raum, und obwohl Lucas' Gehirn ihm riet, Natalie fallen zu lassen, brachte er das einfach nicht fertig. Er legte die Waffe an.

Als die Gestalt sich zu ihren Füßen hin abrollte, senkten Lucas und Asha die Läufe ihrer Waffen. Durchs Helmvisier sahen sie, dass es Mars Maston war. Er starrte verblüfft Talis Vales Leiche an, dann sie beide.

»Was … ist … hier passiert?«, fragte er langsam. »Wo ist Tulwar? Habt ihr irgendeine Ahnung davon, was im Stream von euch behauptet wird?«

»Maston«, sagte Lucas, dem das Herz bis zum Halse schlug. »Tulwar hat das alles inszeniert. Es war von Anfang an ein abgekartetes Spiel. Er hat alles so arrangiert, dass es aussieht, als hätten wir uns mit dem Vierten Gebot und den Xalanern verschworen.«

»Wo ist er?«, knurrte Maston heftig.

»Du siehst ihn vor dir«, sagte Asha und deutete auf die Asche. Vieles hatte der durch das zertrümmerte Fenster hereinwehende Wind inzwischen verstreut. Nur ein paar Häufchen waren übrig. »Er hat so eine Art Einäscherungsanzug getragen. Ist auf der Stelle verbrannt, damit wir keine Leiche vorzeigen können.«

Maston wirbelte ergrimmt herum und rammte die Faust durch einen der robusten Holzpfosten an Talis' Bett, der in tausend Splitter zerfiel. Lucas verstand ihn. Maston würde jetzt nie seine Vergeltung haben, keine Gerechtigkeit für Corinthia. Er hatte Hex Tulwar nicht getötet, und nun blieb nicht mal eine Leiche zurück. Tulwar war nichts weiter als ein Phantom.

»Mars, du musst uns …«, sagte Asha, ehe er sie unterbrach.

»Ich glaube euch«, knurrte Maston. »Aber die übrige Welt nicht. Ich muss euch von hier wegbringen. Sie sind schon im Gebäude.«

Lucas sackte an Bord des gepanzerten Hovercraft in sich zusammen. Sie flüchteten aus dem Palast, aus Elyria, so schnell das Fahrzeug es möglich machte. Als Lucas zum Heckfenster hinausblickte, sah er ähnliche Fahrzeuge um den Palast schwärmen. Gewiss wimmelte es im Gebäude von Soldaten, die überall tote Wachleute fanden und schließlich auch die tote Talis Vale neben einigen wenigen unauffälligen Aschehäufchen.

Lucas' Herz schlug letztlich langsamer, nachdem es stundenlang gerast hatte, seit er an Bord von Stollers Jacht die erste Explosion gehört hatte. Asha blickte zum Fenster hinaus, die Hand vor dem Mund. Sie schien einen schweren Schock zu haben; eine echte Seltenheit bei ihr. Maston blieb auf dem Fahrersitz schweigsam und hielt die Steuerung so fest umklammert, dass die Knöchel sich weiß abhoben.

Die Soraner würden das doch niemals glauben, oder? Diese Erzählung, die Hex Tulwar gesponnen hatte, die sie für den Mord an der Hochkanzlerin verantwortlich machte. Die Erdgeborenen waren schließlich Helden, Symbole der Hoffnung. Aber genau deshalb war Tulwar ja so vorgegangen, nicht wahr? Um den Soranern die Anführerin und die Hoffnung zugleich zu rauben.

Lucas schaltete die Wiedergabe des Streams ein, aber auf stumm geschaltet. Eine Tafel zeigte die Beweise, die Tulwar gegen Talis Vale ausgegraben hatte, ein weiterer schockierender Aspekt dieses Abends. Das Display zeigte den Text von Talis Vales entschlüsselten persönlichen Logs.

»Die Abmachung steht. Die Xalaner übernehmen Vitalla und die Rhylosi; wir erhalten dafür ein Jahrzehnt des Friedens für Wie-

deraufbau und Wachstum. Sollte sich mein Vater auf dem Planeten aufhalten, wenn sie angreifen, dann ist es halt so. Er hat nicht um seine Enkelkinder getrauert, als er sie zum Sterben nach Hannaras schickte, und ich werde nicht um ihn trauern. Wir werden von zwei Übeln befreit, durch einen Angriff, wie ihn unsere eigenen Streitkräfte nicht ausführen könnten. Die Xalaner wissen es nicht, aber sie helfen dabei, Sora vor sich selbst zu retten.«

Lucas hatte geglaubt, Talis zu kennen, aber das warmherzige Lächeln und die freundlichen Augen hatten dunkle Geheimnisse und eine blutige Vergangenheit maskiert. Sie hatte sich mehr als alles andere Macht und Rache gewünscht, und sie war mit sich ins Reine gekommen, indem sie sich einredete, »zum Wohle Soras« zu handeln, als sie Millionen seiner Bürger und den Regierungschef umbrachte. Der Flotte den Befehl zu geben, sie solle Vitalla im Stich lassen, wäre eine harte Entscheidung gewesen, aber den ganzen Hinterhalt in die Wege zu leiten, war absolut unverzeihlich. Vielleicht hatte sie Tulwars besondere Form von Gerechtigkeit letztlich verdient gehabt. Für Lucas und Asha galt das aber sicherlich ebenso wenig wie für die vielen sonstigen Opfer Tulwars. Wie der Stream berichtete, hatten die Killbots 2043 Personen umgebracht, ehe man ihnen Einhalt gebieten konnte. Lucas vermochte sich die Verlustzahlen von damals nicht vorzustellen, als Hunderttausende dieser Maschinen bei ihrem ersten Aufstand Amok gelaufen waren, nicht nur ein Dutzend.

Die Bilder aus dem Stream liefen weiter, und die Meldungen widmeten sich erneut dem Verrat der Erdgeborenen. Die Medien folgten der Story Tulwars: Die Erdgeborenen waren von Anfang an xalanische Spione gewesen und hatten sich seit ihrem »Debüt« mit dem Vierten Gebot verschworen, nachdem es ihnen gelungen war, sämtliche Wissenschaftler der Regierung mit meisterlich gefälschten Gentests hereinzulegen.

Was jedoch dachte die Regierung selbst? Die Nachrichten

meldeten, dass Tannon Vale als Hochkanzler vereidigt worden war, staatlicherseits war jedoch noch keine offizielle Äußerung zu Talis' Tod oder der Beteiligung der Erdgeborenen erfolgt. Die Medien liefen schlicht Amok mit Tulwars Lügen und den Videobildern, mit denen er sie gefüttert hatte. Rhylos und seine regionalen Bundesgenossen zeigten sich erzürnt über Talis' Verwicklung ins Vitalla-Massaker und verehrten Tulwar wieder als Helden, nachdem sie sich zuvor von ihm distanziert hatten. Die offizielle Story von dieser Seite lautete, er sei mit Hilfe der Erdgeborenen aus der Haft und dem Palast geflohen, ehe Lucas die Hochkanzlerin umbrachte.

Konnte man das je wieder geraderücken? Und beweisen, dass Tulwar sie hereingelegt hatte? Lucas zerbrach sich wie rasend den Kopf darüber, aber ihm fiel nichts ein. Tulwar hatte kaum etwas dem Zufall überlassen. Im Strom wurde gerade das ältere Ehepaar interviewt, dessen Hovercraft Lucas entführt hatte, um von Stollers Party aus den Palast zu erreichen. Sie erzählten, Lucas habe sich während ihrer Prüfung »labil« und »gewalttätig« gezeigt.

»Schalt diesen Mist ab!«, verlangte Asha grimmig. »Ich halte das momentan nicht aus.«

Lucas hielt es ebenfalls nicht aus und schloss die Übertragung nur zu gern.

Als er zum Fenster hinausblickte, stelle er fest, dass sie über eine Wasserfläche flogen, Land zeichnete sich nur als schmaler Streifen in der Ferne ab.

»Wohin fliegen wir?«, rief er Maston zu. Die Antwort war Schweigen.

Lucas lehnte sich zurück und schloss die bleischweren Lider. Kein Albtraum konnte sich mit dem vergleichen, was in dieser Nacht geschehen war.

20

Lucas stellte fest, dass er auf einem Untergrund aus zertrampeltem Gebüsch saß und in ein Lagerfeuer starrte, ohne zu wissen, wie er hierhergekommen war. Rings um ihn knarzte und zirpte der Dschungel, und Strahlen weißen Mondlichts fielen durch die Baumkronen.

Makari.

Eine Gestalt tauchte aus den Schatten auf. Der Mann setzte sich mit gekreuzten Beinen Lucas gegenüber. Er lehnte sich zum kleinen Feuer vor, das seine Züge erhellte.

»Hallo Saato.«

»Hallo Toruk.«

Lucas wusste, dass er träumte, denn Toruk sprach gebrochenes Englisch anstelle von gebrochenem Soranisch. Ganz zu schweigen davon, dass es recht schwierig gewesen wäre, zu einem Milliarden Meilen entfernten Planeten zu teleportieren.

»Große Probleme auf Mol'taavi«, sagte Toruk und stocherte mit einem Stock im Feuer.

»Das kann man wohl sagen«, räumte Lucas ein und lehnte sich auf die Ellbogen zurück. Er blickte an sich herab und stellte fest, dass er Rüstungsteile aus Baumrinde trug und seine Haut mit weißen Khas'to-Stammestätowierungen bedeckt war. Überrascht entdeckte er in der eigenen Hand ein langes schwarzes Steinmesser mit einem kleinen Schädel am Griff. Es kam ihm vertraut vor.

»Wie früher, hm?«, fragte Toruk.

»Wann?«, fragte Lucas und drehte das Messer in der Hand.

»Neuer Körper. Du vergisst. Vor vielen Zeitaltern.«

»Wovon redest du?«

Toruk warf etwas Erde ins Feuer, sodass es weniger stark qualmte. Er war jetzt leichter zu sehen.

»Damals, als der Große Sturm zu Anfang erschaffen Mol'taavi und Makari, Erster Mann Saato Anführer von allen. Oni lieben Saato. Bringen viele Jahre Frieden, Nahrung.«

Lucas hörte aufmerksam zu. Die Umgebungslaute des Dschungels wurden leiser.

»Eines Tages, Saatos Männer bringen Frau zu ihm. Sie sagen, eine Diebin. Große Schönheit maskieren dunkle Seele. Sagen müssen sterben.»

Toruk rieb sich am Feuer die Hände. Es wurde rapide kälter, und die Fetzen aus Rinde und Fell hielten Lucas nicht richtig warm. Er zitterte.

»Saato blicken in Augen von Frau. Sehen Magie. Große Magie. Sagen, Frau müssen leben. Stamm wütend. Frau haben von Reichen und Mächtigen gestohlen. Böse Männer machen Leute sich abwenden von Saato. Erobern Thron. Halten Saato und Frau viele Jahre lang gefangen, viel foltern für ihre Verbrechen.«

Lucas rührte sich, als die Wolken allmählich den Mond am Himmel verbargen. Der Dschungel wurde dunkler, das Feuer heller.

»Wenig später kommen Himmelsdämonen. Mol'taavi brennen. Hoffnung verloren. Saato brechen aus und finden Frau. Sagen ihr, sie müssen sich erinnern. Müssen sich erinnern, wer sie sein.«

Toruks Augen wurden vor Erregung größer.

»Frau entfesseln große Magie, große Kraft. Töten Himmelsdämonen, helfen fliehen nach Makari. Reiche Männer sich jetzt beugen vor ihr. ›Wer sie sein?‹, sie fragen. ›Wer haben so viel Macht?‹ ›Ich sein Valli‹, sie sagen. ›Erste Frau.‹ Blinde Männer sahen nur Diebin, nicht Göttin. Saato kennen Wahrheit. Tun was nötig, um Volk zu retten. Sogar Hass auf ihn gelenkt haben. Saato und Valli schützen gemeinsam viele Oni für viele Jahre. Erste Mann und Erste Frau wieder eins.«

Lucas nickte, als Toruk seine Geschichte abschloss und verstummte.

»Ich verstehe«, sagte er. »Warum hat niemand sie erkannt?«

»Saato, Valli haben viele Körper. Immer wechseln mit neuem Zeitalter. Sehen jetzt aus wie du. Wie Asha.«

Lucas lachte.

»Wir sind nicht Saato und Valli, Toruk. Ich sage dir das nur ungern.«

Toruk nickte sarkastisch.

»Okay, klar. Fallen vom Himmel, sprechen mit Weißem Geist, töten Himmelsdämon. Erfüllen alle Prophezeiungen, sein aber nicht Saato und Valli. Ich verstehen.«

Man konnte ihn nicht überzeugen, wie es schien. Toruk stand auf.

»Geistreise müssen enden. Ich werden schwach. Viel zu tun auf Makari. Warten auf eure Rückkehr.«

Geistreise?

»Wir werden zurückkehren«, sagte Lucas. »Es kann einige Zeit dauern, aber wir werden zurückkehren und Makari wieder helfen.«

»Ich wissen.« Toruk nickte und erschien Lucas mehr und mehr durchscheinend.

»Du nicht vergessen frühere Leben. Denken daran, sogar Nichtgläubige benötigen Erlösung. Wahrheit absolut, ewig. Lüge schwinden. Schwinden immer. Du nicht verlieren einer einzelnen Schlacht wegen ganzen Krieg aus Blick.«

Und damit war er verschwunden, und Lucas saß allein am Lagerfeuer.

Ohne Hilfe stieg er jetzt in die Luft auf. Durch die Baumkronen hindurch, durch die Wolken. Lucas starrte direkt in das leuchtende Antlitz Mol'taavis. Seine Tätowierungen schimmerten im Mondlicht.

Lucas kam zu sich, als jemand ihn wachrüttelte. Innerhalb von Sekunden packten ihn rasende Kopfschmerzen, und mit trüben Augen sah er Asha auf einem Platz ihm gegenüber schlafen. Er blickte auf und sah, dass es sich bei der vor ihm aufragenden Gestalt um Maston handelte.

»Steh auf, wir sind da.«

Lucas öffnete langsam den Sicherheitsgurt, während Maston Asha an der Schulter anstieß, bis sie mit wütendem Blick hochfuhr. Das Hovercraft hatte gestoppt, seine Triebwerke schwiegen. Graues Licht fiel durch die getönten Scheiben.

»Ihr werdet das brauchen«, sagte Maston und warf jedem der beiden eine schwere Thermodecke zu. Als er die Tür aufstieß, wurde der Grund dafür deutlich.

Es war eiskalt draußen, und als sich ihre Augen auf das Licht eingestellt hatten, sahen sie, dass sie an einem steinigen Ufer parkten. Das an die Steine plätschernde Wasser war schwarz. Der Himmel zeigte sich als fließender Strom von dünnen milchigen Wolken. Obwohl die Temperatur unter dem Gefrierpunkt lag, war nirgendwo Schnee zu sehen. Lucas und Asha kuschelten sich in ihre Decken, während sie versuchten, auf den Steinen einen sicheren Stand zu finden. Sie ließen das Hovercraft zurück und folgten Maston über einen schmalen gemeißelten Pfad, der am hinteren Rand des Ufers seinen Ausgang nahm. Lucas blickte auf seinen Kommunikator und stellte fest, dass das Gerät völlig gelöscht war. Es ließ sich nicht mal mehr einschalten. Er hatte allerdings nach wie vor Natalie dabei, trug das Gewehr am Riemen über dem Rücken. Er stellte bald fest, dass die Zielerfassung auch offline war, aber schießen konnte es selbst ohne Energie. Alpha hatte bei der Konstruktion dafür Sorge getragen.

Nachdem sie zehn Minuten lang dahingestapft waren, kamen sie um eine Biegung und sahen ein Haus vor sich. Es war alt, aus Steinen errichtet und mit einem Reetdach versehen. Es wirkte noch primitiver als ihre Unterkünfte in dem Onidorf auf Makari. Als sie vor der hölzernen Haustür standen, schloss Maston mit einem rostigen Schlüssel auf und führte die beiden hinein.

Sie fanden sich in einem einzelnen großen Zimmer mit Feuerstelle, Bett, Tisch und Stühlen wieder. So etwas wie eine Kochecke war zu sehen, und ein undurchsichtiger Schirm verdeckte etwas, das nach Lucas' Vermutung wahrscheinlich als Toilette dienen sollte. Der Kopf einer großen Meereskreatur mit mehreren Reihen scharfer Zähne und zwei dreißig Zentimeter langen Elfenbeinhörnern hing über dem Kamin, darunter waren zwei Harpunen überkreuz angebracht.

»Was ist das hier?«, erkundigte sich Lucas. Seine Augen waren dankbar, nicht mehr im Freien dem Tageslicht ausgesetzt zu sein, aber der Kopf hämmerte nach wie vor. Maston war schon dabei, ein Feuer im Kamin zu entfachen.

»Wir nennen es ein schwarzes Loch«, sagte er. »Je weniger genau ihr wisst, wo ihr hier seid, desto besser. Es reicht wohl zu sagen, dass ihr auf einer sehr kleinen Insel inmitten eines sehr großen Ozeans seid und niemand euch hier finden wird.«

»Hast du deshalb unsere Kommunikatoren gekillt?«, fragte Asha und tippte auf ihr Gerät.

Maston schüttelte den Kopf.

»Hier ist im Zentrum ein Gerät eingebaut, das jede Elektronik in seiner Reichweite ausschaltet, natürlich abgesehen von unseren eigenen Transportern mit ihrer besonderen Freigabe. Es schirmt die Umgebung auch vor jeder Art Überwachung aus dem Orbit ab. Einfach ausgedrückt: Dies Gerät sorgt dafür, dass dieser Ort nicht existiert.«

Lucas fuhr mit der Hand über den geschnitzten Holzstuhl vor

sich. Auf dem Boden lag ein Läufer aus einer Art Tierhaut mit anhängendem Kopf. Die nach oben gekrümmte Schnauze deutete an, dass es vielleicht eine Art riesiger … Keiler war? Das hier fühlte sich an wie eine alte Jagdhütte.

»Wo sind Noah und Erik?«, fragte Lucas. »Was ist aus ihnen geworden?«

»Sie sind im Palast unter der Aufsicht von Hüter Auran zurückgeblieben«, versicherte Maston ihnen. »Nichts ändert sich an der Fürsorge für sie.«

»Außer dass ihre Eltern sich ihnen nicht auf unter fünftausend Meilen nähern können«, fauchte Asha.

Maston rieb sich die Augen. Er wirkte erschöpft. Unmöglich zu sagen, wie lange er das Hovercraft gelenkt hatte.

»Wir werden das alles klären, aber im Moment ist die Lage schlimm. Die halbe Welt ist aufgrund dessen, was Talis getan hat, im Aufstand, die andere Hälfte wegen eurer angeblichen Beteiligung am Attentat auf sie.«

»Wusstest du es?«, fragte Lucas. »Was Talis getan hat?«

Wut blitzte in Mastons Augen auf.

»Natürlich nicht!«, entgegnete er hart. »Hätte ich gewusst, was Tulwar wusste, dann hätte ich sie selbst umgebracht, sobald ich eine Chance dazu erhielt. Sie hat meine Flotte in Gefahr gebracht. Sie hat Corinthia in Gefahr gebracht.«

Es war das erste Mal seit Monaten, dass er ihren Namen aussprach.

»Es macht Tulwar jedoch kein bisschen weniger zu einem Monster«, fuhr Maston fort. »Ich kann nicht glauben, dass er das alles zuwege gebracht, dass er gewonnen hat.«

Lucas wusste dazu nichts zu sagen. Es stimmte. Tulwar hatte alles bekommen, was er sich wünschte. Er brannte die Welt rings um sie nieder und beschämte seine Feinde, und das alles aus dem Trost seines Grabes heraus.

»Wir haben jedoch ein dringlicheres Problem«, sagte Maston und starrte ins Feuer. »Auf Xala wird man bald erfahren, dass auf Sora das Chaos regiert. Sie werden dort keine Zeit verschwenden und einen Angriff organisieren. SVI-Flotten sind schon auf dem Rückweg aus anderen Systemen, um sich für die Verteidigung der Heimatwelt bereitzuhalten.«

»Womit du sagen möchtest, dass wir Zeta endlich nach Xala bringen müssen«, stellte Lucas fest.

»Ja. Wir haben der Strategiegruppe etwas vorenthalten, was ihr jetzt erfahren solltet. Zeta hat weiter an ihrem Algorithmus gearbeitet. Wenn sie die Nachricht aus dem xalanischen Zentralkommando sendet, wird sie auch fähig sein, dessen Kommunikation mit allen Schiffen, Städten und Planeten für eine Zeit lang zu unterbrechen. Wenn zum gleichen Zeitpunkt sowohl die Wahrheit ans Licht kommt als auch die Kommunikation zusammenbricht, wird das den Feind aus der Bahn werfen. Das können wir ausnutzen.«

»Du möchtest auf Xala also die gleiche Panik und das gleiche Chaos erzeugen, wie es derzeit auf Sora herrscht?«, fragte Asha skeptisch.

»Hoffentlich noch mehr«, antwortete Maston.

»Die Offenbarung, dass die Existenz ihrer ganzen Spezies und die Grundlage für zehntausend Jahre Krieg eine gigantische Lüge darstellen, müsste Schockwellen durch ihre Gesellschaft jagen, die weit tiefer gehen als das, was wir gerade mit Talis und uns erleben«, fand Lucas. »Zumindest hat es bei Alpha immer so geklungen.«

»Das können wir nur hoffen«, sagte Maston. »Wenn es uns nicht gelingt, ihre Fähigkeit zur Invasion ernsthaft zu beeinträchtigen, verlieren wir Sora. Mit ihren weißen Kernen erreichen sie uns schneller als wir sie. Sie werden schon innerhalb von Wochen eintreffen.«

»Aber wir haben noch immer keine Möglichkeit, Zeta nach Xala zu bringen«, sagte Lucas. »Oder hältst du auch in diesem Punkt etwas geheim?«

»Schön wäre es«, antwortete Maston. »Ich komme zurück und bringe euch auf den aktuellen Stand, sobald wir diesen ganzen Mist ausgetüftelt haben. Ich muss auch mit Tannon reden, um zu sehen, wo er steht.«

»Ob er uns für schuldig hält?«, fragte Lucas.

»Wir hatten noch nicht viel Zeit, uns auszutauschen, aber wenn man bedenkt, dass er es war, der euch, durchtränkt von Schattenblut, von diesem xalanischen Schiff geholt hat, vermute ich, dass er noch in eurer Ecke steht.«

Maston öffnete die Tür, um zu gehen, wandte sich aber noch mal zu ihnen um.

»Oh, und die Tut-shai sind freundlich. Sie besorgen euch etwas zu essen.«

»Die was?«

Aber die Tür war schon hinter ihm zugeknallt.

Sie brauchten einige Stunden, um die Tut-shai zu finden. Nachdem Lucas und Asha einige warme Sachen inklusive Oberbekleidung unter dem Bett entdeckt hatten, erkundeten sie den steinigen Hügel, auf dem ihre Hütte stand. Auf der Seite gegenüber ihrem Landeplatz fanden sie einen weiteren Pfad, dem sie etwa eine halbe Stunde lang durch den Wald folgten, bis sie ein kleines Lager fanden.

Die Tut-shai wirkten vage asiatisch, hatten aber blasse weiße Haut und gletscherblaue Augen. Als sie Lucas und Asha auf dem Waldweg auftauchen sahen, lächelten sie sie einfach an und winkten, gingen ansonsten aber weiter ihren Tätigkeiten nach. Es handelte sich um eine kleine Gemeinschaft aus vielleicht vierzig oder fünfzig Personen. Sie hausten in Lederhütten, die von handgefertigten Seilen und geschnitzten Holzpflöcken zusammengehalten wurden. Eine Reihe von Booten am Ufer deutete darauf hin, dass dies ein Fischerdorf war, und der Fang brutzelte auf kleinen Lagerfeuern überall im Lager. Fast sofort reichte ihnen eine Frau mit rundem Gesicht, die einen gebauschten Fellmantel trug, zwei kleine Fische auf zugespitzten Stöckchen. Wirklich freundlich.

In den folgenden Tagen lernten sie den Anführer der Tut-shai kennen. Sein Name lautete Nanno, und er war ein kleiner runzliger alter Mann, der nicht ganz tausend Jahre alt zu sein schien. Er war hier der Einzige, der überhaupt irgendeine Form von Soranisch sprach, und Lucas und Asha erfuhren, dass er vor achtzig Jahren bei der SVI gewesen war und im Zuge eines Einsatzes hier bei den Tut-shai strandete. Er blieb, gründete eine Familie und ließ das alte Leben hinter sich. Er erzählte den beiden, dass der Stamm sehr alt war und sich selbst nach Jahrtausenden weiter damit zufriedengab, in Frieden zu leben, frei von den technischen Fortschritten des übrigen Planeten. Nanno strich heraus, das Volk, dem er sich angeschlossen hatte, habe seit zwanzigtausend Jahren keinen Krieg erlebt. Lucas und Asha fragten sich, ob das nicht eine Übertreibung war.

Der Lebensstil der Tut-shai war praktisch prähistorisch. Sie fischten, ernteten Pflanzen im Wald, und sie überlebten. Weitere Tut-shai lebten verstreut auf Inseln überall in dieser Region und interessierten sich für nichts weiter als ihren kleinen Abschnitt des Meeres. Mit anderen Worten: Jeder, den die Regierung hier versteckte, brauchte nicht zu befürchten, dass die Einheimischen ihn preisgaben. Das war wohl so etwas wie ein endoplanetares Zeugenschutzprogramm. Nanno und die SVI hatten eine Abmachung, und der Alte nahm gern jeden auf, der eine sichere Zuflucht brauchte.

Lucas und Asha waren des Fisches schon überdrüssig, obwohl ihr Aufenthalt noch nicht einmal eine Woche dauerte, ihnen Nannos Frau Janti am sechsten Tag den Auftrag gab, mit Eimern in den Wald zu gehen und Wasser aus einem der Süßwasserteiche im Innern der Insel zu holen. Es waren nur wenige Meilen bis ans Ziel, wenn sie das auch praktisch über die ganze winzige Insel hinwegführte.

Als sie sich dem Dorf wieder näherten, hörten sie durch den Wald voraus einen schrillen Schrei. Sie warfen sich gegenseitig besorgte Blicke zu, stellten die Eimer ab und rannten zur Siedlung.

Als sie dort eintrafen, war sie völlig verlassen. Die Lagerfeuer verbrannten schwarz gewordenen Fisch, Scherben eines Topfes lagen am Boden. Lucas griff sich eine Harpune, die in der Nähe im Boden steckte; ihre Waffen hatten sie auf Nannos Bitte in der Hütte gelassen. Asha zückte ein silbernes Messer, das aus der leeren Luft zu stammen schien.

Lucas warf einen Blick in eines der Zelte und fand dort eine zitternde Mutter mit drei kleinen Kindern.

»*Ko lalo toso!*«, rief sie und schüttelte heftig den Kopf. »*Ko lalo monosi!*«

Sie deutete mit dem Finger auf etwas hinter Lucas und Asha. Lucas wirbelte mit erhobener Harpune im Kreis.

Dort stand eine fast zweieinhalb Meter große, verwirrt aussehende Kreatur.

Alpha.

»Man hat mich informiert, dass ich euch hier finde«, sagte er über den flackernden Translatorkragen, der irgendwie das Dämpfungssystem der Insel überstanden hatte. »Es sieht so aus, als wären die Einheimischen mit meiner Spezies nicht vertraut.«

Natürlich sind sie das nicht, dachte Lucas. Es hatte nie einen Anlass gegeben, einem Xalaner zu begegnen, da weder der Aufstand noch die Heimatweltangriffe diesen winzigen Fleck des Planeten je berührt hatten. Kein Wunder, dass sie Angst hatten.

»Was führt dich in unseren kleinen Winkel des Paradieses?«, wollte Asha wissen.

»Bis jetzt musste ich mich in unterirdischen Forschungslabors aufhalten, wo wir an einem Aktionsplan arbeiten, ungeachtet dieser … Ablenkung«, antwortete Alpha.

»Was geht da draußen vor? Wir haben nichts gehört«, sagte Lucas.

»Der Planet ist infolge des Todes von Hochkanzlerin Vale nach wie vor in Aufruhr. Kommandant Tannon Vale hat die Macht übernommen, obwohl viele in Anbetracht von Talis Vales früheren Aktionen gegen die Rhylosi nun seinen Rücktritt fordern.«

Einige Tut-shai krochen inzwischen aus den Zelten und betrachteten erstaunt die sprechende Kreatur mitten in ihrem Dorf. Alpha beachtete sie nicht.

»Warum bist du hier? Ein Freundschaftsbesuch?«, fragte Asha.

»Wenn es nur so wäre!«, antwortete Alpha. »Ich bin der Erste von vielen, die hier noch eintreffen und sich uns anschließen werden. Unsere Reise nach Xala steht unmittelbar bevor.«

Ein kleines Mädchen in einem Pelzmantel, der viel größer war als sie, tapste auf Alpha zu. Sie reckte die Arme hoch und reichte ihm einen rohen Fisch, der so lang wie ihr Arm war. Alpha blickte ihn eine Minute lang neugierig an, ehe er ihn mit der Kralle aufspießte und komplett verzehrte.

»Wäre doch die übrige Galaxis nur so gastfreundlich«, sagte er. »Zeta wartet in eurer Unterkunft. Gehen wir.«

Im Verlauf des nächsten Tages landete eine Sammlung von Hovercrafts und kleinen Schiffen an den Ufern der Insel und brachte vertraute Gesichter mit sich. Als Erster traf Mars Maston ein, weniger hitzig als bei ihrer letzten Begegnung, aber eindeutig angespannt. Kiati und einige wenige Gardesoldaten, die Makari überlebt hatten, folgten ihm kurze Zeit später, zusammen mit einigen Lucas noch unbekannten Soldaten mit stählernen Blicken. Dann kam Tannon Vale persönlich mit einem Gefolge von Militärvertretern, denen Lucas im Zuge von Strategiekonferenzen ein- oder zweimal begegnet war. Tannon sah aus, als wäre er in zehn Tagen um ebenso viele Jahre gealtert, und Lucas konnte sich den Grund gut vorstellen. Er gab ihnen bekannt, dass noch mindestens ein weiteres Schiff zu erwarten war. Allerdings war die recht kleine Hütte auch so schon mit Leuten überfüllt. Alpha und Zeta konnten kaum aufrecht stehen, ohne mit den Köpfen an die Dachsparren zu stoßen.

»Schön, Sie zu sehen, Hochkanzler«, sagte Lucas, als Tannon eintrat.

»Ach, hören Sie mit dem Mist auf. Ich bin so wenig Kanzler wie er«, entgegnete Tannon und deutete mit dem Kopf auf Alpha. »Ich bin nur der Typ, der Talis' Dreck wegräumt.«

Lucas hatte erfahren, dass Tannon nichts von den Plänen seiner Schwester für Vitalla gewusst hatte. Ein großer Teil der Öffentlichkeit war jedoch nicht gewillt, das zu glauben.

»Wie ich sehe, haben Sie die komplette Kavallerie mitgebracht«, sagte Asha und blickte sich im schrumpfenden Raum ihrer Bleibe um.

»Na ja, es ist ein großer Tag«, sagte Tannon. Er wirkte in Zivil seltsam, aber immer noch einschüchternd.

»Da jetzt die meisten von uns hier sind, sollte jemand ihnen vermutlich erklären, was vorgeht«, sagte Maston. Hinter ihm kratzte sich Kiati an dem kürzlich nachgezüchteten Auge; noch immer waren einige Narben rings um das Transplantat zu sehen. Maston hatte Lucas und Asha erklärt, dass er entschieden hätte, vorläufig das synthetische Bein zu behalten.

»Richtig«, sagte Tannon. »Zeit für Ihre Wiedergutmachung.«

»Wiedergutmachung?«, fragte Asha. »Wir haben nichts getan.«

»Nun, der Planet muss, so oder so, noch immer gerettet werden, und wir brauchen dazu Ihre Hilfe«, sagte Tannon. »Darf ich fortfahren?«

Asha nickte argwöhnisch.

»Die … aktuelle Lage hat uns vielleicht einen Plan aufgezeigt, wie wir Zeta nach Xala bringen könnten.«

»Inwiefern?«, fragte Lucas ungläubig. Er fühlte sich eingeengt, aber wenigstens war es in der Hütte zur Abwechslung mal nicht eiskalt.

»Sie werden von Sora fliehen. Reißaus nehmen.«

»Und warum sollten wir das tun?«, wollte Lucas wissen.

»Sie, Asha und Ihre xalanischen Freunde sind hier nicht mehr sicher. Ich habe Sie vier gerade öffentlich beschuldigt, meine Schwester umgebracht und Hex Tulwar zur Flucht verholfen zu haben.«

»Sie haben *was?*«, schrie Asha und warf Maston einen Blick zu, den er mit versteinerter Miene quittierte.

»Wichtiger noch«, fuhr Tannon fort, ohne auf ihren Ausbruch einzugehen, »der *xalanische Regierende Rat* weiß, dass Sie des Mordes an meiner Schwester beschuldigt werden. Der Rat verfügt hier vielleicht nur über begrenzte Aufklärungsressourcen, aber zumindest so viel wird er gehört haben.«

»Wir fliehen also? Und was dann?«, fragte Lucas. Tannon verschränkte die Arme.

»Nach der Story, die wir uns ausgedacht haben, hat Alpha einen weißen Nullkern in ein soranisches Schiff eingebaut, und Sie vier sind unterwegs zu einem spärlich besiedelten Randplaneten, um Asyl bei Sympathisanten des Vierten Gebots zu finden. Mit Hilfe dieses Kerns können Sie die Verfolger von der SVI abschütteln.«

»Aber nicht die Xalaner«, stellte Lucas fest, der allmählich schlau aus dem Plan wurde.

»Wir erwarten, dass sie schon in Anbetracht der bevorstehenden Invasion wenigstens ein oder zwei Schiffe schicken werden, um Ihr Schiff abzufangen und Sie alle gefangen zu nehmen«, sagte Tannon.

»Einer meiner Kontaktleute beim Widerstand wird als Doppelagent handeln und dem Regierenden Rat die Koordinaten unseres Fluchtziels übermitteln«, sagte Zeta.

Maston fiel ein: »Zwei ihrer bedeutendsten wissenschaftlichen Köpfe und außerdem die beiden prominentesten Anführer des Aufstands, zusammen mit den Menschen, die ihren Schattenkommandanten getötet haben – das ergibt ein viel zu wertvolles Ziel, um es sich entgehen zu lassen.«

»Wir sind kein versöhnliches Volk«, sinnierte Zeta.

»Sie werden euch einen Hinterhalt legen, und wir legen ihnen einen Hinterhalt«, sagte Maston. »Wir erbeuten ihr Schiff und besetzen es mit unseren eigenen Truppen. Dann fahren wir damit nach Xala, steigen aus und tauchen mit Hilfe von Zetas xalanischen Widerstandskontakten unter, ehe man dort aus der Sache schlau wird. Zu dem Zeitpunkt müssten sie ohnehin schon wegen der Invasion abgelenkt sein.«

»Jesus Christus!«, sagte Asha. »Alpha, hast du dir das ausgedacht?«

»Vielleicht«, antwortete Alpha.

»Ja klar, das klingt nach einem deiner Pläne. Völlig irre.«

»Und doch seid ihr noch am Leben«, entgegnete Alpha gewitzt.

»Es ist kein schöner Plan, aber unsere beste Möglichkeit. Unsere Zeit läuft ab«, sagte Tannon. Die Militärvertreter, die ihn begleiteten, nickten wortlos. Kiati schien gelangweilt und polierte in einer Ecke ihre Pistole, während die übrigen Gardesoldaten unbehaglich Schulter an Schulter standen.

»Wann brechen wir auf?«, fragte Lucas, der von Anfang an gewusst hatte, dass sie auf jeden Fall tun würden, was man von ihnen verlangte. Er sah Asha an. Sie schien verärgert, aber er wusste, dass sie dabei war. Um das zu vollbringen, waren sie schließlich hergekommen; es kam nicht darauf an, was der Planet derzeit über sie dachte. *Die Wahrheit besteht schließlich ewig.*

»Heute Abend«, sagte Maston, »wir brechen noch heute Abend auf.«

Alle kehrten an Bord ihrer Schiffe zurück und warteten auf das Eintreffen des Fluchtfahrzeugs. Somit konnte man in der Hütte wieder Luft holen, und nur Alpha und Zeta blieben zurück und unterhielten sich leise am Kamin. Sie riskierten sogar noch mehr als er und Asha, überlegte Lucas. Und das, um eine Lebensform zu retten, die nicht ihre war. Er vermutete jedoch, dass es die Hoffnung war, das eigene Volk vor der Tyrannei zu retten, die sie stärker motivierte. Lucas wurde sich darüber klar, dass er oft vergaß: Der Regierende Rat hatte auch Alphas ganze Familie abgeschlachtet. Und Gott allein wusste, was Zeta durchgemacht hatte.

Jemand klopfte an die Tür, und Lucas nahm an, dass es Maston war, der weiter über Logistik sprechen wollte. Als er jedoch die Tür öffnete, stellte er fest, dass eine abschließende Gruppe von Besuchern die Reise hierher angetreten hatte, um sie zu verabschieden.

Malorious Auran stand unter der Tür und hielt Noah an der Hand. Neben ihm hatte ein weiblicher Teenager den kleinen Erik auf den Armen. In den zurückliegenden Wochen war ihm ein dichterer Busch brauner Haare gewachsen, und die Augen wechselten allmählich von Blau zu Ashas Hellgrün. Lucas' Miene erhellte sich wie auch die Noahs.

»Lucas!«, quietschte Noah und tapste heran. Lucas sank auf die Knie und umarmte ihn. Asha stand vom Tisch auf und stürmte heran, um Erik der Betreuerin abzunehmen. Auch sie hatte jetzt ein strahlendes Lächeln im Gesicht.

»Die beiden wollten Hallo sagen«, erklärte Auran. »Sie haben sich auf der Reise sehr gut benommen.«

»Danke, dass Sie sie gebracht haben«, sagte Lucas und streckte die Hand zu Auran aus.

»Es war mir eine Ehre«, sagte dieser und schlug ein. »Wie es auch eine sein wird, bis zu Ihrer Rückkehr auf sie achtzugeben.«

Lucas' Lächeln wurde etwas matter. Auran zog sich langsam von der Tür zurück.

»Wir geben Ihnen etwas Zeit«, sagte er. Alpha und Zeta waren herübergekommen, um die Kinder zu begrüßen, und verließen dann auch die Hütte.

Als sich die Tür hinter ihnen schloss, traf Lucas eine Erkenntnis wie der Blitz. Das hier war vielleicht die letzte Gelegenheit, mit seiner neuen Familie zusammen zu sein. Vielleicht das letzte Mal, dass er diese Kinder sah. Sicher, sie hatten vieles überlebt und eine Menge Schlachten wider alle Erwartungen überstanden, aber das jetzt war etwas anderes. Es war ein neues Niveau von Gefahr. Sie sprangen direkt in eine Schlangengrube, ohne einen klaren Weg hinaus zu kennen.

»Wohin gehst du diesmal?«, fragte Noah und legte den Kopf schief. Er schien täglich größer zu werden, und seine weißblonden Haare wurden etwas mehr sandfarben.

»Ich muss mithelfen, für deine Sicherheit Sorge zu tragen«, antwortete Lucas und kniete sich hin, um ihm in die Augen zu blicken. »Ich muss sehr weit weg fahren und komme vielleicht lange nicht zurück.«

Noah sah besorgt aus.

»Kann ich mitkommen? Ich kann helfen. Ich kann das gut«, sagte er ernst. Lucas verstand einfach nicht, wie er für sein Alter so gut sprechen konnte.

»Das weiß ich«, sagte Lucas lächelnd. Er spürte das Brennen der ersten Tränen, die ihm in die Augen stiegen. »Ich brauche dich aber hier, damit du für deinen Bruder tapfer sein kannst. Schaffst du das?«

Noah nickte widerstrebend. Asha sprach leise mit Erik, der nicht antworten konnte und zufrieden damit war, in ihren Armen ein Nickerchen zu machen.

»Du sollst wissen: ob wir uns nun hier aufhalten oder nicht, Asha und ich sind immer bei euch. Eure Mutter und euer Vater werden immer bei euch sein.«

Lucas sprach gewöhnlich von sich nicht als Vater, soweit es Noah anbetraf, den Jungen, den ihm eine sterbende Sklavin in einem Kannibalendorf in die Arme gedrückt hatte. Aber auf einmal fand er es töricht, sich nicht als solcher zu bezeichnen. Er liebte dieses Kind wie einen Sohn. Wenn ihn das nicht zu einem Vater machte, dann wusste er nicht, was dazu noch nötig war.

»Du wirst Großes leisten«, sagte Lucas und legte Noah eine Hand auf die Schulter. »Du wirst eine ganz neue Generation anführen.« Er dachte an Aurans sechsunddreißig Seelen, die darauf warteten, aus ihren Tanks zum Vorschein zu kommen.

»Können wir in den Park gehen, sobald du zurück bist?«, fragte Noah, der zu klein war, um zu verstehen, was Lucas sagte.

»Natürlich«, antwortete Lucas. »Natürlich können wir das.«

Eine halbe Stunde später spielte Noah auf dem Keilerfell mit Spielsachen, die er mitgebracht hatte, während Asha und Lucas mit Erik am Kaminfeuer saßen, das langsam zu einer Restglut verglomm.

Lucas meldete sich schließlich zu Wort.

»Du solltest hierbleiben.«

Asha warf ihm einen Blick zu.

»Was?«

»Ich sagte, du solltest hierbleiben.«

»Den Teufel werde ich!«

»Ich meine es ernst«, sagte Lucas. »Sie werden eine Mutter brauchen.«

Das war etwas, was Lucas seit Makari zu schaffen machte. Dort hatte er sich die Frage gestellt, was aus den Kindern wurde, wenn keiner von ihnen beiden nach Sora zurückkehrte.

»Und sie werden eine haben. Und auch einen Vater, sobald wir zurück sind«, sagte Asha langsam.

»Denkst du wirklich, dass wir zurückkehren werden?«, fragte Lucas.

Asha zupfte an Eriks Decke, um ihn etwas fester einzumummeln. Er hatte seit seiner Ankunft nicht geschrien.

»Bislang sind wir das immer.«

»Du solltest nicht mitkommen; du solltest es nicht riskieren.«

Asha wurde langsam sauer.

»Ich sollte es nicht riskieren? Denkst du ernsthaft, dass ich nach allem, was wir durchgemacht haben, jetzt kneife?«

»Ich dachte nur …«

»Ich werde dich und Alpha nicht nach all dieser Zeit im Stich lassen. Ich werde mich nicht zurücklehnen und auf einen eigenen Beitrag verzichten, wenn es darum geht, die Drecksäcke zu vernichten, die unseren gesamten Planeten zerstört haben.«

»Ich möchte, dass du hierbleibst«, erklärte Lucas entschieden; sein Blut geriet langsam in Wallung. Erik war inzwischen wach und wirkte gefährlich aufgebracht.

»Warum?«, fragte Asha nachdrücklich. »Warum sollte ich bleiben?«

»Weil ich dich liebe!«, sagte Lucas.

Die Worte fühlten sich für ihn fremd an. Er erinnerte sich nicht, wann oder zu wem er sie zuletzt gesprochen hatte. Asha und er zogen vielleicht zwei Kinder gemeinsam auf, aber er hatte ihr das noch nie laut gesagt. Asha erstarrte, als hätte man ihr ein Messer in die Brust gerammt. Nach einer gefühlten Ewigkeit sagte sie etwas.

»Ich liebe dich auch«, flüsterte sie. »Und deshalb muss ich mitkommen. Um sicherzustellen, dass du es zurückschaffst.«

»Das liegt vielleicht nicht an dir«, wandte Lucas ein und beruhigte sich ein wenig.

»Möglicherweise doch«, sagte Asha leise. »Wenn ich nicht mitkomme und du es nicht zurückschaffst, werde ich nie erfahren, ob ich etwas hätte tun können. Damit könnte ich nicht leben.«

Lucas blickte zu Erik hinab, der sich entspannte, nachdem die Lautstärke des Gesprächs wieder gesunken war. Er dachte über Ashas Worte nach. Was für ein Vater konnte er jemals sein, wenn er zurückblieb, während Asha losfuhr und auf Xala starb? Es hätte ihn zerstört. Er verstand, was sie meinte. Sie mussten da draußen aufeinander aufpassen, wie sie es schon so lange taten. Er seufzte.

»Weißt du, wenn wir sie fragten, würden sie uns vermutlich eine kleine Strandvilla irgendwo auf diesem Planeten geben. Wir vier könnten dort den Rest unserer Tage verbringen, ohne eine Sorge auf der Welt zu haben.«

»Wenn das nur möglich wäre«, sagte Asha.

»Eines Tages«, sagte Lucas. »Vielleicht eines Tages.«

Als das nächste Mal jemand anklopfte, war es aus dem Grund, vor dem Lucas so graute. Er hörte die Triebwerksgeräusche draußen und wusste, was für ein Fahrzeug eingetroffen war. Er sammelte Noah und Erik auf, wickelte sie in warme Decken und Mäntel und ging hinaus in die frostige Nacht. Als er das Ufer erreichte, waren alle anderen schon versammelt.

Ihr Schiff schwebte in der Luft und senkte sich langsam zum Strand hinab. Es war ein Zivilraumschiff, etwa so groß wie die

Arche, aber von dramatisch anderem Stil. Harte Kanten, weiße Rumpfpanzerung und goldene Lichter erweckten den Eindruck eines ausgegrabenen Brockens aus einem seltenen Mineral. Maston erklärte ihnen, dass es sich um einen Luxusliner handelte, den sie angeblich zusammen mit dem weißen Nullkern auf der Flucht gestohlen hatten und der ihnen zumindest zu einer bequemen ersten Reiseetappe verhelfen sollte.

Alpha hatte ihren letzten weißen Nullkern in zwei Hälften gespalten. Das war ein gefährlicher Prozess, und nach seinem Abschluss funktionierte jede der beiden Hälften noch etwa zwanzig Tage lang und war danach nutzlos. Da der Randplanet, zu dem sie flüchteten, zwei Wochen Fahrtzeit entfernt lag, reichte es für ihre Zwecke.

Die andere Hälfte erhielt ein SVI-Kreuzer, die *Valiance*. Sie sollte sich auf einem Parallelkurs bewegen (was sie aufgrund des Kerns mit gleicher Geschwindigkeit schaffen würde), sich aber verstecken, wenn sie den Randplaneten erreicht hatten. Sobald die Xalaner eintrafen, um die Flüchtigen vom Ziviltransporter zu holen, sollte die *Valiance* aktiv werden, das xalanische Schiff entern und mit der eigenen Besatzung ausstatten. Lucas hielt den Begriff »trojanisches Pferd« feil, aber außer Asha verstand niemand, wovon er da redete. Das SVI-Schiff war viel zu groß, um auf der Insel zu landen, und würde ihnen folgen, kurz nachdem sie gestartet waren.

Lucas spürte, wie ihn eine große Hand an der Schulter packte.

»Sobald dieser Einsatz vorüber ist, verspreche ich, dass wir Ihren Namen reinwaschen«, sagte Tannon. »Sie brauchen sich nicht um diese Frage zu sorgen, wenn Sie zurückkehren. Auch nicht darüber, was Ihre Kinder von Ihnen denken werden, wenn Sie nicht zurückkehren sollten.«

Tannon gab als Einziger eine offene Einschätzung ihrer Überlebenschancen ab.

»Seien Sie sich darüber klar, dass wir sehr wohl erkennen, was Sie für uns tun. Es ist mehr, als ich je von Ihnen erbitten könnte.«

»Deswegen brauchten Sie gar nicht erst zu fragen«, sagte Lucas. »Wir sind hergekommen, um das zu tun. Nicht nur, um Ihren Planeten zu retten oder unseren zu rächen, sondern um zu verhindern, dass sich die Zerstörung zu Welten ausbreitet, die wir noch gar nicht kennen. Wer weiß schon, wie viele Menschen – Soraner – dort draußen noch leben? Das Übel, das sie bedroht, muss beseitigt werden.«

Tannon grunzte.

»Im Krieg habe ich eines gelernt: Übel ist niemals wirklich zerstört. Man kann nicht mehr erhoffen, als es einzudämmen.«

»Dann ist es das, was wir tun werden«, sagte Lucas.

»Das weiß ich«, sagte Tannon barsch. Er nickte knapp, und das war es.

Die letzten Startvorbereitungen wurden getroffen. Maston und die Gardesoldaten waren unterwegs zum Festland, um an Bord der *Valiance* zu gehen. Alpha und Zeta waren schon ins Fluchtschiff gestiegen.

»Wo sind die Kinder?«, fragte Lucas, und Asha führte ihn zu einem Hovercraft, das in der Nähe am Strand parkte. Geschützt vor der Kälte, lagen Noah und Erik in dem Fahrzeug und schliefen fest. Es war mitten in der Nacht, und es hatte die beiden erschöpft, den ganzen Tag lang zu reisen.

»Sollen wir sie wecken?«, flüsterte Asha.

Lucas schüttelte den Kopf.

»Nein, lassen wir sie schlafen. Sie haben es verdient.«

»Wir sehen sie bald wieder«, sagte Asha.

Lucas legte eine Hand auf jedes der beiden Kinder: Eingewickelt in ihre Decken hatten sie es warm. Noah rührte sich leicht, wurde aber nicht wach. Lucas würde dieses Bild im Gedächtnis behalten. Der Letzte Sohn der Erde, der Erste Sohn von Sora. Er würde die beiden aufwachsen sehen, egal was dazu erforderlich sein mochte.

21

An Bord des Kreuzers war die Stimmung angespannt, während sie einem Raumzeittunnel zum Randplaneten und dem letztlichen Hinterhalt folgten. Das erinnerte Lucas an die abschließenden Tage auf der Arche, als sie darauf gewartet hatten, dass Omikron aus der Dunkelheit hervorsprang, kaum dass sie das soranische Sonnensystem erreicht hatten. Damit es sich jetzt nicht ganz wie eine Reise der Verdammten anfühlte, entwickelten die vier die Gewohnheit, bei den Mahlzeiten alte Geschichten aus ihrem Leben zu erzählen; aus der Zeit vor ihrer Begegnung und danach.

Alpha sprach von den ausgeklügelten Streichen, die seine älteren Brüder auf der xalanischen Wissenschaftsakademie durchgezogen hatten. Zeta erzählte, wie es war, den Oni Technik zu vermitteln, einem Volk, das nie von dem Glauben abließ, sie wäre eine Zauberin.

Heute Abend war Asha an der Reihe, und sie unterhielt ihre Gefährten mit einer Story, die Lucas nur zu gut kannte.

»Also, diese hässlichen Arschlöcher hatten uns alle an Pfosten gebunden, okay? Und was macht Alpha? Er *jagt seine Energiepanzerung* mitten zwischen ihnen hoch! Auch wenn es uns alle gekocht hätte, wäre es nur wenige Fuß dichter an uns passiert.«

»Ich hatte diese Aktion präzise kalkuliert«, sagte Alpha.

»Ach Blödsinn«, entgegnete Lucas glucksend.

»Jedenfalls raffen wir uns auf und legen damit los, diese armseligen Mistkerle niederzumähen, die gar nicht wissen, was gerade passiert ist. Es waren wahrscheinlich um die fünfzig Leute, aber ich hab kurzen Prozess mit ihnen gemacht, während die beiden hier auf dem Erdboden ein Nickerchen einlegten. Leider hat der Anführer überlebt, und er hatte die Ausmaße eines Nashorns«, fuhr Asha fort.

Zeta starrte sie ausdruckslos an.

»Ah ja, so was kennt ihr nicht. Na ja, er war wirklich beschissen groß; mehr brauchst du nicht zu wissen. Er schlägt Lucas fast den Schädel ein, ehe ich ihm ein Messer in die Schulter ramme und ihm in die Hand schieße.«

»Verzeihung«, unterbrach Lucas sie, »ich denke, du lässt hier aus, wie ich ihm den Kopf mit einer Schrotflinte runtergepustet habe. Ehre, wem Ehre gebührt.«

»Dazu wollte ich noch kommen!«, rief Asha. »Aber ehe das passiert, fängt dieser Typ an und redet Norwegisch. Er erzählt uns, er wäre Lehrer gewesen. Ein Lehrer! Und jetzt ist er Häuptling eines Kannibalendorfs und unterrichtet Vergewaltigung und Leute fressen. Das müsste euch zeigen, wie kaputt unser Planet zum Ende hin war.«

»Ihr habt einige unglaubliche Geschichten«, fand Zeta und kaute dabei auf einem Stück geschwärztem Fleisch. Der Luxusliner verfügte zu ihrer aller großen Freude über eine umfassend ausgestattete Küche.

»Ja, einige sind wirklich unglaublich«, stellte Alpha ausdruckslos fest. »Und ich war dabei, als viele davon passiert sind.«

Asha hatte durchaus einen Hang zur Übertreibung.

»Möchtest du noch die Geschichte hören, wie du gefangen genommen wurdest und deine Idee von einer Lösung des Problems darin bestand, dich und eine ganze Raumstation mit einer Atombombe hochzujagen?«

»Hättet ihr auf mich gehört, wäre ich nicht hier, um diesen Spott über mich ergehen zu lassen«, antwortete Alpha. »Vergessen wir auch nicht, wer unseren schwerbewaffneten Freund hier überredet hat, dich nicht mitten in einem Aschekrater zu exekutieren.«

»Nun, er kann selbst von Glück sagen, dass ich ihm in Georgia keinen Kopfschuss verpasst hatte.«

Lucas schüttelte gereizt den Kopf. Es wurde deutlich, dass dieses Geplänkel noch einige Zeit dauern würde, obwohl es ihm tatsächlich in Erinnerung rief, wie sehr ihre Schicksale miteinander verflochten waren und wie oft sie sich gegenseitig den Rücken freigehalten hatten, seit dieses irrsinnige Abenteuer begonnen hatte.

Später am Abend hörte Lucas, wie sich ihm Alpha auf der Brücke näherte. Lucas war oft dort und starrte auf den hypnotischen blau-grünen Lichtschein des Raumzeittunnels. Er fand den Anblick beruhigend.

Alpha hielt etwas in der sechsfingrigen Metallklaue. Lucas erkannte es sofort.

»Toll! Das hatte ich schon ganz vergessen.«

Es war das Glasviereck, das Lucas in Omikrons verstecktem Safe an Bord des Speers gefunden hatte. Diesmal zeigte es sich nicht mehr blank, sondern leuchtete in einem matten weißen Licht, das seinem Mittelpunkt entsprang.

»Hast du …«, legte Lucas los.

»In einem freien Augenblick habe ich mir eine Gewebeprobe aus Kommandant Omikrons Leiche beschafft, die derzeit von soranischen Wissenschaftlern untersucht wird, um mehr über die Biologie der Schatten zu erfahren. Ich habe die Zellen ausreichend reanimiert, damit das [Kauderwelsch] die genetische Signatur erkannte und sich einschaltete. Seit es aktiviert wurde, konnte ich den Vorgang aufrechterhalten.«

»Was enthält das Ding?«, fragte Lucas und starrte in das weiße Licht.

Alpha stellte den Kubus auf die Armlehne des Kapitänsstuhls, und auf einmal flutete ein strahlendes Display aus xalanischen Symbolen den Sichtschirm vor ihnen.

»Vieles. Kommandant Omikron war tatsächlich viel älter, als ich ahnte. Er spricht hier von vielen Schlachten, die mehr als tausend Jahre zurückliegen. Er hat zum Beispiel an der Invasion Makaris teilgenommen.«

Lucas war sprachlos. Omikron war über tausend Jahre alt? Das konnte nicht möglich sein.

»Es scheint, dass die regenerativen Eigenschaften der Schattenkonversion das Leben unbegrenzt verlängern können. Und das ist eine wahrhaft beunruhigende Vorstellung.«

Das war es wirklich, und es bedeutete: Wenn weiter Schatten erzeugt wurden, dann würde ihre Anzahl erschreckend steigen.

»Ein Absatz ist mir besonders aufgefallen und scheint für unseren derzeitigen Einsatz relevant.«

Alpha hielt die Hand über das Viereck und navigierte auf diese Weise irgendwie durchs Display.

»Hier«, sagte er und stoppte den Durchlauf bei einer bestimmten Datei. »Obwohl mir klar ist, dass du einfaches Xalanisch verstehst, habe ich es zum leichteren Verständnis ins Englische übersetzt.«

Es war ein alter persönlicher Logbucheintrag. Er fing an zu lesen.

1124.32[945]

Der heutige Tag markiert einen Wendepunkt, den ich lange gefürchtet habe. Nun wird auch mein jüngster Sohn versuchen, den Konversionsvorgang zu überleben und ein Schatten zu werden. Die Wissenschaftler beharren darauf, nicht zu wissen, warum meine übrigen Kinder bei der Transformation gestorben sind.

Der Rat verlangt fortgesetzte Bemühungen, damit meine Kraft repliziert werden kann, und mir bleibt nichts anderes übrig, als meinen Nachwuchs weiter der Schlachtbank zuzuführen. Ich denke, dass die gefährlichen neuen Verstärkungen für das Scheitern verantwortlich sind, der Schub an Psikräften, mit denen sie diese neue Generation »erwählter« Schatten aufgerüstet haben. Sind ihnen Schnelligkeit, Kraft und unbegrenzter Heldenmut im Kampf nicht genug? Ich spüre, wie ich mich bei diesem Thema stärker vom Rat entferne, selbst wenn ich seit Jahrhunderten das Aushängeschild des Projekts bin.
Aber er ist stark, ungeachtet seiner jungen Jahre. Ich habe Vertrauen, dass er es durchsteht, dass er es verkraftet wie sein Vater vor all diesen Jahren auch. Und falls nicht? Es sind keine weiteren Kinder da, die mir der Rat nehmen könnte.

Alpha hatte Lucas einmal die Grausamkeit der Schattenumwandlung geschildert und davon gesprochen, dass nur ein Bruchteil der Testpersonen überlebten, aber zu lesen, wie Omikrons eigener Nachwuchs gezwungen worden war, den Versuch zu wagen, wirkte grausam. Lucas empfand tatsächlich ein klein wenig Mitgefühl mit der Kreatur, die sie verfolgt hatte.

1124.32[949]

Ich bin begeistert! Mein Sohn hat die Umwandlung überlebt. Es waren einige gefährliche Tage, aber trotz düsterer Prognosen hat er es geschafft. Er ist noch nicht wieder wach, und die Wissenschaftler machen ihre Tests. Sie äußern sich unzufrieden damit, dass er nicht erste Hinweise zeigt, ein Erwählter zu sein, aber es ist dumm von ihnen, den neuen Krieger zu übersehen, den sie geschaffen haben. Ich stelle mir vor, wie wir beide eines Tages als Gleichgestellte Seite an Seite kämpfen.

Wäre seine Mutter noch am Leben und Zeugin dieses bedeutsamen Ereignisses geworden, wäre sie so hochgestimmt wie ich. Ebenso seine Brüder. Er ist jedoch alles, was mir geblieben ist. Ich werde beginnen, ihn in den Wegen der Schatten auszubilden, sobald er aus dem Schlaf erwacht.

Er hatte überlebt? Fantastisch; alles, was sie brauchten, war ein weiterer Schatten von der Kraft Omikrons, der da draußen sein Unwesen trieb. Lucas las weiter.

1124.32[952]

Etwas … Verstörendes ist bei der Transformation meines Sohnes geschehen. Die Wissenschaftler können es nicht erklären. Eine Mutation, etwas, das im genetischen Code schiefgegangen ist. Wenn man mit ihm spricht, wird deutlich, dass sein Verstand zerbrochen ist. Er leidet an Wutanfällen und ist schon zweimal aus seiner Fesselung gebrochen. Seine Haut ist nicht schwarz geworden, sondern eher blutrot. Ich fürchte, sein Leiden könnte ein Schicksal schlimmer als der Tod sein.

1124.32[959]

Er ist heute ausgebrochen; sie konnten ihn nicht in der Einrichtung festhalten. Er ist riesig geworden, hat enorme Klauen bekommen und, noch seltsamer, Flügel. Diese unerwarteten Mutationen verleihen ihm große Macht, aber sein Verstand ist verloren. Bei der Flucht hat er das halbe Forschungsteam niedergemetzelt und, sobald er die Oberfläche erreichte, auch noch ein Dutzend Wachleute. Letztlich gelang es, ihn zu überwältigen, und er wird jetzt in einem undurchdringlichen Gewölbe festgehalten. Konstant blendend helles Licht hält ihn gebannt.

Der Rat möchte, dass er vernichtet wird, aber ich erlaube das nicht. Ich werde mit ihm arbeiten und seinen Verstand wieder zusammensetzen. Man stelle sich vor, seine Macht könnte nutzbar gemacht werden! Gut möglich, dass wir irgendwann doch noch Seite an Seite kämpfen.

Der Schänder war Omikrons Sohn. Kein Wunder, dass man ihn ausgewählt hatte, Jagd auf sie zu machen. Es war mehr als ein Auftrag. Es ging um Rache. Lucas blickte Alpha an und stellte fest, dass dieser nickte. Er las weiter.

1124.33[1003]

Nach Wochen der Therapie und der Fortschritte ist heute alles zusammengebrochen. Mithilfe dieser abscheulichen Flügel gelang es ihm, die Decke der Ausbildungshalle zu durchbrechen und zur nächsten Ortschaft zu fliegen. Als ich ihn einholte, hatte er die meisten dort schon abgeschlachtet, Männer, Frauen, Kinder – es waren Hunderte. Wir haben versucht, den Vorfall geheim zu halten, aber geflüsterte Gerüchte machten trotzdem die Runde. Die Einheimischen möchten die Ortschaft nicht mal mehr betreten; abergläubische Narren, die sie sind, betrachten sie sie als geschändeten Boden. Das Untier mit den Feueraugen nennen sie den »Schänder«. Das ist aus meinem Sohn geworden.

1124.33[1022]

Der Rat hat seine Entscheidung getroffen, und mein Sohn soll getötet werden. Obwohl das schon aufgrund seiner ungeheuren Macht unmöglich ist, werde ich nicht zulassen, dass sie es auch nur versuchen. Es geht ihm neuerdings besser. Er spricht zusam-

menhängend, kann meine Anweisungen verstehen und befolgen. Ich erhalte einen Eindruck von dem Sohn, von dem ich wusste, dass er in ihm verborgen liegt. Ich werde ihm helfen, ein letztes Mal zu fliehen. Xala überhaupt zu verlassen.
Makari. Das ist der richtige Platz für ihn. Er kann in den dortigen Dschungeln nach Herzenslust jagen, und sie werden ihn nie finden. Ich werde vorgeben, nichts von seinem Verbleib zu wissen. Ich muss vielleicht eine Verletzung vortäuschen, um glaubhaft zu machen, dass ich überwältigt wurde.
Ich glaube, dass sie mit der Zeit seine Macht erkennen und dann verstehen werden, dass er eine Waffe darstellt, die man benutzen, nicht zerstören sollte. Bis dahin muss er jedoch weit von hier fortgehen.

1124.33[1029]

Es ist vollbracht. Und wieder einmal bleibe ich allein zurück.

»Verdammt!«, sagte Lucas, als sich die Datei von allein schloss. »Als wenn wir ihn für noch gefährlicher halten müssten.«

»Vielleicht«, sagte Alpha. »Das hier könnte uns jedoch nützlich sein.«

Alpha öffnete die Datei erneut und tippte auf eine bestimmte Zeile.

Konstant blendend helles Licht hält ihn gebannt.

Lucas war so schockiert über die familiäre Beziehung gewesen, dass er das völlig übersehen hatte. Er erinnerte sich, wie die Kreatur, als sie auf Makari gegen sie kämpften, von in ihrer Nähe detonierenden Granaten desorientiert worden war.

»Das könnte sich als hilfreich erweisen«, meinte er. »Aber es ist ihm trotzdem gelungen, zu entkommen und einen ganzen Haufen Leute zu ermorden.«

»Dennoch«, sagte Alpha, »ist es mehr, als wir bislang wussten.«

Alpha, ewig auf der Suche nach Wissen. Hoffentlich half ihnen dieser spezielle Happen Informationen, wenn sie der Kreatur aufs Neue begegneten. Ob man den Schänder wirklich nach Xala zurückrufen würde?

Die zweiwöchige Fahrt fühlte sich wie eine Ewigkeit an, so lange sie dauerte, aber sobald sie dem Ziel nah waren, schien es eher, als wäre sie wie im Fluge vorübergegangen. In wenigen Stunden sollten die beiden Schiffe das Randsystem erreichen, und alle Gruppen an Bord trafen abschließende Vorbereitungen für die zweite Phase des Plans. Maston nahm gerade den größten Teil des Hauptsichtschirms ein und erzählte ihnen, was nun geschehen würde.

»Ihr werdet im System eintreffen, und ich kann mir nicht vorstellen, dass die Xalaner mehr als nur wenige Minuten später auftauchen. Die Mistkerle sind sehr pünktlich.«

Lucas wusste das seit ihrer letzten Konfrontation mit Omikron auch.

»Sobald sie auftauchen, steuere ich die *Valiance* aus dem Asteroidengürtel, wobei wir unser Signal maskieren. Wir stören die Kommunikation der Xalaner und setzen ihr Schiff außer Gefecht. Sie haben dann vielleicht schon euer Fahrzeug beschädigt, um es zu entern, aber das ist unwichtig. Solange wir am Schauplatz eintreffen, ehe sie durch euren Schiffsrumpf brechen, müsste alles planmäßig verlaufen.«

»Und dann machen wir sie alle fertig?«, fragte Asha skeptisch. Lucas war sich dieses nächsten Stadiums in ähnlicher Weise unsicher. Alpha meldete sich zu Wort.

»Sollten wir mit einem Schiff voller soranischer Lebensformen und nur zwei Xalanern auf Xala eintreffen, wird das Argwohn wecken. Wir müssen den größten Teil der Besatzung am Leben halten, vielleicht abzüglich einiger Todesfälle im Zuge einer denkbaren Auseinandersetzung beim Entern.«

»An diesem Punkt kommen wir ins Spiel«, sagte Maston. »Wir fluten ihr Schiff mit Gas, entern es und betäuben jeden, der noch auf den Beinen sein sollte. Denn geht es ab nach Xala.«

Das war der entscheidende Haken am ganzen Plan: die Fähigkeit Alphas und Mastons, sich untereinander zu koordinieren. Außerdem waren sie auf ein gewisses Maß an Glück angewiesen. Die Xalaner wurden vielleicht kopfscheu und düsten davon, ehe ihr Schiff erbeutet werden konnte. Oder sie hatten den Auftrag, ihre Beute einfach nur zu töten, und pusteten sie bei der ersten Begegnung weg. So hatten es Zetas Spione zwar nicht übermittelt, aber wer wusste das schon genau? Und vor allem anderen mochte Gott verhüten, dass jemand dem Schänder ein Raumschiff gegeben hatte.

Bei der Ankunft fanden sie sich wieder einmal in einem unbekannten Sonnensystem wieder. Die Randwelt, zu der sie angeblich flüchteten, wies kaum fünfzigtausend Einwohner auf. Es war ein frostiger kleiner Planet, den ihre Truppe wahrscheinlich nicht mal zu sehen bekam, wenn alles glattlief. In der Ferne schwebte eine mattrötliche Sonne, die den diagonalen Streifen der Milchstraße verdeckte.

Sie warteten schon ungefähr zwanzig Minuten auf den Angriff, während sie sich langsam zum Eisplaneten vorschoben. Das Abfangschiff würde auftauchen, so viel wussten sie, also wo blieb es? Lucas fühlte sich ohne Energiepanzerung nackt, aber das gehörte nun mal zur List, da sie angeblich keinen Angriff erwarteten. Die Komms blieben still; sie wollten schließlich nicht verraten, dass sich Maston mit der *Valiance* in der Nähe aufhielt.

»Vielleicht sind wir doch niemand Besonderes«, überlegte

Asha, als eine halbe Stunde verstrichen war. Der Eisplanet würde bald sichtbar sein.

»Sagst du«, feuerte Lucas zurück.

Die Stille war gespenstisch. Die wiederaufbereitete Luft an Bord des Liners fühlte sich allmählich dünn an, obwohl Lucas überlegte, dass er vielleicht einfach an Hyperventilation in einem frühen Stadium litt. Wieder mal schien es, als wollte ihn die Furcht niemals verlassen. Obwohl sie auch ein Gutes haben mochte, denn sie hatte wahrscheinlich dazu beigetragen, dass er so lange überlebt hatte.

Und dann tauchten sie auf.

»Die Messwerte deuten auf ein [Kauderwelsch]-Abfangschiff mittlerer Reichweite hin. Fünfzig, nein sechzig xalanische Lebensformen an Bord. Es kommt schnell näher.« Alpha rasselte die Informationen rasch herunter, während er die Datendisplays sichtete.

»Jesus, sie haben gleich die Kavallerie mitgebracht, wie?«, fragte Lucas. Man konnte ihnen nach dem, was auf der Arche geschehen war, kaum einen Vorwurf machen.

»Gib Gummi!«, kommandierte Asha. Lucas saß auf einem Kapitänsstuhl, der viel zu klein für einen Xalaner gewesen wäre, um das Schiff effektiv zu pilotieren. Er trieb den Energieausstoß des Triebwerks auf gefährliche Höhen, während sie durchs All Richtung Asteroidenfeld rasten. Es musste überzeugend aussehen.

Aber es war schon zu spät. Ein Energieimpuls spülte wie eine Flutwelle über sie hinweg, und Lucas spürte, wie sich ihm die Haare aufrichteten, als sie durchs Schiff lief. Die Beleuchtung fiel aus und wurde durch eine Notbeleuchtung ersetzt, die alles in mattes Blau tauchte.

»Vorsicht!«, sagte Alpha, und Sekunden später bebte das ganze Schiff, als sich etwas an dessen Rumpf heftete. Zeit, die Funkstille zu brechen.

»Maston!«, brüllte Lucas in die Komm. Keine Antwort.

Sie mussten das Abfangschiff mit Gas fluten, ehe ihre eigenen Luftschleusendichtungen geknackt wurde, oder …

Eine blitzende Anzeige verriet, dass die Xalaner schon an Bord waren.

»Gottverdammt!«, schrie Asha. »Abwehrpositionen!«

Alle vier packten ihre Waffen und suchten hinter den unzähligen im Raum verteilten Konsolen Deckung. Die Bordkameras waren offline. Nur das leichte Klicken von Krallen auf dem Metallboden gab Hinweis darauf, dass jemand kam. Das erinnerte Lucas an das letzte Gefecht auf der Arche, obwohl seine Gruppe diesmal keine Energiepanzerungen hatte und nicht auf den Weg zum Sichtschirm als letzte Zuflucht zurückgreifen konnte.

»Wir sind da«, meldete sich Maston endlich über die Komm. »Wir haben einen Gesteinstreffer eingesteckt und wurden dadurch aufgehalten.«

»Sie sind schon an Bord!«, rief Lucas.

»Scheiße«, sagte Maston. »Achtung, wir setzen sie außer Gefecht.«

Auf dem Sichtschirm war jetzt die heranbrausende *Valiance* zu sehen, nachdem sie mit einem großen neuen Riss im Rumpf aus dem Asteroidengürtel aufgetaucht war. Sicherlich heulten auf dem xalanischen Schiff die Alarmsirenen, als das riesige SVI-Fahrzeug sichtbar wurde. Ob sich die Xalaner zurückzogen?

Ein runder Metallgegenstand landete neben Lucas. Die Sekunde, die er für die Erkenntnis brauchte, was das war, kam ihn beinahe teuer zu stehen. Er beförderte die Granate mit einem Tritt zur gegenüberliegenden Seite des Raums. Sie detonierte in einem Blitz und brannte ihm in den Augen, aber wäre sie direkt neben ihm hochgegangen, hätte sie ihn durchaus permanent blenden können.

Asha steckte den Kopf aus der Deckung und jagte dem ersten

Xalaner, der den Raum zu betreten wagte, eine Kugel durch den Kopf. Alpha streckte einen weiteren mit der Energiepistole nieder. Lucas erkannte die schnittigen schwarzen Panzerungen und das Symbol darauf wieder. Paragone. Xalas tödlichste Soldaten. Er hätte nichts weniger erwarten dürfen.

Ein weiterer Blitz, und diesmal konnten sie nicht mehr reagieren. Xalaner schwärmten in den Raum, und sobald Lucas wieder etwas sehen konnte, stand einer direkt vor ihm und schwang eine große Metallstange, an der elektrischer Strom entlang prasselte. Also hatten sie den Befehl, ihre Beute gefangen zu nehmen, nicht zu töten. Trotz der Festlegung beider Seiten auf nichttödliche Taktiken wusste Lucas, dass ein paar Leichen in Frage kamen.

Er schnitt den Soldaten mit Natalies Schroteinstellung in zwei Hälften, drehte sich um und sah, wie Asha einen nahen Xalaner entwaffnete, indem sie ihm mit dem Schwert beide Arme abtrennte.

Ein erneuter Blitz, und Lucas lag mit schneidenden Schmerzen in den Augen am Boden. Die Xalaner trugen getönte Visiere und blieben von den Granaten unbeeinflusst. Lucas' Blick klärte sich wieder, und er sah, wie Soldaten Zeta und Alpha zu überwältigen versuchten. Lucas konnte einen Schuss auf jemanden abfeuern, der gerade Zeta ergreifen wollte, und der Soldat fiel von ihr herunter. Leider traten zwei weitere sofort an seine Stelle.

Asha war in eine Ecke gedrängt worden, wo sie in einem fort Betäubungsschlagstöcke durchtrennte, die der messerscharfen Kante ihres Schwerts nicht gewachsen waren. Auf einmal umfasste eine Lichtdetonation ihren Kopf, und sie ging auf der Stelle bewusstlos zu Boden, aber hoffentlich nicht tot. Lucas kämpfte sich auf die Beine.

»Maston!«, brüllte er in die Komm.

»Zu spät, um die Xalaner einzudämmen«, erfolgte die Antwort. »Wir müssen beide Schiffe fluten.«

Lucas stürmte zu Asha hinüber und rammte einem Soldaten, der sie gerade aufheben wollte, das Messer in eine Ritze der Panzerung. Etwas versetzte ihm von hinten einen Stoß, und er krachte mit dem Kopf voran an die Wand. Als er zusammenbrach, fand er sich mit der Nase vor einer Ventilationsöffnung wieder. Gelber Dampf strömte daraus hervor, und Lucas schwanden innerhalb von Sekunden die Sinne. Er spürte nicht mal, wie die Xalaner auf ihn einschlugen, aber schon bald fielen sie neben ihm um.

22

Lucas erwachte durch einen stechenden Schmerz im Arm. Er blickte auf und sah, wie Kiati eine Nadel aus seiner Schulter zog. Ein unbeherrschbarer Hustenanfall schüttelte ihn.

»Raus aus den Federn«, sagte sie, stand auf und beugte sich wenige Fuß entfernt wieder vor. Lucas drehte sich auf die Seite und sah, wie sie Asha einen ähnlichen Cocktail verabreichte. Sie wurde wach und bekam ebenfalls einen Hustenanfall. Lucas spürte ein Brennen in der Lunge und eine Unzahl neuer blauer Flecken am Oberkörper.

Er setzte sich auf, sah sich um und erkannte die Bauweise sofort wieder. Sie waren an Bord des xalanischen Schiffs. In der Nähe waren Gardesoldaten damit beschäftigt, die schlaffen Gestalten von Xalanern, die ihrer Paragonrüstungen beraubt waren, hinaus auf den Korridor zu schleppen.

»Was geht hier vor?«, fragte er groggy. Asha hustete noch immer.

Kiati streckte den Arm aus und half Lucas auf die Beine.

»Wir mussten euch eine Zeit lang schlafen lassen, ehe wir euch nach der Gaseinwirkung wieder wecken konnten. Zu schnell, und euer Nervensystem wäre durchgeschmort.«

»Wohin bringt ihr die?«, fragte er und deutete auf die Gestalten, die aus dem Raum gebracht wurden. Der Raum, in dem er lag, schien eine Art Lagerhalle zu sein.

»Zeit, sie alle für die Dauer unserer Fahrt in Schlaf zu legen. Sie kommen in die Kryokapseln weiter oben. Sie werden am Leben sein, aber bewusstlos, solange wir uns hier aufhalten. Wir exekutieren sie, sobald wir Xala erreicht haben.«

Asha war endlich wieder zu Atem gekommen.

»Also ist alles gut gelaufen, obwohl ihr zu spät gekommen seid?«

»Gib nicht uns die Schuld«, entgegnete Kiati barsch. »Versuch du mal, pünktlich zu sein, wenn ein irrlaufender Asteroid dir ein Triebwerk zerschlagen hat.«

Alpha trat ein, nachdem man ihn wiederbelebt hatte. Auch er wies zahlreiche blaue Flecken auf, einige davon im Gesicht.

»Ich habe über Funk eine Falschmeldung über unseren ›Erfolg‹ abgesendet. Man glaubt auf Xala, dass der Einsatz abgeschlossen wurde und wir auf dem Rückweg dorthin sind. Zeta hat an ihre Agenten auf der Heimatwelt weitergegeben, was tatsächlich passiert ist. Sie werden uns dort helfen, auf dem Planeten einzusickern.«

Lucas versetzte einem niedergestreckten Paragon einen leichten Tritt.

»Wie sehen die Zahlen aus?«

Alpha blickte auf eine Anzeige. »Fünf Xalaner wurden bei ihrem Versuch getötet, uns gefangen zu nehmen. Akzeptabel. Glaubhaft.«

Er tippte ein paar weitere Tasten.

»Neben dir und Asha nehmen wir vier Gardesoldaten mit, darunter Kommandant Maston.«

»Und mich eingeschlossen«, sagte Kiati. Sie behandelte gerade eine Beule an Lucas' Kopf.

»Nur vier?«, fragte Asha, die endlich wieder zu Atem kam. »Wir haben doch auf der *Valiance* eine ganze Schiffsladung.« Sie deutete zum Bullauge, durch das der SVI-Kreuzer zu sehen war.

»Vier könnten bedeuten, dass euch eine kleine Eskorte auf eurer Flucht begleitet hat und ebenfalls gefangen genommen wurde. Mehr Soraner würden Argwohn wecken. Diese Infiltration soll eine taktische Aktion sein, kein offener Angriff, der gewiss zum Scheitern verurteilt wäre.«

Also waren sie zu acht. Gegen ganz Xala. Lucas schüttelte den Kopf, sehr zu Kiatis Verdruss. Er blickte in ihre strengen bläulich-grünen Augen, während sie einen Schnitt auf seiner Stirn mit einem Gel abdichtete.

»Du hast dich freiwillig gemeldet?«, fragte er.

»Im besten Fall werde ich eine Heldin sein«, antwortete sie. »Im schlimmsten Fall sehe ich einen alten Freund wieder.«

Ehe Lucas dazu etwas sagen konnte, meldete sich Maston über die Komm.

»Kommt herunter«, sagte er. »Wir haben hier etwas, das ihr sehen müsst.«

»Heilige Scheiße!«, sagte Lucas und blickte dabei auf die Kreatur hinab, die auf dem Boden der Gefechtskommandozentrale lag. Der Xalaner trug eine leichte Plattenpanzerung und hielt eine furchterregend wirkende Pistole in der Hand. Seine Haut war so schwarz wie das Weltall draußen.

»Ich hätte ahnen sollen, dass sie einen Schatten entsenden«, überlegte Alpha. »Sie wollten wohl nichts dem Zufall überlassen.«

Asha zog ihre Magnum, baute sich neben dem Schatten auf und zielte auf dessen exponierten Kopf.

»Wir dürfen kein Risiko mit diesem Ding eingehen«, erklärte sie.

Ein panischer Alpha stürmte heran und schlug die Pistole mit der Metallklaue zur Seite. Asha funkelte ihn an.

»Das kannst du nicht machen! Ich habe die Verlustrate schon nach Xala übermittelt.«

Er tippte auf ein paar Steuerungselemente auf einem nahen Holotisch.

»Darüber hinaus wurde dieses Schiff mit seiner Signatur versehen. Er ist der Operator. Wenn wir ihn jetzt umbringen, wird man auf Xala bemerken, dass ein Schattenkapitän ums Leben gekommen ist, obwohl die Gefangenen angeblich sicher und bewusstlos auf einem Schiff voller Paragone verwahrt sind. Sie werden nicht glauben, dass das möglich ist, ohne dass falsches Spiel vorliegt. Wir müssen ihn ebenso wie die anderen sichern.«

Maston blickte Alpha an.

»Ich sage das nicht gern, aber er hat recht.«

Asha senkte widerstrebend die Waffe.

»Seid ihr sicher, dass ihr dieses Ding für die gesamte Fahrt bewusstlos und sicher festhalten könnt? Was, wenn Dornröschen zu sich kommt, weil ihr die richtige Gasdosierung nicht kennt, die ihn bewusstlos hält?«

»Uns bleibt nichts anderes übrig, aber ich werde ihn jederzeit überwachen, um sicherzustellen, dass er nicht zu Bewusstsein gelangt.«

»Jemand möge mir bitte mit diesem verdammten Ding helfen«, sagte Maston, als er sich über die Kreatur beugte. Lucas tat das Gleiche, und zwei Soldaten packten am anderen Ende die Beine. Der Schatten musste vierhundert Pfund schwer sein, und Lucas trug als Einziger eine muskelunterstützende Energiepanzerung. Als er hinabblickte, sah er beunruhigt, wie sich die Pupillen der Kreatur unter den Augenlidern bewegten. Wovon träumten Schatten wohl?

Es war so weit: ihre abschließende Fahrt in den fast sicheren Tod. Die *Valiance* war abgereist und damit natürlich auch ihre Crew. Nur die acht streiften noch durch den beengten xalanischen Abfangkreuzer und bereiteten sich auf das vor, was kam.

Lucas saß an eine Munitionskiste in der Waffenkammer gelehnt und putzte Natalie zum zwanzigsten Mal. Neben den ganzen xalanischen Waffen hier hatte die *Valiance* sie mit allem vollgepackt, was sie brauchten, um ins xalanische Oberkommando einzusickern. Insgesamt deutlich mehr Waffen, als sie tragen konnten. Dazu für jeden ein Tarnanzug und noch einer in Reserve. Seltsame Gerätschaften, die Lucas im Zuge seiner Gardeausbildung nicht kennengelernt hatte.

Ihm gegenüber saßen die beiden Glückspilze, die sich neben Kiati und Maston ihrem Angriffsteam angeschlossen hatten, und sichteten ihre potenzielle Hardware. Es waren noch etliche Wochen bis Xala, aber vermutlich würden sie jeden Tag mit Vorbereitungen zubringen.

Eine der beiden hieß Reyes, eine junge braunhäutige Frau, deren rechte Schläfe rasiert war, während auf der Schädeldecke sonst üppige schwarze Locken wuchsen. Sie war eine genetisch maßgeschneiderte taktische Attentäterin, die man speziell für diese Mission eingeflogen hatte. Sie prahlte von Zielen, die sie schon auf ganz Sora und in der Tiefe des Alls umgebracht hatte. Einmal, so behauptete sie, hatte sie die gesamte Crew eines xalanischen Spähschiffs ausgeschaltet, ehe die erfuhr, dass Reyes überhaupt an Bord war. Seitdem nannte man sie »den Flüsterton«.

Der andere war ein schlaksiger kahlköpfiger Mann namens Kovaks. Er schien viel dünner als die meisten männlichen Gardisten, aber man hatte ihn wegen seiner Fähigkeiten zu Infiltrationen rekrutiert. Er war Meisterdieb gewesen, ehe man ihn schnappte und zwangsweise zur SVI schickte, wo man ihm beibrachte zu töten, statt zu stehlen. Er war einer der wenigen Gardisten, die nicht tankgezüchtet waren. Zudem gehörte er zu den wenigen, die lebend vom Einsatz auf Makari zurückgekehrt waren. Falls man beim Angriff auf den Raumhafen in irgendeinem dunklen Winkel einen toten Xalaner gefunden hatte, trug Kovaks vermutlich die Verantwortung dafür, hatte er Lucas erzählt.

Kovaks und Reyes wetteiferten richtig miteinander, wenn es um Erzählungen ging, wen sie schon alles umgebracht hatten. Schnell rückten sie auch damit heraus, dass beide im Krieg Familienangehörige verloren hatten: Kovaks einen Bruder, Reyes ihre Eltern. Beide nutzten nur zu gern die Gelegenheit, sich diesem Einsatz anzuschließen, sobald sie von dessen Bedeutung erfuhren.

Lucas schloss die Wartung Natalies ab und stieg ein Deck tiefer, um seine Unterkunft aufzusuchen. Er hörte Schritte weiter unten auf dem Gang und entschied sich, ihnen auf den Grund zu gehen.

Er suchte sich seinen Weg zum Schlafdeck, wo die über fünfzig Xalaner auf Eis lagen. Maston starrte eine spezielle Schlafkapsel an. Als Lucas näher heranging, sah er, welche das war.

»Siehst du dem Tod ins Gesicht?«, fragte Lucas. Maston betrachtete den bewusstlosen Schatten, der sicher untergebracht unter Glas schlief.

»Wäre nicht das erste Mal«, sagte Maston. »Als ich zuletzt einem Schatten so nahe war, hat er mich beinahe umgebracht.«

»Gilt auch für mich«, sagte Lucas. »Wir gehören einem sehr kleinen Club an.«

Lucas blickte rechts und links an den Reihen aus Kapseln entlang.

»Ich wollte ihnen die Sauerstoffzufuhr abschneiden, bis sie hirntot sind«, sagte Maston. »Dann hätten wir uns gar keine Gedanken um sie mehr machen müssen.«

»Und?«, fragte Lucas.

»Alpha sagt, diese Kapseln würden nach einer solchen Maßnahme nicht ausreichen, um die vitalen Funktionen zu erhalten. Die Gefangenen würden dann spezielle Tanks oder so was benötigen«, antwortete Maston. Er drückte die Finger gegen das Glas. »Wie es wohl ist, wenn man über solche Macht verfügt?«, fragte er und starrte auf den Schatten dahinter.

»Ich weiß nicht«, antwortete Lucas, »vermute aber, dass es furchterregend wäre. Ich wäre ungern eine speziell gezüchtete Killermaschine. Du nicht auch?«

Maston lachte.

»Oh, ich weiß nicht, die meisten Gardisten sind ganz gut angepasst.«

Lucas schüttelte den Kopf.

»Das ist nicht das Gleiche. Sie sind nicht wie diese Dinger. Ich denke, man muss seine Seele eintauschen, wenn man so stark werden will.«

»Aber um für deine Heimat zu kämpfen, um die zu verteidigen, die du liebst, würdest du dafür nicht so einen Handel abschließen?«, fragte Maston.

Lucas überlegte eine Minute lang.

»Ich vermute, ich täte es vielleicht«, antwortete er wahrheitsgemäß. Die Augen des Schatten bewegten sich nach wie vor unter den Lidern. Lucas spürte auf einmal, wie er starke Migräne bekam, und wich einen Schritt weit zurück.

»Ich bin ein Stück den Gang hinunter«, sagte er. »Diese Kammer ist gruselig.«

Maston kommentierte das nicht, und Lucas ließ ihn zurück, wo er weiter in die Kapsel starrte.

Wenn Lucas ans Ziel dieser Reise dachte, fühlte er sich schon unbehaglich, aber bald wurde deutlich, dass ihm auch der Schlaf keinen Trost spendete. Schlechte Träume waren nichts Neues für ihn; er erlebte sie seit den Erfahrungen auf der Erde überreichlich. Aber das hier war etwas … anderes.

Das hier ging über Albträume hinaus und flößte ihm reines und unverfälschtes Grauen ein, sodass er in manchen Nächten schreiend aufwachte, in kalten Schweiß gebadet. Manchmal mehrmals in einer einzigen Nacht.

Es waren keine Erinnerungsblitze oder seltsamen Träume, die einer Interpretation offenstanden. Sie waren einfach durch und durch grauenerregend. In einem Traum sah sich Lucas auf einem Tisch angeschnallt, wo er von Alpha, der blutverschmiertes Operationsgeschirr führte, viviseziert wurde. Wenn Lucas an sich herabblickte, sah er die eigenen inneren Organe in Krämpfen, und jeder neue Schnitt brachte eine Woge frischer Schmerzen mit sich, die er ungeachtet des Schlafzustands spürte, als wenn sie ihm wirklich zugefügt würden.

In einer anderen Nacht sah er sich gezwungen, dazusitzen und zuzusehen, wie Paragonsoldaten sein Haus in den Außenbezirken von Portland stürmten. Dort rissen sie seiner Exfrau Sonya und seinem Sohn Nathan methodisch ein Glied nach dem anderen aus, ehe sie das ganze Haus in Brand steckten. Lucas war gelähmt, während ihn das Feuer verzehrte, und er spürte jeden einzelnen Quadratzentimeter Haut, als er verbrannte.

In der heutigen Nacht war es anders. Er fand sich im Palast auf Sora wieder und spazierte durch leere Gänge, wo normalerweise geschäftiges Treiben herrschte. Nach jeder Abzweigung sah er sich einem identischen Flur gegenüber, und er hatte keine Ahnung, wohin er ging. Aber es waren keine Schmerzen im Spiel und keine wilden Xalaner in seiner Nähe. Was war hier los?

Lucas ging ein abschließendes Mal um eine Ecke und sah einen in Blut gestrichenen Korridor vor sich. Es war exakt die gleiche Szene, wie er sie in der Nacht von Tulwars Flucht vor der Unterkunft Talis Vales' angetroffen hatte. Leichen lagen auf dem Boden, und Lucas machte große Augen, als er sie erkannte.

Corinthia Vale war vom Brustbein bis zum Hüftknochen aufgeschnitten. Neben ihr lag Silo, dem die ganze untere Körperhälfte fehlte. Kiatis Leiche lag in der Nähe, der Kopf ein paar Fuß weiter entfernt. Tannon hatte jemand mit aufgeschnittenem Hals über Talis drapiert, die selbst von Einschusslöchern übersät war.

Neben ihr starrte Malorious Auran, mit Stichwunden bedeckt, ausdruckslos an die Decke.

Lucas ging weiter und planschte dabei durch Blut, das wie Regen zu Pfützen zusammenlief. Wie in jener Nacht war auch diesmal die Tür zermalmt und aus den Angeln gerissen worden. Er stieg über sie hinweg und betrat den Raum, wo ein Schock wie ein Stromstoß durch sein Rückgrat jagte, als er zwei weitere Opfer entdeckte. Der kleine Noah lag am Boden und klammerte sich an Erik. Keiner von beiden war mit Blut bedeckt, aber beider Haut wies eine groteske Blauschattierung auf. Lucas sank weinend auf die Knie. Er konnte sie nicht wiederbeleben, und sie lagen wie Marmorstatuen da, die Gesichter in Grauen erstarrt.

Ein Stück vor ihm wackelte Talis' Bett. Lucas kroch an den beiden kleinen Leichen vorbei und kam langsam auf die Beine. Dort zwischen den vier Pfosten sah er Asha und Maston, nackt und sehr lebendig. Lucas klappte der Mund auf, als er sah, wie sich die beiden hin und her wanden, wie sie die Muskeln spannten, flach atmeten, ihm keinerlei Beachtung schenkten. Beide waren nass von Blut, wie auch das Laken unter ihnen, und Lucas wusste, dass es nicht ihr Blut war. Ringsherum lagen abgelegte Waffen. Schwerter, Pistolen, Gewehre, Messer.

Blind vor Wut hob er ein Kampfmesser von der Bettkante und warf sich auf die beiden. Er stieß Asha von Maston herunter und rammte diesem die Klinge in den Hals. Er riss sie heraus und drehte sich zu Asha um, die das Messer wegschlug. Lucas war zu wütend, um sich darum zu scheren. Er schlang Asha die Hände um den Hals und warf sie aufs Bett. Er drückte so fest zu, wie er konnte; sie war so glitschig von dem Blut auf der Haut, dass er drohte abzurutschen.

»Warum?«, brüllte er. »Warum?«

Obwohl sie gewürgt wurde, lächelte Asha einfach nur, während er sie schüttelte. Neben ihnen spritzte aus Mastons Hals das Blut, trotzdem lachte er wie wahnsinnig.

»Warum?«, schrie Lucas. Ashas Lächeln wurde nur breiter.

Lucas spürte, dass etwas gegen seinen Schädel knallte. Schmerzen schossen ihm durch die Schläfe und prallten immer wieder innerhalb des Schädels ab.

Er kam auf dem Schiff zu sich.

Asha funkelte ihn an und atmete schwer. Sie rieb sich den Hals, und ungeachtet der Dunkelheit erkannte Lucas die bösen roten Abdrücke von Fingerform daran.

»Was …«, legte er los. »Ich habe doch nicht …«

»Du hast was nicht?«, schrie Asha gellend. »Versucht, mich im Schlaf zu ermorden?«

Sie schlug ihm heftig ins Gesicht, dass ihm der Kopf in den Nacken flog und er Sterne sah. Es war klar, dass er das verdient hatte. Er versuchte, sich zu erklären, während er das Blut wegwischte, das ihm aus der Nase rieselte.

»Ich hatte einen Albtraum. Es war …«

Aber sie stürmte schon aus der Kabine und nahm dabei den größten Teil des Bettzeugs mit.

Als es schließlich Morgen wurde, zumindest behaupteten das die Borduhren, nicht das Licht draußen, marschierte Lucas zu Alphas Unterkunft. Die Kreatur öffnete ihm und schien gereizt.

»Etwas geht hier vor«, erklärte Lucas rundheraus.

»Wovon redest du?«, fragte Alpha und rieb sich den Kopf. Lucas sah, wie sich rote Adern durch die normalerweise pechschwarzen Augen zogen.

»Ich habe Albträume. Richtig schlimmen Scheiß. Sie gehen so tief, dass ich die Schmerzen in ihnen spüre. In dieser Nacht wurde ich wach, als ich gerade Asha zu erwürgen versuchte.«

Alphas gerötete Augen wurden größer.

»Ich werde von ähnlichen Schrecknissen geplagt. Ich dachte, nur ich würde daran leiden. Das … ist kein natürliches Phänomen. Das kann nicht sein.«

Alpha wandte sich ab und ging tiefer in sein Quartier. Es war ein Serverraum voller elektrischer Schaltungen und Hologramme, die aufleuchteten, wenn er an ihnen vorbeiging. In einer Ecke lag ein Nest aus Decken. Lucas rechnete fast damit, Zeta darin vorzufinden, aber Alpha war wohl zu sehr Gentleman.

»Bist du sicher, dass es nicht einfach am Stress dieses Selbstmordeinsatzes liegt?«

Alpha schüttelte den Kopf. Er durchsuchte einige Displays an einer nahen Steuerungstraube.

»Das glaube ich nicht. Die Bilder sind dermaßen eindringlich, dass sie mir als absichtlich implantiert erscheinen.«

»Was hast du gesehen?«, fragte Lucas.

»Vieles«, antwortete Alpha, und Lucas glaubte, ihn leicht zittern zu sehen. »Ich habe gesehen, wie meine Familie vor meinen Augen abgeschlachtet wurde. Ich habe gesehen, wie Zeta vom Schänder ausgeweidet wurde. Ich …«

Er brach ab und blickte Lucas an.

»In dieser Nacht wurde ich durch die Straßen Elyrias gezerrt, um auf dem zentralen Platz hingerichtet zu werden. Es waren … du und Asha, die das Urteil vollstreckten. Ich habe die Geschosse in die Brust eindringen gespürt, als würde es tatsächlich in dem Moment passieren.«

»Warum sollten wir beide dermaßen wirre Träume haben?«, fragte Lucas.

Alpha rief das Bild der Schlafkapseln in einem schwebenden Display auf. Er zoomte eine Gestalt heran.

»Ich vermute, dass wir einen Erwählten Schatten transportieren.«

Wenige Stunden später hatte Alpha die Rumpfbesatzung in der Gefechtskommandozentrale versammelt. Den abgehärmten Gesichtern in der Gruppe war deutlich zu entnehmen, dass kaum jemand in jüngster Zeit viel Schlaf gefunden hatte. Nachfragen brachten ans Licht, dass jeder an Bord an der gleichen Art grauenhafter Träume litt. Da alle anderen jedoch allein schliefen, hatte niemand sonst versucht, seinen Zimmergefährten umzubringen.

Asha sprach endlich wieder mit Lucas, wenn auch nur in knappen Worten, und es waren durchgängig finstere Blicke, die sie ihm dabei zuwarf.

»Was hast du gesehen?«, fragte er sie.

»Ich möchte nicht darüber reden«, antwortete sie kalt. Lucas konnte sich nicht viel Schlimmeres vorstellen als das, was ihm zugemutet worden war, aber wer wusste das schon? Er konnte nach wie vor das Bild von ihr und Maston und dem Leichenberg, zu dem die eigenen Kinder gehörten, nicht abschütteln. Es hatte sich in ihm dermaßen festgesetzt, dass es unmöglich schien, sich je wieder davon befreien zu können.

»Möchten Sie damit sagen, dass uns dieses Ding die Bilder ins Bewusstsein speist?«

Es war die Frau, Reyes, die diese Frage gestellt hatte, der »Flüsterton«. Sie hatte so dunkle Ringe unter den Augen, dass sie fast wie eine Kriegsbemalung aussahen.

»Ein Erwählter Schatten hat telepathische Fähigkeiten, deren volles Ausmaß bislang unbekannt ist. Aufgrund unserer kollektiven Symptome scheint dies jedoch die wahrscheinlichste Antwort.«

Der Mann, Kovaks, rieb sich die Augen.

»Besteht eine Möglichkeit, das zu unterbinden? Wir können so nicht trainieren.«

Lucas fragte sich, was für Albträume Karriereattentäter wohl haben mochten.

Zeta meldete sich zu Wort. Sie wirkte weniger erschöpft als die anderen, aber das hieß nicht viel. Vielleicht war das, was sie in Gefangenschaft ertragen hatte, schlimmer als jedes Grauen, das ein Schatten ihr zeigen konnte.

»Alpha und ich werden versuchen, eine chemische Verbindung zu entwickeln, die wir in die Ventilation der Schlafkapsel einspeisen können, um seine Hirnwellen zu unterbrechen. Obwohl das ein paar Risiken mit sich bringt. Zum Beispiel, dass wir ihn vielleicht wecken.«

»Es ist das Risiko wert«, sagte Asha mit verschränkten Armen. Sie war schon einmal durch Visionen, ausgelöst von xalanischer Technik, in den Wahnsinn getrieben worden; sie war entschlossen, das nicht noch mal zu erleben.

»Warum tut er das überhaupt?«, wollte Kiati wissen, die zorniger als sonst wirkte.

»Ich glaube, er zeigt uns Visionen, beruhend auf den größten Ängsten, die tief in unserem Unterbewusstsein verankert sind. Das würde die … ausgeprägt persönliche Natur dieses Grauens erklären«, sagte Alpha. »Es ist die einzige Möglichkeit, uns zu quälen, die er in seiner derzeitigen Verfassung hat, ohne Zugriff auf seinen stofflichen Körper.«

»Und wir können seinen stofflichen Körper wirklich nicht ein für allemal beseitigen?«, fragte Lucas.

»Nicht, ohne Xala sofort zu alarmieren, dass an Bord etwas nicht stimmt.«

Maston hatte sich bislang gar nicht am Gespräch beteiligt.

»Wenn er sie mir noch ein einziges Mal zeigt, verliere ich die Beherrschung«, erklärte er. »Ich reiße ihm das telepathische Gehirn aus dem Schädel und werfe es zur Luftschleuse hinaus.«

»Das wäre unklug«, entgegnete Alpha gelassen.

»Dann tue es«, knurrte Maston. »Unterbinde das, oder ich mache es.«

Alpha und Zeta konnten es jedoch nicht aufhalten. Im Grunde nicht. Die Verbindung, die sie in ihrem Labor für irre Wissenschaftler zusammenbrauten, weckte die Kreatur nicht, gebot aber auch den Träumen keinen Einhalt; es verlangsamte nur deren Produktion. Die Albträume stellten sich immer noch ein, die Schmerzen fühlten sich immer noch echt an, wenn auch nur noch in wenigen Nächten pro Woche. Es stellte keine echte Lösung dar, wirkte aber wenigstens lindernd, als eine Art Verband.

Lucas verlor seine Zimmergenossin endgültig, als Asha eines Nachts aufwachte und ihm beinahe den Hals aufschlitzte, ehe sie zu sich kam. Sie nannten es ein Unentschieden, aber ernstere Maßnahmen mussten ergriffen werden.

In jeder Nacht waren seitdem alle an Bord in ihren Kabinen eingeschlossen, ohne Zugriff auf Waffen, mit denen sie sich selbst oder andere hätten verletzen können.

Es war schlicht und ergreifend Folter. Eine mental zusammengebastelte Hölle, der sie nicht zu entrinnen vermochten. Lucas fühlte sich mehr als einmal versucht, das Glas zu durchschlagen und dem Schatten den Kopf abzuschneiden, aber er hielt sich zurück. Auch Maston gelang das, ungeachtet der zuvor ausgestoßenen Drohungen.

Beide waren heute auf dem Frachtdeck und sahen zu, wie Asha und Reyes einen Sparringkampf austrugen. Asha führte ihr treues Schwert mit der schwarzen Klinge und Reyes zwei krumme Silbermesser, die wundersamerweise aus einem Material bestanden, das Ashas Klinge nicht durchschlagen konnte. Die beiden wirbelten wie der Wind umeinander, und metallisches Klirren hallte durch den Raum. Kiati und Kovaks zerbrachen sich in einem Winkel über virtuellen Bauplänen des Zentralkommandos strategisch die Köpfe. Das Training bot ihnen allen die Möglichkeit, die von den Albträumen erzeugte Wut abzubauen, und die Planungen bündelten die Gedanken, richteten sie auf andere Ziele und stellten sie vor Probleme, die sie lösen konnten. Im Augenblick taten Lucas und Maston aber beides nicht.

»Was zeigt er dir?«, fragte Lucas. Das war eine gefährliche Frage, da er Maston nicht auf die Palme bringen wollte. Dieser schien heute jedoch weniger zornig und wirkte einfach nur erschöpft.

»Cora«, antwortete er. »Es ist immer Corinthia. Gefoltert, verstümmelt, zusammengeschlagen, vergewaltigt, zerstückelt. Es ist unerträglich.«

Er drückte sich die Handflächen an die Stirn.

»Warum sie?«, fragte Lucas.

»Ich habe sonst niemanden«, sagte Maston. »Es gab nur sie. Ich habe mir aus keiner anderen Person je so viel gemacht. Das werde ich auch nie.«

Er starrte in die Halle hinaus, als Reyes gerade ausholte und Ashas Kehle um einen Millimeter verfehlte.

»Und schlimmer noch: Stets ist es Tulwar. Er hat dieses abgeklärte Lächeln, während er die Gräueltaten verübt. Und ich dringe nie zu ihm vor. Kann ihn nie umbringen. Sobald ich ihm nahe komme, treibt er einfach davon und kehrt erst in der folgenden Nacht zurück, und alles beginnt von vorn.«

»Es tut mir leid«, sagte Lucas.

Maston verschränkte die Hände.

»Nicht so leid, wie es diesem Ding in der Sekunde tun wird, in der wir es nicht mehr lebend brauchen.«

»Ich meinte: Ich bedaure die Geschichte mit Tulwar. Mir tut leid, dass wir ihm den Sieg überlassen haben.«

Maston warf abschätzig die Hand hoch.

»Wir haben ihm einen Scheiß überlassen. Er hat uns ausgespielt, und er hat es gut gemacht. Wir alle haben ihn unterschätzt, schon ehe ihr aufgetaucht wart.«

»Hätte ich damals in Rhylos hingenommen, dass du ihn umbringst …«, sagte Lucas.

»Cora wäre trotzdem tot.«

»Und wenn Asha und ich gar nicht erst aufgetaucht wären?«

Maston schwieg eine Minute lang. Dann zwei. Man hörte in der ganzen Halle nur das metallische Klirren vor ihnen. Wie es aussah, wurde Asha wirklich auf Herz und Nieren geprüft.

»Tulwar und die Xalaner hätten eine andere Möglichkeit gefunden. Tatsächlich bedeutet eure Anwesenheit eher unsere Rettung als unsere Vernichtung.«

Er unterbrach sich erneut.

»Und ihr seid die ersten Freunde, die ich seit Jahren gefunden habe.«

Maston starrte auf das Duell, das vor ihnen ablief und sich jetzt dem Ende zuneigte. Beide Frauen waren offensichtlich erschöpft und der Boden nass von Schweiß und einigen wenigen Blutstropfen, die aus versehentlichen Treffern resultierten.

Reyes stürmte auf Asha los und schwang die Messer wie ein Mähdrescher, der sich anschickt, den Ertrag eines Getreidefelds zu verschlingen. Asha wirbelte im Kreis, um dem Ansturm auszuweichen, und riss dabei das eigene Schwert herum, das sofort zwischen den beiden Klingen der Gegnerin stecken blieb. Eine kurze Drehung in Reyes' Handgelenken, und das Schwert wurde Asha aus der Hand gerissen, flog durch die Halle und blieb in der Wand stecken.

»Gibst du auf?«, fragte Reyes, hielt Asha ein Messer vors Auge und drückte ihr das andere an den Nabel.

Asha schnaubte nur, ehe sie zurücksprang und Reyes die Füße in den Bauch rammte. Asha landete auf den Händen und sprang sofort wieder auf die Beine. Die elektromagnetische Metallmanschette war schon aktiviert, und das Schwert löste sich aus der Wand und flog in Ashas Hand zurück. Reyes versuchte, wieder ins Spiel zu kommen, aber es gelang Asha, ihr die flache Seite der Klinge gegen den Hals zu drücken. Sie lächelte durchtrieben, drückte den Knauf, und Reyes brach sofort zusammen. Es hatte nicht gereicht, um sie komplett zu rösten, aber ihre Haare rauchten, wie sie dort am Boden lag.

»Du schummelst, Miststück«, sagte Reyes und rieb sich den Kopf. Aber sie lächelte. Asha hielt ihr die Hand hin und half ihr auf die Beine.

»Nichts da«, entgegnete Asha. Sie wandte sich an Maston und Lucas.

»Ihr beide als Nächstes?«

Die Fahrt nach Xala verlief umso stiller, je länger sie dauerte. Nächte voller unruhigen Schlafs ließen alle nervös zurück, und niemand machte sich mehr die Mühe, von seinen jüngsten Albträumen zu sprechen. Die Atmosphäre an Bord wurde immer angespannter. Mit jedem Tag kamen sie einem Ort näher, den sie vielleicht nie wieder verlassen würden.

Der abschließende Tag, ehe sie Xala erreichten, brach an. Alpha kontrollierte ihre Funksignaturen und Lebensformzeichen doppelt und dreifach, um sicherzustellen, dass der Abfangkreuzer einer Inspektion standhielt. Es war zu keinerlei Zwischenfällen mit den schlafenden Soldaten auf dem Unterdeck gekommen. Obwohl der Schatten sie in ihrem Schlaf mit Visionen heimsuchte, ging Alpha davon aus, dass er nicht in der Lage war, aus solcher Entfernung telepathischen Kontakt zu jemandem auf Xala aufzunehmen, besonders nicht in seiner aktuellen komatösen Verfassung.

Alle juckte es, sich in den Einsatz zu stürzen. Sie hatten außerordentlich hart trainiert, um sich darauf vorzubereiten. Kiati und Reyes, die beiden tankgezüchteten Supermenschen, hatten sie alle durch die Hölle gejagt, und Lucas hatte sich noch nie so stark gefühlt. Wenn er außerdem an die Spitzenprodukte an Panzerungen und Waffen dachte, die ihnen zur Verfügung standen, glaubte er allmählich, dass sie zu acht ganz Xala stürmen konnten, wenngleich das ein hochfliegendes Ziel wäre. Das Zentralkommando reichte als Aufgabe dann wohl doch aus, zumal erhebliche Widerstände zu überwinden waren, um sich auch nur in das Gebäude zu schleichen. Und wieder hinauszugelangen, das stellte eine weitere Unmöglichkeit dar. Die Gesichter, die alle zeigten, während sie durch die Schiffskorridore streiften, deuteten an, dass niemand damit rechnete, es zurück nach Sora zu schaffen.

Die zurückliegenden paar Stunden waren gänzlich geschäftsmäßig verlaufen. Kein Platz mehr für Angst oder Nervosität. Sie gingen zum tausendsten Mal den Infiltrationsplan durch und legten ihre Gefechtsausrüstung bereit, um innerhalb von Sekunden klar zum Einsatz zu sein. Sobald sie die Genehmigung erhalten hatten, in den Luftraum Xalas einzudringen, wollten sie die Crew umbringen, ins Zentralkommando einsickern, die Botschaft verbreiten und dann entkommen, während überall Chaos herrschte. Wenn man es so ausdrückte, klang es gar nicht so schlimm, aber die Realität würde sich vermutlich als weitaus vielschichtiger erweisen.

23

Lucas konnte kein funkelndes Panorama aus Sternen oder Planeten erwarten, wenn sie aus dem Raumzeittunnel heraus und ins xalanische Sonnensystem einflogen. Er saß allein in einer fensterlosen Zelle. Ebenso wie die übrigen sechs Nichtxalaner in ihren eigenen Zellen. Sobald sie ins System einflogen, würde das Schiff von Sensoren abgetastet werden, und Alpha wollte kein Risiko eingehen. Alles musste normal aussehen, und Zeta hatte eine Woche damit zugebracht, die biologischen und stimmlichen Charakteristika des Schattenkapitäns zu fälschen, die ihnen Zutritt auf Xala gewährten. Während der Fahrt hatten sie gelegentlich aktualisierte Daten nach Xala gesendet, aber hier vor Ort würde man sie viel schärfer ins Auge fassen. Ein falsches Wort, eine verdächtige Anzeige, und man würde sie entern oder vom Himmel pusten, ehe sie die xalanische Heimatwelt auch nur zu sehen bekamen.

Lucas spürte den Augenblick, als sie aus dem Wurmloch hervorkamen und sich wieder auf die altmodische Art und Weise durch den Raum bewegten. Selbst wenn sie nun weniger Distanz zurücklegten, fühlte es sich an, als beschleunige das Schiff, denn es fuhr jetzt mit Millionen Meilen pro Stunde durchs All, statt an einem Ort zu schweben, an dem solche Maße nicht existierten.

Es war schwer zu sagen, was draußen geschah. Immer wieder stoppte das Schiff und fuhr erneut los. Vermutlich passierte es eine Reihe der militärischen Kontrollstellen, vor denen Alpha sie zuvor gewarnt hatte.

Lucas machte Liegestütze auf dem Fußboden der Zelle, um sich abzulenken. Er hatte keinen Hinweis auf das, was geschah.

Alpha gab nichts über die Kommunikation, die er führte, an sie weiter, wie er es zuvor getan hatte. »Keinerlei unnötige Risiken«, so lautete sein Mantra für die ganze Mission; alles musste in einem fast irre detaillierten Maße genau nach Protokoll ablaufen.

Lucas wünschte sich, Asha wäre bei ihm. Obwohl sie in der angrenzenden Zelle saß, war ihm aufgrund der dicken und schalldichten Wände, als ob sie nicht mit an Bord wäre. Trotzdem lehnte er sich, sobald er sich ausgetobt hatte, an die Wand, hinter der er sie vermutete.

Dann tat er etwas sehr Seltsames. Er betete.

Er wusste gar nicht mehr, wann er das zuletzt getan hatte. Sein Glaube war spätestens in dem Augenblick gestorben, als die Xalaner auf der Erde auftauchten, obwohl es, um die Wahrheit zu sagen, wahrscheinlich schon viele Jahre zuvor geschehen war. Hier, wo er sich an niemanden sonst mehr wenden konnte, betete er inbrünstig nicht nur zu einem unsichtbaren Wesen, sondern zu jedem, das ihm einfiel. Kyneth, Zurana, Saato, Valli. Vielleicht stimmte ja eine dieser Geschichten. Vielleicht war einer von ihnen da draußen und half ihnen. Unter anderen Umständen wäre ihm das töricht erschienen, aber es war eine verzweifelte Zeit.

Natürlich bekam er keine Antwort. Vielleicht war das Schweigen aber auch eine Antwort für sich. Jede Sekunde, die vorüberging, ohne dass Lucas das Scheppern eines andockenden Sicherheitsfahrzeugs oder die Explosion einer im Schiffsrumpf einschlagenden Rakete hörte, war genau das, worum er gebeten hatte. Ob es nun Glück, Alphas Tüchtigkeit oder einem göttlichen Eingriff zuzuschreiben war, interessierte Lucas derzeit nicht.

Endlich hörte er das kleine Wort, auf das er gewartet hatte, durchs Schiff dröhnen.

»Los.«

Es war Alphas Stimme, die verriet, dass sie das letzte Hindernis überwunden hatten, ehe nun Phase zwei ihres Plans beginnen konnte. Lucas sprang vom Boden der Zelle auf. Der Lichtschirm vor ihm schaltete sich aus, und die Tür dahinter glitt auf. Er stolperte auf den Korridor hinaus und stieß beinahe mit Kovaks zusammen, der aus der Zelle gegenüber kam. Zu seiner Linken fand er Asha, und auf sie folgten Maston, Kiati und Reyes. Allen lag eine brennende Entschlossenheit im Blick, und niemand zögerte länger als eine Sekunde, ehe er zur Waffenausgabe rannte. Während Lucas durch den Gang lief, sah er durch die Bullaugen des Schiffs jetzt Sterne und in der Ferne einen Superriesenstern in Bronzetönung. Xalas Sonne. Sie wirkte alt, uralt.

Innerhalb von Minuten trugen alle sechs ihre Tarnanzüge. Lucas spürte, wie die Nanofasern seiner Panzerung eiskalt wurden, eine Maßnahme, sein rasch klopfendes Herz zu beruhigen. Er schnappte sich Natalie, eine Pistole, sein Messer und einen Granatengurt und kontrollierte jeden dieser Ausrüstungsgegenstände ein abschließendes Mal, um sicherzugehen, dass alles funktionsfähig war. Ein Blick auf Asha zeigte ihm, dass sie schon bis an die Zähne bewaffnet war und ihre im Kampf so vertraute finstere Miene zeigte. Sie wippte auf den Schuhsohlen, während sie darauf wartete, dass die anderen auch fertig wurden. Bald war es so weit. Die tödliche Kampftruppe, die Lucas vor sich sah, wirkte furchterregend. Zumindest wäre das so gewesen, wenn sie nicht im Begriff gestanden hätten, es zu acht mit einem ganzen Planeten aufzunehmen.

Als sie auf der Brücke eintrafen, fanden sie dort Alpha und Zeta mit ähnlicher Ausstattung an. Alpha hatte sich die Energierüstung des Schattenkapitäns angeeignet und für sich modifiziert, Zeta trug einen Paragon-Plattenpanzer. Beide Monturen waren ausgesprochen zweckmäßig, auch als mögliche Verkleidung. Außerdem trugen die beiden Helme, die ihre graue und weiße Haut verbargen.

»Wie ist die Lage?«, fragte Maston, der als Erster die Brücke betrat und außerdem der kommandierende Offizier des Einsatzes war.

»Wir haben drei Kontrollstellen am Rand des Systems erfolgreich passiert«, sagte Alpha.

»Überhaupt keine Probleme?«, fragte Maston.

»Wie es scheint, nein«, antwortete Alpha nicht ohne Stolz. »Wir wurden sechsmal gescannt, sodass unsere Ladeliste zweifelsfrei als mit unseren Angaben übereinstimmend befunden wurde.«

»Was ist das?«, fragte Lucas und deutete auf eine vage bedrohlich wirkende Anzeige voller roter Punkte, die langsam angrenzende grüne Punkte verdrängten.

»Ich habe die Exterminierung der Crew eingeleitet, ehe sich die automatische Weckfunktion des Schiffs einschaltet. Die Hälfte ist schon an dem Neurotoxin gestorben, das ich freigesetzt habe, die andere Hälfte folgt gleich.«

Er sagte das ohne eine Spur Reue oder sonstige Emotionen. Obwohl Alpha zumeist den Anschein erweckte, ein sanfter Wissenschaftler zu sein, war er notfalls so kaltherzig wie nur irgendein Kämpfer. Lucas dachte daran zurück, wie Alpha den Hals seines früheren Mentors zerfetzt hatte, nachdem dieser es gewagt hat, ihn mit seiner ermordeten Familie zu verhöhnen.

»Seltsam«, sagte Alpha und tippte in ein schwebendes Hologramm, das keinerlei Bild zeigte. »Die optische Verbindung zum Schlafraum ist gestört.«

»Möchtest du damit sagen, dass du keine Sichtverbindung zum Kälteschlafraum hast?«, fragte Maston.

»Bis vor wenigen Minuten hatte ich eine«, antwortete Alpha. »Ich war abgelenkt.«

»Verdammt!«, sagte Maston.

»Wie ihr seht, ist die Crew …« Er deutete auf das blinkende rote Display, ehe Maston ihm das Wort abschnitt.

»Keinerlei unnötige Risiken«, sagte er. »Wir müssen sehen, wie sie sterben.«

Alpha überlegte.

»Einverstanden. Stellt sicher, dass alle bis zu dem Zeitpunkt exterminiert sind, an dem wir den Planeten erreichen, um 28:40.«

Maston tippte Lucas auf den Schulterpanzer.

»Gehen wir. Ihr anderen steigt hinab zum Dockhangar und bereitet euch auf den Ausstieg vor.«

Alle setzten sich in Bewegung, erstarrten aber, als sie das Bild auf dem Sichtschirm erblickten, während Alpha das Schiff nach Steuerbord schwenkte.

Es war Xala. Die Kugel ähnelte keinem Planeten, den Lucas je gesehen hatte, und die Hologramme wurden ihm nicht gerecht. Er war überwiegend braun, rot und schwarz. Kleine Streifen aus Grün und Blau zogen über die Oberfläche, zusammen mit ein paar dünnen weißen Wolken mitten im Smog, aber er sah fast schlimmer aus als die Erde zu dem Zeitpunkt, an dem sie sie verlassen hatten. Gelbe Lichter brannten selbst in dieser Entfernung hell auf der Oberfläche, und Lucas konnte nicht erkennen, ob sie auf geologische Störungen wie Lavaströme zurückgingen oder aus Gebäuden stammten, die die Xalaner für erbaut hatten. Der Anblick des Planeten war erschreckend, und wahrscheinlich waren sie die ersten Nichtxalaner seit Jahrtausenden, die ihn zu Gesicht bekamen.

Wenige Minuten später betraten Lucas und Maston die Kälteschlafkammer, die Waffen gezückt. Alpha hatte schon gemeldet, dass fast alle aus der gefangenen Crew dem Gas zum Opfer gefallen waren und sich nur noch wenige ans Leben klammerten.

Die Beleuchtung war matt, und Lucas spürte, wie sich ihm innerhalb der Panzerung unwillkürlich die Nackenhaare sträubten; sie schlichen hier über einen Friedhof. Während sie zwischen den Kapseln hindurchgingen, sah Lucas einen Xalaner fieberhaft zucken. Lucas blieb stehen und sah zu, wie die Bewegungen langsamer wurden und dann ganz aufhörten. Ein weiteres grünes Licht war rot geworden.

Lucas' Kopf ruckte nach links, als er hörte, dass jemand auf Glas trat. Maston blickte zu Boden, wo sein Stiefel gerade eine Scherbe zertreten hatte. Weiter voraus war der Boden von weiteren Scherben übersät.

»Oh Scheiße!«, sagte Maston atemlos und rannte um die Ecke in die nächste Reihe. Lucas folgte ihm und kam rutschend zum Stehen, als er die Quelle der Zerstörung sah.

Glas lag in weitem Umkreis um den zerstörten Deckel einer Schlafkapsel verstreut. Lucas und Maston sahen sich gegenseitig an, als ihnen klar wurde, welche Kapsel das war.

»Alle Einheiten nach …« Mastons Befehl brach ab, als er in die nahe Wand geschleudert wurde. Lucas warf sich herum und hielt in der Dunkelheit Ausschau nach dem Schuldigen, aber er spürte, wie sich ihm Krallen in die Brust bohrten, ehe er auch nur den Abzug drücken konnte.

Lucas landete am Boden und schnappte nach Luft. Er blickte zu dem vor ihm stehenden Schatten auf. Ohne seine Rüstung wirkte er dünn und war übersät mit wunden Verbrennungsflecken, wo ihm die dunkle Haut zu einer noch schwärzeren Tönung versengt worden war.

Lucas drückte die Klaue weg und konnte die Krallen der Kreatur aus seiner Brust ziehen. Die Panzerung hatte verhindert, dass die schwarzen Dolche zu tief eindrangen, aber sie hatten eindeutig die Haut durchbohrt. Schmerzen strahlten durch seine Brust, aber die Unterkleidung hatte schon begonnen, die Wunden zu schließen.

Eine Stimme in seinem Kopf. Die Stimme des Schattens.

»Insekt!«

Der Schatten hob die andere Klaue, zuckte aber zusammen, als ein Schuss seinen Arm streifte, und er stolperte rückwärts von dem am Boden liegenden Lucas fort. Maston hatte sich wieder aufgerappelt, und die Mündung seines Energiegewehrs rauchte.

Wut flammte in den eisblauen Augen des Schattens auf, und er rammte den Arm nach vorne. Lucas sah erstaunt, wie Maston das Gewehr aus dem Griff gewunden wurde, obwohl der Schatten mehrere Meter von ihm entfernt stand.

Telekinese.

Die Kreatur riss die Klaue zurück, und das Gewehr flog durch den Raum und zertrümmerte das Glas einer geschlossenen Kapsel.

Lucas lag nach wie vor am Boden und riss Natalie herum, aber eine weitere kurze Geste des Schattens, und die Waffe wirbelte auch ihm aus den Händen und schoss quer durch den Raum. Lucas und Maston zogen beide die Seitenwaffen, nur um zu erleben, wie sie ihnen aus den Händen gerissen wurden. Diesmal aber schwebten die Waffen auf den Schatten zu. Vor ihm blieben sie hängen und rotierten. Der Schatten legte den Kopf schief, und die beiden Pistolen wurden durch unsichtbare psionische Kräfte zu Bällen aus Metall und verdrehten Schaltungen zerquetscht. Aus den komprimierten Klumpen sickerte flüssiges Plasma, und sie fielen schließlich zu Boden und prallten vom Metallgitter ab.

»Was zum Teufel geht da unten vor?«, schrie Ashas Stimme in Lucas' Ohr. Er hörte metallene Schritte; sie rannte.

»Die Schatten …« Mehr bekam Lucas nicht hervor, ehe die Kreatur blitzartig vor ihm auftauchte und ihn mit einem Tritt zu Maston hinüberschleuderte. Das raubte ihm komplett den Atem, sodass er die Lage nicht genauer schildern konnte.

Maston stürzte sich auf die Kreatur und schwang dabei ein Messer, das so lang wie sein Arm war. Er wurde jedoch im Sprung abgefangen und mit einer Klauenbewegung des Schattens rückwärtsgeschleudert.

Danach krümmte sich die Kreatur jedoch und hustete unter Schmerzen. Auch wenn das Toxin sie eher geweckt als umgebracht hatte, schien es heftige Auswirkungen auf die inneren Organe zu haben.

Lucas nutzte die Gelegenheit und versuchte Natalie an sich zu nehmen, die wenige Fuß entfernt lag. Er packte den Gewehrkolben, wälzte sich herum und rappelte sich auf ein Knie auf, wo er eine aufrechte Schützenposition einnahm. Diesmal konnte der Schatten weder körperlich noch geistig reagieren. Er fing sich drei Plasmageschosse in der Brust ein, und ein viertes verfehlte nur knapp das verbrannte Gesicht. Er stolperte rückwärts, aber selbst ohne Rüstung hatten seine natürlichen Panzerplatten die Schüsse gedämpft, die jeden anderen Xalaner getötet hätten. Lucas wollte weiter schießen, spürte aber, wie er vom Boden in die Höhe gerissen und gegen die Decke geworfen wurde. Er hatte das Gefühl, der Aufprall auf dem Metall würde ihm den Schädel spalten, und er war fast ohne Bewusstsein, als er eine Sekunde später wieder auf den Boden krachte.

Als Lucas' Augen sich langsam wieder fokussierten, sah er, dass Maston und die Kreatur einander umkreisten. Sie waren inzwischen am hinteren Ende der Halle angekommen, unweit einer Reihe von Türen. Eine führte zu den oberen Decks, die anderen beiden konnte Lucas nicht unterbringen. In diesem Augenblick entdeckte er durch das Fenster der ersten Tür Ashas Gesicht. Die Tür traf eine Millisekunde lang Anstalten, sich zu öffnen, aber eine Psiwoge des Schattens rammte sie wieder zu. Er drehte das Handgelenk, und die Türsteuerung schlug Funken und fiel zischend aus. Mechanismen ächzten innerhalb der Tür, und es war klar, dass dieser Durchgang nun vollständig blockiert war. Lucas hörte jetzt Schüsse von draußen, als die Gruppe dort versuchte, sich den Weg hindurch freizuschießen.

»Ich komme von der anderen Seite«, meldete sich Asha in

Lucas' Ohrhörer, und er hörte weitere Laufschritte. Er war zu benommen, um zu reagieren. Der einzige andere Zugang zum Kryodeck lag am gegenüberliegenden Ende des Schiffs.

Lucas suchte nach Natalie, fand die Waffe aber nirgends. Hoffentlich war sie nicht zu Schrott zermalmt worden. Also zückte Lucas seine letzte Waffe, das Messer, und stürmte auf die Kreatur zu. Er führte einen Sprung aus, denn die Panzerung ermöglichte ihm, dadurch zweieinhalb Meter Höhe zu erreichen, aber wirbelnde Krallen empfingen ihn und schickten ihn mit frischen Wunden längelang zu Boden. Er sah, wie Maston ebenfalls einen Messerangriff unternahm, aber telekinetisch an eine Tür geschleudert wurde, die sich bei seinem Aufprall verbeulte. Maston brach bewusstlos zusammen.

Der Schatten wandte sich erneut Lucas zu. Lucas krabbelte auf das am Boden liegende Messer zu, wurde dann jedoch in die Luft und vom Messer fort gehoben, als der Schatten die Handfläche nach oben drehte.

»Ihr legt meinem Schiff einen Hinterhalt?«, knurrte die Kreatur, und die Stimme hallte in Lucas' Schädel wider.

»Ihr haltet mich monatelang gefangen?«

Lucas wehrte sich gegen den Einfluss des Schattens, stieg aber weiter in die Höhe.

»Ihr exekutiert meine Besatzung?«

Die Wunden in der Brust der Kreatur heilten schon. Diese Monstrosität war nicht aufzuhalten. Sie würde erst Lucas töten und dann das ganze Schiff zerlegen.

»Du hattest das Gleiche mit uns vor«, würgte Lucas hervor, während er in der Luft hing. Plasma fraß sich allmählich durch die Tür, und er sah, wie Kovaks sie mit einer Art Werkzeug zu knacken versuchte, was jedoch nicht schnell genug verlief. Noch immer keine Nachricht von Asha.

Die Kreatur hustete erneut. Ihr Atem ging hörbar pfeifend,

aber sie verlor nicht die nötige Konzentration, um Lucas in der Luft zu halten.

»Welchen Plan verfolgt ihr?«, fragte sie und kniff die Augen zusammen.

Lucas schwieg. Der Schatten konnte jetzt auf dem Sichtschirm zu seiner Rechten Xala sehen.

»Welchen Plan verfolgt ihr?«, ertönte die Stimme aufs Neue. Lucas spürte, wie sich ihm auf einmal der Rücken wölbte, weit über das natürliche Maß hinaus. Schmerzen explodierten in seiner Wirbelsäule und liefen von dort durch den ganzen Körper. Der Laut, den er von sich gab, entzog sich jeder Beschreibung, aber es war nicht die Antwort, die der Schatten hören wollte.

»Na gut.«

Lucas zitterte, als er spürte, wie sich ihm Arme und Beine in die falsche Richtung bogen. Seine Knochen verformten sich, und die Nerven schrien in Agonie, wie Lucas insgesamt auch. Er knirschte vor Schmerzen so heftig mit den Zähnen, dass er spürte, wie sich zwei Backenzähne spalteten. Er stand kurz davor, in tausend Stücke gerissen zu werden.

Mastons Messer blitzte kurz auf, ehe es auf den Hals der Kreatur herabzuckte. Mit übernatürlich schneller Reaktion ruckte der Schatten nach links, und das Messer grub sich ihm ins Schlüsselbein und nicht in den Hals. Doch infolge des Schocks ließ er Lucas fallen, und dieser krachte auf den Boden, während Knochen und Fleisch noch zusammenhingen.

Mit jeder Unze Kraft, die er und sein Anzug aufbrachten, warf sich Maston rückwärts, während der Schatten heulte und mit den Armen ruderte. Mastons Füße verloren den Bodenkontakt, als der Schatten psionische Energie aufzubringen versuchte, aber Maston hielt Kreatur und Messer fest. Er fügte seinem Gegner neue Schmerzen zu, die verhinderten, dass er seine Kräfte wieder bündelte. Maston zog ihn durch die inzwischen offene Tür hinter ihm. Lucas sah jetzt, was auf der anderen Seite lag.

Eine Rettungskapsel.

Maston zerrte seinen Gegner weiter, bis sie beide am Sichtschirm auf der anderen Seite der kleinen Kabine landeten. Lucas hatte sich inzwischen aufgerappelt und sprintete auf die beiden zu. Kovaks war endlich durch seine Tür gebrochen, und er, Reyes und Kiati folgten Lucas dicht auf den Fersen.

Blut spritzte auf den Sichtschirm der Rettungskapsel. Rotes Blut, kein schwarzes. Maston hatte einen grausamen Hieb in den Hals eingesteckt. Der Schatten bewegte sich wieder zum Ausstieg, aber Maston schüttelte die Verletzung ab und ging erneut auf ihn los. Das Messer steckte noch immer in der Kreatur, und Maston packte es und schleuderte den Schatten wieder auf die Rückseite der Kapsel.

Diesmal ging Maston nicht erneut auf die Kreatur los. Er stürzte sich auf die Türsteuerung. Die Luke der Rettungskapsel krachte zu, eine Sekunde, ehe Lucas sie erreichte. Er hämmerte mit der Faust aufs Metall und fing Mastons Blick durch das Bullauge auf. Lucas konnte den Ausdruck darin nur mit … Hinnahme beschreiben. Als der Schatten Anstalten traf, sich wieder aufzurappeln, gab der von Blut durchnässte Maston einen letzten Befehl in die Türsteuerung ein.

Und dann war er verschwunden.

Die Kapsel jagte mit Überschallgeschwindigkeit aus ihrer Halterung. Ein Schlag riss Lucas von den Beinen. Ihre Triebwerke brannten blau vor dem Vakuum des Alls, und sie wurde immer kleiner, bis sie auch nicht mehr heller leuchtete als die Sterne ringsherum.

Alle standen sprachlos da und starrten durch das Bullauge auf die leere Stelle. Alphas mechanische Stimme ertönte in Lucas' Ohr.

»Lucas, was ist passiert? Warum wurde diese Kapsel ausgestoßen?«

Lucas bekam kein Wort heraus.

»Lucas, antworte! Irgendwer, antwortet!«

»Wo sind sie?«

Das war eine neue Stimme, die hinter Lucas ertönte. Er drehte sich um und sah Asha zwischen den Kapselreihen stehen. Sie hielt den Revolver in einer Hand und hatte die andere Hand auf dem Griff des Schwerts liegen, das sie auf dem Rücken trug. »Was zum Teufel geht hier vor?«, fragte sie verärgert.

»Er ist fort«, sagte Lucas schließlich. Er blickte erneut durch das Bullauge der Luftschleusentür. Kein blaues Licht drang mehr aus der Schwärze herein.

»Wir müssen umkehren und ihn suchen!«, flehte Asha Alpha an, der mit harter Miene auf den Sichtschirm blickte.

»Was suchen?«, wollte Reyes wissen. »Er hat sich mit einem Schatten in einer zwei mal drei Meter großen Röhre in den Weltraum ausgestoßen.«

»Mit schweren Verletzungen«, ergänzte Kiati.

»Er hat uns gerettet«, sagte Lucas entschieden. »Dieses Ding hätte uns alle ermordet, wenn Maston es nicht von Bord gebracht hätte.«

»So sehr ich Kommandant Mastons nobles Opfer zu schätzen weiß«, sagte Alpha, »können wir den Kurs nicht wechseln, nur um seine mutmaßliche Leiche einzusammeln. Ich habe den Ausstoß der Kapsel bereits als mechanische Störung gemeldet.«

»Was?«, fragte Asha.

Zeta meldete sich zu Wort. »Wir sind fast in einem Orbit um Xala », erklärte sie und deutete aufs Fenster. Der Planet breitete sich vor ihnen aus, und Schiffe, die viel größer als ihr eigenes waren, drängten sich ringsherum.

»Er könnte noch am Leben sein«, erklärte Asha mit Bestimmtheit.

»Ist er nicht«, entgegnete Lucas. »Ich war dabei. Ich habe seine Verletzungen gesehen. Ich habe selbst gegen dieses … Ding gekämpft. Es ist unmöglich, dass er noch lebt.«

»Die Anzeigen erkennen kein Lebenszeichen an Bord der Kapsel«, sagte Alpha. »Allerdings habe ich ihre Steuerung und ihren Funk blockiert, um der Gefahr vorzubeugen, dass der Schatten überlebt hat und Kontakt mit Xala aufzunehmen versucht.«

»Hebe die Blockierung auf«, sagte Asha. »Deine Anzeigen stimmen vielleicht nicht. Mars könnte noch leben.«

»Wir dürfen das Risiko nicht eingehen«, sagte Zeta leise.

Lucas wusste, dass sie recht hatte. Falls jemand in der Rettungskapsel überlebt hatte, dann war das mit allergrößter Wahrscheinlichkeit der Schatten. Bei der ersten Gelegenheit würde er das nächste Schiff anfunken, und der ganze Plan war erledigt. Ashas Miene verriet, dass sie allmählich zu der gleichen Schlussfolgerung gelangte.

»Wir können diese Frage jetzt ruhen lassen«, sagte Alpha ernst und blickte müde von der Schiffssteuerung auf. Er führte ein kleines schwebendes Fenster aus seinem eigenen Displaymodul langsam auf den Sichtschirm.

»Ich habe eine visuelle Verbindung zur Rettungskapsel hergestellt.«

Die dargestellte Aufnahme bot eine Weitwinkelperspektive aus dem Inneren der Kapsel, was den winzigen Raum größer erscheinen ließ, als er war. Eine grausige Szene war zu sehen. Schwarzes und rotes Blut bedeckte fast jeden Quadratzentimeter Kabinenwand. Der Schatten lag mit ausgebreiteten Gliedern an der Rückenlehne des Zentralsitzes, der für den Piloten der Kapsel gedacht war. Der Griff von Mastons großem Messer ragte aus seiner Brust, und die Kreatur war völlig reglos.

Wenige Fuß entfernt saß Mars Maston an die gekrümmte Kabinenwand gelehnt. Das Kinn ruhte auf der Brust; nasse schwarze Locken verdeckten das Gesicht. Die Vorderseite der Panzerung war blutbedeckt. Auch er rührte sich nicht.

»Entsperre die Funkverbindung«, sagte Asha.

Alpha reagierte nicht.«

»Mach es!«, kommandierte sie. »Der Schatten ist tot!«

Alpha gehorchte widerstrebend.

Alle sieben blieben starr, während sie auf den Bildschirm blickten und darauf warteten, dass sich Maston rührte, dass er auf Alphas Fragen reagierte.

Stille.

»Ich weiß nicht, was Corinthia in mir sah, aber es war mir auch egal. Auf einem Schiff mit Tausenden an Bord ruhten alle Augen auf ihr, wann immer sie vorbeiging, und irgendwie hatte sie mich ausgesucht.«

Stille.

»Manchmal wirkte sie kaum noch soranisch, mehr wie ein Himmelswesen, das uns mit seiner Präsenz beehrte.«

Stille.

»Es gab nur sie. Ich habe mir aus keiner anderen Person je so viel gemacht. Das werde ich auch nie.«

Stille.

Die Sekunden tickten weiter dahin.

Ich hoffe, du hast sie gefunden, dachte Lucas, während er die reglose Gestalt auf dem Sichtschirm betrachtete.

Ich hoffe, du bist wieder mit ihr zusammen.

24

Es blieb keine Zeit zu trauern. Alpha musste den Videofeed aus der Rettungskapsel mit einer Handbewegung beenden. Ihr Schiff war jetzt im Orbit um Xala und sank rapide. Der Planet erschien erneut auf dem Sichtschirm, und auf dem Erdboden leuchteten helle Lichter. Nach dem Muster dieser Lichter zu urteilen, während das Schiff näher herankam, handelte es sich um Städte, und das Schiff nahm direkten Kurs auf die größte Ballung.

Konstruktionen schwebten an verschiedenen Stellen in der Atmosphäre, während das Schiff in die Tiefe sank; Raumstationen und Satelliten, deren Größe schwer einzuschätzen war. Manche schienen nicht größer als ihr eigenes Schiff. Andere bestanden aus bizarren Metallanhäufungen. Vielleicht schwebende Unterkünfte? Sie waren groß genug für Tausende, wie es schien. Und von hier oben sah man nicht viel vom Planeten, das sich sonst als Lebensraum anbot.

Alpha stand in Funkkontakt mit der Empfangsmannschaft am Boden der unaussprechlichen Metropole, auf die sie Kurs hielten. Soraner nannten die xalanische Hauptstadt schlicht *Vas Raksis*, was fast wörtlich »Die Grube« bedeutete. In ihrem Zentrum befand sich das xalanische Zentralkommando, ihr abschließendes Ziel. Im Funk knurrte jemand Alpha zu, dass alles in Ordnung sei. Das waren Zetas Widerstandsangehörige, die sie am Dock erwarteten und dort die hoffentlich ereignislos verlaufende Landung in die Wege leiten würden.

Kiati war inzwischen der höchstrangige soranische Offizier an Bord und hatte damit das Einsatzkommando übernommen. Das war einer von vielen Notfallplänen für den Fall gewesen, dass

Maston im Kampf fiel, aber niemand hatte damit gerechnet, dass er schon nicht mehr dabei sein würde, wenn sie den ersten Fuß auf den Planeten setzten. Kiati schlug sich, so gut sie konnte, aber der unerwartete Tod des Kommandanten hatte sie erkennbar aus dem Gleichgewicht gebracht. Sie flickte Lucas' Wunden, und er wechselte in seinen Ersatztarnanzug, der nicht von xalanischen Klauen durchbohrt war. Lucas fand sogar Natalie eingeklemmt hinter einer der Schlafkapseln wieder, und zum Glück war die Waffe intakt. Die Anzeigen waren etwas verschwommen, und der Energiekern leuchtete heller als üblich, aber das Display erklärte, dass sie schießen würde, und mehr verlangte Lucas nicht von ihr. Es wäre ihm schwergefallen, sich vorzustellen, wie er ohne sie in diesen Einsatz ging. Die alte Freundin hatte ihm durch viele harte Prüfungen geholfen; vielleicht tat sie das auch heute wieder.

Eine weitere alte Freundin starrte zum Sichtschirm hinaus auf den Planeten unter ihnen. Asha schwieg; sie hatte seit den Bildern aus der Rettungskapsel kein Wort mehr gesprochen. Sie zuckte nicht zusammen, als Lucas von hinten herantrat und ihr eine Hand auf die Schulter legte.

»Ich könnte mir vorstellen, dass er der Einzige war, der jemals zwei Schatten getötet hat«, sagte Lucas.

»Er war ein Arschloch«, erklärte sie barsch. Damit überraschte sie Lucas, und er lachte kurz.

»Ja klar, aber er konnte dich leiden«, sagte er. »Er hat etwas in dir erkannt.«

Ihre Miene wurde weicher.

»Er hat dich nicht gehasst. Nach Makari nicht mehr«, sagte sie.

»Ich weiß«, sagte Lucas.

»Nun, ein Grund mehr, diesen Einsatz nicht zu vermurksen«, sagte sie und wandte sich vom Fenster ab. Lucas bemerkte jetzt, dass sie einen kleinen Chip hielt.

»Sein Final?«, fragte er, überrascht davon, dass sie es hatte.

Sie nickte und tippte den Chip an. Auf der Empfängerliste stand nur ein Name.

»Hast du es dir angesehen?«, fragte Lucas. Asha schüttelte den Kopf.

»Ich habe gesehen, wie er es nach dem Rhylos-Einsatz weggeworfen hat. Ich hab's aus Neugier aufgehoben, hatte aber nie das Gefühl, dass ich es mir tatsächlich ansehen sollte. Ich schätze mal: Sollten wir es zurückschaffen, vergrabe ich es zu Füßen irgendeines Denkmals, das sie gerade für die von uns gegangene Miss Vale errichten. Hoffentlich bauen sie ihm auch eines.«

Auf dem Sichtschirm flackerten Lichter, als sie in die Atmosphäre Xalas eindrangen. Nach wenigen Augenblicken legten sich die Störungen, und sie sahen im Fenster eine rötlich-orangene Farbe. Es sah nicht danach aus, als ob die Sonne gerade auf- oder unterging, vielmehr gewann man den Eindruck, dass der Himmel hier einfach immer so gefärbt war. Er erinnerte Lucas an die zornig-roten Wolken, wie sie die Erde in ihren letzten Tagen eingehüllt hatten. Aber hier sah man auch ein paar Spuren von Weiß.

Der Himmel verlor die orangene Tönung schon bald, als sie in eine Schicht aus braunem Smog eindrangen, während sie dem Planetenboden weiter entgegensanken. Zu Anfang boten sich ihnen nur dunstige Umrisse, aber sobald sie tief genug waren, konnten sie die Stadt richtig sehen: Vas Raksis, die Grube.

Dies waren nicht die glänzenden Türme von Elyria. Die Bauten waren hier ebenfalls riesig, ragten aber zerklüftet und asymmetrisch aus dem Erdboden, wie dunkle vulkanische Gesteinsformationen. Die Luft summte förmlich von Flugmaschinen, die in kein erkennbares Verkehrsschema eingebunden waren. Unmittelbar auf dem Boden bedeckten planlos konstruierte Bauten den Planeten wie ausufernder Schimmel. Milchig weiße Flüsse suchten sich einen Weg zwischen den Gebäuden. Nicht ein einziger

Baum war irgendwo zu sehen, und Vas Raksis war so weitläufig, dass sich die Skyline bis zum Horizont erstreckte.

Das war ganz gewiss eine sterbende Welt, wenn sie auch nicht direkt von Krieg verwüstet wurde. Was man hier vielleicht einmal an Ressourcen gefunden hatte, war inzwischen eindeutig ausgeplündert worden, und es nahm Lucas nicht Wunder, dass sich die Xalaner gezwungen sahen, andere Planeten anzugreifen und sie als Treibstoff für ihre Kriegsmaschine auszubeuten. Er dachte an Alphas Traum, Xala eines Tages neu zu beleben. War das überhaupt möglich? Es sah so aus, als wäre es am besten, diese Welt wie die Erde gänzlich aufzugeben. Irgendwie gelang es aber dreißig Milliarden Xalanern nach wie vor, hier zu leben. Obwohl viele von ihnen darüber nicht besonders glücklich waren, wie Zeta sagte.

Lucas entging nicht die Ironie dessen, was sie hier planten. Sie waren das Spiegelbild Hex Tulwars und seines Vierten Gebots, wenn sie sich daranmachten, eine Regierung durch die Offenlegung lange vergrabener Geheimnisse zu destabilisieren. Tulwar hatte Erfolg gehabt, und jetzt herrschte auf Sora das Chaos, während ein xalanisches Heer an der Türschwelle aufmarschierte. Sie mussten einfach hoffen, dem dortigen Chaos ein hiesiges entgegenzusetzen.

Alpha lenkte das Schiff in den Dockhangar einer gewaltigen Konstruktion. Andere Schiffe summten an ihnen vorbei, zeigten aber nicht, dass sie sie zur Kenntnis nahmen. Der Abfangkreuzer war einfach ein weiteres Fahrzeug, das wie so viele tausend andere von einem Einsatz zurückkehrte. Die offiziellen Befehle der Empfangsmannschaft lauteten, die Gefangenen in ein nahes Gefängnis zu bringen, damit sie dort auf die öffentliche Hinrichtung warteten. Die Gruppe xalanischer Widerstandsagenten, die man auf den Monitoren draußen im Hangar versammelt sah, verfolgte jedoch andere Absichten.

Lucas wurden die Knie weich, als das Schiff im Hangar auf seinen Landestützen zur Ruhe kam. Sie waren offiziell auf Xala gelandet. Der Gedanke war unwirklich.

Asha und die übrigen Gardesoldaten waren bereit. Alpha und Zeta schlossen sich ihnen vor der Ausstiegsluke an, und bald hörten sie das vertraute Zischen, als ein anderes Fahrzeug an dem ihren andockte.

Die Tür der Luftschleuse ging auf, und der Tunnel gab den Weg in ein weiteres Transportfahrzeug frei. Sie waren während des Umstiegs vor jeder Überwachung abgeschirmt, und die sieben hasteten in das neue Schiff und ließen den Abfangkreuzer und dessen tote Crew zurück. Zetas Agenten würden sicherstellen, dass niemand kam und herumschnüffelte.

Das neue Schiff war sehr klein, ein lokaler Transporter mit gerade mal einem Dutzend Plätze. Zeta begrüßte an Bord vier ihrer Undercover-Agenten mit einer Geste, die Lucas nicht kannte, aber es wurde deutlich, dass es sich um Bundesgenossen handelte. Obwohl ihr Grunzen unübersetzbar blieb, transportierte ein schlichtes Nicken gegenüber den Menschen ihre Haltung. *Verbündete.*

Lucas fand kaum genug Zeit, um sich anzuschnallen, als der Transporter auch schon startete. Er hatte den Infiltrationsplan so weit studiert, dass er genau wusste, was ihr nächstes Ziel war. Und das bestand nicht darin, in einem xalanischen Kerker zu verrotten.

Die Fahrt mit dem Transporter bot ihnen Ausblick auf die Umgebung. Sie kamen an einer Werft vorbei, auf der gigantische Kreuzer gebaut wurden wie jene, die ihre Truppe auf dem Makari-Raumhafen zerstört hatte. Alpha zeigte ihnen die xalanische Wissenschaftsakademie, ein Kuppelgebäude, das ein klein wenig neuer aussah als die übrigen staubbedeckten Konstruktionen ringsherum. Sie flogen über Slums hinweg, wo sie verarmt aussehende Xalaner direkt neben Seen hausen sahen, die sicherlich vergiftet waren. Arbeiter, erfuhren die Menschen an Bord, wurden hier unter Zwang angesiedelt, um gegen geringe Bezahlung Schiffe und Waffen zu bauen. Viele waren ehemalige Soldaten, erklärte Zeta, galten aber als zu alt oder zu versehrt, um noch zu kämpfen. Auf der anderen Seite boten dreihundert Meter hohe Wolkenkratzer aus scharfkantigem schwarzem Metall Bürgern eine Behausung, die über weit umfänglichere Mittel verfügten als ihre Bediensteten. Selbst die erstklassigen Lagen waren auf Xala jedoch umgeben von dicken Smogwolken, stellten aber wenigstens eine tolle Aussicht auf den verfallenden Planeten zur Verfügung. Eines wurde spätestens aus der Nähe klar: Diese Welt war ruiniert.

Endlich landete der Transporter am Zielort – an der Mündung von etwas, das vor wenigen Jahrhunderten wahrscheinlich ein Fluss gewesen war, jetzt aber nur noch ein Streifen Matsch und Unrat. Sie waren hier tief in den untersten Etagen der Stadt und hatten sogar die Slums über sich. Der vordere Sichtschirm gab den Blick auf eine große runde Öffnung in einer sehr großen Mauer frei. Die Überreste einer antiken Kanalisation aus einer Zeit, als dieser Begriff noch nicht Synonym für die ganze Stadt war.

Die Türen des Transporters gingen auf. Lucas saß dem Ausstieg am nächsten, und so setzte er auch als Erster den Fuß auf das steinige Ufer.

Ein kleiner Schritt für einen einzelnen …

Die übrigen Gardisten folgten seinem Beispiel und sahen sich die Umgebung an. Obwohl die Helme die Luft filterten, half das nicht gegen den Geruch. Alles roch nach verbranntem Metall und Galle, und es reichte aus, dass Lucas die Tränen in die Augen traten. Grauer Rauch strömte aus Gebäuden rings um sie, und

Ströme einer trüben Flüssigkeit liefen an den Wänden beiderseits des Flusses herab und ergänzten die grauenhafte Mixtur, die sich nur wenige Fuß von der Gruppe entfernt sammelte.

Alpha gab ihnen mit einem Wink zu verstehen, dass sie ihm zur Öffnung der Kanalisation folgen sollten, und die Gruppe gehorchte schnell, erpicht darauf, nicht länger im Freien herumzustehen.

Wundersamerweise roch es im Abwasserkanal besser als draußen, wobei sicherlich half, dass er seit Jahrhunderten nicht mehr benutzt wurde. Das machte ihn zum perfekten Zugang ins Zentralkommando, obwohl es noch ein ganzes Stück entfernt war und sie unterwegs ein paar Mauern würden durchbrechen müssen.

Zwei der vier Widerstandskämpfer, die sie begleiteten, bezogen gleich innerhalb des Eingangs zur Kanalisation Posten, während die übrige Gruppe ihren Weg in den Tunnel fortsetzte. Diese Wächter blieben zurück, damit Wartungspersonal oder zufällige Wanderer nicht nach der Gruppe in den Tunnel traten, obwohl das im Hinblick auf die abgelegene Örtlichkeit unwahrscheinlich war.

Langsam verblasste das Licht von der Öffnung hinter ihnen und verschwand schließlich ganz, als es um eine Biegung des Tunnels ging. Von jetzt an erhellten Lampen an Panzerungen und Waffen den Weg. Obwohl die Kanalisation ein absolutes Labyrinth war, hatten sie alle in den zurückliegenden Wochen die Blaupausen so gründlich studiert, dass sie ihren Weg hindurch auswendig kannten. Ihrem Gedächtnis folgend kamen sie auf dem Weg durch die Tunnel zu ihrem nächsten Checkpoint gut voran.

Endlich erreichten sie eine alte Kontrollstation für die Kanalisation. Die rostige Tür wurde durch einen kurzen Tritt geöffnet, und sie traten ein. Die Station war riesig, und alles hier zeigte sich von wenigstens einem Zoll dickem Staub bedeckt, der bei ihrem

Eintreten aufgewirbelt wurde; damit war deutlich, dass hier seit Äonen niemand mehr eingetreten war. Die Steuerungselemente waren inaktiv und so alt, dass sie tatsächlich aus greifbaren Knöpfen und Hebeln bestanden und nicht aus Hologrammen. Es sah hier fast so aus wie in einer vergleichbaren Station auf der Erde, nur dass die hohen Stühle für zweieinhalb Meter große Xalaner gedacht waren.

Lucas ging um eine Ecke und entdeckte eine Stelle, wo der Staub kürzlich aufgewühlt worden war. Ringsherum führten Fußabdrücke in verschiedene Richtungen. Als er näher kam, konnte er die Reste einer toten Kreatur sehen: Brustkorb, Oberschenkelknochen, Schädel. Aber kein Xalaner. Es war ein kleines Wesen, und die Abdrücke ringsherum stammten auch nicht von Xalanern.

Lucas riss den Kopf herum, als er zwei dumpfe Schläge hörte, schallgedämpfte Plasmaschüsse aus Alphas Gewehr. Als Lucas ihn erreichte, stand der Wissenschaftler vor einem staubbedeckten Fellknäuel von den ungefähren Ausmaßen einer Mülltonne. Alpha trat mit dem gepanzerten Fuß sachte danach.

»Wildhund«, sagte er, und der Translatorkragen benutzte das englische Wort. Es war aber kein Hund. Lucas richtete den Lichtschein seiner Lampe darauf und erkannte ein rattenähnliches Gesicht mit drei Zoll langen Fangzähnen, die über die Lefzen ragten. Vier lange Beine breiteten sich wie bei einer Spinne seitlich vom Rumpf aus. Ob diese Tiere normalerweise so aussahen oder eine Mutation aufgrund der toxischen Umgebung vorlag, konnte Lucas nicht wissen. Bei näherem Hinsehen erkannte er, dass das Wesen zwei vollständig weiße Augen auf der rechten Gesichtshälfte und damit insgesamt drei hatte. Das machte eine Mutation dann doch recht wahrscheinlich.

Zwei weitere dumpfe Schüsse hallten von dort wider, wo Lucas noch eine Sekunde vorher gewesen war, und sie wurden von einem schmerzlichen Aufheulen begleitet. Diesmal war es einer der beiden xalanischen Widerstandsagenten, der geschossen hatte. Ein weiterer toter »Hund« lag direkt vor ihm. Diesmal einer mit nur zwei Augen. Lucas konnte den nächsten Grunzer des Xalaners nicht übersetzen, aber es schien klar, dass die allgemeine Idee hinter seiner Äußerung »gehen wir weiter« hieß. Ein vernünftiger Vorschlag, und Lucas hielt aufmerksam nach mehr von diesen Kreaturen Ausschau, während die Gruppe vorsichtig ihren Weg fortsetzte. Lucas glaubte, auf der anderen Seite des großen Raums etwas vorbeihuschen zu sehen, aber das war weit weg, und es war wohl nicht ratsam, blindwütig in die Dunkelheit zu schießen.

Die Gruppe erreichte erneut eine alte Tür, die diesmal schon von jemandem aus den Angeln gerissen worden war, und ließen den großen Raum hinter sich. Hinter der Tür folgten dunkle und engere Korridore statt der vorherigen weitläufigen Tunnel. Lucas konnte über die Positionen der Gardisten vor und hinter ihm nur auf dem Laufenden bleiben, weil sein Helmdisplay sie in der Dunkelheit mit virtuellen Kennungen versah. Er war froh, als er feststellte, dass hinter ihm Asha ging.

»Jetzt sind wir ins Kaninchenloch gefallen«, sagte sie über einen privaten Funkkanal, als sie sah, wie er einen Blick hinter sich warf.

»Und haben sogar unseren eigenen weißen Hasen dabei«, meinte Lucas und deutete mit dem Kopf auf Zeta in der vordersten Reihe.

Sie schnitten mit Plasmabrennern Löcher in Mauern oder sprengten Hindernisse mit Sprengsätzen im Taschenformat aus dem Weg. Sie krochen durch die Unterseite der Stadt, wie immer sie das auch zuwege brachten, und folgten dabei einer Route, die von Spionen Monate zuvor erkundet worden war. Sie hielten schließlich in einem sehr beengten Korridor voller Rohre und Kabel an. Hier mussten sich nicht nur die hochgewachsenen Xalaner bücken, um nicht an die Decke zu stoßen; die Kreaturen lagen sogar praktisch auf den Knien.

Alle wussten, wo sie hier waren. Die städtische Höhlenwanderung der vergangenen Stunde hatte sie unter zwei der Kontrollstellen vorbeigeführt, die ins xalanische Zentralkommando führten. Sie standen hier am Eingang der abschließenden dritten, und es war einfach unmöglich, den Weg unterirdisch fortzusetzen, denn eine vier Meter dicke Metallwand am hinteren Ende des Raums versperrte ihr Fortkommen.

Die Decke über ihnen war jedoch nicht ganz so robust, und sie konnten sich den Weg in den Raum darüber erzwingen, indem sie eine Deckenplatte abmontierten, womit die beiden Xalaner vom Widerstand sofort lautlos begannen. Niemand sagte etwas, aber alle wussten, was jetzt kam. Dort oben erwartete sie kein weiterer leerer Raum. Diese letzte Kontrollstelle war nach Angaben der Insider voller Wachen; zu jeder Zeit zwischen zehn und vierzehn Soldaten.

Trotzdem erforderte der Plan noch ein Mindestmaß an Unauffälligkeit, ehe sie nicht tiefer eingedrungen waren. Also keine wilden Schießereien jetzt, sonst würden sie es niemals schaffen.

Die Platte war inzwischen gelöst. Wäre Maston hier gewesen, hätte er sich wahrscheinlich die Ehre gegeben, aber an seiner Stelle hielt Kiati die Impulsgranate bereit.

Sie würden Maston stolz machen.

25

Die Granate hüpfte wie ein Gummiball über den Boden des Zimmers über ihnen. Sie zog den Blick zweier xalanischer Wachleute auf sich, denen nur Millisekunden blieben, um zu schlussfolgern, was das für ein Gerät war. Als sie die Gefahr begriffen, in der sie schwebten, war die Detonation aus blauem Licht schon erfolgt. Der Impuls wurde durch den ganzen Raum hin und her reflektiert.

Die Granate zeigte die gewünschte Wirkung: Die Explosion blendete die Wachleute, während der Impuls die komplette elektronische Ausrüstung im Raum ausschaltete. Energierüstungen und -waffen waren deaktiviert. Wichtiger noch: auch die Komms und Kameras waren aus. Es war dort oben jetzt völlig dunkel.

Das war für die Angreifer das Stichwort. Sie sprangen durch die Bodenplatte, die Waffen im Anschlag. Sie brauchten nur wenige Sekunden, um sich dort oben wieder aufzurappeln, und nur wenige mehr, um jeden Soldaten im Raum schnell und leise zu erledigen.

Lucas jagte sofort zwei schallgedämpfte Schüsse in zwei Xalaner, die zur Außentür stolperten. Er drehte sich um und sah, wie Reyes drei xalanische Hälse mit ihrem Paar aus gebogenen Klingen aufschlitzte und Kovaks zwei weitere Soldaten mit mittig platzierten Kopfschüssen tötete. Kiati brach einem desorientierten Xalaner lautlos den Hals, während Alpha aus seiner schallgedämpften Waffe einen Strom Plasmageschosse in eine Gruppe Wachleute an der Wand gegenüber jagte. Lucas sah sich nach Asha um und entdeckte sie mitten in einem Haufen xalanischer Körperteile, das Schwert in der Hand, Blut tropfte von der

Klinge. Lucas schoss noch auf einen Xalaner, der sich bemühte, die Waffe zu heben, und es war still im Raum.

Nach Lucas' Zählung lagen ein Dutzend tote Xalaner am Boden, von denen sich keiner mehr rührte und nicht einer einen Schuss hatte abgeben können. Die Türen an zwei gegenüberliegenden Wänden blieben geschlossen, und somit konnte draußen niemand den Angriff in dem Raum gehört haben. Das bedeutete aber nicht zwingend, dass die Invasion letztlich nicht doch entdeckt wurde.

Es wurde Zeit, das Tempo zu erhöhen.

Zeta kroch aus der Bodenplatte hervor, unter der sie sich für die Dauer des Scharmützels versteckt hatte. Obwohl sie bewaffnet und durchaus fähig war, sich zu verteidigen, wäre der ganze Einsatz gescheitert, falls sie im Zuge eines Schusswechsels getötet wurde. Ihre beiden xalanischen Begleiter kamen zusammen mit ihr zum Vorschein und machten sich am Sicherheitssystem des Kontrollraums zu schaffen, beendeten den Video- und Audio-Ausfall und ersetzten ihn durch alte Signale, die den Eindruck verbreiteten, dass hier unten nichts geschehen war. Selbst wenn ihnen das nur Minuten einbrachte, war es eine Hilfe. Als letzte Sicherung sollten die beiden Xalaner vom Widerstand zurückbleiben und den Eingang blockieren, damit niemand eintreten oder den Raum verlassen konnte. Falls jemand sah, was hier passiert war, würde die ganze Anlage sofort gesperrt.

Lucas ging zur großen Metalltür, durch die sie weiter in die Anlage vordringen würden. Alpha hielt sich mit dem Zutrittschip eines toten Wachmanns bereit, die Tür zu öffnen, aber sie mussten erst wissen, was sie auf der anderen Seite erwartete.

Lucas blickte durch Natalies Zielfernrohr, das er auf Röntgenbildfunktion eingestellt hatte. Auf der anderen Seite der Tür zeichneten sich die Skelette zweier Xalaner ab, die in die andere

Richtung blickten. Er markierte auf ihrer Seite der Wand genau, wo sie standen, und Reyes und Kovaks gingen in Position.

Die Tür sprang auf, und die beiden Soldaten konnten nicht einmal die Köpfe drehen, ehe ihnen von hinten Messer in die Hälse drangen. Die beiden soranischen Gardesoldaten schleppten die Leichen in den Kontrollraum und warfen sie dort wie Stoffpuppen auf den blutigen Boden.

Die Gruppe lief schnell auf den angrenzenden Gang hinaus, wonach sich die Tür hinter ihnen schloss und die beiden Agenten Zetas wie abgesprochen im Raum isolierte. Sie würden sich dort an die Arbeit machen und die Sicherheitsvorkehrungen entlang des Weges der Gruppe so schnell wie möglich deaktivieren. Aber nichts war garantiert.

Kiati vergoss in dieser nächsten Phase als Erste Blut, als sie um die Ecke des Korridors ging. Dort standen zwei ungepanzerte Xalaner und besprachen etwas, das auf einem Datenpad angezeigt wurde. Sie hatten eine halbe Sekunde lang Zeit zu verarbeiten, dass da plötzlich eine Gruppe Soraner stand, ehe Kiatis Pistole sie niederstreckte. Lucas warf einen prüfenden Blick auf den Bauplan und gab allen mit Gesten zu verstehen, dass sie sich als Nächstes in einen Raum zur Rechten ducken mussten. Die Tür ging problemlos auf, und sie sahen sich einer Art Kontrollzentrale gegenüber.

Zwei Wachleute darin waren die Ersten, die fielen, beide von Asha mit einem Schwerthieb geköpft. Zwei weitere Wachleute standen an der Wand gegenüber. Lucas erledigte einen per Scharfschützenmodus mit ausgefahrenem Lauf; der andere sank auf die Knie, eines von Kovaks' kleinen Wurfmessern im Schädel.

Drei unbewaffnete, sitzende Xalaner fanden kaum Zeit zu erschrecken, ehe sie Alphas Gewehr zum Opfer fielen. Sie sackten über ihren Konsolen zusammen, als wären sie plötzlich eingeschlafen.

Sobald der Tod aller im Raum anwesenden Feinde bestätigt war, ging Kiati zum zentralen Sichtschirm hinüber, den sie mit dem Kolben ihrer Waffe prompt einschlug. Sie und Reyes öffneten ihre Bündel und brachten einen hocheffektiven Plasmaschneider zum Vorschein, der durch die Metallwand hinter dem Schirm schneiden würde, als wäre sie aus Butter. Diese Wand bot eine Abkürzung zum nächsten Ziel der Truppe.

Der Schneidbrenner zischte, während sich eine hellorangene Linie langsam durch die Wand grub. Lucas nahm sich einen Augenblick Zeit, um seine Gedanken zu sammeln, und lehnte sich dazu an eine nahe Konsole, die mit dem schwarzen Blut ihres Operators vollgespritzt war. Er blickte auf den Monitor und reagierte benommen auf das, was er dort sah.

Es war eine riesige xalanische Flotte, die sich in Formation durchs Sternenmeer bewegte. Lucas entdeckte einen ihm nur zu bekannten Planeten mit grünen Ringen, den er zum ersten Mal gesehen hatte, als seine Gefährten und er im soranischen Sonnensystem eintrafen. Die Xalaner waren schon dort.

»Alpha!«, rief er, aber ein Blick durch den Raum zeigte ihm, dass Alpha schon eine ähnliche Szene auf einem größeren Monitor betrachtete.

»Es sieht so aus, als näherte sich die Invasionsstreitmacht schon der soranischen Heimatwelt«, sagte er und bestätigte, was Lucas gesehen hatte.

»Es wird schon innerhalb der nächsten Stunde zu enormen Verlusten kommen«, sagte Zeta. »Wir müssen uns beeilen.«

»Schneller arbeitet dieses Ding nicht!«, rief Kiati. Der Schneidbrenner hatten inzwischen annähernd ein halbes Rechteck in die Wand geschnitten.

Asha stieg vorsichtig über einen toten Wachmann und näherte sich Lucas. Sie setzte den Helm ab und strich sich nasse Haarsträhnen aus den Augen. Lucas hatte seinen Helm schon vorher abgenommen. Sein Herz raste durchgehend, seit er diesen Planeten betreten hatte, und es sah nicht danach aus, als würde es in naher Zukunft langsamer werden.

»So weit, so gut«, sagte Asha und hängte sich das Schwert auf den Rücken. Lucas nickte.

»Das ist der Vorteil, wenn man die Einzelheiten tausendmal durchgegangen ist«, sagte er.

Tatsächlich war seit der Ankunft auf Xala alles exakt nach Plan verlaufen; natürlich hatten sie damit gerechnet, dass Maston jetzt noch bei ihnen wäre.

Dann kam der Augenblick, vor dem es sie alle gegraut hatte. Ein Alarm ging los und heulte aus mechanischen Leibeskräften durch die Stille. Aller Augen wurden größer und jeder Puls schneller.

»[Kauderwelsch]!«, kam ein Wort aus Alphas Translator, der es hier gerade anscheinend nicht schaffte, einen xalanischen Fluch zu übersetzen.

»Scheiße!«, sagte Lucas parallel dazu auf Englisch, als er Alphas erschrockenen Blick auffing.

Vermutlich würden sie nie erfahren, was genau passiert war; etliche Anlässe konnten den Alarm ausgelöst haben. Vielleicht war jemand an Bord des Abfangkreuzers gegangen und hatte die toten Xalaner entdeckt. Jemand konnte über Mastons Rettungskapsel und die Spuren des Blutbads darin gestolpert sein. Die von Blut glitschige Kontrollstation mochte entdeckt worden sein. Auf den exakten Grund kam es schließlich auch nicht an. Heimlichkeit hatte sie bis hierhin geführt, aber nicht weiter.

Auf jedem Monitor im Raum blinkte eine Warnung, während die Sirene weiterheulte. Lucas übersetzte sie schnell für die anderen: *»Sicherheit in Sektion sieben kompromittiert. Bewaffnete Soraner und Rebellenagenten sind eingedrungen. Alle Einheiten zu Raum 1250.«*

Lucas warf einen Blick auf den Streifen xalanischer Symbole über der Tür, durch die sie gerade eingetreten waren: 1250.

»Wir müssen los!«, rief er. Alpha war schon zur Eingangstür unterwegs und platzierte je eine blinkende Mine auf beiden Seiten. Kiati wechselte gerade die Richtung des Schneidbrenners, um das heiße Rechteck in der Wand zu vervollständigen.

»Fertig!«, rief sie, und die Gruppe nahm hinter ihr Aufstellung. Alpha warf weitere Granaten kreuz und quer durch den Raum, die mit Hilfe ihrer Magnetschicht an verschiedenen Oberflächen haften blieben.

Nach einem kräftigen Tritt von Kiatis gepanzertem Bein flog die Metallplatte in den angrenzenden Raum. Alle erstarrten.

Der Raum dahinter war riesig, bis zur Decke mindestens fünf Stockwerke hoch. Die Wand gegenüber war komplett durchsichtig, eine gebogene Glasscheibe, die den Blick auf diverse Maschinen freigab. Die Angreifer hatten ihr abschließendes Ziel erreicht. An der Basis der Glasscheibe entdeckten sie eine zweiflügelige Tür, die zum Kommunikationsrelais führte. Dorthin musste Zeta gelangen, um ihre Nachricht zu verbreiten und die Komms zu stören. Das einzige Problem bestand in Dutzenden wütend aussehender xalanischer Soldaten, die ihnen den Weg versperrten.

Mit einer weitläufigen Armbewegung warf Kiati ein halbes Dutzend Granaten, eine Mischung aus Sprenggranaten und Impulsgranaten mit ihren Störfeldern. Sie alle explodierten zum ungefähr gleichen Zeitpunkt und desorientierten und zerstückelten die Soldaten, die ihnen am nächsten standen. Es war das letzte Mal, dass die Angreifer das Überraschungsmoment zur Geltung bringen konnten.

Während die Granaten die Soldaten im angrenzenden Raum niederstreckten, hörte Lucas weitere Explosionen hinter ihnen. Truppen drangen in den gerade verlassenen Raum ein und lösten dort Alphas Minen aus. Die Wachsoldaten vor ihnen kamen nach den Granatenexplosionen wieder zu Sinnen, und die Hölle brach los.

Die Temperatur im Raum stieg sofort um fünf Grad, als Plasma ringsum die Luft versengte. Soranische wie xalanische Gardisten hielten voll aufeinander, während jeder Deckung suchte, wo er nur konnte. In der ersten Runde des Schusswechsels gingen vier Xalaner zu Boden, und Kovaks steckte einen Brusttreffer ein. Er zuckte vor Schmerzen zusammen, während sein Panzeranzug die Wunde rapide abzudichten versuchte, aber es war eindeutig kein tödlicher Treffer. Kiati warf ihm eine Spritze zu, um die Schmerzen fürs Erste sofort zu stillen.

Lucas spürte ein Geschoss so dicht an seinem Schädel vorbeizischen, dass es ihm die Schläfenhaare ansengte. Er suchte hektisch nach dem Helm, der ihm entrissen worden war, aber das Ding blieb im Chaos verschwunden.

Die ihnen am nächsten stehenden Wachleute stürmten, nachdem Impulsgranaten ihre Gewehre unbrauchbar gemacht hatten, wie die Irren heran und schwangen dabei rasiermesserscharfe Klingen, die normalerweise wohl eher als letzter Ausweg gedacht waren. Einer sprang über die Konsole, hinter der sich Lucas versteckte, und wurde durch einen Schrotschuss Natalies zerfetzt. Den nächsten erwischte Ashas Schwert in der Brust, und die Klinge des Soldaten fiel neben ihnen klappernd zu Boden. Asha befördert den Xalaner mit einem kräftigen Tritt von sich, womit sie ihr in seinem Brustbein steckendes Schwert befreite, während er zu einem leblosen Haufen zusammenbrach.

Kiati drehte sich um und warf eine Granate durch das Loch, aus dem sie kurz zuvor aufgetaucht waren. Sie kämpften jetzt an zwei Fronten, da alle Minen Alphas inzwischen ausgelöst worden waren und frische Truppen ihnen in den Rücken zu fallen versuchten. Die Detonation von Kiatis Granate jagte eine Fontäne schwarzen Bluts aus dem Loch, und man konnte sehen, dass Kiati dem Gegner dort den Zugang versperrt hatte. Große Trümmerstücke fielen infolge der Explosion über die Öffnung, und es würde die Xalaner einige Zeit kosten, sie wieder freizuräumen.

Von der freien Rückwand des Raums prallten Schüsse ab. Obwohl sie aus durchsichtigem Material bestand, war das Zeug sehr viel robuster als Glas. Es schützte ja schließlich auch das wichtigste Kommunikationsrelais des Planeten. Irgendwie musste es ihnen gelingen, in diesen Raum dort drüben durchzubrechen.

Die soranischen Gardisten, die vorläufig keine Angriffe von hinten zu befürchten hatten, drangen jetzt vor. Sie waren nicht von der Sorte, die lange in Deckung kauerte. Sie waren Assassinen, und Reyes und Kovaks liefen durch den Raum, wichen Schüssen aus und töteten mit äußerster Präzision xalanische Soldaten. Asha, der diese Kampfesweise nicht fremd war, tat es ihnen gleich. Ihr Schwert zuckte durch die Luft, während sie Salti über benommene Xalaner schlug, denen es nicht gelingen wollte, ein so kleines und schnelles Ziel ins Visier zu nehmen. Das Schwert spaltete Panzerungen, und schmerzerfüllte Klagelaute hallten in dem großen Raum wider. Über allem heulte weiterhin der Alarm.

Lucas folgte Asha auf dem Fuße und schoss jeden Xalaner nieder, der seine Waffe auf sie richtete. Sie streckten eine Kreatur nach der anderen nieder und zogen eine Spur aus Leichen hinter sich her, während sie auf dem immer rutschigeren Boden weiter vordrangen.

Hinter ihnen rang Alpha mit einem messerschwingenden Wachsoldaten, als Zeta herantrat und dem anderen Xalaner einen Schuss in den Kopf jagte. Alpha warf Zeta einen anerkennenden Blick zu, aber sie beide mussten sich rasch umdrehen und auf zwei weitere Soldaten feuern, die gegen sie anzutreten versuchten.

Kiati war irgendwo getroffen wurden, und Blut tropfte aus

ihrem Tarnanzug auf den Boden. Das bremste sie allerdings nicht, und sie jagte Schüsse aus ihrer Pistole auf Soldaten, die Reyes' Akrobatik zu stoppen versuchten. Kovaks und Reyes waren ungeachtet ihrer freundschaftlichen Rivalität ein Mordsteam, und die Xalaner fanden einfach keine Antwort auf die beiden.

Lucas steckte einen Streifschuss an den Rippen ein und krümmte sich vor Schmerzen. Als er wieder aufblickte, war der Angreifer schon tot und hatte das Schwert Ashas, die einige Fuß entfernt stand, im Kopf stecken. Sie beugte das Handgelenk, und das Schwert löste sich aus der Leiche des Xalaners und flog in ihre Hand zurück. Sie lief rasch herbei und half Lucas auf. Er spürte, wie sein Anzug Schmerzmittel ins Blut injizierte. Aber die Verletzung war nicht so schwer, dass er auf Kiatis Hilfe angewiesen war, und so machte er weiter.

Die gegnerischen Linien im Raum wurden dünner, und die Angreifer erreichten schließlich den Eingang zum Kommunikationsrelais. Alpha machte sich ans Werk, die Sicherheitsprogramme der Türen zu hacken, die den Zugang zum System komplett abgesperrt hatten, als sie die Information eines laufenden Angriffs registrierten.

Reyes feuerte einige abschließende Schüsse auf sich am Boden krümmende Xalaner ab, die noch nicht tot waren. Kovaks hielt sich die Brust; er war verletzt, aber noch einsatzfähig. Kiati versorgte Zeta; trotz des ständigen Schutzes durch Alpha hatte sich ein Plasmageschoss nahe dem Schienbein durch ihre Beinpanzerung gefressen. Lucas wischte sich Blut von der Flanke; die Wunde war wieder geschlossen, der Schmerz gedämpft.

Sie waren mitgenommen, aber noch lebten sie. Niemand wusste jedoch, wann die nächsten Verstärkungen eintreffen würden.

Alpha reagierte zunehmend frustriert auf die Türsteuerung; sie war schwieriger zu überwinden, als er erwartet hatte. Lucas betrachtete die Folgen des Gemetzels im Raum benommen; die Ohren klingelten ihm nach wie vor von den Schüssen, und der Alarm stellte sein konstantes Geheul auch nicht ein. Endlich entdeckte Lucas die Quelle des Geräusches und feuerte einen Schuss ab; der Lautsprecher explodierte in einem Funkenregen. Der Alarm heulte anderswo in der Einrichtung weiter, aber er tönte zum Glück nicht mehr mit voller Wucht durch diesen Raum.

Asha stützte sich mit den Händen auf die Knie und rang nach Luft. Trotz der Beweglichkeit, die ihnen ihre Monturen boten, war ein Kampf erschöpfend, und Lucas fühlte sich ähnlich geschafft. Doch das durch die Adern strömende Adrenalin wehrte eine richtige Erschöpfung ab.

»Das war erst der Anfang«, sagte Asha und hatte damit vermutlich recht. »Der ganze Planet wird bald hier auflaufen.«

Das stimmte. Sie konnten nicht einfach jeden umbringen, der sie angriff. Das war nicht möglich. Sora wirkte derzeit außergewöhnlich weit entfernt. Lucas fragte sich, ob die xalanische Flotte dort schon gestellt worden war. Durchaus möglich, dass Welten entfernt in diesem Augenblick Millionen starben.

Alpha bekam die Tür endlich auf und führte Zeta schnell hindurch. Lucas und Asha folgten ihnen, während Kiati, Reyes und Kovaks als Wachen draußen zurückblieben.

Innen sah das Kommunikationsrelais anders aus als alles, was Lucas je zu Gesicht bekommen hatte. Von außen waren nur Teile erkennbar gewesen, aber im Innern stellte sich die Anlage als atemberaubende Struktur aus Licht und Metall dar. Alpha hatte ihm das auf dem Weg nach Xala in allgemeinen Begriffen geschildert, dabei aber zu erwähnen versäumt, von welcher Schönheit das Ganze war. Als sie in der Mitte des Raums standen, sah Lucas eine Reihe kristalliner Leiter symmetrisch zu einer Säule angeordnet, die weit über die Höhe hinausreichte, an der man die Decke erwartet hätte. Der xalanische Himmel zeigte sich als winziger Fleck aus Licht mindestens eine Meile weit über ihnen. Der Raum wies kein Dach auf. Der Zugang ins Freie war oben durch einen Strahlenschirm versperrt, sodass sie nicht von dort hätten eindringen können, ohne zu Asche verbrannt zu werden, aber das Relais konnte so quer durch die Galaxis senden, ohne allzu exponiert auf der Oberfläche des Planeten sitzen zu müssen.

Grüne und violette elektrische Ladungen sprangen von einem Kristall zum nächsten, während das Licht aus den Maschinen der Umgebung zu bunten Prismen gebrochen wurde. Das war ein atemberaubender Effekt, und man fühlte sich wie im innersten Heiligtum einer ätherischen Kirche, nicht einfach in einem Kommunikationsinstrument. Zeta hatte das alles damals zu einer Zeit entworfen, ehe sie zur Verräterin wurde, und es zeigte, dass sie auch einen Hang zur Kunst hatte; ihr Wesen war auch erfüllt von einem enormen ästhetischen Empfinden, nicht nur dem Bezug zur Technik.

Die Xalanerin arbeitete längst konzentriert an der Zentralkonsole. Ein vollständiger Ring aus Code zog sich rings um sie, und sie versuchte hektisch, ihn zu knacken, um jedes Stück xalanischer Technik gleichzeitig erreichen zu können, das mit einem Monitor ausgestattet war. Wenn sie an einem Abschnitt fertig wurde, tauchte schon ein anderer auf. Alpha versuchte ihr zu helfen, aber sie arbeitete dreimal so schnell wie er, kannte sich viel besser mit dem aus, was hier angezeigt wurde. Man sah deutlich, dass jeder andere, der das Gleiche versucht hätte, über Monate mit dem beschäftigt gewesen wäre, was Zeta bemüht war, in Minutenfrist hinzubekommen.

Obwohl sich Lucas von der Szene vor ihm gebannt fühlte, rissen ihn Schüsse aus dem angrenzenden Raum aus der Trance. Er und Asha stürmten zurück durch die Relaisstation und trafen die Gardisten dabei an, wie sie auf eine frische Sammlung Truppen schossen, die sich einen Weg durch Türen an beiden Seiten des

Raums zu bahnen versuchten. Granaten rissen die unter der Tür dicht gedrängten Soldaten auseinander, aber auf Seiten Soraner wurde diese Munition langsam knapp.

Und dann herrschte plötzlich Stille. Die Xalaner stellten auf einmal den Versuch ein, über die zerfetzten Leichen ihrer Kameraden hinweg in den Raum einzudringen. Waren sie vom Anblick der Verwüstung eingeschüchtert worden? Das schien unwahrscheinlich. Es sei denn, es waren gar nicht die Soraner, sondern jemand anderes hatte die Xalaner eingeschüchtert.

Ein lautes Krachen ertönte, und Schutt regnete von der Decke in großer Höhe herab. Ein verschwommener Eindruck raste durch die Luft, und dann landete etwas mit solcher Wucht vor ihnen, dass es sie fast alle von den Beinen riss.

Er war es.

26

Der Schänder rappelte sich auf, vier Meter groß und mit noch größerer Flügelspannweite. Er zog die Flügel in den Rücken ein. Er blickte jedem seiner Kontrahenten kurz in die Augen, und niemand wagte es, den ersten Schuss abzufeuern.

Seine Brustpanzerung wies eine große runde Beule von dem Explosivgeschoss auf, das er auf Makari von Zetas Gefangenentransporter aus eingesteckt hatte. Um den Hals trug er einen von Alphas Translatorkragen, beschädigt, aber offensichtlich funktionsfähig.

»Ihr dringt auf der Heimatwelt ein«, sinnierte er, und die tiefe Stimme warf Echos im großen Raum. »Genau wie ich.«

Alle waren still, sprachlos. Reyes' und Kovaks' Mienen verrieten Staunen, denn sie kannten diese Kreatur nur von Videoaufnahmen. In der persönlichen Begegnung wirkte er viel größer, ein lebendiger Albtraum.

»Ihr werdet jetzt sterben«, erklärte er gelassen und ließ die riesigen Krallen spielen, »wie ihr es schon im Dschungel hättet tun sollen. Ihr werdet für euer Verbrechen bezahlen.«

»Für was?«, rief Lucas. »Dafür, dass wir deinen Vater getötet haben?«

Der Schänder stockte.

»Ich habe sein Tagebuch gelesen«, sagte Lucas. »Ich weiß, was dir widerfahren ist.«

»Du weißt gar nichts«, spottete der Schänder.

»Dein Vater war ein Krieger wie wir. Er starb ehrenhaft im Kampf. Es war kein Mord, es war Krieg.«

»Beides ist ein und dasselbe«, sagte der Schänder. »Ich wollte mit diesem Krieg nichts zu tun haben. Es war nicht mein Kampf. Ein Streit zwischen Nationen ist nicht von Belang. Blut hingegen … Blut bedeutet alles.«

Er tat einen Schritt auf die Eindringlinge zu, und sie hoben ihre Waffen einen weiteren Zoll an.

»Hier und heute wird niemand Ehre erfahren«, knurrte er.

Lucas konnte in der Zeitspanne, in der der Schänder eine Waffe von seinem Rücken zog, nicht mal blinzeln. Er spürte, wie ihm warmes Blut ins Gesicht spritzte, ehe er sah, woher es stammte. Neben ihm lag Kovaks lang am Boden, der Kopf vom ersten Schuss des Schänders völlig zerfetzt.

Die Gruppe spritzte in alle möglichen Richtungen auseinander. Lucas rollte sich nach links ab und erwiderte das Feuer. Der Schänder wich aus und feuerte erneut, was diesmal ein Stück aus Kiatis Schulter riss und sie an die Wand schleuderte. Asha jagte Spaltgeschosse aus ihrer Magnum, aber die Kreatur wich ihnen mühelos aus. Endlich erwischte eines den Schänder an der Brust, aber man konnte sehen, dass er schon weit Schlimmeres überlebt hatte. Asha hingegen musste zur Seite springen, um einem Schuss zu entgehen, der sie entzweigeschnitten hätte.

Darauf hatte Lucas nur gewartet. Nachdem er Omikrons Tagebuch gelesen hatte, hatte er Alpha gebeten, Natalie mit einer weiteren Sonderfunktion auszustatten. Und er betete darum, dass sie jetzt funktionierte.

Natalie feuerte einen blendenden Strahl weißen Lichts ab, angesichts dessen sich die feurigen Augen des Schänders erkennbar zu Nadelspitzen verengten. Er heulte vor Schmerzen auf, ließ die Waffe fallen und versuchte, sich vor dem Licht abzuschirmen. Lucas ging langsam auf ihn zu und jagte Blutbad-Feuerstöße aus der Waffe, die den Schänder mit jedem Treffer ein paar Fuß weit rückwärtstrieben. Asha und Reyes griffen ihn mit gezückten Klingen an. Lucas spürte, wie sich ein leises Lächeln über seine

Lippen stahl, als er dicht genug heran war, dass er den Kopf der Kreatur nicht mehr verfehlen konnte.

Er schoss daneben.

Der Schänder duckte sich unter dem Schuss hindurch und ging dabei fast flach zu Boden. In einer fließenden Bewegung kam er schon wieder hoch und sprang Lucas an. Das Monster grub eine Klaue direkt in Natalies Zielfernrohr, womit das blendende Licht sofort erlosch. Er zog die Klaue hoch und riss das Zielfernrohr komplett vom Gewehr. Somit fehlte diesem auch ein Stück der Metallarmierung, und der Energiekern lag frei. Lucas feuerte einen weiteren Schuss ab, da die Waffe dankenswerterweise noch funktionierte, aber der Schänder war schon drei Fuß weiter nach links gehechtet.

Reyes und Asha attackierten ihn von zwei Seiten. Er erwischte Asha mit einer Rückhand, sodass sie erst an die Wand flog und dann zu Boden ging. Reyes hatte weniger Glück und bekam alle drei Krallen einer Hand direkt in die Brust. Sie durchstießen ihre Panzerung und alles dahinter. Als die Gardesoldatin herumgerissen wurde, sah Lucas, dass ihr die Krallenspitzen am Rücken austraten. Ihr Kopf kippte mit leerem Blick nach hinten. Sie war schon tot, aber das hinderte den Schänder nicht, auch die andere Klaue in sie hineinzurammen und sie unmittelbar vor Lucas demonstrativ in zwei Stücke zu reißen.

Diese Kreatur war schiere Macht und vor allem das schiere Böse. Dafür war die Gruppe nicht bereit. Nicht mal mit Hilfe kleiner Tricks wie dem leuchtenden Zielfernrohr. Lucas hob das Gewehr, als der Schänder vorsprang. Lucas wollte schießen, stellte aber fest, dass sich das beschädigte Gewehr überhitzt hatte und in seinen Händen Funken schlug. Er machte sich auf den Tod gefasst.

Aber der Tod kam nicht.

Der Schänder hing vor ihnen in der Luft fest, eine Klaue nur zwanzig Zentimeter von Lucas' Kopf entfernt. Das Gesicht der Kreatur war im Fauchen erstarrt, und Lucas sah, wie sich ihre Halsmuskeln spannten. Sie hing knapp zwei Meter hoch in der Luft, völlig gebannt.

Zwei Gestalten schwebten durch ein offenes Portal in der Decke herab, und beide hatten die Arme in Richtung des Schänders ausgestreckt. Es waren Schatten, die mit Hilfe ihrer übersinnlichen Kraft über dem Boden schwebten. Die schwarze Haut und die blauen Augen waren erkennbar, aber sie trugen tatsächlich Kleidungsstücke aus Stoffen, was Lucas bei einem Xalaner noch nie gesehen hatte. Einer war in eine lange, fließende grüne und weiße Schärpe eingewickelt, die den größten Teil des Körpers bedeckte. Die Schärpe des anderen war rot und golden. Beide Kleidungsstücke waren mit Runen verziert, die Lucas nicht kannte. Sie schienen nichtxalanischen Ursprungs zu sein, entstammten jedenfalls keinem ihm bekannten Dialekt.

Die beiden Schatten glitten beiderseits des Schänders herab, und Lucas drehte sich um und sah hinter sich einen dritten Schatten. Dieser war etwas größer und trug ein Tuch aus reinem Weiß mit goldenen Symbolen. Er hielt die Arme nicht ausgestreckt, und Lucas' Füße blieben am Boden. Asha stieg dafür langsam empor und kam dabei allmählich wieder zu sich. Sie machte große Augen, als sie die drei Gestalten vor ihnen mitten in der leeren Luft schweben sah. Ein leises Stöhnen Kiatis drang von der anderen Seite des Raums herüber und zeugte davon, dass sie noch lebte.

Offenkundig waren das Erwählte Schatten, aber sie unterschieden sich von dem an Bord des Abfangkreuzers. Ihre Macht strahlte wie Wärme von ihnen aus. So etwas hatte Lucas noch nie gespürt. Als sie schließlich stoppten, schwebten ihre Füße noch immer ein gutes Stück über dem Fußboden. Die beiden, die dem Schänder am nächsten waren, drehten die Handgelenke, und er wurde langsam in eine aufrechte Haltung und von Lucas weggezogen. Lucas warf einen Blick hinter sich und sah, dass die dritte Kreatur mit ihren Klauen blindwütig durch die holografische Türsteuerung wirbelte und versuchte, sich Zutritt zum Kommunikationsrelais zu verschaffen. Alpha hatte den Eingang jedoch mit einem Code gesichert, den nur er wieder aufheben konnte. Die Tür war ansonsten unzerstörbar, sogar für Schatten, wie es aussah. Die Kreatur versuchte, die Tür telekinetisch aufzureißen, erreichte damit aber auch nichts. Der Schatten schwebte nun auf Lucas zu, und seine Stimme dröhnte in seinem Schädel.

»Sag den Verrätern, dass sie die Tür öffnen sollen.«

Sein Ton war eiskalt, und die Tonhöhe durchbohrte Lucas wie eine Nadel.

»Oder was?«, fragte Lucas trotzig. Er war einen Augenblick zuvor bereit gewesen zu sterben. Er war immer noch dazu bereit. Asha musterte ihn argwöhnisch.

»Oder wir zerreißen sie vor deinen Augen«, sagte die Kreatur und richtete ihren kalten Blick auf Asha.

»Wir sind hergekommen, um zu sterben«, entgegnete Asha. »Du kannst sie jetzt nicht mehr aufhalten.«

Der Ausdruck in den Augen des Schattens zeigte, dass er ihnen glaubte. Er wandte sich dem gefangenen Schänder zu.

»Was suchst du hier?«, fragte er. *»Du bist seit Jahrhunderten von der Heimatwelt verbannt.«*

Der Schänder knurrte etwas, und sein Kragen übersetzte.

»Um den Auftrag zu Ende zu bringen. Euren Auftrag.«

Der Schatten rechts von ihm knurrte: *»Du hast auf Makari versagt.«* Der Schatten zu seiner Linken höhnte: *»Die Soraner haben dich beinahe umgebracht.«*

»Ich bin gekommen, um dies hier zu stoppen«, sagte der Schänder. »Das war *eure* Aufgabe. Es sollte meine Wiedergutmachung werden!«

»Du hast ein ganzes Bataillon ermordet, um hierherzukommen. Ein Bataillon deiner eigenen Brüder«, sagte der Xalaner im weißen Gewand hinter Lucas.

»Sie haben mir keinen Zutritt gewährt. Und ich habe keine Brüder.«

»So weit ist das richtig«, sagte der Xalaner im roten Gewand. *»Wir dachten, es würde dich ausreichend motivieren, Rache üben zu können, wenn du erfährst, dass diese Insekten deinen Vater getötet haben, aber wir haben deine Hingabe an ihn überschätzt.«*

»Sprich nicht von meinem Vater!«, knurrte der Schänder. Lucas sah, wie er die Muskeln spannte, während er sich gegen den Einfluss der anderen wehrte.

»Du bist ein Fehler«, sagte der grün gewandete Xalaner. *»Und der Rat macht keine Fehler. Du hättest sofort nach der Umwandlung vernichtet werden müssen.«*

Der Regierende Rat. Das erklärte die ungeheure Macht, die kunstvoll gestalteten Roben.

»Seht doch, wie weit es mit euch gekommen ist!«, schrie der Schänder, dass es im Raum widerhallte. »Euer Imperium zerfällt rings um euch, wird von diesen … Kreaturen zum Einsturz gebracht.«

Auf einmal lief auf jedem Bildschirm im Raum, ob klein oder groß, ein Video. Lucas ging das Herz auf, als er das Gesicht erkannte. Alphas Vater.

»Grüße, mein Sohn«, begann er. *»Ich möchte dein Leben mit dieser Nachricht nicht noch mehr gefährden als es schon durch meine Schuld an deinem Exil im Zuge der Erdkampagne geschehen ist.«*

»Es hat angefangen«, stellte Asha fest. Die Ratsmitglieder wirkten zornig, während ihre Blicke von einem Monitor zum nächsten schweiften.

»Meine einzige Hoffnung ist es, dass einer von euch im Falle meines Todes einen Weg findet, unserem Volk die Wahrheit bekannt

zu machen. Die Wahrheit über die ineinandergreifende Geschichte von Sora und Xala.«

Alpha meldete sich im Funk von Lucas' Panzerung zu Wort.

»Es ist geschehen. Auf jedem Monitor, in jeder Kolonie. Zeta ist damit beschäftigt, Überbrückungsversuche abzuwehren, damit unsere Sendung weiterläuft.«

Die Schatten blickten einander an. Der Weißgekleidete meldete sich in drängendem Tonfall zu Wort.

»*Wir müssen das stoppen*«, sagte er. »*Wir müssen sie alle töten und unsere Energie konzentrieren, um diese Wand zu durchbrechen.*«

»*Aber das ist nicht möglich! Dieses Material ist …*«, hob der rot gewandete Xalaner an.

»*Keine Einwände, gehorche!*«, knurrte der Weiße. »*Oder alles ist verloren.*«

»Ihr erkennt es nicht«, knurrte der Schänder. »Ihr habt schon verloren.«

»*Schweig!*«, fuhr ihn der Schatten an. Sein Zorn hämmerte wie Migräne in Lucas' Schädel. »*Ohne das Versagen deines Vaters* wären *wir nicht in dieser Lage! Und ohne deines!*«

Er wandte sich ab und schwebte schnell auf die Tür zu. Der Schänder schickte ihm seine Worte nach, während die Schatten beiderseits von ihm dazu übergingen, ihm die Gliedmaßen in unerträgliche Haltungen zu verdrehen. Seine tiefe Stimme bebte, während er trotz der Schmerzen sprach.

»Mein Vater hat mich vieles gelehrt. Wie man überlebt. Wie man tötet. Wie man widersteht.«

Seine Augen wurden schmaler.

»Wie man eurer abscheulichen Mutation widersteht.«

Es war, als hätte jemand einen Schalter gedrückt, und der Schänder fiel zu Boden. Das Monster grub die Klauen ins Metall.

Obwohl die Schatten nach wie vor die Arme ausgestreckt hielten, hatten sie ihn nicht mehr im Griff. Sie wirkten noch erschrockener als Lucas und Asha, während sie panische Handbewegungen in Richtung des Schänders vollführten, ihn aber nicht mehr an Ort und Stelle bannen konnten. Das Video lief weiter.

»Synthetische Lebensformen konnten sich rapide entwickeln und mit ihrer sich exponentiell steigernden Intelligenz ihre Schöpfer in Gefahr bringen, aber organische Kunstlebewesen? Eine solch schnelle Evolution war für sie unmöglich, und Lebewesen konnte man so zurechtbasteln, dass sie sich fügsam verhielten.«

Der Schänder schlug mit einer Klaue zu und vergrub sie im Leib des grün gewandeten Xalaners. Er schleuderte ihn zu Boden, schwarzes Blut durchtränkte die Kleidung. Der Schatten keuchte, während Luft durch neue Löcher in seiner Lunge entwich. Der Schänder hatte da den anderen Schatten schon am Bein ergriffen und hämmerte ihn jetzt auf den Boden.

Damit bot sich den Menschen eine Chance. Asha sprang auf den ersten der beiden zu Boden gestreckten Xalaner und rammte ihm das Schwert durch die Brust. Er riss eine Klaue hoch und erwischte sie am Schlüsselbein, aber noch während Asha vor Schmerzen aufschrie, fuhr sie mit dem Daumen über den Schwertgriff. Blaue elektrische Funken liefen aus der Klinge, und der Schatten krampfte sich zusammen, bis Rauch von ihm aufstieg. Das Prasseln brach schließlich ab, und der Schatten blieb liegen, reglos bis auf ein paar letzte Muskelzuckungen.

Lucas hatte inzwischen versucht, Natalie auf den zweiten niedergestreckten Xalaner abzufeuern, den der Schänder am Boden festhielt, aber das Gewehr wollte weiterhin nicht feuern. Das rote Gewand des Schattens nahm eine dunklere Tönung an, während der Schänder sein Opfer mit den Krallen zerfetzte. Der Schatten versuchte, ein Auge des Schänders mit der Klaue zu erwischen, aber Lucas durchbohrte die Handfläche mit einem Messer und nagelte die Hand an den Boden, ehe sie ihr Ziel erreichte. Die

Kreatur heulte vor Schmerzen. Eine halbe Sekunde später riss der Schänder ihr den Kopf mit den Zähnen ab.

»Der Familienxalaner erledigte die Hausarbeit, beaufsichtigte die Kinder, was immer von ihm verlangt wurde. Sie waren Sklaven und noch dazu gut gelaunte.«

Der Schänder hob den Kopf, und schwarzes Blut lief ihm aus dem Mund. Er breitete die Schwingen aus und stürzte sich auf das letzte Ratsmitglied, wobei er Lucas einfach über den Haufen kegelte.

Dem weiß gekleideten Xalaner war es inzwischen gelungen, durch ungeheure geistige Anstrengung das Metall der Tür zu verbiegen, aber seine Konzentration verpuffte, als eine zwei Tonnen schwere gepanzerte Kreatur mit Überschallgeschwindigkeit auf ihn losging.

Der Schatten zog so etwas wie einen kleinen schwarzen Dolch unter dem Gewand hervor. Er wirbelte schnell herum und rammte dem Schänder die Waffe in dem Augenblick in den Hals, als dieser ihn erreichte. Der Angreifer verlor die Kontrolle über sich und krachte an die Tür. Der Schatten hob ihn aus der Distanz hoch, indem er die rechte Hand bewegte, stieß dann die linke Klaue vor und rammte den Schänder so in das unzerstörbare Glas über der Tür.

Lucas und Asha rannten schon auf den jetzt abgelenkten Schatten zu, aber seine Sinne waren zu fein gestimmt, um sich jemals völlig ablenken zu lassen. Eine Detonation aus psionischer Energie krachte auf sie ein und riss sie von den Beinen. Sie hielten jedoch ihre Waffen fest und ballerten auf die Kreatur, während sie über den vom Blut rutschigen Boden glitten. Natalie war inzwischen genug abgekühlt, um einen Schuss zu ermöglichen. Der traf aber nur Luft, während der Schatten aus der Bahn ihrer Schüsse tanzte.

Der Schänder hatte sich indes wieder aufgerafft und in die Luft geschwungen. Der Schatten holte erneut mit dem Dolch aus, aber zweimal ließ die riesige Kreatur sich nicht narren. Die Waffe prallte von seinem gepanzerten Rücken ab, und er rammte den Schatten mit der Schulter, sodass sie beide auf einen Holotisch krachten. Auf dem Display redete Alphas Vater weiter.

»Die Überlebenden formulierten einen Schwur. Ihre Kinder durften niemals erfahren, welchen Ursprung sie hatten. Man schwor Rache an den Soranern und wollte dazu eine Geschichte über Invasion und Dezimierung des eigenen Planeten erfinden.«

Der weiße Schatten schleuderte den Schänder von sich und wandte dabei viel mehr Kraft auf, als seine im Vergleich deutlich geringere Körpergröße ahnen ließ. Als er sah, dass Lucas und Asha rasch näher kamen, griff er erneut unter sein Gewand. Zwei Messer schossen blitzschnell auf die beiden zu. Asha konnte mit knapper Not noch rechtzeitig das Schwert hochreißen und das Messer abwehren, das sich ihr in die Stirn zu graben anschickte. Lucas hatte nicht so viel Glück.

Die rautenförmige Scherbe bohrte sich zwischen zwei der unteren Rippen, und Schmerzen explodierten im ganzen Körper, als hätte man ihn in Brand gesteckt. Aus welchem Material die Waffe auch immer bestand, sie hatte seine Panzerung durchschnitten wie Papier. Lucas schnappte nach Luft und kippte nach vorn. Asha unterbrach ihren Sprint und lief zu ihm.

»Ich bin okay«, flüsterte er, und schon wurden sie beide durch einen weiteren Energiestoß rückwärtsgeschleudert. Lucas landete mit ausgebreiteten Gliedern auf dem Rücken und starrte auf die Spitze der Klinge, die aus seinem Rumpf aufragte. Asha war schon wieder auf den Beinen und feuerte auf den Schatten, der gerade einen neuen Angriff des Schänders abwehrte.

Lucas blinzelte und sah etwas, das er für einen Traum hielt. Es war Kiati, die da vor ihm stand. Sie sank auf die Knie.

»Atme langsamer.«

Der linke Arm hing ihr nutzlos an der Seite. Der vorangegangene Schuss des Schänders hatte ihre Schulter fast komplett zerstört, aber Kiati war besser davongekommen als Reyes und Kovaks, deren Körperteile im ganzen Raum verteilt lagen.

Lucas wurde fast ohnmächtig, als Kiati das Messer zwischen den Rippen herausriss. Sie griff sofort mit der noch einsatzfähigen Hand unter die eigene Panzerung und brachte ein Verschlussinstrument zum Vorschein, das zischte und brannte, während es die Verletzung zu versiegeln versuchte. Lucas blickte zu Asha hinüber und sah, dass sie kräftig an der Brust blutete, nachdem der andere Schatten sie zuvor mit den Krallen unter dem Schlüsselbein erwischt hatte. Wenn sie weiterkämpfen konnte, dann konnte er das auch. Kiati half ihm auf, und die stechenden Schmerzen im Unterleib nahmen ab, als weitere Schmerzmittel ihn durchströmten.

Als er den Blick senkte, stellte er jedoch fest, dass das Abdichtungsgel nicht funktionierte. Eine Art sprudelnder Schaum war durch den Gelverband und die Unterkleidung gesickert, und das Blut floss weiter aus der Öffnung. Anscheinend war das Messer mit einem Wirkstoff bestrichen gewesen, der verhinderte, dass sich die Wunden wieder schlossen. Aber jetzt war nicht die Zeit, sich darüber den Kopf zu zerbrechen.

Lucas entdeckte Natalie in wenigen Fuß Entfernung, das Gehäuse zerstört, während die Anzeigen mit Warnmeldungen blinkten. Sie war jedoch nach wie vor willens zu kämpfen, wie Lucas auch. Er feuerte einen Geschosshagel auf die kämpfenden Gestalten vor ihm ab.

»Ich glaube, dass wir diesen Krieg beenden können, wenn die Wahrheit aufgedeckt wird. Ich verstehe, dass dieses Wissen eine schwere Bürde darstellt, aber ungeachtet deines Alters warst du immer der Stärkste von uns, und ich weiß, dass du es wirst ertragen können. Möge es dir gut ergehen, mein Sohn.«

Das war das Ende. Die Nachricht war gesendet, die Wahrheit bekannt und jedem Xalaner zugänglich. Die Tür zum Kommunikationsrelais ging auf, und Alpha und Zeta kamen heraus. Sie hoben sofort die Waffen, als sie sahen, was hier geschah.

»Der Rat!«, rief Alpha, als er den weiß gewandeten Xalaner vor sich und dessen zwei Gefährten auf dem Boden entdeckte. Der Ratsschatten und der Schänder waren ganz von ihrem Kampf in Anspruch genommen und schienen Alpha und Zeta nicht zu bemerken.

»Und unser alter Freund«, sagte Lucas und drückte sich die Hand auf die Flanke.

»Das ist unsere Chance«, sagte Zeta. »Wir können die sekundäre Abholposition erreichen. Schnell, solange sie beschäftigt sind!«

Die Gruppe hörte auf zu feuern und wandte sich einem der Ausgänge zu. Was immer sich an xalanischen Truppen dort postiert hatte, war entweder tot oder hatte sich nach Sendung der Videobotschaft zerstreut. Wer konnte schon sagen, welche Panik derzeit auf dem ganzen Planeten herrschen mochte? Die Gruppe verließ sich für ihre Flucht auf das Chaos. Am Ende der Sendung hatte Zeta die gesamte xalanische Kommunikation zu allen Kolonien und Flotten unterbrochen. Das würde zwar nur kurze Zeit Bestand haben, aber es verstärkte sicherlich die Unruhen, sowohl in diesem als auch vielen anderen Sonnensystemen. Hoffentlich reichten die Auswirkungen bis nach Sora, wo die tödliche Invasionsflotte im Anflug war.

Sie rannten zum Ausgang, wurden aber unvermittelt aufgehalten, als der Schänder vor ihnen landete. Er streckte langsam eine Klaue aus. Darin hielt er den abgetrennten Kopf des letzten Ratsschattens. Er warf ihn zu Boden, wo der Schädel hüpfte und auf dic Gruppe zurollte.

»Keine Brüder«, sagte der Schänder.

»Du hast uns geholfen«, sagte Lucas langsam. »Der Rat ist erledigt. Xala ist frei.«

»Xala wird zu Asche verbrennen«, entgegnete der Schänder nachdrücklich. »Und ihr seid nicht meine Bundesgenossen. Mein Vater muss durch euren Tod Frieden finden.«

Sie alle wussten, was jetzt zu erwarten war, und entfesselten einen präventiven Schusshagel, der vom Körperpanzer des Schänders wie Feuerwerk abprallte. Unbeirrt flog er auf sie zu und schwenkte dabei wild die Arme.

Asha schrie auf, als eine schwarze Klaue ihr Bein aufriss und sie mit dem Kopf nach unten hochzerrte. Alpha steckte einen Schlag ein, der sich ihm seitlich ins Gesicht grub, ihn aber auch leicht den Kopf hätte kosten können, wenn er näher am Schänder gestanden hätte. Lucas und Kiati landeten auf dem Boden, als die riesige Kreatur auf sie prallte und dann zur Decke aufstieg.

Lucas feuerte ein paar Schüsse ab, drehte sich aber bald um und lief zu Asha. Sie blutete stark aus dem Bein. Der Anzug mühte sich ab, die Wunde zu schließen, die sich von der Oberseite der Hüfte bis in die Kniekehle zog. Asha versuchte zu schreien, aber es blieb ihr im Hals stecken. Kiati kümmerte sich unverzüglich um die Verletzung und wies Lucas an, Druck auf das Bein auszuüben.

»Ich kann nicht …«, stotterte Asha. »Ich kann nicht …«

Sie verdrehte langsam die Augen. Das Blut bildete inzwischen eine Pfütze besorgniserregenden Ausmaßes unter ihr. Lucas drückte so fest auf das Bein, wie er konnte, und Asha bäumte sich vor Schmerzen auf, aber der Druck half Kiati dabei, die enorme Schnittwunde abzudichten, erzeugt von einer Klaue, die sowohl die Panzerung als auch das Muskelgewebe zerfetzt hatte. Die Blutung ließ nach, aber Asha konnte auf keinen Fall gehen.

Es blieb nicht genug Zeit, um die Wunde noch weiter zu versorgen, da der Schänder gerade zu ihnen herumschwenkte. Lucas rannte zu Alpha hinüber, der unaufhörlich auf das schnelle Ziel feuerte. Alpha schubste Zeta aus dem Weg, als der Schänder erneut an ihnen vorbeischwirrte, sie aber diesmal mit seinen Klauen verfehlte.

Sie fanden sich jetzt direkt vor dem Kommunikationsrelais wieder, und Lucas rief Alpha durch den Lärm der Schüsse hindurch zu:

»Wir müssen die Abholposition erreichen! Sie sind verletzt!«

Lucas deutete auf Asha, die in einer Pfütze des eigenen Bluts lag und von Kiati versorgt wurde, wobei die Gardesoldatin nur noch einen Arm benutzen konnte. Damit war seine eigene Verletzung durch das Messer des Ratsschattens noch gar nicht angesprochen. Ein Wasserfall aus Blut rieselte aus Lucas' Wunde an der Vorderseite seiner Panzerung hinab.

»Das Ungeheuer ist zu schnell. Er wird uns abschlachten, wenn wir fliehen«, entgegnete Alpha durch das Getöse. Einer seiner Schüsse erwischte den Schänder an der Schulter, aber das erschütterte diesen nicht sonderlich. Lucas hatte schon gesehen, wie dieses Ding die Kartätsche eines Raumschiffs direkt in die Brust eingesteckt hatte. Man konnte es schier nicht aufhalten.

Lucas drehte sich erneut um und sah Asha an, die sich aufzusetzen versuchte. Sie erwiderte seinen Blick, aber als sie den Blick auf eine Stelle rechts von ihm richtete, weiteten sich ihre Augen vor Entsetzen.

Der Schänder krachte mit der Wucht eines Güterzugs in Lucas hinein. Dieser spürte, wie ihm die Luft aus der Lunge gehämmert wurde, während sie beide durch die offenstehende Tür zum Kommunikationsrelais flogen. Die Flügel des Schänders zertrümmerten die Kristallleiter hinter der Tür, und der plötzliche Aufprall raubte ihm das Gleichgewicht. Lucas fiel zu Boden, während der Schänder in ein Schutzgeländer dicht an der Zentralkonsole des Relais wirbelte.

Lucas rappelte sich auf und rannte zur Tür. Fast sofort spürte er jedoch, wie sich ihm eine Kralle in die Schulter bohrte und er zurück ins Relais gerissen wurde. Der Schänder stürmte jetzt schnurstracks selbst zur Tür. Lucas ignorierte die Schmerzen und legte Natalie an. Deren Lauf verlängerte sich und gab einen einzelnen Schuss ab, der die Türsteuerung traf. Diese erlitt einen Kurzschluss, und die Tür krachte zu. Der Schänder warf sich gegen das Metall, konnte aber nicht mal mit seiner unbegreiflichen Körperkraft auch nur eine Beule darin erzeugen. Er heulte vor Wut auf, drehte sich um und raste erneut auf Lucas zu.

Diesmal war Lucas vorbereitet und duckte sich unter dem Hieb der Kreatur hindurch. Er drehte sich um und jagte im Blutbadmodus einen Feuerstoß auf den Schänder, der diesen in die Mitte des Raums schleuderte. Ein zweiter Schuss hämmerte ihn direkt in die Zentralkonsole. Alpha arbeitete hektisch auf der anderen Seite der Tür, um Lucas einen Ausweg zu öffnen.

Lucas hämmerte ans Glas und deutete auf den Funk seiner Panzerung.

»Halt den Raum geschlossen«, schrie er. Alpha hörte auf zu arbeiten und blickte ihn an.

»Halte den Raum geschlossen«, wiederholte Lucas. »Bring die anderen sofort hinaus. Es ist eure einzige Chance.«

»Ich kann die Absperrung überbrücken!«, wandte Alpha in panischem Ton ein und widmete sich wieder der Steuerung. »Ich kann die Tür anschließend aufs Neue versiegeln, ehe …«

Aber der Schänder war schon wieder auf den Beinen und ging langsam auf Lucas zu.

»Die Zeit reicht nicht«, sagte Lucas. »Wenn du ihn herauslässt, wird niemand von euch lebend entkommen.«

»Ich kann … Wir können …«

Sein Gehirn ging panisch die verfügbaren Optionen durch. Da war jedoch kein Plan. Diesmal nicht. Keine heldenhafte Rettung. Keine grandiose Flucht. Lucas hieb erneut mit der Faust ans Glas.

»Geh!«, befahl er. »Bring sie in Sicherheit. Sie brauchen dich. Dieser Planet braucht dich jetzt.«

Der Schänder war stehengeblieben und wartete zehn Meter hinter ihm. Er hielt sich offensichtlich bereit, um loszustürmen, falls Alpha die Tür öffnete. Ihm war klar, dass er Lucas nicht töten durfte, solange noch eine Chance bestand, dass Alpha den Menschen herauszuholen versuchte.

Alpha stellte die Arbeit an der Türsteuerung ein. Er sah Lucas an und erkannte, dass dieser es ernst meinte. Lucas empfand Gelassenheit. Er dachte an den Blick Mastons zurück, ehe er die Rettungskapsel aus dem Abfangkreuzer geschossen hatte. *Hinnahme.*

Alpha nickte schließlich.

»Du wirst das Ungeheuer töten und wieder zu uns stoßen.«

Hinnahme war ein Konzept, das sich Alpha anscheinend entzog.

»In Ordnung«, sagte Lucas. Wenn es das war, was der Wissenschaftler hören wollte, dann bekam er es halt zu hören. »Ich folge euch auf dem Fuße.«

Sie beide wussten, dass das nicht stimmte, aber Alpha konnte es nicht aussprechen.

»Lebwohl, Bruder«, sagte er schließlich.

»Rette sie«, sagte Lucas. »Rette sie alle.«

Alpha nickte ihm ein letztes Mal zu und ging zu Asha hinüber. Sie war inzwischen bewusstlos, und er nahm sie auf die Arme. Zeta legte ihm eine Hand auf die Schulter, und sie und Kiati liefen mit ihm Richtung Ausgang.

Lucas drehte sich zum Schänder um, dem jetzt klar wurde, dass er nicht durch diese Tür aus dem Raum entkommen würde. Das Monster blickte zu dem Lichtfleck weit über ihnen und sann vielleicht darüber nach, ob der Strahlenschirm es schreddern würde, falls es dort hinausflog. Aber zunächst musste ein weiteres Leben ausgelöscht werden. Der Schänder wandte Lucas den Rücken zu und schritt ins Zentrum. Lucas folgte ihm mit seltsamer Gelassenheit.

»Edelmut ist dumm«, zischte die Kreatur. »Er wird dich nicht retten.«

»Ich weiß«, sagte Lucas. Etwas an der Zentralkonsole weckte seine Aufmerksamkeit. Eine weitere Nachricht wurde gesendet, seit das Video mit Alphas Vater zu Ende war. Dieses zweite Video lief anscheinend schon einige Zeit lang.

Es war Alpha, der sich diesmal über die Kamera an seine gesamte Spezies wandte, während der Kommunikationsblackout bestand. Das war die einzige Sendung, die irgendein Xalaner derzeit zu sehen bekam. Alpha war schon weit mit seiner Ansprache fortgeschritten.

»… und da wir jetzt das volle Ausmaß des Verrats verstehen, den der Rat verübt hat: Erheben Sie sich mit mir! Erheben Sie sich und holen Sie sich Ihren Planeten zurück! Holen Sie sich Ihr Zuhause zurück! Holen Sie sich Ihr Leben zurück!«

Ein Ruf zu den Waffen. Agenten des Widerstands leiteten derzeit vermutlich schon überall im Quadranten Aufstände auf den Kolonien. Zwei Monitore zeigten eine wütende Menge, die sich während der Rede Alphas vor dem Zentralkommando versammelte. Mündungsblitze von Schusswaffen und Explosionen waren auf den Bildschirmen zu sehen.

»Seltsam«, fand der Schänder. »Die Wahrheit liegt offen zutage. Die Kolonien verfallen dem Chaos, die Heimatwelt steht in Flammen. Eine Gelegenheit.«

»Eine Gelegenheit wozu?«, fragte Lucas. Er überprüfte Natalie; er wusste nicht recht, wie viel Leben noch in dem Gewehr steckte.

»Für einen neuen Herrscher«, sinnierte der Schänder. »Einen

mächtigen Herrscher. Kein Regierender Rat mehr. Eine einzelne Säule der Macht.«

»Das wird Alpha sein«, sagte Lucas zähneknirschend.

»Das werde *ich* sein!«, fauchte der Schänder. »Ich habe die Ratsmitglieder in Stücke gerissen, als ich von ihren Lügen erfuhr. Ich werde der Held sein. Alle Xalaner werden unter meiner Führung ruhmreich aufstehen.«

Lucas sah in Gedanken den neuen Plan des Schänders entstehen. In dem eingetretenen Machtvakuum konnte er mühelos einen Staatsstreich unternehmen. Offenkundig gab es niemanden, der ihm im Kampf gewachsen war. Die verbliebenen gewalttätigen Elemente der xalanischen Regierung würden sich bestimmt hinter ihm sammeln.

Lucas durfte das nicht zulassen. Sein Opfer musste mehr darstellen als eine noble Geste, die seinen Freunden zur Flucht verhalf. Der Schänder musste hier und jetzt sterben, oder Xala wurde möglicherweise mächtiger als je zuvor.

Lucas drückte Natalies Abzug, prallte aber zurück, als die Waffe heftig Funken schlug und so heiß aufglühte, dass sie die Fasermaschen an seinen Händen schmolz. Die alte Freundin stand kurz vor ihrem Tod, wie er selbst.

»Erbärmlich«, sagte der Schänder. »Tritt jetzt vor, auf dass du den ehrenhaften Tod erleidest, denn du dir wünschst. So viel gestehe ich dir für die Rolle zu, die du heute hier gespielt hast.«

Lucas blickte auf den instabilen Kern der Waffe hinab, der durch das aufgerissene Gehäuse zu sehen war. Eine Offenbarung. Er wusste, was er zu tun hatte. Dann schreckte ihn eine Stimme im Funk seiner Panzerung auf.

»Lucas?«, fragte sie. Es war Asha; sie war wieder zu sich gekommen.

Er war zu verblüfft, um etwas zu sagen.

»Lucas?«, fragte sie erneut.

»Ich bin hier«, sagte er schließlich.

»Wo steckst du?«, wollte sie mit matter Stimme wissen. Sie war vermutlich mit Schmerzmitteln vollgestopft. »Bist du im Schiff?«

»Nein, Asha«, antwortete er. Der Schänder umkreiste ihn langsam, und Lucas wandte den Blick keine Sekunde von dem Ungeheuer.

»Ich komme nicht zurück.«

Ashas Stimme wurde kräftiger.

»Was? Wo steckst du? Was geht hier vor?«

Lucas sprach schnell.

»Hör mal, du musst nach Sora zurückkehren. Du musst für Noah und Erik Mutter sein. Du musst ihnen erklären, dass es das wert war, was wir hier getan haben. Du musst ihnen erklären, dass ich sie nicht im Stich gelassen habe.«

»Was? Nein!« Ihr Ton war jetzt panisch. »Wo steckt er?«, fragte sie vermutlich Alpha. Ein Flüstern folgte, das Lucas nicht verstand.

»Nein! Nein!«, schrie sie. »Wir gehen zurück. Wir können doch nicht …«

»Asha!«, brüllte Lucas in die Komm. »Du musst fort von hier! Wir dürfen die Jungs nicht in dieser Welt allein lassen. Sie brauchen dich!«

»*Ich* brauche dich!«, schrie sie. Lucas hörte gedämpfte Geräusche; vermutlich versuchte sie, sich aus Alphas Griff zu befreien. Zum Glück war sie dazu sicherlich zu schwach.

Der Schänder wurde ungeduldig und näherte sich Lucas. Alphas vorab aufgezeichnete Botschaft lief weiter hinter ihm. Die Wörter »Freiheit« und »Tyrannei« fielen oft. Lucas fühlte sich langsam richtig schwindelig. Die Wunde in seiner Flanke laugte ihn aus; kein Wunder, das überall auf dem Metallfußboden verspritzte Blut war allein seins. Ihm war kalt, nahezu eiskalt.

Lucas blickte auf Natalie hinab: das Gewehr vibrierte inzwischen praktisch in seinen Händen. Er fuhr mit dem Daumen ein letztes Mal über die Gravur im Schaft. Er drehte die Waffe auf die Seite, bog den Finger um die Schalttafel dort und steigerte die Energieabgabe.

WARNUNG.

»Ich brauche dich auch«, antwortete er Asha.

GEFAHR.

»Ich werde immer bei dir sein.«

ABSCHIRMUNG …

»Du musst mir das glauben.«

VERSAGT.

»Ich liebe dich.«

KERN …

»Ich liebe dich so sehr.«

ÜBERLASTET.

Natalie war inzwischen so stark geschmolzen, dass sich die Waffe durch seine Panzerung gefressen hatte und ihm die Handflächen versengte. Es war so weit. Er warf das Gewehr vor sich zu Boden. Es prallte einmal vom Metall ab und rutschte unter die Beine des Schänders. Die Kreatur blickte verwirrt hinab.

Endlich meldete sich Ashas dünne, weiche Stimme über die Komm.

»Ich liebe d…«

Die Detonation unterbrach sie.

Lucas sah das Licht einen Augenblick lang, wie es sich in jedem Kristallleiter des Relais spiegelte, als würden Billionen Sterne alle auf einmal zu Supernoven.

Wunderschön.

27

Lucas war an Bord der Arche.

Asha hatte den Kopf an seiner Schulter liegen und den Arm auf seiner Brust. An die Weichheit ihres T-Shirts kam nur noch die ihrer Haut heran. Sie roch irgendwie nach Herbst.

Vor ihnen saß Alpha an Lucas' Schreibtisch vor einem Stapel Metall und Schaltelementen und arbeitete zweifellos an einer neuen Erfindung. Noah saß zu Alphas Füßen und grinste Lucas an. Der Junge drehte sich um und schaukelte eine improvisierte Wiege neben sich, aus der die Spitzen von Eriks kleinen Zehen ragten.

Asha wachte langsam auf; ihre Lider flatterten. Lucas blickte in diese strahlenden grünen Augen, die es nie versäumten, ihm den Atem zu rauben.

Sie sagte nichts, lächelte einfach nur. *Dieses Lächeln!*

Genau hier fand er alles, was er brauchte.

Hier konnte er für immer bleiben.

28

Asha saß ans kalte Metall des Laderaums gelehnt. Ihre Beine waren nackt, nachdem man ihr die zerfetzten Überreste des Tarnanzugs heruntergeschnitten hatte. Die Schnittwunde an einem Bein sah schlimm aus und wurde mühsam von Metallklammern und organischem Dichtungsmittel, appliziert von Kiati, geschlossen gehalten. Das fühlte sich an, als wäre der Oberschenkel voller tausend weißglühender Nadeln, aber Asha verbannte den Schmerz aus ihren Gedanken und verweigerte weitere Medikamente, als man sie ihr anbot.

Kiati hatte schließlich in ein künstliches Koma versetzt werden müssen, da ihre Verletzungen viel ernster waren, als sie eingestand. Alpha hatte eine scheußliche klaffende Wunde auf einer Gesichtsseite, würde aber überleben. Nur Zeta war nahezu unversehrt aus dem Einsatz hervorgegangen und musste nur eine kleine Beinverletzung versorgen. Die beiden Xalaner waren auf der Brücke und lenkten das Fluchtfahrzeug durch die ahnungslose, im heimischen Sonnensystem liegende xalanische Flotte, wo man viel zu sehr mit dem Chaos auf der Heimatwelt beschäftigt war, um das Fluchtfahrzeug zu bemerken. Es schien einfach nur ein weiteres Militärschiff zu sein, das ohne Befehle herumirrte wie die anderen auch. Bald schon würden sie genug Distanz haben, um den weißen Nullkern zu aktivieren und auf Heimatkurs zu gehen.

Asha war im Laderaum eingeschlossen, das wusste sie, und war inzwischen erschöpft davon, an die Tür zu hämmern oder an einer Wandplatte herumzubasteln, damit sie fliehen konnte.

Sie konnte Alpha keinen Vorwurf daraus machen. Schließlich

hatte sie unter vorgehaltener Waffe von ihm verlangt, das Schiff zu wenden und zu Lucas zurückzukehren.

Alpha hatte versucht, es ihr wissenschaftlich zu erklären. Sie alle hatten die Detonation gehört. Sie auf der Flucht gespürt. Alpha war klar, was Lucas getan hatte, dass er den Kern seiner Waffe gezündet hatte, um den Schänder zu töten. Das war kein handelsübliches Gewehr und keine gewöhnliche Explosion. Da würde nichts von ihm übrig sein, was man noch finden konnte.

Asha glaubte es trotzdem nicht und richtete den Revolver auf den Kopf ihres Freundes, damit er umkehrte und ihr das alles bewies. Zeta war es, die sie von hinten niederschlug. Asha war hier im Laderaum wiedererwacht und hörte sich die überschwänglichen Entschuldigungen der beiden an. Sie mussten einfach von hier fliehen. Sie mussten jetzt fliehen, oder keiner von ihnen würde mehr entkommen.

Sie hielten den Funkkanal des Schiffs im Laderaum offen, obwohl Asha nicht antwortete, als sie ihr alles noch einmal erklärt hatten. Zeta bestätigte, dass das xalanische Kommunikationsrelais durch Lucas' Explosion vollständig zerstört worden war und sich die Xalaner nun hektisch bemühten, die Funkverbindungen mit Hilfe von Reservesystemen wiederaufzubauen. Alpha nahm Kontakt zu Tannon Vale auf, der berichtete, dass die xalanische Invasionsstreitmacht durch die Übertragung von Alphas Botschaft und den anschließenden Funkblackout in Verwirrung geraten war und es den Soranern daraufhin gelang, einen ansehnlichen Teil der feindlichen Flotte zu vernichten. Letztlich hatten sich die Xalaner gezwungen gesehen, die Flucht zu ergreifen, und Sora war gerettet. Fürs Erste.

Aber Asha war das egal. Sie starrte einfach auf ihren Kommunikator und hörte sich das leise Störrauschen an.

Jeden Augenblick jetzt.

Stille.

Jede Minute.

Asha spürte das Schiff rucken und dann scheinbar zum Halten kommen. Sie drehte sich um, blickte zum Bullauge hinaus und sah den vertrauten bunten Dunstschleier eines Raumzeittunnels. Der Kern war eingeschaltet worden. Sie waren ohne Lucas auf dem Rückweg nach Sora. Es geschah wirklich.

Asha blieb im Laderaum. Sie wollte einfach nicht hinausgehen, nicht einmal, als Alpha die Tür aufschloss. Wochenlang nahm sie Lebensmittel und Wasser von ihnen an und gestattete Zeta, ihr den Verband am Bein zu wechseln, aber sie sprach kein Wort. Sie tat nichts. Wenn sie schlief, dann nur, weil sie zuzeiten unwillkürlich einnickte, um wenige Stunden später wieder hochzufahren. Sie starrte weiter zum Fenster hinaus, lauschte auf ihren Kommunikator, jetzt schon Millionen Meilen weit außer Reichweite.

Da war etwas, das sie nie aus der Hand legte. Ein winziger Chip, der nur einen Zentimeter durchmaß. Sie drückte darauf wie schon tausend Male zuvor. Eine vertraue Namensliste tauchte auf.

Alpha.

Noah.

Erik.

Asha.

Lucas' Final. Seine letzten Worte, für alle Fälle aufgezeichnet. Sein Abschied. Er hatte es in Ashas Rüstung gesteckt, als sie gerade nicht hinsah, irgendwann vor dem Start in diesen Einsatz.

Asha blieb am eigenen Namen hängen. Bislang hatte sie nicht daraufdrücken können. Sobald sie das tat, wäre es endgültig, dachte sie. Dann war Lucas wirklich gegangen. Ihr Finger näherte sich dem Icon gefährlich nahe, aber in der letzten Sekunde schloss sie das Menü und steckte den Chip wieder in die Tasche.

Noch nicht.